KB118680

게스트
THE PAYING GUESTS

세라 워터스 지음

김지현 옮김

자음과모음

차례

❦

게스트 7

•일러두기
이 책의 각주는 모두 옮긴이 주입니다.

주디스 머레이에게 감사와 사랑을 담아

PART ONE

1

바버 부부는 세 시에 도착할 예정이었다. 프랜시스는 마치 여행이 시작되길 기다리는 것 같았다. 그녀는 아침 내내 어머니와 함께 시계를 보면서 안절부절못했고, 두 시 반에는 혹시나 하는 마음에 마지막으로 한 번 더 셋방들을 점검했다. 이후에는 마음을 가다듬었고, 그러다가 점점 맥이 풀려갔으며, 다섯 시가 다 된 지금 프랜시스는 또다시 셋방으로 향하는 자신의 발소리를 듣고 있었다. 가구 몇 점 없는 그 공간에 일말의 애정이 남아서가 아니었다. 그저 바버 부부가 어서 도착해 세를 들기를, 그리하여 이 기다림이 끝나기만을 초조하게 바랄 뿐이었다.

바버 부부의 거실로 마련해둔 방은 저택에서 가장 넓은 방이었다. 본래 어머니의 침실이었던 그곳의 창가에 서서 프랜시스는 바깥의 길거리를 내다보았다. 화창한 날씨였지만 공기가 뿌옜다. 인도와 도로에 쌓인 먼지가 돌풍에 날려 공중으로 올라간 탓이었다. 맞은편의 웅장한 저택들에는 일요일 특유의 단조로운 분위기가 감돌았지만, 사실 그 집들은 어느 요일에든 그런 분위기였다. 모퉁이 너머에 있는 커다란 호텔을 들락날락하는 자동차와 택시가 이따금씩 이 길을 지나갔고, 바람을 쐬러 나온 투숙객들이 종종 이쪽으로 걸어오기도 했지만, 챔피언 힐은 대체로 바깥세상과의 교류가 적은 외딴 동네였다. 너른 뜰과 무성한 나무 때문이었다. 이 언덕에서 조금만 더 내려가면 지저분한 캠버웰 지역 한가운데에 이른다고는 누구도 상상하기 어려울 것이다. 북쪽으로 겨우 2, 3킬로미터 너머에는 런던 도심이, 삶과 매혹과 세상 모든 것이 펼쳐져 있다고는 누구도 짐작할 수 없을 것이다.

차가 들어오는 소리에 프랜시스는 고개를 돌렸다. 행상용 화물차가 저택 쪽으로 다가오고 있었다. 바버 부부는 아닐 것이다. 그들은 짐마차를 타거나 걸어서 도착하리라는 게 프랜시스의 생각이었다. 그런데 화물차가 도로 경계선까지 오더니 끼익하는 브레이크의 굉음을 울리며 멈춰 섰고, 안에 앉은 사람들이 고개를 기울여 이쪽을 올려다보는 모습이 보였다. 운전기사와 바버 씨, 그리고 그 사이에 앉은 바버 부인이었다. 프랜시스는 자신이 창틀 안에 갇혀 전시된 듯한 기분을 느끼며, 손을 들어 올리고 미소를 지었다.

'드디어 시작이구나.' 입가에 여전히 미소를 띤 채 그녀는 생각했다.

그런데 여행이 시작된 것 같지는 않았다. 오히려 여행이 끝난 것 같은, 그런데도 기차에서 내리고 싶지 않은 느낌이 들었다. 프랜시스는 창가에서 부리나케 몸을 돌려 아래층의 현관으로 내려가 최대한 명랑한 목소리로 응접실을 향해 외쳤다. "어머니, 그분들 도착했어요!"

현관문을 열고 포치*로 나가보니 바버 부부는 이미 차에서 내려 짐을 부리고 있었다. 그들을 돕는 기사는 젊은 남자였는데, 바버 씨와

* 건물 출입문에서 바깥쪽으로 돌출되어 있는 현관.

거의 똑같은 블레이저와 줄무늬 넥타이 차림이었고, 기름을 바르지 않은 자유분방한 머리 모양에 좁은 얼굴형까지도 바버 씨와 비슷했다. 순간적으로 둘 중 누가 바버 씨인지 헷갈렸다. 프랜시스는 바버 부부를 딱 한 번 만났었다. 그때는 두 주 전, 4월의 비 오는 날 저녁이었는데, 사무실에서 막 나오는 길이었던 바버 씨는 레인코트를 걸치고 중산모를 쓰고 있었다.

그때 보았던 바버 씨의 연한 적갈색 콧수염과 불그스름한 금발 머리가 기억났다. 이제 보니 기사는 머리카락 색깔이 더 밝아서 구분이 됐다. 한편 바버 부인은 지난번엔 별다른 특색 없는 수수한 옷차림이었는데, 지금은 술 달린 치마와 진홍색 저지 스웨터를 입고 있었다. 치마 끝자락이 발목에서 족히 한 뼘쯤 올라왔고, 긴 스웨터는 몸에 달라붙지 않는 스타일인데도 어쩐지 몸의 곡선이 드러났다. 그녀는 옆의 남자들과 마찬가지로 모자를 쓰지 않은 맨머리였다. 검은 단발머리의 앞부분을 뺨 위로 동그랗게 말고 목덜미 부분에서는 짧게 치켜 깎아서, 마치 교묘하게 만들어진 검은색 모자처럼 보였다.

그들은 너무나 젊어 보였다! 남자들은 소년티를 막 벗은 외모였다. 일전에 만났을 땐 바버 씨가 스물여섯에서 스물일곱 정도로 프랜시스와 또래로 보였고, 바버 부인은 스물세 살쯤 되리라고 생각했는데, 지금 다시 보니 긴가민가했다. 프랜시스는 앞뜰에 깔린 포석을 가로질러 걸어갔다. 그들은 주변을 의식하지 않고 흥분한 어조로 떠들고 있었다. 듣자 하니 바버 씨가 트렁크를 바닥에 어설프게 내려놓다가 그 밑에 손가락을 끼인 모양이었다. 바버 씨가 아내에게 "웃지 마!"라고 짐짓 불평하는 소리가 들려왔다. 예전에도 그랬지만, 그 부부의 교양 있는 말씨는 인위적인 발성 교육으로 익힌 티가 났다.

바버 부인이 남편의 손을 잡았다. "어디 봐. 에이, 하나도 안 다쳤네,

뭘."

바버 씨가 손을 떼어냈다. "지금은 그래 보이지만 이따가 다시 보자고. 젠장, 이거 엄청 아프군!"

그때 기사가 정원 문 앞에 서 있던 프랜시스를 보고는 코를 문지르며 말했다. "저쪽을 봐요." 그 말에 바버 부부가 그녀를 돌아보더니, 아직 웃음기가 남은 상태로 인사를 했다. 그 바람에 마치 애꿎은 프랜시스를 보고 웃은 것처럼 되어버렸다.

"드디어 오셨네요." 포석 깔린 바닥에서 세 사람과 마주한 프랜시스가 말했다.

바버 씨는 금방이라도 다시 웃음을 터뜨릴 듯한 얼굴로 대답했다. "네, 드디어 왔지요! 저희가 벌써부터 이 동네의 품위에 누가 되고 있는 것 같습니다."

"아, 그건 저희 어머니와 저도 마찬가지인걸요."

바버 씨가 더 진지한 투로 말했다. "늦어서 죄송합니다, 레이 양. 시간이 훌쩍 지나가버리지 뭡니까! 일부러 기다리신 건 아니겠지요? 저희가 존 오그로츠* 같은 데에서 오고 있나 보다 생각하셨겠지요?"

사실 바버 부부가 출발한 곳은 여기서 겨우 3킬로미터쯤 떨어진 페컴 라이였다.

"때로는 짧은 거리를 여행하는 데에 오히려 오랜 시간이 걸리기도 하지요."

프랜시스의 말에 바버 씨가 수긍했다. "릴리안이 함께하는 여행은 꼭 그렇게 오래 걸리곤 합니다. 저와 위스머스 씨가 바로 그런 여행을 한 거지요. 이쪽이 제 친구 찰스 위스머스입니다. 오늘을 위해 친절하

---

* 스코틀랜드 그레이트 브리튼 섬의 최북단 마을.

게도 자기 아버지의 화물차를 빌려줬답니다."

위스머스 씨가 벙긋 웃으며 앞으로 나서서 프랜시스와 악수를 하는데, 바버 부인이 소리쳤다. "이분들이야말로 출발할 준비를 전혀 안 하고 있었다고요! 레이 양, 정말이에요!"

"우리는 진작 준비 다 끝내고 기다렸잖아. 당신은 그때껏 모자를 정리하고 있었고!"

"아무튼 이렇게 도착하셨으니 됐습니다."

프랜시스의 어조가 조금 차가웠는지, 세 젊은이의 얼굴에 어렴풋이 풀 죽은 표정이 떠올랐다. 바버 씨는 다친 손마디에 흘끔 시선을 던지더니 화물차로 돌아갔다. 그의 어깨 너머로 화물칸 안에 든 것들이 언뜻 보였다. 미어터질 듯한 여행 가방들, 이리저리 뒤얽힌 의자며 테이블의 다리들, 수많은 침구와 융단 묶음, 휴대용 축음기, 고리버들로 엮어 만든 새장, 대리석 받침대에 세워진 청동 빛깔의 재떨이…. 저 물건들을 전부 집으로 들인다고 생각하니 더럭 겁이 났다. 프랜시스의 기억에 남은 첫인상과는 사뭇 다른, 저 젊고 경망스러운 부부가 이제부터 저것들을 집 안에 가져다 들이고, 배치하고, 경망스럽게 살림을 꾸려나가게 되리라. 자신이 대체 무슨 짓을 한 건가? 도둑이나 침략자 들에게 집을 활짝 열어준 것만 같았다.

하지만 달리 어쩔 도리가 없다. 저택을 계속 유지하려면 이렇게 하는 수밖엔. 프랜시스는 결연한 미소를 지으며 화물차로 다가가 짐을 부리는 것을 도와주려 나섰다.

남자들이 만류했다. "그러지 않으셔도 됩니다, 레이 양."

바버 부인이 맞장구를 쳤다. "정말로 괜찮아요. 렌과 찰리가 알아서 할 거예요. 사실 할 것도 별로 없고요." 그녀는 자기 주위에 쌓여가는 물건들을 내려다보면서 손가락으로 입술을 톡톡 두드렸다.

지난번에 그 입술을 눈여겨보았던 게 기억났다. 입 안에 담긴 것보다 밖으로 드러난 것이 더 많아 보이는 도톰한 입술이었다. 그런데 그때와 달리 지금은 립스틱을 발랐고, 눈썹을 가늘게 다듬은 모습이었다. 유행에 맞춰 치장한 그녀의 모습을 보노라니 프랜시스는 자신이 노처녀가 된 기분이 들어서 더더욱 불안해졌다. 마르고 각진 체형도, 핀으로 고정한 머리도, 하이웨이스트 치마에 블라우스를 집어넣은 옷차림도 촌스럽게 느껴졌다. 그건 이미 사 년 전에 끝난 전쟁 때에나 유행하던 스타일이었다.

바버 부인은 화분 여러 개를 담은 상자를 품에 안은 채, 라피아야자 재질의 가방 손잡이에 손목을 걸어서 어설프게 가방을 들었다. 보다 못한 프랜시스가 말했다. "그 가방은 제가 들어드릴게요."

"아녜요, 제가 할 수 있어요!"

"그래도 제가 뭐 하나라도 옮겨드려야죠."

마침 위스머스 씨가 아까 차에 실려 있던 흉물스러운 스탠드 재떨이를 꺼내기에, 프랜시스는 그 재떨이를 받아 들고서 집 쪽으로 걸음을 옮겼다. 그녀가 현관문을 열어놓자 뒤따라온 바버 부인이 포치에 조심스럽게 올라섰다.

부인은 문지방을 넘기 전에 머뭇거리며, 품에 안은 양치식물 화분 너머로 목을 빼고 현관 안을 들여다보더니 미소를 지었다.

"딱 제가 기억하는 대로 좋은 집이네요."

"그런가요?" 프랜시스는 집 안을 돌아보았다. 그녀에게는 오로지 기만의 증거들만이 보일 뿐이었다. 집 안 곳곳의 구멍을 때우고 흠을 감춘 흔적들. 여섯 달 전에 부득이 팔아넘겨야 했던 대형 괘종시계가 서 있던 빈 자리, 수년째 울리지도 않으면서 광택제가 발라져 있어 반짝거리기만 하는 식사 알림용 징 등등. 프랜시스는 아직도 현관 밖

계단에서 기다리고 있는 바버 부인을 돌아보고 말했다. "자, 어서 들어오세요. 이제 여기는 당신의 집이기도 하잖아요."

바버 부인은 어깨를 곧추세우더니, 입술을 깨물고 눈썹을 추켜올리며 흥분한 표정을 지어 보이고는 현관 안으로 조심스럽게 발을 디뎠다. 그런데 바닥에 깔린 흑백 타일 중에서 불안정한 타일 하나가 그녀의 발밑에서 흔들거렸다. 부인은 당황해서 킥킥 웃었다. "아이, 참!"

그때 프랜시스의 어머니가 응접실 문간에 나타났다. 아마도 어머니는 지금껏 문 바로 뒤에 서서 밖으로 나올 마음을 도스르고 있었을 것이다.

"어서 오세요, 바버 부인." 어머니가 미소를 지으며 걸어 나왔다. "화초가 참 예쁘기도 하네요. 넉줄고사리지요?"

바버 부인은 화분 상자와 가방을 조심스럽게 한 손으로 옮겨 들고 다른 쪽 손을 내밀어 프랜시스의 어머니와 악수했다. "저도 잘 모르겠어요."

"넉줄고사리가 맞을 거예요. 정말 예쁜 식물이지요. 여기까지 오시는 길은 잘 찾으셨나요?"

"네. 그런데 너무 늦어서 죄송해요!"

"아녜요, 괜찮아요. 그런다고 방이 어디로 달아나는 것도 아닌걸요. 이제 차를 좀 끓여드려야겠네요."

"아, 번거롭게 그러실 필요 없어요."

"그래도 차는 드셔야지요. 이사할 땐 차가 꼭 마시고 싶어지잖아요. 하지만 찻주전자가 어디에 있는지 도통 찾을 수가 없을테고. 그러니 제가 준비하도록 할게요. 그동안 제 딸이 부인을 위층으로 안내할 겁니다." 어머니는 프랜시스가 든 재떨이에 미심쩍은 시선을 던졌다. "프랜시스, 너도 돕고 있었구나?"

"그럼요. 바버 부인이 짐을 이렇게 많이 들었으니 손을 보태야죠."

"어머, 아녜요. 도와주실 필요가 전혀 없는데." 바버 부인이 또 킥킥 거리며 덧붙였다. "저희는 기대하지도 않는걸요!"

프랜시스는 앞서서 계단을 올라가며 생각했다. '어쩜 저렇게 웃는 담!'

그들은 계단 꼭대기의 넓은 회랑에 이르러 멈춰 섰다. 왼편에는 문이 닫힌 방이 하나 있었다. 그건 프랜시스의 침실로, 위층에서 아직까지 프랜시스 모녀의 공간으로 남아 있는 유일한 방이었다. 나머지 방들은 모두 문이 열려 있었다. 여기까지 올라온 층계만큼의 거리 너머에, 집 전면에 위치한 두 개의 방에서 달걀노른자처럼 진한 노란색을 띤 늦은 오후의 햇살이 흘러들어왔다. 그 바람에 융단에 뚫린 구멍들뿐만 아니라, 리전시*풍의 마룻바닥에 발라놓은 광택제도 고스란히 드러나 보였다. 마룻장을 갈색 토피**처럼 반짝이게 하려고 프랜시스가 지난 며칠 동안 아침나절 내내 고생한 터였다. 바버 부인은 신발 굽으로 그 위를 디디는 걸 꺼려했다. "괜찮아요. 어차피 마루는 금세 칙칙해질 텐데요." 프랜시스가 말했지만, 바버 부인은 "안 돼요. 바닥을 망치고 싶지 않아요."라고 단호하게 대답하고는 화분과 가방을 바닥에 내려놓고 신발을 벗었다.

바버 부인의 발이 밀랍이 칠해진 마룻바닥에 조그마한 얼룩을 남겼다. 그녀는 검은 스타킹을 신고 있었다. 올록볼록한 무늬가 있는 고급 실크가 대어진 발가락과 뒤꿈치 부분은 다른 부분보다 유난히 까매 보였다. 바버 부인이 회랑을 가로질러 가장 큰 방으로 들어가는 동안

---

* 조지 황태자 섭정 시대(1811~1820)에 나타난 신고전주의 경향의 장식 예술품 양식.
** 설탕과 버터를 섞어 만든 캐러멜 같은 갈색 사탕.

프랜시스는 머뭇거리며 지켜보았다. 부인은 아까 현관에서도 그랬듯이 고풍스러운 요소들 하나하나에 감탄하며 미소를 지었다.

"정말 근사한 방이에요. 지난번에 봤을 때보다 더 넓어 보이네요. 렌도 저도 이곳에 푹 빠질 것 같아요. 원래 저희는 시댁에서 침실 하나만 쓰며 살았거든요. 그 집은… 음, 여기랑은 달라요."

바버 부인이 왼편의 창문 쪽으로 건너갔다. 몇 분 전에 프랜시스가 서 있던 바로 그 창가였다. 그녀는 눈 위에 손차양을 치고 말했다. "저 해 좀 봐요! 지난번에 왔을 땐 날이 흐렸는데."

프랜시스는 바버 부인의 옆으로 다가섰다. "네, 이 방은 볕이 아주 잘 든답니다. 하지만 이렇게 위치가 높은데도 전망이 별로 좋진 않죠."

"그래도 조금 보이기는 하는걸요. 집들 사이로요."

"그렇죠. 그리고 남쪽을 내다보시면… 저쪽이요." 프랜시스는 남쪽을 가리켰다. "수정궁의 탑들이 보인답니다. 창문에 더 가까이 다가가야 해요. 보이세요?"

둘은 나란히 바투 서 있었다. 바버 부인이 유리창에 얼굴을 바싹 들이대자 유리에 입김이 서렸다. 짙은 속눈썹 아래의 두 눈이 이리저리 떠돌다가 멈췄다. "앗, 보여요!" 그녀는 기쁜 듯 말했다.

그녀는 뒤로 물러나 마당 쪽으로 시선을 돌리면서, 너그러운 어조로 말했다. "저기 렌 좀 보세요. 투덜거리고 있네요. 하여간 좀스럽기는!" 그녀는 창문을 두드리고 남편을 부르며 손짓했다. "그건 찰리에게 옮기라고 하고 이리 와봐! 해 좀 구경해! 태양 말이야! 보여? 태양 말이야!" 그녀가 손을 내려뜨렸다. "제 말을 못 알아듣네요. 상관없어요. 그나저나 우리 세간이 저렇게 널려 있는 걸 보니 우스팡스럽네요. 정말 초라해 보이죠! 1펜스짜리 잡화점 물건처럼요. 이웃들이 뭐라고 생각할까요, 레이 양?"

정말이지 뭐라고 생각할까? 벌써부터 건너편 집의 도슨 부인이 응접실 창문의 빗장을 만지작거리는 척하면서 날카로운 눈빛으로 이쪽을 관찰하고 있었다. 그리고 언덕 저 아래 하이크로프트 거리에 사는 램 씨가 집 앞을 지나가다 말고 멈춰 서서, 꽉 들어찬 여행 가방이며 기포가 생긴 양철 트렁크를 비롯한 가방들, 바구니들, 융단들을 쳐다보며 눈을 깜빡거렸다. 바버 씨와 위스머스 씨는 그 융단들을 정원의 나지막한 벽돌담 위에 임시로 쌓아놓던 참이었다.

두 남자가 램 씨에게 고갯짓하며 말하는 소리가 들렸다. "안녕하십니까?" 램 씨는 그들이 누구인지 몰라 머뭇거렸다. 어쩌면 단체복처럼 똑같은 그들의 줄무늬 넥타이 때문에 어리둥절했는지도 모른다.

"가서 도와야겠어요." 프랜시스가 말했다.

"아, 제가 할게요."

바버 부인은 그렇게 대답하고 방을 나섰지만, 막상 그녀가 향한 곳은 그 옆의 침실이었다. 그 다음에는 프랜시스의 침실에서 계단통 건너편에 위치한 작은 뒷방으로 갔다. 프랜시스와 어머니는 그 방을 아직까지 '넬리와 메이블의 방'이라고 불렀지만, 넬리와 메이블은 1916년 군수 공장의 유혹에 넘어가 결국에는 이직해버렸고, 이후로 입주 하인이라고는 한 명도 고용한 적이 없었다. 그 방은 이제 부엌으로 개조되었다. 찬장과 개수대를 들이고, 가스등과 가스레인지, 그리고 동전을 투입하면 정량의 가스를 공급해주는 선불식 가스계량기를 설치했다. 프랜시스가 직접 벽지에 니스 칠도 했다. 니스가 튀는 바람에 바닥에 광택은커녕 얼룩이 남았지만 말이다. 찬장과 알루미늄 상판을 댄 식탁은 원래 아래층 급수실에 있던 것이었다. 그 가구들 역시 프랜시스가 직접 여기까지 끌고 올라왔지만, 차마 어머니에게 딸이 그런 일을 하는 모습을 지켜보게 할 수 없어서 어머니가 외출하고 없는 날에 처리했다.

프랜시스는 그렇게 최선을 다해 모든 준비를 했다. 그런데 지금 바버 부인이 이곳저곳을 둘러보고 무슨 물건을 어디에 놓을지를 결정하며 이 공간을 차지하는 모습을 보노라니, 자신이 기묘하게 불필요한 존재가 된 느낌이 들었다. 마치 유령이 된 것 같았다. 프랜시스는 어색하게 입을 열었다.

"음, 더 필요하신 게 없다면 저는 내려가서 차 준비를 도울게요. 아래층에 있을 테니 무슨 문제라도 있으면 언제든 말씀하세요. 어머니보다는 제게 말씀하시는 편이 좋아요. 그리고… 아, 참." 프랜시스는 주머니에 손을 넣었다. "잊기 전에 지금 이걸 드려야겠네요."

프랜시스가 꺼낸 것은 열쇠였다. 리본으로 엮인 열쇠 꾸러미 두 벌. 막상 이걸 넘겨주려니 내키지 않았다. 「사우스런던 프레스」에 낸 광고가 불러온, 생판 모르는 여자의 손바닥 위에 집 열쇠들을 실제로 놓는 것은 노력이 필요한 일이었다. 바버 부인은 열쇠를 받아 쥐면서 프랜시스에게 묵례를 했다. 이 순간이 얼마나 중요한지 알고 있다는 뜻이었다. 뜻밖에도 사려 깊은 말까지 덧붙였다. "고맙습니다, 레이 양. 모든 걸 이렇게 멋지게 준비해주셔서 감사해요. 레너드도 저도 이곳에서 행복하게 살게 될 거예요. 정말이지 그렇게 확신해요. 제가 드려야 할 것도 물론 가져왔어요." 그녀가 열쇠를 가방에 고이 집어넣더니, 구깃구깃한 갈색 봉투를 꺼냈다.

그건 두 주치 집세였다. 58실링. 프랜시스는 벌써부터 지폐가 바스락 넘어가는 소리와 동전이 미끄러지고 땡그랑 떨어지는 소리가 들리는 것 같았다. 프랜시스는 얼굴을 최대한 사무적인 표정으로 가다듬으려 애쓰면서 봉투를 넘겨받고, 다소 부주의한 태도로 주머니에 넣었다. 그렇게 하면 돈을 받는 게 단지 형식적인 절차로 보이기라도

19

할 것처럼. 실은 그 돈이야말로 이 모든 일을 벌이게 된 핵심적이고도 구차한 이유라는 것을 숨길 수 있기라도 한 것처럼.

아래층에서는 남자들이 숨을 헐떡거리며 발재봉틀을 옮기고 있었다. 프랜시스는 돈의 액수를 재빨리 확인해보려고 응접실로 슬쩍 들어갔다. 봉투의 접착 면을 떼어서 벌려보니… 아아, 빠짐없이 들어 있었다. 눈에 보이고, 손에 만져지는, 완전히 자신의 소유라는 것이 확실한 현금. 그 돈에 입을 맞추고 싶은 충동마저 들었다. 프랜시스는 지폐를 도로 접어서 주머니에 넣고, 현관 앞 홀을 미끄러지다시피 가로질러 부엌으로 들어갔다.

어머니는 스토브의 열판에서 주전자를 들어 올리고 있었다. 부엌에 혼자 있으면 늘 그렇듯 약간 허둥거리는 모습이었다. 암초에 부딪힌 여객선에서 엉겁결에 엔진실로 들어왔다가 계기를 조작해야 하는 상황에 휘말린 승객 같았다. 어머니는 더 야무진 프랜시스의 손에 주전자를 맡기고, 자신은 다구들과 우유병, 설탕 그릇을 꺼냈다. 바버 부부와 위스머스 씨의 몫으로 찻잔과 잔받침 세 벌을 쟁반에 올린 어머니는 잔받침 두 개를 더 집어 들다가 머뭇거리더니, 프랜시스에게 귓속말로 물었다. "우리도 같이 차를 마셔야 할까?"

프랜시스도 잘 몰랐다. 이런 경우엔 어떻게 해야 예의에 맞을까?

아니, 무슨 대수인가! 받을 돈은 다 받았는데. 프랜시스는 어머니의 손에서 잔받침을 빼내며 말했다. "아녜요. 그러기 시작하면 한도 끝도 없을 거예요. 위층에서 자기들끼리 마시게 두고 우리는 그냥 응접실에 있자고요. 차에 곁들일 비스킷을 가져가야겠네요."

프랜시스는 비스킷이 든 깡통 뚜껑을 열고 손을 집어넣다가 멈칫했다. 그러고 보니 비스킷을 굳이 내줄 필요가 있나? 프랜시스는 일단 비스킷 세 개를 접시에 올리고, 그 접시를 티포트 옆에 놓아보고는,

관두기로 마음먹고 접시를 쟁반에서 치웠다.

그런데 그때 상냥한 바버 부인이 생각났다. 광택을 낸 마룻바닥을 조심스럽게 지나가던 모습, 고급 실크가 대어져 있던 스타킹 뒤꿈치. 프랜시스는 접시를 다시 쟁반으로 옮겼다.

이후 삼십 분 동안 남자들이 계단을 오르락내리락하며 짐을 옮겼다. 그런 뒤에는 상자며 통을 이리저리 옮기는 소리, 가구를 질질 끌고 바퀴 달린 것을 미는 소리, 바버 부부가 이 방 저 방에서 서로를 부르는 소리가 이어졌다. 도중에 휴대용 축음기로 튼 음악이 꽝꽝 울려 퍼지는 바람에 프랜시스와 어머니는 기겁해서 서로를 마주 보기도 했다. 여섯 시에는 위스머스 씨가 응접실 문을 두드려 예의 바르게 작별 인사를 하고 떠났고, 그때부터는 집이 한결 조용해졌다.

그렇다고 해서 집이 두 시간 전과 같은 장소일 순 없었다. 프랜시스와 어머니는 하루의 마지막 햇빛 아래서 책을 읽으려고 프랑스식 창* 앞에 앉았다. 조명을 조금이라도 덜 켜서 가스비를 아끼기 위해 지난 몇 년간 해온 일과였다. 이 응접실은 저택의 한가운데를 통과하는 길쭉한 형태로, 내부를 가르는 이중문이 있는데 봄과 여름엔 문을 열어 두고 지냈다. 그리고 이 방 위에는 바버 부부의 침실과 부엌이 자리 잡고 있었다. 프랜시스는 책장을 넘기면서도 바로 위에 있을 부부를 자꾸만 의식하게 되었다. 눈꼬리에 티가 붙었을 때처럼, 그들의 이질적인 존재감에 신경이 쓰였다. 한동안 침실 쪽의 서랍이 열리고 닫히는 기척이 들리는 걸로 미루어 바버 부부는 침실에서만 움직이는 것 같았다. 그런데 둘 중 한 명이 부엌으로 들어가는 듯하더니, 잠시 침

* 두 짝으로 된 전면 유리창으로, 밀거나 당겨 열 수 있다.

묵이 흐르다가, 무언가가 떨어져 철커덩 하고 세차게 부닥치는 듯한 희한한 소음이 들렸다. 마치 금속으로 된 괴물이 태엽 장치로 무언가를 집어삼키는 것만 같았다. 한 번, 두 번, 세 번, 네 번. 프랜시스는 당혹스러워하며 천장을 쳐다보다가, 그게 가스계량기의 동전 투입구에 동전을 집어넣는 소리일 뿐이라는 사실을 깨달았다. 이후에는 수돗물이 흘렀고, 또다시 기묘한 소음이 시작되었다. 맥박이 뛰거나 숨을 밭게 헐떡이는 소리와 비슷했는데, 아마도 가스가 들어오면서 계량기에서 또 소리가 나는 거겠지 싶었다. 바버 부인이 주전자에 물을 받아서 끓이는 모양이었다. 이윽고 그녀의 남편이 부엌으로 들어왔다. 대화를 나누는 소리, 웃음소리⋯ 프랜시스는 손님을 치를 때에나 할 법한 생각을 무심코 떠올렸다. '저 사람들, 정말 자기 집처럼 편하게 행동하는군.'

그 말의 의미가 새삼 와 닿자 심장이 살짝 내려앉는 느낌이 들었다.

프랜시스가 차갑게 식혀 먹는 메뉴들로 일요일 저녁 식사를 준비하고 있을 때, 바버 부부가 각각 부엌으로 내려와 문을 두드렸다. 처음에는 아내가, 뒤이어 남편이 차례로 찾아왔다. 화장실이 건물 밖 마당에 있는 탓에 거기로 가려면 부엌을 통해 뒷문으로 나가야 하기 때문이었다. 그들은 미안해하는 표정으로 얼굴을 찡그려 보이며 사과했고, 프랜시스도 마주 사과했다. 이런 동선 때문에 불편한 건 그들도 마찬가지일 테니까. 하지만 그들과 마주칠 때마다 점점 더 자신감을 잃었고, 주머니에 든 58실링에 깃든 마법의 힘조차도 약해져갔다. 대가를 톡톡히 치르고 얻은 돈이라는 게 절감되었다. 부부가 자기 공간이 아닌 방들까지 이리저리 돌아다니는 것을 보고 듣는 일이 이렇게 기묘한 느낌일 줄은 미처 각오하지 못했다. 아까만 해도, 화장실에 다녀온 바버 씨가 위층으로 올라가다 말고 홀에서 멈춰 서는 기척이 들리기에, 왜 저기서 미적거리는 걸까 궁금해서 복도 너머를 조심스럽게 내다보았더니 그는 미술관에라도 들어온 양 벽에 걸린 그림들을 감상하고 있었다. 리펀 대성당*의 강철 판화를 더 잘 보려고 몸을 기울이면서, 주머니에서 성냥을 꺼내 느긋하게 이를 쑤시기까지 했다.

프랜시스는 이런 이야기를 어머니에게 일절 꺼내지 않았다. 모녀는 명랑하게 저녁 일과를 이어나갔다. 저녁을 먹은 뒤 백개먼** 게임을 두 판 했고, 아홉 시 사십오 분에 묽은 코코아를 한 잔 마셨고, 그 뒤에는 잘 준비를 했다. 물건을 치우고, 불을 끄고, 쿠션을 탁탁 털어서 푹신하게 부풀리고, 문을 잠갔다.

어머니가 먼저 잘 자라고 인사하고 침실로 들어갔다. 프랜시스는 부엌에 남아 뒷정리를 하고 스토브를 정돈하고, 화장실에 들르고, 내일 아침을 위해 식탁을 정리하고, 우유 통을 앞마당으로 가지고 나가 대문 옆에 걸어두었다. 그런데 집으로 돌아가서 홀의 가스등 조명을 약하게 낮추면서 보니, 어머니 침실에서 아직까지 불빛이 새어 나오고 있었다. 보통 프랜시스는 밤늦은 시간에는 어머니를 찾지 않았지만, 오늘은 어쩐지 그 불빛이 그녀를 손짓해 부르는 듯했다. 프랜시스는 그쪽으로 건너가서 문을 두드렸다.

"저 들어가도 될까요?"

어머니는 머리를 땋아 내리고 침대에 앉아 있었다. 땋은 머리채가 마치 올이 해져가는 밧줄처럼 보였다. 전쟁 때까지만 해도 어머니의 머리는 프랜시스처럼 순전한 갈색이었는데, 지난 몇 년 사이에 빛깔이 바랬고 결도 거칠어져서 지금은 쉰다섯 나이에 노인처럼 백발이

---

* 잉글랜드의 노스요크셔에 위치한 앵글로색슨 및 고딕 양식의 성당.
** 두 사람이 주사위를 던져서 말을 이동하는 보드게임.

23

되었다. 하지만 멋진 담갈색의 눈 위에 걸린 눈썹만은 여전히 짙고 선명했다. 어머니는 『퍼즐과 수수께끼』라는, 기차에서 심심풀이로 흔히 보는 종류의 책을 무릎 위에 올려놓고 아크로스틱 퍼즐*을 풀던 참이었다.

어머니는 책을 손에서 놓고, 독서용 안경 너머로 프랜시스를 바라보았다.

"프랜시스, 무슨 일이니?"

"그냥 한번 와봤어요. 퍼즐 계속 푸셔도 괜찮아요."

"아, 그냥 잠이 안 와서 시답잖은 책을 뒤적이고 있었을 뿐이란다."

말은 그렇게 하면서도 어머니는 책장으로 눈길을 돌리고는 답이 떠올랐는지 입술을 달싹이면서 연필로 단어를 적어보았다. 어머니가 매트리스의 절반을 차지하고 있었고, 나머지 절반은 다리미판처럼 반듯하게 펴져 있었다. 프랜시스는 슬리퍼를 발로 차서 벗고 침대의 빈 자리로 올라가, 머리를 양손으로 받치고 누웠다.

이 방은 한 달 전까지는 식당이었다. 프랜시스가 낡은 빨간색 벽지에 페인트를 칠하고 그림들의 배치를 바꾸었지만, 위층의 새로운 부엌과 마찬가지로 이곳도 재단장 결과가 썩 신통치는 않았다. 어머니의 몇 점 안 되는 침실 가구들은 마치 억지로 자리를 지키고 있는 손님들처럼 신경이 날카로워 보였다. 그 가구들이 위층 바닥의 홈이며 얼룩을 애타게 그리워하는 것을 느낄 수 있었다. 게다가 옛 식당의 가구 몇 점은 달리 둘 곳이 없어서 여기에 놔둬야 했다. 그래서 이 방은 너무 꽉 차버렸고, 나이 든 느낌이 났고, 병실 같은 분위기도 살짝, 아주 살짝 풍겼다. 어렸을 때 대고모님들 병문안을 가서 본 방들이 이것과

---

* 크로스워드 퍼즐의 더 복잡한 형태.

비슷했다는 기억이 났다. 만약 여기에 요강 냄새가 좀 나고, 늙어빠진 노처녀 딸을 부를 작은 종 하나만 있다면 딱 그 모양새였을 것이다.

프랜시스는 머릿속에 떠오른 그 장면을 재빨리 털어버렸다. 위층에서 부부 중 한 명이 거실 바닥을 가로지르는 소리가 들렸다. 뛰듯이 활기차게 걷는 걸 보니 아마 바버 씨일 것이다. 바버 부인은 더 차분하게 걷는다. 프랜시스는 천장을 바라보며 그 걸음을 눈으로 좇았다.

옆에서 어머니도 위를 올려다보았다. "큰 변화가 있던 날이로구나." 어머니가 한숨을 쉬며 말했다. "아직도 짐을 풀고 있을까? 아마 흥분될 거야. 너희 아버지와 내가 여기 처음 왔을 때에도 꼭 그랬단다. 저 사람들, 이 집을 마음에 들어 하는 것 같지?" 어머니가 목소리를 낮췄다. "그래도 그게 어디니, 그치?"

프랜시스도 밀담을 나누듯 속닥거렸다. "적어도 아내 쪽은 마음에 들어 했어요. 믿을 수 없을 정도의 행운을 얻었다고 생각하는 눈치예요. 남편은 어떤지 잘 모르겠네요."

"왜, 훌륭하고 오래된 저택인걸. 이런 곳이 자기들 집이 되었으니, 처음 결혼한 부부에게는 대단한 일이지."

"하지만 저 사람들, 신혼부부는 아니지 않아요? 지난번에 결혼한 지 삼 년 됐다고 말했었죠? 전쟁 끝난 직후에 한 셈이네요. 그런데 아이는 없고요."

"그러게 말이다." 어머니의 말투가 조금 변했다. 그리고 잠깐 뜸을 들이더니, 생각의 흐름이 뻔히 보이는 말을 꺼냈다. "요새 젊은 여자들은 다들 화장을 해야 한다고 생각하는 모양이야. 참 유감스러워."

프랜시스는 어머니의 무릎 위에 펼쳐진 책을 들여다보며 아크로스틱 퍼즐을 살펴보았다. "그러게요. 게다가 오늘은 주일인데도 화장을 하다니!"

어머니가 가만히 쳐다보는 시선이 느껴졌다. "얘는, 제 엄마 흉내 내며 놀리는 것 좀 봐."

위층에서 바버 부인의 웃음소리가 들렸다. 무언가 가벼운 물체가 떨어져 마룻바닥 위로 미끄러져 굴러가는 소리도 났다. 프랜시스는 퍼즐 풀기를 포기하고 입을 열었다. "그 여자 배경이 어떨 것 같아요?"

어머니는 책을 덮고 한편으로 치웠다. "누구?"

프랜시스는 턱짓을 했다. "B 부인 말예요. 아버지가 어디 회사 지점장쯤 되는 사람이지 않을까요? 어머니는 상당히 '다정한' 분일 테고요. 축음기로 「인도의 사랑 노래」*를 듣고, 상선을 타서 한몫 벌어들인 오빠가 하나 있고, 본인은 여자아이들을 상대로 피아노 레슨을 하고, 매년 왕립미술원 전시회에도 가고…." 말하다 보니 하품이 나왔다. 프랜시스는 손등으로 입을 가리고 하품을 하면서 말을 이었다. "한 가지 좋은 점은, 그 부부가 무척 젊다는 거예요. 우리와 비교할 만한 게 자기들 부모님밖에 없을 테니까요. 우리도 뭐가 뭔지 모르고 세를 주고 있다는 걸 들키지 않을 수 있겠죠. 이대로 집주인 노릇을 의욕적으로 해내기만 하면, 우리는 진짜 셋집 주인아주머니가 될 수 있을 거예요."

어머니는 짜증스러운 듯 말했다. "어쩜 그렇게 노골적으로 표현하니! 꼭 '워딩 출신의 바다 전망 부인'이라도 되는 것 같잖아."**

"셋집 주인아주머니가 되는 게 뭐 어때서요? 요즘 시대엔 부끄러운

---

* 「The Indian Love Lyrics」는 로렌스 호프의 시에 에이미 우드포드 핀덴이 곡을 붙인, 20세기 초에 크게 유행한 음악.
** 주인아주머니(landlady)는 하숙집, 셋집, 여관 등의 여자 주인으로 당대 사회 통념상 그리 명예로운 지위는 아니었다. '워딩 출신의 바다 전망 부인'이라고 하면 바다 전망이 좋은 방을 세놓는 여성을 상기시키는 표현이다.

일이 아니에요. 저는 셋집 주인아줌마 노릇을 즐길 작정인데요."

"그 단어 좀 그만 입에 올리지 못하겠니!"

프랜시스는 미소를 지었다. 하지만 이불 테두리에 둘러진 실크 천을 잡아 뜯는 어머니의 표정은 정말로 괴로워 보였다. "너희 아버지가 살아 계셨다면 가슴이 찢어졌을 거야!"라는 말이 나오기 일보 직전이었다. 아버지가 죽은 지 근 사 년이 지난 지금까지도 프랜시스는 아버지 생각만 하면 이를 갈거나 욕을 하거나 박차고 일어나 무언가를 부수고 싶은 충동이 일었다. 그래서 서둘러 화제를 돌려, 어머니가 인근의 자선단체 두세 곳의 운영에 참여하게 된 일에 대해 물었다. 그런 다음에는 다가오는 바자회에 대해 이야기를 나누었다.

어머니의 안색이 맑아지고 연로한 얼굴에 피로한 기색만 남은 걸 보고, 프랜시스는 침대에서 일어났다.

"따로 필요하신 건 없나요? 혹시 깨어나면 드실 비스킷이라도 가져다 드릴까요?"

"아니다. 비스킷은 됐어. 다만 나가는 길에 불을 꺼주면 좋겠구나, 프랜시스."

어머니는 땋은 머리채를 들어 올리고서 머리를 베개에 뉘였다. 안경 때문에 콧마루에 작은 멍처럼 패인 자국이 남았다. 프랜시스가 램프로 손을 뻗는데, 위층에서 또 발소리가 들려왔다. 어머니의 담갈색 눈동자가 천장 쪽으로 돌아갔다.

"저 위에 노엘이나 존 아서가 있는 게 아닌가 몰라요." 프랜시스는 중얼거리고 불을 껐다.

그래, 어쩌면 정말 그럴지도 모른다. 프랜시스는 어두침침한 홀에서 머뭇거리며 그런 생각을 했다. 담배 연기 냄새가 나고, 위층 회랑에서 남자 목소리가 무어라 투덜거리고 슬리퍼를 신은 남자 발이 터벅터벅 지나가는 소리를 들으니… 무릎이나 팔꿈치의 약한 부분을 찧었을 때처럼 심장이 철렁 흔들렸다. 슬픔은 어쩌면 이렇게 갑자기 들이닥쳐 사람을 사로잡는 것일까. 지금에 와서까지도! 계단 밑에 멈춰 서서 발작적인 슬픔이 자신을 휩쓸고 지나가기를 기다린 끝에, 그녀는 계단을 올라가기 시작했다. 그런데 혹시… 저 위의 모퉁이를 도는 순간, 혹시라도, 계단 꼭대기에서 정말로 오빠나 동생이 나타나는 건 아닐까? 이런 상상을 하는 건 너무나 오랜만이었다. 이를테면 존아서 오빠가, 갈색의 예거사(社) 실내복 가운과 전원도시에서 신을 법한 샌들 차림으로, 호리호리한 서생 같고도 엉뚱한 수도승 같은 그 모습으로, 지금 당장이라도 나타나는 것은 아닐까.

물론 위층에 있는 사람은 바버 씨일 뿐이었다. 입꼬리에 담배를 물고, 셔츠 바람에 소매를 걷어 올린 채, 회랑 벽에 방금 걸어놓은 듯한 무슨 해괴망측한 물건을 만지작거리고 있었다. 그건 기압계와 의류용 솔을 합쳐놓은 것처럼 보이는, 야한 오렌지색의 광택이 도는 물건이었다. 그뿐만이 아니라 사방에 야한 것들이 널려 있었다. 프랜시스는 아연히 주변을 둘러보았다. 마치 어떤 거인이 사탕 한 봉지를 몽땅 빨아먹고는 그 입으로 집 전체를 핥아놓은 것 같았다. 어머니의 옛 침실에 깔려 있던 빛바랜 카펫은 가짜 페르시아 융단에 덮여버렸다. 두 창문 사이에 걸린 커다랗고 아름다운 거울에는 술 달린 인도 숄이 비스듬히 걸쳐졌다. 벽에는 레이턴 경*의 화풍으로 그린 고전적인 누드로 보이는 복제화 한 점이 걸려 있었다. 고리버들 새장은 벽에 박힌 갈고리에 리본으로 매달린 채 천천히 회전했고, 그 안에는 종이 반죽 횟대

---

* 프레드릭 레이턴은 역사나 신화를 주제로 한 고전적 화풍으로 빅토리아 시대에 명성이 높았던 화가.

에 실크와 깃털로 만든 앵무새 모형이 올라앉아 있었다.

환하게 켜놓은 조명등이 마치 격노한 것처럼 쉭쉭거리는 소리를 냈다. 조명에 들어가는 가스비는 프랜시스와 어머니가 부담한다는 걸 저 부부는 혹시 잊어버린 것일까? 바버 씨와 눈이 마주친 프랜시스는 지독하게 밝은 불빛에 맞먹도록 밝은 목소리로 말을 꺼냈다. "짐 정리는 다 하셨나요?"

바버 씨가 입에서 담배를 빼내고는 하품을 눌러 참으며 말했다. "오, 오늘 정리는 이만하면 족합니다. 저는 저놈의 상자들을 여기까지 옮겨놨으니 제 몫을 다 했지요. 실내 단장은 릴리안이 알아서 할 겁니다. 그 사람이 그런 걸 아주 좋아하거든요. 할 수만 있다면 잉글랜드 전체를 단장할 수도 있을 겁니다."

프랜시스는 이제껏 바버 씨를 제대로 본 적이 없었다. 그의 전반적인 '테마', 경박하게 투덜거리는 태도만을 인지했을 뿐, 신체의 특징을 구체적으로 눈여겨보지는 않았다. 그런데 지금 균일하게 비치는 조명 아래에서 보니 회사원답게 말쑥한 그의 외모가 눈에 들어왔다. 슬리퍼만 신고 있으니 프랜시스보다 키가 3, 4센티미터 정도밖에 크지 않았다. 그의 아내는 '좀스럽다'고 표현했지만, 그렇게 말하기엔 바버 씨는 사뭇 생기가 넘쳐 보였다. 얼굴에는 까칠하게 자란 붉은빛의 수염과 작은 여드름 흉터들이 퍼져 있었고, 턱은 좁았으며, 치아는 약간 밀집해 있었고, 모래 빛깔의 속눈썹은 보일락 말락 할 만큼 옅었다. 하지만 눈 자체는 선명한 파란색이어서 어쩐지 잘생겨 보였다. 잘생긴 것처럼 보인다고 해야 하나, 어쨌든 처음에 생각했던 것보다는 더 잘생긴 남자였다.

프랜시스는 바버 씨에게서 시선을 돌렸다. "이제 저는 자러 가야겠어요."

바버 씨는 또다시 하품이 비어져 나오려는 걸 참았다. "부럽군요! 릴리는 아직도 방을 장식하고 있을걸요."

"아래층의 불은 꺼두었어요. 홀에 있는 등의 맨틀*이 다루기가 좀 까다로워서 제가 하는 편이 낫겠더라고요. 어떻게 다뤄야 하는지 나중에 알려드릴게요."

바버 씨가 선뜻 말했다. "괜찮으시면 지금 보여주셔도 됩니다."

"글쎄요, 저희 어머니가 주무셔야 해서요. 어머니 방은, 아시다시피 이 계단 바로 밑에…."

"아, 그러면 내일 보여주십시오."

"그럴게요. 하지만 밤중에 바버 씨나 부인께서 아래층으로 내려오실 일이 생길까 봐 걱정스럽네요. 어두울 텐데요."

"괜찮습니다. 저희가 길을 잘 찾아보겠습니다."

"램프라도 하나 챙겨두세요."

"그거 좋은 생각이군요. 아니면, 이렇게 하는 건 어떨까요." 그가 빙긋 웃었다. "제 아내부터 먼저 밧줄로 엮어서 내려 보내는 거죠. 만약 무슨 문제가 생기면… 릴이 밧줄을 잡아당겨서 신호를 보내는 겁니다."

바버 씨는 말하는 내내 장난스러운 눈빛으로 프랜시스를 응시했다. 그의 태도는 어쩐지 마음을 불안하게 하는 구석이 있었다. 프랜시스가 대답을 망설이자, 바버 씨는 담배를 들어 올리고 고개를 돌려 한 모금 빨더니, 미소를 띠었던 입을 실그러뜨리고 연기를 다른 쪽으로 날려 보냈다. 그러면서도 그 생기 넘치는 푸른 눈동자는 프랜시스에게 붙박여 있었다.

---

* 가스등의 점화구에 씌우는 그물 같은 장비.

그런데 눈 깜짝한 순간 바버 씨의 태도가 변했다. 침실 문이 열리고 그의 아내가 나타났기 때문이었다. 그녀는 두 손에 그림 한 폭을 들고 있었는데, 프랜시스는 그게 또 레이튼 경 스타일의 누드화일까 봐 걱정스러웠다. 한편 바버 씨는 짐짓 투덜거리는 특유의 어투로 말했다.

"아직도 그러고 있는 거야? 하느님 맙소사!"

바버 부인은 프랜시스에게 미소를 지었다. "저는 방을 보기 좋게 꾸미고 있었을 뿐이에요."

"하지만 여기 가엾은 레이 양이 주무시고 싶다는데. 소리가 시끄럽다고 나오셨잖아."

바버 부인의 얼굴이 어두워졌다. "어머, 레이 양. 정말 미안해요!"

프랜시스가 재빨리 말했다. "전혀 시끄럽지 않았어요. 바버 씨가 놀리고 있는 거예요."

"저는 내일 마저 하려고 했는데, 일단 시작하니까 멈출 수가 없지 뭐예요."

여기서 다 같이 서 있으니 통로가 엄청나게 비좁게 느껴졌다. 앞으로도 매일 밤 이렇게 만나 사교적인 인사를 주고받아야 하는 걸까? "언제까지든 필요한 만큼 정리하셔도 괜찮아요." 프랜시스는 애써 명랑하게 말하고 자기 방 쪽으로 걸음을 돌리다가 멈춰 섰다. "다만… 기억하시겠지요? 아래층에 저희 어머니 방이 있다는 거요."

"아, 그럼요. 물론이지요." 바버 부인이 말했다.

남편도 진지해 보이는 표정으로 맞장구를 쳤다. "유념하겠습니다."

프랜시스는 괜한 말을 했다 싶었다. "그럼 안녕히 주무세요."라고 어색한 인사를 남기고 그녀는 자기 방으로 들어갔다. 초에 불을 붙인 뒤 방문을 닫으려고 보니, 통로 저편에서 바버 씨가 담배를 피우면서 이쪽을 건너다보고 있었다. 그는 미소를 지어 보이고는 안으로 들어갔다.

프랜시스는 문을 닫고, 열쇠를 살살 돌려서 자물쇠를 잠갔다. 그러고 나니 기분이 한결 나아졌다. 슬리퍼를 벗어 던지고, 블라우스, 치마, 속옷, 스타킹을 벗고… 뚱뚱한 중년 여자가 코르셋을 벗어버렸을 때처럼, 마침내 프랜시스는 진짜 자신의 몸으로 돌아왔다. 기지개를 켜면서 어둑한 방 안을 둘러보니 방이 얼마나 평온하고 깨끗한지, 실로 아름다웠다! 벽난로 선반 위에는 은촛대 두 개 외에 아무것도 없었다. 책장은 꽉 차 있지만 말끔했고, 바닥에는 짙은 빛깔의 융단 한 장만 깔려 있었으며, 벽지를 뜯어낸 벽에는 하얀색 수성 도료가 칠해져 있었다. 액자에 넣은 그림들도 고요한 분위기였다. 일본의 실내를 배경으로 한 그림, 그리고 프리드리히*의 풍경화. 보랏빛의 지평선으로 녹아드는 눈 덮인 산봉우리들이 그려져 있는 그 풍경화는 촛불 빛 속에서는 아주 희미하게만 보였다.

프랜시스는 하품을 하면서 머리의 핀들을 더듬어 빼냈다. 세면대에 물을 받고 수건을 적셔서 얼굴, 목, 겨드랑이를 문질러 닦고, 이를 닦은 뒤, 뺨과 거칠어진 손에 바셀린을 발랐다. 그리고 협탁 서랍에서 궐련지와 담뱃잎이 든 통을 꺼내다가 작은 궐련 한 개비를 단정하게 말았다. 여태껏 바버 씨의 담배 냄새가 나서 싱숭생숭하던 참이었다. 프랜시스는 촛불로 담뱃불을 붙여 침대로 올라간 다음 촛불을 불어 껐다. 담배를 이런 식으로 피우는 걸 좋아했다. 서늘한 침대 시트에 알몸으로 늘어진 채, 어둠 속에서 빨갛게 달아오른 담배 끝부분에 손가락만 비치는 것이 좋았다.

물론 오늘 밤은 그리 캄캄하지 않았다. 바깥의 회랑에서 새어 드는 빛 때문에 방문 밑에 가느다란 빛의 웅덩이가 생겼다. 그들은 지금 저

* 카스파르 프리드리히. 독일의 낭만주의 화가로 장엄하고 정적인 자연 풍경을 주로 그렸다.

기서 뭘 하는 걸까? 두런거리며 대화하는 목소리가 들려왔다. 그 형편없는 그림을 어디에 걸지 상의하고 있는 게 아닐까. 만약 벽에 못을 박는다면 나가서 뭐라고 한마디 해야 할 것이다. 회랑의 가스등을 이렇게 강하게 켜둔 채로 놔둔다면, 역시 또 나가서 이야기를 해야 할 것이다. 프랜시스는 자신이 해야 할 말들을 궁리했다.

이런 말씀 드려서 죄송하지만…

전에 의논했던 것 기억하세요?

아무래도 우리가…

이렇게 하는 게 최선일 것 같은데요…

제가 실수를 한 듯싶은데…

아니, 이런 생각은 그만두자! 너무 늦은 시간이 아닌가. 그런 입씨름을 벌이기에는 너무나 늦은 시간이다.

결과적으로 잠은 푹 잤다. 아침 여섯 시에 멀리 어느 공장에서 처음으로 울려온 경적 소리에 잠깐 잠에서 깼고, 이후 한 시간 동안 졸면서 복잡한 꿈을 꾸다가, 드릴 소리처럼 요란한 소음에 퍼뜩 놀라 깨어났다. 비몽사몽 중에 귀를 기울여보니 그건 바버 부부의 알람 시계가 울리는 소리였다. 어젯밤에 그 부부가 자기들 침실로 가면서 무어라 두런거리는 소리가 들렸던 게 불과 방금 전이었던 것 같은데, 마치 그 과정을 거꾸로 되돌리는 것처럼 부부는 방에서 나와 소곤거리고 하품을 하면서 아래층으로 살금살금 내려가 마당으로 나갔다. 그런 다음 위층의 부엌으로 돌아와서 달그락달그락 차를 끓이고 아침 식사를 준비했다. 프랜시스는 그 모든 소리에 귀를 기울였다. 베이컨이 쉭쉭거리며 익어가는 소리, 세면대에 면도칼을 두드리는 소리. 여기에 익숙해져 한다. 이제부터는 매일 하루가 이렇게 시작될 것이다.

프랜시스는 58실링을 마음에 되새기고, 바버 씨가 출근 준비를 하는 동안 조용히 일어나서 옷을 입었다. 바버 씨는 아침 여덟 시 직전에 집을 나갔고, 그때쯤 그의 아내는 침실로 돌아갔다. 프랜시스는 이 틈을 기다렸다는 게 너무 티가 나지 않게끔 이 분 정도 뜸을 들인 뒤 문을 열고 아래층으로 내려갔다. 스토브 아궁이의 재를 긁어내고 불을 새로 지피고, 화장실에 다녀와서 어머니에게 아침 인사를 드리고, 차를 끓이고 달걀을 삶았다. 일을 하면서도 머릿속은 계산을 하느라 분주했다. 어머니와 함께 아침을 먹고 식탁을 치운 뒤, 그녀는 가계부를 가지고 조용한 곳으로 가서 가계부 뒤쪽에 지난 반 년간 꾸준히 쌓인 청구서들을 살펴보았다.

정육점과 생선 가게에는 많은 돈을 한번에 지불해야 할 것 같았다. 세탁소, 빵집, 석탄 가게에는 조금씩만 줘도 버틸 수 있을 것이다. 몇 주 뒤면 세금과 더불어 분기별 가스 요금 납부 기한이 다가올 텐데, 위층에 설치한 가스레인지, 계량기, 파이프와 연결 장치에 대한 대금까지 포함되어 평소보다 많이 나올 것이다. 그 밖에도 광택제와 수성 도료 등, 바버 부부의 입주 준비에 든 비용을 치러야 했다. 이대로라면 집세로 확실히 흑자를 내기까지는 서너 달쯤 걸릴 것이다. 빨라도 8월이나 9월은 되어야 하리라.

8월이든 9월이든 수익이 없는 것보다야 훨씬 낫다. 프랜시스는 기운이 솟는 것을 느끼며 가계부를 치웠다. 이윽고 빵집 배달부와 정육점에서 일하는 소년이 연달아 찾아왔다. 오늘만은 빵과 고기를 받으면서 수상쩍은 장물 거래를 하는 게 아니라 정당한 권리를 취하는 사람처럼 떳떳할 수 있었다. 오늘 주문한 고기는 양의 목 부위로, 이따가 핫 포트*를 만들어 먹을 생각이었다. 프랜시스는 음식을 만드는 데에도, 먹는 데에도 큰 흥미가 없었지만 전쟁 동안 부득불 요리에 적성을 맞췄다. 그래도 저렴한 고기 한 덩이만 가지고 여러 종류의 요리를 만들어내는 것 같은 실용적인 과제는 재미있었다. 다른 집안일도 비슷했다. 스토브를 해체하거나 융단 누르개를 닦는 것처럼 일상적이지 않은 일들, 계획과 전략을 세워야 하는 일과 화학약품이나 특별한 도구가 필요한 일들이 가장 좋았다.

대부분의 집안일은 어쩔 수 없이 시시했다. 저택은 성가신 요소들로 가득했다. 액자 걸이용 가로대, 회반죽 장식, 굽도리마다 대어진 정교한 몰딩은 하루 이틀에 한 번씩 먼지를 털어야 했고, 온통 짙은 색의 목재 일색인 가구들도 정기적으로 먼지를 털어야 했다. 옛 잉글랜드를 동경했던 아버지는 이 저택의 기발한 리전시풍 특징들과는 어울리지도 않는 자코비언풍** 의자며 수납함 따위를 이 구석 저 구석에 들여다 놓았다. 그 가구들은 아버지 생전에 이른바 '아버지의 수집품'으로 불렸는데, 아버지가 돌아가시고 이듬해 프랜시스가 감정을 맡겨봤더니 전부 빅토리아 시대에 제작된 모조품으로 밝혀졌다. 괘종시계를 사간 중개인은 그걸 모두 3파운드에 쳐주겠다고 제안했다. 마음 같아서는 그 돈을 기꺼이 받아 챙기고 빌어먹을 가구들을 치워버리고 싶었지만, 어머니가 속상해해서 그럴 수가 없었다. "진품이든 아니든 네 아버지의 마음이 깃든 물건들이잖니." 어머니의 말에 프랜시스는 '아버지의 어리석음이 깃들어 있다고 해야겠죠.'라고 마음속으로만 대꾸했다. 그리하여 가구들은 집에 그대로 남게 되었고, 프랜시스는 매주 몇 차례씩 기우뚱거리는 테이블에 달린 빙빙 꼬인 모양의 다리들과 소용돌이무늬, 조잡한 의자에 새겨진 마름모꼴 문양을 게처

* 고기 위에 저민 감자를 덮고 오븐에 익혀내는, 랭커셔 지방의 전통 찜.
** 제임스 1세 시대(1603~1625)의 미술 양식으로 중후한 형태에 복잡하게 세공된 가구 디자인이 대표적이다.

럼 종종걸음 치면서 먼지떨이로 문질러야 했다.

특히 힘든 일거리는 어머니가 낮에 외출하는 동안 처리하는 게 편했다. 오늘은 월요일, 어머니가 아침에 관할 사제와 함께 교회 일을 돌보러 나가는 날이었다. 어머니가 없는 틈을 타서 프랜시스는 1층 전체를 청소할 야심찬 계획을 세웠다.

현관문을 닫고, 소매를 걷어 올리고, 앞치마를 걸치고, 얼굴을 가린 뒤 청소를 개시했다. 우선 어머니의 침실부터 시작해 응접실로 이동하며 바닥을 쓸고 먼지를 털었다. 먼지 털기는 끝이 없는 것 같았다. 대체 이 먼지가 다 어디서 오는 것일까? 사람이 땀을 흘리듯 저택이 먼지를 만들어내는 것만 같았다. 융단이나 쿠션을 아무리 털고 또 털어도 먼지는 계속 나왔다. 응접실의 도자기 장식장은 유리문을 꼭 닫아두는데도 안에 먼지가 쌓여서 닦아줘야 했다. 가끔은 저 성가신 도자기 찻잔과 잔받침 들을 하나하나 두 동강 내고 싶다는 충동이 들었다. 한번은 볼이 발그레한 스태퍼드셔산(産) 도자기 인형의 머리를 욱하는 마음에 분지른 적이 있는데, 그러고 나서는 허둥지둥 풀로 도로 붙여놓았다. 그 인형은 지금도 약간 비뚤어진 모습으로 장식장 안에 놓여 있다.

오늘은 그런 기분이 들지 않았다. 프랜시스는 활기차게 능률적으로 일했다. 응접실 청소를 마친 뒤, 빗자루와 쓰레받기를 가지고 계단 꼭대기로 올라가서 한 계단씩 내려오면서 비질을 했다. 그리고 물을 채운 양동이와 무릎 깔개를 동원해 홀 바닥을 닦았다. 비누를 쓰면 검은 타일에 얼룩이 남기 때문에 식초만 사용했다. 때를 벗기는 첫 번째 절차는 젖은 걸레로 문지르는 것이지만, 무엇보다도 중요한 건 물기를 짜낸 걸레로 바닥을 한번에 유연하게 훔쳐내는 두 번째 과정이다. 자! 타일 하나하나가 보기 좋게 반짝이게 되었다. 오 분 뒤면 물기가 말라

흐릿해지겠지만, 어차피 모든 건 흐릿해지게 마련이다. 관건은 가능한 한 밝은 상태를 유지하는 것이다. 흠집이 났더라도 속상해할 필요는 없다. 그녀는 젊고, 건강하고, 튼튼하지 않은가. 그리고 또… 무엇이 있더라? 이런 소소한 즐거움이 있다. 부엌에서 일구어내는 소소한 성공, 하루를 마무리하는 담배, 수요일에 어머니와 함께하는 영화 관람, 정기적으로 런던 시내에 다녀오는 시간도. 때로는 불안도 찾아오지만 인생이란 원래 그런 법이다. 갈망도, 욕구도 있지만… 그건 대체로 육체적인 차원이었고, 프랜시스는 지난 세기 사람들처럼 그런 욕망을 금기시하진 않았다. 사실 돌이켜보면 놀랍기까지 했다. 그녀는 무릎 깔개와 양동이를 바닥의 다른 구역으로 옮기고 타일들을 닦으면서, 성욕을 손쉽게 해결할 수 있다는 게 얼마나 놀라운 일인지 새삼 생각했다. 심지어 대낮에, 어머니가 집에 있을 때조차도, 그저 침실에 슬쩍 들어가 몇 분 만에 처리할 수 있지 않은가. 파스닙* 껍질을 벗기거나 빵 반죽이 부풀기를 기다리다가 잠깐 틈을 내서….

계단 모퉁이에서 무언가가 움직였다. 프랜시스는 화들짝 놀랐다. 세입자들을 그만 까맣게 잊고 있었다. 고개를 들어보니 난간 기둥들 너머로 바버 부인이 머뭇머뭇 내려오는 모습이 보였다.

나쁜 짓을 하다 들킨 것처럼 얼굴이 화끈 달아올랐다. 그런데 바버 부인도 얼굴을 붉혔다. 오전 열 시가 훌쩍 넘은 시간인데도 그녀는 나이트가운 차림이었다. 새틴 같은 재질로 된, 몸을 휘감는 스타일의 일본풍 웃옷을 걸치고 있었는데, 아마 '기모노'라고 부르는 스타일인 것 같았다. 터키풍 슬리퍼를 신은 발은 맨발이었고, 손에는 수건과 세면도구 주머니를 들고 있었다. 프랜시스가 인사를 하자 바버 부인은 자

* 미나리과 식물로 당근처럼 생긴 뿌리채소.

는 동안 납작하게 눌려버린 머리카락을 귀 뒤로 넘기면서 수줍게 말했다. "목욕을 할 수 있을까 하고요."

"아, 그럼요."

"혹시 곤란하시면 말씀하셔도 돼요. 아까 렌이 출근한 뒤 곯아떨어지는 바람에…."

프랜시스는 바닥에서 일어섰다. "괜찮아요. 온수기를 켜기만 하면 돼요. 저희가 보통 낮에는 온수기를 잘 켜지 않거든요. 어젯밤에 말씀드릴걸 그랬네요. 이쪽으로 오실 수 있겠어요? 그 부분은 조심해서 뛰어넘어야 할 거예요." 프랜시스는 양동이를 치웠다. "여기 바닥은 안 젖었어요."

바버 부인은 계단을 마저 내려오면서 낯을 더욱 붉혔다. 프랜시스의 머리에 얹은 걸레, 걷어 올린 소매, 빨갛게 변한 손, 무릎을 디딘 자국이 고스란히 찍혀 있는 하녀용 깔개를 밟고 선 모습을 보면서 그녀는 민망해하는 눈치였다. 프랜시스는 그런 표정에 익숙했다. 너무나 많은 사람의 얼굴에서 그 표정을 보았기에 지긋지긋해 죽을 지경이었다. 이웃들, 판매원들, 어머니 친구들… 다들 인류 역사상 최악의 전쟁을 거쳤으면서도, 본데 있는 집안의 처녀가 청소부 노릇을 하는 광경 앞에서는 왜인지 몸 둘 바를 모르는 듯했다.

프랜시스는 기운차게 말했다. "저희 집에선 일꾼을 쓰지 않는다고 말씀드렸지요? 보시다시피 그 말은 정말이랍니다. 단 한 가지 제가 하지 않는 일은 세탁이에요. 빨래는 웬만하면 세탁소에 맡겨요. 하지만 그 밖에는 제가 직접 해요. '광내기'나 '때 빼기'도….* 와, 이 분야의

---

* 광내기는 식탁용 날붙이들을 광이 나도록 닦는 일, 때 빼기는 집 안 청소 및 허드렛일을 의미. 편한 일도 궂은 일도 모두 도맡는다는 뜻으로 하는 말이다.

은어도 다 터득했네요!"

바버 부인은 비로소 설핏 미소를 지었지만, 프랜시스가 마저 닦아야 할 바닥을 보고는 아까와 다른 이유로 난처해했다.

"어제 저희가 집을 너무 어지럽혔던 것 같아요. 미처 생각을 못 했네요."

"어머, 바닥은 저절로 더러워져요. 이 집의 모든 게 그렇지요."

"옷을 갈아입고 나서 저도 도울게요."

"전혀 그러실 필요 없어요. 부인이 관리해야 할 방들은 따로 있잖아요. 당신이 하녀 없이도 지낼 수 있는데 저라고 왜 못 하겠어요? 제가 대걸레를 얼마나 능수능란하게 다루는지 보면 놀라실걸요. 자, 제가 도와드릴게요."

바버 부인은 계단 맨 밑에 서서 어디로 발을 디뎌야 할지 몰라 주저하고 있었다. 프랜시스가 손을 내밀자, 그녀는 잠깐 망설이다가 손을 잡았다. 그리고 손에 힘을 주면서 걸레질을 하지 않은 바닥 쪽으로 팔짝 뛰었다. 바닥에 내려선 순간 기모노 가운이 벌어지면서 잠옷이 드러났고, 그 안에서 아무것으로도 받치지 않은 둥근 살덩어리가 흔들리는 바람에 프랜시스는 순간 당황했다.

둘은 부엌을 거쳐 그 옆에 딸린 급수실로 들어갔다. 그곳의 개수대 옆에 욕조가 있었다. 욕조는 프랜시스가 식기 건조대로도 사용하는 표백된 나무 덮개로 덮여 있었다. 프랜시스는 능숙한 손길로 덮개를 들어 올려 벽에 기대어놓았다. 욕조는 매우 오래된 것이어서 몇 차례 에나멜을 다시 칠했고, 가장 최근에는 프랜시스가 직접 칠했는데 제대로 한 게 맞는지 긴가민가했다. 철로 된 부분은 오늘따라 유독 나병에 걸린 피부처럼 얼룩져 보였다. 벌컨사(社)의 온수기 역시 꽤나 흉측한 모습이었다. 리벳으로 고정된 녹색의 실린더에 휘어진 다리 세

개가 달려 있었는데, 1870년대에는 이 제조사에서 만든 제품들 중 최고급이었을지 몰라도 지금은 쥘 베른의 소설에서 달로 여행 갈 때 타는 무슨 비행선처럼 보였다.

"이건 작동시키기가 약간 까다로워요." 프랜시스는 바버 부인에게 조작 방법을 설명했다. "이 꼭지를 돌려야 해요. 그리고 이쪽 꼭지는 절대로 돌리지 마세요. 그러면 우린 뻥 터져서 하늘까지 날려 갈지도 몰라요. 불은 여기에 붙이고요." 프랜시스가 성냥불을 켰다. "이때는 고개를 다른 쪽으로 돌리고 하시는 게 좋아요. 저희 아버지는 불을 붙이다가 잘못해서 양쪽 눈썹을 다 태우시기도 했거든요. 자, 이렇게."

쉭 하는 소리와 함께 가스에 불이 붙고, 실린더가 탁탁거리고 덜거덕거렸다. 바버 부인은 양손을 허리에 올린 채 그 광경을 보면서 얼굴을 찌푸렸다.

"너무 징글맞은 물건이죠. 미안해요, 바버 부인." 프랜시스는 석조 개수대, 구석에 박혀 있는 급탕용 화덕, 살풍경한 타일 벽을 빙 둘러보았다. "집이 더 현대식이었으면 지내시기에 좋았을 텐데요."

바버 부인은 고개를 저었다. "아니에요. 그런 생각 마세요." 그녀는 머리카락을 또다시 귀 뒤로 꽂아 넘겼다. 귓불에 귀고리를 하려고 뚫은 작은 보조개 같은 자국이 눈에 띄었다. "저는 지금의 저택 이대로가 좋아요. 유서 깊은 저택이잖아요. 그러니까⋯ 모든 게 반드시 현대적이어야 할 필요는 없어요. 그랬다면 개성이 사라졌을 거예요."

또다시 바버 부인은 특유의 친절함을, 상냥하고 사려 깊은 모습을 보여주었다. 프랜시스는 소리 내어 웃으면서 대답했다. "글쎄요, 개성이 두 번만 많았다가는 큰일 날 것 같네요. 하지만⋯" 프랜시스는 좀 더 진지하게 말을 이었다. "마음에 드신다니 기뻐요. 정말로 기쁘네요. 저도 이 집을 좋아하긴 하지만 그 사실을 곧잘 잊어버리거든요.

자, 이제 온수기가 뜨거워지고 있으니 물을 틀어야겠어요. 안 그러면 기껏 마음에 든 집도, 집을 좋아하는 우리도 통째로 사라져버릴지 몰라요! 혼자 하실 수 있으시겠어요? 만약 불이 꺼지기라도 하면 저를 부르세요. 유감스럽지만 가끔 그럴 때가 있거든요."

바버 부인은 희고 고른 치아를 드러내며 방긋 웃었다. "그럴게요. 고마워요, 레이 양."

프랜시스는 바버 부인을 그곳에 두고 홀 쪽으로 돌아갔다. 등 뒤에서 급수실 문이 닫히고 살며시 빗장이 걸리는 소리가 들렸다.

프랜시스는 복도로 이어지는 부엌문을 열어둔 채 걸레를 집어 들었다. 바버 부인이 목욕 준비를 하는 소리가 아주 선명하게 들렸다. 마개를 연결하는 체인이 욕조에 부딪혀 쩔렁거리는 소리, 물이 푸드덕거리다가 콸콸 흘러나오는 소리. 물소리가 좀 오래 이어지는 것 같았다. 아까 프랜시스가 평소 온수기를 쓰는 빈도에 대해 했던 말은 허풍이었다. 가스 온수기를 자주 켜면 돈이 너무 많이 든다. 사실 그들 모녀는 구식 화덕에 설치된 가마솥으로 물을 끓여서 길어다가 썼다. 목욕은 기껏해야 일주일에 한 번 했고, 그나마도 같은 목욕물을 교대로 사용했다. 만약 바버 부인이 목욕을 이렇게 일상적으로 하려 든다면 가스비가 두 배는 더 나올지도 모른다.

마침내 물 흐르는 소리가 끊어졌다. 목욕물이 찰랑거리는 소리, 욕조 바닥에 발을 디디는 소리가 들렸고, 바버 부인이 욕조 안에 앉은 듯 무겁게 첨벙하는 소리가 났다. 이후로는 정적이 흘렀고 수도꼭지에서 물방울이 똑똑 떨어지는 소리만 간간이 새어 나왔다.

바버 부인의 기모노 가운이 벌어졌을 때처럼, 저 소리들을 듣고 있자니 신경이 곤두섰다. 무엇보다도 신경 쓰이는 건 소리보다도 정적이었다. 아까 가계부를 정리할 때는 세입자들이 순전히 돈벌이 수단으로, 이를테면 돈다발 두 뭉치쯤으로 느껴졌었다. 그런데 지금 뒷걸음으로 움직이며 타일 바닥을 닦아나가다 보니, 세를 준다는 의미가 무엇인지 비로소 실감 났다. 친하지 않은 사람끼리 가깝게 지내는 기묘한 경험. 벌거벗은 바버 부인과 그녀 사이에 몇 평짜리 부엌과 얇은 문 한 장밖에 없는, 서로 간의 겉 포장이 벗겨진 듯한 상태. 불현듯 머릿속에 어떤 상상이 떠올랐다. 열기 속에서 발갛게 달아오른 둥근 젖가슴이.

프랜시스는 깔개 위에서 자세를 고쳐 앉고, 걸레를 붙잡고서 바닥을 힘껏 문질렀다.

점심시간에 어머니가 돌아왔을 때까지도 급수실 벽에는 김이 서려 있었다. 바버 부인이 목욕을 했다는 이야기에 어머니는 깜짝 놀랐다.

"오전 열 시에? 나이트가운 차림으로? 그게 정말이니?"

"정말이에요. 게다가 새틴으로 된 가운이었어요. 신부님이 우리 집에 오신 게 아니라 어머니가 신부님에게 갔으니 천만다행이지 뭐에요."

어머니는 낯빛이 하얗게 질린 채 아무 말도 하지 않았다.

치즈 소스를 끼얹어 구운 콜리플라워를 점심으로 먹은 뒤, 모녀는 응접실에 편안히 자리를 잡았다. 어머니는 교회 소식지에 보낼 편지를 썼고, 프랜시스는 망가진 옷들을 수선하면서 의자 팔걸이에 펼쳐놓은 「타임스」를 읽었다. 최근엔 무슨 일이 벌어졌을까? 그녀는 불편한 자세로 잉크 얼룩이 진 신문지를 넘겼다. 언제나처럼 음울한 소식뿐이었다. 호레이쇼 보텀리가 일반인들을 속여 25만 파운드를 사취한 혐의로 중앙형사법원에 출두했고, 한 하원의원은 코카인 밀매업자들에게 태형을 내리라고 요구했으며, 프랑스인들이 시리아인들을 총격

했는가 하면 중국인들은 자기들끼리 총격을 벌였고, 더블린에서 열린 평화 회담은 수포로 돌아간 데다 벨파스트에서는 또 살인 사건이 일어났고…, 그런데 일본으로 낚시 여행을 떠난 왕세자는 즐거워 보였고, 캐리스브룩 후작 부인은 '빈민 친구들을 돕기 위한' 무도회를 주최할 예정이라고 했다. '그래서 다 괜찮다는 얘기로군.' 프랜시스는 생각했다. 「타임스」는 영 마뜩잖았다. 하지만 덜 보수적인 성향의 신문을 구독할 돈은 없었다. 어차피 요즘은 신문을 읽으면 우울해져서 싫기도 했다. 아득한 옛날처럼 느껴지는 전쟁 때 같았으면 프랜시스는 젊은 혈기에 무슨 활동이라도 했을 것이다. 투서를 쓰거나, 집회에 참여하거나. 하지만 지금 세상은 너무나 복잡해져서 해결책 자체를 거부하는 듯 보였다. 어디를 봐도 이해관계의 충돌로 빚어진 혼란밖에 없었고, 그 모든 것에서 공허감만 들었다. 프랜시스는 신문을 치웠다. 내일은 저걸 찢어서 남은 음식물을 싸거나 불쏘시개로 쓸 것이다.

집이 모처럼 조용했다. 거의 예전의 저택으로 돌아온 듯했다. 아까는 바버 부인이 가구를 옮기느라 쿵쿵거리고 삐걱거렸는데, 이제는 거실로 간 모양이었다. 거기서 뭘 하고 있으려나? 아직도 나이트가운을 입고 있을까? 어쩐지 그랬으면 좋겠다는 생각이 들었다.

뭘 하는지 몰라도 바버 부인은 티타임 내내 조용하다가 여섯 시 직전이 되어서야 다시 기척을 냈다. 후다닥 방 정리를 하는 듯 이리저리 급하게 움직이더니 부엌에서 냄비며 그릇을 덜그럭거렸다. 그로부터 삼십 분 뒤, 프랜시스는 1층 부엌에서 저녁 식사를 준비하다가 현관문 밖에서 누가 들어오려는 듯 문 걸쇠가 덜컹거리는 바람에 화들짝 놀랐다. 물론 그 사람은 퇴근해서 집에 돌아온 바버 씨였다. 그가 현관 깔개에 발뒤꿈치를 비벼 터는 소리를 들으니, 아버지가 꼭 저런 소리를 냈던 게 연상됐다.

바버 씨는 피곤한 기색으로 계단을 올라가면서 요들송을 부르듯 거나하게 하품을 했다. 오 분 뒤 프랜시스가 조리대에 흩어진 감자 껍질을 치우고 있을 때, 바버 씨가 아래층으로 내려왔다. 복도에서 슬리퍼를 직직 끄는 소리가 들리더니 "똑똑, 레이 양!"이라며 그가 문 너머로 얼굴을 나타냈다. "좀 지나가도 되겠습니까?"

출근을 위해 머리에 단정하게 기름을 바른 바버 씨는 어제보다 더 나이 들어 보였다. 이마에는 중산모에 눌려서 찍힌 듯한 붉은 줄무늬 자국이 나 있었다. 그는 화장실에 들른 뒤 마당에서 잠시 어슬렁거렸다. 프랜시스는 부엌 창문을 통해, 바버 씨가 정원 저편에서 아스파라거스를 자르고 있는 어머니에게 말을 걸지 말지 망설이는 모습을 지켜보았다. 그는 그만두자고 생각한 듯 발길을 돌리다가, 도중에 멈춰서서 집의 벽돌이며 창틀을 올려다보고, 문간의 계단에 난 금인지 깨진 자국 같은 걸 살펴보았다.

"레이 양, 오늘 잘 지내셨나요?" 바버 씨가 부엌으로 들어와 말했다. 이렇게 된 이상 그와 잡담을 나누는 걸 피할 길이 없어 보였다. 어차피 바버 씨에 대해 좀 알긴 알아야 할 것도 같았다.

"저는 아주 잘 지냈어요. 바버 씨는 오늘 하루 어떠셨나요?"

바버 씨는 시티* 회사원 특유의 빳빳한 셔츠 깃을 잡아당겼다. "아, 언제나 그렇듯 무지하게 재미났지요."

"힘드셨다는 뜻이겠지요?"

"뭐, 제 상사 같은 사람과 일하려면 매일이 힘듭니다. 이러저러한 숫자들로 덧셈을 하라고 시켜놓고는, 그 결과가 마음에 안 들면 저를 비난하는 식이거든요! 어떤 부류의 사람인지 알 만하지요?" 바버 씨

* 금융가가 밀집된 런던의 중심 지구 명칭.

는 프랜시스의 눈을 줄곧 응시하면서 턱을 치켜들고 목을 긁었다. "더욱이 명문 사립학교 출신이라면서 그런다니까요. 그쪽 양반들은 지각이 있을 줄 알았는데 말입니다. 안 그래요?"

이런 말을 왜 하는 걸까? 아마도 프랜시스의 남자 형제들에 대해 넘겨짚은 모양이었다. 하지만 바버 씨 부부가 그들의 옛 방에서 잔다고 해도, 그는 존 아서나 노엘에 대해 아무것도 모른다. 프랜시스는 그 사실을 되새기며 짐짓 맞장구를 쳤다. "그러게요, 사립학교 출신들이 과대평가된다는 이야기를 종종 들었어요. 바버 씨는 보험사에서 일한다고 하셨죠?"

"그렇습니다. 무슨 죄인지 몰라도요!"

"정확히 어떤 일을 하시나요?"

"저요? 사람들의 삶을 평가하지요. 중개인들이 보험 신청서를 보내면, 저는 그걸 저희 측 의료 담당자에게 넘긴 뒤, 의료 담당자의 보고서를 받아서 검토하고 그 신청자의 삶이 보험에 들기에 좋은지, 나쁜지, 그저 그런지 판단합니다."

"좋은지, 나쁜지, 그저 그런지?" 프랜시스는 놀라서 그 말을 되풀이했다. "꼭 성 베드로처럼 말씀하시네요."*

"성 베드로라고요!" 바버 씨가 소리 내어 웃었다. "마음에 드네요! 기발한 말씀입니다, 레이 양. 저도 필사(社)의 동료들에게 한번 그렇게 말해봐야겠군요."

바버 씨의 웃음소리가 잦아들자 프랜시스는 이제 그가 슬슬 나가주겠거니 생각했다. 그러나 바버 씨는 약간의 담소를 나누고 도리어 더

---

* 예수의 제자 중 한 명인 베드로가 천국의 문지기가 되어, 천국으로 들어가려고 하는 사람들의 영혼을 평가하고 자격을 심사한다는 속설이 있다.

친근감을 느꼈는지, 급수실 문간으로 모걸음질을 치더니 문설주에 기대서서 아예 자리를 잡았다. 프랜시스가 일하는 모습을 지켜보는 게 즐거운 모양이었다. 그 푸른 눈이 그녀를 훑으면서 구석구석 뜯어보는 게 느껴졌다. 앞치마, 수증기에 젖어서 곱슬곱슬해진 머리카락, 걷어 올린 옷소매, 붉어진 손마디까지도.

프랜시스가 소스에 넣을 민트를 썰자, 바버 씨는 민트를 정원에서 따 온 것이냐고 물었다. 그렇다고 대답하니 그는 창문 쪽을 고갯짓했다. "아까 슬쩍 둘러봤는데 꽤 넓던데요. 어머님과 둘이서만 저걸 다 관리하시는 건 아니겠지요?"

"아, 힘든 일은 사람을 부르죠. 종종⋯." 프랜시스는 '그럴 돈이 있을 때는요.'라는 생각을 속으로만 삼키고 말을 이었다. "그럴 필요가 있을 때는요. 잔디는 저희 신부님의 아드님이 와서 깎아주시고요. 나머지 일은 어머니와 제가 충분히 처리할 수 있어요."

실은 별로 그렇지 못했다. 잡초를 뽑고 가지를 치는 일은 어머니가 품위를 지킬 수 있는 한에서만 최선을 다해 돌보았다. 프랜시스로 말할 것 같으면, 그녀에게 정원 가꾸기란 야외에서 하는 집안일에 지나지 않았고, 집안일이라면 이미 진력나도록 하고 있었다. 따라서 아버지 생전에 훌륭했던 정원은 계절이 지날수록 볼품없어지고 쓸쓸해지고 흐트러져갔다.

바버 씨가 말했다. "흠, 제가 기꺼이 거들어드리겠습니다. 그저 말씀만 하세요. 저는 보통 아버지 집 정원 일을 도와드리는데, 거긴 기껏해야 이 댁 정원의 반만큼도 안 됩니다. 4분의 1도 못 될걸요. 그래도 아버지는 정원을 최대한 활용하세요. 심지어 지지대를 설치해 오이도 키우시지요. 그것들, 때깔이 얼마나 좋은지, 길이가 이만합니다!" 그가 두 손을 벌려 길이를 보여주었다. "오이 생각해보셨어요, 레이 양?"

"글쎄요….."

"그러니까 제 말은, 오이를 키우는 것 말입니다."

저 말에 무슨 무례한 암시라도 들어 있는 걸까? 설마 그렇진 않을 것이다. 그런데 그의 눈빛이 지난밤에 보았을 때처럼 생기가 넘쳤고, 그때 그의 태도에서 프랜시스가 느꼈던 불안감이 되살아났다. 그녀를 부끄럽게 하려고 일부러 놀리는 것 같았다.

프랜시스는 아무 대꾸 없이 몸을 돌려 민트 소스에 넣을 식초와 설탕을 꺼냈다. 소스를 다 섞어서 그릇에 담은 뒤, 오븐에서 핫 포트를 꺼내 고기가 익었는지 칼로 찔러보았다. 프랜시스가 너무 오랫동안 등을 돌리고 서 있자 마침내 바버 씨는 눈치껏 문설주에서 몸을 뗐다. 그런데 그가 부엌을 나가면서 언뜻 미소를 짓는 것 같더니, 복도를 걸어가면서는 새가 내는 듯한 소리로 휘파람까지 불었다. 뮤직홀* 공연에 나올 법한 경쾌한 곡조였는데, 조금 들어보니 무슨 곡인지 알 수 있었다. 「손을 내밀렴, 장난꾸러기 소년아」**였다. 휘파람 소리는 바버 씨가 위층으로 올라가면서 이내 잦아들었다. 그런데 몇 분 뒤 프랜시스는 자기도 모르게 같은 곡을 휘파람으로 불고 있었다. 퍼뜩 정신을 차리고 재빨리 휘파람을 멈추었지만, 바버 씨가 좀처럼 지워지지 않는 악취를 남기기라도 한 것처럼, 아무리 잊으려 애써도 그놈의 노래는 그날 저녁 내내 머릿속에서 맴돌았다.

---

* 영국에서 19세기에서 20세기 초까지 유행한 버라이어티쇼 혹은 그것을 공연하는 극장.
** 「Hold Your Hand Out, Naughty Boy」는 제1차 세계대전 당시 유행했던 뮤직홀 음악으로, 가사는 바람둥이 유부남에 대한 내용이다.

2

이후 며칠 동안 프랜시스는 바버 씨가 경쾌하게 휘파람을 불거나 계단 꼭대기에서 요들송 같은 하품을 하는 소리를 들었다. 재채기 소리도 들었다. 손으로 막는다기보다는 손에 대고 고함을 치는 듯한, 남자 특유의 요란한 재채기였다. 그걸 들으니 오빠와 동생과 함께 살았던 나날이 떠올랐다. 그들은 왠지 몰라도 재채기를 한 번만 하고 마는법이 없었고, 꼭 여러 번을 연거푸 하다가 마지막에는 코를 풀곤 했다. 또한 바버 씨는 화장실 변기 시트를 항상 위로 젖혀놓았고, 변기 테두리에 선명한 노란색 물방울과 꼬불꼬불한 적갈색 털을 남겼다. 밤 열 시 삼십 분 정각에는 어김없이 소화제 가루약을 물에 타느라고 유리잔에 숟가락을 달그락달그락 부딪치는 소리를 내다가 몇 초 뒤 조그맣게 트림을 했다.

이런 것들이 아주 짜증스럽지는 않았다. 일주일에 29실링을 받기 위해서라면 못 참을 정도는 아니었다. 차차 적응될 것이다. 바버 씨역시 프랜시스에게 적응할 것이다. 생활이 리듬을 타면서 규칙적인 일상이 자리 잡히고, 모두가 사이좋게 지내게 될 것이다. 적어도 바버 씨는 그렇게 말했다. 하지만 프랜시스는 솔직히 바버 씨와 친하게 지낸다는 걸 상상할 수도 없었고, 몇 번은 침대에 누워 담배를 피우면서 자신이 무슨 짓을 한 건지, 집을 무슨 지경에 빠뜨려버린 건지 아연해하며 상심에 젖기도 했다. 한 집에서 세를 놓아도 괜찮을 거라는 생각은 대체 어떻게 했던가 기억해내려 애쓰면서.

그래도 바버 부인은 같이 살기에 수월했다. 아침나절에 목욕을 했던 건 이례적인 일이었던 듯했다. 바버 부인은 가면 갈수록 대부분의 시간을 혼자 보냈고, 그녀 남편이 짐짓 투덜거리며 했던 말마따나 실내를 '단장'했다. 구슬, 마크라메,* 레이스 등으로 액자 걸이나 벽난로 선반을 장식하거나, 병에 꽂은 타조 깃털들을 정돈하는 모습을 프랜시스는 자기 방을 들락날락하다가 마주치곤 했다. 한번은 회랑을 가로지르다가 무슨 방울 소리 같은 게 들리기에 바버 부부 거실의 열린 문 안을 흘끔 보았더니, 바버 부인이 탬버린을 들고 있었다. 리본 여러 가닥이 치렁치렁 늘어진 집시풍의 탬버린이었다. 바버 부인의 옷 역시 집시풍이었다. 술 달린 스커트며, 터키풍 슬리퍼며, 머리를 싼 붉은 실크 스카프까지. 프랜시스는 그녀를 방해하고 싶지 않아서 잠시 기다렸다가 가벼운 투로 말을 걸었다.

"바버 부인, 타란텔라** 춤이라도 추는 건가요?"

바버 부인이 미소를 지으면서 문간으로 나왔다. "아직 뭘 어디에 놓을지 정하는 중이에요."

"좀 봐도 될까요?" 프랜시스가 탬버린을 고갯짓하자, 바버 부인이

* 실이나 끈으로 매듭지어 무늬를 만들어낸 장식물.
** 이탈리아에서 유래한, 탬버린을 가지고 추는 경쾌한 춤곡.

건네주었다. "예쁘네요."

바버 부인은 코를 찡그렸다. "그냥 고물상에서 산 물건이에요. 그래도 진짜 이탈리아제이긴 해요."

"취향이 이국적이신 것 같아요."

"렌은 제가 미개인 같대요. 정글에서 살아야 할 사람 같다나? 저는 그저 다른 데서 온 것들이 좋을 뿐인데 말예요."

'그래, 따지고 보면 그게 뭐가 잘못이야?' 프랜시스는 그런 생각이 들었다. 그녀는 탬버린을 한 번 흔들어보고, 헤드의 가죽을 손가락으로 두드려보았다. 마음 같아서는 여기에 더 머무르고 싶었다. 어쩐지 이 순간이 그녀를 이끄는 듯 느껴졌다. 하지만 오늘은 수요일이어서 오후에 어머니와 같이 영화를 보러 가야 했기에, 프랜시스는 약간 주저하면서 탬버린을 돌려주었다. "이걸 두기에 적당한 자리를 찾으셨으면 좋겠네요."

잠시 뒤 프랜시스는 어머니와 함께 집을 나서면서 말했다. "바버 부인에게도 같이 가자고 할걸 그랬어요."

어머니가 석연치 않은 표정을 지었다. "바버 부인? 극장에를 말이니?"

"내키지 않으세요?"

"글쎄, 좀 더 친해지면 괜찮을 수도 있겠구나. 하지만 어색해지지 않을까? 일단 그러기 시작하면 매번 같이 가자고 해야 하지 않겠니?"

프랜시스는 그 말을 곱씹어보았다. "그건 그래요."

어쨌든 이번 주 프로그램은 실망스러웠다. 초반의 영화 몇 편은 괜찮았지만, 연극은 미국 스릴러였는데 플롯이 허점투성이여서 숫제 실패작이었다.* 마지막 막이 오르기 전에 모녀는 소규모 관현악단의 주의를 끌지 않으려 조심하면서 극장을 슬쩍 빠져나왔다. 어머니는 요즘 영화관엔 불쾌한 점이 너무나 많아 유감스럽다고, 곧잘 하던 말을 또 꺼냈다.

극장 로비에서 이웃인 힐야드 부인과 마주쳤다. 힐야드 부인은 좌석이 위층 비싼 자리였는데도 끝까지 보지 않고 나오는 길이었다. 셋이 같이 길을 걸어갈 때 그녀가 물었다.

"객식구들은 좀 어때요?" 예의 바른 힐야드 부인은 프랜시스 모녀를 배려하려고 '세입자'라는 표현을 쓰지 않았다. "잘 적응하고 있나요? 남편 되는 사람이 아침에 시티로 출근하는 걸 몇 번 봤어요. 아주 말쑥하게 차려입은 양반이던데요. 정말이지 저는 두 분이 부럽답니다. 집 안에 다시금 젊은 남자가 생겼으니 얼마나 좋아요? 그리고 프랜시스, 너도 티격태격할 수 있는 젊은이들이 있어서 즐거울 것 같은데, 안 그러니?"

프랜시스는 미소를 지었다. "오, 저도 티격태격할 때는 다 지났는걸요."

"아무려면. 네 덕분에 어머니가 아주 든든하실 거야."

그날 저녁 재료는 소 안창살이었다. 프랜시스는 육질을 연하게 하기 위해 땀을 흘려가며 밀방망이로 고기를 두드렸다. 다음 날에는 혼자 있는 짬에 부엌 연통의 그을음을 청소했다. 그러고 나니 손톱 밑과 손바닥 주름에 때가 끼어서 레몬 즙과 소금으로 문질러 닦아내야 했다.

그 다음 날은 금요일이었다. 오늘은 자기 자신에게 휴가를 줘도 된다는 생각이 들었다. 그래서 차게 먹는 음식으로 어머니를 위한 점심을 차리고 차와 곁들일 버터 발린 빵을 준비해둔 뒤, 시내로 나갔다.

프랜시스는 런던 도심에 나가는 걸 좋아했다. 쇼핑하러 가기도 하

* 초기 무성영화 극장에서는 영화와 공연을 혼합한 프로그램을 상연하기도 했다.

고, 친구 집에 방문하기도 했다. 이용하는 교통편은 그때그때 날씨에 따라 달랐는데, 바버 부부가 온 이래 날씨가 쭉 좋았으니 오늘은 모처럼 도보로 다녀볼까 싶었다. 그래서 버스를 타고 복스홀까지 가서 내린 뒤, 강을 건너 북쪽으로 이동하면서 눈길을 끄는 아무 거리나 걸었다.

런던을 산책하는 건 정말 즐거웠다. 걷다 보면 주변의 세세한 풍경을 빨아들이면서 마치 스펀지처럼 푹 젖는 듯한 느낌이 들었다. 아니면 배터리처럼 충전되는 것 같다고나 할까. 그래, 바로 그거다. 프랜시스는 길모퉁이를 돌면서 그렇게 생각했다. 이건 액체가 스며드는 감각이라기보다는 전류 같은 것이 얼얼하게 흘러드는 듯한, 신발이 길바닥에 부딪히는 마찰에서 무언가가 발생하는 듯한 감각에 가까웠다. 이런 얼얼한 시간에야말로 프랜시스는 가장 온전한 자기 자신이 되는 것 같았다. 그 어느 때보다도 익명의 군중 한 사람이 되는 상황에서 진짜 자신을 찾는다니 모순적이지만, 바로 이러한 익명성이 핵심이었다. 누군가와 함께 런던을 걸을 때는 이렇게 충전되는 기분을 결코 느끼지 못했다. 지금처럼, 낡은 계단의 난간이 드리운 그림자를 보면서 흥분을 느끼지도 못했다. 난간 그림자에서 이런 기분을 느끼다니, 바보 같은 걸까? 너무 엉뚱한가? 엉뚱한 건 싫었다. 하지만 말로 구태여 설명하려고 하니 엉뚱해지는 것뿐, 단순히 이 느낌을 받아들이기만 한다면⋯ 그래, 이렇게. 악기의 현을 퉁겨서 단 하나의 순수한 음조를, 그 현이 만들어진 목적인 바로 그 소리를 내는 것처럼. 다른 사람은 이 소리를 못 듣는다니 얼마나 이상한지! '만약 오늘 내가 죽는다면, 누군가가 내 삶을 돌이켜 생각하더라도 절대로 모르겠지. 지금 내가 호스페리 거리의 침례교회와 담배 가게 사이에서 경험하는 것과 같은, 바로 이런 순간들이야말로 내 인생에서 가장 진실했다

는 것을.'

　프랜시스는 가방을 흔들면서 길을 건넜다. 머리 위에서 갈매기 두 마리가 빙빙 돌면서 바닷가에서 흔히 들리는 울음소리를 내뱉었다. 가끔 런던 한가운데에서 이렇게 갈매기 울음을 들을 때면, 모퉁이 하나만 돌면 부두가 나올 것 같은 착각이 들었다.

　스트러튼 그라운드 시장에서 장을 보았다. 이 가판대 저 가판대 기웃거리며 시세보다 저렴한 곳들을 찾아, 바느질용 실 세 토리, 흠이 있는 실크 스타킹 여섯 장, 펜촉 한 상자를 샀다. 복스홀에서 여기까지 걸어왔더니 슬슬 배가 고팠다. 프랜시스는 구입한 물건들을 갈무리하면서 점심으로 뭘 먹을지 생각했다. 보통 런던 나들이를 나오면 내셔널 갤러리나 테이트 미술관에 딸린 식당처럼 붐비는 곳에서, 차 한 주전자만 시켜놓고 집에서 가져온 단 빵을 슬쩍 꺼내 끼니를 때우곤 했다. 하지만 그건 노처녀 같은 행동이다. 오늘은 노처녀가 되지 않을 작정이었다. 맙소사, 그녀는 겨우 스물여섯 살이 아닌가! 프랜시스는 흔히 말하는 '아늑한 모퉁이' 카페 한 곳을 찾아 들어가서 달걀, 감자 튀김, 빵, 버터로 된 따뜻한 점심을 먹었다. 웨이트리스에게 준 팁 1펜스를 포함해 총 1실링 6펜스가 들었다. 접시에 남은 것들을 빵과 버터로 닦아내서 먹고 싶은 충동은 억눌렀지만, 담배를 한 개비 말았으니 결국은 충분히 저속한 행동을 저지른 듯했다. 그녀는 담배를 피우면서 지하의 부엌에서 그릇을 달그락거리고 물을 철벅거리는, 누군가 다른 사람이 설거지를 해주는 소리에 만족스럽게 귀를 기울였다.

　식사를 마치고 나서는 버킹엄 궁으로 걸어갔다. 왕과 왕비에 대해 무슨 감상적인 기분에 젖어서는 아니었다. 프랜시스는 그들을 근친 교배로 번식한 거머리 한 쌍쯤으로 여겼다. 다만 어딘가 웅장한 중심부 같은 곳에 있는 게 즐거웠기 때문이었다. 같은 이유로, 그녀는 세인트 제임스 공원을 거닌 뒤 몰*을 건너서 피커딜리로 향하는 계단을 올랐다. 리전트 거리에 이르러 그 길의 곡선을 즐기려고 좀 걷다가, 고급 상점들의 진열창 안에 비치된 상품들의 가격표를 구경하면서 눈이 휘둥그레졌다. 3기니짜리 구두, 4기니짜리 모자…, 모퉁이에 있는 한 가게는 페르시아 앤티크 제품들을 취급하고 있었다. 엄청나게 높고 둥그런 장식 항아리 한 점이 있었는데, 도둑이 그 안에 몸을 숨길 수도 있을 것 같았다. 프랜시스는 문득 떠오른 생각에 빙그레 웃었다. '바버 부인이 좋아할 것 같아.'

옥스퍼드 광장을 건너자 고급 상점들은 모습을 감췄다. 런던은 망토를 휙 벗어 던지듯 의상을 갈아치워, 중고 피아노 상가, 이탈리아 식료품점, 하숙집, 술집이 뒤죽박죽 뒤얽힌 허름한 지역으로 변모했다. 그래도 프랜시스는 이 근방 거리들의 이름이 좋았다. 그레이트 캐슬, 그레이트 티치필드, 라이딩 하우스, 오글, 클립스톤 등등. 클립스톤 거리는 그녀의 친구인 크리스티나가 사는 곳이었다. 크리스티나는 지은 지 얼마 안 된 흉한 건물의 꼭대기 층에 있는 방 두 개를 쓰고 있었다.

프랜시스는 갈색 타일이 깔린 통로로 들어가, 수위실에 있는 수위에게 인사를 건네고, 탁 트인 마당을 건너 긴 계단을 올랐다. 꼭대기 층에 이르자 크리스티나가 타자기를 치는 소리가 들렸다. 숨 가쁘게 타자를 두들기는 찰칵찰칵 소리가 물 흐르듯 막힘없이 이어지고 있었다. 프랜시스는 멈춰 서서 숨을 고른 뒤 초인종을 눌렀다. 타자기 소리가 멎고 잠시 뒤, 크리스티나가 문을 열고 조그맣고 뾰족하고 하얀 얼굴을 드러냈다. 크리스티나는 고개를 기울여 프랜시스의 입맞춤

---

* 버킹엄 궁전에서 세인트 제임스 공원을 끼고 트래펄가 광장까지 이어지는 도로로, 국가 예식에 사용되었다.

54

을 받더니 눈을 게슴츠레 뜨고는 깜빡거렸다.

"네가 안 보여! 눈앞에 온통 글자들만 벼룩처럼 막 뛰어다니잖아. 아아, 이러다가 눈이 멀고 말 거야. 틀림없어. 잠시만 기다려, 나 이마 좀 씻고 올게."

크리스티나는 프랜시스를 지나쳐 방 밖으로 나가더니, 복도에 있는 세면대에서 손을 씻고는 두 손에 물을 받아 이마를 적셨다. 그녀는 젖은 손마디로 한쪽 눈을 문지르면서 돌아왔다.

이 건물은 직업여성들에게 아파트를 지원하는 단체에서 운영하는 것이었다. 여교사, 속기사, 여자 사무원 등이 크리스티나의 이웃이었고, 크리스티나 자신은 작가나 학생을 위해 원고와 논문을 타이핑해주는 일과 이따금씩 비서 일과 부기(簿記) 일을 해서 먹고살았다. 그녀가 프랜시스를 방으로 안내하면서 말하기를, 지금은 새로 창간한 어느 작은 신문사의 일을 돕고 있는데 약간 정치적인 내용이라고 했다. 러시아 대기근에 대한 통계자료를 타이핑하고 있는데, 문서의 여백 지정이 잘 안 돼서 계속 주물럭거리다가 두통이 왔고, 수많은 사람이 죽고 수많은 사람이 아직도 굶주리고 있다는 수치들을 다루는 것 자체도 울적한 일이라고 했다.

"가장 힘든 게 뭔지 알아?" 크리스티나가 미안한 어조로 말했다. "나까지 배가 고파졌다는 거야! 그런데 집에 음식 쪼가리 하나도 없네."

프랜시스는 가방을 열었다. "짠, 여기 있어. 내가 너 주려고 케이크를 만들어 왔거든."

"어머, 프랜시스! 진짜야?"

"응, 건포도 케이크야. 오늘 계속 가지고 다녔는데 팔 빠지는 줄 알았지 뭐야. 자, 여기."

프랜시스는 빵을 꺼내고 그걸 포장한 끈과 종이를 풀었다. 윤이 흐르는 갈색 빵 껍질을 본 크리스티나의 눈이 어린아이처럼 휘둥그레졌다. 그녀는 이런 케이크는 토스트를 해 먹어야 딱이라면서, 찻물을 끓일 주전자를 가스레인지 열판 위에 올리고, 벽장을 뒤져 전기스토브를 꺼냈다. 스토브에 불이 들어오면서 탁탁거리고 웅웅거리는 소리가 나자 크리스티나가 말했다. "앉아 있어. 좀 있으면 열이 오를 거야. 아, 그런데 창문은 좀 열어줄래? 안 그러면 찜통이 될 테니."

프랜시스는 창틀에 놓여 있던 소쿠리를 치우고 내리닫이창을 들어 올렸다. 이 방은 넓고 환했고, 요새 유행하는 보헤미아풍 색깔들로 장식되어 있었다. 하지만 책이며 종이가 바닥에 너저분하게 쌓여 있는 데다 무엇 하나 있어야 할 자리에 있지 않았다. 우스꽝스러운 빅토리아 시대의 안락의자가 두 개 있었는데, 한 개는 붉은 가죽에 온통 긁힌 자국투성이었고, 나머지 한 개는 겉 표면이 벗겨져가는 벨베틴 재질이었다. 벨베틴 안락의자 위에 아슬아슬하게 놓인 쟁반에는, 이틀 치 아침 식사를 하고 남은 끈적끈적한 달걀 컵들과 더러운 머그잔들이 쌓여 있었다. 프랜시스가 쟁반을 크리스티나에게 건네주자, 그녀는 쟁반을 비우고 대강 닦아낸 뒤 찻잔, 잔받침, 접시, 얼룩이 밴 우유병을 올려서 프랜시스에게 돌려주었다. 머그잔, 달걀 컵, 찻잔과 잔받침은 모두 유약을 듬뿍 발라 구운 두툼한 도자기 제품으로, '원시적인' 인상을 주게끔 투박하게 마감되어 있었다. 크리스티나의 동거인인 스티비라는 여자가 만든 작품이었다. 스티비는 캠던 타운의 여학교에서 미술 과목을 가르치는 교사였는데, 도자기 제작자로 이름을 알리려 노력하고 있었다.

프랜시스는 스티비를 딱히 싫어하진 않았지만, 이곳을 찾을 땐 되도록이면 스티비가 학교에 있는 시간에 맞췄다. 그녀가 만나려는 사람은 크리시였으니까. 둘이 처음 친해진 건 전쟁이 한창일 적이었다.

평화조약이 맺어졌을 땐 공교롭게도 서로 사이가 나빠져 연락이 끊겼는데, 운명이 둘을 다시 붙여놓았다. 운명인지 운인지 뭔지는 모르겠지만 아무튼 그 무언가가, 지난 9월 어느 날 프랜시스가 폭우를 피해 내셔널 갤러리로 들어가도록 만들었고, 그녀를 플랑드르 전시실에서 끄집어내 이탈리아 전시실로 밀어 보냈으며, 바로 거기서 크리스티나를 마주치게 했다. 그때 크리스티나는 프랜시스와 마찬가지로 쫄딱 젖은 채 복잡한 표정으로 「비너스, 큐피드, 어리석음과 세월」*을 보고 있었다. 물러날 틈이 없어서 당혹스럽게 그 자리에 서 있던 차에, 크리스티나가 몸을 돌려 그녀와 눈을 마주쳤다. 처음에는 어색했지만 그렇게 신기한 우연을 둘 다 모른 척 넘기지는 못했고, 이제는 한 달에 두세 번씩 만나는 친구 사이가 되었다. 프랜시스는 그들의 우정이 마치 오래된 부엌용 비누 같다는 생각이 들었다. 너무 오래 써서 자신의 손 모양으로 닳아버렸고, 게다가 바닥에 너무 자주 떨어트린 탓에 좀처럼 빠지지 않는 석탄재 찌꺼기가 박혀버린 비누 같았다.

지금도 꼭 그런 기분이 들었다. 크리스티나의 머리 모양이 바뀌었다. 두 주 전에 봤을 땐 단발이었는데, 지금은 목덜미 부분을 더 높이 치켜 깎았다. 일자형 앞머리는 이마 한가운데에서 잘려 있었고, 양쪽 귀 앞으로 내려온 옆머리는 곧고 뾰족하게 다듬어져 있었다. 일부러 별나 보이려는 스타일 같다고 프랜시스는 생각했다. 크리스티나가 입고 있는, 탁한 핑크색과 회색이 소용돌이치는 디자인의 드레스 역시 그런 식으로 보였다. 그 드레스와 맞춘 듯한 블룸즈버리 스타일**의 벽

---

* 이탈리아 화가 브론치노의 작품.
** 블룸즈버리 그룹은 20세기 초반 런던 블룸즈버리 지역에서 활동한 지식인 및 예술가 모임으로, 실험적인 수공예 미술과 과감한 색채, 기하학적 패턴을 사용한 인테리어 디자인을 선보였다. 작중에서 크리스티나의 집도 블룸즈버리에 위치한다.

도, 이 지저분한 방도 마찬가지였다. 프랜시스는 이곳에 올 때마다 만약 자신의 방이었더라면 더 차분하고 시원스럽고 말끔했으리라고 상상하며 질투와 체념이 뒤섞인 감정을 느꼈다.

프랜시스는 헤어스타일에 대해 아무 언급도 하지 않았다. 어지러운 방 상태도 못 본 척했다. 물이 끓자 크리스티나는 티포트에 물을 채우고, 케이크를 자르고, 버터와 나이프와 빵 굽는 데 쓰는 기다란 놋쇠 포크 두 자루를 꺼냈다. "바닥에 앉아서 굽자. 제대로 자리를 잡고." 크리스티나가 말했다. 둘은 안락의자를 밀쳐서 공간을 만들고 융단에 편안히 앉았다. 프랜시스의 포크 자루에는 마더 십턴*이, 크리스티나의 것에는 바이올린을 켜는 고양이가 새겨져 있었다. 전기스토브의 전열 봉들은 회색에서 핑크색을 거쳐 이제는 선명한 오렌지색이 되어, 먼지를 그슬리는 냄새를 강하게 풍겼다.

케이크는 금세 구워졌다. 둘은 조심스럽게 빵 조각을 옮겨 담고 버터를 듬뿍 발라, 기름이 떨어지지 않도록 턱 밑에 접시를 받쳐 든 채 먹었다. "가엾은 러시아인들을 생각해봐!" 크리스티나는 빵 부스러기까지 모아 먹으며 그렇게 말하더니, 러시아인 얘기가 나오자 그 일을 맡긴 신문사가 생각났는지 그와 관련된 이야기를 몽땅 털어놓았다. 그 작은 신문사의 사무실은 클러큰웰의 어느 건물 지하에 있는데, 그 길에 늘어선 건물들이 하나같이 저주받은 흉가 같은 몰골이라고, 이번 주에 거기서 이틀을 일했는데 줄곧 생명의 위협을 느꼈다고 했다. "집이 삐걱거리고 신음하는 소리가 다 들린다니까. 『작은 도릿』**에 나오는 것처럼 말이야!" 게다가 보수도 형편없이 적었지만, 일은 흥미

* 16세기 영국의 전설적인 예언가로, 캐릭터처럼 정형화되어 장식 디자인에 활용되곤 했다.
** 영국의 소설가 찰스 디킨스의 장편소설로, 집이 무너져 그 안에 있는 사람이 죽는 장면이 나온다.

롭다고 했다. 신문사에서 자체적으로 인쇄기를 갖고 있어서 크리스티나는 그걸로 조판하는 법을 배울 작정이었다. 운영에 필요한 모든 일을 각자가 조금씩 맡아 직접 처리하면서 회사를 굴려가는 모양이었다. 그리고 크리스티나는 젊은 두 편집자와 벌써 이름을 부르는 사이가 되었다고, 그들은 자기를 '크리스티나'라고 부르고 자신은 그들을 '데이비드'와 '필립'이라고 부른다고 했다.

크리스티나는 정말 재미있게 사는 것 같았다. 프랜시스가 전할 소식이라고는 딱 하나, 바버 부부가 입주한 일밖에 없었다. 프랜시스는 며칠 동안 그 부부를 크리시에게 어떻게 설명할지 궁리했고, 그들에 대해 길고 흥미진진한 대화를 나눌 거라고 상상했다. 그러나 크리스티나의 새로운 헤어스타일, 러시아 대기근, 데이비드와 필립 얘기를 접하고 나니…. 프랜시스는 아무 말도 하지 않고 케이크를 마저 먹었다. 그러다 보니 결국 크리스티나가 다리를 쭉 뻗어 말끔한 맨발을 발레리나처럼 세운 채 하품을 하면서, "나 할 얘기 다 떨어졌어! 캠버웰에서는 뭐 재밌는 일 없었니? 뭔가 있었을 거 아니야?"라고 말했다. 그녀는 입가를 손으로 톡톡 두드리다가 멈췄다. "아, 맞다. 지난번에 세입자들이 곧 온다고 하지 않았어?"

"우리 챔피언 힐 사람들은 그들을 '객식구'라고 불러."

"도착한 거야? 근데 왜 말 안 했어? 어쩜, 너 왜 이렇게 의뭉스럽니! 그래서 어때? 마음에 들어?"

"음…." 생각해뒀던 재치 있는 말들은 삽시간에 쪼그라들었다. 떠오르는 것이라고는 오로지 상냥한 바버 부인이 탬버린을 들고 있는 모습뿐이었다. 프랜시스는 겨우 말을 맺었다. "괜찮은 사람들이야. 집에 누가 있는 게 너무 오랜만이라서 이상하긴 해. 그뿐이야."

"벽에 컵 대고 소리 들어봤어?"

"당연히 아니지!"

"나라면 했을 텐데. 우리 집 아래층 여자가 자기 남자 친구랑 슬쩍 같이 들어올 때가 있는데, 나는 그때마다 바닥에 아주 딱 붙어서 열심히 귀를 기울인다고. 마리 스톱스* 강의만큼이나 유익하다니까. 만약 내가 세입자들… 그 사람들 이름이 뭐야?"

"바버 부부. 이름은 레너드와 릴리안이야. 서로 '렌'과 '릴'이라고 부르더라."

"페컴 라이에서 온 렌과 릴!"

"진짜 페컴 라이일진 모르는 거지, 뭐."

"내 옆방에 그런 부부가 살았다면 나는 일을 하나도 못 했을 거야."

"처음에나 색다르지 차차 익숙해져. 정말로."

"글쎄, 네가 자세히 묘사해주질 않으니…, 남편은 어때?"

프랜시스는 그 꺼림칙한 푸른 눈동자를 떠올렸다. "잘 모르겠어. 아직 이렇다 할 판단은 안 서. 자신만만한 사람인 것 같긴 해. 암탉들 사이의 수탉처럼 군다고나 할까."

"아내는?"

"아, 남편보다 훨씬 나아. 일단 예쁘게 생겼어. 왜, 남자들이 좋아하는 좀 통통한 체형의 여자 있잖아. 그리고 사고방식이 약간 낭만적이더라. 하지만 확실히는 나도 몰라. 계단을 오며 가며 마주치는 게 다거든. 특히 2층 통로에서 잘 마주치지. 모든 일이 거기서 일어나는 것 같아. 통로라는 데가 그렇게 스릴 넘칠 수도 있다고는 생각도 못 했어. 우리 집 2층 회랑은 이제 클래펌 환승역이나 마찬가지라니까. 우리 중 누군가는 항상 거길 지나는 중이거나, 거기서 나오는 중이거나,

---

* 영국의 식물학자이자 여성운동가로 영국 최초의 산아제한 병원을 세우고 피임법을 전파했다.

다른 열차가 지나갈 때까지 대기하는 중인 거야."

"어머니는 잘 적응하고 계셔?"

"응. 평소처럼 쾌활함을 잃지 않고 잘 지내셔."

"식탁 위에서 주무시는데도 개의치 않는단 말야? 그것까진 아니겠지만 아무튼, 식당이 안방이 된 거잖아? 너희 어머니가 셋집 주인이 됐다고 생각하니 무지 이상하다! 어머니는 바비 부부한테 온 우편물을 몰래 열어보진 않으셨대?"

프랜시스는 아무 대꾸도 하지 않았다. 크리스티나도 대답을 기대하진 않았던 듯, 또 하품을 하고는 발끝을 로포코바*처럼 펴며 기지개를 켰다. 그리고 기왕 스토브를 켰으니 토스트를 더 구워야 하지 않겠냐고 했다. 둘 다 아직 배 속에 여유 공간이 있었기에, 또 먹기로 하고 빵 두 조각을 포크에 꿰었다.

케이크도 차도 다 먹었을 때, 바깥 거리에서 손풍금 소리가 들려왔다. 둘은 귀를 기울였다. 처음에는 음이 아무렇게나 뒤섞이는 것 같았지만 이내 일정한 선율이 귀에 들어왔다. 「피카르디의 장미」**였다. 진부하기 이를 데 없긴 하지만 그들의 청춘 시절에 유행했던 곡이었다. 둘은 서로를 마주 보았다. 프랜시스는 머쓱해하며 말했다. "이런 옛날 노래를…."

크리스티나가 일어섰다. "가서 한번 보자."

연주자는 이 건물 바로 앞의 인도에 있었다. 군모를 쓰고 트렌치코트를 입고, 가슴에 종군 기장 두 개를 살짝 보이게 달고 있는 퇴역 군인이었다. 손풍금은 손수레 바퀴 위에 얹혀 있었는데 아마 끈으로 고

---

* 20세기 초에 명성을 떨친 러시아의 발레리나.
** 「Roses of Picardy」는 제1차 세계대전 당시 영국에서 대대적으로 유행했던 곡.

정해둔 것 같았다. 소리가 너무 요란하고 불협화음에 가까워서, 풍금 상자 안에서 흘러나오는 음악이라기보다는 유리나 금속 같은 물체가 저 남자의 발치에 떨어지면서 내는 물리적인 소음처럼 들렸다.

잠시 뒤 연주자가 고개를 들더니, 자신을 지켜보는 두 사람을 보고 모자를 들어 올렸다. 프랜시스는 잔돈을 찾아 지갑을 뒤졌다. 가장 작은 돈이 6펜스짜리 동전밖에 없기에 잠깐 망설였지만, 그녀는 결국 열린 유리창으로 돌아가서 조심스럽게 동전을 던졌다. 남자가 모자로 동전을 받더니 아주 단정한 태도로 챙겨 넣고는 모자를 흔들어 보였다. 그러는 동안에도 한쪽 손은 한 치도 흐트러지지 않고 내내 풍금 손잡이를 돌리고 있었다.

햇볕이 점점 더 따뜻해져 창틀이 제법 여름날처럼 후끈 달아올랐다. 크리스티나는 더 편안한 자세로 창틀에 기대서서 눈을 감은 채 얼굴을 들어 올렸다. 입꼬리에 빵 부스러기가 묻어 있었고 입술에는 버터가 남아 있었다. 프랜시스는 그녀의 입술에 번들거리는 기름기를 보고 빙긋 웃고는 자신도 눈을 감았다. 그리고 햇살에, 이 순간의 즐거움에, 전쟁 때의 한 시절을 강렬하게 상기시키는 음악 소리에 몸을 맡겼다.

음악이 흔들렸다. 연주자가 손풍금을 계속 울리면서 걸음을 옮기고 있었다. 그가 몸을 돌려 인도를 걸어가자, 트렌치코트 등판에 써 붙인 팻말이 드러났다.

열심히 일하겠습니다!
저를 고용해주시겠습니까?

프랜시스와 크리스티나는 그가 길을 건너는 모습을 지켜보았다.

"저런 사람들을 위해 무엇을 해야 할까?" 크리스티나가 물었다.

"글쎄."

"다음 주에 콘웨이홀협회*에서 간담회가 열려. '자선이냐 저항이냐'라는 주제로, 시드니 웨브**가 발제를 할 거래. 도움이 될지 안 될지는 모르겠지만. 너도 와."

프랜시스가 고개를 끄덕였다. "갈 수 있으면 갈게."

"말만 그렇게 하고 또 안 올 거지?"

"나는 그런 게 과연 소용이 있는지 잘 모르겠어. 그래서 그래."

"차라리 집에서 변기나 닦겠다 이거지."

"뭐, 변기는 닦고 살아야 하잖아. 웨브의 집 변기도 마찬가지일 테고."

프랜시스는 자세히 이야기하고 싶지 않았다. 간담회 따위가 다 무슨 소용인가? 그리고 저 손풍금 음악 소리를 마음에서 떨쳐낼 수가 없었다. 연주자가 길모퉁이를 돌아 사라지자 음악 소리도 희미해져서, 감치지 않은 리넨 천의 가장자리에서 풀려나온 올처럼 가느다란 선율 몇 가닥만이 남아 끈질기게 맴돌았다. '피카르디의 장미는 빛나네, 은빛 이슬의 고요 속에서. 피카르디의 장미는 피어나네, 그러나….'

"스티비 왔네." 크리스티나가 말했다.

"스티비? 어디?"

"바로 저 밑에. 곧 올라올 거야."

프랜시스는 창틀에 몸을 기대고 내려다보았다. 훤칠하고 번듯하게 생긴 사람이 건물 입구로 다가오고 있었다. "그러네. 오늘은 수업이

---

* 영국의 윤리 문화 운동 단체로, 20세기 초 사상과 발언의 자유를 지지하며 진보적인 강좌와 토론회를 활발히 주도했다.
** 영국의 사회학자이자 경제학자.

없나 봐?" 프랜시스는 시큰둥하게 말했다.

"사흘 동안 휴교래. 어떤 못된 남자애들이 침입해서 물바다를 만들어났다더라고. 지금 스티비는 작업실에서 오는 길이야. 핌리코에 새 작업실을 얻었거든."

둘은 창가에 잠시 머물러 있다가, 말없이 마루로 돌아와 각자 자리에 앉았다. 전기스토브는 어느새 회색으로 꺼져들어 탁탁거리며 식어 가고 있었다. 이윽고 복도에서 발소리가 울리더니, 열쇠를 꽂는 달가닥 소리가 났다.

문이 열리자마자 크리스티나가 인사했다. "어서 와, 요 골칫거리야!"

"오냐." 스티비가 조그마한 현관에 들어서면서 대꾸했다. "프랜시스! 반가워. 오늘 시내에 놀러 나왔구나?"

스티비는 모자도 쓰지 않고 외투도 걸치지 않은 채 담배를 피우고 있었다. 이마에서부터 빗어 넘긴 검은 단발은 유행을 완전히 거스르는 스타일이었고, 복장은 캔버스 천으로 된 작업복처럼 단순했으며, 소매를 팔꿈치 위까지 걷어 올려서 뼈마디가 불거진 손과 손목을 고스란히 드러내고 있었다. 그 씩씩한 기세, 기묘한 늠름함, 세상이 자기를 숭배하건 괴짜라 여기건 개의치 않는다는 분위기는 언제 봐도 놀라울 따름이었다. 스티비는 어깨에 걸메고 있던 묵직한 책가방을 바닥에 쿵 떨어트리고 안락의자로 다가오더니, 스토브와 토스트용 포크를 보고는 경계하는 듯한 표정으로 미소를 지었다.

"이게 다 뭐야? 착한 어린이 간식 시간이야?"

"정말 부끄럽지 않아?" 크리스티나가 말했다. 스티비가 도착하니 그녀는 프랜시스가 싫어하는, 특유의 성마르고 심술궂은 태도로 변해 버렸다. "가엾은 프랜시스는 우리 놀이 방에 올 때마다 자기 몫의 간식을 챙겨 오잖아. 애가 이렇게 똑똑하니 우린 잘됐지 뭐야! 너도 한 조각 먹을래? 담배 두 개비 주면 맞바꿔줄게."

스티비가 주머니에서 담뱃갑과 라이터를 꺼냈다. "좋아."

스티비는 스스로 빵 조각을 챙겨 가지고 벨베틴 안락의자에 앉았다. 그녀의 무릎이 크리스티나의 어깨에 살짝 닿았다. 이제 보니 스티비의 손톱은 점토가 껴서 거뭇했고, 왼쪽 관자놀이에는 멍이 든 것처럼 엄지손가락 자국이 찍혀 있었다. 크리스티나도 그 자국을 알아보고 손으로 문질러 지워주었다.

"너 꼴이 꼭 굴뚝 청소부 같아, 스티비."

스티비는 크리스티나가 입은, 다림질 안 한 옷을 훑어보며 말했다. "그러는 너는? 굴뚝 청소부랑 붙어먹는 년처럼 보이는걸." 스티비는 케이크를 한 입 크게 베어 먹었다. "머리 스타일만 빼고. 프랜시스, 얘 머리 어때?"

프랜시스는 담뱃불을 붙이는 중이었다. 크리스티나가 대신 답했다. "쟤는 당연히 싫어하지."

프랜시스가 말했다. "전혀 싫지 않아. 챔피언 힐에서 그런 머리로 나타나면 한바탕 소란이 일어나기야 하겠지만."

크리스티나는 코웃음을 쳤다. "뭐, 그게 바로 이런 스타일을 하는 이유 아니겠어? 지난주에 스티비랑 같이 해머스미스에 갔는데, 사람들이 쳐다보는 시선이 아주 기똥차더라! 아무도 뭐라고 하지는 않았어. 당연하지만."

"네 면전에서는 아무 말도 못 하지. 그런 동네에서야." 스티비는 케이크를 먹어치우곤 지저분한 엄지와 검지를 핥았다. "나 예전에 브롬프턴 거리에서 살았잖아, 프랜시스. 다들 얼마나 고상한 척을 하던지, 장난 아니야! 옆집 살던 남자는 큰 해운 회사에서 일했는데, 아내는 창가에다 성경책을 놔두고, 일요일에는 하루 세 번씩 교회에 가고, 그런 식이었어. 그런데 밤이 되면 말이지, 그 부부가 부지깽이며 난로 집게 같은 걸 집어 던지면서 싸우는 소리가 다 들린다니까! 그게 바로 사무직 계급*이란 거야. 겉보기엔 신사 숙녀가 다 된 듯 점잖아 보이지. 말씨도 그렇게 들리지. 하지만 그 레이스 달린 접시 깔개며 의자 팔걸이 덮개 따위를 걷어내고 보면, 여전히 엄청나게 막돼먹은 본성이 고스란히 남아 있다고. 야, 나는 차라리 빈민가의 착하고 정직한 사람들이 훨씬 낫겠어. 그쪽은 적어도 드러내놓고 싸우잖아."

크리스티나가 발끝으로 프랜시스를 쿡 찌르며 "잘 새겨듣고 있니?" 하며 묻고는, 스티비에게 설명을 덧붙였다. "실은 지금 프랜시스네 집에 어떤 회사원이랑 그 아내가 들어왔는데 말이야…."

스티비는 바버 부부 이야기를 들으면서 무슨 남부끄러운 질병의 증상에 대해 낱낱이 듣는 사람처럼 질겁하는 표정을 지었다. 프랜시스는 최대한 빨리 화제를 바꾸어, 요즘 도자기 세계는 얼마나 현기증 나게 돌아가고 있느냐고 물었다. 스티비는 장황한 대답을 늘어놓았다. 자신이 새로운 디자인 두 개를 시도하고 있는데, 유감스럽게도 전혀 아방가르드하지는 않다고 했다. 이제는 아무도 실험적인 작품을 원하지 않는다고. 미술 소비층이 전쟁 이후로 지독하게 보수적으로 변했다고. 그래도 자신은 형상적인 것을 추상적인 것으로 끌어올리려 최선을 다하고 있다고…. 스티비는 안락의자 옆으로 몸을 기울여 가방에서 책 한 권을 꺼내더니, 자기가 말하고자 하는 바를 보여주는 도판이며 구절을 찾아내 프랜시스에게 보여주었다. 심지어 직접 스케치를

---

* 이 시대에 사무직 종사자들은 중산층에 속했다. 대화에 나오는 해머스미스와 브롬프턴 거리는 중산층이 밀집한 지역이었다.

해 보이기도 했다.

프랜시스는 고개를 주억거리며 웅얼거리고 이따금씩 크리스티나를 흘끔거렸다. 크리스티나는 말을 별로 하지 않고, 스티비의 반짝이는 갈색 단화에 달린 신발 끈을 만지작거리며 둘의 대화를 구경만 하고 있었다. 고개를 앞으로 숙이니 썩둑 잘린 앞머리의 선이 더욱 두드러져 보였고, 귀 앞으로 나온 옆머리는 너무 반듯하고 뾰족해서 깡통따개의 날처럼 보였다.

옛적에는 크리스티나도 머리가 길었다. 그 긴 머리카락을 부풀려 틀어 올린 모습이 꼭 마리골드 꽃 같다고, 프랜시스는 애정 어린 마음에 늘 생각했다. 처음 보았을 때도 그녀는 마리골드 헤어스타일을 하고 있었다. 크리스티나는 열아홉이었고 프랜시스는 스물이었을 적, 이슬비 내리는 어느 날 하이드 공원에서 마주쳤을 때. 맙소사, 까마득한 옛날처럼 느껴졌다! 아니, 옛날도 아니다. 그건 아예 다른 삶이었고 다른 시대였다. 후추와 소금이 다르듯 지금하고는 완전히 달랐다. 그때 크리스티나의 옷깃에는 진주 브로치가 달려 있었고, 장갑 한 짝의 손바닥 부분에 구멍이 뚫려서 분홍빛 속살이 드러나 보였다. '내 심장이 떨어져 나가더니 그 구멍 속으로 들어가더라.' 프랜시스는 훗날 크리스티나에게 그렇게 말해주었다.

스티비의 장광설이 마침내 멈추었다. 프랜시스는 이때다 싶어 자리에서 일어나 그릇을 치우고 바깥의 복도에서 손을 씻었다. "담배 빌려줘서 고마워." 그녀는 모자에 핀을 꽂으면서 말했다.

스티비가 프랜시스의 가방을 가져다주었다. "한두 개비 더 가져가지그래? 싸구려 궐련만 계속 피우면 질리잖아?"

"아냐. 나는 내 궐련도 좋은걸."

"그래?"

크리스티나가 블룸즈버리파다운 어조로 끼어들었다. "그냥 순교자 노릇 하게 놔둬, 스티비. 자기가 좋다잖아."

그들은 입맞춤을 나누지 않고 헤어졌다. 로비에 내려온 프랜시스는 수위실의 시계를 언뜻 보고 깜짝 놀랐다. 다섯 시가 훌쩍 넘은 시각이었다. 여기서 이렇게 오래 있을 생각이 아니었는데. 귀갓길에 복스홀이나 적어도 웨스트민스터까지는 걸어서 가려 했는데, 저녁상을 차리려면 그럴 여유가 없었다. 손풍금 연주자에게 6펜스나 줘버린 게 자못 후회되었다. '아늑한 모퉁이'의 카페에서 점심을 사 먹은 것에도 죄책감이 들었다. 1펜스라도 아끼기 위해 버스 대신 전차를 타기로 마음먹고, 프랜시스는 홀본의 정거장으로 갔다. 한참을 기다리고서야 도착한 전차는 프랜시스를 태우고 강을 건너 남부로 향했다. 나지막한 건물들이 늘어선 좁다란 골목길들을 덜컹거리며 나아가는 전차 안에서 그녀는 속이 메슥거렸다.

전차에서 내리자마자 퇴역 군인 한 명이 동냥하러 다가왔다. 아까 보았던 손풍금 연주자보다 남루한 차림새였다. 그는 프랜시스의 옆을 절뚝절뚝 따라오며 천 가방을 내밀고는 자신의 참전 이력을 줄줄이 이야기했다. 우스터셔 연대와 함께 프랑스와 팔레스타인에서 복무했고, 이런저런 작전에서 부상을 당했고…. 프랜시스가 고개를 가로젓자 그는 따라오기를 멈추었다. 그런데 프랜시스가 두어 발짝 더 걸었을 때, 뒤에서 쉰 목소리로 고함을 쳤다.

"댁은 어디 안 부러지길 바라오!"

무안해진 프랜시스는 그를 돌아보고 애써 가벼운 투로 말했다. "제가 이미 어디가 부러졌는지 아닌지 어떻게 알아요?"

남자는 넌더리를 내며 손을 쳐들었다가 내려뜨리더니 몸을 돌렸다. "너희는 편히 잘 살았잖아. 빌어먹을 여자들."

프랜시스는 일간지에서도 거의 이만큼이나 원색적인 비난을 읽은 적이 있었지만, 지금은 그 어느 때보다도 기분이 상했다. 집에 도착했을 때, 그녀는 부엌에 있던 어머니에게 아까 겪은 일을 전부 털어놓았다.

"딱한 양반 같으니. 네게 그렇게 거친 말을 하다니, 그건 확실히 그 사람이 나빴구나. 하지만 실직자가 된 군인들 신세가 참 안타깝긴 해."

"저도 동정은 해요! 하지만 저는 애초부터 참전을 반대했다고요! 그래 놓고 이제 와서 여자들을 비난하다니, 그게 말이나 되냐고요. 우리가 대체 뭘 얻었는데요? 여자들 중 절반은 쓰지도 못하는 투표권*?"

어머니는 프랜시스의 말을 끈기 있게 참아주는 듯 보였다. 이건 어머니가 예전에도 다 들었던 이야기였다.

"글쎄다. 여자들은 적어도 다치지는 않았잖니." 어머니는 프랜시스가 장 봐 온 물건들을 푸는 모습을 지켜보며 말을 돌렸다. "내가 쓰는 명주실과 비슷한 실도 있었니?"

"네. 사 왔어요. 여기요."

어머니는 실패를 건네받고 불빛에 비추어 보았다. "아유, 야무지기도 하지. 이건 딱… 어머, 그런데 실코사(社) 제품이 아닌가 보네?"

"그것도 똑같이 좋아요, 어머니."

"나는 실코 것이 가장 좋던데."

"유감스럽지만 가장 비싸기도 하죠."

"그렇지만 이제 바버 부부가 왔으니, 분명…"

"그래도 아직은 조심해야 해요. 아주 조심해야 하죠." 모녀는 어느새

---

* 20세기 초 영국에서 개진된 여성 참정권 운동의 성과로 1918년에 여성에게 투표권이 일부 주어졌지만, 30세 이상이어야 하고 일정 수준 이상의 재산을 소유해야 한다는 제한이 있었다.

목소리를 낮추고 있었다. 프랜시스는 부엌문이 확실히 닫혔는지 확인하고 말을 이었다. "제가 가계부 보여드렸던 것, 기억나지 않으세요?"

"기억나지. 하지만 나는… 문득 떠오른 생각이다만, 프랜시스, 혹시 우리가 하인을 다시 고용할 순 없을까 싶었단다."

"하인이라고요?" 프랜시스는 짜증을 숨기지 못했다. "뭐, 네. 고용할 순 있겠죠. 하지만 요즘 괜찮은 가정부 한 명을 쓰려면 얼마나 드는지 아시잖아요. 바버 부부에게 받은 집세의 절반은 홀랑 날아갈걸요. 그런데 지금 우리 장화는 다 떨어져 너덜너덜하고, 의사를 부를 일이 생기면 어쩌나 노심초사하고, 겨울 코트는 중세 암흑기 때 물건처럼 보여요. 이런 상황에서 생판 낯선 사람을 또 한 명 집에 끌어들여 적응해야 하는…."

"그래, 알았다." 어머니가 서둘러 말을 막았다. "네가 어련히 잘 알아서 하겠지."

"저 스스로 저택을 완벽하게 건사할 수 있는데…."

"맞아, 맞아, 프랜시스. 그게 얼마나 무리한 일인지 잘 알겠다. 정말로 잘 알겠어. 이 이야기는 이제 그만하자꾸나. 오늘 나들이는 어땠는지나 이야기해주렴. 점심은 잘 챙겨 먹었을 테지?"

프랜시스는 신경질적인 어조를 애써 누그러뜨렸다. "네, 먹었어요. 카페에서요."

"그런 다음에는? 어디에 갔니? 오후는 뭐 하면서 보냈어?"

"아…." 프랜시스는 몸을 돌리면서 아무렇게나 되는 대로 이야기했다. "그냥 좀 걸었어요. 대영박물관까지요. 거기서 차를 마셨죠."

"대영박물관? 나는 가본 지 정말 오래되었는데. 그래 거기서 뭘 봤니?"

"뭐, 늘 보는 것들이요. 대리석이나 미라 같은 것 말이에요. 그나저

나 어머니, 시장하시죠?" 프랜시스는 고기 저장고를 열었다. "안창살
이 남았어요. 분쇄기에 넣고 갈아봐야겠네요."

'그러면 제 기분도 좀 풀리겠죠.' 프랜시스는 생각했다.

고기를 가는 건 기대와 달리 그다지 즐겁지 않았다. 고기 질이 안
좋아서 자꾸만 들러붙었다. 간편한 요리를 한다고 하는데도 도무지
잘되질 않아서, 찌뿌드드한 기분 탓이겠지만 식재료들이 프랜시스에
게 반항을 하는 듯 보이기까지 했다. 감자를 삶던 물은 졸아붙었고,
그레이비 소스는 좀처럼 걸쭉해지질 않았다. 게다가 어머니는 결정적
인 순간에 사라져버렸다. 어머니는 아직도 저녁 식탁에 앉기 전에 정
식으로 옷을 갈아입고 머리를 정돈하고 싶어 했기 때문에, 그러다가
시간을 잘못 맞추는 일이 왕왕 있었다. 어머니가 다시 나타났을 땐 이
미 음식들이 식어가고 있었다. 프랜시스는 응접실의 식탁으로 뛰어가
다시피 그릇을 옮겼지만, 어머니가 식전 기도를 하느라 시간은 또 지
체되었다.

프랜시스는 감흥 없이 음식을 삼켰다. 식사를 하면서 모녀는 앞으
로의 일정을 상의했다. 내일은 아버지의 생일이니 묘지에 꽃을 가져
가야 하고, 월요일에는 도서관에 가서 책을 반납하고 새 책을 빌려야
하고, 수요일에는⋯.

"아, 참. 수요일에 말이야." 어머니가 미안한 어조로 말했다. "나는 플
레이페어 부인과 약속이 있어. 바자회 논의 때문에 다음 주에는 꼭 만
나야 하는데, 부인이 수요일 오후에만 짬이 난다더구나. 아쉽지만 그
날 영화관은 못 가게 됐네. 다른 날에 갈 순 없을까?"

프랜시스는 터무니없을 만큼 서운해졌다. 월요일로 당길까? 아니,
월요일은 안 된다. 목요일도 마찬가지다. 물론 프랜시스 혼자 영화관

에 갈 수도 있을 것이다. 친구를 데려갈 수도 있다. 크리스티나만이 아니라, 이곳 캠버웰에도 프랜시스의 친구들은 있었다. 몇 집 건너 사는 마거릿 램, 학교 동창인 스텔라 녹스. 언젠가 화학 수업 시간에 스텔라랑 자지러지게 웃다가 플란넬 속옷에 그만 오줌을 지렸던 일은 지금도 기억이 난다.

하지만 마거릿은 늘 지나치게 진지해서 문제였다. 그리고 스텔라 녹스는 이제 아이 둘을 키우는 스텔라 리피킨드 부인이 되었다. 영화관에 아이들을 데려올 텐데, 그러면 과연 재미있을까? 지난번에는 재미없었다. 그래, 차라리 혼자 가는 편이 낫겠다.

나이도 먹을 만큼 먹었으면서 고작 이런 일로 이렇게까지 낙심하다니, 너무 울적하지 않은가! 입맛이 싹 달아난 프랜시스는 음식을 뒤적거리며 크리스티나와 스티비를 떠올렸다. 지금쯤이면 그들은 집에 있는 재료를 적당히 긁어모아 마카로니나, 빵과 치즈나, 생선 튀김과 감자튀김 따위를 차려놓고 유쾌한 저녁 식사를 하고 있으리라. 곧이어 뭔가 지적인 웨스트엔드*의 오락을 즐기러 가겠지. 한때는 프랜시스와 크리스티나가 같이 가곤 했던, 위그모어 홀에서 열리는 강연이나 콘서트 같은 걸 값싼 좌석에서 볼 것이다.

일곱 시 반이 지났을 때 프랜시스는 기분이 좀 나아졌다. 바버 부부가 늦게까지 돌아오지 않을 거라는 요지의 말을 남기고 외출했기 때문이다. 그들이 나가자마자 프랜시스는 응접실 문을 열어젖히고 부엌을 들락날락하고 계단을 오르락내리락하며, 누굴 마주칠 염려 없이 집 안을 활개 치고 다니는 자유를 누렸다. 변덕스러운 온수기를 켜고 목욕도 했다. 욕조 물속에 누워 이 공간이 온전히 자기 것이라는 감각

---

* 런던 도심에서 서쪽 지역으로, 극장과 영화관이 밀집해 있다.

을 되새기고, 그 감각을 집 전체로 확장시켰다. 그렇게 숨을 길게 내쉬노라니 저택 곳곳의 빈 방에 뻗친 자신의 신경세포들이 느슨하게 풀어지는 듯한 육체적인 감각마저 느껴졌다.

그런데 바버 부부는 뜻밖에도 아홉 시 사십 분에 돌아왔다. 현관문이 열리고 닫히는 소리를 들었을 때 프랜시스는 믿을 수가 없었다. 바버 씨는 곧바로 화장실로 향했고, 부엌에서 가운 차림으로 코코아를 만들고 있던 프랜시스와 마주쳤다. 이렇게 일찍 올 줄은 몰랐다고 했더니, 바버 씨는 "오, 아닙니다. 저희는 원래 이 즈음에 올 생각이었는데요."라고 말했다. 그는 아내와 함께 자신의 군대 시절 친구를 만나 술 한잔 하러 나간 거였으며, 친구는 약혼녀와 약속이 있어서 일찍 갔다는 것이었다. 바버 씨는 이제 자기 전용석인 양 되어가는 급수실 문간의 그 자리에 또 기대서는 친구 이야기를 미주알고주알 늘어놓았다. 프랜시스가 권하지 않는다는 걸 눈치 못 챈 건지, 개의치 않는 건지는 몰라도.

"그 여자는 성녀예요. 성녀가 아니라면, 글쎄요, 그 친구의 돈을 노리는 것이든가요! 그 불쌍한 친구는 두 팔을 잃었거든요. 이 아래부터가 없다고요." 바버 씨는 자기 팔꿈치를 가리켰다. "그래서 약혼녀가 저녁을 먹여주고, 면도를 해주고, 머리를 빗겨주고… 다 해줘야 한단 말입니다. 생각만 해도 정신이 아득해질 노릇이죠, 안 그래요?"

바버 씨의 푸른 눈이 그녀의 눈을 마주 보았다. 또 시작이었다. 뻐꾸기시계에서 부리를 쩍 벌린 뻐꾸기가 튀어나오듯, 어김없이 불쾌한 암시가 담긴 말이 튀어나왔다. 프랜시스는 그가 이런 식으로 나오지 말았으면 했다. 부디 부엌에 혼자 있게 놔두었으면 했다. 자신의 실내복 가운이, 목덜미에 내려온 젖은 머리카락이, 솜털이 살짝 돋은 발목이 신경 쓰였다. 그녀는 조리대와 스토브 사이를 뻣뻣하게 오락가락하며 바버 씨가 나가주기만을 바랐지만, 그는 지난번과 마찬가지로 프랜시스가 일하는 모습을 지켜보고 싶어 하는 눈치였다. 이제 보니 낯빛이 불그레했다. 맥주와 담배 냄새도 풍겼다. 부당한 판단일지도 모르지만, 그는 프랜시스를 불리한 입장에 몰아넣는 것을 즐기고 있는 것 같았다.

마침내 바버 씨가 마당으로 나갔다. 프랜시스는 우유 데우는 냄비를 씻은 뒤 코코아를 가지고 응접실로 갔다. 컵을 어머니에게 주면서 그녀는 말했다. "방금 바버 씨에게 붙잡혔다가 빠져나왔어요. 어쩜 저렇게 성가신 사람이 다 있어요! 좋아해보려고 아무리 애를 써도 도저히…."

"바버 씨?" 의자에 앉아 졸고 있던 어머니는 몸을 세우고 자세를 단정히 고쳤다. "나는 그 사람이 점점 마음에 드는 참인걸."

프랜시스는 자리에 앉았다. "농담이시죠? 그 사람을 언제 만난다고 그러세요?"

"왜, 나도 바버 씨와 담소를 나누곤 하지. 늘 아주 정중하던데. 쾌활하고 말이야."

"진짜 골치 아픈 남자인데요! 바버 부인이 어쩌다가 그런 남자랑 결혼하게 됐는지 모르겠어요. 그렇게 상냥한 여자가요. 남편하고는 전혀 다른 부류잖아요."

모녀는 그들이 특별히 사용하는 '바버 부부 밀담용' 말투로 속닥거리고 있었다. 그런데 어머니는 코코아에 입김만 불며 아무 대답도 하지 않았다. 프랜시스는 어머니를 쳐다보았다.

"그렇게 생각하지 않으세요?"

"글쎄다. 바버 부인은 그리 헌신적인 아내로 보이지는 않던걸. 가사에도 조금 더 주의를 기울여야 하지 않을까 싶어."

"헌신적? 헌신이라고요? 꼭 빅토리아 시대 중엽 사람처럼 말씀하시네요!"

"내 보기에 요즈음 '빅토리아 시대'라는 말은, 사람들이 더 이상 공들여 지키고 싶어 하지 않는, 온갖 종류의 미덕을 무시하는 데에 쓰이는 것 같더구나. 나는 네 아버지를 위해 저택을 항상 잘 관리했어."

"실제로는 넬리와 메이블이 집을 잘 관리한 거죠. 어머니를 위해서요."

"글쎄, 하인들이 스스로 그렇게 하지는 않잖니. 하인을 부리는 데에도 많은 정성과 노력이 필요해. 그리고 네 아버지가 아침을 드실 때면 나는 말끔히 차려입고 명랑한 모습으로 곁을 지켰단다. 그런 것이 남자에게는 아주 중요하니까. 그런데 바버 부인은… 남편이 출근하자마자 침대로 돌아가버리지 뭐니. 그리고 집안일은 전속력으로 해치우고 나머지 시간은 느긋하게 보내려고 하더라."

프랜시스도 같은 생각을 했었다. 그래서 바버 부인이 부러웠다. 그녀는 그렇게 말하려 입을 열었다가, 어머니가 얼마나 피곤해 보이는지 뒤늦게 깨닫고 입을 도로 다물었다. 어머니의 뺨이 너무 많이 빨아서 거칠어진 리넨처럼 축 늘어져 있었다. 어머니는 한참이 걸려서야 코코아를 다 마시고 컵을 치우더니, 두 손을 무릎 위에 얹고 불안하게 손가락을 움직거렸다. 손에서 종잇장을 맞비비는 듯한 소리가 났고, 시선은 멍하니 초점이 없었다.

십 분 뒤에 어머니는 자리를 떴다. 프랜시스는 응접실에 남아 물건을 정돈하고 불을 끈 뒤에 하품을 하면서 밖으로 나왔다. 그런데 부엌 복도에 들어서자마자 웬 비명 소리가 들렸다. 무언가에 놀랐거나 당황한 듯한 음성이었다. 프랜시스가 달려가보니, 급수실에서 어머니가 개수대의 그림자 속에서 꿈틀거리는 무언가를 보며 뒷걸음치고 있었다.

한두 주 전부터 집에 쥐가 나와서 프랜시스가 덫을 놓아두었는데, 이제야 처음으로 한 마리가 잡힌 것이다. 놈은 하필 뒷다리가 덫에 걸리는 바람에, 다 망가진 다리를 붙잡힌 채로 빠져나가려 미친 듯 버둥거리고 있었다.

프랜시스가 앞으로 나서며 침착하게 말했다. "괜찮아요. 제가 처리할게요."

"에구, 맙소사!"

"보지 마세요."

"바버 씨를 부를까?"

"바버 씨를요? 뭐하려고요? 제가 할 수 있어요."

프랜시스가 다가가자 쥐는 더더욱 겁에 질려 앞발로 철사를 하릴없이 긁어댔다. 부상이 너무 심해서 집 밖에 놓아줄 수는 없었고, 저대로 죽어가게 놔두고 싶지도 않았다. 잠시 망설이던 프랜시스는 양동이에 물을 받고 그 꿈틀거리는 짐승을 덫째로 떨어트렸다. 수면에 은색 거품이 일면서 검붉은 실오라기처럼 가느다란 핏물이 피어올랐다.

"징그럽기도 해라!" 어머니가 여전히 동요하며 말했다.

"그러게요. 이 녀석은 운이 나빴네요."

"그걸 이제 어쩔 거니?"

프랜시스는 소매를 걷어 올리고 양동이에서 덫을 꺼내 물을 털어냈다. "밖으로 가져가서 잿더미에 버려야겠어요. 어머니는 주무세요."

물에 젖은 쥐는 털이 기름에 떡 진 것처럼 삐죽삐죽 솟아 있었다. 고통스럽게 눈을 감고 힘없이 늘어진 채 죽어 있는 그 모습이 기묘하게 인간적으로 보였다. 프랜시스는 조그마한 그 몸뚱이를 덫에서 조심스럽게 빼내 오돌오돌한 꼬리를 쥐었다. 뒷문 옆 선반에는 오래된 코트며 신발이 놓여 있었다. 겉옷은 구태여 걸치지 않아도 되겠지만,

풀밭이 축축할 테니 신발은 신어야 할 것 같았다. 그녀는 노엘의 방수 덧신을 신고 마당으로 나갔다. 손끝에서 덜렁거리는 쥐를 든 채 잔디밭을 터벅터벅 가로질러, 정원으로 이어지는 포석 깔린 길을 조심조심 나아갔다.

이웃집 한두 군데에 불이 켜져 있었다. 하지만 정원은 높은 담장, 우뚝 선 피나무들, 추레한 월계수와 수국으로 가려져 있는 데다, 날이 거의 캄캄해졌으니 누가 보지는 못할 것이다. 프랜시스는 수없이 이곳을 오락가락했던 감에 의지해 걸음을 옮겼다. 석탄재를 버리는 구역에 둘러쳐진 나지막한 나무 울타리에 이르러, 조그마한 사체를 그 너머로 던졌다. 조그맣게 폭삭하는 소리가 들렸다.

그러고 나니 정적이 흘렀다. 챔피언 힐은 심지어 낮에도 이렇게 깊디깊은 고요에 휩싸일 때가 있었다. 그럴 때면 사방에 고적한 기운이 흘렀다. 여기서 어느 방향으로든 엎어지면 코 닿을 거리에 고용인을 둔 가정집이 있다는 것이, 저편의 정원 담장 너머 재 깔린 뒷길로 나가면 순식간에 덜컹거리는 전차와 버스가 오고 가는 평범한 도로에 닿는다는 것이 믿어지지 않았다. 프랜시스는 오늘 낮에 웨스트민스터를 산책했던 기억을 돌이켜보았지만 손에 잘 잡히지 않았다. 모든 게 스러져버렸다. 벽돌, 인도, 사람들, 그 모두가 녹아 없어졌다. 이제는 오로지 나무와 채소와 보이지 않는 꽃들이 은밀하게 움직이는 기척뿐이었다.

불현듯 으스스해졌다. 프랜시스는 가운 깃을 여미고 집으로 발길을 돌렸다.

그런데 무언가가 눈길을 끌었다. 어둠 속에서 웬 불빛이 까닥거리고 있었다. 이윽고 코끝을 스치는 담배 냄새를 맡고, 프랜시스는 그게 담배 끝이 타오르며 내는 빛임을 깨달았다. 눈의 초점을 바꾸자 사람의 형체가 보였다.

정원에 누군가가 있었다.

프랜시스는 기겁해서 외마디 비명을 질렀다. 하지만 그건 바버 씨일 뿐이었다. 그가 소리 내어 웃으면서 다가오더니, 놀라게 해서 미안하다고 사과했다. 오늘은 밤이 참 좋아 만끽하려고 나와 있었는데, 프랜시스를 방해하고 싶지 않아서 말을 걸지 않았던 거라고. 정원을 좀 산책했는데 부디 개의치 않았으면 좋겠다고.

순간 그를 한 대 치고 싶은 충동이 치밀었다. 피가 귀까지 확 치솟고 몸이 방울처럼 덜덜 떨렸다. 바버 씨는 한참 전에 잠자리에 들었을 줄로만 알았는데. 여기에 여태껏 나와 있었다면…. 나온 지 삼십 분쯤 되었을 것이다. 프랜시스는 자신이 석탄재 버리는 구역에서 완전히 무방비 상태로 서 있었을 때 그가 근처에 있었다는 걸 생각하고 싶지 않았다. 비명을 지르지 않았더라면 좋았을 텐데. 그래도 노엘의 방수 덧신을 신은 건 보이지 않을 테니 다행이었다.

어쨌든 바버 씨는 그저 프랜시스와 같은 행동을 했을 뿐이다. 밤의 그윽한 정취에 이끌려 밖을 서성거린 것뿐이다. 그렇게 생각하니 몸의 떨림이 점차 잦아들었다. 프랜시스가 경직된 채 쥐에 대한 이야기를 꺼내자, 바버 씨가 킥킥 웃었다. "불쌍한 놈! 치즈 한 조각 먹으려다가 그게 웬 봉변이랍니까." 그가 담배를 입에 물었다. 담뱃불이 타오르면서 그의 미끈한 손, 콧수염, 여우 같은 턱을 잠깐 비추었다.

담뱃불이 희미해지더니 바버 씨가 다시 말하기 시작했다. 목소리를 들으니 그가 고개를 뒤로 젖히고 있다는 걸 알 수 있었다.

"오늘 밤은 별 구경하기에 딱이로군요, 레이 양! 제가 어렸을 때는 별에 대해 줄줄이 꿰고 있었답니다. 그게 취미였거든요. 식구들이 잠들고 나면 저는 침실 창밖을 통해 급수실 처마로 기어 나가서, 거기에 걸터앉아 몇 시간이고 보내곤 했습니다. 도서관에서 빌려 온 책을 자전거 램프로 비추어 보면서 하늘의 별들과 맞추고 그랬지요. 책에 실린 그림을 가지고 말입니다. 그러다 한번은 제 형 더글러스에게 들켰는데, 형이 창문을 잠가버리는 바람에 전 집에 들어가지도 못하고 밤새도록 비를 맞기도 했어요. 더글러스 형은 늘 그렇게 저를 골탕 먹였거든요. 하지만 그걸 감수할 가치가 있었어요. 별들의 이름도 전부 알아냈죠. 아르크투루스, 레굴루스, 베가, 카펠라….”

바버 씨의 말소리는 이제 속삭임이 되었다. 어둠 속에서 나직하게 흘러나오는 그 단어들에는 기이한 매력이 있었다. 이렇게 잠옷 차림으로 호젓한 곳에서 그와 같이 서 있자니 이상했지만, 생각해보면 여긴 그저 정원이 아닌가. 집 쪽을 돌아보니 불빛이 보였다. 열린 부엌문, 블라인드가 반쯤 내려진 창문, 그 위의 계단 모퉁이에 위치한 창문, 가운데 부분이 잘 여며지지 않는 오래된 모리스*풍 커튼도.

바버 씨 말대로 오늘 밤하늘은 정말 멋졌다. 달은 이울어 가느다란 지스러기만 남았고, 깊은 검푸른색 하늘에 돋은 별들은 그만큼 두드러져 전기가 흐르는 듯했다. 프랜시스는 고개를 젖히고 잠깐 뜸을 들였다가 물었다. “카펠라가 어떤 거죠?” 그 이름에 마음이 끌렸다.

바버 씨가 담배를 든 손으로 한 곳을 가리켰다. “저 이웃집 굴뚝 위에 있는 작고 밝은 녀석이에요. 저쪽에 있는 건 베가고요. 그리고 저 위에 저건….”

바버 씨가 손을 옮겼다. 프랜시스는 담뱃불의 움직임에 따라 몸을 돌렸다.

* 윌리엄 모리스는 영국의 공예가이자 시인으로, 수공예 기법을 강조한 중세풍 실내 장식 디자인으로 빅토리아 시대 말에 큰 인기를 얻었다.

"폴라리스예요. 북극성 말입니다."

프랜시스는 고개를 끄덕였다. "북극성은 알아요."

"그래요?"

"북두칠성과 오리온자리도요."

"걸 가이드*처럼 해박하시군요. 카시오페이아는요?"

"M 자처럼 생긴 것 말이지요? 네, 알아요."

"오늘 밤은 W 자가 되었군요. 보이십니까? 그 옆에는 페르세우스가 있어요."

"저는 안 보이는걸요."

"점들을 연결하면 됩니다. 상상력을 발휘해보세요. 별자리의 이름을 지은 사람들은 워낙⋯ 음, 그 시절에는 오락거리가 부족했으니까요. 쌍둥이자리는 어떤가요?" 바버 씨가 더 가까이 다가와 윤곽을 손으로 그려 보였다. "두 사람이 보이나요? 손을 맞잡고 있는 모습이? 바로 맞은편에는 사자자리가 있지요⋯. 그 오른편이 게자리예요. 그리고 저건 민어자리고요."

프랜시스는 그쪽을 유심히 내다보았다. "민어자리라고요?"

"바로 저기요. 골뱅이자리 옆이요."

프랜시스는 두 가지 사실을 동시에 깨달았다. 첫째, 바버 씨의 말은 당연히 농담이라는 것. 둘째, 그가 별을 가리켜 보여주려고 아주 바싹 다가서 있다가 담배를 들지 않은 쪽 손을 그녀의 등허리에 올렸다는 것. 예기치 못한 접촉에 프랜시스는 화들짝 놀라 그에게서 떨어졌다. 그 통에 바버 씨와 어깨가 맞부딪쳤고, 덧신 신은 발이 포석을 요란하게 울렸다. 바버 씨도 뒤로 물러나면서 과장스러운 몸짓으로 두 손을

* 1910년 영국에서 소녀들의 수양 및 봉사를 위해 창설된, 미국의 걸스카우트와 유사한 단체.

들어 올렸다. 무슨 짓을 벌이려다가 들키자, 자긴 아무 뜻도 없었다는 듯 장난스럽게 능청을 떠는 것처럼 보였다.

아니면 정말로 아무 뜻도 없었던 것일까? 갑자기 헷갈렸다. 너무 어두워서 바버 씨의 표정을 알아볼 수 없었다. 별빛을 받아 희미하게 번뜩이는 그의 눈과 치아만이 보일 뿐이었다. 웃고 있는 걸까? 비웃는 건가? 프랜시스는 과거에도 몇몇 남자들에게서 느꼈던, 함정에 걸려든 듯한 느낌에 사로잡혔다. 자신은 아무 행동도 하지 않았는데 놀림감이 되어버렸고, 이제부터 무엇을 하든 무슨 말을 하든 더더욱 우스운 꼴이 될 것 같은 느낌이었다.

다시금 이곳이 외롭게 느껴졌다. 축축하고 교활한 정원은 전에 없이 바버 씨의 편을 드는 것만 같았다. 프랜시스는 가운 벨트를 조이며 등을 꼿꼿이 세우고, 차갑게 말했다.

"여기 더 계시면 안 돼요, 바버 씨. 부인께서 걱정하실 거예요."

예상대로 바버 씨는 웃음을 터뜨렸다. 그런데 그 웃음에서 프랜시스가 이해할 수 없는 쓸쓸함이 배어났다.

"아, 릴리는 앞으로도 몇 분쯤은 나 없이 살 수 있을 겁니다. 저는 이 담배만 마저 피우고 잠자리로 돌아가렵니다."

프랜시스는 인사를 하지 않고 몸을 돌려 집으로 터벅터벅 걸어갔다. 역시 이렇게 바보가 된 기분이 들 줄 알았다. 그녀는 부엌으로 들어가자마자 덧신을 발로 차 벗고, 스토브 정리와 내일 아침 준비를 최대한 신속히 해치웠다. 오늘 밤 바버 씨를 세 번이나 마주치고 싶지는 않았다. 다행히도 그는 다시 나타나지 않았고, 프랜시스가 방으로 올라가 머리의 핀들을 빼내고 있을 때에야 아래층의 뒷문이 닫히고 빗장이 걸리는 소리가 들렸다.

바버 씨가 계단을 올라오는 소리를 들으며 프랜시스는 여전히 심기가 불편했지만, 한편으로는 그가 아내에게 뭐라고 할지 호기심도 들었다. 크리스티나가 벽에 컵을 대고 부부의 대화를 엿들어봤냐고 물었던 게 생각났다. 그냥 문으로 살그머니 다가가 귀를 기울이는 것 정도는 괜찮지 않을까? 그것까지는 엿듣는 행위로 칠 수 없지 않을까?

바버 부인의 목소리가 먼저 들렸다. "이제 왔네! 길이라도 잃은 줄 알았잖아. 뭘 하다 온 거야?"

바버 씨가 하품을 하며 대답했다. "아무것도."

"뭘 하기는 했을 거 아냐."

"뒤뜰에서 담배 좀 피웠어. 별 구경하면서."

"별이라고? 앞날을 점치기라도 했어?"

"오, 앞날은 뻔한데 무슨."

그게 대화의 전부였다. 하지만 그들이 대화를 나누는 방식 때문에, 애정 비슷한 감정이라곤 일절 느껴지지 않는 완벽하게 무감동한 어조 때문에 프랜시스는 깜짝 놀랐다. 그들의 부부 생활이 행복하지 않을 수도 있다는 생각은 미처 못 했는데, 아니, 이제 보니 그들은 서로를 미워하는 것 같지 않은가!

뭐 부부 간의 감정이야 자신이 상관할 바는 아니었다. 집세만 제대로 낸다면야… 하지만 이런 생각은 그야말로 셋집 아줌마 같은, 끔찍한 사고방식이다. 프랜시스는 바버 부부가 불행하지 않기를 바랐다. 게다가 그들에 대해 아는 게 얼마나 적은지 실감이 나서 불안해졌다. 자기 집의 중심부에 들어앉은 사람들인데! 생각하기는 싫지만, '사무직 계급'에 대해 스티비가 경고했던 걸 떠올리지 않을 수 없었다.

부부의 대화를 듣지 말걸 그랬나 보다. 프랜시스는 침대로 들어가 촛불을 껐다. 하지만 잠이 올 기미도 없어 뜬눈으로 누워만 있었다. 부부가 자기들 거실과 부엌을 들락날락하는 기척이 나더니 그중 한 사람이 회랑에서 멈춰 섰다. 하품 소리를 들으니 바버 씨였다. 그가 가스를 줄이자, 방문 밑으로 새어 드는 불빛이 스러졌다.

3

밤이 지나자 프랜시스의 불안감도 지나갔다. 아침을 맞은 바버 부부의 말소리는 평범했고, 심지어 쾌활하게 들렸다. 남편이 세면대에서 면도를 하는 동안 바버 부인은 콧노래를 흥얼거렸고, 바버 씨는 오전 근무만 있는 토요일 출근길에 나서기 전에 아내에게 뭐라고 속삭였으며, 그녀는 깔깔 웃으면서 대답했다.

한 시간쯤 뒤에 프랜시스는 집을 나섰다. 아버지의 무덤에 가져갈 화환을 챙기러 꽃 가게에 들러야 했다. 꽃을 가져온 다음엔 어머니와 점심을 먹고 묘지로 출발했다.

밤사이에 날이 흐려졌기에, 모녀는 가진 것 중에서 가장 수수한, 날씨와 상황에 걸맞는 코트와 모자를 걸쳤다. 하지만 5월의 공기는 웨스트 노우드로 가는 동안 따뜻해졌고, 아버지의 묘소로 이어지는 긴 언덕길을 오르다 보니 더욱 더워져서 프랜시스는 땀까지 났다. 마침내 도착했을 때 그녀가 장갑을 벗고 모자도 벗으려고 핀을 빼내자, 어머니가 못마땅한 시선을 던졌다.

"아버지는 개의치 않으실 텐데요, 뭐. 당신도 더운 건 싫어하셨잖아요."

"아버지는 아무리 더워도 모자를 써야 할 상황은 분별하셨어."

프랜시스는 모자 핀을 도로 꽂고 몸을 돌렸다. "아버지는 지금도 더우실걸요."

"뭐라고 했니?"

"'물을 떠올게요.'라고 했어요."

"아, 그러려무나." 어머니는 경계하는 눈초리로 말했다.

둘은 무덤을 돌보기 위한 도구들을 풀었다. 모종삽, 갈퀴, 솔, 병, '몽키 브랜드' 상표의 비누 한 덩이. 어머니는 풀과 이끼를 벌초했고, 수돗가에서 물을 떠 온 프랜시스는 솔을 적시고 비누를 묻혀 묘석을 문질러 닦았다.

묘석은 단순하고 견고하고 위엄 있었다. '비싸기도 하고.' 프랜시스는 여기 올 때마다 그 생각이 나서 울분이 치밀었다. 아버지가 돌아가시고 며칠간 경황없이 장례 절차를 진행했던 당시에는 아버지가 집안 재산을 그토록 심각하게 잘못 관리했는 줄은 꿈에도 몰랐다. 묘석에는 '존 프라이어 레이, 사랑하고 그리워하는 남편이자 아버지'라고 검은 글씨로 새겨져 있었다. 대리석은 원래 석영처럼 번쩍이는 흰 빛이었지만, 런던 남부 교외에서 불어온 검댕 섞인 빗줄기가 집요하게 카키색으로 물들여놓았다.

변색된 대리석 표면을 솔로 둥글게 훑으며 비누칠을 하다 보니 존 아서의 무덤이 생각났다. 오빠는 콩블* 바로 북쪽에 묻혔다. 1919년에 그의 약혼녀 에디스와 어머니와 함께 그 묘지에 가본 적이 있었다. 그

---

* 프랑스 북부의 한 지역으로 제1차 세계대전 당시 교전지.

때가 12월이었는데, 때를 잘못 골라도 한참 잘못 고른 듯싶었다. 추위가 매섭기도 했거니와 파괴된 마을의 참상이 지옥의 한 장면처럼 여과 없이 펼쳐졌다. 위안이라고는 한 조각도 찾을 수 없었고, 존 아서가 그곳에서 보내야 했던 몇 달을 상상하게 되어 도리어 새로운 고통만이 밀려왔다. 이후에 어떤 사람들은 그 묘지에 다녀오고 위로를 받았다고 했다. 어머니의 친구 한 명만 해도, 아들의 묘 앞에 서 있을 때 자신에게 평화가 내려왔노라고 이야기했다. 아들의 목소리가 바로 옆에 있는 듯 또렷이 들렸는데, 슬퍼하지 말라고, 슬픔은 소모적이라고, 빛으로 나아가야 할 세상을 어둠에 묻어두는 일밖에 되지 않는다고 말했다는 것이었다. 프랜시스는 존 아서의 묘소에서 아무것도 듣지 못했다. 길 안내를 해준 나이 든 농부의 젖은 기침 소리 말고는. 무덤 자체는 그녀에게 별 의미가 없었다. 그저 자신이 알아왔고 사랑했던 오빠의 모든 것이 그녀 발치에, 야트막하게 내려앉은 땅 아래에서 끝났다는 게 믿어지지 않을 뿐이었다. 거기에 가지 말걸 그랬다고 내내 후회했다. 지금까지도 가끔 꿈에 그 묘지가 나왔다. 꿈속에서 프랜시스는 항상 홀로 그 끈적끈적한 땅속으로 가라앉으며 텅 빈 공포에 사로잡혔다.

반면 노엘은 무덤조차 없었다. 그건 또 다른 의미로 힘들었다. 노엘은 전쟁 마지막 해에 이집트에서 출항한 배가 어뢰에 격침당해 지중해에서 실종되었다. 정확히 어떻게 죽었을까? 익사했을까? 첫 폭발에 휘말려 죽었을까? 당시에는 그의 행방에 대해 이견이 분분했다. 노엘이 물에 얼굴을 박은 채 둥둥 떠 있는 모습을 보았다는 사람이 있는가 하면, 목숨엔 아무 지장 없이 부상만 당한 채 보트로 끌어 올려졌다고 주장한 사람도 있었다. 하지만 그런 보트는 발견되지 않았다. 적군에게 붙잡힌 걸까? 어쨌든 그의 시신은 영영 나타나지 않았고, 당시에는 죽었다고 알려졌던 병사들이 몇 달이 흘러, 전쟁이 끝나고도 한참 뒤에 전쟁신경증에 걸린 상태로나마 기적적으로 살아 돌아왔다는 이야기가 너무나 많이 전해졌기 때문에, 프랜시스의 어머니는 노엘이 돌아올지도 모른다는 희망에 매달렸다. 그 과정에서 무시무시한 순간들을 겪어야 했다. 뜬금없는 시간에 누군가가 현관문을 두드렸을 때, 길거리에서 노엘과 어렴풋이 닮은 소년을 마주쳤을 때⋯. 프랜시스는 지금까지도 그 시절을 돌이키면 몸서리가 쳐졌다. 가엾은, 가엾은 노엘. 그 애는 온 가족의 귀염둥이였다. 노엘을 떠올리면 그가 죽은 열아홉 살 때의 모습이 아니라 조약돌처럼 매끄럽고 동그란 분홍빛 맨발을 드러낸, 줄무늬 파자마 차림의 남자아이가 떠올랐다. 이스트본의 바닷가에서 그 애가 파도를 머리에 뒤집어쓰고 울던 일이 기억났다. 그때 프랜시스는 노엘을 겁쟁이라고 놀렸다. 그 놀림을 취소할 수만 있다면 무엇이든 할 텐데.

이 생각은 그만하자. 떨쳐내자. 솔을 다시 적셔야 한다. 빨리, 빨리. 대리석에 아직 닦지 못한 부분이 남아 있었다. 나머지는 얼마나 깨끗하게 잘 닦였는지! 그래, 이제 한결 나아졌다. 프랜시스는 비석을 다 닦고, 오목하게 파인 가장자리 부분으로 넘어갔다. 수돗가를 몇 차례 더 오고 가면서 그렇게 솔질을 하니 마침내 일은 모두 끝났다. 모녀는 자리를 털고 일어서면서 다음번에는 원예용 체를 가져와서 흙을 제대로 골라야겠다고 이야기했다. 일단 오늘은 이만하면 충분히 말끔하게 손질된 것 같았다. 프랜시스는 도구를 정리하고 손을 닦은 뒤, 아버지에게 인사를 했다.

"아버지, 이것 보세요. 생신 기념으로 싹 다듬어드렸어요. 이런 대접을 받으실 자격은 없지만."

"프랜시스." 어머니가 꾸중했다.

"왜요? 지금 당장 아버지가 제 앞에 계시더라도 꼭 이렇게 말할 건데요. 그것 말고도 할 말 많아요. 그런데 아버지는 요령껏 이런 말 안 듣고 잘 빠져나가셨네요. 사실 아버지가 요령껏 잘해낸 일이라고는 그것밖에 없을걸요."

"쉿."

어머니는 머리를 숙이고 눈을 감고 조용히 기도를 했고, 프랜시스는 어머니 몰래 양모 코트 깃을 잡아당기며 더운 목을 식혔다. 둘은 그곳에 서서 조금 더 시간을 보낸 뒤 묘지의 더 오래된 구역을 거쳐 출입구로 향했다. 프랜시스는 이쪽 묘역을 훨씬 더 좋아했다. 여기엔 지난 세기의 저속한 취향을 보여주는 묘석들이 많았다. 눈물 흘리는 천사, 꺼진 횃불, 돛을 모두 펼친 석조 배 등등. 프랜시스는 비석에 새겨진, 디킨스 소설에 나올 법한 예스러운 성들을 읊었다. "보드… 엡스… 툴리… 웨더왁스! 시대에 따라 사람들의 이름도 달라지니 희한해요. 성도 바꿀 수 있는 걸까요? 유행처럼?"

"가엾은 웨더왁스 씨와 결혼하려는 여자가 아무도 없었는지도 모르지."

"그건 어머니 생각이죠. 여기 '다섯 아들이 간절히 그리워하며'라는 비문도 있는걸요! 아들이 이렇게 많다면 지금쯤은 온 나라에 웨더왁스 가문이 있어야 할 텐데요."

길거리로 나온 그들은 긴가민가 하늘을 올려다보았다. 아버지가 생전에 덜위치 공원의 화원을 무척 좋아했기 때문에, 모녀는 버스를 타고 거기로 가서 카페에서 차를 마시며 울적한 토요일 오후를 보낼 예정이었다. 그런데 어느새 하늘이 낮아지며 컴컴해지고 있었다. "천둥이 치겠는걸." 전쟁 이후로 폭풍을 견디기 힘들어하는 어머니가 말했다. 그들은 일정을 취소하고 곧장 집으로 가기로 하고, 챔피언 힐로 향하는 버스를 잡아탔다. 정류장에 내리자마자 굵은 빗방울이 후드득 떨어졌기에 집까지 몇 미터를 뛰어가야 했다. 프랜시스가 먼저 도착해 현관문을 열어두었다. 현관으로 뛰어 들어온 두 사람은 숨을 헐떡이고 웃으면서 젖은 모자며 코트를 벗었다.

문을 닫고 나니 위층에서 여러 사람의 인기척이 들렸다. 쿵쿵거리는 소리와 왁자지껄한 폭소, 가볍게 잰걸음을 걷는 소리가 이어졌다. 어머니가 모자를 벗으면서 불안한 눈으로 위를 올려다보았다. "에구머니나!"

프랜시스는 가슴이 철렁했다. "바버 부부가… 손님을 데려왔나 봐요."

발소리가 계단 쪽으로 건너오더니, 끈적끈적해 보이는 조그마한 두 손이 위층의 난간을 움켜쥐는 게 보였다. 이윽고 계단 모퉁이 너머에서 아이 둘이 나타났다. 일고여덟 살쯤 된 여자아이와 그보다 더 어린 남자아이였다. 소년이 먼저 계단을 내려오기 시작했다. 어린아이에게는 너무 버거운 계단을 열심히 내려오면서 낯을 찡그리던 소년은, 프랜시스 모녀를 본 순간 발을 내딛다 말고 기우뚱거렸다. 아이는 화들짝 겁을 집어먹고 부리나케 몸을 돌려, 여자아이의 다리 사이를 통과해 더듬더듬 올라가버렸다. 여자아이는 그 자리에 서서 프랜시스와 눈을 마주치곤 아랫입술을 빨더니 웃음을 터뜨렸다.

"아직 아기예요."

어머니는 손에 모자를 든 채 앞으로 나서서 걱정스럽게 그 애들을 올려다보았다.

"그렇게 어린 아기가 계단을 내려가게 둬선 안 돼. 그러다 떨어지기라도 하면…. 돌아가렴, 애야!"

위층의 회랑으로 무사히 올라간 남자아이는 두려움으로 떨리는 어머니의 목소리를 들었는지 어머니 바로 위의 난간 기둥 사이로 머리를 쑥 내밀었다. 어머니는 낯빛이 창백해진 채 손사래를 쳤다. "저리가! 뒤로 가, 애야! 아이고, 난간이 부서지면 어쩌려고! 프랜시스…."

"제가 할게요." 프랜시스는 어머니를 앞질러 계단을 올랐다.

프랜시스가 다가가자 여자아이는 킥킥거리면서 잽싸게 도망쳤다. 남자아이는 허둥지둥 머리를 도로 빼다가 난간 기둥에 귀를 부딪친 모양인지, 또 제풀에 질겁을 해서는 들입다 줄행랑을 쳤다. 여자아이가 그 뒤를 쫓아갔고, 남자아이는 바버 부부의 거실로 달려가면서 결국 울음을 터뜨렸다. 그러자 어떤 활기차고도 태평한 여자 목소리가 들려왔다. "이 녀석, 이번에는 또 뭐냐!" 동시에 또 다른 여자가 거실 문간에 얼굴을 드러냈다. 아까 그 목소리의 주인도, 지금 나타난 저 여자도 바버 부인은 아니었다. 그녀는 프랜시스의 또래쯤으로 바버 부인보다 나이가 들어 보였다. 곱슬머리에 기름을 바르고 입술엔 립스틱을 듬뿍 칠한, 이목구비가 다소 날카로운 여자였다. 그녀는 조심조심 계단을 올라오는 프랜시스 모녀를 보더니 문밖으로 나오면서 말했다. "어머, 릴 찾으세요? 걔는 뒤뜰에 나갔는데."

프랜시스는 계단 꼭대기 바로 밑에 멈춰 선 채, 아이들이 걱정됐다고 이야기했다. 자신과 어머니 때문에 그 작은 남자아이가 겁을 먹은 것 같다고, 계단 난간 기둥에 귀가 걸려 다친 것 같다고.

다친 아이의 신음 소리가 흐르는 가운데, 바버 부부의 거실은 이상할 만큼 조용했다. 프랜시스는 그 거실이 지금 상황을 엿듣는 낯선 사람들로 꽉 들어차 있을 것만 같아 불안했다. 반쯤 열린 문 너머로는 아무것도 보이지 않기에, 그녀가 물었다. "혹시 바버 씨가 안에 계신가요?"

여자가 콧방귀를 끼었다. "레니요? 없죠! 그 사람은 자리를 피해주고 있어요. 하지만 릴은 금방 돌아올 거예요. 찾으시는 게 릴이라면요."

"아뇨, 그런 게 아닙니다. 저희는 그 남자아이의 안전에 대해 확실히 하고 싶은 거예요." 프랜시스는 약간 딱딱한 어조로 말을 이었다. "저는 레이 양이라고 합니다. 이쪽은 저희 어머니 레이 부인이고요. 저희가 이 집 주인입니다."

그 말이 끝나자, 조용하던 거실에서 또 다른 여자의 목소리가 터져 나왔다. 홉 따는 일꾼 여자처럼 쾌활하고 걸걸한 음색이었다. "레이 부인이야? 지금 레이 부인이 온 거야, 베라?"

날카로운 인상을 한 여자가 고개를 갸웃하더니, 프랜시스와 그녀의 어머니를 차분히 번갈아 보고는 소리쳐 답했다. "네, 레이 양도요!"

"아니, 그럼 후딱 안으로 들어오시라고들 해! 그 딱한 분들이 자기 집 복도에 우두커니 서 있게 놔두지 말고."

여자는 어깨를 으쓱하고 설핏 미소를 지었다. 프랜시스에게 '이제 각오하셔야겠네요.'라고 호의적인 농담을 건네는 듯한 몸짓이었다. 여자는 거실 안으로 들어가서 문을 활짝 열어주었고, 그동안 프랜시스는 어머니를 흘끔 돌아보았다. 어머니는 허겁지겁 모자 핀을 다시 꽂고 있었다. 두 사람은 계단을 마저 올라가 회랑을 가로질렀다.

거실에 들어서자 향긋한 냄새와 담배 연기가 뒤섞인 탁한 공기가 훅 끼쳐왔다. 안에 사람들이 꽉 들어차 있었던 건 아니었다. 불을 때지 않은 난로 앞에 의자를 끌어다 놓고 모여 앉은 여자 세 명뿐이었다. 프랜시스는 정작 사람보다도 의자가 먼저 눈에 들어왔다. 그중 검은 오크 나무 안락의자 한 대가 바버 부부의 로코코 장식품들 가운데서 유별나게 친숙해 보였기 때문이었다. 다시 보니 그건 바버 부부의 가구가 아니라, 아버지의 흉물스러운 자코비언 가구 수집품 중 하나였다. 아래층 부엌 복도에 있던 걸 여기로 옮겨놓은 것이다. 지금 그의자에는 쉰 안팎쯤 되어 보이는 땅딸막하고 통통한 여자가 앉아 있었다. 눈은 갈색 단추 한 쌍처럼 동그랗고, 두 발목은 심각하게 부어올랐고, 머리는 너무 인위적으로 곱슬곱슬하게 지지고 염색을 해놓아서 윤기라곤 없는 밀랍 가발처럼 보였다. 아까 안에서 소리를 쳤던 여자가 바로 이 사람인 것 같았다. 프랜시스 모녀가 어색하게 안으로 들어오자 그녀는 아까처럼 기세등등한 런던 동부 사투리*로 말했다.

"아이고, 레이 부인, 레이 양, 만나서 엄청 반가워요! 정말이지 무진장 반갑네요! 릴은 오늘 두 분이 오후 내내 외출해서 못 볼 거라고 하던데. 아유, 재수가 좋았네! 나는 바이니 부인이라고 해요. 내가 일어나서 악수하지 못해도 이해해줘요. 보다시피 이 모양 이 꼴이라, 일단 자리에 앉으면 계속 앉아 있어야 하거든요." 그녀는 끔찍한 상태인 두 발목을 가리키며 그렇게 말하더니, 소파에 앉아 있는 소녀의 팔을 두드렸다. "얘, 민. 레이 부인에게 자리를 양보해드려라. 너 같은 말라깽이는 발쿠션에 앉아도 괜찮잖아. 아, 참. 이 애는 내 막내딸 민이에요." 그녀는 그것만으로 모든 게 설명된다는 듯이 프랜시스에게 말했다. "이런 지체 높은 집에서는 민이 아니라 '린치 양'이라고 불러야겠지만요! 그리고 이쪽은 롤린스 부인과 그라이스 부인이고요. 아이고, 이렇게 예스럽게 말하니까 늙은이가 다 된 것 같네! 그라이스 부인하고는 방금 인사 나눴지요?"

프랜시스는 가방과 스카프, 화려한 모자가 잔뜩 널린 마룻바닥을 건너가 손님 한 사람 한 사람과 하릴없이 악수를 나누었다. 어머니는 자신은 금방 나갈 테니 신경 쓸 필요 없다며 소극적으로 저항했지만, 결국은 소파로 이끌려가서 날카로운 인상을 한 여자 옆에 앉게 되었

* 런던의 노동자들이 쓰는 사투리. 바이니 부인의 신분이 낮다는 것을 드러낸다.

다. 아까 '베라'라는 이름으로 불렸던 저 여자가 바로 그라이스 부인
이었다. 민이라는 이름의 여자아이는 커다란 붉은색 가죽 발쿠션 위
에 앉았고, 프랜시스는 롤린스 부인이라고 소개된 여자 옆의 빈 의자
에 앉았다.

  롤린스 부인은 바버 부부의 의자들 중에서 핑크색 플러시 천이 대
어진 안락의자에 앉아 있었는데, 자신이 그 자리를 차지할 권리가 있
다는 듯 약간 우쭐거리는 성모마리아 같은 태도를 취하고 있었다. 어
린 남자아이는 롤린스 부인의 무릎에 얼굴을 파묻고 있었다. 긴 속눈
썹이 촉촉이 젖어 있었지만 눈물은 이미 쏙 들어간 듯, 한가롭게 그녀
의 허벅지를 깨물면서 프랜시스를 올려다보았다. 프랜시스는 아이가
난간 밑으로 머리를 내밀었다가 귀를 다친 것 같아서 걱정된다는 이
야기를 되풀이했다. 그러자 롤린스 부인은 빙그레 웃었다. 자신은 프
랜시스가 모르는 걸 다 안다는 듯한, 아이를 염려하는 노처녀에게 유
부녀들이 종종 짓곤 하는 특유의 동정심 어린 미소였다. 롤린스 부인
은 "오, 이 나이 때 아이들 귀는 생고무 같답니다."라고 대답하더니,
증명해 보이려는 듯 남자아이의 새빨개진 한쪽 귀의 귓바퀴와 귓불
을 잡아당겨 맞닿게 하고는 도로 확 튕겨 놓아주었다.

  손님들이 웃음을 터뜨렸다. 여자아이가 가장 크게, 귀에 거슬릴 만
큼 요란한 억지웃음을 내뱉었다. 남자아이는 두 손바닥으로 자기 머
리를 철썩철썩 쳤는데, 코미디언 역할을 한 데에 의기양양해야 할지
스스로 웃기는 꼴이 되었다는 데에 창피해해야 할지 헷갈리는 눈치였
다. 바이니 부인이 킥킥거리면서 말했다. "불쌍한 모리스. 우리가 너무
대놓고 웃어버렸네. 하지만 사내애가 난간 밑에 머리를 집어넣었다면
그건 남들 보고 웃으라는 뜻이지, 아니면 뭐겠어?" 그녀는 너그러운
어조로 말하면서 두 손을 내밀었다. "요 녀석, 할머니한테 오렴!"

'할머니한테 오렴'이라… 바이니 부인이 남자아이를 데리고 호들갑을 떨고 젊은 여자들이 그 모습을 지켜보는 동안, 프랜시스는 손님들의 외모가 서로 닮았다는 것을 알아차렸다. 롤린스 부인(자기들끼리 부르는 걸 들으니 이름은 '네타'였다)은 민이 나이가 들어 주부가 되면 딱 저렇겠구나 싶은 모습이었고, 베라는 눈빛이 바이니 부인보다 딱딱하기는 해도 단추처럼 생긴 눈은 꼭 닮았다. 이제 보니 두 아이의 얼굴에도 이 가족의 특징이 배어 있었다. 여자아이는 튼튼한 다리로 버티고 선 품새가 실팍해 보였고, 남자아이는 색깔이 금방 어둡게 변할 것 같은 종류의 금발 머리였는데, 둘 다 아이답지 않게 도톰하고 탄력 있는 핑크빛 입술은 똑같았다. 그건 딱 바버 부인의 입술이었다. 프랜시스는 이 수수께끼 같은 손님들의 정체를 비로소 깨닫고 놀라움과 동시에 안도감을 느꼈다. 바로 그때 바버 부인이 숨을 몰아쉬며 거실로 들어왔다.

바버 부인은 프랜시스와 가장 먼저 눈을 마주쳤다. "레이 양, 정말 미안해요! 레이 부인, 안녕하셨어요?" 그녀는 굳은 미소를 지으며 떨리는 목소리로 말했다. "저희 어머니와 언니들과 인사들 나누셨지요?"

바이니 부인이 말했다. "암, 우린 벌써 엄청 친해졌단다. 그나저나, 릴, 너는 이분들이 온종일 집에 안 돌아올 거랬잖아!"

"쟤는 우리가 당신을 만나는 게 싫었던 거예요. 우리를 창피해하거든요." 베라가 프랜시스에게 말했다.

"그게 무슨 바보 같은 얘기야." 바버 부인이 얼굴을 붉혔다.

"사실은 사실이지!" 그녀의 어머니가 명랑하게 소리치자, 구식 코르셋에서 뚝뚝거리고 삐걱거리는 소리가 연이어 터져 나왔다. "레이 부인, 우리가 예절을 잘 모르긴 해도 쾌활한 것 하나만은 자신 있답니다. 그리고, 아, 이 저택은 정말 멋있어요. 정말이지 마음에 쏙 드는 구먼요."

프랜시스의 어머니는 상기된 얼굴로 눈을 깜빡이며 재빨리 사태를 파악하고는 말했다. "고맙습니다. 한창 시절에는 여러 식구가 여기서 오손도손 살았는데, 이제 저와 딸 둘이서만 감당하기에는 좀 넓은 집이 되어버렸네요."

"아이고, 아무렴요. 고생도 그런 고생이 없죠. 큰 집만큼 손이 많이 가는 것도 없잖아요. 텅 빈 방만큼 사람 기분 축 처지게 만드는 것도 없고 말이죠. 이제 집에 사람이 늘었으니 좋으시겠어요. 그리고 뒤뜰도 참 예쁘게 해놓으셨던데요!"

"아, 저희 정원도 보셨군요?"

"예, 릴이 보여줬지요."

"잠깐만 둘러보고 나왔어요." 바버 부인이 덧붙였다.

"무슨 시골 한복판에 있는 것 같더라고요. 어휴, 옆집이 보이질 않으니 있는 줄도 모르겠던데요! 휴가 나온 것 같은 기분이 절로 들어요. 여행객들을 불러들여서 차라도 마시게 하면 딱이겠어요. 우리 집은 낡고 쪼끄만데… 아, 저랑 베라랑 민이랑은 월워스 거리에, 제 남편 가게 건물에서 살거든요. 그냥 낡아빠진 집이죠. 그런데 이렇게 멋있는 집은…."

바이니 부인은 거실을 감상하듯 둘러보았다. 프랜시스가 지난번에 언뜻 보았을 때보다도 장식이 더욱 많아진 것 같았다. 벽난로의 석쇠에는 종이로 만든 양귀비 꽃다발이 세워져 있었고, 소파에는 가장자리에 털실 방울들이 달린 보송보송한 테이블보 같은 것이 깔렸고, 벽난로 선반 위에는 온갖 엽서를 비롯해 흑단 코끼리, 황동 원숭이, 도자기 부처, 스페인산 부채 등의 장식품이 가득했다. 탬버린도 거기에 놓인 채 리본을 늘어뜨리고 있었다.

바이니 부인이 다정한 어조로 말을 이었다. "아까 두 분 오기 전에 딸내미들에게 말하려던 참이었어요. 옛날에 여기서 살았던 숙녀들을 상상하면 근사하지 않냐고요. 보닛을 쓰고, 좋은 드레스를 입고… 그 시절 드레스는 치맛자락이 어마어마했잖아요! 천을 아주 수십 폭을 둘렀더랬죠! 길바닥에 더러운 게 많았을 텐데 어떻게 그러고 살았나 몰라. 계단은 또 어떻게 올랐을까 싶고요. 그리고 볼일 보러 갈 때도…."

"엄마!" 딸들이 일제히 소리쳤다. 바버 부인의 목소리가 가장 컸다.

바이니 부인의 단추 눈이 휘둥그레졌다. "왜? 그냥 재미로 하는 얘긴데. 레이 부인도 이해하셔. 레이 양도 마찬가지일 거고. 어차피 여자끼리 있는데 뭐 어때."

그 말에 민이라는 여자아이가 항의했다. 여기엔 여자뿐만 아니라 남자들도 있다고. 하지만 바이니 부인은 마냥 태평하게 대꾸했다. "내 말 무슨 뜻인지 알잖아."

민은 무슨 뜻인지 모르겠다고 반박했다. 모리스는 여자가 아니고, 시디도 여자가 아니지 않냐고. 시디는 아직 너무 어려서 남자조차도 아니라고….

"그만하면 됐어요, 꼬마 마님." 베라가 날카롭게 쏘아붙였다. 프랜시스는 영문 모를 이야기에 어리둥절해졌다. '시디? 그게 도대체 누구지?'

민은 어른스럽게 생긴 입술을 불퉁히 내밀고는 침묵했고, 바이니 부인은 이 저택이 훌륭하다는 이야기로 화제를 돌렸다.

"릴과 렌에겐 재수가 좋았죠. 게다가 릴이 방을 참 예쁘게 꾸며놓지 않았나요! 원래 얘가 우리 집안에서 항상 예술가 담당이었거든요. 아니, 릴, 맞잖아! 아닌 척 마라." 바이니 부인이 프랜시스에게 윙크를 했다. "쟤 얼굴 빨개진 것 좀 봐요."

"저런 내숭도 예술가 기질이죠." 베라가 특유의 건조한 말투로 덧붙였다.

"누굴 닮아서 그런지 도통 모르겠다니까요. 일단 나는 아니에요, 확실히! 그리고 쟤 아버지는… 하느님, 그이를 편히 쉬게 하소서! 아무튼 그 양반은 그림을 그리기는커녕 벽에 똑바로 걸지도 못하는 사람이었고…."

그때 난데없는 소음이 끼어들어 바이니 부인의 말이 끊겼다. 쿵쿵거리고 꾸르륵거리는, 짐승이 낼 법한 소리가 들려와 프랜시스와 어머니는 화들짝 놀랐다. 그런데 자매들은 오히려 조용히 숨을 죽였고, 베라는 소파 옆의 바닥에 놓아둔 커다란 왕골 가방 안을 들여다보았다. 프랜시스는 지금껏 그게 단순한 여행 가방인 줄 알았는데, 이제 보니 아기 운반용 바구니였다. 긴장감이 흐르는 가운데 여자들이 소곤소곤 서로에게 물었다. "다시 잠드는 거야?" "이제 됐어?" "잠들었나?" 그러나 코를 훌쩍이는 소리가 또 새어 나오는 듯싶더니 일순 왕하는 울음이 터졌다.

"에구머니!"

"저런, 저런!"

"괜찮아!"

"자, 여기!"

베라는 바구니에서 발버둥 치는 노란색 뜨개옷 차림의 아기를 두 손으로 들어 올렸다. 저 애가 바로 시디인 모양이었다. 베라는 벽난로 앞에 깔린 융단 건너편으로 몸을 내밀어, 시디를 네타에게 건네주었다. 네타는 시디를 무릎 위에 올렸지만 아기는 여전히 팔다리를 버둥거렸고, 꽃줄기처럼 가느다란 목에 달린 커다란 암갈색 머리가 이리저리 마구 흔들렸다.

"이모들한테 웃어줘야지?" 네타가 말했다. "싫어? 레이 부인이랑 레이 양이 너 보려고 여기까지 왔는데도? 아이고, 요 녀석 인상 쓰는 것 보게!"

"배고픈 거 아니야?" 아이가 계속 울자 바이니 부인이 물었다.

"애는 늘 배가 고파요. 그런 면은 자기 아빠를 빼다 박았죠."

"기저귀는?"

네타가 아기의 엉덩이를 두들겨보았다. "기저귀는 괜찮아요. 그냥 우리 애기에 끼고 싶나 봐요. 그렇지? 응?"

네타가 아기를 무릎 위에서 얼렀다. 그러자 시디의 머리가 더 심하게 흔들렸지만 울음은 잦아들었다.

아기를 좋아하는 프랜시스의 어머니는 시디를 더 잘 보려고 몸을 앞으로 내밀고는 미소를 지었다. "영락없는 어린 황제 같군요."

바이니 부인이 벌어진 이를 드러내며 말했다. "맞아요, 딱 그렇죠. 적어도 귀족처럼 쩌렁쩌렁 호통을 치긴 하지요. 아이고, 녀석, 생긴 것하고는! 꼭 커다란 순무처럼 생기지 않았어요? 저 머리 크기에 걸 맞게 자라야 할 텐데 말예요. 자기 형이랑은 어쩜 저렇게 정반대인가 몰라요. 네타, 기억나지? 모리스는 머리가 하도 쪼끄매서 스타킹을 기울 때 걔 머리에 씌워도 될 정도였잖아!" 그녀는 눈물까지 닦아가며 폭소를 터뜨렸다. "레이 부인, 혹시 다른 자식도 있나요? 이런 거 여쭤봐도 괜찮겠지요?"

프랜시스의 어머니는 네타의 무릎 위에서 기우뚱거리는 아기에게서 눈을 돌리며 말했다. "괜찮다마다요. 저는 자식을 셋 낳았답니다. 아들 둘은 전쟁에서 목숨을 잃었어요."

바이니 부인의 얼굴에서 웃음기가 싹 가셨다. "아이고, 그런 일이.

아이고, 안타까워서 어째요. 제 오라비도 아들 둘을 그렇게 잃었거든요. 남은 아들 하나는 양쪽 눈이 다 쪼그라든 꼴로 돌아왔고요. 베라의 남편 아서도 죽었어요. 그렇지, 베라? 그리고 저도 한때 아들들 때문에 애를 태웠지요. 아직 결혼한 지 얼마 안 됐을 시절 얘기예요. 왠지는 모르겠는데 아들하고는 통 연이 없는지, 둘을 유산하고 하나는 사산했거든요. 산파가 전부 아들이라고 하더라고요. 마지막 아기는 얼마나 조그맣고 사랑스러웠는데….”

“사산이 뭐예요?” 민이 물었다. 어른들이 대답해주지 않자 아이는 말을 이었다. “나 기억나요. 아빠가 막 울었던 거요. 그때 아빠 눈에 후추 들어가서 우는 거라고 했어요.”

“좋은 사람이었지, 네 아빠는.” 바이니 부인이 미소를 지으며 말했다. “그 양반은 아일랜드 남자였어요, 레이 부인. 그쪽 사람들이 다 그렇듯 감상적이었죠. 그래 마지막 애를 잃고 우리 둘 다 많이 속상했죠. 하지만 이제 와 생각하면, 그 아들 녀석이 잘 태어나 잘 자랐다고 해도 그게 뭐 좋은 일이었을까 싶어요. 그렇잖아요, 어차피 자기 사촌들처럼 전쟁터에 나가 죽을 거라면….”

바이니 부인은 한숨을 쉬고 고개를 내저었다. 쾌활한 표정과 홍조가 걷히니 그녀의 진짜 얼굴이 드러났다. 누렇고 푹 꺼진 뺨에 거미줄처럼 퍼진 정맥류가 도드라졌고, 단추 같은 눈은 갑자기 벌거벗은 듯, 인생이 그녀를 너무 심하게 착취해서 속눈썹까지 빼앗아간 것처럼 보였다.

민이 다시 물었다. “사산이 뭔데요?”

베라가 결국 대답해주었다. “내가 너한테 바랐던 것.”

프랜시스의 어머니는 흠칫 놀랐다. 바버 부인은 민망한 듯 고개를 푹 숙였다. 그러나 나머지 손님들은 무자비하게도 웃음을 터뜨리며 몸을 들썩였고, 바이니 부인은 옷소매에서 손수건을 꺼내 눈물을 닦기까지 했다. 그 떠들썩한 광경을 진지하게 바라보던 아기는 뒤늦게 그 농담을 알아듣기라도 했다는 듯 까르륵 웃었고, 그게 또다시 한바탕 폭소를 몰고 왔다. 네타가 아기를 더 웃겨주려고 꼭 껴안고 흔들자, 녀석은 머리를 마구 흔들며 입과 턱을 침으로 축축이 적시고는 신이 나서 그녀의 배를 발로 찼다.

그러고 나니 좌중의 분위기가 약간, 그러나 확실히 변했다. 베라가 핸드백에서 담배를 꺼내 사람들에게 권했다. 프랜시스의 어머니는 또다시 놀란 표정으로 고개를 저었고, 프랜시스 역시 마지못해 사양했지만, 다른 젊은 여자들은 성냥으로 담뱃불을 붙이고 스탠드 재떨이를 가져다 놓고는 대화를 재개했다. 그들의 이야기를 듣다 보니 '우리 나리'라는 표현이 나왔다. '우리 나리의 펜촉'이라느니, '우리 나리께서'라느니, "그래서 나리께서 뭐라고 말씀하셨게?"라느니, "나는 나리한텐 신경 껐어!"라느니. 바이니 부인이 이따금씩 끼어들어 "너무 그렇게 심술부리지 마라! 너희 불쌍한 새아버지가 나쁜 맘으로 그런 건 아니잖아!"라고 항변했지만 아무 소용도 없었다. 이 가족은 마치 태엽 장치처럼, 프랜시스 모녀라는 작은 방해물을 밀어젖히고 원래의 편안한 궤도대로 돌아가기 시작한 것 같았다. 프랜시스는 그 자매들을 한 사람씩 살펴보면서 그들 각자가 맡은 배역을, 아니, 정확히 말하자면 이 태엽 기계 장치가 그들에게 부과한 배역을 또렷하게 알아볼 수 있었다. 베라는 신랄한 역, 네타는 유능한 역, 민은 둔한 역.

그리고 물론 바버 부인도 있었다. 릴리안, 릴리, 릴. 그녀는 내내 좌중의 주변만 맴돌면서 벽난로 선반이나 소파 팔걸이에 기대고 있었고, 몇 분에 한 번꼴로 프랜시스 모녀를 걱정스러운 눈초리로 흘끔거렸다. 바버 부인은 자둣빛의 부드러운 천으로 된, 가슴과 짧은 소매의 끝동에 코바늘 레이스가 대어진 드레스를 입었고, 그것과 어울리는 올리브색 스타킹과 터키풍 슬리퍼를 신었으며, 목에 건 붉은 나무 구슬 목걸이는 조금만 움직여도 주판처럼 달각달각 부딪히는 소리를 냈다. '우리 집안에서 예술가 담당'이라던 그녀 어머니의 말이 떠올랐다. 확실히 그런 것 같았다. 옷을 잘 입을 줄 아는 그녀는, 모조 실크 드레스, 구멍 뚫린 무늬가 있는 스타킹, 굽 높은 신발, 팔찌며 발찌 따위로 치장한 자매들과 공통점이 별로 없어 보였다. 바버 부인의 사려 깊은 말씨도 그들과는 닮은 구석이 없었다.

모리스가 바버 부인에게 다가가 귓속말로 뭐라고 부탁을 했다. 그러자 그녀는 조카의 손을 잡고 어질러진 카펫을 가로질러 방 저편으로 건너가서, 먹고 남은 다과가 널려 있는 테이블에서 빵이며 비스킷 같은 것을 추려서 그릇에 담아 주었다. 아이는 그릇을 건네받고 조심스럽게 가슴께로 가져갔지만 과자가 흘러내리려 했고, 그러자 바버 부인은 치맛자락을 허벅지 사이에 끼워 넣고는 자세를 낮추어 그릇을 반듯하게 받쳐주었다. 유연하고 매끄러운 동작으로 단숨에 그렇게 움직였다. 발뒤꿈치가 슬리퍼에서 들려 올라갔고, 광택이 흐르는 스타킹에 희고 둥근 장딴지가 비쳐 보였다. 소년이 비스킷을 베어 물자 그녀 가슴의 레이스 위에 과자 부스러기가 떨어졌다.

바버 부인은 부스러기가 묻었다는 걸 눈치채지 못했다. 그녀는 도톰한 입술을 내밀어 아이의 금발 머리에 무심코 키스를 하더니, 입을 떼고 눈을 들다가 프랜시스의 눈길을 알아차렸다. 그녀는 문득 자기 자신을 의식한 듯 시선을 떨구었지만, 프랜시스가 미소를 지으며 계속 쳐다보자 그녀도 다시 눈을 들고는 머뭇머뭇 미소를 지었다.

그 모습을 본 민이 간식이 있다는 걸 깨닫고는 그쪽으로 건너가서 자기도 비스킷을 달라고 했다. 그러자 바이니 부인은 비스킷이 많이 남았으면 이참에 다 같이 먹는 게 어떠냐고 했다. 그때 프랜시스는 어머니에게 눈길을 던졌고, 어머니도 아주 살짝 고갯짓을 해 보였다. 이제 슬슬 자리를 뜨자는 신호였다. 바이니 부인의 끈덕진 호의에서 벗어나는 데에는 몇 분이 더 걸렸지만, 마침내 그들은 거실 밖으로 나오는 데 성공했다.

바버 부인도 한사코 그들을 따라 나왔다. 프랜시스의 어머니가 앞서서 계단을 내려가는 동안, 그녀는 뒤에 남아 프랜시스를 부르더니 조용히 이야기했다.

"댁의 의자를 가져다 써서 정말 죄송해요, 레이 양. 이미 보셨다는 것 알아요. 어머님께도 제가 무척 미안해한다고 전해주세요. 저희가 댁의 물건들을 멋대로 가져다 쓴다고 생각하지 않으시길 바라요. 저희 어머니가 허리와 다리가 안 좋으셔서 딱딱한 안락의자가 필요했는데, 저희한테는 그런 의자가 없어서요."

"괜찮아요." 프랜시스가 말했다.

"괜찮은 일이 아닌걸요. 하지만 말씀만이라도 그렇게 해주셔서 고마워요. 친절하게 저희와 같이 시간을 보내주신 것도 고맙고요. 제 가족이 좀 시끄럽지요? 오래 있진 않을 거예요. 한 시간만 머물 예정이었는데, 비가 내리기 시작하는 바람에…." 바버 부인은 프랜시스의 점잖은 옷을 고갯짓으로 가리켰다. "오늘 두 분은 어딘가 엄숙한 자리에 다녀오신 건가요?"

프랜시스가 아버지의 묘에 다녀오는 길이라고 설명하자, 바버 부인은 아연실색했다.

"어머나, 하필 이런 날 저 사람들을 한꺼번에 집에 불러들였다니!"

바버 부인이 머리에 손을 얹는 바람에 컬이 흐트러졌다. 드레스에 덧대어진 레이스에는 아직도 과자 부스러기가 묻어 있었다. 프랜시스는 그걸 털어주고 싶다는 주부다운 충동을 느꼈다. 정확히는 살림을 하는 독신녀다운 충동이라 해야겠지만. 그녀는 계단 쪽으로 발길을 돌리며 말했다.

"식구분들은 원하시는 만큼 머물러도 괜찮아요, 바버 부인. 저희에게는 전혀 방해되지 않을 거예요. 정말로요."

그러나 막상 아래층에 내려와보니 여자들의 웃음소리와 아이들의 쿵쿵대는 발소리가 너무 잘 들렸다. 프랜시스가 응접실 문을 닫았을 땐 그 위의 들보에서 삐걱거리는 소리가 나더니, 곧이어 들보만이 아니라 벽 전체가 삐걱거리는 듯한 소리가 울려 퍼졌다. 네타가 아기를 꼭 껴안고 흔들던 것처럼 어떤 거인이 커다란 손으로 이 저택 전체를 쥐어짜고 흔드는 것만 같았다.

프랑스식 창문 앞의 의자에 앉은 어머니는 기진맥진해 보였다.

"맙소사, 바버 부인이 무척 놀라운 가족을 데려왔구나! 무척 놀라운 가족이 바버 부인을 우리에게 보냈다고 표현해야 맞을지도 모르겠다만은. 나는 그 댁 아버지가 무슨 사업을 하는 사람인 줄 알았는데. 바버 부인이 그렇게 말하지 않았던? 그리고 상선에서 일하는 오빠가 하나 있다고?"

프랜시스는 소파 등받이에 몸을 기댔다. "상선에서 일하는? 아이참, 어머니. 그렇게 연로하지도 않은 분이 왜 그래요. 그건 제가 지어낸 상상이었잖아요. 기억 안 나세요?"

"아버지가 사업가는 맞느냐고?"

"아버지는 돌아가셨대요. 바이니 부인은 재혼했고요. 무슨 가게 주인인 모양인데 딸들은 다 싫어하더군요. 아마 그 생선 튀김집 옆의 포목점을 운영하겠죠." 어머니가 멀뚱히 쳐다보기만 하자 프랜시스는 되물었다. "월워스 거리에 그거 말고 생각나는 적당한 가게가 있으세요?"

어머니는 프랜시스의 말뜻을 비로소 이해했다. "월워스 거리? 그게 정말이니, 프랜시스?"

"아까 제대로 안 들으셨나 봐요?"

"그게, 나는 방 안을 두리번거리지 않는 것만도 힘들어서 말이다. 바버 부인이 해놓은 그 온갖 장식이라니… 나는 꿈에도 몰랐어! 무슨 알리바바의 집 같더구나! 아니면 물랭루즈나, 타지마할이나! 정 외국풍으로 하려거든 어느 한 군데 외국만 골라서 꾸미면 좀 좋으니? 요즘은 그런 게 현대적인 인테리어로 통하는 거야? 만약 너희 아버지가… 아, 너도 그 의자 봤지?"

"방금 바버 부인이 제게 해명했어요. 굉장히 미안해하더라고요. 어머니 허리가 안 좋아서 필요했다나 봐요."

"어디 허리뿐이겠니! 딸들이 어쩌면 하나같이 여장부들이던지. 그런데 정작 바이니 부인은 키가 120센티미터도 안 되어 보이더구나!"

프랜시스는 미소를 지었다. "그래도 저는 그분이 마음에 들던걸요. 안 그래요? 다정한 사람 같았어요."

"그렇기는 하다만, 그 다정함이라는 게… 프랜시스, 솔직해지자꾸나. 다정함이 도가 좀 지나치지 않던? 그리고 그 계급 사람들이란 대체 왜 그렇게도 자기 자신을 많이 내보이는지 모르겠어. 몇 분만 더 있었다가는 바이니 부인이 우리에게 자기 정맥류까지 보여주었을지도 몰라." 어머니는 큰길을 면한 창문 쪽을 초조하게 건너다보았다. "다우슨 집안 사람들이 혹시 바이니 부인이 온 걸 보았을지 모르겠구나. 아, 기독교인답지 못한 생각이란 건 알지만, 그 부인이 너무 자주 오지는 않았으면 좋겠어."

"글쎄요. 저는 자주 왔으면 좋겠는데요? 그분 덕에 굉장히 자극받았어요. 으리으리하고 상스러운 술집에 다녀온 것만큼이나 재밌었어요."

어머니는 힘없이 미소를 짓다가, 위층에서 또 한바탕 폭소가 울려 퍼지자 흠칫 놀라고는 초조한 표정을 지었다. "아무리 그래도, 정말이지 자주 오지 않기만을 바라. 나는 저렇게 왁자지껄한 웃음소리는 생전 처음 들어! 그리고 저 사람들 유머 감각도 몹시 미심쩍은 구석이 있었고. 바버 씨가 자리를 피하는 것도 무리가 아니지, 딱한 사람 같으니. 프랜시스, 나는 바버 부인이 저런 집안 출신이라고는 전혀 짐작도 못 했어. 만약 진작 알았더라면… 오, 세상에. 이런 말하기는 싫지만 나는 아무래도… 바버 부인에게 꼭…."

프랜시스는 부엌으로 발길을 돌리면서 빙긋 웃었다. "뭐요? 사기당한 기분이라고요? 저는 그래서 더더욱 그 여자가 흥미로운데요. 그 녹색 스타킹을 사기 위해 얼마나 열심히 일했겠어요!"

이후 삼십 분 동안 아이들이 위층을 이리저리 뛰어다니고 거실에서는 연신 웃음소리가 왁자하더니, 우르르 움직이는 발소리와 유난히 요란하게 끼익거리는 소리가 들렸다. 이제 다들 일어나 의자를 옮기고 자리를 정돈하는 것이리라. 프랜시스가 어머니와 차를 마시고 있을 때, 바버 부부의 부엌에서는 가스계량기가 작동하고 개수대에서 도자기 그릇들이 달그락거리는 소리가 났고, 계단을 내려오는 발기척으로 보아 여자들이 칭얼거리는 아이들을 데리고 차례로 화장실에 들르는 듯했다. 그런 다음에는 마지막으로 바이니 부인이 천천히 아래층으로 내려왔다. 홀에 모인 그들은 우스꽝스러운 작별 인사를 미적미적 나누었다. 민이라는 여자아이는 식사 알림용 징을 발견하고는 정통으로 한번 후려치기도 했다.

프랜시스의 어머니는 반짇고리를 가지고 앉아, 아무리 시끄러워도 움찔거리지 않으려고 결심한 듯 꿋꿋이 바느질을 했다. 프랜시스는 무릎 위에 책을 펼쳤지만 집중이 안 돼서 똑같은 두 페이지만 되풀이해 읽었다. 마침내 현관문이 닫히고 바버 부인이 위층으로 올라간 순간, 프랜시스는 도저히 못 참고 책을 한편으로 치우고는 창문으로 살금살금 다가가서 손님들이 떠나는 모습을 내다보았다. 요란한 코트와 복잡한 모자를 걸친 그들이 캠버웰 방향으로 나아가고 있었다. 아기를 어깨에 얹은 네타는 20세기의 어머니를 대표하는 개선장군처럼 앞장서서 일행을 이끌었고, 바이니 부인은 베라와 민과 나란히 팔짱을 끼고 가슴에는 인조가죽 가방을 끌어안은 채 빅토리아 시대 말기의 속도로 느리면서도 쾌활하게 뒤따랐다. 아이들은 앞뜰의 화분에서 뽑은 라벤더 줄기를 손에 들고 빙글빙글 돌리고 있었다. 그러고 보니 마당에도 끊어진 라벤더 줄기들이 뒹굴고 있는 게 눈에 띄었다.

"엿보면 못써." 긴 응접실의 저편에서 어머니가 말했다.

프랜시스는 뒤를 돌아보지 않고 대꾸했다. "뭐 어때요. 혹시라도 누굴 빠뜨리진 않았는지 확인해야겠어요. 하나, 둘, 셋, 넷, 다섯, 여섯… 아기까지 포함하면 일곱. 일곱 명이나 돼요? 아까 봤을 땐 저렇게 많지 않았던 것 같은데."

"한 시간 사이에 아이를 더 낳았는지도 모르지."

"바이니 부인이 너무 안됐어요. 저 발목을 어째요! 발목 안에 우산이라도 넣고 있는 것 같아요."

"혹시 모르니 부엌에 가서 숟가락 개수를 헤아려볼까?"

"어머니! 저 사람들이 우리 집의 낡아빠진 숟가락에 관심이나 있겠어요? 차라리 현관 탁자에 몇 실링쯤 놔두고 갔으면 갔겠죠. 우리에게 무안 주지 않으려고 그냥 조용히…."

프랜시스가 창가에서 몸을 돌리는데, 위층 마루에서 쿵 하는 소리가 울려 퍼졌다.

어머니는 결국 움찔하고야 말았다. "에구, 이 소리는 너무 심하구나. 바버 부인이 대체 뭘 하는 거지?"

이번에는 회랑이 쿵 울리더니, 곧이어 계단이 삐걱거리고 난간에 나무가 부딪치는 소리가 났다.

"의자를 가져오는 거예요. 저러다 벽지 다 벗겨지겠어요!"

프랜시스는 부리나케 응접실 밖으로 나가서 문을 닫고 소리쳤다. "바버 부인, 괜찮으세요?"

"네, 괜찮아요!" 숨 가쁘게 대답하는 목소리가 들려왔다.

하지만 프랜시스가 홀로 나가보니 바버 부인은 힘겹게 씨름하고 있었다. 의자가 무겁기도 하거니와 의자 다리가 계단 난간에 걸려버린 상태였다. 둘은 힘을 합쳐 의자 다리를 빼내고, 계단 모퉁이를 따라 의자를 움직여서 홀까지 무사히 내려다 놓았다.

프랜시스는 의자를 정확히 원래의 자리에 돌려놓고 손으로 탁탁 두들겨주었다. "자, 이 사기꾼 의자야. 잠깐 모험을 즐긴 맛이 어떠냐? 사실 말이죠, 이 의자에 누가 실제로 앉아본 적은 이제껏 한 번도 없었을 거예요."

바버 부인은 난처해하며 말했다. "정말이지 가져가지 말았어야 했는데, 언니들 설득에 못 이겨서 그만…. 언니들은 항상 저를 휘두르거든요. 이 의자, 까마득하게 오래된 물건 아닌가요?"

"저희 아버지는 그런 줄 아셨죠. 괜찮아요. 언니분들이 잘 생각하셨어요. 이 의자가 쓸모가 생겼다니 기쁜 일이죠."

"친절하게 말씀해주셔서 감사합니다."

바버 부인은 벌써 계단으로 발길을 돌렸다. 남편하고는 얼마나 다른가! 바버 씨였다면 더 뭉그적거리면서 귀찮게 굴었을 텐데. 하지만

107

프랜시스는 바버 부인이 돌아가는 것이 오히려 아쉬웠다. 아까 그녀가 조카 옆에 쪼그려 앉았을 때, 녹색 스타킹을 신은 발꿈치가 자수 장식 슬리퍼 위로 들려 올라가던 그 모습이 얼마나 기묘할 만큼 매력적이었던지 기억났다. 옷에 묻었던 과자 부스러기는 이제 떼어냈지만 머리카락은 여전히 흐트러져 있었다. 프랜시스는 그 머리를 원래대로 다듬어주고 싶다는 주부다운 충동에 다시금 휩싸였다.

"피곤해 보이세요, 바버 부인."

프랜시스의 말에 바버 부인이 뺨에 손을 올렸다. "그런가요?"

"잠시 저와 같이 앉아서 쉬는 건 어때요? 물론 이 괴물 같은 의자는 말고요. 저기…." 그녀는 어깨 너머를 손짓했다. "부엌에서 말예요. 잠깐만 시간 괜찮으세요?"

바버 부인은 긴가민가한 눈치였다. "글쎄요, 레이 양의 시간을 빼앗고 싶지는 않아요."

"전혀 그런 것 아니에요. 지금 저는 다음에 해야 할 집안일이 뭔지 생각하는 것 말고는 할 일이 없고, 그런 생각이야 언제든 해도 괜찮으니까요… 부디 제 부탁 들어주세요. 전부터 말씀드리려고 했어요. 우리 둘은 한 집에서 사는 사이인데, 대화도 몇 마디 나눠보지 못했잖아요. 애석한 일 아닌가요?"

프랜시스가 진심 어린 어조로 말하자 바버 부인의 표정이 변했다. 그녀는 생긋 웃으며 대답했다. "정말 그렇네요. 좋아요. 그렇게 해요."

그들은 짧은 통로를 거쳐 부엌으로 들어섰다. 프랜시스는 바버 부인에게 앉으라고 권했다.

"차라도 한 잔 드릴까요?"

"오, 아녜요. 전 오후 내내 차를 마셨는걸요."

"그럼 케이크는요?"

"케이크도 실컷 먹었어요! 하지만 레이 양은 뭐라도 좀 드셔야죠."

프랜시스는 잠시 생각해보았다. "솔직히 말하자면, 제가 지금 원하는 건…."

그녀는 열린 문간으로 건너가서 복도로 고개를 내밀고는 응접실 쪽의 기척에 귀를 기울였다. 아무 소리도 나지 않았다. 프랜시스는 문을 살며시 닫고, 문 안쪽 면에 걸려 있던 앞치마의 주머니에서 담뱃잎과 궐련지, 성냥을 꺼냈다. "제가 담배 피우는 걸 어머니가 싫어하시거든요. 아까 언니분들이 담배 피울 때 가만히 보고만 있다가 폭발할 뻔했다고요. 자, 만약 제가 어머니에게 들키면 당신에게 덤터기 씌울 거예요. 저 거짓말 잘하니까 각오하세요."

프랜시스는 테이블 앞에 마주 앉아 바버 부인에게 궐련지 갑을 내밀었다. "피우실래요?"

바버 부인은 재빨리 고개를 저었다. "저는 궐련을 어떻게 마는지 몰라서요."

"뭐, 제가 한 개비 말아드리면 되죠."

그녀는 머뭇거리다가 도톰한 아랫입술을 깨물더니, 짓궂은 투로 말했다. "좋죠. 말아주세요, 그럼."

바버 부인은 이 상황이 즐거운 듯, 프랜시스가 종이를 펼치고 양철통에서 담뱃잎을 덜어내는 모습을 흥미진진하게 지켜보았다. 담배의 모양이 잡히자 그녀는 더 자세히 들여다보려고 테이블 위에 팔뚝을 얹고서 몸을 기울였다. 그녀의 한쪽 손목에는 목걸이와 맞춘 듯 어울리는 붉은 목조 팔찌가 채워져 있었다. 가느스름한 결혼반지와, 얇은 고리의 절반에 걸쳐 조그마한 다이아몬드들이 박혀 있는 약혼반지를 두 손가락에 나란히 낀 것도 눈에 띄었다. 그 외에 다른 반지는 없었다.

프랜시스가 다 말린 퀼런을 입가로 가져가서 종이에 풀이 발린 부분을 혀끝으로 훑자, 바버 부인은 "손이 참 빠르시네요."라며 감탄했다. "모양이 너무 가지런해서 피우기가 아까워요." 완성된 퀼런 두 개비를 보고 그녀는 말했지만, 막상 프랜시스가 담뱃불을 켜주자 몸을 내밀어 불을 붙였다. 그러면서 균형을 잡기 위해 아주 잠깐 프랜시스의 손에 자기 손을 얹었는데, 그녀의 손가락과 손바닥에서 배어나는 따스한 생기가 한순간 강렬하게 전해져왔다.

담배 때문인지 바버 부인은 어딘가 변했다. 소녀 같은 면모가 줄어든 것 같았다. 그녀는 첫 모금을 피우고는 의자 등받이에 기대어 앉아, 편안하고 능숙한 태도로 입술에서 담배를 떼어냈다. "렌이 지금 우리를 봐야 하는데. 그이도 레이 양 어머님과 마찬가지거든요. 제가 담배 피우는 걸 좋아하지 않죠. 하지만 남자들이란 자기네가 하고 싶은 일을 여자들도 하려 드는 건 무조건 싫어하잖아요. 아시죠?"

바버 부인은 그저 의례히 꺼낸 이야기였겠지만, 프랜시스는 재떨이로 쓸 만한 찻잔 받침을 꺼내면서 그 말을 곧이곧대로 받아쳤다. "투표권 같은 것 말인가요? 국회 출마권이라든가? 흠, 전 몰랐는데요. 어디 보자, 또 뭐가 있을까? 산업을 관리하는 것? 결혼도 하고 일도 하는 것? 이혼 소송을 거는 것? 제 얘기가 지겨워지면 말씀하세요."

바버 부인이 담배 연기를 내뱉으며 웃음을 터뜨렸다. 도톰한 입술을 오므린 틈새에서 웃음이 빠져나오는 게 눈에 보이는 것만 같았다. 평소에 습관적으로 킥킥거리던 웃음과 달리 너무나 따뜻하고 진실한 느낌이었기에, 프랜시스는 자신이 그 웃음을 불러냈다는 데에 기이할 만큼 뿌듯한 승리감을 느꼈다.

웃음이 잦아들고 둘은 한동안 아무 말도 하지 않았다. 정적 속에 부엌의 부드러운 소음만이 흘렀다. 시계 초침 소리, 스토브의 아궁이에서 석탄이 들썩이는 소리, 급수실 개수대에서 물이 어렴풋한 리듬을 자아내며 똑똑 떨어지는 소리. 바버 부인과 눈이 마주친 순간 프랜시스는 입을 열었다.

"오늘 당신의 가족을 만나서 반가웠어요."

바버 부인은 조심스러운 눈빛으로 그녀를 보았다. "그렇게 말씀해주시니 고마워요."

"고마워하시라고 하는 말이 아니에요. 저는 마음에 없는 말은 하지 않아요."

"저는 걱정했거든요. 당신과 당신 어머님이 저희 가족과 만나는 걸요."

"그랬어요? 왜요?"

"음… 저속한 사람들이라고 생각하실 것 같아서요. 렌이 그렇게 말했거든요."

프랜시스는 아까 손님들이 떠나는 장면을 응접실 창문으로 지켜보았던 게 미안해졌다. 그리고 바버 씨에 대해서도 무언가 어렴풋한 반감 같은 것이 고개를 들었다. 프랜시스는 잔받침에 담뱃재를 털면서 단호하게 말했다.

"저는 그분들이 와서 무척 기쁜걸요. 특히 어머님에게 호감이 가더라고요. 어머, 왜 그러세요?"

바버 부인은 어깨를 축 늘어뜨리고 있었다.

"그게… 사람들이 어머니를 좋아하긴 해요. 문제는 어머니가 그걸 알고 이용한다는 거예요. 항상 괴짜처럼 행동하세요. 아까도 별의별 이야기를 다 하시고! 레이 부인이 뭐라고 생각하셨을지 모르겠어요. 게다가 어머니는 더 좋은 걸 살 돈이 충분히 있는데도 항상 낡은 싸구려 옷가지만 걸치고 다니신단 말예요." 바버 부인은 죄스러운 표정으로 담뱃재를 털었다. "이런 못된 말은 하면 안 되겠죠. 어머니는 이래저래 힘들게 사신 분이에요. 우리 가족은… 제가 어렸을 때 아버지가 돌아가신 이후로 우린 끔찍하게 가난했거든요. 어머니가 바이니 씨와 재혼하고 나서부터 나아지긴 했지만, 그땐 얼마나 가난했던지 차마 말씀드리기가 부끄러워요. 어머니는 일하느라 너무 고생하셨어요. 그래서 허리가 그렇게 안 좋아진 거예요. 다리도 보셨죠?"

프랜시스는 얼굴을 찌푸렸다. "치료는 안 되는 건가요?"

"아, 어머니가 의사가 하라는 대로 안 하세요. 그리고 바이니 씨도 어머니가 쉬게 놔두질 않고요. 낮이고 밤이고 노상 이 일 저 일로 오락가락하게 만들죠. 그분은 여자가 앉아서 노는 걸 보면 칼이 녹슬어가는 것처럼 생각되나 봐요."

바버 부인이 문득 고개를 돌렸다. 시계 종소리가 울려 퍼지고 있었다. "벌써 다섯 시인가요? 렌이 곧 오겠네요. 그 사람은 시댁에 간 참이거든요. 저는 이제 올라가서 청소를 해야겠어요. 그이 어머님은 집을 핀으로 꿰어 고정해놓은 것처럼 반듯하게 관리하시는 분이라…."

바버 부인은 말은 그렇게 하면서도 의자에서 일어나지 않고 살짝 하품을 했다. 담배를 피우는 것도, 이렇게 터놓고 이야기하는 것도 즐거운 기색이었다. 프랜시스 앞에서 최대한 예의 바르게 처신하려던 자세는 이제 상당히 풀어져 있었다. 손으로 턱을 괴고서 테이블에 팔꿈치를 받치고 있었는데, 둥글고 실팍하고 매끄러운 그 팔뚝에 모난 부분이라고는 한 군데도 없는 걸 보니 불쑥 질투심이 들었다. 그녀는 온통 따스한 빛깔과 곡선으로만 이루어진 듯 보였다. 자기 피부 속을 얼마나 잘 채웠는지! 당밀 같은 것을 함빡 쏟아부은 것만 같았다.

바버 부인은 정적을 음미하며 미소를 지었다. "여기 참 아늑하고 조용하지 않아요? 이렇게 조용한 집은 처음 봐요. 사실 저는 이런 고요함 자체가 처음이에요. 꼭 벨벳 같네요. 셰브니 거리*에서, 그러니까 시댁에서 살 때는, 조용해지면 비명을 지르고 싶곤 했거든요. 저희 집이랑 시댁은 워낙 많이 달라서요."

"그래요?"

"네! 우리 자매는 아버지와 같은 가톨릭**으로 자랐어요. 이제는 전혀 미사에 나가거나 하지는 않지만, 그래도, 음, 그런 건 마음에 남게 마련이잖아요. 렌의 부모님은 제가 이교도라고 생각하세요. 그분들은 개신교거든요. 그리고 렌의 사촌 한 명은 아일랜드 반란 진압군 블랙 앤탠스***소속이었어요." 바버 부인은 프랜시스의 표정을 보고 서둘러 덧붙였다. "렌은 그렇진 않아요. 하지만 그의 부모님과 형제들은… 아아, 예술도, 삶도, 그 무엇도 몰라요. 그 사람들 앞에서 책이라도 한 권 펼쳤다가는 잘난 척한다는 소릴 듣죠. 하지만 여기서는 평온하게 지낼 수 있고, 이 집도 그걸 좋아하는 것 같아요. 그리고 제가 뭘 하든 아무도 알려고 하지 않고요! 제가 자란 집들에선 이렇지 않았어요. 이웃집에서 차 한 잔 젓는 것까지 다 알고 살았으니까요. 레이 양, 우리가 살았던 몇몇 집은 끔찍했어요. 심지어 귀신 들린 집도 있었다고요."

프랜시스는 바버 부인의 말이 농담이겠거니 생각했다. "귀신이라뇨? 무슨 귀신이요?"

"아주아주 늙은, 흰 수염을 길게 기른 남자였어요. 책에 나오는 유령처럼 형체가 흐릿하지도 않아요. 진짜 사람처럼 또렷했죠. 계단을

---

* 가상의 거리 이름으로, 런던의 서더크 자치구에 속하는 페컴 라이 지역에 위치한다. 작중에서 릴리안의 시댁을 가리킬 때는 '페컴 라이'와 '셰브니 거리'라는 명칭이 혼용된다.
** 아일랜드인들은 전통적으로 가톨릭을 믿었다.
*** 1920년 영국에서 아일랜드 반란 진압을 위해 파견한 특별 경찰대로, 잔악한 살육과 방화 행위로 악명을 떨쳤다.

내려가다가 목격한 적이 두 번 있어요. 베라 언니도 봤다고 하고요."

이건 농담이 아니었다. 프랜시스는 얼굴을 찡그렸다. "무섭지 않았나요?"

"무서웠죠. 하지만 유령은 아무에게도 해를 끼치지 않았어요. 이웃들 이야기로는, 여러 해 전에 그 집에서 살던 사람이래요. 그런데 아내가 죽고 나서부터 그리움 때문에 쇠약해졌다나 봐요. 밤이면 밤마다 계단을 오르락내리락하면서 아내를 찾았다고 해요. 저는 가끔 그 유령이 아직도 거기 있을까 궁금해져요. 만약 그렇다면 슬픈 일 아닌가요? 그는 오로지 아내를 만나길 원할 뿐인데 말예요."

프랜시스의 담뱃불이 꺼졌다. 그녀는 묵묵히 불을 다시 붙였다. 바버 부인이 솔직한 건지, 단순한 건지, 남이 자기를 어떻게 생각하든 별로 개의치 않는 건지 몰라도, 저런 생각을 꾸밈없이 입 밖으로 꺼내놓을 수 있다는 게 경이로웠다. 잘 알지도 못하는 타인에게 유령을 보았다는 얘기를 털어놓는다는 건, 프랜시스에게는 요정의 존재를 믿는다고 말하는 짓이나 마찬가지로 어려운 일일 터였다.

그랬다. 그렇기 때문에 프랜시스는 영영 유령을 보지 못할 것이다.

불현듯 서글퍼졌다. 뜻밖에 밀려온 감정에 당황한 프랜시스는 테이블 위에 놓인 성냥갑을 괜히 이리저리 굴리며 만지작거렸다. 그러다 눈을 들어보니, 바버 부인이 걱정스러운 표정으로 미간을 모은 채 쳐다보고 있었다.

"제가 무슨 심란한 말을 했나 봐요, 레이 양."

프랜시스는 고개를 저으며 미소 지었다. "아니에요."

"제 생각이 짧았어요. 오늘 같은 날 유령 이야기나 슬픈 이야기를 해서는 안 됐는데."

"오늘 같은 날이요?" 프랜시스는 금세 그 말뜻을 알아차렸다. "아,

저희 아버지 때문에요? 아네요, 그런 생각 마세요. 마음을 써주시려거든 제 오빠와 동생을 위해 써주세요. 제 평생 하루도 빠짐없이 그들을 그리워하고 있으니까요. 하지만 아버지는…"

프랜시스는 성냥갑을 팽개치고 말을 이었다. "바버 부인, 저희 아버지는 살아생전에도 말썽이었고, 돌아가실 때도 말썽이었고, 저세상에 있는 지금까지도 말썽을 빚고 있는 분이에요."

"그, 그랬군요. 죄송해요."

둘은 침묵에 빠졌다. 프랜시스는 홀 바로 건너편에 있을 과묵한 어머니가 생각났다. 그러나 다시금 주변의 부드러운 소음들이, 석탄이 바스러지고 급수실에서 물이 새는 음악 같은 소리가 정적을 깨뜨렸고, 그녀는 바버 부인이 자기 이야기를 털어놓았으니 자신도 거기에 화답해야겠다는 충동이 들었다. 그만큼 진솔한 이야기로 보답해주어야 할 것 같았다. 프랜시스는 담배를 길게 한 모금 빨아들이고 나지막한 목소리로 이야기를 시작했다.

"그냥 아버지와 저는… 사이가 안 좋았거든요. 그분은 여성에 대해서나 딸에 대해 구시대적인 사고방식을 갖고 계셨어요. 아버지에게 저란 존재는 엄청난 골칫거리일 수밖에 없었죠. 우린 가엾은 어머니를 심판으로 세우고서 세상만사를 가지고 다퉜어요. 무엇보다도 전쟁 문제로 가장 많이 다퉜죠. 아버지는 그걸 무슨 위대한 모험쯤으로 생각하신 반면, 저는… 아아, 저는 처음부터 전쟁을 혐오했어요. 제 오빠인 존 아서는 세상 그 누구보다도 온화한 사람인데, 거의 울며 겨자 먹기로 입대를 했다고요. 그 일만으로도 저는 아버지를 절대로 용서하지 못할 거예요. 게다가 남동생인 노엘은 사실상 십대 학생에 불과했는데 참전했고, 그 애가 죽었다는 소식이 전해지자 아버지의 반응은 심장 발작의 연속이었어요. 아버지는 안락의자에 박혀 있고 저와 어머니는 한 쌍의 멍텅구리처럼 아버지 곁에서 우왕좌왕 뛰어다녀야 했죠. 결국 아버지는 휴전 몇 달 전에, 심장 발작도 아니고 뇌졸중 때문에 돌아가셨어요. 「타임스」에서 무슨 동의할 수 없는 기사를 읽다가 그리 되셨어요. 이후에…."

프랜시스는 침울한 어조로 말을 이었다.

"음, 바버 부인. 당신도 남편분도 뻔히 짐작하셨겠지만, 어머니와 저는 형편이 그리 좋지 못해요. 아버지가 집안 재산으로 여기저기에 투기를 하고는 빚더미만 남기셨거든요. 우리는 아직도 그 빚을 갚는 중이고… 아." 프랜시스는 안절부절못하고 담배를 비벼 껐다. "저기, 아버지 얘기는 그만해야겠어요! 이런 식으로 말하는 건 부당해요. 아버지가 나쁜 사람은 아니었어요. 곧잘 호통을 치는 비겁한 분이긴 했지만, 우리 모두 비겁할 때가 있잖아요. 저는 자꾸만 아버지를 미워하는데, 고약한 버릇이라는 거 알아요. 있잖아요, 사실 아버지가 미운 가장 큰 이유는 그분이 돌아가셨다는 거예요. 저는… 저는 계획이 있었거든요. 아버지가 살아 계실 땐, 엄청난 계획을 세웠는데…."

프랜시스는 말을 멈췄다. 아니, 말을 더듬었다고 해야 할까. 그녀는 마음을 가다듬고 다시 입을 열었다.

"그런데 아버지는 제 계획이 말짱 헛수고일 거라고 늘 말씀하셨어요. 그러니 만약 그분이 지금 나를 본다면 분명 웃고 계실 거예요. 바로 여기에, 이곳 챔피언 힐에 아직도 계신다면요. 바버 부인이 본 유령처럼 말이죠!"

프랜시스는 씩 웃었지만, 바버 부인은 마주 웃지 않았다. 그녀는 어둡고 심각하면서도 상냥한 눈빛으로 물었다. "어떤 계획을 세우셨는데요, 레이 양?"

"글쎄요. 세상을 바꾸고! 정의를 바로 세우고! 그리고, 또… 잊어버렸어요."

"잊으셨다고요?"

"그때는 시절이 달랐어요. 심각한 시대였죠. 열정적인 시대였고요. 하지만 이제 와 생각하면 순진한 시대였구나 싶어요. 저는 그때… 변화를 믿었어요. 전쟁의 끝을 바라보며 그날이 오면 모든 게 달라질 거라고 생각했어요. 그래요, 모든 게 달라지기야 했죠. 너무나 실망스러운 방식으로요. 그리고 그때는, 사실 그때만 해도 제겐… 누군가가 있었어요. 나름대로 청혼을…."

거기까지 말한 순간 바버 부인의 손가락에 낀 반지들이 눈에 들어왔다. 결혼반지와 작은 다이아몬드 반지가. 프랜시스는 말을 돌렸다. "미안해요, 바버 부인. 비밀스럽게 굴려는 건 아니에요. 감상적인 넋두리를 하고 싶은 생각도 없어요. 저는 다만, 그러니까, 지금 제가 사는 삶은… 이 삶은…."

'이건 내가 뜻한 삶이 아니에요. 이건 내가 원하는 삶이 아니에요!'

프랜시스는 겨우 말을 맺었다. "제가 이렇게 살게 될 줄은 몰랐어요."

열변을 토하다시피 한 것 같았다. 순간 실수로 맨 엉덩이를 남에게 내보인 것처럼, 자기 자신을 노출하는 바보짓을 해버린 느낌이 들었다. 그런데 바버 부인은 고개를 끄덕이더니 특유의 섬세한 방식으로 시선을 떨구었다. 이해할 리가 없는데도 마치 모든 걸 이해한다는 듯한 눈짓이었다. 그러던 그녀가 마침내 입을 열고 꺼낸 말은 이것이었다.

"저희 부부가 이 집에 세 든 게 레이 양과 어머님에게는 기묘한 경험일 거예요."

"오, 이런. 저는 그런 뜻이 아니었어요."

"네, 알아요. 하지만 어쨌든 기묘하기는 할 거예요. 저는 이 저택을 정말 좋아해요. 처음 본 순간부터 이곳에서 살고 싶었어요. 하지만 당신 입장에서는 저와 렌이 여기서 사는 게 굉장히 이상해 보이겠지요. 당신 옷을 우리에게 줬는데, 우리가 그걸 완전히 잘못된 방식으로 입고 있는 것처럼요."

바버 부인은 재떨이로 손을 뻗으면서 프랜시스의 시선을 의식하는 듯 턱을 당겼다. 목걸이에 꿰인 나무 구슬들이 살짝 부딪혀 잘그락거렸고, 그녀의 정수리에 드러난 손톱만 한 크기의 두피가 보였다. 반짝이는 검은 머리카락과 대조적으로 돼지기름처럼 새하얀 빛깔이었다.

"당신은 정말 좋은 사람이군요, 바버 부인."

그 말에 바버 부인은 당황한 미소를 띤 채 그녀를 주춤 올려다보았다.

"아니, 그런 말씀 마세요."

"왜요?"

"언젠가는 분명 제가 좋은 사람이 아니라는 걸 알게 되실 테니까요. 그러면 실망하실 테고요."

프랜시스는 고개를 저었다. "상상도 안 되는 걸요. 그리고 지금 저는 당신이 그 어느 때보다도 좋아요! 우리 친구 할까요?"

바버 부인이 깔깔 웃었다. "좋아요. 친구 해요."

그것만으로 충분했다. 그들은 테이블 너머의 서로를 마주 보며 미소를 지었다. 그때 둘 사이에서 어떤 변화가 일어났다. 무언가가 살아 움직이고 활력이 도는 듯한…. 프랜시스는 이 느낌을 빗댈 만한 적절한 표현을 요리에서밖에 찾을 수 없었다. 달걀흰자가 뜨거운 물속에서 진줏빛으로 변하는 듯한, 우유 소스가 냄비 안에서 걸쭉해지는 듯한, 미묘하면서도 확실하게 감지할 수 있는 어떤 변화. 바버 부인도 그걸 느꼈을까? 분명 느꼈을 것이다. 그녀는 의아한 눈빛을 띠면서 미소를 굳히더니, 미간을 찡그렸다가 다시 폈다. 그러고는 시선을 내려뜨리고 또 웃음을 터뜨렸다.

그때 홀에서 무슨 소리가 들렸다. 현관문 걸쇠가 덜그럭거리는 소리였다. 페컴 라이에 갔던 바버 씨가 돌아왔다는 것을 깨달은 두 사람은 동시에 자세를 바꾸었다. 프랜시스는 테이블에서 의자를 살짝 뒤로 뺐고, 바버 부인은 팔꿈치를 다른 쪽 손으로 받치고서 담배를 한 모금 빨았다. 그 몸짓에서도, 이제껏 못 보던 방식으로 턱을 기울이는 움직임에서도 그녀의 언니들 모습이 겹쳐 보였다. 그녀가 목소리를 낮추고 속닥거리는 것도 아까 자매들이 하던 양과 비슷했다.

"저 사람 살금살금 걷는 것 좀 들어봐요!" 바버 씨는 조용히 홀을 가로지르고 있었다. "까치발로 걷는 것 같은데요. 우리 가족이 아직 있을까 봐 걱정되나 봐요."

프랜시스도 낮은 목소리로 말했다. "남편이 정말로 처가 식구들을 싫어해요?"

"글쎄요, 저 사람 속내는 알 수가 없어서. 아마 그냥 싫어하는 척하는 거겠죠. 그러면 더 재미있다고 생각하나 봐요."

둘은 어둑한 부엌에 조용히 앉아 바버 씨가 계단을 오르는 소리에 귀를 기울였다. 그러고 있자니 이상하게 친밀한 기분이 들었다. 하지만 바버 부인이 이내 한숨을 쉬며 일어섰다.

"이제 가야겠네요."

프랜시스는 앉은 채로 그녀를 지켜보았다. "그럴래요?"

"담배 고마워요."

"아직 덜 피웠는걸요."

"여기 더 있으면 남편이 찾으러 올 거예요. 그리고 이 일을 가지고 놀리려 들겠죠. 너무 좋은 시간이었는데… 아아, 역시 가야겠어요."

"그럼요. 괜찮아요."

프랜시스는 일어서면서 그렇게 말했지만 실은 섭섭했다. 방금 전에 일어난 미세한 변화의 기운이, 무언가가 증류되는 것 같던 그 느낌이 머릿속을 맴돌았다. 자신이 바버 부인에게 털어놓았던 솔직한 이야기도. 비록 완전히 솔직하지는 못했을지라도, 어쨌든 누군가에게 이 정도로 마음을 터놓고 이야기한 건 몇 년 만에 처음이었다.

프랜시스는 부엌문으로 다가가 손을 뻗다가 문득 뒤를 돌아보았다.

"저기요, 바버 부인. 우리 같이 뭔가 하지 않을래요? 그러니까… 이를테면 산책이라든지, 뭐 그런 거요. 그냥 동네에서 말예요. 다음 주중에 오후 시간 괜찮은 날 있으세요? 화요일? 아, 가만, 화요일은 안 되겠네요. 수요일은 어때요? 그날 어머니가 저하고 한 약속을 취소해 버렸거든요. 누군가 같이 시간을 보내줬으면 좋겠는데, 어떠세요?"

난데없이 떠오른 생각이었다. 이래도 괜찮은 건가? 말을 꺼내자마자 찜찜해졌다. 프랜시스 같은 입장에 있는 여자가 바버 부인 같은 여자에게 이런 부탁을 하는 게 과연 사리에 맞는 일인가? 이상하고, 외롭고, 좀 거머리같이 들러붙는 소리처럼 들리지 않았을까?

바버 부인은 약간 놀란 듯 보였다. 하지만 프랜시스가 자신을 추어올려주었다고 여기는 눈치였다. 프랜시스는 자기 제안이 그렇게 받아들여질 수도 있다고는 미처 생각지 못했다. 바버 부인이 얼굴을 붉히며 말했다. "레이 양은 참 상냥하세요. 저야 좋지요. 고마워요."

"정말이세요?"

"그럼요. 수요일 오후 맞지요?" 바버 부인은 다시 생각해보는 듯 눈을 깜빡이더니, 홍조가 사라지고 더 확고한 표정으로 턱을 들어 올렸다. "그래요, 그날 같이 산책 가요."

둘은 서로를 마주 보며 생긋 웃었다. 아까처럼 신비한 힘이 깃든 미소는 아니었지만. 프랜시스가 문을 열어주자 바버 부인은 고개를 끄덕여 인사하고 밖으로 나갔다. 슬리퍼 신은 발이 홀을 거쳐 계단을 디디는 소리, 위층 회랑에서 부부가 마주쳐 인사를 나누는 듯 바버 씨의 말소리가 들려왔다. 프랜시스는 열린 문간에 서서 아예 뻔뻔스럽게 귀를 기울였지만, 무어라 두런거리는 소리밖에 들리지 않았다.

4

그런 일로 설레다니, 돌이켜보면 우스운 일이었다. 프랜시스와 바버 부인은 러스킨 공원을 산책하기로 했다. 그곳은 언덕 바로 밑에 있는 작고 평범한 공원으로 흥미진진한 구석이라곤 전혀 없었다. 화단과 테니스 코트, 일요일마다 연주회가 열리는 음악당 하나가 갖추어진 단정하고 깔끔한 장소일 뿐이었다. 그런데 프랜시스는 정말로 마음이 설레었고, 그날이 가까워지면서 바버 부인 역시 설레어하는 것 같았다. 소풍에 재미를 더하기 위해 도시락을 싸기로 한 그들은 수요일 아침이 되자 각자의 부엌에서 간식거리를 챙겼다. 프랜시스는 외출 준비를 하면서 뜻하지 않게 옷차림에 공을 들였다. 칙칙한 치마와 블라우스는 젖혀놓고, 런던 나들이 때에나 입는 말쑥한 회색 리넨 튜닉을 걸치고는, 오래된 펠트 모자에 맵시를 살려줄 모자 핀을 고르느라고 호박, 석류석, 터키석, 진주로 된 핀들을 하나씩 꽂아보면서 하염없이 꾸물거렸다.

바버 부인도 단장하느라 애를 먹었을까? 알 수 없었다. 그녀는 평소에도 매일같이 공들여 옷을 차려입는 사람이었으니. 회랑에서 프랜시스와 마주친 바버 부인의 옷차림은 여느 때처럼 따뜻한 색조와 편안한 선으로 이루어져 있었다. 보라색 드레스, 핑크색 스타킹, 회색 스웨이드 신발, 레이스 장갑. 그리고 핀을 따로 꽂을 필요가 없는, 현대적인 스타일의 낙낙한 모자를 짙은 속눈썹까지 내려올 만큼 깊이 눌러쓰고 있었다. 손목에는 술이 달린 비단 줄 같은 것을 걸고 있기에 아마 가방 끈이겠거니 했는데, 계단을 내려가면서 다시 보니 붉은 종이 양산의 손잡이 부분이었다. 그걸 보니 바버 부인도 특별히 신경을 썼구나 싶었다. 날씨가 화창하기는 해도 볕이 그렇게까지 강하지는 않았으므로, 양산은 그저 기분을 내기 위한 액세서리일 뿐이었다. 둘 다 당장 어디 해변에 가도 될 것 같은 차림이었다. 그래, 그러고 보니 정말로 해변에 간다면 좋겠다는 생각이 스쳤다. 헤이스팅스나 브라이턴 같은 곳으로…. 왜 진작 그 생각을 못 했을까? 더 과감한 나들이를 떠났어야 했다. 집 밖을 나서고부터 공원 입구까지 걷는 데에는 고작 몇 분밖에 걸리지 않았다. 이래서야 집 뒤뜰에 있는 것이나 마찬가지 아닌가!

공원 안으로 들어갔는데도 길거리의 전차와 자동차 소음이 들렸다. 그래도 먼지투성이 인도에서 벗어나 단단한 흙바닥을 밟으며 수풀 속 오솔길을 걸으니 좋긴 좋았다. 길게 이어지는 키 큰 풀숲을 따라 블루벨 꽃들이 피어 있었다. 바버 부인은 발을 멈추고 꽃을 굽어보더니, 장갑 한 짝을 벗고는 꾸벅꾸벅 조는 것처럼 생긴 블루벨의 줄기들을 손으로 훑어보았다.

블루벨 꽃밭을 따라가자 기이한 폐허 같은 곳이 나왔다. 지붕이 얹힌 주랑현관 하나가 담쟁이덩굴에 휘감긴 채 덩그러니 서 있었다. 이 공원은 프랜시스가 어렸을 때 몇 채의 대저택 부지를 합쳐서 조성된 것으로, 이쪽 끝 부지에 있었던 저택은 지금도 선명히 기억났다. 황량한 가시나무 수풀 한가운데에 미쳐버린 늙은 공작 부인처럼 장엄하게 서 있던 폐가였다. 한번은 노엘을 데리고 모험 삼아 그 집 정원에 들어가봤는데, 그 여파로 노엘이 악몽을 꾸는 바람에 프랜시스는 슬리퍼로 종아리에 매를 맞기도 했다. 이제 그 집은 노엘과 마찬가지로 사라졌고, 기억을 되살리게 해주는 잔해 일부분과 그 이웃집들만이 남아 있을 뿐이었다. 가끔은 그게 슬프다는 생각이 들었다. 공원은 부자연스럽고 가식적으로 보였고, 추운 겨울날이면 이곳은 더더욱 음울해졌다.

그런데 바버 부인과 산책하면서 이 이야기를 좀 꺼냈더니 마법이 깨진 건지, 아니면 날씨가 좋아서인지, 반짝이는 양산을 어깨에 얹은 바버 부인의 존재감이 영향을 미친 것인지는 몰라도, 오늘따라 공원에서는 전에 없던 매혹이 느껴졌다. 모든 것이 완벽하게 다듬어진 그 단정함 자체가 매력적이었다. 잘 깎인 잔디밭도, 케이크 위에 꽂힌 설탕 장식물처럼 촌스러운 꽃들로 가득한 화단도. 네 시가 약간 지난 시각이었기에, 공원을 거니는 사람이라고는 게으름뱅이와 병약자, 학교가 막 파한 아이들, 아장아장 걷는 아기를 데리고 나온 여자들, 목줄에 맨 개를 끌고 나온 노신사 등이 전부였다. '조난되면 가장 먼저 구명정에 태워질 사람들만 모였네.' 프랜시스는 냉소적으로 생각했다. 크리스티나와 스티비가 이걸 보면 얼마나 히죽거릴까! 하지만 지금 그들은 멀리 떨어진 듯 느껴졌다. 프랜시스와 바버 부인은 꽃잎이 떨어진 길을 걷다가, 등나무 덩굴이 얼룩덜룩한 그림자를 드리운 테라스를 가로질렀다. 슬슬 앉을 만한 자리를 찾으려고 보니 풀밭에 깔 담요를 미처 챙겨오지 않은 게 후회되었다.

적당한 벤치를 찾은 그들은 가져온 도시락을 풀었다. 그 순간 두 사람이 소풍 도시락에 어울린다고 생각한 메뉴가 얼마나 다른지가 드러났다. 바버 부인은 작고 길쭉한 빵, 롤 샌드위치, 조그마한 잼 타르트를 만들어 왔다. 프랜시스가 가끔 버스에서 다른 승객들 어깨 너머로 슬쩍 훑어보는 여성 잡지에 나올 법한, 앙증맞고 손이 많이 가는 종류의 간식이었다. 반면 프랜시스의 도시락은 삶은 달걀, 텃밭에서 캐낸 무, 종이 쌈지에 담은 소금, 캐러웨이 씨앗을 넣어 구운 케이크 반 판이었고, 설탕을 넣지 않은 차 한 병도 식지 않게끔 행주로 둘둘 말아서 가져왔다. 그런데 체크무늬 천 위에 그 음식들을 펼쳐놓고 보니 놀라울 만큼 온전한 한 상이 차려졌다. 그들은 '완벽한 잔칫상'이라고 자찬하며 찻잔을 들고 건배했다.

잼 타르트는 집어 들자마자 부스러지고, 롤 샌드위치는 돌돌 말린 빵이 풀려서 속에 든 치즈가 비어져 나왔지만, 그래도 상관없었다. 빵은 맛있었고, 무는 아삭아삭했고, 달걀 껍데기는 묵직한 코트 자락을 훌훌 벗어 던지듯 쉽게 벗겨졌다. 한편에 기대어 놓은 양산은 모든 것을 포도주 빛깔로 물들였고, 바버 부인이 벤치에 모로 앉아 손에 뺨을 괸 자세가 너무나 편안해서 여기가 벤치가 아니라 소파인 것처럼 보였다. 그녀는 손목을 입가에 대고 몸을 앞으로 기울이면서 지난번처럼 자연스럽게 웃음을 터뜨렸다. 깔깔 웃는 그 소리에 근처의 벤치에 홀로 앉아 있던 남자가 이쪽을 돌아보기도 했다. 프랜시스는 오늘 소풍이 어색해지면 어쩌나 걱정했었다. 사실상 서로 잘 알지도 못하는 사이가 아닌가. 그런데 두 사람은 지난 토요일 오후 어둑한 부엌에서 나누었던 친밀감을 다시 이어가고 있었다. 뜨개질을 하다 말았던 부분의 실을 다시 집어 들듯이.

그런데 그 남자가 계속 그들을 쳐다보았다. 프랜시스가 싸늘한 눈길을 던져도 남자는 도리어 능글맞게 히죽거리기만 했다. 음식을 다

125

먹고 나서 그녀는 달걀 껍데기를 치우고 천에서 빵 부스러기를 털어 내며 말했다. "이제 다시 산책할까요? 공원을 마저 둘러봐야죠?"

바버 부인은 빙긋 웃었다. "좋아요."

사실 이제 둘러볼 곳은 많지 않았다. 예쁜 금어초가 심긴 아담한 정원, 오리 새끼들과 우스꽝스럽게 생긴 누런색 거위 새끼들이 있는 연못을 지나자, 어느덧 테니스 코트에 이르렀다. 젊은 여자 둘이 한창 훌륭한 경기를 펼치는 중이었다. 주름치마를 펄럭거리며 공을 따라 뛰어다니는 그들의 모습을 지켜보며, 프랜시스는 바버 부인에게 테니스를 칠 줄 아냐고 물었다. 그녀는 전혀 못 친다고, 자기는 너무 게을러서 못 배웠다고 했다. 남편은 회사의 스포츠 클럽 동료들과 테니스를 치긴 하는데 우승한 적은 없다고 하면서, 레이 양은 칠 줄 아냐고 되물었다.

"학교 다닐 땐 쳤죠. 라크로스*도요. 징글징글한 운동이에요. 저는 그런 단체 경기에는 그다지 소질이 없었어요. 자전거나 롤러스케이트 같은 게 더 잘 맞았죠. 한때는 캠버웰에 롤러스케이트장이 있었거든요."

"알아요. 언니들하고 가끔 갔었어요."

"정말요? 저도 오빠랑 동생이랑 다녔는데. 아버지가 상스러운 운동이라고 반대하셔서 결국 그만뒀지만요. 어쩌면 우리가 거기에서 스쳤을지도 몰라요."

"그거 신기하네요."

바버 부인도 프랜시스 못지않게 그 생각에 흥미를 느끼는 것 같았다. 둘은 활기차게 걸음을 옮겨 음악당 쪽으로 향했다. 붉은 기와지붕

---

* 크로스라는 라켓을 사용해 공을 치며 겨루는 경기.

126

이 얹힌 예스러운 팔각정이었다. 그들은 자갈 깔린 마당을 가로질러 음악당의 계단을 올라갔다. 바버 부인은 널마루로 된 무대 바닥을 보니 춤을 추고 싶어졌는지, 천천히 몇 바퀴 돌면서 파트너 없는 우아한 왈츠를 추었다.

바버 부인은 정자의 가장자리에 멈춰 서서 난간을 내려다보았다. 프랜시스도 그쪽으로 다가가 보고는 깜짝 놀랐다. 멀리서는 말끔해 보였던, 반질거리는 녹색 페인트로 칠해진 난간 표면이 고약한 낙서로 가득했다. 가슴을 드러낸 여자나 고양이 엉덩이 따위의 그림이 새겨져 있는가 하면, '빌이랑 앨리스랑 얼레리꼴레리', '앨버트와 메이', '올리브는 세실을 사랑해'와 같은 글귀들도 있었다. '세실'은 누군가가 모자 고정용 핀 같은 걸로 긁어놓고 '짐'이라는 이름을 다시 새겨 넣었다.

프랜시스는 낙서들을 손으로 훑으며 말했다. "올리브는 바람둥이네요."

바버 부인은 말없이 미소만 지었다. 홀로 왈츠를 추고 나더니 약간 적적한 기분이 드는 모양이었다.

둘은 잠시 공원 너머의 풍경을 내다보았다. 풍경이라고 해봤자 붉은 벽돌로 된 병원 건물들밖에 없는 밋밋한 전망이었지만. 이윽고 바버 부인은 몸을 돌려 난간 위에 앉더니, 양산의 끈에 달린 붉은 장식 술을 집어 들고서 그걸로 뜻 없이 입술을 훑었다. 그녀가 그 자리에 만족하는 눈치이기에 프랜시스도 곁에 걸터앉았다. 너무 바깥의 이목에 노출된 곳이라 앉아서 쉬기엔 애매한 장소였지만, 양산을 기대어 놓으니 단둘만 있는 듯한 오붓한 느낌이 들었다.

물론 해 질 녘이 되면 공원의 분위기는 변할 것이다. 연인들이 이곳으로 찾아오겠지. 회사원 남자와 점원 여자, 빌과 앨리스, 올리브와 짐 같은 사람들이. 바버 부인도 남편과 함께 올지도 모른다. 하지만 과연 그럴까? 사실 그 부부가 이런 곳으로 데이트를 나올 성싶지는 않았다. 지난주에 엿들었던 부부 간의 무감정한 대화 한 토막이 떠올랐다. 그 전에 프랜시스가 별이 빛나는 정원에서 바버 씨와 조우했던 일도. 프랜시스는 바버 부인을 흘끔 곁눈질했다. 그녀는 둥그스름한 턱과 입술을 양산의 장식 술로 멍하니 쓸어내리고 있었다.

"뭐 하나 물어봐도 될까요, 바버 부인?"

바버 부인이 호기심 어린 눈빛으로 돌아보았다. "뭔데요?"

"남편분과 어떻게 만났어요?"

그녀의 표정이 살짝 굳어졌다. "저하고 렌이요? 전쟁 때 저희 새아버지 가게에서 만났어요. 그 시절에 저는 가게 일을 도왔거든요. 언니들도 그렇고 저도 그렇고, 모두 일을 하던 때였죠. 그런데 어느 날 렌이 군대에서 휴가를 나왔을 때 우리 가게 앞을 지나가다가, 창문 너머로 저를 봤어요."

"그냥 우연히?"

"네, 우연히요."

"그래서 어떻게 됐어요?"

"음, 렌이 안으로 들어오더니, 뭐 사고 싶은 게 있다고 이야기하더라고요. 그러면서 우리는 대화를 시작했고… 저는 그 사람이 딱히 잘생겼다고 생각하진 않았어요. 사실 약간 비리비리해 보이잖아요? 하지만 눈동자가 푸르고 근사했죠. 그리고 재미있었고요. 그는 저를 웃게 해줬어요."

바버 부인은 빙그레 웃었다. 그런데 혼자만의 생각에 잠긴 듯 아련한 눈빛이었고, 애틋한 미소에는 어렴풋한 조소도 섞여 있어서 묘해 보였다. 그녀는 프랜시스가 자신의 말을 기다리고 있다는 걸 깨닫고 어깨를 으쓱했다.

"이야깃거리랄 것도 별로 없어요. 렌은 저를 데리고 찻집에 갔어요. 춤을 추러 가기도 했죠. 그이는 마음만 먹으면 춤을 썩 잘 춰요. 그리고 렌이 프랑스로 돌아간 뒤에는 편지를 주고받았죠. 다른 남자들도 만나보기는 했지만, 렌은… 글쎄요, 그는 남들처럼 전쟁에 영향을 받지 않는 것 같더라고요. 부상도 입지 않았고, 몇 군데 긁히기만 했어요. 렌은 자신에게 대단한 행운이 따른다고, 무언가 묘한 힘이 자신을 지켜주는 것 같다면서, 운명이 우리 둘을 선택했다고 이야기했어요. 그리고…." 그녀는 장식 술을 손에서 떨어트렸다. "저는 그때 너무 어렸어요. 일전에 당신도 이야기했듯이, 전쟁은 만사를 실제보다 더 심각해 보이게 만들었고요. 저는 렌이 정말로 저와 결혼할 마음은 아니었다고 생각해요. 저도 그이랑 결혼할 생각은 없었고요."

"하지만 결국 결혼하셨는걸요."

바버 부인은 한쪽 발을 뻗어 나무 바닥에서 튀어나온 옹이를 꾹꾹 밟았다. "그렇죠."

"그런데 왜 두 분 다 그럴 생각이 아니었다는 거예요?"

"그냥 어쩌다가 그렇게 된 거죠, 뭐."

"어쩌다가 그렇게 됐다고요? 뭐 그런 이상한 말이 다 있어요. 결혼을 우연히 하지는 않잖아요, 안 그래요?"

그 말에 바버 부인은 기묘한 표정으로 프랜시스를 보았다. 무안함과 동시에 무언가 또 다른, 동정심 비슷한 감정이 뒤섞인 표정이었다. 그녀는 뻗었던 발을 끌어당기면서 덤덤하게 말했다. "그렇죠. 맞아요. 그냥 농담이었어요. 불쌍한 렌! 지금쯤 귀가 엄청 화끈거리겠네요. 그렇죠? 오늘 제가 한 얘기는 진지하게 듣지 마세요. 어젯밤에 그이랑 다퉜거든요."

"아, 미안해요."

"아녜요. 우린 원래 툭 하면 다퉈요. 시댁에서 분가하고 나면 안 싸울 줄 알았는데, 그렇지도 않네요."

바버 부인은 사실 그대로를 말할 뿐이라는 듯 무덤덤하고 건조한 말투였다. 하지만 프랜시스에게는 그 점이 더더욱 끔찍하게 느껴졌다. 그녀는 적절한 대답을 찾지 못해 잠시 쩔쩔매다가, 미소를 지으면서 분위기를 부드럽게 매듭지을 만한 말을 꺼내보았다. "음, 요크셔에 사시는 저희 할머니 말씀으론 결혼이란 피아노 같은 거래요. 음이 맞다가 안 맞다가 한다고요. 당신과 바버 씨도 아마 그런 거겠지요."

바버 부인은 마주 웃었지만 금세 미소가 흐려졌다. 시선을 떨구던 그녀는 자신이 걸터앉은 난간의 어떤 부분에 주의가 쏠린 듯하더니, 그쪽에 손을 얹으며 중얼거렸다. "이게 결혼이에요, 레이 양. 바로 이런 게 결혼이에요."

바버 부인의 손이 닿은 자리는 페인트가 벗겨져 있었다. 속까지 깊게 패여서 이전에 여러 겹 칠해졌던 페인트의 빛깔들과 맨 밑의 희끗한 나무 빛깔까지 다 드러나 보였다. 바버 부인은 그 홈을 어루만지면서 말을 이었다. "만사가 잘 돌아갈 때는 이 속에 숨은 색깔들을 생각하지 않죠. 생각하려고 들면 미쳐버릴 테니까, 맨 위에 있는 색깔만 생각하죠. 하지만 그런다고 이 색깔들이 없어지지는 않아요. 말다툼, 서운한 일 같은 것들 말예요. 그러다가 가끔씩 무슨 일이 벌어져서 이렇게 홈이 파이면, 밑에 있는 색깔을 생각하지 않을 수가 없게 되지요." 그녀는 눈을 들더니, 프랜시스의 시선을 의식하고 다시 가벼운 어조로 말했다. "그러니까 결혼하지 마세요, 레이 양. 어느 주부한테든 물어봐요! 그럴 가치가 없다고 할걸요. 당신처럼 독신으로 사는 게 얼마나 행운인지 모를 거예요. 마음대로 쏘다닐 수도 있고…."

바버 부인은 멈칫했다. "맙소사, 미안해요. 행운이라니 내가 무슨 소릴… 아아, 멍청한 소리였어요."

"그게 무슨 말씀이세요?"

"제가 미처 생각을 못 했어요."

"생각이라니요?"

"그거 있잖아요…."

"음?"

"그게, 지난번에… 제가 오해했는지도 모르지만, 지난 토요일에 부엌에서 뵀을 때요, 레이 양이 약혼한 적이 있었다고 하지 않으셨나요? 그랬다가…."

그 이야기를 바버 부인에게 했단 말인가? 아니, 그랬을 리가 없다. 하지만 무언가 관련된 말을 꺼내긴 했다는 게 비로소 기억이 났다. 무심결에 불쑥 꺼낸 말이었다. 청혼이 어쩌고 하지 않았던가? 그랬다가 실망했다고? 헤어졌다고?

양산이 두 사람의 뒤에서 가리개 노릇을 해주고 있었다. 진실을 털어놓고 바버 부인의 오해를 바로잡으려면 지금이 기회였다. 하지만 어떻게 설명한단 말인가? 바버 부인의 다정하고 낭만적인 추측이 사실에서 엄청나게 빗나갔으면서도 또 어떤 의미에서는 끔찍하도록 진실에 가깝다는 것을 어떻게 말해줄 수 있나? 프랜시스는 끝내 아무 대답도 하지 못했다. 그리고 그 침묵이 곧 대답이 되었다. '어쨌든 나는 거짓말을 하진 않았어.' 프랜시스는 마음속으로 자신을 타일렀지만, 사실상 거짓말을 한 셈이라는 것을 알고 있었다.

둘 사이에 약간의 거리감이 생겼다. 그들은 나란히 앉은 채 아무 말도 하지 않았다. 서로 맞닿은 엉덩이와 어깨에서 따스한 체온이 전해졌지만, 이미 오후의 즐거움엔 구멍이 뚫려버렸고 그 구멍으로 물이 줄줄 새는 듯한 느낌이 들었다.

게다가 둘 사이에 남은 친밀감마저 완전히 몰아내기 위해 작정이라도 한 듯, 누군가가 이쪽으로 다가오는 게 보였다. 한 남자가 음악당으로 걸어오고 있었다. 그는 프랜시스와 바버 부인을 향해 밀짚모자를 기울이더니, 몇 미터 떨어진 곳에서 집요하게 어슬렁거리며 경치를 감상하는 척했다. 프랜시스는 한사코 그에게서 고개를 돌린 채 외면했고, 바버 부인은 머리를 수그리고 앉아 있었지만, 남자는 자꾸만 이쪽에 눈길을 던졌다. 그가 딴에는 추파를 던진답시고 눈을 두리번거리는 걸 프랜시스는 곁눈으로 알아차릴 수 있었다.

일 분쯤 지나도 그의 추파는 윙윙거리는 날파리처럼 계속 들러붙었다. 프랜시스는 조용히 입을 열었다. "다른 데로 자리를 옮길까요?"

바버 부인은 고개를 들지 않고 되물었다. "저 사람 때문에요? 아, 저는 괜찮아요."

둘이 소곤거리자 남자가 가까이 다가왔다. 그는 무슨 고명한 화가가 작품의 구도를 잡듯이 그들을 훑어보았다. "아, 카메라가 있었어야 했는데!" 그는 삼각대에 몸을 기울이고 플래시를 터뜨리는 시늉을 하더니, 프랜시스의 표정을 보고 소리 내어 웃었다. "사진 찍고 싶지 않으세요? 젊은 아가씨들은 다 찍고 싶어 하는 줄 알았는데요. 특히 미끈한 아가씨들은 말이죠."

"우리 갈까요?" 프랜시스는 남자에게도 다 들릴 만한 목소리로 바버 부인에게 물었다.

남자가 항의했다. "뭘 그렇게 서둘러요?"

프랜시스는 일어섰다. 그녀가 정말로 떠날 작정이라는 걸 알아차린 남자는 더욱 가까이 다가와서 엉큼한 투로 물었다. "도시락은 맛있게 드셨나요?"

그 말에 프랜시스는 남자를 돌아볼 수밖에 없었다. "뭐라고요?"

"즐겁게 드시는 것 같던데요. 도시락 음식들도 즐거워하는 것 같더군요." 남자가 바버 부인을 눈짓하더니 히죽 웃었다. "아까 친구분이 삶은 달걀을 먹는 걸 보고, 사람이 달걀을 질투할 수도 있다는 걸 처음 알았습니다."

이 남자는 아까 도시락을 먹을 때 근처에서 지켜보던 사람이었다. 그들이 먹은 자리를 치우고 걸음을 옮겼을 때부터 내내 따라온 것이리라. 벤치에서 화단으로, 화단에서 연못으로, 연못에서 테니스 코트로, 테니스 코트에서 이곳까지. 붉은 양산이 워낙 눈에 띄니 놓칠 염려도 없었을 것이다. 바버 부인이 이러자고 양산을 가져온 것은 아니지 않는가? 이렇게 남들 눈에 다 트인 별난 곳에 앉은 것도 저 남자 때문은 아니지 않는가?

물론 아니었다. 바버 부인은 새빨갛게 달아오른 얼굴을 숙인 채, 남자를 무시하려고 안간힘을 쓰고 있었다.

남자는 바버 부인과 눈을 마주치려고 머리를 바투 수그렸다. "같이 놀지 않을래요?"

"저기요. 좀 가주시죠." 프랜시스가 끼어들었다.

남자는 흐릿해진 눈으로 프랜시스를 보더니, 입꼬리를 실쭉 내려뜨리며 바버 부인에게 다시 말을 걸었다. "당신 친구분은 저를 별로 안 좋아하는 것 같은데, 왜 그러는지 모르겠군요. 당신은 어때요?"

"그 친구도 댁을 안 좋아해요. 그만하고 가라니까요." 프랜시스가 따졌다.

남자는 굴하지 않고 치근거렸지만, 바버 부인이 끝끝내 눈을 마주쳐주질 않으니 결국은 두 여자 모두 포기할 수밖에 없다는 걸 깨달은 듯했다. 그는 어깨를 곧추세우고 진저리 치는 시늉을 하면서 "어휴,

춥다!"라고 중얼거리더니, 프랜시스 쪽을 고갯짓하며 바버 부인에게
물었다. "여성 참정권 운동가죠?*"

둘 다 대꾸하지 않았다. 그러자 남자는 물러나면서 담배 한 개비와
라이터를 꺼내 태평하게 담뱃불을 붙였다. 추파는 사라지고, 마치 처
음부터 담배를 피우기 위해 음악당에 올라왔을 뿐이라는 듯한 태도
였다. 잠시 뒤 그는 아까 어슬렁거렸던 난간 쪽으로 나갔고, 이윽고
아주 자리를 떴다.

바버 부인의 자세가 풀어졌다. 그녀는 난처하고 아연실색하면서도
동시에 감탄하는 표정으로 웃음을 터뜨렸다. "어머, 레이 양! 성깔이
대단하세요!"

프랜시스는 여전히 분에 차서 말했다. "뭘요. 자기가 매력적이라고
착각하는 멍청한 남자 하나 때문에 우리의 즐거운 소풍을 망칠 순 없
잖아요?"

"저는 보통 그냥 무시해요. 그러면 결국에는 포기하고 가더라고요."

"하지만 그때까지 애써 무시하느라 시간 낭비할 필요가 있나요? 그
사람이 우리 따라오는 거 알고 있었어요? 아, 저기 봐요." 프랜시스는
남자가 공원을 한가롭게 걸어가는 모습을 지켜보았다. "자기 매력을
발휘할 상대를 또 한 명 찾아보려는 거겠죠. 뻔해요. 그 가엾은 여자
가 누구일진 몰라도 한 대 확 쳐줬으면 좋겠네요. '여성 참정권 운동
가'라뇨, 그게 무슨 욕인 줄 아나! 솔직히 제가 더 젊었더라면 직접 때
렸을지도 몰라요."

바버 부인은 웃음을 그치지 못했다. "정말 그랬을 것 같아요."

* 20세기 초 여성의 참정권 투쟁은 당대 사회에서 두드러지는 여성 인권 이슈였다. 이 남성의 질
문은 '페미니스트죠?'라는 질문과 비슷한 의미로 볼 수 있다.

"그럼요. 저는 국회의원에게 신발을 던진 죄로 경찰에 체포된 적도 있다고요."

바버 부인이 웃음을 뚝 그쳤다. "설마요. 농담이시죠?"

"진짜예요. 구치소에서 다른 여자 세 명과 같이 하룻밤을 보냈는걸요. 어떤 정치 집회에서 소란을 일으켰다가 그렇게 된 건데, 이제 와 생각하면 어떻게 그런 용기를 냈는지 신기해요. 그 집회에 모인 군중 전체가 우리의 적이었는데 말이죠. 원래는 물건을 던질 계획은 아니었어요. 우리 방침은 평화주의였으니까요."

"그래서 어떻게 됐어요?"

"아, 기소가 취하됐어요. 그 하원의원이 우리가 모두 신사* 집안의 딸이라는 걸 알고는, 신문에 나기 싫어서 꽁무니를 뺀 거죠. 하지만 저는 다음 날 아침 집에 가서 부모님께 해명하느라 고생하긴 했어요. 제가 인신매매단에 붙잡힌 줄 알고 걱정이 이만저만이 아니셨대요. 그래도…." 옛 기억을 떠올리자 기분이 좋아진 프랜시스는 자리에서 일어섰다. "보람은 있었어요. 제가 경찰 여간수의 신발을 신고 집에 나타났을 때 아버지의 표정이란! 이웃 사람들 반응도 볼 만했고요. 우리 이제 일어날까요?"

프랜시스는 한 팔을 내밀었다. 장난스럽게 그런 시늉을 했던 것인데, 바버 부인은 정말로 그녀의 팔을 붙잡고 몸을 지탱하며 일어서면서 웃음을 터뜨렸다. 일단 그러고 나니 계속 팔짱을 끼고 걷는 게 자연스러워졌다. 음악당 계단을 내려와 햇빛 속으로 돌아온 그들은 이제부터 어디로 갈지 궁리했다. 아까 그 남자와 마주친 덕분에 오히려

---

* 신사는 보통 남성을 정중하게 이르는 말이지만, 본래는 지체 높고 교양 있는 상류층 남성을 지칭하는 표현이다.

둘 사이의 분위기가 다시 좋아진 것 같았다.

하지만 시간이 빠듯했다. 어쩌다 보니 벌써 한 시간 삼십 분이나 훌쩍 지나버렸다. 그들은 테니스 코트로 돌아가서 경기를 마저 구경할까 했지만, 이만 집에 돌아가는 편이 낫겠다고 마지못해 결정을 내렸다. 둘은 공원의 비탈길을 되짚어 올라가다가 블루벨 수풀가에서 잠깐 발길을 멈추고 꽃을 감상한 뒤, 바깥의 먼지투성이 인도로 걸어나갔다.

둘은 내내 팔짱을 풀지 않고 걷다가, 혼잡한 도로를 건널 때가 되어서야 서로 떨어졌다. 그런데 도로 건너편에 이르러 챔피언 힐의 언덕에 접어들자, 바버 부인은 양산을 다른 쪽 어깨로 옮기고 프랜시스의 오른편에서 왼편으로 자리를 바꾸었다. 영문을 몰라 어리둥절해하던 프랜시스는 이내 그녀가 왜 그러는지 이해했다. 차가 다니는 도로변 쪽으로 프랜시스를 돌리고 자신은 인도 안쪽으로 물러난 것이다. 남자와 같이 길을 걸을 때 하는 행동이 무의식적으로 나온 모양이었다.

둘은 이 분 만에 집에 도착했다. 프랜시스는 대문 빗장을 풀고 앞장서서 저택 안으로 들어갔다. 위층으로 올라가면서 바버 부인은 하품을 했다.

"해를 실컷 쬐어서 그런지 졸리네요. 이제 뭐 하실 거예요, 레이 양은?"

"어머니 드실 저녁을 차리려고요."

"저도 남편 저녁상을 차려야겠네요. 아아, 요리가 저절로 된다면 좋을 텐데! 마룻바닥도, 카펫도, 도자기도⋯ 모두 자기가 알아서 앞가림을 한다면 얼마나 좋을까요? 아인슈타인 씨가 집안일을 도와줄 기계를 개발해야 한다고 봐요. 그렇지 않아요? 시간이 어쩌고저쩌고하는 이론은 어차피 아무도 못 알아듣잖아요. 아인슈타인 '부인'이라면 어떻게 생각할지 저는 훤히 알겠는걸요."

바버 부인은 양산을 코트 걸이에 걸어놓고 레이스 장갑을 한 손가락씩 잡아당기면서 이야기했다. 그러더니 다 벗은 장갑을 손에 쥐고는 멈칫했다. 프랜시스는 그녀를 마주 보았다.

"소풍 즐거웠어요."

"저도요, 레이 양."

"다음에 또 갈까요?"

"네. 좋아요."

"그리고 혹시… 저, 그냥 프랜시스라고 불러주면 좋겠어요."

바버 부인은 기쁜 눈치였다. "그럴게요."

"그럼 저는 당신을 어떻게 부를까요? 바버 부인이 좋으시다면 계속 그렇게 부르고요."

"오, 아니에요! 저는 그 호칭이 싫어요. 늘 싫었어요. 꼭 '행복한 가정' 카드 게임에 나오는 카드 이름 같잖아요. 그냥 제 언니들처럼 릴이라고 부르셔도 돼요. 하지만… 아, 그건 안 되겠네요. 렌이 릴이라는 이름은 술집 여자 같댔거든요. 그 사람은 저를 릴리라고 불러요."

"릴리, 릴… 저는 그냥 릴리안이라고 부르면 안 되나요?"

"릴리안?" 그녀는 놀란 듯 눈을 깜빡였다. "저를 그렇게 부르는 사람은 거의 없어요."

"그래요? 거의 아무도 부르지 않는 이름이라니까 더 그렇게 부르고 싶은데요."

"그러세요? 왜요?"

"글쎄요. 릴리안은 멋진 이름인걸요. 당신과 어울리고요."

이건 사실상 여성에게 보내는 신사적인 찬사의 표현이었다. 그게 아니라면 달리 무엇으로 그 말을 해석할 수 있겠는가? 그들은 어슴푸레한 회랑에서 한 발짝 간격을 사이에 두고 서 있었고, 프랜시스의 말에 뒤이어 침묵이 흘렀다. 그런데 그 침묵 속에서 지난번과 같은 변화가 일어나는 게 느껴졌다. 무언가가 신비롭게 약동하는 기운이…. 바버 부인은 그때처럼 설핏 의아한 빛을 띠더니, 고개를 숙이며 빙그레 미소 지었다. 설령 여자가 보낸 찬사라 할지라도 그녀로서는 그걸 받아들여 흡수하지 않을 수 없다는 듯이.

"정말 재미있는 사람이에요, 레이 양은." 그녀가 조용히 말했다. "좋아요. 릴리안이라고 부르세요."

이윽고 둘은 헤어졌다.

저녁 식탁에서 어머니가 오후 산책은 어땠느냐고 묻기에, 프랜시스는 즐거웠다고 대답했다. 바버 부인과 함께 꽃구경도 하고, 다리 근육도 풀 수 있어서 좋았다고… 그 정도만 말해두고 넘어갈 생각이었다.

그런데 오 분 뒤 프랜시스는 더 깊은 이야기를 불쑥 꺼내버렸다. "어머니, 저는 바버 부인이 안됐다는 생각이 들어요. 오늘 부부 생활에 대한 얘기가 잠깐 나왔는데, 그리 행복하지는 않은가 보더라고요."

어머니가 그릇에서 눈을 들었다. "네게 직접 그렇게 말했단 말이니?"

"자세히 말한 건 아니에요."

"아무렴 그래야지. 친분도 별로 없는 사이인데."

"하지만 제가 받은 느낌은 그랬어요."

"글쎄, 부부 사이가 나쁠 리는 없어. 그 둘의 말소리가 들렸다 하면 항상 웃는 소리만 들리던걸. 아마 가벼운 말다툼이라도 했나 보지. 금방 화해할 거야."

"그럴지도요. 하지만 제가 보기엔… 단순한 말다툼보다는 심각한 문제 같아서요."

어머니는 느긋해진 어조로 말했다. "아, 이런 일은 밖에서 보면 실제보다 심각해 보일 수 있단다. 심지어 나도 너희 아버지와 이따금씩 옥신각신했는걸. 아무튼 우리는 이런 이야기를 하면 안 돼, 프랜시스. 만약 바버 부인이 또 이 문제를 네게 털어놓으려 하거든 최대한 그 화제를 피하려무나. 알겠지?" 어머니는 포크에 시금치를 꿰어 입가로 가져가려다 멈칫했다. "설마, 되레 네 쪽에서 허물없이 이야기한 건 아니겠지?"

프랜시스는 양고기를 썰면서 말했다. "당연히 아니죠."

"이런 관계에서는 피차간에…."

"바버 부인은 그냥 조금 외로운 것 같아요. 다정한 사람이기도 하고요. 저는 그 부인이 마음에 들어요. 어차피 한 지붕 아래서 살아야 하는 사이잖아요." 프랜시스는 칼질을 계속하면서 담담하게 말했다. "우리가 친해지면 안 된단 법은 없잖아요. 안 그래요?"

어머니는 주저하며 아무 대답도 하지 않았다. 프랜시스는 마침내 잘라낸 양고기 조각을 입에 넣고 여러 차례 씹다가 삼켰고, 그런 다음 화제를 돌렸다. 이후 식사를 마칠 때까지 바버 부부에 대한 이야기는 다시 나오지 않았다.

어머니의 말이 옳은지도 모른다. 프랜시스가 부엌에 혼자 남아 나이프와 포크를 닦고 있을 때, 위층에서 바버 부부가 축음기를 트는 소리가 들렸다. 요즘 스타일의 활기찬 댄스곡이었다. 부부 간에 어떤 불화가 있었는지는 몰라도 벌써 화해한 모양이었다. 음악은 또 다른 음악으로 거듭 바뀌면서 삼십 분 동안 계속되었고, 마지막 레코드가 재생된 후에는 아무도 축음기로 뛰어가 태엽을 제때 감아주지 못했는지 음악이 애타는 신음 같은 소리를 흘리며 서서히 멈췄다. 그러고 나서는 조용해졌다. 어쩐지 재즈 음악보다도 그 정적이 더 신경 쓰였다. 프랜시스는 바버 부인을 다시 보지 못하고 잠자리에 들었고, 다음 날 마주쳤을 땐 둘 다 약간 겸연쩍었다. 약속한 대로 서로를 성이 아닌 이름으로 부르긴 했지만 그것도 어색하고 작위적인 느낌이었다. 둘의 우정은 출항하자마자 좌초된 것 같았다. 그날 오후에 바버 부인은 장바구니를 품에 안고 외출했고, 프랜시스는 별안간 싱숭생숭해져서 집 안을 오락가락하다가 충동적으로 시내에 나가기로 결심하고는 옷을 갈아입고 집을 나섰다. 옥스퍼드 광장으로 가는 버스를 탄 그녀는 크리스티나의 집에 방문했다. 크리스티나가 프랜시스 모녀와 렌과 릴 부부가 서로 잘 지내냐고 묻기에, 그녀는 집이 너무 붐벼서 욕조를 쓰려면 줄을 서서 기다려야 한다고 농담을 했다.

다음 날 아침, 바버 씨가 출근하고 어머니는 뒤뜰에서 라벤더 덤불을 자르고 있을 때였다. 빨랫감을 가지러 자기 방으로 올라간 프랜시스는 빨랫감 자루를 안아 들고 밖으로 나오다가 무심코 계단통 건너편으로 눈을 돌렸다. 그런데 부엌 식탁 앞에 바버 부인이 앉아 있었다. 그녀는 우묵한 그릇에 담은 완두콩 껍질을 까면서 도서관에서 빌려 온 책을 읽는 중이었다. 예의 그 자둣빛 드레스를 입고, 머리카락을 틀어 올려 감싼 붉은 실크 스카프의 끝자락을 목덜미에 간들간들 드리운 채, 콩꼬투리를 보지도 않고 까면서 책에만 시선을 고정하고 있었다. 누군가가 책에 그토록 몰두하는 모습을 보기는 처음이라서 프랜시스는 제목이 궁금해 좀이 쑤셨다.

"릴리안, 무슨 책 읽어요?"

드디어 이름을 자연스럽게 부르는 데에 성공했다. 릴리안은 이쪽을 돌아보고 눈을 깜빡이더니 생긋 웃었다. 그리고 제목을 말해주려는 듯 입을 벌렸다가 마음이 바뀌었는지, 책을 집어 들어 책등을 보여주었다. 프랜시스는 너무 멀리 있어서 보이지 않았기에 회랑을 건너 부엌 문간으로 다가갔다. 책 표지의 글자가 눈에 들어왔다. 『안나 카레니나』였다.

프랜시스가 탄성을 지르며 앞으로 나아가자 릴리안이 물었다. "이 책 아세요?"

"정말 좋아하는 책이에요. 어느 부분 읽고 있나요?"

"아휴, 지독한 부분이에요. 경마 장면이 나왔는데…."

"말이 불쌍하죠."

"불쌍해요!"

"그 말 이름이 뭐였죠? 무슨 엉뚱한 이름이었는데. 미미?"

"프루프루요."

"프루프루! 맞아요. 러시아어에서는 그 이름이 멋있게 들리는 걸까요?"

"저는 참고 읽기가 힘들 정도예요. 그리고 브론스키도 불쌍하고… 브론스키라고 읽는 게 맞나요?"

"그럴걸요. 브론스키 정말 불쌍하죠. 안나도 그렇고요. 다들 불쌍해요! 심지어 늙고 둔한 카레닌마저도 안타까워요. 아, 읽은 지 몇 년은 됐는데 덕분에 다시 읽고 싶어지네요. 좀 봐도 되지요?"

프랜시스는 릴리안에게서 책을 건네받고, 릴리안이 읽던 페이지를 놓치지 않도록 조심하면서 책장을 넘겨보았다. "벳시 공작 부인. 잊고 있었네요. 돌리, 키티… 안나가 기차역에 나타나는 부분은 어디 있죠? 맨 처음에 나오는 장면 아니에요?"

"아녜요. 그건 한참 뒤에 가야 있어요."

"정말요?"

"제가 찾아드릴게요."

릴리안이 책에 손을 뻗자 둘의 손가락이 맞부딪혔다. 그녀는 잠시 책을 훑어보더니 한 페이지를 펼쳐서 돌려주었다. 프랜시스가 기억하는, 브론스키가 기차 문에서 비켜서고 안나가 모스크바의 승강장에 내려서는 장면이 거기에 나와 있었다. 거의 100쪽이나 되어서야 나오는 내용이었다.

프랜시스는 의자를 끌어다 앉고 그 장면을 곧바로 읽었다. 그동안 릴리안은 콩꼬투리를 깠다. 이윽고 프랜시스도 같이 콩을 까게 되었고, 그릇을 넘나드는 그들의 손이 연신 맞부딪혔고, 둘은 소설, 시, 연극에 대해, 좋아하는 작가와 싫어하는 작가에 대해 토론했다. 날은 따뜻했고, 열린 창밖으로 정원에서 나무가위를 싹둑거리는 소리가 들려왔다. 가위 소리가 멎고 어머니가 집으로 돌아오는 기척이 들렸을 때에야, 프랜시스는 일어나서 빨랫감을 챙기고 자리를 떴다.

그 이후로 두 사람은 거의 매일 만났다. 『안나 카레니나』(프랜시스도 이 책을 다시 읽기 시작했다)에 대한 각자의 생각을 비교하기 위해서이기도 했지만, 무엇보다도 그저 같이 있는 게 즐거워서였다. 집안일은 가능한 한 서로 거들어주거나, 같은 일거리를 함께 하려고 시간을 맞췄다. 어느 월요일 아침에는 이불 빨래도 같이 했다. 잔디밭에 있는 아연 재질 세탁 통에다 이불을 빨고, 다 빤 이불을 프랜시스가 탈수기 롤러에 넣으면 릴리안이 핸들을 돌려서 물기를 짜냈다. 일을 다 마치자 온몸이 후끈하고 축축해진 그들은 치맛자락을 무릎 위로 걸어 올린 채 계단에 걸터앉아 청소부 아낙네들처럼 차를 마시고 담배를 피웠다.

공원 산책도 두세 차례 나갔다. 매번 똑같은 경로를 거쳐 음악당까지 가서 난간에 새롭게 새겨진 연인들의 낙서가 있는지 찾아보았다. 어느 화창한 날 오후에 프랜시스의 어머니가 이웃집으로 마실을 나갔을 때에는, 둘이서 쿠션을 가지고 정원에 나가서 피나무 그늘 아래 누워 터키시 딜라이트*를 먹기도 했다. 그건 프랜시스가 시장에서 릴리안을 위해 선물로 사 온 것이었다. 사탕을 릴리안에게 주면서 "당신의 터키풍 슬리퍼에 어울릴 것 같아서요."라는 말도 덧붙였다. 하지만 그건 조잡한 영국제 모조품이었고, 프랜시스는 기분 나쁜 핑크색과 흰색 빛깔로 된 정육면체 형태의 사탕을 한 입 맛보고는 더 이상 먹을 수가 없었다. 하지만 릴리안은 한 조각씩 덥석덥석 입에 통째로 집어넣으면서 눈까지 감고 맛을 음미할 만큼 좋아했다.

프랜시스는 가끔 자신과 릴리안에게 무슨 공통점이 있는지 의아했다. 서로 떨어져 있는 시간에는 이 우정의 본질이 도대체 무엇인지 기억해내려 안간힘을 쓰기도 했다. 하지만 그녀를 다시 만나 웃음을 나누기만 하면… 그 순간부터 의혹이라곤 다 날아가버렸다. 릴리안은 이를테면 크리스티나처럼 재미있고 똑똑하지는 않지만… 아니, 아니다. 릴리안도 분명 재미있고 똑똑한 사람이었다. 바느질 솜씨만 해도 본드 거리**의 재봉사처럼 능숙해서, 옷을 모조리 뜯어서 새로운 스타일로 수선하는 일을 아무렇지도 않게 해내는가 하면, 밤에 댄스홀에 갈 때 입을 블라우스에 조그마한 진주알 천 개를 꿰매 다는 작업을 그날 오후 세 시부터 시작해 뚝딱뚝딱 끝마치는 일도 예사였다. 그럴 때 옆에 앉아서 지켜보노라면 릴리안의 침착한 태도에 경탄이 절로 나왔다. 그녀의 차분함, 평정, 자신의 매끄러운 피부 속을 채우는 능력

* 흰 설탕 가루를 입힌, 젤리 같은 터키식 사탕.
** 런던 웨스트엔드 지구에 있는 쇼핑가.

에 감탄하지 않을 수 없었다. 프랜시스는 릴리안과 같이 있으면 치유받는 느낌이었다. 마치 부드럽고 따뜻한, 손바닥으로 감싼 밀랍 한 덩이가 된 것만 같았다.

그보다 더 큰 수수께끼는 릴리안의 부부 관계였다. 종종 바버 씨가 부엌에 들러 프랜시스에게 이야기를 걸어올 때면 그에게도 릴리안과 비슷한 기질이 있는지 살펴보았지만, 그런 구석은 찾기 힘들었다. 릴리안에게 연애 시절 이야기를 물어봐도, 그녀는 렌의 푸른 눈이 멋졌다는 둥 유머 감각이 있었다는 둥 예전과 같은 대답으로 얼버무리기만 했다. 그래서 프랜시스는 그 화제를 더 이상 파고들지 않고 넘어가게 되었다. 어차피 그녀도 릴리안에게 얼버무리는 이야기가 있는 입장이었다. 따지고 보면 두 사람은 서로에 대해 얼마나 아는 게 없는가. 남남이나 마찬가지다. 겨우 여섯 주 전만 해도 프랜시스는 릴리안의 존재조차 몰랐다. 그런데 이제는 온종일 별의별 일을 계기로 릴리안을 떠올렸고, 그런 자신을 깨달을 때마다 어리둥절해져서, 그 생각의 흐름을 찬찬히 단계별로 되짚어 올라가며 무엇이 무엇을 연상시켰는지 따져보았다. 그런데 생각의 발단이 무엇이었든 언제나 릴리안으로 귀결되었다.

하지만 여자끼리의 우정이란 으레 그렇지 않던가. 이랴, 하면 질주하기 시작하는 것. 프랜시스가 릴리안에게 때때로 신사적인 찬사를 바치는 것은, 글쎄, 왠지는 몰라도 릴리안이 그런 찬사를 불러일으키는 구석이 있어서일 뿐이었다. 그리고 예의 그 작은 변화의 기운이 또 일어나곤 해도, 그 순간들이 흡사 연애 감정처럼 야릇한 느낌이더라도, 거기엔 아무런 의미도 없었다. 프랜시스는 그렇게 확신했다. 적어도 릴리안은 그런 징후에 동요하지 않는 걸로 보였다. 잠깐 미심쩍은 표정을 짓기도 했지만 결국에는 반드시 웃어넘겼다. 어쩔 땐 눈을 가늘게 뜨고 고개를 갸웃하고서, 프랜시스에게서 감지한 어떤 수수께끼의 진상을 밝혀내고 싶은 듯한 시선으로 바라보았다. 혹은 대화를 사랑과 결혼에 대한 주제로 넌지시 몰아가기도 했다. 그러면 프랜시스는 확실히 뜨끔하긴 했다. 이 친밀한 관계의 기반이 얼마나 얕은지를 되새기게 되면서 꺼림칙한 불안감이 들었고, 이제부터는 신중하게 행동해야겠다고 결심했다. 그러나 그 결심은 매번 허물어지고 말았다.

바야흐로 6월, 한여름이었다. 날씨는 가면 갈수록 화창해졌고, 바버 씨는 점점 더 기운이 넘쳤다. 그는 토요일 아침마다 테니스 채를 겨드랑이에 끼고 출근해서 오후 시간을 스포츠 클럽에서 보냈고, 집에 돌아와서는 프랜시스에게 자기가 몇 점을 땄는지, 상대편을 어떻게 눌렀는지 자랑을 늘어놓았다. 그리고 해가 길어진 저녁 시간 동안 저택 곳곳을 둘러보며 수리하거나 개선할 곳을 찾아다녔다. 그는 경첩에 기름칠을 했고, 홀 바닥에서 떨어지려는 타일들을 시멘트로 다시 붙였고, 짤그락거리는 소리가 나던 급수실 수도꼭지의 나사받이도 교체했다. 프랜시스는 고마워해야 할지 자존심이 상해야 할지 헷갈렸다. 그 타일은 오래전부터 직접 손볼 작정이었는데, 이제는 바버 씨가 홀을 지날 때마다 멈춰 서서 바닥을 발로 건드려보고는 자신의 솜씨에 감탄하며 만족스럽게 혼잣말을 하는 걸 듣고만 있어야 했다.

그런데 바버 씨의 에너지가 프랜시스에게 옮기라도 한 모양이었다. 6월 중순의 어느 날 아침, 파리채를 찾으려고 복도에 있는 벽장문을 열었는데 물건 더미가 우르르 쏟아져 나왔다. 존 아서와 노엘의 물건들이었다. 집이 그들의 유품으로 가득해서, 프랜시스는 필요한 물건을 찾으려고 서랍이나 궤짝을 뒤질 때마다 학생모며 크리켓 공이며 헨티*의 모험소설이며 화석 수집함 따위를 들추는 데에 이골이 났다.

하지만 언제까지 그래야 하나? 오빠와 동생은 영영 돌아오지 않을 텐데. 프랜시스는 유품을 최대한 찾아내 모아놓고 어머니를 불렀다. 그로부터 한 시간 동안 모녀는 물건을 샅샅이 살피고 분류했다. 어머니는 건건이 처분하기 싫다고 버텼다. "이 책들은 당연히 자선단체에 기부해야겠죠?" "오, 하지만 이 책은 노엘이 상으로 받은 건데. 안에 개이름이 적혀 있잖니. 다른 남자아이가 이걸 본다고 생각하면 마뜩잖구나." "그래요, 알았어요. 그럼 이 부츠는요? 이건 버려야죠?" "그래, 그건 괜찮아." "권투 글러브는요? 이 망원경은? 현미경과 슬라이드는?" 이런 대화를 주고받다 보니, 마침내 어머니가 물었다.

"이걸 꼭 지금 해야 하니, 프랜시스?"

"언젠가는 해야 할 일이에요."

"트렁크나 지하실에 놔두면 안 될까?"

"지하실은 아버지 유품으로 꽉 찼어요. 자, 이 우표첩은 어때요? 이건 제가 한번 감정을 맡겨볼게요. 귀한 우표는 돈이 될지도 모르고⋯."

"프랜시스, 제발."

결과적으로 괜한 일을 벌인 셈이 되었다. 물건을 정리하기 전보다 도리어 더 많은 물건을 끌어안게 된 것 같았다. 그들은 관할 사제의 부인에게 넘겨줄 작은 꾸러미 한 개를 꾸렸고, 각자 개인적으로 간직할 유품을 챙겼다. 두 볼이 축 처진 어머니는 학교 배지와 대학교 문장이 수놓인 목도리를 가져갔고, 프랜시스는 노엘이 어렸을 때 만들었던, 그녀의 이름을 따서 붙인 모형 선박을 가졌다. 그걸 보니 눈에 눈물이 고였다.

* G. A. 헨티는 소년을 위한 모험소설을 주로 쓴 영국의 소설가.

이후에는 둘 다 말이 없어졌다. 점심 식사를 마친 모녀는 열어놓은 프랑스식 창문 앞에 자리를 잡았다. 어머니는 자신이 참여하는 자선 단체를 위해 편지 몇 통을 대필해주기로 약속했다면서, 무릎 위에 쟁반을 뒤집어놓고 그 위에 종이와 펜과 잉크를 올렸다. 프랜시스는 펜촉이 종이를 긁고 두드리는 소리를 들으며 스타킹을 꿰맸다. 그런데 십오 분쯤 지나 그 소리가 들리지 않기에 문득 돌아보니 어머니가 어느새 잠들어 있었다. 프랜시스는 허둥지둥 바느질감을 내려놓고 뛰어가, 어머니의 손가락 사이에서 떨어지려 하는 펜을 가까스로 붙잡았다. 그녀는 잉크병의 뚜껑을 닫아 안전한 곳으로 치워놓고 어머니를 내려다보았다. 아무런 방비도 되지 않은, 파리하고 축 늘어진 어머니의 얼굴을 보노라니 또다시 눈물이 핑 돌았다.

아, 우울해하는 건 쓸데없는 짓이다. 프랜시스는 눈물을 떨쳐냈다. 오후 시간은 뭘 하면서 보낼까? 바느질도 괜찮긴 하지만, 지금 어머니가 잠든 틈을 타서 무언가 더러운 일을 처리해야 한다. 그러고 보니 포치에 비질을 할 때가 되었는데, 그 일을 해치우면 딱이겠다. 어머니는 집 앞을 지나다니는 이웃들이 훤히 볼 수 있는 포치에서 프랜시스가 빗자루를 들고 일한다는 걸 알면 안절부절못했다.

그런데 위층에서 인기척이 들렸다. 침실에서 릴리안이 움직이고 있었다. 외출하려고 옷을 갈아입는 건가? 아니다. 마루가 삐걱거리는 소리가 그것하고는 달랐다. 릴리안은 한자리에 가만히 서 있고, 그녀 몸의 무게중심이 바뀔 때마다 마룻널이 삐그덕거리는 것 같았다. 도대체 뭘 하는 걸까?

잠깐 올라가서 상황을 살펴봐도 나쁠 건 없으리라.

위층의 침실 문은 활짝 열려 있었다. 프랜시스가 계단을 다 올라가자마자 릴리안이 문 너머에서 불렀다. "프랜시스, 너야?"

"응."

"뭐 하고 있어? 얼른 들어와."

프랜시스는 조심스럽게 안으로 들어갔다. 오빠와 동생이 쓰던 방이 지금처럼 탈바꿈한 모습은 여전히 충격적이었다. 릴리안의 자질구레한 장식품, 레이스, 알록달록한 천으로 사방이 어수선했다. 서랍장 위에는 향수병이며 분첩이며 콜드크림 따위가 즐비해서 알함브라 극장의 배우 대기실을 방불케 했으며, 회전식 거울 위에는 막 빤 핑크색 실크 스타킹 한 쌍이 널려 있었다. 릴리안은 침대 옆에 서서 침대보 위에 늘어놓은 패션 잡지들을 내려다보고 있었다. 두 주 뒤에 네타 언니가 파티를 열 예정인데, 거기에 입고 갈 새 드레스를 디자인하려고 몇 가지 착상을 스케치하던 중이라고 했다.

프랜시스는 스케치를 훑어보고 깜짝 놀랐다. 훌륭한 디자인이었다. 그녀가 보기에는 적어도 스티비의 블룸스버리풍 디자인만큼은 훌륭했다.

"우와, 릴리안, 너 재능 있다. 이제 보니 예술가였잖아? 맞아, 지난번에 너희 어머니도 그렇게 말씀하셨지. 어머니 말씀이 맞네."

릴리안은 겸손하게 대답했다. "아냐. 우리 가족은 내가 벽난로 선반 왼편에 놓여 있던 시계를 가운데로 옮기기만 해도 예술가라고 하는걸." 그러더니 좀 수줍게 덧붙였다. "예술가가 되고 싶긴 했어. 한때는 미술관 같은 데도 다니고 그랬지. 미술학교에서 수업을 들어볼까 생각도 했고."

"그러지 그랬어. 왜 안 했어?"

"아…." 릴리안이 깔깔 웃었다. "그 대신 결혼해버렸으니까."

릴리안은 스케치들을 집어서 멀찍이 들어 올린 채 엄격한 시선으로 살펴보았다.

"지금이라도 미술학교에 다녀보지그래?"

"정말 그럴까?" 릴리안이 신이 나서 대답했지만, 진지하게 고려하는 말투는 아니었다. "그런데 그 정도 실력은 아닌 것 같아. 렌이 뭐라고 할지도 뻔하고! 시간 낭비인 데다 자기 돈도 낭비하는 짓이라고 할 걸. 요즘 그이는 돈 생각에 정신이 팔려 있거든. 네타 언니 파티에도 안 가겠대. 그날 찰리하고 같이 보험 업계 남자들끼리 하는 무슨 한심한 행사에 간다나 봐. 남자들끼리 놀겠다는 거지."

오늘은 남편이 미운 날인 게 분명했다. 하지만 릴리안은 그 화제를 피하고 싶어 하는 눈치였다. 그녀는 스케치들을 다시 한번 살펴보더니, 침대 위에 흩어진 잡지들과 한데 모아 들고는 서랍장 쪽으로 가져갔다. 그리고 향수병들을 비집어서 종이 뭉치를 올려놓을 자리를 간신히 마련했다.

불현듯 조용해진 릴리안이 고개를 들고 회전식 거울을 바라보았다. 거울 표면에 비친 그녀의 눈이 프랜시스와 마주쳤다.

"나랑 같이 파티에 가지 않을래, 프랜시스?"

프랜시스는 어리둥절해졌다. "파티에?"

"응. 안 돼?"

"나는 초대도 안 받았잖아."

"언니가 누구든 데려와도 된댔어. 그리고 우리 가족은 너를 보면 반가워할 거야. 다들 늘 네 안부를 묻는다고. 아이 참, 같이 가자!" 릴리안은 프랜시스를 돌아보며 열을 올렸다. "그냥 소소한 자리야. 클래펌에 있는 언니 집에서 열리는 파티야. 그래도 재미있을 거야. 정말로."

"글쎄…." 프랜시스는 곰곰이 생각해보았다. 월워스가의 자매들과 함께하는 파티가 과연 재미있을까? "잘 모르겠는데. 정확히 언제인데?"

"7월 1일. 토요일 밤."

"나는 입을 옷도 없는걸."

"뭐라도 있긴 있을 거 아냐."

"네게 망신이 되지 않을 만한 옷은 없어."

"설마. 내가 한번 볼게. 지금 당장 보여줘!"

프랜시스는 자신의 옷장 속 형편이 머릿속에 퍼뜩 떠올랐다. "으, 안 돼. 내 옷들의 절반은 누더기란 말야. 창피해서 못 보여줘."

"어떻게 그런 말을 해?"

"네가 보면 웃을 거야."

"오, 프랜시스. 왜 그래. 너는 경찰한테 신발을 던진 적도 있잖아."

"경찰이 아니라 하원의원이었어."

"하원의원에게 신발을 던졌다고? 그런데 네 옷장을 나한테 보여줄 배짱이 없단 말야?"

릴리안이 다가와서 손을 내밀었지만 프랜시스는 못내 망설였다. 그러자 릴리안은 그녀의 손목을 거머잡았다. 뜻밖에도 손아귀 힘이 억셌다. 프랜시스는 손을 잡아당기며 뿌리치려 했지만, 금세 단념하고는 투덜투덜 항의하면서도 릴리안에게 이끌려 방을 나갔다. 계단통을 빙 둘러 회랑을 걸어 나가면서 그들은 웃음을 터뜨렸고, 프랜시스의 침실에 들어가자마자 멈춰 서서 분홍빛으로 달아오른 얼굴로 폭소를 가라앉혀야 했다.

웃음이 진정된 릴리안은 주위를 둘러보았다. 그녀가 이 방에 제대로 들어와보기는 처음이었다. 릴리안은 무례하지 않으면서도 주의 깊은 눈길로 방에 놓인 물건들을 살펴보았다. 벽난로 선반 위의 촛대, 벽에 걸린 프리드리히의 풍경화…. 그러더니 미소를 지으며 말했다.

"이 방 좋다, 프랜시스. 네게 잘 어울려. 내 방처럼 잡동사니로 가득하지도 않고. 저 사진은 오빠랑 동생이야?" 릴리안이 서랍장 위에 놓인 사진 액자 두 개를 눈짓했다. "내가 봐도 괜찮지?"

액자를 집어 든 릴리안의 미소가 서글프게 변했다. "둘 다 어쩜 이렇게 잘생겼을까. 너하고 정말 많이 닮았어."

프랜시스는 릴리안과 나란히 서서 사진을 들여다보았다. 노엘의 사진은 준수한 남학생의 모습으로 스튜디오에서 찍은 것이었고, 존 아서의 것은 집 뒤뜰에서 찍은 스냅사진이었다. 오빠는 카메라 쪽으로 장난스럽게 모자를 기울이고 있었는데, 지금의 프랜시스보다 몇 살은 더 어렸을 때인데도 그녀에게는 여전히 손위 형제로 느껴졌다. 그런데 사진 속의 존 아서가 조끼를 입고 구식 회중시계 사슬을 걸친 차림새가 굉장히 예스러워 보였다. 이제껏 한 번도 그렇게 느껴본 적이 없었는데.

프랜시스는 부리나케 사진에서 눈을 뗐다. 오늘은 오빠와 동생 생각은 그만하고 싶었다. 한편 릴리안의 시선은 다시 방 안을 떠돌고 있었는데, 그 눈초리가 자못 은밀해 보이기까지 했다. 방 안 어딘가에 또 다른 젊은 남자의 사진이 있을 거라 생각하고 찾아보는 듯했다. '저기에 있을까, 침대 옆 수납장 위일까…' 하면서.

"이쪽이야. 문제의 그 옷장이란 녀석이." 프랜시스는 옷장 쪽으로 건너가며 말했다. "정말로 내 옷들을 살펴볼 작정이야?"

릴리안은 사진 액자를 원래 자리에 돌려놓았다. "응!"

"뭐, 나는 이미 경고했어."

옷장 문이 묘지 납골당 문처럼 끼익거리며 열렸다.

프랜시스는 안에 걸린 옷들을 쭉 훑어보고 블라우스와 스커트부터 철사 옷걸이에서 벗겨내 밖으로 꺼냈다. 다음으로는 그녀가 아끼는 옷들로 넘어갔다. 회색 튜닉, 얇은 황갈색 재킷, 즐겨 입는 남색 드레스, 잘 활용하지 못하는 홍찻빛 실크 드레스. 릴리안은 넘겨받은 옷들을 한 벌씩 찬찬히 뜯어보더니, 칭찬할 만한 점들을 요령껏 짚어내면서 프랜시스의 기분을 배려하는 말을 해주었다. 하지만 이 일에 점점 더 열중하다 보니 점점 더 직설적인 비판이 나왔다. "그래, 이만하면 멋진 옷이긴 해. 하지만 색깔이 진흙탕 같잖아." "이 치마는 기장을 줄여야지. 이렇게 긴 치마는 이제 아무도 안 입어." "이 옷은⋯ 빅토리아 여왕이 입었던 거라고 해도 믿겠어! 대체 무슨 생각이었던 거야, 프랜시스?"

급기야 릴리안은 옷들을 침대 위에 쌓아놓고 물었다. "너는 좋은 옷 욕심이 없어?"

"있었지. 젊었을 땐."

"넌 꼭 아흔 살쯤 먹은 것처럼 말하더라."

"이젠 열의를 잃었어. 돈도 없고. 내가 가진 속옷들도 볼 만할 거야. 그것들에 비하면 이 옷장은 파리 여자 것처럼 보인다니까. 심지어 핀을 꽂아서 고정해야 하는 속옷도 있다고."

"그럼 네타 언니네 파티에는 뭘 입으려고?"

"아아, 나도 몰라. 네가 다짜고짜 가자고 한 거잖아." 프랜시스는 침대 위의 옷더미에서 드레스 한 벌을 끄집어냈다. "이걸 입어야 하려나?"

그건 지난 육칠 년 동안 만찬회나 파티에 갈 때 입은 검은 물결무늬 드레스였다. 프랜시스는 드레스를 털어서, 릴리안도 같이 볼 수 있게끔 창문으로 드는 햇빛에 비추어 보았다. 그런데 기억했던 것보다 상태가 나빴다. 드레스의 몸통 부분에 달린 구슬들이 떨어져 나가 굵은 머리털 같은 실오리들이 삐져나와 있었고, 한쪽 소매에는 프랜시스가 기워놓은 바늘땀이 드러나 보였다. 무엇보다도 심각한 점은 허옇게 변색된 겨드랑이 부분이었다. 예전에 잉크로 물들여두긴 했는데 그 잉크의 빛이 바래서 이젠 푸르스름하게 얼룩지기까지 했다….

프랜시스는 창피해서 드레스를 내려뜨렸다. "진흙탕 색깔 드레스가 낫겠다."

"다른 옷이 있을 거야."

"이젠 없어. 진짜야. 네가 직접 봐."

둘은 휑해진 옷장 안을 들여다보았다. 이제 가로대에 걸린 옷이라고는 학생 때 입던 것밖에 없었다. 서지* 드레스, 긴 치마, 빳빳한 칼라, 넥타이 등등. 프랜시스는 십 년 전만 해도 저렇게 주체스러운 옷을 입고 다녔다는 게 놀라웠다. 플란넬 속옷을 수없이 겹겹이 껴입었던 기억만 떠올려도 기운이 다 빠지는 것 같았다.

그런데 릴리안은 무언가 다른 것에 눈길이 쏠려 있었다. 그녀가 손을 뻗어 옷 한 벌을 끄집어냈다. "이건 뭐야?"

"아, 그냥 헛바람 들어서 산 옷이야. 누가 사라고 꼬드기는 바람에. 절대 못 입지, 그 옷은."

그건 스커트에 층이 지고, 가슴과 소맷동에 가느다란 가죽끈과 레이스가 둘러진, 칼라가 넓은 회록색 드레스였다. 그 옷을 사라고 설득했던 사람은 크리스티나였다. 그들이 지금과는 완전히 다른 삶을 살았던 그때 그 시절의 일이었다. 3기니나 주고 샀는데(3기니라니! 지금은 어마어마한 거금으로 느껴졌다) 지금껏 딱 한 번, 적십자 자선 무도회에서밖에 입지 못했다. 크리스티나의 아버지가 무도회 티켓을 구해주었는데, 프랜시스와 크리시는 반전주의자로서 그런 전쟁 구호 행사에 참석하는 것이 윤리적으로 타당한지에 대해 진지한 토론을

---

* 대각선 방향으로 무늬가 나타나도록 짠, 흔히 교복이나 군복에 사용되는 튼튼한 모직물.

나누었지만 결국에는 무도회의 재미에 휩쓸려버렸다. 이제 와서 돌이켜보면 그 무도회는 어두운 시절 가운데 빛났던 한순간이었다. 릴리안의 손끝에서 달랑거리는 드레스를 보니 그날의 기억이 모두 되살아났다. 전류가 흐르듯 강렬했던 밤, 택시를 타고 칠흑처럼 깜깜한 길거리를 누비며 나아갔던 것. 크리스티나의 이모인, 둔한 성격의 폴리 아주머니가 보호자로 같이 있었고, 크리스티나의 머리카락에서 풍기던 달콤한 향기와 그녀 손에 꼭 끼워져 있던 새끼 염소 가죽 장갑의 감촉은….

프랜시스의 얼굴을 살피던 릴리안이 말했다. "이게 네가 입어야 할 옷이야, 프랜시스."

"뭐라고? 오, 안 돼."

"이거라니까. 너는 다른 옷들은 보는 족족 얼굴을 찡그렸는데, 지금은… 봐, 웃고 있잖아. 이거 한번 입어봐."

"안 돼, 싫어. 바보 꼴이 될 거야. 그리고 옷 상태도 이게 뭐야! 곰팡내가 풀풀 나잖아."

"그건 상관없어. 빨고 다리기만 하면 되는걸. 일단 한 번만 입어봐봐. 그냥 내 부탁 들어주는 셈 치고. 응? 갈아입는 동안 나는 다른 데 보고 있을게."

릴리안은 프랜시스의 손에 드레스를 떠안기고 뒤로 돌아섰다. 빠져나갈 길이 없다는 걸 깨달은 프랜시스는 미적미적 옷을 벗기 시작했다. 그런데 안에 입은 패티코트의 솔기가 터지기 일보 직전이었다. 릴리안이 이 꼴을 볼까 봐 두려워, 그녀는 황급히 슬리퍼를 걷어차 벗고 치마와 블라우스를 버둥버둥 몸에서 빼내고는, 곰팡내 나는 드레스를 탈탈 털어 벌려서 머리 위로 뒤집어썼다. 하지만 드레스가 비비 꼬여버리는 통에 좁은 소매에 팔을 억지로 집어넣으며 몇 초간 더 몸부림을 쳐야 했다. 간신히 옷을 다 입고 거울을 보니, 얼굴이 벌겋게 달아 올랐고, 머리는 헝클어졌고, 구겨진 드레스 천 위로 쇄골의 윤곽이 뚜렷이 불거져 보였다. 레이스 띠가 둘러진 회록색 드레스는 꼭 셔우드 숲 같은 데서나 입을 법한 느낌이라서, 아버지가 수집해 놓은 고풍스러운 의자들 가운데 하나에 앉아 류트라도 연주해야 할 듯한 분위기였다.*

그런데 릴리안은 고개를 돌려 프랜시스를 보더니, 표정이 환해졌다. "어머, 프랜시스. 진짜 예쁘다! 색깔이 너하고 딱 맞아. 부럽다. 나는 얼굴 근처에 녹색을 대기만 하면 낯빛이 시체처럼 보이는데, 네게는 잘 어울리네. 손질만 약간 하면 되겠어."

릴리안이 가까이 다가오더니 기운차고 야무진 손길로 드레스 자락을 당기면서 모양을 잡았다.

"일단 허리선을 낮춰야겠네. 그러면 옷이 딴판이 될 거야. 네가 얼마나 예쁘고 날씬한지가 잘 드러나겠지. 아아, 나도 너처럼 날씬해질 수만 있다면 뭐든 할 텐데! 그리고 옷 선도 부드러워질 거야. 무슨 뜻인지 알겠어? 네 몸에는 더 느슨한 코르셋을 해야 하거든. 빳빳하게 잡아주거나 신축성이 있는 코르셋은 나 같은 가슴을 가진 여자에게나 맞는 거야. 그리고 실크 스타킹을 신어야 해, 프랜시스. 이 끔찍한 면 스타킹 말고. 네 미끈한 발목을 돋보이게 하고 싶지 않아?"

릴리안은 부끄러워하거나 눈치를 보는 기색도 없이 이야기했다. 자신이 프랜시스의 발목, 엉덩이, 속옷 스타일을 관찰하고 의견을 말하는 것이 지극히 자연스러운 일이라는 듯이. 하기야, 릴리안 같은 여자

* 셔우드 숲은 '로빈 후드' 전설의 배경이 되는 곳이고, 류트는 기타와 비슷한 오래된 악기로, 모두 중세 분위기를 상징하는 요소들이다.

들은 다른 여자를 항상 관찰할 것이다. 상대방의 외모를 눈여겨보고, 판단하고, 감탄하거나 혹평하고, 가슴이나 얼굴빛이나 입술을 부러워하는 것이다….

릴리안이 프랜시스의 치맛단을 끌어 올렸다. "기장도 줄여야 해. 그러면 얼마나 나아지는지 보자."

"나는 줄이기 싫은걸."

"그래도 파티에 가는 건데 한두 단 정도도 못 줄여? 나는 네가 여자들이 짧은 치마 입는 걸 좋아하는 줄 알았는데. 우리가 치맛자락에 걸려서 비틀거리며 돌아다니는 건 싫다며?"*

"하지만…."

"이렇게 가만있어 봐. 내가 핀 가져올게!"

저항할 도리가 없었다. 후닥닥 방을 뛰쳐나간 릴리안은 자기 반짇고리를 가지고 돌아오더니, 프랜시스의 두 팔을 마네킹 부품 치우듯이 들어 올리고서 옷의 치수를 재고 천에 표시를 해나갔다. 드레스에 핀을 하도 많이 꽂아놓아서 프랜시스는 살갗이 찔릴까 봐 겁을 먹은 채 조심조심 옷을 벗었다.

그런데 그게 끝이 아니었다. 프랜시스가 죽어라고 빨아 입어온 낡은 블라우스와 스커트로 갈아입고 나자, 릴리안은 무언가를 계산하는 표정으로 그녀를 훑어보며 자신의 도톰한 입술을 손가락으로 두드렸다. "머리는 어떻게 하지?"

프랜시스는 질겁했다. "머리? 내 머리는 멀쩡하잖아. 안 그래?"

"항상 틀어 올리기만 하잖아. 스타일을 바꿔보고 싶지 않아? 드레

---

* 19세기 말부터 거추장스러운 복식을 벗어나 실용적이고 간편한 옷을 입자는 의복 개혁 운동이 일어났다.

스랑 어울리게끔? 내가 잘라줄게. 웨이브도 넣어줄 수 있어! 너희 어머니를 놀라게 해드리는 거야. 프랜시스, 어때?"

프랜시스는 머리를 자르기도, 웨이브를 넣기도 싫었다. 그녀는 지금 이대로 중간 길이의 갈색 생머리에 만족했다. 필요할 때는 언제든 급수실 개수대에서 다듬을 수 있고, 감는 것도 꾸미는 것도 손쉬운 머리 아닌가. 그리고 어머니를 놀라게 하는 건… 어머니가 어떤 식으로 놀라워할지는 뻔한 일이었다.

그런데 릴리안이 저렇게 흥분하니 프랜시스도 덩달아 흥분되었다. 자기 자신을 릴리안의 손에 맡긴다는 게 어쩐지 유혹적으로 느껴졌다. 옷 치수를 재기 위해 취했던, 고개를 숙이거나 두 팔을 들어 올리는 수동적인 자세 자체도 왠지 유혹적이었다. 그러고 보니 사람들 사이에 쉬쉬하며 떠도는 이야기가 생각났다. 피커딜리의 수상쩍은 업소들에서는 남자 고객들이 여자 무릎 위에 엎드려 자기를 때려달라고 애원한다던데. 지금 자신이 그런 남자들과 비슷하지 않은가.

그렇게 생각하니 도리어 더더욱 흥분되었다. 프랜시스는 미약하게 꿍얼거리기만 하면서 릴리안에게 이끌려 방을 나갔다. 회랑을 지나가다가 계단 밑을 내려다보니 어머니 생각이 났다. 응접실에서 무방비하게 잠들어 있던 어머니의 얼굴이. 하지만 그녀는 끝내 발걸음을 늦추지 않고 릴리안의 부엌까지 들어갔다. 릴리안은 프랜시스가 빠져나갈 수 없게끔 소맷자락을 꽉 붙잡은 채, 한 손으로 어줍게 신문지 한 장을 가져다가 바닥에 펼치고 식탁 앞의 의자를 그 신문지 위에 옮겨놓았다. 그리고 프랜시스를 의자에 앉히고는 가벼우면서도 다부진 손길로 양어깨를 잡아 누르기까지 했다. 릴리안이 그녀에게 몸을 기울이면서 경고하는 투로 말했다.

"자, 나는 이제 도구를 가져올 거야. 도망가기만 해봐, 프랜시스! 여기 가만히 있을 거라고 믿겠어."

방을 나간 릴리안은 잠시 뒤에 수건, 빗, 그리고 가죽으로 된 화장품 케이스를 들고 돌아왔다. 연약하게 제작된, 의사 왕진 가방처럼 생긴 케이스였다. 릴리안은 음모를 꾸미는 분위기로 방문을 닫고는, 프랜시스의 어깨에 수건을 두르고 옷깃 안으로 끼워 넣었다. 그리고 화장품 케이스를 한쪽으로 치워놓으면서 우선 머리부터 감아야 한다고 했다. 모든 과정을 제대로 하고 싶다고, 그러니 달걀 샴푸를 할 거라고.

"네가 무슨 말을 할지는 다 알아! 달걀이 아깝다는 거지? 아니야, 이건 달걀 낭비가 아니라고. 그리고 낭비를 좀 하면 또 어때? 네 몸을 소중히 가꾸자고 하는 건데. 네가 무슨 수녀도 아니잖아?"

릴리안의 말투는 장난스러웠지만 바구니에서 달걀을 꺼내는 태도는 자못 단호했다. 그녀는 조심스럽게 달걀 껍데기를 깨뜨려서 찻잔 받침 위에 기울여 흰자만 따라내더니, 분리한 노른자를 컵에 흘려 넣고 식초를 부어서 저었다. 프랜시스가 머리에서 핀을 빼려고 하자 릴리안은 못 하게 막았다. "미용실에서 여자들이 자기 머리를 스스로 푸는 거 봤어? 아무도 안 그래."

릴리안은 프랜시스 뒤에 서서 머리를 손끝으로 더듬으면서 핀들을 살살 빼냈다. 뒤엉킨 머리채가 느슨해지다가 이내 화르륵 풀어져 내리자, 꽃봉오리가 꽃잎을 펼치듯 머리가 부풀어 올랐다.

그 마법은 달걀 샴푸를 끼었으니 풀렸다. 끈적끈적한 액체가 두피를 누르는 느낌에 진저리가 났다. 이윽고 릴리안은 그녀를 개수대로 데려가서 머리카락을 드리우게 하고는, 교도소의 여자 간수처럼 연거푸 주전자 물을 받아와 머리에 쏟아부었다. 눈이 따끔거리고 귀가 먹먹한 채로 비틀비틀 의자로 돌아와 앉자, 이번에는 헝클어진 머리카락을 빗어 내리느라고 머리를 이리저리 사방으로 잡아당겼다. 마침내 빗질이 끝나자 잠깐 숨을 돌릴 틈이 주어졌다. 릴리안이 화장품 가방을 가져와 열고 있는 것 같았다. 그런데 써걱, 철컥 하고 가윗날이 열렸다 닫히는 소리가 울려 퍼진 순간, 프랜시스는 이제부터 무슨 일이 일어나려는 건지 더럭 실감하고야 말았다. 뒤를 돌아보니 릴리안은 손에 가위를 들고서 태세를 갖추고 있었다. 그녀 역시도 겁이 나는 눈치였다. 그들의 발밑에서 신문지가 바스락거렸다. 입술을 축 늘어뜨린 채 코를 골던 어머니의 얼굴이 또다시 뇌리를 스쳤다. 아직 포치에 비질을 하지 못했다는 것도. 대체 어쩌다가 이렇게 위험한 순간까지 이른 것인가?

릴리안이 프랜시스의 어깨에 한 손을 얹었다. "겁먹은 건 아니지?"

프랜시스는 머뭇거리다 대답했다. "약간."

"하원의원을 생각해."

"그놈의 하원의원 얘기를 너한테 하는 게 아니었는데."

"지난번에 공원에서 마주쳤던 남자를 생각해봐. 그때 네가 얼마나 용감하게 그 남자를 쫓아버렸는데."

"그건 용감한 게 아니야. 그건…." 프랜시스는 고개를 돌려 벽을 마주 보았다. "뭔지 모르겠지만, 아무튼 나는 진짜 용감한 일은 오랫동안 안 하고 살았어."

릴리안의 손은 여전히 그녀의 어깨에 머물러 있었다. "나는 네가 용감하다고 생각해, 프랜시스."

"글쎄, 너는 나를 잘 모르잖아."

"너는 네가 하고 싶은 대로 하고, 다른 사람이 뭐라고 생각하든 개의치 않잖아. 나도 그랬으면 좋겠어. 그리고…." 그녀의 목소리가 살짝 낮아졌다. "네가 그렇게 쾌활하게 지내는 것만도 용감한 일이야. 그렇게나… 많은 걸 잃었는데 말이야."

프랜시스가 잃은 것이야 많았다. 아버지, 형제들, 재산 등. 릴리안이 그중 무엇을 염두에 두고 한 말인지는 모르는 일이었다. 그런데 어쩐지 릴리안이 정말로 의미한 건 상상 속에만 존재하는 프랜시스의 약혼자라는 확신이 들었다.

용감하니 어쩌니 하는 대화를 나누고 나니 프랜시스는 사기꾼이 된 기분이 들었다. 그녀는 아무 대꾸도 하지 않고, 뒤를 돌아보지도 않았다. 릴리안은 눈치껏 어깨를 부드럽게 토닥여주고는 손을 떼어냈다.

그때 차가운 가윗날이 목덜미에 와 닿았다. 선뜩 놀랄 만큼 높은 위치였다. 그리고 커다란 낫을 휘두르는 듯한 소리와 함께 가윗날이 닫히고, 무언가가 스르르 바닥에 떨어졌다. 프랜시스는 몸을 비틀어 그쪽을 내려다보고는 심장이 철렁했다. 길이가 거의 팔뚝만 한 짙은 머리카락 한 타래가 신문지 위에 떨어져 있었다. 그런데 릴리안이 그녀의 머리를 잡고 똑바로 돌리더니 단호히 말했다. "보지 마."

선득한 금속의 촉감이 다시 느껴졌다. 싹뚝, 스르륵… 이젠 돌이킬 수 없다. 머리를 다시 붙일 수도 없는 노릇이다. 오싹한 가위가 그녀의 목덜미를 게걸스럽게 훑고 다니는 동안, 프랜시스는 니스 칠 된 벽만을 쳐다보았다.

머리카락이 계속 잘려 나가자 심경에 무슨 영향을 받은 것인지, 아니면 릴리안에게 반쯤 강제로 끌려온 것 때문에 약간 히스테리 상태라서 그런지는 몰라도, 많은 걸 잃었다던 릴리안의 말이 마음에서 떠나질 않았다. 해명하려면 지금 해야 하지 않겠는가? 지금 당장, 눈을 마주 보지 못하는 틈을 타서? 속이 울렁거렸다. 머리채가 또 한 번 스르르 바닥으로 흘러내린 순간, 프랜시스는 바싹 마른 입을 벌려 조용히 말했다.

"저기, 릴리안. 내가 예전에 오해할 만한 이야기를 했던 것 같아. 너는 내가 약혼했었다고, 연애 같은 걸 했었다고 생각하지? 어떤 남자와 말이야." 프랜시스는 머뭇거리다가 과감히 뱉어내 버렸다. "사실 나는 몇 년 전에 연애 같은 걸 하기는 했어. 하지만… 상대방은 여자였어."

릴리안의 손길이 느려졌다. 그 손길에서 바싱바싱하는 낌새가 전해져왔다. 아마도 농담일 거라고 생각한 듯, 릴리안은 웃음기 띤 목소리로 되물었다. "여자?"

프랜시스는 덤덤히 대답했다. "그래. 여자. 턱없이 순진무구한 애들끼리 나눈 순수한 관계였다거나, 뭐 그런 식으로 말할 수 있다면 좋겠지만, 음, 그런 게 아니었어." 침묵이 흐른 끝에 프랜시스는 덧붙였다. "무슨 뜻인지 알겠니?"

릴리안은 아무 말도 없었다. 다만 가위질이 멈추었다. 잠시 뜸을 들이다가 뒤를 돌아보니, 릴리안은 가위를 옆구리에 내려뜨리고 얼굴이 붉어진 채 서 있었다. 프랜시스의 눈길 앞에서 그녀는 더더욱 붉게 달아올랐다. 맨 위의 단추를 풀어놓은 블라우스 옷깃 위로 드러난 V 자의 피부에서부터, 목덜미, 뺨, 이마까지 단숨에 핏기가 솟구쳐 올랐다.

"모… 몰랐어."

"당연하지. 어떻게 알겠어?"

"나는 남자가 있었는 줄로만 알았어."

"그래, 내 잘못이야. 미안해. 오해를 심어주지 말았어야 했는데. 하지만 이런 건… 그냥 대화하면서 자연스럽게 꺼낼 수 있는 얘기는 아니잖아. 내가 그 일을 창피하게 여긴다는 뜻은 전혀 아니야. 그 친구와 나는, 우리는, 서로 지독하게 사랑했어. 어쨌든 이 이야기는 더 이상 하지 말자."

'사랑'이라는 단어가 나오자 릴리안의 피부색은 더 심하게 빨개졌다. 프랜시스는 벽을 돌아보았다.

"이런 말 꺼내서 미안. 깊이 생각하진 말아줘. 그건 이미 오래전에 끝난 일이고… 어차피 아무것도 아니었어."

아무것도 아니었던 게 아니다. 그 일은 인생 최악의 위기였다. 하지만 자신이 너무 많은 이야기를 무심코 쏟아버렸다는 생각에 욕지기가 났다. 대체 무슨 정신머리인가? 릴리안과의 우정이 주는 따뜻함과 편안함에 현혹당해, 그녀와의 관계가 얼마나 가당치 않은 것인지 잊고 말았다. 릴리안은 결국 유부녀가 아닌가. 맙소사! 남편에게 말하지 않을까? 언니들에게? 수다쟁이 엄마에게도?

속이 점점 더 메스꺼워졌다. 프랜시스는 또 한 번 과감히 어깨 너머를 돌아보았다. 릴리안은 가윗날을 닦고 있었다. 자신이 방금 알게 된 사실을 소화시키려 안간힘을 쓰는 티가 너무나 역력해서, 그 정보가 마치 딱딱한 빵 껍질처럼 식도를 타고 내려가는 게 눈에 보이는 것만 같았다.

릴리안은 프랜시스와 눈을 마주치지 않고 손을 뻗더니, 다시 머리를 자르기 시작했다. 이제 프랜시스는 가위질 소리에 연연하지 않았다. 그보다는 가위가 더 빨리 움직이기를 바랐다. 지금 그들의 자세가 얼마나 친밀한지를 새삼 의식한 탓이었다. 프랜시스는 무슨 포로처럼 의자에 앉혀져 있고, 릴리안은 그녀에게 몸을 기울인 채 목덜미와 귀 바로 옆에서 숨을 쉬고 있었으니.

천만다행하게도 가위질은 몇 분 만에 끝났다. 그런데 가위를 치운 릴리안이 이번에는 옷 주름을 잡을 때 쓰는, 다리미와 비슷하게 생긴 무시무시한 인두를 화장품 케이스에서 꺼냈다. 그녀가 인두를 가스레인지로 가져가는 걸 보고서야 프랜시스는 그게 머리 고데라는 것을 깨달았다. "웨이브는 할 필요 없어. 안 해도 괜찮아. 나는 정말 신경 안

써." 프랜시스가 말했지만, 릴리안은 눈꺼풀을 파르르 떨면서 자기는 약속한 대로 머리를 꼭 말아주고 싶다고 했다. 끝까지 제대로 해주고 싶다고, 얼마 안 걸릴 거라고…. 릴리안은 푸른 가스 불꽃에 고데를 달구고, 시험 삼아 종이를 고데로 말아보고, 손 부채질을 해서 열기를 약간 식혔다. 그러는 내내 아무런 말도 않고, 미소도 띠지 않았다. 이 윽고 프랜시스의 뒤로 돌아온 릴리안은 손끝으로만 머리를 살짝 잡고서 똑바로 고정하더니 단조로운 어조로 말했다. "이제 가만히 앉아 있어."

젖은 머리카락이 고데 집게에 닿자 무섭도록 지지직거리는 소리가 터져 나왔다. 깃털 탄내 같은 시큼한 냄새가 삽시간에 공기 중에 퍼졌다. 두피에 와 닿는 고데의 열기가 엄청나게 뜨거웠다. 장난이 아니었다! 그러나 릴리안은 잠자코 머리카락을 지지기만 했다. 머리 한 타래를 끝까지 고데로 말아 내린 다음 또 한 타래를 집어 들어 말아 내리기를 반복하다가, 뒤로 물러나서 자기 작품을 점검하기도 하고, 가스레인지로 돌아가서 고데를 달궈 오기도 했다. 그동안 프랜시스와 눈을 한 번도 마주치지 않았지만 얼굴의 홍조는 걷힐 줄을 몰랐다. 프랜시스는 땀을 흘리고 괴로워하면서 치과 치료를 받는 것처럼 앉아 있어야 했다.

마침내 고역은 끝이 났다. 릴리안은 빗으로 머리를 매만져 마무리한 다음, 개수대 위의 선반에서 남편이 면도할 때 쓰는 거울을 가져와 프랜시스의 손에 쥐여주었다.

"어때? 마음에 들어?" 릴리안이 나지막이 물었다.

거울을 본 프랜시스는 화들짝 놀랐다. 머리가 너무나 짧아서 보는 순간 가슴이 멎는 것 같았고, 웨이브도 너무나 멋지게 잘 들어가서 지기 얼굴도 몰라볼 지경이었다. 프랜시스는 릴리안을 돌아보고 머리를 기웃했다. "완전히 다른 사람이 된 것 같아."

"너 지금 엄청나게 모던하고 쉬크해 보여."

"쉬크?"

왠지 몰라도 릴리안의 얼굴이 더욱 심하게 빨개졌다. "시크해 보인다고. 네 얼굴의 멋진 골격이 잘 살아나."

듣고 보니 그런 것도 같았다. 일직선으로 떨어지는 머리 끝자락 때문에 턱 선이 강조되어 보였다. 크리스티나도 프랜시스의 이목구비 중에서 턱이 가장 매력적이라고 말하곤 했다. 하지만 프랜시스는 즐겁지가 않았다. 마음이 편하지 않았다. 릴리안은 거울을 치우고 신문지에 떨어진 머리카락을 쓸어 모았다. 한데 쌓인 머리털은 안락의자 속에서 삐져나온 충전재처럼 흉물스럽게 보였다. 프랜시스도 거들어주려고 의자에서 일어났고, 그들은 머리털을 담은 신문지 꾸러미를 쓰레기통에 쑤셔 넣었다.

그런데 일하다가 서로의 손이 맞닿은 순간, 둘 다 움찔 손을 거뒀다. 둘 사이의 모든 것이 어긋나는 것 같았다. 모조리 잘못되어가는 것 같았다. 아까까지 실컷 웃고 떠들던 것도, 유치한 미용실 놀이도, 옷을 몇 벌씩 갈아입던 것도… 다 사라져버렸다. 아니, 사라지기만 한 게 아니라, 프랜시스의 고백 때문에 의심과 비난의 대상이 되어 더럽혀진 것만 같았다. 지금 묵묵히 가위와 빗을 정리하는 릴리안은 흡사 화가 난 듯 보였다. 지금껏 한결같이 상냥하고 스스럼없는 모습만 보여온 그녀인데. 마음이 멀어지려는 걸까? 둘 사이에 있었던 기묘한 사건들을 돌이켜보는 걸까? 터키시 딜라이트, 신사적인 찬사, 음악당에서 릴리안에게 구애하던 남자를 프랜시스가 쫓아버렸던 것…. 프랜시스가 그 남자의 자리를 차지하려고 그랬을 거라고 생각하는 걸까?

그게 정말로 그런 행동이었나?

릴리안이 화장품 케이스를 닫았을 때, 프랜시스는 숨을 들이쉬고 말했다. "릴리안. 내가 아까 한 말은….."

릴리안은 케이스 뚜껑의 걸쇠를 딸깍 잠갔다. "괜찮아."

"정말이야?"

"응."

"아무에게도 말 안 할 거지?"

"그럼."

"그리고 그… 마음에 담아두지 않을 거지? 그러면 정말 싫을 것 같아. 우리가 기껏 친구가 되었는데."

그 말에 릴리안은 생긋 웃더니, 대수롭지 않다는 식으로 가뿐히 손짓을 했다. 레즈비언의 고백을 듣는 것쯤이야 뭐, 하루 걸러 한 번꼴로 겪는 일이라고, 세련된 방식으로 그렇게 표현하는 듯했다. 하지만 그 손짓은 설득력이 없었고, 미소는 입가에만 머무른 채 경직되어 있었다.

둘은 몇 분쯤 불편한 잡담을 나누고 헤어졌다. 자기 침실로 돌아온 프랜시스는 거울에 비친 자신의 모습을 바라보며 낭패감에 빠졌다. 새로운 헤어스타일에 대한 자신감은 전혀 들지 않았고, 오늘 오후에 저지른 잘못이 모조리 그 머리에 들어 있는 것만 같았다. 휑하게 드러난 목에도 자꾸만 손이 갔다.

그래도 어차피 할 일은 해야 하고, 기왕 할 거면 단김에 해치우는 게 낫다. 프랜시스는 용기를 쥐어짜내 아래층으로 내려갔다.

어머니가 아직 잠들어 있을지도 모른다는 생각에 응접실 문을 살그머니 열었지만, 어머니는 깨어 있었다. 책상 앞에 앉아 편지 봉투에 주소를 적고 있던 어머니는 안경 너머로 프랜시스를 보고, 언뜻 눈의 초점이 맞지 않는 듯 멈칫했다. 그러더니 펜을 내려놓고 안경을 벗었다. "어머나, 세상에!"

프랜시스는 애써 웃음을 흘렸다. "그러게요. 릴리안이 억지로 몰아붙이는 바람에."

"바버 부인이 해줬단 말이니? 그런 재능이 있는 줄은 전혀 몰랐구나. 이리 와보렴. 밝은 데서 좀 보자. 어머나, 정말 멋지구나, 프랜시스."

프랜시스는 어머니를 멀뚱히 쳐다보았다. "그래요?"

"아주 세련됐어. 한번 돌아봐. 어쩜, 유행의 첨단이네!"

"저는 어머니가 당연히 싫어하실 줄 알았어요."

"어째서? 네가 예뻐지는 걸 보면 나도 기분이 좋지. 더 자주 이렇게 했으면 좋겠어."

"그게 무슨 말씀이세요?"

어머니는 얼굴을 붉혔다. "내 말은… 너는 집에 있을 때는 용모에 신경을 별로 안 쓰는 편이잖니. 나야 그래도 아무 상관없지. 하지만 집에 방문객이 들 때도 있으니, 그래서 한 말일 뿐이란다. 그런데 이 스타일은… 정말 세련됐구나."

어머니의 말이 허를 찔렀다. 릴리안과 서먹해진 직후에 그런 말을 들으니 터무니없게도 눈물까지 나오려 했다. 프랜시스는 벽난로 앞으로 가서 선반 위의 거울에 자신을 비춰 보며 머리를 쓰다듬고 매만지는 척하며 눈물을 삼켰다. '바보! 바보!' 그녀는 자신을 다그치며 북받치는 감정을 억눌렀다.

응접실 밖으로 나온 프랜시스는 홀에서 잠시 꾸물거렸다. 그러다가 계단을 올라가서는 계단 꼭대기에서 또 머뭇거렸다. 릴리안이 밖으로 나와주지 않을까? 어머니의 반응이 어떠냐고 물어보기 위해서라도?

열린 부엌문 너머에서 인기척이 들려왔다. 그러나 릴리안은 문밖으로 나오지 않았다.

5

그날 하루 동안은 웨이브가 살아 있었다. 하지만 다음 날 아침 일어나보니 정신병원에서 탈출한 사람 같은 꼴이 되어버렸다. 머리의 절반은 베개에 눌려 납작해졌고, 다른 절반은 빗질도 못 할 만큼 부스스하게 헝클어졌다. 어떻게 해야 할지 몰라서 무작정 욕조 물을 받고 머리를 담갔다가 말렸더니, 웨이브가 아예 사라지고 이상한 모양이 되었다.

그 머리를 본 어머니는 열의가 식은 기색이 역력했다.

"바버 부인더러 손질해달라고 하지 그러니? 어제도 바버 부인이 그렇게 멋지게 다듬어주었던 거잖아."

프랜시스는 릴리안을 찾아갔지만, 둘 사이는 여전히 서먹서먹했다. 릴리안은 프랜시스를 침실 거울 앞으로 데려가 그녀의 뒤에서 머리카락을 손끝으로 골라주면서, 머리가 느슨하게 웨이브 지도록 다듬는 법을 알려주었다. 그러나 거울에 비친 그녀의 눈은 계속 다른 데로 슬그머니 미끄러졌고, 몸가짐도 조심스러워서 마치 가시에 찔릴까 봐 조심조심 덤불숲을 헤치는 것 같았다. 프랜시스는 슬퍼졌다. 자신이 그런 고백을 해버림으로써 우정을 망가뜨리고 내버리는 결과를 자초했다는 생각이 들었다. 무엇을 위해서? 정직을 위해. 원칙을 위해. 이미 오래전에 생명을 빼앗긴 사랑을 위해.

며칠이 지나도 그녀의 눈에는 머리가 영 이상하게만 보였다. 그런데 어머니의 친구들과 이웃 사람들은 하나같이 칭찬을 아끼지 않았다. 괜찮기는 한 모양이었다. 바버 씨는 「윗머리만 약간 잘랐지」*라는 노래를 휘파람으로 불면서 집 안을 돌아다녔는데, 프랜시스의 머리에 대한 나름의 찬사인 것 같았다. 한편 크리스티나는 약간 심술이 난 투로 "뭐, 나쁘진 않네. 네 주걱턱이 너무 눈에 띄는 게 아쉽긴 하지만." 이라고 말했고, 프랜시스는 그것 역시 칭찬으로 해석했다. 고기를 배달하러 온 남자아이조차도 생경한 눈으로 그녀를 쳐다보았다. 모두가 프랜시스에게 감탄하는 것 같았다. 오로지 릴리안만 빼고. 점점 빠르게 전진하기만 하던 그들의 우정은 방향이 바뀌며 별안간 후진하는 듯했다. 근 일주일 동안 둘이 만나는 일이라고는 계단이나 회랑에서, 또는 한 명은 현관문으로 나가고 한 명은 홀을 지나가는 상황에서, 집 주인과 세입자의 관계로서만 마주치는 게 고작이었다. 프랜시스가 읽는 『안나 카레니나』에서는 키티가 임신을 하고 안나와 브론스키는 비참해지면서 재앙이 닥쳐오고 있었지만, 독서 토론은 중단되었다. 공원 산책도, 뒷문 계단에서 담배를 피우며 노닥거리는 일도 없어졌고, 네타의 파티에 대한 언급도 다시 나오지 않았다.

부부 싸움도 없어졌다는 것을 눈치챌 수 있었다. 오히려 금슬이 좋아진 것 같았다. 어느 날 밤 바버 부부는 위스머스 씨와 그의 약혼녀와

* 「A Little Bit Off The Top」은 당시 유행하던 뮤직홀 음악.

함께 외출하더니, 자정 하고도 삼십 분이 지나서야 귀가해 살금살금 계단을 올라왔다. 어딘가 왁자지껄하고 붐비는 곳에서 음악과 술과 웃음을 즐기다 온 분위기였다. 적어도 어둠 속에서 그들의 기척을 듣는 프랜시스에게는 그렇게 느껴졌다. 또 어느 날 밤에는 축음기를 크게 틀어놓았고, 이후에 프랜시스가 자기 방으로 올라갈 때 보니 열린 거실 문 너머로 바버 부부가 핑크색 플러시 안락의자에 같이 끼어 앉은 모습이 언뜻 보였다. 바버 씨는 무슨 인형인지 꼭두각시 같은 장난감을 들고서 무릎 위에서 껑충껑충 놀리고 있었고, 릴리안은 넋을 잃고 그 광경을 지켜보면서 스타킹을 신지 않은 맨발로 그의 바짓단 속을 훑고 있었다. 남편 양말에 있는 다이아몬드 무늬를 발끝으로 멍하니 따라 그리고 있는 것 같았다. 그 장면은 프랜시스에게 기이한 영향을 끼쳤다. 불현듯 외로워졌다. 그 어느 때보다도 외로웠다. 자기 침실로 살금살금 들어간 프랜시스는 촛불도 켜지 않은 채 옷을 벗고 침대에 웅크려 누워, 고통의 소용돌이에서 허우적거렸다. 자신이 살아봤자 뭐하나 싶었다. 심장이 바싹 말라비틀어진 것 같았다. 말린 자두처럼, 화석처럼, 석탄이 다 타고 남은 단단한 덩어리처럼. 입 속이 재로 가득 차버린 것이나 마찬가지였다. 너무나 절망적이고 허망했다.

다음 날 아침, 프랜시스는 화장실에 갔다가 자신에게 '친구'가 찾아왔다는 걸 깨달았다. 차라리 배신자라고 해야 할 존재가 왜 친구라는 시쳇말로 불리는지는 모르겠지만, 어쨌든 네모난 화장지에 묻어 나온 빨간 피 얼룩을 보니 괴이쩍게도 기분이 나아졌다. 원래 월경 전후에는 약간 제정신이 아니게 되는 법이다. 이 시기에는 자기감정을 다스릴 수가 없는 것이다. 프랜시스는 신경통 때문에 아프다고 어머니에게 말해두고 종일 침대에서 뜨거운 물을 마시며 뭉갰다.

목덜미에 산뜻하게 와 닿는 단발머리를 느끼며 베개에 기대어 앉아 있으려니, 방문 밖에서 바버 부부가 오락가락하는 걸 알 수 있었다. 드문드문 릴리안의 목소리가 들렸다. 릴리안을 직접 마주하지 않고 목소리만 들으니, 인위적으로 만들어진 교양 있는 말씨가 유난히 두드러졌고, 웃음소리도 어딘지 귀에 거슬렸다. 도대체 어쩌다가 릴리안과 친해졌던 것일까 다시금 의문이 들었다. 그저 단조로운 나날에 질려서, 권태로워서였을까? 그녀와 함께했던 시간을 돌이켜보았다. 공원 산책, 터키시 딜라이트. 이제 와 생각하면 너무나 궁색하고 시시하게 느껴졌다. 방 저편의 옷장을 보니 릴리안에게 옷들을 보여주었던 기억도 떠올랐다. "이게 네가 입어야 할 옷이야."라느니, "이 끔찍한 면 스타킹은 안 돼!"라느니. 그때 릴리안이 좀 우쭐거리지 않았던가? 프랜시스를 대하는 태도에서 우월감이 배어나지 않나? 프랜시스의 삶에는 활기가 부족하며, 자신이 바로 그 활기를 불어넣어줄 사람이라는 식의 자만심에 취해 있지 않나?

그러나 프랜시스의 삶에는 이미 다른 누군가가 활력을 불어넣어준 적이 있었다. 그것도 지나칠 만큼 개방적인 방식으로. 릴리안은 그 사실을 알고서 심사가 뒤틀린 것이다.

뭐, 자업자득이지! 프랜시스는 사과하지 않으리라고 마음먹었다. 그리고 결혼하지 않길 잘했다고 생각했다. 폐컴 라이의 시댁에 마음이 묶인 주부보다야 노처녀로 사는 편이 낫다! 프랜시스는 새로운 결심을 잔뜩 품고서 침대에서 벌떡 일어나, 그 길로 어머니에게 달려갔다. "우리는 바깥 활동을 더 해야 해요. 색다른 것들을 시도해봐요. 재밌게 살자고요." 프랜시스는 깜짝 놀란 어머니에게 그렇게 말하고는, 각종 행사와 사교 활동의 목록을 작성했다. 콘서트, 소풍, 모임 등등. 충동적으로 주소록을 뒤져 옛 친구들에게 편지도 썼다. 도서관에 가서 관심 없던 작가의 책을 빌리기도 하고, 에스페란토어를 공부하기

도 했다. 그녀는 바닥에 광을 내고 비질을 하면서 에스페란토 어구를
외웠다.

La fajro brulas malbone. (불이 잘 타지 않는다.)

Ĉu vi min komprenas? (저를 이해하시나요?)

Nenie oni povis trovi mian hundon. (그들은 내 개를 어디서도 찾을 수 없
었다.)

"너 안색이 아주 활짝 폈구나, 프랜시스."

그달 중순의 어느 날, 어머니의 친구인 플레이페어 부인이 집에 방
문했을 때 말했다.

"가끔씩 시무룩해 보였는데, 이젠 그런 기색이 완전히 가셨어. 참
보기 좋네. 그나저나, 조만간 어머니 모시고 우리 집에 저녁 먹으러
오렴. 내가 라디오를 마련했거든. 소식 이미 들었니? 다 같이 모여서
라디오를 듣는 거야. 어때? 가까운 날로 잡아보자꾸나. 다음 주 목요
일 저녁으로 할까?"

프랜시스는 마다할 이유가 없었다. 플레이페어 부인하고는 평생 알
고 지낸 사이였다. 그녀의 남편은 프랜시스 아버지의 회사에서 고위
중개인 직책을 지냈고, 그 집안 딸들은 프랜시스와 같은 학교에 다녔
으며, 지금은 어머니와 플레이페어 부인이 함께 작은 자선단체의 위
원회에서 활동하고 있었다. 그녀는 전형적인 에드워드 시대* 여성으
로서 모임을 꾸리는 데에 열심이었다. 플레이페어 부인과 함께 만찬
회에 참석하면 좀 피곤하기는 하지만, 일상에 변화를 가져올 수는 있

* 1901년부터 1910년까지 에드워드 7세 통치기.

을 것이다. 프랜시스가 원하는 건 바로 변화였다. 그리하여 목요일 저녁, 프랜시스는 진흙탕 색깔 드레스를 차려입고 공들여 빗질하여 머리를 단장하고서 어머니와 함께 집을 나섰다. 챔피언 힐 꼭대기에서부터 플레이페어 부인의 웅장한 1870년대 저택인 브레이마까지는 얼마 걸리지 않았다.

부인이 응접실에서 프랜시스를 맞이했다. "어쩜, 곱기도 해라! 그래, 이렇게 외출할 기회가 있으면 너도 좋아할 줄 알았지. 여기 밝은 창가로 와서 앉으렴. 크라우더 씨 옆에. 젊은 사람들은 햇빛을 얼마든지 쬐어도 괜찮잖니. 나는 도무지 못 견디겠던데!"

크라우더 씨는 오늘 만찬의 또 다른 손님인 모양이었다. 그와 악수를 하면서 생각해보니 어머니가 크라우더 씨에 대해 언급했던 게 기억났다. 플레이페어 부인의 아들인 에릭과 같은 대대 소속이었거나, 아니면 에릭의 임종을 지켰다던가, 아무튼 그런 관계인 사람이라는데, 플레이페어 부인이 최근에야 행방을 찾아냈다고 했다. 부인은 메소포타미아에서 죽은 에릭의 마지막 행적을 세세히 되짚는 일에도 이만저만 열심이 아니었다. 그녀는 사제와 간호사, 의사, 대령 등과 서신을 주고받았고, 에릭의 무덤과 그가 사망한 장소를 찍은 사진을 갖고 있었으며, 관련된 책이며 지도며 설계도 같은 것도 수집했다. 눈을 감으면 바그다드의 골목골목을 캠버웰만큼이나 선명하게 상상해낼 수 있다고 자랑하기도 했다.

크라우더 씨는 자신이 왜 이 자리에 불려 왔는지 알고 있는 걸까. 그는 검은 머리에 콧수염을 단정하게 기른, 스물아홉에서 서른쯤 되어 보이는 번듯한 외모를 지닌 남자였다.

"플레이페어 부인과 오래 알고 지내셨나요?"

프랜시스와 마주 앉아 셰리를 마시면서 그가 물었다. 프랜시스는 두 집안이 어떻게 인연을 맺어왔는지 설명했다.

"저는 학생 시절에 이 댁에 자주 왔었어요. 케이트와 델리아가 아직 집에 있었을 때요. 지금은 둘 다 결혼해서 멀리 떨어져 살아요. 델리아는 실론에 있고요."

크라우더 씨가 고개를 끄덕였다. "저도 실론으로 가서 살아볼까 생각 중입니다. 아니면 남아프리카로요. 거기에 사촌이 있거든요."

"그래요? 어떤 일을 하실 생각인데요?"

"글쎄요, 행정직을 맡을 수 있다면 좋겠죠. 기술자로 일할 수도 있겠고요. 잘 모르겠군요."

"말씀하시는 걸 들으니 퍽 다재다능하신 분인가 봐요."

크라우더 씨는 그 화제를 피하고 싶은 듯 빙긋 웃기만 했다.

저녁 식사가 준비되었음을 알리는 징 소리가 울려 퍼지자 그들은 식당으로 자리를 옮겼다. 거기에도 저녁 햇살이 잘 들었고, 플레이페어 부인은 또다시 빛이 가장 밝게 드는 자리에 프랜시스와 크라우더 씨를 나란히 앉혔다. 덕분에 프랜시스는 식사를 하는 내내 눈을 게슴츠레 떠야만 했다. 그래도 다른 사람이 만들어준 네 코스짜리 요리를 먹는 즐거움은 각별했다. 투자에서 손해를 보지 않았던 플레이페어 부인은 전쟁 통에도 하인들을 잃지 않았고, 지금까지 요리사 한 명, 식사 시중드는 패티라는 하녀 한 명, 허드렛일을 하는 청소부 한 명을 두고 있었다. 프랜시스는 버터가 녹아든 닭 가슴살을 썰면서 햇빛 속에 드러난 자기 손의 험한 상태를 의식하지 않을 수 없었다. 크라우더 씨는 그녀의 손을 한번 보더니 예의 바르게 눈길을 돌렸다.

좌중의 대화가 불가피하게 에릭에 관한 화제로 흘러갔을 때에도 크라우더 씨는 어디까지나 예의를 지켰다. 그는 경직되었지만 친절한 태도로 메소포타미아에서 에릭과 함께했던 나날을 이야기해주었다.

더위, 모래, 행군, 예기치 못한 소규모 접전에서 에릭과 그가 부상당했던 당시의 분주하고 혼란스러웠던 상황에 대해. 플레이페어 부인은 그 이야기를 들으며 흡족하게 고개를 끄덕였다. 마치 새로운 트로피 같은 것을 손에 넣은 수집가가 그 물건을 진열장의 어느 자리에 놓을지 벌써부터 감을 잡은 듯한 표정이었다. 식사가 끝난 뒤에는 모두가 응접실로 돌아가서 라디오를 구경하며 감탄했는데, 그때도 크라우더 씨는 라디오의 스위치를 조작하는 것을 성의껏 도와주었다. 프랜시스는 라디오가 과연 제대로 작동할지 미심쩍었다. 수신기를 귀에 대고 있으려니 좀 바보스러운 느낌이 들었다. 수신기 너머에서 죽어가는 사람의 목에서 나는 가래 끓는 소리 같은 것만 몇 분쯤 이어지자 다들 김이 새는 분위기였다. 하지만 치직거리고 쉭쉭거리는 소음은 마침내 사람의 음성으로 변했다. 그 음성이 셰익스피어 작품의 구절을 읊고 있다는 걸 알아차린 순간, 그렇다, 확실히 짜릿하고 으스스한 흥분이 엄습했다. 아득히 멀리 떨어진 곳에서 말하는 사람의 음성이 텅 빈 허공을 거쳐 여기 사람들의 귓가에까지 전해지다니, 무슨 신의 속삭임이라도 듣는 것 같았다. 그런데 무엇보다도 으스스했던 건 정작 수신기를 떼어냈을 때였다. 그 순간에도 그 음성은 계속되고 있고, 프랜시스가 듣거나 말거나 한결같이 열정적으로 낭독을 하고 있으리라는 사실이 기묘하게 느껴졌다.

패티가 커피를 내왔고, 이후에 그들은 정원으로 자리를 옮겼다. 하짓날이 불과 어제였기에 날이 아직까지도 환상적으로 밝고 훈훈했다. 프랜시스의 어머니와 플레이페어 부인은 테라스의 등나무 의자에 앉았고, 프랜시스와 크라우더 씨가 정원을 거니는 동안 플레이페어 부인의 샴고양이 코코와 냠냠이 뒤따라왔다. 그들이 석조 벤치에 자리를 잡고 앉자 암컷인 냠냠이 크라우더 씨의 무릎 위에 뛰어올랐다.

그가 쓰다듬고 간질여주니 녀석은 엔진처럼 가르랑가르랑거렸다.

그들은 테라스에 있는 부인들이 훤히 볼 수 있는 곳에 있었지만, 대화가 들리지는 않을 만큼 멀찍이 떨어져 있었다. 프랜시스는 한껏 기분이 좋아진 고양이의 얼굴을 긁어주는 크라우더 씨의 손을 바라보며 입을 열었다.

"크라우더 씨, 오늘 저녁 대접을 받은 답례를 하느라고 너무 애쓰신 것 같아요. 라디오를 켜주신 일뿐만이 아니라요. 오늘 자리가 당신에게는 그다지 재미가 없었을 거예요."

그는 눈을 들지 않고 대답했다. "아, 저는 불만 없습니다. 다른 숙녀분들은 제가 수에즈 동쪽 이외의 어딘가로 갔다는 이야기를 하면 흥미를 잃어버리니까요. 최전선에서 벌어지는 낭만적인 무용담 같은 걸 듣고 싶어 하는 경우가 대부분이죠."

"그 시절 이야기를 하는 걸 개의치 않으시는 건가요?"

"네, 괜찮습니다. 물론 당시에는 지옥이었죠. 정말이지 끔찍한 지옥이었어요. 그런데 이상하게도 저는 가끔 그 시절이 그립습니다. 그때는 해야 할 일이 있었고, 그 일을 해냈으니까요. 그런 것이 얼마나 중요한지를 이제는 알겠어요. 모든 게 끝난 지금 여기에 돌아오니… 제게 남은 것이 별로 없더군요. 친구들은 대부분 죽었고, 저 같은 남자들을 위한 일자리도 없고요. 일전에는 저희 소위님을 우연히 마주쳤는데 빅토리아 역에서 구두를 닦고 있지 뭡니까! 다른 동료들은 여기저기 떠돌면서 이 일 하다, 저 일 하다 그러고 있어요. 다들 한군데에서 진득하게 버텨낼 힘이 없는 거죠. 저만 해도 반쯤 멍하니 지냅니다. 실론, 남아프리카… 저는 결국 그 어느 곳도 못 갈 겁니다. 혹여 가게 되더라도 여기서와 마찬가지로 그저 하루하루 시간을 흘려보내겠죠. 솔직히 말씀드리자면 저는 평범한 노동자 계층 남자들이 부럽습니다. 그네들도 일자리가 없기는 마찬가지지만, 적어도 볼셰비즘에 의지할 순 있잖습니까."

내내 고양이를 쓰다듬으며 이야기하는 크라우더 씨를 보며 프랜시스는 아연해졌다. 그의 태도에서는 아무런 원망도, 그 어떤 열정도 묻어나지 않았다. 프랜시스는 잠시 뜸을 들이다가 나지막이 말했다.

"저도 전쟁이 그리워요. 크라우더 씨, 이 사실을 인정한다는 게 제게 얼마나 힘겨운 일인지 모르실 거예요. 하지만 그 감정에 굴복할 순 없잖아요. 그러면 우리는 유령처럼 서서히 사라져버릴 테니까요. 삶에 대한 기대치를 바꿔야 해요. 거창한 것은 더 이상 중요하지 않아요. 우리 세대를 숱하게 죽였던, 대문자로 표기되는 원대한 개념들 말예요. 그 대신 작은 것들의 가치가 어느 때보다도 소중해진 것 같아요. 그렇지 않나요?"

크라우더 씨가 미소를 지었다. "작은 것들이요? 이 조그만 짐승 같은 것 말인가요?"

"평범한 것들 말예요. 평범한 일을 잘 해내는 거요. 땅을 갈고 돌보고, 집을 청소하고."

"집을 청소한다고요."

크라우더 씨는 여전히 웃음을 띤 채 말했다. 그 어조만 들어서는 프랜시스의 말을 마음에 들어 하는 것인지 아니면 비웃는 것인지 알 수가 없었다. 아니, 애초에 프랜시스 자신도 그 생각이 마음에 드는지 어떤지 헷갈렸다. 불현듯 죄다 허튼소리였던 것처럼 느껴졌다. 크라우더 씨가 고양이를 쓰다듬는 모습도 신경에 거슬렸다. 가만히 있질 못하고 끊임없이 움직이는 손가락만 제외하면 그에게는 아무런 생기도 없는 것 같았다. 어쩌면 크라우더 씨 역시 프랜시스와 같은 목적으로 플레이페어 부인의 만찬에 온 것이 아닐까. 단순히 저녁 시간을 죽일 방편으로, 달력에 또 하루를 빗금 치기 위해. 공짜 저녁을 먹을 수 있다는 점에도 구미가 당겼는지도 모른다.

그 생각에 환멸감이 밀어닥쳤다. 프랜시스는 그에게서 퍼뜩 고개를 돌렸다. 그런데 테라스에서 플레이페어 부인과 어머니가 그녀를 지켜보는 게 눈에 들어왔다. 아니, 그들은 프랜시스만이 아니라 크라우더 씨도 보고 있었던 것 같았다. 어스름한 정원에서 단둘이 조용히 앉아 있는 것에 무언가 특별한 의미가 있다는 듯, 둘 사이가 얼마나 '잘되어가는지' 가늠하려는 듯 엉큼한 흥미가 엿보이는 눈초리였다.

그러고 보면 뻔한 일이었다. 너무나 뻔해서 프랜시스는 더더욱 역정이 치밀었다. 짜증에 못 이겨 한숨을 내뱉자, 그 소리를 들은 크라우더 씨가 눈을 들더니 테라스 쪽을 흘끔 넘겨다보았다.

"아, 그렇죠. 제가 오늘 만찬에서 여러 가지 방식으로 답례를 해야 할 상황이었던 것 같습니다. 레이 양, 제 답례가 당신에게 부족하지 않았기를 바랄 뿐입니다."

프랜시스는 딱딱한 목소리로 말했다. "전혀요. 그런 생각 마세요."

"좀 더 어른들의 장단에 맞춰보는 건 어떠십니까? 정원을 한 바퀴 돌거나…."

"아뇨. 전 됐어요."

크라우더 씨가 그녀의 얼굴을 올려다보더니, 마침내 미소가 흐려졌다. "기분이 상하신 것 같습니다."

"그런 게 아니라… 아, 설명 못 하겠어요."

그는 그럭저럭 친절한 태도로 프랜시스가 말을 잇기를 기다려주었지만, 오래 기다리지는 않고 다시 고양이를 쓰다듬었다. 둘은 몇 분 동안 그렇게 말없이 앉아 있었다. 고양이가 갑자기 지루해졌는지 그의 무릎 위에서 원숭이처럼 폴짝 뛰어내려 나방을 쫓아갔다.

프랜시스는 일어섰다. "이제 다른 분들과 합류할까요?"

다 함께 집 안으로 들어간 뒤, 프랜시스는 말을 별로 하지 않으면서 사람들에게 마주 웃어주려 최선을 다했다. 하지만 그래 봤자 소용없었다. 그녀가 품었던 결심들은 나무껍질처럼 벗겨져 나갔고, 프랜시스는 꾸준히 그리고 걷잡을 수 없이 실의에 빠져들어가는 느낌이었다. 나사못이 박혀 들어가듯이 꾸준히, 걷잡을 수 없이. 그러는 동안 패티가 여러 가지 술을 쟁반에 받쳐 가져왔고, 브리지 게임*을 하자는 제안이 나왔다.

"에밀리, 당신이 제 파트너를 해요." 플레이페어 부인이 프랜시스의 어머니에게 특유의 고압적인 투로 말했다. "우리가 힘을 합쳐서 젊은 이들과 겨뤄보자고요."

프랜시스가 입을 열었다. "죄송하지만 저는 게임을 하기 힘들겠어요. 두통이 좀 있네요. 식사 때 햇빛을 너무 많이 쬐어서 그런가 봐요."

"저런, 안됐구나!"

부인들은 실망스러워했다. 어차피 브리지 게임은 세 명이서 할 수 없으니, 그들은 축음기를 열고 옛날 왈츠곡을 두어 곡 들은 다음 그날의 뉴스에 대해 이야기했다. 독일에 대한 차관 원조, 사교계의 이혼 소식…. 그러나 프랜시스의 쌀쌀한 분위기 때문에 소박한 파티의 흥은 삽시간에 가라앉았다. 막판에는 크라우더 씨의 무릎 위로 소란스럽게 돌아와 그의 손에 머리를 비벼댄 냠냠이에게 모두가 고마워하게 되었다. 그 덕분에 적어도 무언가 볼거리가 생겼으니.

아홉 시 사십 분에 패티가 손님들의 모자를 가져다주었다. 크라우더 씨는 시종일관 친절하게도, 지척에 있는 프랜시스의 집까지 모녀

---

* 2대 2로 나누어서 하는 카드놀이.

를 데려다주었다.

묵묵히 집 안으로 들어가니 불이 꺼져 있는 어둑한 홀이 그들을 맞이했다. 모든 게 어두침침하고 조그맣고 비좁아 보였다. 플레이페어 부인 댁에 다녀오고 나면 종종 이럴 때가 있었다. 계단은 한 번도 광을 낸 적이 없는 것 같았고, 바닥은 한 번도 닦지 않은 것 같았다. 바로 오늘 아침에 프랜시스가 무릎을 꿇고 돌아다니며 굽도리 몰딩까지 세제로 싹 닦았는데도.

프랜시스는 모자를 벗고, 까치발로 서서 가스등에 성냥불을 붙였다. 홀에 머물러 있던 어머니가 물었다.

"머리는 좀 어떠니?"

"심하진 않아요."

"아스피린이라도 먹을래?"

"아니에요. 곧장 자야겠어요."

"그러겠니? 그러면 불을 켤 필요는 없을 텐데."

"이따가 바버 부부에게 필요할 테니까요. 오늘도 외출한 것 같네요."

"아, 그래. 그렇겠구나… 정말 지금 바로 올라갈 거니? 잠시 나하고 앉아서 이야기 좀 하지 않으련? 크라우더 씨와 네가 무슨 이야기를 나눴는지 궁금해서 말이다."

"말씀드릴 것이라곤 아무것도 없어요, 어머니."

"왜, 대화에 깊이 열중하는 것 같던데. 뭐가 있긴 있었을 거 아니니."

"아무것도 없었다니까요!"

어머니가 혀를 쯧쯧 찼다. "거 참, 너 오늘따라 이상하게 괴팍스럽구나. 왜 그러는지 통 모르겠네."

프랜시스는 성냥갑을 치웠다. "모르신다고요?"

모녀는 서로를 마주 보았다. 천천히 가스 불 타는 소리만이 둘 사이에 흐를 뿐이었다. 어머니의 표정이 딱딱하게 굳어졌다.

"이만 들어가보렴. 내일 아침에는 두통이 나았으면 좋겠구나."

"고맙습니다."

프랜시스는 몸을 돌렸다. 그녀가 스토브를 정리하고 우유 통을 가지고 나갔다가 돌아왔을 땐, 어머니가 침실로 들어가 문을 닫아놓은 뒤였다.

위층으로 올라가려니 계단이 꼴도 보기 싫어졌다. 계단 모퉁이에서 커튼을 여미면서는 그걸 커튼 고리에서 확 잡아 뜯어버리고 싶은 충동이 치솟았다. 이제는 진짜로 두통이 일었다. 적어도 두통이 척추 꼭대기의 근육에서부터 팽팽하게 뭉치며 솟아오르는 것이 느껴졌다.

마지막 몇 계단을 마저 올라가다 보니 바버 부부의 거실에서 새어나오는 빛이 보였다. 마룻바닥을 쿵쿵거리는 발소리도 들렸다. 부부가 집에 있었던 것이다. 더더욱 역정이 치민 프랜시스는 늦추었던 발길을 재빨리 옮겼지만, 이미 늦었다. 발을 내디딘 순간 바버 씨가 어둑한 회랑에 나타나고야 말았다.

그는 부드러운 칼라가 달린 셔츠 차림이었고, 슬리퍼도 신지 않고 재킷도 걸치지 않은 채로 빈 컵 두 개를 손에 들고 있었다. "레이 양! 오늘은 늦게 오시는 줄 알았는데요. 무슨 문제라도 있었나요?"

혹시 아까 어머니와 나눈 대화를 그가 들었을까? 프랜시스는 자신이 앵돌아져 잠에 들려던 참이라는 걸 들키기 싫어서, 억지로 미소를 지으며 말했다. "아네요. 괜찮아요. 저희는 이웃집 만찬에 다녀오는 길이에요."

"이렇게 일찍 오실 줄 진작 알았으면 레이 양과 어머님께 같이 한잔하시자고 부탁드렸을 텐데요. 저희는 축하 파티를 하던 참이거든요."

"어머, 그래요?"

"자랑하고 싶지는 않지만… 제가 직장에서 승진했답니다. 다 덕분이지요."

바버 씨가 콧수염을 매만지며 겸손을 떠는 시늉을 해 보였다. 그러고 보니 그가 들고 있는 유리컵의 표면에 흰 레이스 띠 같은 거품이 묻었고 밑바닥에는 맥주가 약간 남아 있었다. 바버 씨의 얼굴색이 불쾌한 것도 눈에 띄었다.

"축하해요. 잘됐네요."

프랜시스는 여전히 미소를 띤 채로 그를 지나가려 했다. 그런데 바버 씨가 손을 내밀었다.

"아, 잠시만요. 지금이라도 저희 방에 들어오시지 않겠습니까? 그리 늦은 시간도 아닌데요. 주무시기 전에 딱 한 잔만 하면 좋잖아요? 릴리도 좋아할 겁니다. 그렇지, 릴?"

바버 씨가 양말만 신은 발을 잽싸게 놀려서 거실 문간으로 다가가 말했다. 그가 들여다보는 방 안의 모습은 열린 문짝에 가려져서 보이지 않았다.

"레이 양이 저녁 약속이 일찍 파해서 지금 오셨대. 같이 마시자고 말씀드렸어."

대답은 들리지 않았지만 소파가 삐걱거리는 소리가 들렸다. 상황이 이렇게 되어버리니 빠져나갈 구실을 찾을 수가 없었다. 바버 씨가 들어오라며 손짓했고, 프랜시스는 하릴없이 방으로 따라 들어갔다.

방 안을 홀로 밝힌 램프의 호박색 불빛 속에 릴리안이 앉아 있었다. 자리에서 일어날지 말지 망설이는 눈치였다. 남편과 마찬가지로 양말 바람이었고 혈색이 붉었으며, 그녀 주변에는 온통 찌부러진 쿠션들이 어수선하게 흩어져 있었다. 그중 한 쿠션 위에는 지난번에 부부가 가지고 놀던 인형이 놓여 있었다. 이제 제대로 보니 그건 심술궂은 표정을 짓고 있는, 남색 코르덴 옷을 입고 하얀 선원 모자를 쓴 인형이었는데, 솜이 채워진 팔다리가 움직일 수 있게끔 느슨하게 연결되어 있었다.

그걸 보니 또다시 더럭 외로움이 몰려왔다.

릴리안이 자리에서 일어나 어색하게 말했다. "안녕, 프랜시스. 렌이 승진했다니 정말 잘됐지?"

"그러게 말야! 무지 기쁘겠다." 프랜시스는 짐짓 살갑게 대답하는 자신의 말소리가 마치 남의 목소리처럼 들려왔다.

바버 씨는 가슴을 부풀리며 우쭐거리는 체했다. "오늘 아침에 상사가 사무실로 부르길래 저는 한바탕 야단을 치려는 줄 알았죠! 그런데 그 양반이 나를 앉히고는 여송연을 한 대 주더니, '바버, 내 이야기 잘 듣게. 자네처럼 유능한 사원은⋯.'"

"허풍 떨지 마." 릴리안이 핀잔을 놓았다.

"정말 딱 그렇게 말했다니까! '바버 이 사람아, 이제부터 잘 듣게. 자네처럼 잘난 친구는 일 년에 205파운드밖에 못 버는 자리에 박혀 있으면 안 돼. 곧 에링턴 씨가 퇴직할 텐데, 자네가 그의 자리를 물려받는 게 어떤가? 그러면 10파운드를 더 받게 될 걸세. 그리고 우리가 자네를 얼마나 높이 사는지 보여주기 위해 5파운드를 더 얹어줌세. 그러면 대략 220파운드가 되지!"

프랜시스는 계속 미소를 짓기가 고통스러워졌다. 220파운드라니! 바로 오늘 아침, 아버지가 잘못 투자한 주식의 배당금 내역서가 날아온 참이었다. 고작 45파운드였다. 작년에는 60파운드였는데.

"정말 잘됐어요! 축하 파티를 할 만하네요." 프랜시스는 재차 말했다. "하지만, 저는 여러분께 방해를⋯."

"아니, 그런 말씀 마십시오. 우리는 모두 친구 아닌가요?" 바버 씨는 진심으로 서운한 기색이었다.

"물론 그렇지만…."

"그리고 아직 훤한 대낮이잖습니까! 열 시도 안 됐다고요! 물론 저 선반 위의 시계는 열 시 십오 분을 가리키고 있지만, 저 시계는 릴리와 닮아서 말입니다, 좀 빠르거든요."

릴리안이 남편을 한 대 치려고 손을 뻗자, 그는 킬킬거리면서 몸을 피했다. 프랜시스는 그를 비키려다가 방의 더 안쪽으로 들어간 꼴이 되었다.

"구태여 그러실 필요 없어요."

다시금 사양해보긴 했지만 이제는 진이 빠졌다. 가뜩이나 기분이 엉망진창이라서 기운이 쭉 빠진 상태였다. 바버 씨가 더 이상의 항의는 용납하지 않겠다는 식으로 되물었다.

"뭘 드시겠습니까? 흑맥주? 셰리? 진과 레모네이드?"

프랜시스는 잠시 더 버텨보다가 결국은 체념했다.

"그럼 진과 레모네이드로요. 조금만 주세요, 바버 씨."

"릴리, 당신은? 이번에도 흑맥주로?"

바버 씨가 문 쪽으로 걸음을 옮기며 물었다. 릴리안은 다시 손을 휘둘렀지만, 바버 씨는 피해버렸고 그녀의 얼굴만 더욱 빨갛게 달아올랐다.

"프랜시스와 같은 걸로 할래." 부엌으로 향하는 바버 씨의 뒤에 대고 릴리안이 소리쳤다.

바버 씨가 방을 나가자 활력도 같이 빠져나갔다. 그가 없으니 릴리안과 프랜시스는 서로 모르는 사이인 것처럼 우두커니 서 있기만 했다. 그러다가 릴리안은 너저분한 소파로 돌아가서 앉았고, 프랜시스는 안락의자의 끄트머리에 전혀 안락하지 못하게 걸터앉았다. 부엌에서 술병의 마개를 따고 유리잔을 부딪치는 소리가 들려왔다.

"엄청 오랜만에 보는 것 같아." 릴리안이 마침내 말했다.

"우린 매일같이 보잖아."

"내 말 무슨 뜻인지 알잖아. 잘 지내?"

"아, 그럼. 최고야. 너는? 요샌 뭐 하고 지내? 『안나 카레니나』는 다 읽긴 했니?"

릴리안이 눈을 내려뜨렸다. "읽지 말걸 그랬어. 그 책 때문에 너무 슬퍼졌어."

릴리안은 인형을 무릎 위로 가져다 놓고 코르덴 바지를 손으로 깔짝거렸다. 그런데 벽난로 선반 위의 무언가가 프랜시스의 눈에 띄었다. 터키시 딜라이트 상자였다. 그 양옆에는 스페인산 부채와, 웬 불상 하나가 놓여 있었다.

그것에 대해 물어볼 새도 없이 바버 씨가 커다란 술잔 세 개를 들고 돌아왔다. 한 잔에는 짙은 빛깔의 맥주가 담겼고, 다른 두 잔에는 레모네이드를 섞은 진을 한가득 넘치도록 따라놓아서 그의 손가락으로 흘러내리고 있었다. 그는 발로 문을 밀어 닫고, 다가와서 술잔을 나눠주었다. 프랜시스는 술이 묻을까 봐 조심조심 잔을 받아 쥐었다. 릴리안에게 잔을 마저 건네준 바버 씨는 자기 손마디에 묻은 술을 핥아 먹었다.

"오, 무슨 수작인지 뻔히 알겠군." 그가 힐난조로 내뱉었다.

프랜시스는 순간 자신에게 한 말인 줄 알았다. 하지만 바버 씨는 인형에게 말을 걸고 있을 뿐이었다.

"이 세일러 샘이라는 녀석이 릴에게 눈독을 들인단 말입니다. 제가 등을 돌리기만 하면 어떻게든 기를 써서 그녀의 무릎 위로 올라가더군요."

바버 씨가 술잔을 바닥에 내려놓더니 인형을 집어 들었다.

"이리 와, 이 친구야! 자네는 오늘 밤 실컷 즐겼잖은가. 이제 그 손일랑 자꾸 여기저기 움직이지 말고 넣어두고, 여기 선반 위에나 앉아 있게…. 그런데 이놈의 굴뚝이들 사이에 자네를 놓아둘 자리가 마땅치 않군." 바버 씨가 불상을 한편으로 밀어놓자 댐버린이 짤랑짤랑 소리를 냈다. "레이 양, 평생 쓰레기를 이렇게 많이 보신 적이 있습니까? 릴리가 근처에 있을 때는 말입니다, 한자리에 너무 가만히 앉아 있으면 안 돼요. 아시겠죠? 혹시라도 당신에게 나비넥타이를 꽂을지도 모르니까요. 나비넥타이가 레이 양에게 어울리지 않을 거란 뜻은 물론 아니고요. 세일러 샘도 그렇게 생각한답니다. 그렇지 않나, 세일러 샘? 아, 그런데 뭐라고?" 그는 인형의 음흉한 얼굴을 자기 귓가로 들어 올렸다. "릴리에게 어울릴지는 잘 모르겠다고? 네 생각엔 릴리의 외모가 마치… 오, 세일러 샘, 그건 별로 좋은 말이 아니야!"

릴리안이 바버 씨에게 한쪽 발을 날렸다. 이번에는 제대로 걷어찰 기세였지만, 그는 역시나 킬킬거리며 피해버렸다. 그리고 인형을 선반 위에 올려놓더니 다리를 꼬아준다고 한바탕 수선을 떨고는, 술잔을 가지고 아내의 옆자리로 돌아와 앉았다.

프랜시스는 세일러 샘에게 몰입되지 않았다. 피곤하고 불편하기만 했고, 아무래도 자신이 실수를 저지른 게 아닌가 싶었다. 손에 쥔 술잔이 끈적끈적 들러붙었다. 플레이페어 부인 댁에서 이미 셰리, 와인, 크렘 드 망트*까지 마신 마당에 술을 또 먹고 싶은 마음은 전혀 없었다. 게다가 방문이 닫혀버리니, 달랑 램프 한 대만이 가느다란 빛살을 드리운 이곳이 작고 비좁게 느껴졌고 갇힌 것처럼 답답했다. 아니, 그러

* 박하가 들어 있는, 독한 초록빛 술.

고 보니 갇힌 게 맞았다. 보기만 해도 울컥 속이 상하는 릴리안과, 도무지 신뢰할 수 없는 바버 씨와 한 방에 갇힌 것이다. 무엇보다도 난감한 것은 프랜시스가 그들의 부부 생활에 끼어든 채로 갇혔다는 점이었다. 저 부부가 최근 금슬이 좋아졌다 싶었는데, 지금 보니 또 새로운 불화의 구렁텅이로 빠져가고 있는 모양이었다···. 구체적인 사정은 모르겠지만, 무슨 대수인가. 딱 십오 분만 있다가 나가야겠다. 프랜시스는 술잔을 입술로 가져가며 그렇게 다짐하고는, 술을 빨리 해치우려고 한 모금 크게 들이켰다. 그런데 즉시 사레가 들려 기침이 터져 나왔다. 술에 레모네이드를 타기는 한 건지, 온통 진 맛밖에 안 났다.

"설마 제가 너무 독하게 탄 건 아니겠지요, 레이 양?" 바버 씨가 푸른 눈을 휘둥그레 뜨고 말했다.

또, 저 불쾌한 암시! 프랜시스는 기침을 하느라 대답할 수도 없었다. 그녀는 사레를 가라앉히려 술을 한 모금 더 삼키고, 퉁명스럽게 술잔을 제쳐놓았다. 그런데 바버 씨가 곧바로 건배를 하자며 잔을 드는 바람에 또 마실 수밖에 없었다.

"자, 나의 220파운드를 위하여!"

바버 씨가 술을 삼키자 그의 좁은 목울대가 실룩 움직였다. 그는 콧수염에 묻은 거품을 문질러 닦으며 말했다.

"저기 말이죠, 레이 양. 더글러스 형도 이 자리에 있었으면 좋았겠다는 생각이 드네요. 형은 십삼 년째 같은 회사에서 일하고 있는데, 이제 제가 형의 봉급을 앞지르게 됐거든요. 아, 물론···." 그는 자신이 너무 많은 것을 까발렸다는 생각에 아차 한 듯 덧붙였다. "제가 220파운드만으로 만족할 거라는 뜻은 아닙니다. 이제 우리 회사에서 저보다 높은 직급은 하나밖에 안 남았지만, 제가 원하는 건 바로 그 자리거든요. 그래도 이 정도만 해도 꽤 괜찮지요. 내 전용 책상도 있고, 전화기에, 비서에…."

릴리안이 끼어들었다. "저이는 손톱 손질도 받았어, 프랜시스. 퇴근하는 길에 관리실에 다녀왔대. 보기 좋지 않아?"

그 말에 바버 씨의 표정이 변했다. 그는 자기 손톱을 내려다보며 얼굴을 찡그리더니 천천히 말했다 "나 참 여자들은 몸치장에 몇 시간이고 쏟아부으면서, 남자가 외모를 좀 가꾸려고만 하면 놀려댄단 말이야! 이제 나는 내 지위를 생각해야 해. 후배들에게 본을 보여야 한다고."

"손톱 손질 같은 일은 예쁜 여자가 해주겠지. 안 그래?" 릴리안이 물었다.

"아니, 안 그러던데. 공교롭게도 예쁜 남자가 해주더라고. 머리에 웨이브를 넣고 혀짤배기소리를 내는 남자 말이야." 바버 씨가 프랜시스에게 윙크를 했다. "그 친구가 제 손을 지나치게 오래 잡고 있어서 좀 껄끄럽더군요. 제 말 무슨 뜻인지 알겠어요, 레이 양?"

프랜시스는 얼굴이 화끈 달아올라 술잔에 손을 뻗다가, 릴리안도 동시에 자기 술잔을 집어 드는 것을 보았다.

'십 분만 있다 가자. 아니, 오 분만. 바버 씨가 가지 말라고 법석을 떨겠지만, 그래도 상관없어….'

그런데 세 모금 마셨을 뿐인데도 벌써 몸속에 진이 퍼지는 느낌이 들었다. 다정한 불길처럼 빠르고 따뜻하게. 이토록 다정한 존재를 만나는 건 너무나 오랜만인 것 같았다. 게다가 한 모금을 더 마셨을 때쯤에는 바버 씨도 조금이나마 덜 짜증스럽게 구는 듯했다. 그는 사무실에서 겪은 일화 두어 토막을 들려주다가, 금세 오늘 밤의 주제로 돌아가서 220파운드라는 멋진 봉급과 그걸 활용할 계획에 대해 이야기했다. 몇몇 채권과 투자처를 염두에 두고 있으며, 자신이 아는 증권

187

중개인과 은행가 들도 1급 거래를 몰아주려 벼르고 있다고.

"물론, 일하는 남자가 아무리 잘나가도 아내를 잘못 만나면 소용이 없죠. 이를테면⋯." 바버 씨가 화제를 교묘하게 바꾸더니, 날이 선 어조로 말을 이었다. "어떤 여자들은 남편이 번 돈을 쓰기는 좋아하면서, 정작 남편이 그 돈을 벌어 오려면 아내가 좀 추어올려줘야 한다는 건 모르더란 말입니다. 집에서 온종일 잠옷 차림으로 앉아서 사교계의 숙녀가 사막의 왕자에게 반하는 내용의 책이나 읽고 있고요."

릴리안이 바버 씨를 노려보았다. "그럼 당신 부모님 댁으로 돌아가든지. 거기엔 책이라곤 한 권도 없잖아."

바버 씨가 프랜시스를 돌아보고 어깨를 으쓱했다. "제가 뭘 견디며 살고 있는지 아시겠죠? 저도 언젠간 책이나 한 권 써볼까 싶네요. 평범한 남자의 모든 것에 대해, 그리고 전쟁 이후로 그런 남자들이 무엇과 싸우며 살아가야 하는지에 대해서요. 그런 책이라면 읽을 가치가 있겠죠! 괜찮으시다면 초고는 당신에게 드리지요."

프랜시스는 술을 한 모금 마셨다. "고마워요. 책꽂이에 자리를 마련해보죠. 제인 오스틴과 도스토옙스키 사이 어디쯤에?"

"저는 이렇게 사인을 해야겠군요. '프랜시스에게⋯.'" 바버 씨가 말을 뚝 끊었다. "아이쿠! '레이 양에게'라고 써야죠, 참. 하지만 그 표현은 엄청나게 구닥다리 같은걸요. 그냥 이참에 당신을 프랜시스라고 불러도 괜찮을까요? 우리 모두 이렇게 친해졌는데 말입니다."

너무나 살가운 어조여서 차마 거절하거나 싫은 소리를 할 수도 없었다. 프랜시스는 기습 공격을 받은 것처럼 당황했다. 흡사 누가 발을 걸어서 넘어뜨린 느낌이었다. 원래는 그를 레너드라고 부를 마음 따윈 전혀 없었고, 하물며 렌이라고 부르는 건 꿈도 꿔본 적이 없었다. 게다가 그의 의뭉스러운 말실수가 단순한 실수만은 아니었으리라는 의심이 슬며시 들었다. 무엇보다도 큰 문제는, 릴리안과 그녀의 특별한 우정이 지금 이 순간 때문에 왠지 모르게 훼손되었다는 점이었다. 유부녀와 친구가 되면 원래 이러나? 그 남편도 자동적으로 같이 친구가 되는 건가? 잡지 부록으로 딸려 오는 코바늘 뜨개질 패턴처럼?

하지만 릴리안과이 특별한 우정은 이미 사라지고 있지 않았던가. 프랜시스는 벽난로 앞의 융단 너머에 앉아 있는 릴리안을 바라보았다. 그러고 보면, 이제는 자신이 그녀를 딱히 좋아하기는 하는지 긴가민가했다. 오늘 릴리안의 풍만한 몸은 유독 술집 종업원처럼 보였다. 한쪽 손목에 찬 놋쇠 팔찌들이 팔뚝을 오르락내리락 미끄러지며 자꾸만 땡그랑거리는 소리도 좀 싸구려 같은 음색이었다. 저 겉치레라니, 얼마나 진부한 여자인가! 이제 릴리안은 심지어 소파 위로 발을 끌어 올리고서 자세를 편안하게 고쳐 앉았고, 바버 씨, 아니, 레너드 (이제부터는 그렇게 불러야 하겠지)는 아내가 자기를 걷어찼다고 투덜거리고 있었다. 그 말에 릴리안이 본격적으로 발길질을 하자 레너드는 그녀의 발을 붙잡았다. 그때부터 부부는 엎치락뒤치락 몸싸움을 벌였다. 폭소와 코웃음이 터져 나왔고, 릴리안의 스커트 자락이 말려 올라가 무릎이 드러났다. 그들은 일 분도 넘게 그렇게 실랑이를 하면서 프랜시스에게 도와달라거나 심판을 해달라고 소리쳤다. "그만하라고 해줘, 프랜시스!" "제가 아니에요, 프랜시스! 릴리 짓이라고요!"

프랜시스는 술기운 때문에 기분이 좋아졌는데도 이건 짜증스러웠다. 부부의 익살스러운 소동은 단지 프랜시스에게 보여주기 위한, 그러나 정작 그녀의 눈을 즐겁게 해주지는 않는, 기묘한 종류의 연극 같다는 느낌이 들었다. 만약 여기서 그녀가 방을 나가버린다면, 부부는 떠들썩한 장난을 즉시 멈추고 나란히 앉아 서로 말도 안 붙일 것 같았다.

바버 부부도 같은 생각을 했는지, 프랜시스가 일어나려는 자세를 취하자 그들은 조용해졌다. 프랜시스가 더 머물러주기를 정말로 원하는 눈치였다. 그녀는 술이나 빨리 해치우자고 생각하며 술잔을 들어 올렸다. 그런데 벌써 4분의 3이나 마셔버린 뒤였고, 어안이 벙벙한 채로 나머지 4분의 1을 다 비웠더니 레너드가 재깍 일어나서는 술을 더 따라 오겠다며 잔을 낚아채버렸다. 프랜시스가 사양해도 그는 우격다짐하였다. 술을 가지고 왔을 때 또 사양하자 그는 이번에는 거의 레모네이드만 넣었다고 말했지만, 한 입 대보니 그게 거짓말이라는 건 뻔히 알 수 있었다. 그런데 희한하게도 별로 신경 쓰이지 않았다. 이 방의 바로 밑에 있을 어머니에게 생각이 미치자 얼핏 거북해지긴 했지만, 동시에 무언가 또 다른, 어둡고 못된 감정도 섞여 들었다. '어머니는 싫어도 참으라지.' 프랜시스는 마음속으로 그렇게 뇌까리고는 술을 마셨다.

그나저나 레너드는 또 뭘 하는 걸까? 좀처럼 가만히 앉아 있지를 못하는 모양이었다. 그는 서랍장으로 가더니 무슨 물건을 꺼냈다. 경첩 달린 뚜껑이 있는 선물 상자였다. 레너드는 상자를 프랜시스에게 가져와 웨이터처럼 들어 보여주었다.

"어떻습니까?"

상자 안에는 이국적으로 보이는 검은색의 굵다란 담배 여러 대가 가지런히 놓여 있었다.

"이건 진품입니다. 어떤 고객이 저한테 고맙다고 선물로 줬어요. 동양에서 직수송된 거랍니다. 동방의 향이 나지 않습니까?"

레너드가 프랜시스의 코밑에서 담배를 흔들었다. 프랜시스는 그가 담배를 권하는 건지, 단순히 자랑하는 건지 헷갈려서 "아주 좋네요."라며 고개를 끄덕이기만 했다.

"그래서요?"

"그래서 뭐요?"

"피워볼 겁니까?"

"어머, 당신은 여자들이 담배 피우는 걸 싫어하는 줄 알았는데요."

레너드는 충격받은 표정이었다. "네? 제가요? 누가 그런 말을? 저는 여성의 권리를 전적으로 옹호하는 사람입니다. 완전히 팽크허스트 부인*이지요."

"그래요?"

"오, 아무렴요."

프랜시스가 주저하고 있는데, 아래층 방에서 인기척이 들렸다. 그 순간 또 못된 객기가 치밀어 그녀는 상자에 손을 집어넣고 가장 굵은 담배를 집어 들었다. 레너드가 껄껄 웃었다. "오, 프랜시스! 당신에겐 겉보기와 다른 진면목이 있을 줄 알았어요!"

그는 주머니에서 성냥갑을 꺼내 담뱃불을 붙여주었다. 근처에 이미 꽁초 두 개가 들어 있는 은제 잔받침이 있었지만, 레너드는 그걸 못 쓰게 하고 대신 스탠드 재떨이를 가져왔다. 그 흉물스러운 모조 청동 재떨이를 프랜시스의 의자 옆에다 놓아주며 과장스러운 동작까지 취해 보였다.

소파에서 이 모든 과정을 뜨악한 눈초리로 지켜보던 릴리안은, 레너드가 자신의 곁으로 돌아오자 그가 든 담배 상자에 손을 뻗었다. "프랜시스가 피운다면 나도 한 대 피울래."

레너드는 담배 상자를 멀찍이 떨어트렸다. "아니, 당신은 안 되지."

"왜?"

* 대표적인 여성 참정권 운동가 중 한 명.

191

"당신이 피우기엔 너무 좋은 물건이니까. 게다가…." 레너드가 콧수염을 어루만지며 말을 이었다. "이따가 당신에게 키스하고 싶어질 텐데, 그러면 남자랑 하는 기분일 테니까."

"그럼 평소에 내 기분이 어떤지도 알겠네!"

릴리안은 상자를 가지고 씨름을 하다가 마침내 담배 한 개비를 빼앗았고, 레너드는 툴툴거리면서 담뱃불을 붙여주었다. 그런 다음에는 셋 다 조용해졌다. 독한 담배 때문에 다들 좀 멍해진 것 같았다. 그들의 입과 코에서 새어 나오는 연기가 손을 뻗으면 만져질 물체처럼 보였다. 어둠 속에 걸린 청회색의 모슬린 천 같은 연기는 호박색의 램프 불빛에 물들면서 녹색으로 변했다.

방은 삽시간에 프랜시스가 상상하는 아편굴의 이미지를 닮아갔다. 릴리안과 레너드는 소파에 거의 눕다시피 퍼져버렸다. 릴리안은 무릎을 세웠고, 레너드는 두 다리를 앞으로 뻗은 채 붉은 가죽 발쿠션 위에 발을 올리고 있었다. 내내 안락의자의 끄트머리에 걸터앉아 있던 프랜시스는 그들이 늘어진 모습을 보니 자신의 자세가 부자연스럽게 느껴져서, 등을 뒤로 젖히고 플러시 천이 대어진 등받이에 몸을 파묻었다. 그러자 레너드가 의자 옆에 붙어 있는 손잡이를 당겨보라고 일러주었다. 조심스럽게 손잡이를 잡아당겼더니, 끼익거리는 소리와 함께 등받이가 뒤로 쓰러지듯 넘어가면서 덩달아 그녀의 머리가 내려가고 발은 들려 올려졌다. 순간 술기운이 확 올라오는 느낌이 들었다. 술을 부어 넣은 항아리를 모로 눕히니 항아리 주둥이까지 술이 퍼지는 듯한 느낌이었다. "나 좀 취했어! 맙소사, 주접스럽긴!" 프랜시스는 아연히 중얼거렸지만, 그렇다 해도 무슨 대수인가 싶었다. 딱히 걱정할 일도 아닌 것 같았다. 그리고 진작부터 마시고 있었던 바버 부부는 프랜시스보다도 더 취했으니, 아직 그녀가 그들보다 유리한 입장이었다. 결정적인 우세는 놓지 않은 것이다. 게다가 이 의자는… 놀라운 물건이 아닌가! 공학 기술이 빚어낸 역작이다! 그래, 사무직 계급이란 이런 법이다. 비록 교양은 없을지언정, 편리하게 생활하는 법은 확실히 아는 사람들이다….

프랜시스는 지체 없이 술잔을 집어 들다가, 이미 비었다는 것을 깨닫고 또 한 번 놀랐다. 레너드가 눈치껏 자리에서 일어나 빈 잔들을 가지고 밖으로 나갔다. 그는 돌아와서 술잔을 나눠주더니, 방을 둘러보며 무언가를 계산하는 듯 아랫입술을 깨문 채 쓰읍 하고 혀를 차는 소리를 냈다.

술잔을 든 채 그를 지켜보던 릴리안이 물었다. "뭐 찾아?"

레너드는 릴리안 대신 프랜시스에게 말했다. "게임이라도 하지 않겠어요, 프랜시스?"

"게임이요?"

프랜시스는 그가 혹시 제스처 게임*을 말하는 건가 싶었다. 그건 그녀가 지독하게, 처참하리 만큼 못하는 게임이었다.

"아, 아뇨. 전 자러 가야겠어요. 이제 시간이 늦었죠?"

아무도 대답하지 않았다. 릴리안은 남편만 주시했고, 레너드는 방 저편으로 건너가더니 책장의 맨 아래 선반에서 우그러진 카드 상자를 꺼냈다. 그가 상자를 램프 불빛 밑으로 가져오자 알록달록한 뚜껑이 프랜시스의 눈에 들어왔다.

"뱀과 사다리 게임!"

레너드가 씩 웃었다. "이 게임 좋아해요?" 그러더니 그의 미소가 엉큼해졌다. "릴리도 좋아하는데. 그렇지, 릴?"

---

* 특정 단어나 어구를 몸짓으로 표현하면 상대편이 알아맞히는 게임.

릴리안은 대답 대신 게임 상자를 낚아채려 했다. 그러나 레너드는 그녀의 손이 닿지 못하도록 상자를 떨어트리고는, 발쿠션을 걷어차 치우고 바닥 한가운데에 게임 판을 펼쳐놓았다. 그런 다음 나무로 만들어진 말 세 개를 골라냈다. 프랜시스는 노란색, 릴리안은 파란색, 레너드 자신은 붉은색 말이었다. 그는 코인을 내려놓는 도박꾼처럼 기세당당한 손짓으로 카펫 위에 말들을 가져다가 엄지손가락으로 눌러 세웠다. 프랜시스는 고개를 수그리고 자세히 살펴보다가, 자신의 말이 종달새 모양인 것 같아 보이자 아예 의자에서 내려와 신발을 걷어차 벗고는 레너드와 함께 바닥에 앉았다. 비틀비틀 불안하게 움직이는 와중에도 술잔은 꼭 챙겼다.

말들은 여기저기 이가 빠지고 가장자리가 희끗하게 닳아 있었다. 말판은 접혔던 자리가 해어져 보풀이 일었다. 삼십 년은 묵은 게임인 것 같은데, 색색의 일러스트는 아직도 강렬할 만큼 선명했다. 네모 칸 안의 숫자들 중에서 빛이 바랜 건 잉크로 다시 칠해져 있었다. 숫자에 팔다리를 달아주거나 꽃, 하트, 음표와 같은 모양을 그려 넣어서 화려하게 꾸민 것들도 있었다. 또 어떤 뱀들에는 실크해트나 안경, 수염을 덧그려놓기도 했다.

프랜시스는 아직도 소파에 앉아 있는 릴리안에게 물었다. "같이 안 해?"

릴리안은 불투명한 표정으로 고개를 저었다. "나는 하고 싶지 않아."

"이 알록달록한 색깔을 네가 좋아할 줄 알았는데."

릴리안은 그녀를 물끄러미 보더니 시선을 피했다. 그러자 레너드가 킥킥 웃었다.

"워낙 지기 싫어서 그래요."

릴리안이 그를 노려보았다. "그런 거 아니야!"

"릴리는 게임할 때 손버릇이 나쁘거든요."

"그래요?" 프랜시스가 되물었다.

"아니, 아니라고."

"속임수를 무지막지하게 써요."

"어머, 저런."

"아니라니까! 렌이야말로 사기꾼이야!"

"그럼 증명해봐."

"그래, 한번 해봐!" 레너드가 아내를 바닥으로 끌어 내렸다.

릴리안은 털썩 주저앉으면서 술을 좀 엎질렀다. 그녀는 소파로 돌아가려 했지만, 레너드가 부득부득 끌어당기는 통에 결국은 항복하고 말았다. 그러나 여전히 얼굴에 웃음기라곤 없었다. 릴리안은 짜증스럽고 허둥거리는 몸짓으로 소파에 있던 방석을 끌어 내려서 깔고 앉고는 치맛자락으로 다리를 덮더니, 술잔을 들어 올려 자기 입을 가렸다.

프랜시스는 말판에 그려진 뱀 그림의 곡선을 손으로 훑었다.

"이런 옛날 게임이라니, 진짜 정겹다."

레너드는 구깃구깃한 회전판 종이를 눌러 펴고 있었다. 회전판은 육각형 모양의 종이에 나무로 된 침이 꽂혀 있는 형태였다.

"원래는 더글러스 형 물건이에요. 어렸을 때 같이 했었죠. 당신의 노란색 말은 빨아 먹으면 안 돼요. 알았죠? 그 안에 비소가 들었을지도 몰라요."

프랜시스는 자기도 모르게 킥킥거렸다. "이 하트며 수염을 그려 넣은 것도 형이에요?"

레너드는 회전판을 손바닥 위에 놓고 돌렸다. "아, 아뇨. 그건 릴리와 제가."

그 말에 뼈가 들어 있는 걸 느낀 프랜시스는 눈을 들었다. 레너드가 히죽 웃고 있었다. 프랜시스는 자기가 무슨 행동을 하는지 생각도 않고 그의 무릎을 손으로 쿡쿡 찔렀다.

"뭔데요? 왜 그러는데?"

레너드가 릴리안을 눈짓하면서 입을 벌리는데, 릴리안이 선수를 쳤다.

"그건 그냥 게임을 더 유치하게 만드는 거야. 렌하고 내가 가끔 쓰는 규칙 같은 거지. 만약 네 말이 음표가 그려진 칸에 도착하면, 너는 노래를 한 곡 불러야 해. 아무 노래나. 그리고 꽃 그림에 도착한다면, 너는… 음, 꽃이 된 시늉을 하고, 다른 사람은 네가 무슨 꽃인지 알아맞히는 거야. 이것 봐, 내가 유치하다고 했지!"

그게 전부는 아닐 터였다. 프랜시스는 또 키득거리면서 하트가 그려진 칸을 가리켰다.

"여기에 말이 도착하면 어떻게 되는데?"

"그건 아무것도 아니… 렌, 하지 마!"

레너드가 항의했다. "프랜시스가 알고 싶다잖아! 규칙을 알려줘야 공정한 게임이 되지. 프랜시스, 그건 말이죠. 만약 릴리 말이 하트에 닿으면, 릴리는…."

릴리안이 술잔을 내려놓더니 말판 너머로 손을 힘껏 휘둘러 레너드를 때리려 했다. 그러나 레너드에게 손목을 붙잡혔고, 둘은 드잡이를 벌였다. 아까 프랜시스에게 보여주려고 연출했던 몸싸움과는 달랐다. 이번에는 진지하게, 얼굴까지 붉혀가며 힘껏 싸우고 있었다. 그러다가 몇 초 동안 둘의 움직임이 잠잠하게 멎다시피 했다. 서로를 붙잡으려고 버티면서 동시에 떼어내려 하는 힘의 긴장이 완벽한 평형을 이룬 것처럼 보였다. 서로를 밀어내는 자석 한 쌍처럼.

196

이윽고 릴리안이 숨을 내쉬며 신경질적인 웃음을 토해냈고, 레너드는 그녀가 약해진 틈을 타 두 손목을 거머잡아 눌러 붙였다.

"릴리가 하트에 닿으면 말이죠." 레너드가 가쁜 숨을 몰아쉬며 뻣뻣하게 말하더니, 혼자 웃음을 터뜨렸다. "몸에 걸친 것 하나를 벗어야 돼요!"

프랜시스도 대강 짐작하긴 했다. 그런데 막상 그 말을 들으니 충격적이었다. 무엇보다도 먼저 떠오른 생각은 '어머니에게 들렸을까?'였다. 하지만 문이 닫혀 있고, 얇은 원뿔형의 불빛만 드리워진 방은 이제 답답하다기보다는 아늑했고, 방음도 잘될 것처럼 느껴졌다. 릴리안은 몸부림을 친 탓에 벌겋게 상기된 채 남편에게 붙들렸던 손목을 문지르고 있었다. 분한 건지, 창피한 건지, 흥분한 건지 알 수 없는 표정이었다. 한편 레너드의 능글맞은 웃음은 더욱 커졌다.

프랜시스는 도전에 응하듯 그의 시선을 마주했다. "하나만?"

"딱 하나만."

"그럼 당신이 하트에 닿으면 어떻게 되는데요?"

"내가 닿으면…." 레너드가 그 어느 때보다도 음흉한 미소를 지었다. "뭐, 릴리가 또 뭘 하나 벗어야죠."

"그렇군요. 그러면 만약에… 내가 닿으면요?"

레너드는 수염 자국으로 꺼칠꺼칠한 턱을 어루만지며 생각에 잠겼다. 그런 시늉만 하는 것인지도 모르지만.

"흠, 그게 곤란하군요. 사실 우리도 다른 사람하고 이 게임을 해보는 건 처음이거든요…. 프랜시스, 만약 당신이 하트에 도착한다면 말이죠… 글쎄요, 역시 릴리안이 뭘 벗어야겠죠. 하지만 괜찮으시다면야, 당신이 뭘 벗는 것도 환영이고요."

이건 레너드가 뒤늦게나마 프랜시스를 여성으로 대하겠다는 뜻에서 꺼낸 나름의 매너였다. 애초에 뱀과 사다리 게임에서 옷을 벗으라고 권유하는 것이 매너로 해석될 수 있는지가 의문이긴 하지만. 그러나 프랜시스는 머리끝까지 취해서 흥분한 상태였다. 진과 담배 때문이기도 했지만, 이 작은 파티가 야하고 은밀한 분위기로 치달아가는 것도 짜릿했다. 오늘 밤은 영 재미없게 끝날 줄로만 알았는데 이런 식으로 흘러가다니! 프랜시스는 멀리 떨어진 곳을 돌아보듯 아까 있었던 일들을 돌이켜보았다. 심란했던 기분, 플레이페어 부인, 크라우더 씨…….

오, 크라우더 씨는 물러터진 얼간이었다. 황혼이 깔린 정원에서 여자와 앉아 샴고양이나 데리고 놀고 싶어 하다니. 하다못해 프랜시스라도 그 남자보다는 리드를 잘했을 것이다!

시간이 별안간 빠르게 흐른 것 같았다. 어쩌다 보니 게임이 시작되어버렸다. 레너드는 처음에 말을 옮기려면 6이 나와야 한다고 설명했다. 하지만 프랜시스는 몇 분 동안 회전판을 돌려도 계속 다른 숫자만 나왔고, 그녀가 속을 태우는 동안 다른 사람들은 먼저 말을 움직여 나갔다. 레너드에 이어서 릴리안의 말이 말판 위를 깡충깡충 뛰듯 나아간 다음에야 프랜시스도 게임에 합류했다. 그런데 시작하자마자 그녀의 말은 높은음자리표가 그려진 칸에 도착해버렸다. 노래를 한 소절 불러야 한다는 뜻이었다. 그래서 머리에 가장 먼저 떠오르는 대로 「메에 메에 검은 양」*이라는 노래를 불렀는데, 셋째 마디에 처음 나오는 높은 음에서 음정이 완전히 빗나가는 바람에 고통스러운 비명 같은 소리를 내지르고는 그만두었다. 그런데도 레너드는 프랜시스가 오페라의 독창곡이라도 불렀다는 듯, 새로 꺼낸 담배를 입에 문 채 "브

---

* 「Baa, Baa, Black Sheep」은 18세기부터 전해져 내려오는 영국의 동요다.

라보!"를 외치며 열렬한 박수갈채를 보냈다.

다음으로 회전판을 돌린 레너드는 꽃이 그려진 칸에 이르렀다. 그는 몸부림을 치며 복잡한 팬터마임을 해 보였고, 프랜시스와 릴리안은 그가 무슨 꽃을 표현한 것인지 궁리했다. 데이지? 장미? 정답은 서서히 뻔이 올리기는 담쟁이덩굴이었다. 그들은 담쟁이덩굴을 꽃이라고 볼 수 있는지 아니면 단순히 식물일 뿐인지 시끌벅적하게 논쟁을 벌였지만, 레너드가 릴리안의 회전판을 대신 돌려버리고 그녀의 말을 재빨리 옮기는 바람에 논쟁은 중단되었다. 그가 고의로 알아보기 헷갈리게끔 움직였는지 어쨌는지는 몰라도, 어쨌든 릴리안의 말은 실크해트를 쓴 뱀을 타고 미끄러져 하트 그림에 도착했다.

"안 돼. 이건 반칙이야!" 릴리안이 곧바로 따졌다.

"반칙 아닌데 왜. 그렇죠, 프랜시스?"

"음⋯."

"이것 봐, 프랜시스가 아니라잖아. 프랜시스는 똑똑한 사람이라고. 내가 말했죠, 프랜시스, 릴리안이 속임수를 쓸 거라고요. 늘 해주겠다, 해주겠다 말만 한다니까요."

릴리안이 레너드를 힘껏 걷어찼다. 그녀가 발꿈치로 그의 정강이뼈를 퍽 강타하는 소리가 프랜시스에게까지 들렸다. 그런데 레너드가 다리를 부여잡고 울부짖는 동안 릴리안이 가만히 생각에 잠긴 걸 보니, 그래도 벌칙에 응하려고 마음먹고 무엇을 벗을지 고민하는 듯했다. 이윽고 그녀는 자리에서 일어나 땡그랑거리는 팔찌들을 벗어다가 말판 위에 내동댕이쳤다. 의기양양한 태도에서 술 취한 기색이 역력히 드러났다.

레너드가 소리 질렀다. "속임수다! 또 속임수 쓴다! 팔찌는 반칙이지!"

프랜시스도 손나팔을 불며 맞장구를 쳤다. "속임수다! 우우! 너무 했다!"

릴리안은 둘 다 파리채로 쳐서 날려버리듯이 손사랫짓을 했다. "반칙 아니야. 담쟁이덩굴도 꽃이라고 하는 판인데."

"말도 안 돼!"

"말 되거든!"

그들은 마지못해 항의를 그만두었다. 레너드가 프랜시스를 돌아보며 넌더리를 냈다.

"다음번에는 뭘 내려나? 머리털 한 올?"

릴리안이 술잔을 집어 들었고, 게임은 재개되었다. 다음 차례에서 레너드의 말이 '노래' 칸에 이르자, 그는 활기를 띠고 「모두가 하고 있잖아요」*를 불렀다. 길거리의 생선 장수처럼 양손 엄지손가락을 겨드랑이에 꽂고서, 요란한 런던 동부식 억양으로 g 발음을 뭉개가면서 노래하다가, 막판에는 아내에게 몸을 기울이고 노래의 박자에 맞춰 그녀의 배와 허벅지를 쿡쿡 찔렀다.

릴리안과 프랜시스에게 차례가 돌아가는 동안에도 레너드는 콧노래를 계속 흥얼거리면서 남은 맥주를 다 마셨다. 그런데 그가 맥주를 삼키면서 말판을 곁눈질하는 것이 프랜시스의 눈에 띄었다. 다음 수를 계산하는 것이 분명했다. 그러다가 자기 차례가 되자 회전판을 거칠게 돌리다가 손에서 놓쳐버렸고, 회전판은 마룻바닥을 데굴데굴 굴러가 소파 밑의 어둠 속으로 들어갔다. 레너드는 부리나케 뛰어가서 회전판을 꺼내더니 "5다! 분명 5야!"라고 소리쳤다. 그가 자기 말

---

* 「Everybody's Doing It」은 러시아계 미국인 음악가인 어빙 벌린이 쓴 곡으로, 같이 춤을 추자고 부추기는 내용이다.

을 옮기는 것을 보니, 또 심장 칸에 이르기 위해 수작을 부린 것이 틀림없었다.

레너드가 침울한 표정으로 릴리안을 보았다. "오, 이런."

프랜시스도 릴리안을 돌아보았다. 그녀는 소파에서 쿠션 하나를 더 가져다가 가슴에 끼인고 있었다. 릴리안이 고개를 지으며 말했다.

"싫어."

레너드가 이성적인 말투로 대꾸했다. "그러면 안 되지. 규칙이 있잖아. 그걸 내가 만든 것도 아니고."

"당신이 만들었잖아!"

"내가 아니야! 이 규칙을 만든 건… 키드 씨야."

레너드는 게임 상자의 뚜껑을 집어 들고 제조사 측에서 첨부한 설명서를 읽는 척했다.

"키드 씨도 빅토리아 시대에 살았던 음흉한 인간들 중 한 명이었나 봐. 그래, 여기 똑똑히 나와 있네. '게임의 참가자가 하트 표시가 된 칸에 도착할 경우, 좌중에서 가장 뒤가 구린 여성이 의복 한 벌을 벗어야 합니다.' 흠, 그렇다면…." 그가 아내에게 애원하듯 덧붙였다. "그 여성이 프랜시스일 리는 없잖아?"

릴리안의 얼굴에 모처럼 떠올랐던 미소는 레너드의 이야기가 이어짐에 따라 경직되더니, 이내 흔들리다 사라졌다. 릴리안은 그예 고개를 돌려버렸지만, 레너드는 굴하지 않고 우겼다.

"'그 여성이 의복 한 벌 벗기를 거부한다면, 벌칙으로 두 벌을 벗어야 합니다! 팔찌는 의복에 포함되지 않습니다!'" 레너드는 그 문구를 보여주기라도 하듯 상자 뚜껑을 들어 올리고 손가락으로 두들기더니 확 치워버렸다. "뭐, 팔찌 문제는 우리가 아량 있게 눈감아줄게. 하지만 릴, 규칙은 규칙이야. 자, 어서 게임을 하자고. 너 자신을 보여주란 말이야. 맙소사, 프랜시스. 릴리가 신사 앞에서 옷을 벗어본 적이 없을 것 같죠? 당신이 생각하기엔….”

“알았어.” 릴리안이 퉁명스럽게 쏘아붙이고 일어섰다.

릴리안은 품에 안았던 쿠션을 밟고 서더니 그 위에서 균형을 잡으려 비틀거렸다. 별안간 술기운이 올랐는지, 몸이 옆으로 확 기울어지면서 한쪽 발로 카펫 깔린 바닥을 세차게 디뎠다. 그 순간 술집 여급 같은 가슴이 출렁 흔들렸다.

프랜시스는 다시금 어머니가 생각났다. 지금쯤 잠을 자려고 애쓰고 있으리라. 그러고 보니 지금이 몇 시일까? 알 수가 없었다. 시계를 찾아보았지만 눈에 띄질 않았다.

레너드는 한결같이 진지하게 아내에게 경고했다. “내 말 기억해. 머리카락은 안 돼. 그 비슷한 속임수도 안 돼. 귀고리도….”

“아, 내가 알아서 할게!”

릴리안은 얼굴을 찌푸린 채 그 자리에 잠시 서 있더니, 무슨 결심을 한 듯 몸을 돌려 벽난로 위의 굴뚝 쪽을 마주하고 레너드와 프랜시스를 등졌다. 그러나 레너드에게만 정면으로 등을 보이는 각도였고, 프랜시스가 앉은 안락의자는 그보다 비스듬한 각도에 위치했다. 프랜시스는 갑자기 릴리안에게서 눈을 뗄 수가 없었다. 그녀가 치마 밑단을 들춰 올리고 치맛자락 안으로 손을 넣어 스타킹 맨 윗부분을 더듬어 찾고 있었다. 스타킹이 그녀의 허벅지 밑으로 끌려 내려가면서 색깔이 점점 불투명해지더니, 무릎과 정강이를 지나, 허공으로 들어 올린 발까지 이르렀다. 마침내 스타킹이 완전히 벗겨지자 레너드가 길거리의 막일꾼처럼 휘파람을 불었다. 릴리안은 그를 돌아보고 아니꼽다는 몸짓으로 우아하지 못한 절을 해 보였다. 그러고는 스타킹을 둘둘 말아서 던지려 했는데, 손을 올린 자세를 보니 레너드에게 던질지 프랜시스에게 던질지 잠깐 망설이는 눈치였다. 끝내는 남편에게 힘껏 집어 던졌지만, 스타킹 뭉치가 날아가는 도중에 풀려버렸다. 레너드는 스타킹을 손으로 낚아채고는 콧수염에 대고 훑었다.

"나보다 까다로운 남자라면, 스타킹은 한 쌍을 다 벗어야 의복 한 벌로 칠 수 있다고 따지겠지만⋯ 뭐, 됐어. 나는 관대하게 봐주도록 하지."

레너드는 스타킹을 목에 걸고는 그의 평범한 칼라 위에 나비넥타이로 매듭을 짓는다고 수선을 떨었다. 릴리안은 쿠션 위에 풀썩 주저앉아 치맛자락으로 다리를 덮었다. 하지만 치마는 발목까지밖에 오지 않아서 그녀의 맨발이 불빛에 노골적으로 드러나 보였다. 통통한 두 발이 한 짝은 스타킹을 신고 한 짝은 벌거벗은 채 그렇게 모여 있는 장면은, 사뭇 마음을 불편하게 하는 데가 있었고, 형언할 수 없이 외설적이었다. 차라리 두 쪽 모두 맨발이었다면 이 정도는 아니었을 것 같았다. 시선을 돌리려고 해도 눈이 자꾸만 그리로 돌아갔다. 프랜시스는 홀린 듯한 상태에서 벗어나기 위해 잔을 집어 들고는, 술맛이 싹 가셨는데도 불구하고 진을 벌컥벌컥 들이켰다. 그러고 나니 속이 약간 메슥거렸다.

레너드는 기어이 나비넥타이를 맸다. 그림엽서에 나오는 우스꽝스러운 고양이 같은 꼴이 된 그는 손뼉을 치면서 말판으로 시선을 돌렸다.

"자, 가자! 다음 차례가 누구지? 응? 프랜시스인가? 당신 차례예요?"

이번 차례는 릴리안이었다. 레너드도 알면서 그러는 것 같았다. 릴리안은 쿠션만 끌어안고 아무 말도 하지 않았다.

"게임은 이제 그만해야 할 것 같아요." 프랜시스가 말했다.

"그만한다고요? 농담이겠죠! 이제야 슬슬 재밌어지려는 참인데요. 누구 차례였죠? 당신이죠?"

"아니요." 프랜시스가 솔직히 말했다.

"그럴 줄 알았어요. 그럼 당신이야, 릴! 우릴 기다리게 하지 마. 나한테 다른 쪽 스타킹도 줘야지. 안 그래?"

프랜시스는 레너드의 목소리가 귀에 거슬렸다. 그는 말에 무작정 채찍질을 해대는 남자아이처럼 게임을 떠들썩하게 몰고 나가려고 법석을 부리고 있었다. 그러나 게임의 흐름은 그에게서 등을 돌리는 듯했다. 오늘 밤의 흐름 전체가 뒤바뀌는 것 같았다. 뭐가 어떻게 된 건지는 몰라도, 이 시간은 시큼한 급류에 휩쓸려 부서지고 있었다.

릴리안이 묵묵히 회전판을 돌렸다. 이번에 나온 숫자는 그녀의 말을 사다리로 데려갔고, 그걸 타고 올라가자 아무것도 없는 빈 칸에 이르렀다. 다음에는 프랜시스의 차례가 돌아왔고, 레너드를 거쳐 다시 릴리안의 차례가 될 때까지도 게임은 아무 사건 없이 흘러갔다. 그런데도 레너드는 회전판이 돌아갈 때마다 긴장하다가 숨을 헉 들이쉬거나 신음을 내뱉거나 양손으로 머리를 쳤다. 마치 리전시 시대의 댄디 청년이 카드놀이 탁자에서 자신의 금과 말, 시골 땅, 나아가 전 재산을 날리면서 보일 법한 반응이었다.

프랜시스의 차례가 되었다. 취한 와중에도 그녀는 자신이 돌린 회전판의 숫자가 하트 그림 칸으로 이어지리라는 것을 대번에 알아차렸다.

"제가 잘못 건드렸어요. 다시 할게요."

프랜시스는 재빨리 말했지만, 레너드는 더욱 눈치가 빨랐다.

"두 번 돌리는 건 안 돼요! 그것도 규칙이라고요." 그는 프랜시스의 말을 직접 옮겨주었다. "… 3, 4, 5. 아하! 또 하트네! 이제야 내가 완전한 스타킹 한 쌍을 얻겠군요. 어떻게 생각해요, 프랜시스?"

릴리안은 무릎을 세우고 앉은 채 웅크려서 무릎에 머리를 기댔다. 그녀의 목소리가 치맛자락에 가로막혀 웅웅거리며 새어 나왔다.

"나 게임 하기 싫어. 둘이서 작당하고 나만 괴롭히잖아! 불공평해!"

"얼른! 우리 기다리잖아. 이제 와서 약속을 어기면 안 되지."

"나는 하기 싫단 말야!"

릴리안이 징징거리며 고개를 들었는데, 얼굴 윤곽이 흉할 만큼 부석부석하게 부어 있었다. 그녀가 어린아이처럼 말을 이었다.

"나 피곤해. 어지러워. 당신이 술을 너무 많이 먹였어. 당신은 항상 이래."

"좋은데 뭘 그래! 당신도 프랜시스도, 영락없는 술꾼들처럼 퍼마시는 게…"

'아, 닥쳐!' 프랜시스는 생각했다. 불현듯 속이 거북해졌다. 그녀는 자세를 고치고 바닥을 손으로 짚었다. 그런데 바닥이 자신이 생각한 자리에서 약간 비켜난 곳에 있었다.

"지금 늦었죠? 몇 시예요?"

"릴리안이 얼른 시작할 시간이죠!"

"나는 가서 자야겠어요. 기분이 끔찍해요."

"술이 모자라서 그런 거겠죠. 프랜시스, 왜 이래요. 당신도 즐기고 있는 줄 알았는데요? 쇼를 보고 싶지 않아요?"

프랜시스는 몽롱하고 아연해진 채 레너드를 쳐다보았다. 대체 여기서 뭘 하고 있는 거지? 자신의 방은 바로 옆에, 이 벽 너머에 있는데도, 집에서 멀리 떨어진 어딘가에서 낯선 사람들에게 둘러싸여 있는 듯한 공황이 몰려왔다. 방금 아래층에서 난 기척은 뭐지? 문이 열렸다 닫히는 소리였나?

프랜시스는 일어섰다. "오, 세상에. 난 갈래요."

"가지 마요."

레너드가 그녀에게 손을 뻗더니, 시늉만이 아니라 정말로 발목을 덥석 움켜잡았다. "게임을 망칠 셈이에요!"

그의 손길에 깜짝 놀란 프랜시스는 술이 약간 깼다. 프랜시스는 발을 비틀어 레너드를 떨쳐내고, 휘청거리며 게임 판으로 몸을 굽혀 그의 말을 맨 끝 칸으로 옮겨놓았다.

"자, 당신이 이겼어요. 이제 됐죠?"

레너드는 부루퉁해졌다. 아니면 부루퉁한 척하는 걸까. 분간이 안 됐다.

"이러면 재미없잖아요."

"안됐지만 어쩔 수 없죠. 나 피곤해요. 릴리안도 그렇대고요."

"오, 릴리안은 피곤하지 않아요. 괜히 하는 말일 뿐." 레너드가 고개를 돌리며 나지막이 덧붙였다. "아마 이따가도 그렇게 말할걸요. 진심도 아니면서 말이죠."

그의 말이 끝나자 침묵이 흘렀다.

"뭐 어때서? 프랜시스는 신경 안 쓴다고."

아내를 쳐다보며 그렇게 말하는 레너드의 얼굴에 부루퉁한 표정은 사라지고 없었다. 그는 상체를 비스듬히 뒤로 젖히고 팔꿈치로 바닥을 짚은 채, 밀집된 치아를 완전히 드러내며 벙긋 웃었다.

"프랜시스는 세상 물정에 밝은 여자니까. 안 그래요, 프랜시스?"

프랜시스는 옷매무새를 가다듬으려 애쓰면서 무표정한 얼굴로 대꾸했다. "한때는 그랬던 것 같네요."

레너드가 득달같이 대꾸했다. "한때는? 안타깝지만, 한번 물정을 알아버리면 그걸로 끝이랍니다. 릴에게 물어보시죠."

레너드의 어조가 너무나 불쾌했다. 그 얼굴을 내려다보노라니 면상을 발로 차주고 싶은 충동이 놀라울 정도로 강렬하게 치밀어 올랐다. 프랜시스는 애써 뒤돌아서서 신발을 발에 꿰었다. 그런데 몸이 휘청 흔들렸다.

"아이쿠!"

레너드가 소리쳤다. 그러나 일어나서 프랜시스를 부축해준 사람은 릴리안이었다. 융단을 건너오는 그녀의 걸음걸이도 불안정하기는 매한가지였고, 얼굴은 햄처럼 불그죽죽하고 얼룩덜룩하고, 짝짝이 발목 위를 덮은 치마는 아코디언처럼 쭈글쭈글해진 꼴이 되었으면서도, 릴리안은 손을 내밀어 프랜시스를 잡아주었다. 그리고 피곤하면서도 상냥한, 그녀 본연의 목소리로 말했다.

"미안해, 프랜시스."

이제야 비로소 시계가 눈에 들어왔다. 자정이 되기 몇 분 전이었다. 릴리안의 손을 꼭 잡고 있으니 어떤 환상이 머릿속에 떠올랐다. 어딘가 다른 세상에서, 다른 생에서, 둘이 함께 보낼 수도 있었을 소박하고 행복한 시간이 슬픈 신기루처럼 눈앞에 어른거렸다. 그러나 실제로는 무엇을 했나? 그 시간을 레너드에게 허비해버렸다. 프랜시스는 지금 이 순간까지 릴리안의 얼굴을 제대로 들여다보지도 않았고, 릴리안을 마냥 부추기고 괴롭히기만 했다. 옷을 벗는 동안 손뼉을 치고 환호를 하면서! 이제 와 생각하니 그건 비열하고 악랄한 심보에서 저지른 행동이었다. 릴리안이 레너드의 아내라는 이유로 벌을 주려고, 그녀를 몰아세우는 남편을 도왔던 것이다.

이 심정을 릴리안에게 전할 도리가 없었다. 프랜시스는 그저 고개를 저으며 짤막하게 대답했다. "나도 미안해."

프랜시스가 균형을 되찾자 릴리안은 손을 거두었다. 레너드가 일어나서 그녀를 문까지 배웅해주었다.

"그래도 가는 길이 멀지는 않으니 잘됐네요."

레너드가 문을 열어주면서 살짝 익살을 섞어 말했다. 태도가 아까와는 또 달랐다. 프랜시스가 그대로 지나쳐 가려 하자 레너드는 불쑥 다가와 따라붙었다. 순간적으로 키스라도 하려는 건가 싶었는데, 그는 단지 프랜시스의 팔꿈치 바로 위를 만졌을 뿐이었다.

"당신과 게임하니 즐거웠어요, 프랜시스. 저와 제 방정맞은 입은 꽤 넘치 않으시겠지요?"

프랜시스는 아무 대답도 못 하고, 고개만 끄덕이고 물러났다.

침실로 돌아와 거울 앞에 서니 몰골이 말이 아니었다. 얼굴이 온통 부어오르고 거칠해졌다. 드레스를 벗다가 거울을 덮어보았지만 드레스는 그 즉시 흘러내려 바닥에 떨어져버렸다. 화장실이 급했기에 우선은 잠옷부터 갈아입고 과감히 밖으로 나갔다. 다행히도 바버 부부는 아직 자기들 거실에서 나오지 않았다. 아래층으로 내려가보니 현관의 가스등은 여전히 밝혀져 있었지만 어머니 방의 문틈은 어두컴컴했다. 그것 역시 다행스러웠다. 프랜시스는 뭐가 어떻게 움직이는지도 모를 몸을 이끌고 마당으로 나가서, 화장실에 들렀다가, 부엌으로 돌아와 물을 한 잔 따랐다. 그런데 물을 마시고 유리잔을 내려놓은 기억이 없는데도 어느새 빈손이 되어 있었다. 또 정신을 차려보니 어느새 현관 불이 꺼져 있고, 그녀는 위층으로 올라와 있었고, 또 언제인지 모르게 방으로 돌아와 있었다. 프랜시스는 요란하게 침실 문을 닫고 슬리퍼를 벗었다.

침대가 얼마나 그리웠는지 모른다. 그런데 막상 침대로 올라가 드러누웠더니 매트리스가 배 갑판처럼 기울어지는 것 같아서 도로 일어나 앉을 수밖에 없었다. 프랜시스는 두 손에 얼굴을 파묻고 신음했다. 하느님 맙소사, 이게 대체 무슨 꼴인가! 플레이페어 부인 댁에 머물렀어야 했는데! 누가 그녀에게 독을 먹인 것 같았다. 침대에 앉아 있다 보니 몸속에서 급류가 맹렬하게 흐르는 감각이 점점 더 부자연스럽게 의식되었다. 위장 속에서 액체가 출렁거리고, 귀에 혈류가 고동치는 소리까지 느껴졌다. 별수 없이 침대가 기울어지는 느낌이 드는 것을 감수하고 조심스럽게 몸을 뉘였지만, 어떤 자세를 취해도 편안하지 않았다. 안정이 되지 않았다. 그녀 자신에게서 벗어날 가망이 없었다. 눈을 감으니 미래파 화가의 그림 같은 악몽이 펼쳐졌다. 강렬한 빛깔의 뱀과 사다리들, 잉크로 그려 넣은 심장, 히죽 웃는 레너드의 붉은 얼굴이 보였다. 무엇보다도 생생하게 보인 것은 가터벨트의 걸쇠를 더듬어 찾는 릴리안의 모습이었다. 실크 스타킹이 끌려 내려가는 광경이 자꾸만 눈앞에 어른거렸다.

6

다음 날 아침 여섯 시 직전에 잠에서 깨었을 땐, 지난밤 바버 부부와 어울렸던 일은 기묘하게 멀리 떨어진 듯 느껴졌다. 창밖에서는 해가 벌써 눈부시게 빛났고, 어젯밤이 그녀에게 남긴 것이라고는 뒤죽박죽 뒤엉킨 단편적인 인상과 메아리뿐이었다. 소음과 웃음, 손에 쥔 유리잔 따위…. 그것 외에는 머리가 맑았다. 이상할 만큼 상태가 좋았다. 술을 지나치게 많이 마신 건 분명한데, 그런 것치고는 아무런 영향도 없고 해도 입지 않은 듯해서 마음이 좀 놓였다. 체질이 튼튼한 사람들은 과음을 해도 부작용 없이 멀쩡하지 않던가? 자신도 그런 체질인가 보다 싶었다.

그런데 불과 몇 분 뒤 공장의 첫 경적 소리가 울려 퍼지자, 밝고 안온하던 기분이 어두워졌다. 커튼 사이로 비치는 햇살이 눈에 거슬렸다. 일단 화장실에 들르고 물을 한 잔 마시고 싶었다. 며칠간 아무것도 못 먹은 것처럼 속이 허했다. 그런데 똑바로 일어나 앉았더니 침대가 잠에서 깬 짐승처럼 움직이는 느낌이 들었고, 속이 요동치면서

210

시큼한 구역질이 올라오려 했다. 프랜시스는 헐레벌떡 몸을 도로 누이고 뻣뻣하게 굳은 채 침을 삼켰다. 최악의 고비는 금방 지나갔지만, 이대로 아래층으로 내려가는 건 불가능한 일이었다. 요강이 있으니 망정이지! 그녀는 침대 밑에서 요강을 간신히 끄집어내고 현기증을 가누며 그 위에 쪼그려 앉았다. 그러고는 부리나케 침대 위로 돌아갔다. 심장이 폭발할 듯 쿵쾅거렸다. 몸이 왜 이러는지 어리둥절했다. 플레이페어 부인 댁에서 뭘 잘못 먹었나? 프랜시스는 욕지기를 삼키며 어제 먹은 음식을 돌이켜보았다. 수프와 가자미, 닭, 푸딩, 치즈, 크렘 드 망트⋯.

녹색 술병을 떠올리자마자 목구멍에서 쓴 물이 올라왔다. 그런데 그 맛은 진과 레모네이드였다. 진과 레모네이드. 그리고 검은 담배.

그걸 시작으로, 바버 부부의 방에서 보낸 지난밤의 기억들이 서서히 연이어 떠올랐다. 탁한 물속에서 퉁퉁 불어터진 시체들이 떠오르듯이 서서히, 그러나 가차없이. 자신이 한 손에 술잔을, 다른 손에는 담배를 들고서 안락의자에 기대어 앉았던 것이 기억났다. 바버 씨의 담배 상자에 손을 뻗다 말고 새침하게 그를 올려다보며, 사실상 속눈썹을 파닥거리다시피 하며, "당신은 여자들이 담배 피우는 걸 싫어하는 줄 알았는데요."라고 말했던 것도 기억났다. 「메에 메에 검은 양」을 목청껏 불렀던 것도, 키득거렸던 것도, 고함을 쳤던 것도, 그리고⋯.

'아니야. 인정 못 해! 아니야, 아니야, 아니야!'

그러나 가장 흉측하게 불어터진 시체가 떠오르고야 말았다⋯. 릴리안이 쿠션 위에 올라서서 비틀비틀 스트립쇼를 하고, 프랜시스 자신은 술 취한 군인처럼 음흉하게 그녀를 쳐다보았던 기억이.

프랜시스는 이부자리에 얼굴을 파묻고 메스꺼움과 수치심을 억눌렀다.

일곱 시 정각에 바버 부부의 알람시계가 울렸다. 그리고 바버 씨가… 아니, 제기랄, 이제는 레너드라고 불러야 한다. 아무튼 레너드가 일어나서 조용히 아래층으로 내려갔다가 돌아와 자기네 부엌으로 들어가는 기척이 들렸다. 그가 씻고, 면도하고, 혼자 먹을 아침 식사를 기름에 튀기는 거동이 평소와 다름없이 경쾌해서 믿을 수가 없을 지경이었다. 심지어 콧노래를 흥얼거리기까지 했다. 저러다가 「모두가 하고 있잖아요」를 부를 수도 있을 것 같았다. 레너드가 겨드랑이에 엄지손가락을 끼고 노래하던 모습을 떠올리니, 그 잔상이 눈꺼풀 속에서 통통 뛰어다녀서 더더욱 메스꺼워졌다. 이윽고 찻주전자의 차를 좔르르 따르는 소리에 이어 찻잔을 침실로 가져가는 달그락달그락 소리가 들리자, 프랜시스는 자신도 차를 마시고 싶다는 생각이 너무나 간절하게 들어서 눈물까지 나오려 했다.

잠시 잠잠하다 싶더니 레너드는 마침내 집을 나갔다. 하지만 이제는 아래층에서 인기척이 들려왔다. 어머니가 부엌으로 향하고 있었다. 프랜시스는 오늘 처리해야 할 집안일에 생각이 미쳤다. 스토브에 불을 때고, 우유를 들여오고, 아침 식사를 준비하고…. 과연 할 수 있을까? 시도는 해봐야 한다. 그녀는 일어나서 슬리퍼를 신고 실내복 가운을 여몄다. 속이 울렁거리긴 했지만 지금까지는 괜찮았다. 거울 앞으로 가보니 눈이 붓고 충혈되어 있었고, 얼굴은 분을 바른 듯했다. 입술까지 희었다. 머리카락은 감전이라도 당한 것처럼 쭈뼛쭈뼛 서 있었다.

최대한 단정하게 매무새를 다듬고 용감히 밖으로 나가보았다. 레너드가 튀긴 베이컨 냄새 말고는 회랑에 사람의 흔적은 없었다.

부엌에서 어머니를 만난 프랜시스는 여상스럽게 아침 인사를 하려고 했다. 그런데 입을 벌리자 기침이 터져 나왔고, 동시에 역겨운 담배 맛이 배어 나왔다. 기침이 끊이지 않고 계속되는 바람에 급기야 경련이 일어날 뻔했다.

"감기 기운이 있는 거니, 프랜시스?"

어머니가 빵을 자르며 말했다. 프랜시스는 눈물이 질금질금 흐르는 눈가와 입을 무질러 닦고 목 쉰 소리로 대답했다.

"감기가 아니라는 거, 잘 아시잖아요."

"바버 부부와 즐거운 시간을 보낸 게지?"

프랜시스는 고개를 끄덕이며, 맛도 질감도 타르 덩어리 같은 무언가를 꿀꺽 눌러 삼켰다.

"어제 저희 때문에 너무 방해되지는 않았나요? 막판에는 유치한…" 또 기침이 나와서 그녀는 말을 끊어야 했다. "뱀과 사다리 게임을 했거든요. 그러다 보니 생각보다 시간이 늦어졌어요."

"그래, 소리가 들리더구나."

어머니가 다 자른 빵을 접시에 올렸다. 불을 때놓지 않아서 토스트를 할 수는 없었다. 어머니는 버터 통을 가져오고 서랍에서 나이프를 꺼냈다. 그런데 날씨가 더워서 버터가 녹기 시작했기에, 뚜껑을 열자 희미하게 쉰내가 풍겼다. 프랜시스는 재빨리 고개를 돌렸지만, 그 순간 안색이 창백해졌던지 어머니가 나이프를 내려뜨리며 걱정스러운 투로 나무랐다.

"프랜시스, 몹시 지쳐 보이는구나! 너는 바버 부부만큼 젊지 않다는 걸 잊으면 안 돼."

프랜시스는 녹아내리는 버터에서 눈을 돌린 채 말했다. "바버 씨는 저하고 한 살 차이밖에 안 나요."

"바버 씨는 남자잖니. 남자의 체력이 어디 너와 같겠니."

"굉장히 빅토리아 시대적인 말씀이네요."

"그래, 내가 자주 말했지만, 빅토리아인들은 비방을 너무 많이 당하지. 바버 부인은 몇 살이었지?"

프랜시스는 머뭇거렸다. "잘 모르겠는데요. 스물네다섯 살쯤?"

사실 릴리안이 스물둘이라는 건 뻔히 알고 있었다. 어머니 나이쯤 되면 마흔 이하 사람들의 나이는 구분하지 못하겠거니 생각하고 얼버무린 것이다. 그런데 뜻밖에도 어머니는 회의적인 표정으로 눈을 가늘게 뜨고서 지적했다.

"글쎄, 스물다섯 살 여성이라기에는 너무 앳되어 보이던걸. 그리고 뱀과 사다리 게임 말인데⋯."

"재미있는 빅토리아 시대 게임이죠."

"그보다도 시끄러운 게임이더구나! 내가 기억하는 것보다 더 시끄러워. 네가 그걸 할 수 있었다니 놀랍구나. 플레이페어 부인 댁에서는 머리가 너무 아파서 브리지 게임도 못 하겠다더니."

프랜시스는 대답할 수 없었다. 릴리안의 스타킹이 벗겨져 내려가는 장면이 또 뇌리를 스쳤기 때문이었다. 어머니가 그 일을 안다면! 생각만 해도 후끈 열이 올랐다. 프랜시스는 떨리는 손으로 물 잔을 가져다가 물을 마신 뒤, 스토브로 건너가서 힘겹게 불을 지폈다. 그런데 버터 냄새가 또 코끝을 훅 스쳤다.

"어머니, 괜찮으시다면 저는 한 시간쯤 제 방에서 쉴게요. 태스커 씨네 심부름꾼이 곧 올 텐데, 어머니가 직접 고기를 받아주실 수 있겠지요? 저는 지금 코트 걸치고 우유를 가져올⋯."

"우유는 이미 들여놨다. 바버 씨가 가져다주더구나. 그러니 이만 올라가보렴. 내 생각에도 너는 침대에 있는 게 가장 좋겠어. 이런 상태인 네 모습을 누가 보기라도 하면 곤란하잖니."

프랜시스는 물을 한 잔 더 마시고 슬그머니 부엌을 빠져나갔다.

그러니까, 레너드가 우유를 들여놔주었다는 얘기다. 이런 일은 처음이었다. 프랜시스가 그 일을 하지 못할 만큼 몸 상태가 나쁘리라고 짐작한 것이 분명했다. 그렇게 생각하니 기분이 영 찝찝해졌다. 어젯밤 그가 진을 강권했던 것, 술잔을 비우기 무섭게 다시 따라줬던 게 기억났다. 거의 목구멍에 술을 쏟아붓는 식이었다! 도대체 왜 그랬던 걸까? 그녀의 발목을 움켜잡았던 레너드의 손아귀도 기억났다. 자신이 담배 상자 앞에서 멍청하게 새실거렸던 기억도 떠올랐다. 그뿐만이 아니다. 그에게 몸을 기울이고 무릎을 쿡쿡 찌르기까지 하지 않았던가? 또 한 번 수치심이 파도처럼 밀어닥쳤다. 프랜시스는 계단을 오르다 말고 멈춰 서서 손으로 눈을 덮었다가, 방에 들어가자마자 침대에 드러누웠다. 그리고 머릿속에 떠오르는 장면들을 되새김질하며 조바심을 치다가 겨우 잠들었다.

열한 시가 다 되어 깨어나보니 상태가 한결 나았다. 프랜시스는 다시금 하루를 시작했다. 목욕을 하고, 가벼운 집안일도 몇 가지 처리해냈다. 어머니와는 점잖게 대화를 나누었고, 점심에는 정원으로 나가서 피나무 그늘 아래에서 식사를 했다.

그때까지도 릴리안의 흔적은 보이지 않았다. 혹시 그 사이에 조용히 집을 나간 게 아닐까 싶었다. 그랬으면 좋겠다는 생각도 들었지만, 또 한편으로는… 아아, 자신이 뭘 원하는지 알 수 없었다. 이제는 또 몸에 기운이 없었다. 겨우 짜냈던 기력은 점심거리를 정원으로 나르다가 다 써버린 것 같았다. 원래 오늘은 외출을 할 예정이었다. 크리스티나 집에 들르기로 약속이 되어 있었다. 하지만 덜컹거리는 차를 타고, 걷고, 크리스티나의 아파트로 이어지는 돌계단 네 개를 올라갈 생각만 해도… 도저히 엄두가 나지 않았다. 그래서 어머니가 새로운 수수께끼 책을 들고 응접실에 편안히 자리를 잡았을 때, 프랜시스는 자기 방으로 슬금슬금 돌아가 옷을 갖춰 입은 상태 그대로 침대에 누웠다.

이제 속이 메슥거리진 않았다. 그나마 다행이었다. 방 안이 따뜻하고 아늑해서 위안이 되었다. 창문을 활짝 열어놓고 커튼은 여며둔 참이라, 이따금씩 불어오는 산들바람에 커튼이 나부끼면서 그 틈으로 새어 드는 햇발이 흐려지다가, 선명해지다가, 넓어지다가 가늘어졌다. 정원에서 달콤한 라벤더와 싸한 제라늄 향기가 실려 왔다. 옆집의 급수실에서 물을 철벅이는 소리가 희미하게 들려왔고, 아래층 부엌에서 주전자가 뻑뻑 김을 내뿜는 소리가 맹렬히 치솟다가 힘없이 잦아드는 것도 들렸다. 그 소리와 냄새가 서로 엎치락뒤치락 뒤얽히다가 위태로운 균형을 이루는 것 같았다. 프랜시스 자신은 그 균형에 붙잡힌, 한없이 나약하고 초라한 존재로 느껴졌다.

그녀는 눈을 감았다. 깜빡 졸았던 것 같다. 이윽고 릴리안의 침실 문이 열리고 슬리퍼를 신은 발이 회랑을 지나는 기척이 어렴풋이 뇌리에 흘러들었다. 그런데 발걸음이 머뭇머뭇 느려지고 있었다. 왠지 몰라도 그 머뭇거리는 기색 때문에 프랜시스는 잠이 완전히 깼다. 그 발걸음이 어디로 향하는 것인지 느낄 수 있었다. 배 속이 울렁거렸다. 프랜시스가 침대에서 몸을 일으켜 앉은 순간, 릴리안이 방문을 두드렸다.

"프랜시스, 거기 있어?"

프랜시스는 헛기침을 했다. "응, 있어. 들어와."

릴리안이 문을 열고는 석양빛에 물든 방 안으로 조심스럽게 들어섰다. "자고 있었던 건 아니지?"

"아니야."

"네가 괜찮은지 궁금해서 왔어."

릴리안은 문손잡이를 잡고 선 채, 한 손을 얼굴께로 올리고 손마디로 뺨을 누르고 있었다. 둘은 피차 무슨 말을 해야 할지 모른 채 서로를 마주 보았다. 그러다가 프랜시스가 침대 머리맡의 철제 틀에 머리를 기대며 입을 열었다.

"어휴, 실은 몸이 엉망이야!"

릴리안이 맞장구를 쳤다. "나도 그래! 밀도 못하게 엉망진창이야. 아무것도 손에 안 잡혀. 있잖아, 나… 혹시 잠시만 앉아 있다 가도 될까?"

프랜시스는 또 속이 울렁거렸지만 고개를 끄덕였다. "그럼. 들어와서 앉아."

릴리안이 문을 닫고 의자로 다가왔다. 그런데 그 의자에는 어젯밤에 프랜시스가 입었던, 담배 냄새에 푹 찌든 옷가지가 걸쳐져 있었다. 프랜시스는 릴리안이 주저하는 기색을 알아차리고 말했다.

"그건 나중에 내가 치울게. 지금은 그럴 기운도 없어." 프랜시스는 머리맡의 베개에 등을 바짝 붙여 앉고 다리를 모았다. "대신 여기 와서 앉을래? 괜찮지?"

릴리안이 망설였는지도 모르지만, 그렇다 해도 아주 잠깐뿐이었다. 그녀는 침대의 발치 부분에 곧장 올라와 앉더니 옆의 벽에 몸을 풀썩 기댔다. 그러고는 눈을 감았다. 이제 보니 눈꺼풀이 무거워 보였고, 검은 머리카락은 평소와 같은 윤기가 없었다. 옷차림은 편지 봉투 빛깔의 스커트에, 소맷동과 칼라에 들어간 보라색 스티치 외에는 아무 무늬도 없는 흰색 블라우스였다. 너무 경황이 없어서 그 이상으로 공들여 단장할 수는 없었던 것처럼 보이는 차림새였다.

릴리안이 눈을 뜨고 프랜시스의 시선을 마주했다. "어젯밤 일은 정말 미안해."

프랜시스는 겸연쩍게 눈을 깜빡였다. "나도 미안해."

"내가 무슨 정신으로 그랬는지 모르겠어. 말도, 행동도 무엇 하나 정상이 아니었어. 렌은 더 심했고. 네가 우리를 뭐라고 생각했을지…. 지금 렌은 끔찍하게 미안해하고 있어."

"그래?"

"응, 그렇고말고. 못 믿는 거야?"

프랜시스는 어떻게 생각해야 할지 아리송했다. 아까 아침에 레너드가 부엌을 돌아다니던 기척은 경쾌하기만 했는데. 하지만 일단은 "못 믿는다는 건 아니야."라고 말문을 열었다.

"다만… 아아, 릴리안. 나는 네 남편을 이해할 수가 없어. 어젯밤 일이 그 사람 탓이라는 뜻은 아니야. 내가 스스로 바보짓을 했지. 그건 알고 있어. 하지만 레너드가 그런 내 모습을 보면서 즐겼다는 느낌을 지울 수가 없어…. 그리고 그는 너에게 좀 무례하게 굴기도 했잖아. 사실 네게 무례했던 걸로 따지자면 나도 마찬가지였지만…."

릴리안이 눈을 내려뜨렸다. "그건 내가 자초한 일일 뿐이야."

"그게 무슨 뜻이야?"

릴리안은 묵묵히 고개만 저었다.

둘은 그렇게 마주 앉은 채 일이 분쯤 한숨만 쉬었다. 프랜시스의 한숨은 점차 신음으로 변했다. 그녀는 얼굴을 문지르며 입을 열었다. "우리가 어쩌다 그 지경까지 갔는지 몰라! 내 평생 그렇게 취한 건 처음이었어. 배 속은 곤봉으로 두들겨 맞은 불쌍한 짐승 한 마리 같아. 눈은 화약을 문대어놓은 것 같고! 우리 담배라도 한 개비 피울까? 그러면 좀 나아질까? 아니면 더 나빠지려나?"

그들은 어떻게 될진 몰라도 한번 피워보자고 결론을 내렸다. 프랜시스는 침대에서 일어나 궐련지와 담뱃잎, 유리 재떨이를 가져온 뒤, 궐련 두 개비를 엉성하게 말았다.

프랜시스는 첫 모금을 피우고서 베개에 등을 푹 파묻었다. "아, 기분이 좀 나아지는 것 같아. 안 그래?"

"그래? 나는 잘 모르겠는데. 나한텐 좀 흥분되는 느낌이야."

릴리안은 가슴에 손을 얹으며 말했다. 그저 심장이 뛴다는 뜻에서 순수하게 한 말일 터였다. 하지만 릴리안의 그런 말을 들으니, 게다가 가슴 위에 올린 그녀의 손을 보니, 또다시 어젯밤의 잔상이 프랜시스의 눈앞에 스쳤다. 얼근히 취한 릴리안이 쿠션을 밟고 서서 비칠비칠 균형을 잡던 것, 카펫에 발꿈치를 쿵 디뎠던 것, 그 순간 젖가슴이 출렁했던 것. 그 기억과 함께 이런저런 뒤숭숭한 감정들이 몰려왔다. 어처구니가 없고 창피한 와중에 무언가 또 다른 거북한 기분이 들었다. 어젯밤에 느꼈던 흥분의 잔재가 되살아나는 것 같았다.

릴리안이 프랜시스의 얼굴을 쳐다보았다. "무슨 생각해, 프랜시스?"

"아…." 프랜시스는 담배를 한 모금 빨았다. "어젯밤 내가 얼마나 꼴불견이었나 싶어서."

"꼴불견은 네가 아니라 렌하고 나였지."

"애초에 나는 거기 끼어들지도 말았어야 했어. 둘이 부부 싸움이라도 했던 거야?"

"아니, 싸운 건 아니야."

"하지만 레너드가 네게 했던 온갖 몹쓸 말은 뭐고? 원래 자주 그러니?"

"그냥 술을 너무 많이 마셔서 그런 거야. 그리고 어차피 나도 그이한테 나쁜 말을 하는걸."

"그렇다고 괜찮은 게 아니잖아. 오히려 더 안 괜찮지! 부부 사이가 그렇게 험악하면 안 되는 거잖아?"

"우린 잘 지내고 있어."

"나한텐 전혀 그렇게 안 보이는데."

"남편과 아내 사이란 그냥 그런 거야. 결혼 생활에서 사랑이니 낭만이니 하는 걸 기대할 수는 없으니까. 그렇잖아?"

"없다고? 그럼 결혼이라는 걸 뭐하러 한단 말야? 너도 레너드도 서로 사랑해서 결혼했을 거 아냐."

"음, 글쎄. 그래, 그랬겠지."

"그 긴가민가한 말투는 뭐야. 사랑인지 아닌지 확실하지도 않다면 왜 결혼했는데?"

릴리안은 담배 끝을 재떨이 가장자리에 대고 굴리면서 눈살을 찌푸렸다. "지난번에도 묻더니. 그게 왜 그렇게 궁금해?"

"모르겠어. 그냥 이해하고 싶어서 그런가 봐."

"뭐, 네가 깊이 생각할 가치가 없는 일이야. 그건 그냥⋯ 실수였어. 완전히 실수였지."

"실수?"

"그래. 렌과 나는 젊은 시절에 실수를 저질렀어. 우린 어리석은 짓을 했고, 지금 그 대가를 치르고 있는 거야. 그뿐이야."

릴리안은 불안한 어조로 말하고는 눈을 들었다. 그리고 당혹스러워하는 프랜시스의 표정을 보더니, 울컥 짜증을 내다시피 내뱉었다.

"아, 프랜시스. 너는 엄청 똑똑한 사람이면서 어쩔 때 보면 무지막지하게 둔하더라. 내가 말하는 실수가 무슨 뜻인지 모르겠어? 그때 나는 아기를 가졌단 말이야. 그래서 렌하고 결혼한 거라고." 릴리안이 다시 시선을 떨구었다. "아기는 태어났을 때 죽었어. 짐작하겠지만."

프랜시스는 충격에 사로잡혔다. "릴리안. 정말 미안해."

릴리안은 입술을 깨물었다. "괜찮아."

"괜찮을 리가 없잖아."

"이제는 먼 옛날 일로 느껴져."

"난 전혀 몰랐어. 알았으면 좋았을걸…."

"너희 어머니에게는 말하지 않을 거지?"

"그럼, 당연하지."

"이것 때문에 나를 나쁘게 생각하지도 않을 거지? 렌과 내가 그랬다는 것 때문에?"

"아니, 설마 내가 그럴 거라고 생각해?"

릴리안의 얼굴에서 불안이 걷혔다. "아니. 하지만 다른 사람들은 너 같지 않았거든. 렌의 부모님만 해도 그래. 그분들은 모진 말씀을 곧잘 하셨어. 내가 렌을 붙잡아두기 위해 의도적으로 아기를 가졌다고…. 그게 렌과는 아무 상관도 없는 일이라는 듯이! 그리고 렌이 아니라 다른 남자 아기라고 말하기도 했고. 아기가 죽었을 땐 내가 벌을 받은 거라고 하더라. 아아, 정말 끔찍했어, 프랜시스. 그 일 때문에 나 약간 미쳐버렸던 것 같아. 심보가 고약해졌어. 다른 여자들의 아기를 차마 보질 못하겠더라고. 심지어 모리스에게도 잘해줄 수가 없었어. 네타 언니의 아들 말야. 그때 일로 언니는 나를 절대로 용서하지 않을 거야. 다른 사람들도 나를 이해하진 못했어. 전쟁터에서 죽은 남자들을 생각하라고, 독감으로 죽은 사람들을 생각하라고, 그런 일에 비하면 갓난애 하나 죽은 것쯤 뭐 그리 대수냐고…. 모두가 그렇게 말하더라고. 아마 그 사람들 말이 옳겠지만."

프랜시스가 말했다. "아니. 옳지 않아. 어떤 일들은 너무나 끔찍해서, 거기에 취할 수 있는 정상적인 반응이라곤 오로지 약간의 광기뿐일 때도 있어. 너도 알잖아?"

릴리안은 주저하더니 고개를 끄덕이고 중얼거렸다. "응."

"그러면 다시… 아이를 가져볼 생각은 안 한 거야?"

릴리안은 시선을 피했다. "렌은 원하고 있지만, 나는 못내 걱정이 돼. 만약 그런 일이 또 일어나면 어떡해? 우리 어머니도 여러 번 겪었는걸. 나는 못 견딜 것 같아. 더군다나 이 세상은 아기가 태어나 살기에 좋은 곳도 아니고. 하지만 결국 시도하긴 하겠지. 안 그러면 자연을 거스르는 일이잖아. 그리고 아기가 없으면 렌과 내 결혼은 아무 의미도 없게 되어버릴 테니까. 뭐, 하지만 그렇게 나쁘진 않아." 릴리안이 자기 자신을 설득하듯이 말했다. "렌은 좋은 남편이야. 주위에서도 다들 좋은 남편이라고 해. 다만… 음, 너도 어제 보았으니 알겠지. 그 사람, 연애 시절에는 나를 우격다짐하듯 밀어붙여서 어떻게든 자기를 받아들이도록 만들었어. 그래 놓고서는 내가 자기를 승낙해준 게 이제 와선 용서가 안 되는 모양이야."

"혹시 레너드가 네게… 손찌검을 하지는 않지?"

그 말에 릴리안의 얼굴에 설핏 미소가 스쳤다. "어림도 없지! 어디 한번 손 대보라고 해. 우리 언니들이 산 채로 가죽을 벗겨줄 테니까. 그 사람도 그건 알아."

"그러면 다른 여자랑… 만난 적은…." 프랜시스는 몇 주 전 별이 빛나던 밤 정원에서 레너드가 그녀의 등허리에 손을 올렸던 것을 떠올렸다.

"오, 전혀. 바람둥이 행세를 좀 하고 다니기야 하지. 하지만 실제로 무슨 짓을 저지르진 않아. 나하고 살면서 그이도 나름 쓴맛을 봤으니까."

그 이야기를 하면서 릴리안은 얼굴이 대꾼해졌다. 거의 매력 없는 얼굴로 보일 정도였다. 눈 밑의 그늘과 주름이 도드라져서 나이도 더 들어 보였다.

"정말 미안해, 릴리안."

프랜시스가 재차 말했다. 그런데 릴리안은 그 말에 무안이라도 당한 듯 고개를 수그렸다.

"너는 항상 내게 친절했어, 프랜시스. 처음부터 쭉 친절하게 대해줬지. 그리고 솔직하기도 했고. 지난번에 네가…." 릴리안의 목소리가 흔들렸다. "뭘 말하는 건지 알지? 그때 너는 나를 솔직하게 대할 필요가 없었는데도 마음을 터놓고 이야기해줬어. 그런데 거기다 대고 내가 매몰차게 반응하다니…. 그날 이후로 줄곧 그 생각을 했어."

프랜시스는 아무 대답도 하지 않았다. 열린 창밖으로 이웃집에서 나는 소음이 어렴풋이 들려왔다. 개 짖는 소리, 뭐라고 외치는 여자 목소리, 개수대에 숟가락을 부딪치는 소리. 커튼이 산들바람에 나부끼자 커튼 고리들이 부딪혀 쳇소리를 울렸고, 커튼이 다시 제자리에 잠잠히 내려앉고 나니 방은 이전보다 더 어둑해진 듯했다.

어두워진 덕분에 릴리안이 말을 꺼내기가 더 수월해졌는지도 모른다. 그녀는 담배를 비벼 끄면서 나지막이 말했다. "지난번에 네가 해준 이야기는…."

"하지 말았어야 했던 이야기였어." 프랜시스는 그렇게 잘라 말하고 자신의 담배도 꺼버린 뒤, 재떨이를 한편으로 치웠다.

"그치만 사실인 거지? 여자와 연애를 했었다고?"

"응."

"남자는 만난 적이 없었다는 거지?"

"없어. 한 번도. 나한테는… 뭐라고 해야 하지? 남자를 좋아하는 세포가 없는 것 같아. 가엾은 우리 어머니는 내게도 그런 세포가 어디엔가 있을 거라고 믿고, 그 세포를 깨워보려고 별의별 노력을 다 하셨어. 내 발목을 붙잡아 거꾸로 들고 탈탈 흔드는 것만 빼고는. 하지만…."

"그런데 그게 어떻게 시작됐어? 어쩌다가 알게 됐어?"

"사랑에 빠졌으니까. 그럼 어떻게 알았겠어?"

"어디서 만났는데?"

"그 친구랑 나? 전쟁 때 하이드 공원에서. 나는 노엘과 같이 연설을 들으러 거기에 갔던 참이었어. 그때가 징병제가 시행되기 직전이었는데, 한 남자가 징병을 반대하는 연설을 하다가 야유를 뒤집어쓰고 군중에게 떠밀리고 있더라고. 난리도 아니었어. 눈 뜨고 보기도 힘든 꼴이었지. 그런데 그 와중에 어떤 여자가 그 연설자를 지지하는 전단지를 나눠주며 돌아다니고 있는 거야. 태머섄터*를 쓴 조그맣고 가냘픈 금발 여자가, 누가 면전에 대고 침을 뱉더라도 아랑곳하지 않을 것처럼 침착하게…. 그래서 나는 전단지를 받았고, 나중에는 집회에도 나갔어. 부모님에게는 거짓말을 둘러대고 말이야. 거기서 그 여자와 또 마주쳤지. 걔는 하이드 공원에서 마주친 나를 기억하지 못했지만 나는 알아볼 수 있었어. 집회가 끝난 뒤에는 걔를 집까지 바래다줬어. 빅토리아에서 어퍼 홀러웨이까지 쭉 걸어서. 지독하게 추운 날씨였는데도! 아마 유스턴 거리를 지날 즈음부터 나는 사랑에 빠졌던 것 같아. 처음에는 친구 사이로 시작했지. 걔가 우리 집에 자주 건너와서 묵기도 했고. 그러다가 별안간, 걔도 나를 사랑하게 된 거야."

"그런데 너는 충격받지 않았어?"

"누군가가 나를 사랑해준다는 것 때문에? 까무러치게 놀랐지."

"나는 그런 뜻이 아니라…."

"그래, 알아. 충격 같은 건 안 받았어. 그 모든 일이 경이롭기만 했는걸. 학창 시절에도 나름 사랑을 하긴 했지만, 그건 내 주변 친구들 누

* 위에 털 방울이나 술이 달린, 커다란 베레모 같은 모자.

구나 다 하는 그렇고 그런 사랑이었어. 하염없이 밸런타인데이 카드를 주고받고, 감독생* 선배의 눈동자가 어쩌니 저쩌니 하는 시나 짓고…. 그런데 이건 차원이 달랐어. 몸과 마음과 이성 전체를 사로잡는 경험이었다고. 진정한, 진실한, 성숙한 연애. 뭐, 적어도 우리는 우리가 성숙했다고 생각했어. 이랬든 전쟁이 젊은 사람들을 조숙하게 만들긴 했잖아. 그때 존 아서 오빠는 이미 죽은 뒤였어. 그리고 크리스티나도… 아, 그 친구 이름이 크리스티나야. 아무튼 걔도 사촌들을 잃은 상황이었지. 우린 조바심이 났어. 그리고… 아, 어디서 그런 에너지가 났는지! 우린 같이 살고 싶어서 진지하게 동거 계획을 세웠어. 그 시절엔 매사에 진지했지. 같이 방을 구하러 다니고, 돈도 저축하고, 크리스티나는 타자법과 부기법 수업을 들었고…. 물론 양가 부모님은 말도 안 되는 짓이라고 생각하셨어. 그래서 부모님과 싸움이 끊이질 않았어. 똑같은 말싸움이 끝도 없이, 진 빠지도록 반복됐지. 어떻게 집을 나갈 생각을 할 수 있느냐, 그게 남들 눈에 어떻게 보이겠느냐, 너희는 너무 어리다, 사람들은 너희가 너무 빠르다고 생각할 거다, 남자들이 아무도 너희와 결혼하려 하지 않을 거다…. 하지만 그런 말싸움조차도 스릴 넘치지 뭐야. 우리는 우리가 새로운 사회의 사람들이라고 생각했어! 세상 모든 게 변하고 있는데 우리는 왜 변하지 말아야 하냐고. 낡은 전통과 계급, 그런 건 전부 떨쳐버리자고…."

프랜시스는 말을 멈추고 물을 한 모금 마셨다. 목이 깔깔했다. 릴리안이 그녀를 지켜보다가 물었다. "그런데 어떻게 됐어?"

프랜시스는 유리잔을 쟁그렁 소리가 나게 내려놓았다. "음, 그러다가 우리가 경찰에 체포되는 일이 벌어졌지. 내가 하원의원에게 신발

---

* 영국 학교에서 학생들을 통솔하고 질서를 바로잡고 교사를 보조하는 역할을 하는 학생 대표.

을 던졌을 때 말이야. 아버지는 나를 집에서 내쫓겠다고 을렀고, 죄송한 일이지만 나는 그분 면전에 대고 비웃었어. 그런데 어머니는….” 프랜시스는 숨을 들이쉬었다. “어머니는 내 물건을 뒤져서, 크리스티나가 보낸 편지를 찾아내 읽어버렸어. 우리 우정에 무언가 기묘한 구석이 있다는 걸 줄곧 알고 계셨던 모양이야. 어머니가 그 편지를 크리시의 부모님에게 가져가자, 그분들은 크리시의 방을 뒤집어엎어서 내가 보낸 편지도 찾아냈어. 뭐, 그 편지들이 뭘 뜻하는지는 명백했지. 비난은 주로 나한테 쏟아졌어. 내가 크리시보다 나이가 좀 더 많아서 그랬던 것 같아. 어른들은 나를 무슨 뱀파이어 같은 존재로 생각하고….”

“뱀파이어라니!”

“무슨 뜻인지 알잖아. 책에 흔히 나오는, 신경과민에 시달리는 여선생 같은 여자들* 말야. 그분들은 나를 의사에게 보내야 한다고 이야기했어. 분비 기관을 검사해봐야 한다는 둥…. 아아, 지금도 그 생각을 하면 못 견디겠어.”

프랜시스는 몸서리를 쳤다. 무시무시한 악몽의 한 장면과도 같은 기억이 떠오른 탓이었다. 너무나 잠잠하던 아버지의 모습이, 그분의 침묵이, 그 표정에 드러나던 차가운 혐오감이. 스무 해 동안 아버지가 고래고래 질러댔던 윽박보다 그 침묵이 훨씬 더, 비교할 수도 없을 만큼 가혹했고, 모멸스러웠다.

“만약 우리가 더 용감했더라면….” 프랜시스는 말을 이었다. “도망쳤을 거야. 시도는 해봤어야 했는지도 몰라. 도둑들처럼 몰래 야반도주할 수도 있었을 텐데. 하지만 우리는 정면으로 맞서기로 했어. 어차

* 뱀파이어나 학교 여선생이 자신보다 젊은 여자를 성적으로 착취하는 이야기는 당대 대중문화에서 레즈비언을 표현하는 정형화된 방식 중 하나였다.

피 일 년 안으로는 전쟁도 끝날 거라고들 했으니까. 왠진 몰라도 우린 일단 전쟁만 끝나면 모든 게 달라질 거라고 생각했어…. 그런데 기다리는 동안 노엘이 죽고 말았어. 그게 1918년 3월이었지. 존 아서가 죽었을 때도 힘들었지만, 노엘은… 뭐라고 해야 할까. 아버지는 그예 몸져누우셨어. 어머니는 한동안 충격에서 헤어 나오질 못했고. 그 즈음 하인들도 우리 집을 떠났어. 이후로 요리사와 청소부를 몇 명 써봤지만 다들 재앙 수준이라서, 차라리 내가 직접 저택을 돌보는 게 쉽겠다 싶더라고….”

“그러다가 8월에는 아버지마저 돌아가셨고, 우리 집 돈이 거덜 났다는 게 밝혀졌지. 그쯤 되니 크리스티나와 내가 계획했던 새로운 사회는 덧없는 꿈으로 느껴지더군. 마침내 휴전이 맺어졌지만, 내가 뭘 어쩔 수 있었겠어? 어머니를 떠날 순 없는 노릇이잖아. 이미 온갖 고초를 겪으셨는데. 어머니와 그 문제로 상의한 적은 없어. 우리 모녀는 그 일에 대해 한마디도 꺼내지 않았어. 어머니는 크리시가 내게 어떤 존재인지 알고 계셨지만… 그래도, 나는 도저히 어머니를 떠날 수 없었어. 너희 식구들이 너를 타이르며 했던 이야기를 나는 나 자신에게 되뇌었지. 수많은 남자가 죽었고, 수많은 여자가 자기 연인, 형제, 아들, 야망을 포기했다고…. 나 역시 하나의 희생을 하는 거라고, 그뿐이라고. 나는 그게 나름의 용기라고 생각했어.”

릴리안은 아연실색해서 그녀를 쳐다보았다. “하지만 네 친구는 어쩌고?”

“아….” 프랜시스는 시선을 돌렸다. “음, 헤어질 때 힘들긴 했어. 그건… 이만저만 힘든 게 아니었지. 하지만 크리시는 결국 괜찮아졌어. 지금 걔는 원했던 대로 교외를 벗어나 살고 있어. 지금의 크리시를 보면, ‘힐드롭 빌라스’* 거리에서 자랐다고는 믿을 수 없을 만큼 도회적인 여자가 됐거든."

"결혼한 거야?"

"결혼? 아니! 적어도 네가 생각하는 방식으로는 아니야. 크리시는 다른 여자 친구를 찾았어. 정확히 말하면 그 친구가 걔를 찾은 셈이겠지만. 나보다 더 용감한 사람이야. 더 매몰차다고 해야 할지, 아무튼. 그 친구는 오래전에 자기 가족과 연을 끊고 혼자서도 잘만 살아왔다더라고. 공교롭게도 직업이 학교 여선생인데, 본인은 예술가를 자처하고 있어. 핌리코에 있는 작업실에서 울퉁불퉁하게 생긴 찻잔이랑 잔받침을 만들고 있지." 프랜시스는 릴리안의 눈을 마주 보았다. "내 말투가 좀 심술궂나? 사실 좀 심술이 나는 것 같긴 해. 크리시의 집에 가서 걔가 사는 양을 보노라면, 저 삶이 내 것이어야 했는데 싶은 생각이 드니까. 쉽지만은 않은 일이지. 원래는 오늘도 걔네 집에 놀러 갈 예정이었어. 몸 상태가 이렇게 형편없지만 않았더라면 지금쯤… 지금이 몇 시지?" 프랜시스는 시계를 확인했다. "그래, 딱 지금쯤 걔네 집에 있었겠네."

프랜시스는 열린 창문을 향해 "미안, 크리시!"라고 경쾌하게 소리쳤다. 그러고는 하품을 하면서 말을 이었다. "적어도 내가 걔를 들볶을 일은 없어졌으니 잘됐지. 크리시는 내가 아는 누구보다도 정리 정돈을 못하는 성격이거든."

지금껏 내내 창백하게 질려 있던 릴리안의 얼굴이 웬일인지 발그스름해졌다. 릴리안은 담담한 어조로 말했다. "너는 여전히 그분에게 마음을 쓰는 거구나."

"뭐라고? 아냐, 아냐. 그런 게 아니야. 오래전에 다 끝난 일이래도."

---

* 시골, 대저택, 별장 등을 상기시키는 지명.

228

"하지만 사랑했다면서."

"사랑했지. 걔도, 나도. 하지만 이제 크리스티나에겐 스티비라는 새 친구가 생겼는걸. 내 사랑의 감정은 바싹 말라붙어버렸고. 그 왜, 뱀파이어를 죽이는 방법이 뭐라고 하더라? 심장에 크리켓 기둥 같은 걸 박아 넣는다지? 그래, 나도 딱 그렇게 심장을 꿰뚫려버린 거야." 프랜시스는 한숨을 쉬고 눈을 문질렀다. 속에 든 걸 몽땅 비워낸 듯 기진맥진한 기분이었다. "하지만 이런 건 중요한 일이 아니야, 릴리안. 요즘 같은 세상에서는 아주, 아주 사소한 일일 뿐이지. 한 가지 슬픈 사실이라면, 나도 너처럼 지금의 내 삶에 그럭저럭 만족한다는 점이야. 나는 최선을 다해 어머니를 모시고 있어. 나만 그렇게 생각하는 건지도 모르지만. 가끔은 어머니에게 맨 잔소리만 늘어놓는 것 같기도 해. 어머니하고는 가위의 양쪽 날처럼 엇갈리기 일쑤거든. 물론 어머니도 행복하진 않으시겠지. 행복하실 리가 없잖아? 그저 하루하루 시간을 흘려보내고 계시는 것 같아. 뭐, 아마 다들 마찬가지겠지만."

그 말을 끝으로 한동안 침묵이 흘렀다. 프랜시스는 한숨을 쉬었고, 릴리안은 발그레해진 얼굴을 수그린 채 찡그린 눈으로 자기 무릎을 내려다보았다. 그녀는 초조한 듯 엄지손가락으로 치맛자락의 주름을 연신 문질러 펴면서 멍하니 넋을 빼고 있었다.

침묵이 너무 오래 이어지는 듯싶었다. 프랜시스는 자신이 너무 솔직하게 이야기했나 싶어서 문득 불안해졌다.

"우리 어머니 앞에서 크리스티나를 언급하진 말아줘. 알았지? 어머니는 내가 걔하고 아직 만나는 줄 모르시거든. 알면 분명히 졸도하실 거야. 그리고… 레너드에게도 말 안 할 거지? 혹시 이미 말한 건 아니지?"

릴리안이 프랜시스를 돌아보았다. "당연히 말 안 했지."

"음, 사실 어떻게 그게 가능한지 잘 모르겠어. 나는 부부끼리는 뭐든 다 이야기하고 사는 줄 알았는데."

릴리안은 대답하지 않았다. 여전히 무언가 고민에 사로잡힌 듯 멍해 보였다. 이윽고 그녀는 손으로 얼굴을 한 번 쓸고는 아까처럼 담담한 투로 말했다.

"나 이제 가야겠어, 프랜시스. 렌이 퇴근하기 전에 할 일들이 있어서."

"그래. 얼른 가봐."

프랜시스는 고개를 끄덕이며 말했지만 내심 실망감에 휩싸였다. 릴리안이 침대에서 내려가 치마의 솔기를 매만지는 걸 지켜보며 그녀는 말했다. "오늘 이렇게 찾아와줘서 고마워. 네 아기가 그렇게 된 건 정말 안타까워. 하지만 솔직하게 이야기해줘서 기뻤어. 그리고 내 기나긴 이야기를⋯ 뱀파이어가 어쩌고 하는 얘기를 들어준 것도 고맙고."

릴리안은 묵묵부답이었다. 어슴푸레한 방 한가운데에 우두커니 서서 그녀를 마주 볼 뿐이었다. 그러다가 어색하게 고개를 끄덕이고 문쪽으로 몸을 돌렸다.

그런데 릴리안이 멈칫하고는 뭘 곰곰이 생각하는 듯하더니, 뜻밖에도 다시 뒤를 돌아보았다. 그리고 얼굴이 새빨개진 채 침대 머리맡으로 다가와, 프랜시스에게서 한 발짝쯤 떨어진 자리에 멈춰 서서 그녀의 가슴에 손을 뻗었다. 젖가슴 자체를 만진 건 아니었다. 어리둥절한 채 가만히 얼어붙어 있는 프랜시스의 가슴 위의 허공에 손을 올리더니, 거기에서 삐져나온 무언가를 움켜쥐듯 손가락을 구부리는 시늉을 하는 것이었다. 그러고는 입으로 끼익, 쉭 하는 소리를 내면서 천천히 손을 끌어당겼다.

그 짧은 연극이 끝날 때쯤에야 프랜시스는 그 의미를 이해했다. 릴리안이 손을 올렸던 자리는 프랜시스의 심장 바로 위였다. 릴리안은 심장에 박힌 말뚝을 빼내는 시늉을 한 것이다.

릴리안은 프랜시스와 한 번도 시선을 마주치지 않았지만, 그 손길은 매끄럽고 세심했다. 심지어 손을 우아하게 펼쳐서, 빼어 들었던 말뚝을 저편에 팽개치는 시늉까지 해 보였다. 그러고는 자기 행동에 담긴 의미에 스스로 놀랐는지 가만히 서 있었다. 릴리안의 심장이 쿵쿵거렸다. 복 아래 피부가 북 가죽처럼 떨리는 게 프랜시스에게도 보였다. 둘은 말없이 서로를 마주 보았다. 그 순간은 팽창하는 듯, 어딘가에 아슬아슬하게 매달린 채 정지한 듯 느껴졌다. 마치 물방울처럼, 눈물 한 방울처럼…. 그러다가 커튼이 바람에 펄럭거리고 달그락거리는 소리가 나자 릴리안은 퍼뜩 정신을 차렸다. 그녀는 고개를 숙이고서 발길을 돌려 방을 나갔고, 문을 닫았다.

왜 그런 행동을 한 걸까? 무슨 의도로? 프랜시스는 베개에 등을 파묻은 채, 멀어져가는 릴리안의 발소리를 들으며 의문에 빠졌다. 가슴에 손을 얹어보니 상상 속의 말뚝에 관통당했던 자리가 약간 말랑말랑하게 느껴졌다. 프랜시스는 블라우스 옷깃을 끌어 내리고 축 처진 캐미솔 끈을 젖힌 뒤, 방 저편의 거울 앞으로 건너가서 가슴을 비춰보았다. 눈에 띄는 건 아무것도 없었다. 피부에 아무런 흠도, 자국도 없었다. 당연히 그럴 리는 없을 것이다…. 하지만 침대로 돌아와 심장 위에 손을 올리고 누우면서 그녀는 확신했다. 릴리안의 손길이 자신의 가슴에 일으켜놓은 어떤 열기가 일렁이는 것이, 피가 훅 달아오르는 것이 느껴진다고.

그날 저녁 돌아온 레너드는 위층의 자기 방에 들렀다가 바로 아래층으로 내려왔다. 그는 부엌문 안으로 고개를 빠끔 내밀고는 미안한 표정으로 프랜시스를 바라보았다. 이마에 중산모 테두리 자국이 찍혀 있는 건 평소와 다름없었지만, 낯빛이 창백해서 눈의 흰자위가 칙칙해 보였고, 콧수염의 양쪽 끝은 축 쳐져 있었다.

"잠깐 이야기를 나눠도 될까요?"

프랜시스는 고개를 끄덕였다. 그러자 레너드는 한 손을 등 뒤에 숨긴 채 쭈뼛쭈뼛 안으로 들어왔다.

"어젯밤 제 행동을 사과하러 왔습니다. 술을 너무 마신 나머지 자제력을 잃었어요. 해서는 안 되는 말을 너무 많이 했죠. 저도 저 자신이 용서가 안 됩니다. 하지만 혹시… 음, 이걸 받아주시고 어제 일은 툭 툭 털어주시면 안 될까요?"

레너드가 등 뒤에 두었던 손을 앞으로 돌리자, 손에 든 물건에서 조그맣게 달그락거리는 소리가 났다. 그건 초콜릿이었다. 핑크색 새틴 리본으로 묶인, 뚜껑에 발레리나 그림이 새겨진 초콜릿 상자.

프랜시스는 곤혹스러워하며 상자를 쳐다보았다. "제게 이런 걸 사 주실 필요 없는데요."

"그래도 무언가를 드리고 싶었습니다. 정원에 꽃이 잔뜩 있으니 장미는 쓸모없겠더라고요. 하지만 초콜릿이라면, 평소에 자주 사 드시지 않을 것 같아서요. 그렇죠?"

"어쨌거나 당신이 사과해야 할 사람은 제가 아니에요. 릴리안이죠."

의외로 그 말에 레너드의 얼굴이 약간 붉어졌다. "압니다."

"릴리안에게 굉장히 몹쓸 말을 여러 번 하셨어요."

"알아요, 알아. 하지만 한 마디도 진심이 아니었어요. 릴리도 그건 알아요. 아내에게는 미안하다고 이미 이야기했습니다. 보상할 방법도 찾을 거예요…. 그러니 이 초콜릿을 받아주셨으면 좋겠어요, 프랜시스. 저는 늘 우리가 좋은 친구 사이라고 생각했는데 이번 일로 서먹해지고 싶지 않아요. 정 드시고 싶지 않으면 어머님께 드려도 됩니다.

저희 때문에 어머님도 불편하셨을 것 같아요. 그렇죠?"

프랜시스는 앞치마로 손을 닦고 결국은 상자를 건네받았다. 그리고 사과를 받아들인다는 의사를 최대한 적절하게 표시하기 위해, 포장지가 화려하다는 등 칭찬을 하면서 동시에 약간의 체면도 차리려고 애썼다. 물론 그러는 동안에도 몇 시간 전에 일어났던 강렬한 사건을 내내 되새기고 있었다. 레너드의 아내가 자신의 가슴 바로 위에 손을 뻗고 말뚝을 뽑는 시늉을 했던 것을.

레너드는 안심한 듯했다. "고마워요. 당신이 선뜻 사과를 받아주신 게 제게는 정말 뜻깊은 일입니다. 저를 너무 나쁘게 생각하진 않으셨으면 좋겠어요. 우리는… 음, 그래도 우린 어제 재미있었잖아요? 제가 예의를 잃어버리기 전까지는 말입니다."

레너드가 말을 하는 동안 콧수염이 실룩거렸다. 그의 축축한 분홍빛 입술을 보니 어젯밤에 느꼈던 음침한 흥분의 여운이 밀려왔다. 텅 빈 줄 알았던 진 병의 밑바닥에 한 모금 남은 술을 발견하고 들이켠 것처럼. 하지만 그 한 모금도 너무 과했다. "그래요, 재미있었죠." 프랜시스는 새침하게 대답하고 몸을 돌려, 초콜릿은 열어보지도 않고 놔둔 채 원래 하던 부엌일로 돌아갔다. 그녀가 샬롯*을 써는 동안 레너드는 일이 분쯤 더 미적거렸다. 무슨 말인가 더 해주기를 바라는 눈치였지만, 아무 반응도 돌아오지 않자 그는 열린 뒷문으로 슬그머니 빠져나갔다.

레너드는 화장실에 들르고 나서도 마당에 남아 있었다. 프랜시스가 흘끔 내다보니, 그는 바지 주머니에 두 손을 꽂아 넣은 채 금이 간 포석에 발을 직직 끌고 있었다. 잠시 뒤에 또 내다보았을 땐 잔디밭을 어

---

* 작은 양파와 비슷한 채소.

슬렁거리고 있었다. 그는 담뱃불을 붙인 뒤 성냥을 수풀에 던져버리고는, 화단 사이를 천천히 거닐면서 이따금씩 시든 장미꽃을 잘라냈다. 프랜시스는 식칼을 손에 든 채로 그 모습을 지켜보았다. 레너드는 줄곧 이쪽을 등지고 있었는데, 그의 엉덩이와 어깨가 좁다는 게 무엇보다도 눈에 들어왔다. 저렇게 이리저리 떠도는 모습이 불현듯 쓸쓸하고 연약해 보였다. 릴리안의 죽은 아기가 떠올랐다. 이제 와 생각하면 그 아기는 레너드의 아기이기도 했다. 어젯밤 레너드가 뱀과 사다리 게임을 할 때 광적으로 채찍질하듯이 게임을 몰아붙였던 것도 떠올랐다. 마치 그 게임이나 자기 아내나 프랜시스나 그날 밤 자체에서 뭔가를 얻어내고 싶은 듯, 게임이 마지못해 무언가를 토해내거나 아니면 아예 망가져버릴 때까지 끝장을 볼 기세로 들들 볶지 않았던가.

'저 사람도 우리와 마찬가지로 불행한 거야.' 프랜시스는 깨달았다.

아니, 그런데 과연 그럴까? 머릿속에서 딱 들어맞는 듯 떠올랐던 그 깨달음은, 레너드가 담배를 다 피우고 집으로 돌아오고 나니 도로 쑥 들어가버렸다. 레너드는 아까보다 생기로워 보였다. 축 쳐졌던 콧수염도 제자리로 돌아와 있었다. 그는 정원 끝자락에 박혀 있던 잔디 깎는 기계를 찾았다고 이야기했다. 먹통이 됐지만 잘하면 고칠 수 있을 것 같다고, 프랜시스와 어머님만 괜찮다면 자신이 나중에 한번 살펴볼까 하는데 어떠냐고.

프랜시스는 마음대로 하시라고 대답했다. 레너드는 저녁을 먹으러 위층으로 올라가더니, 여덟 시 직전이 되자 재킷을 벗고 칼라와 넥타이를 떼어내고 셔츠 소매를 팔꿈치까지 걷어 올린 모습으로 나타났다.

이번에는 릴리안도 함께였다. 그녀는 피나무 아래의 벤치에 앉아, 레너드가 방수포를 바닥에 깔고서 잔디 깎는 기계를 해체하는 과정을 바라보았다. 그의 손이 기름투성이가 되어 담뱃불을 붙이지 못하자 릴리안은 레너드의 주머니에서 담뱃갑을 꺼내주고 직접 불도 붙여주었다. 프랜시스는 응접실에서 창문으로 그 광경을 쭉 지켜보았고, 그동안 어머니는 발레리나 상자에 든 초콜릿을 집어 먹고 있었다.

"너도 한 개 먹어보지 않겠니, 프랜시스? 바버 씨가 일부러 수고스럽게 사다준 거잖아. 나 혼자 다 먹으려니 먹보가 된 기분이야!"

아니, 그럴 순 없다. 프랜시스는 초콜릿을 입에 대지 않을 작정이었다. 그런데 바느질감이 좀처럼 손에 잡히지 않았다. 저기 정원 끝자락에 앉아 있는, 칼라와 소맷동에 보라색 스티치가 들어간 흰 블라우스를 입고 있는 릴리안의 모습이 너무 눈에 밟혀서였다.

착각인지도 모르지만, 릴리안 역시 프랜시스를 의식하고 있다는 느낌이 들었다. 릴리안이 집 쪽에 한 번이라도 눈길을 준 건 아니었다. 그녀는 레너드가 스패너를 가지고 일하는 모습만 주시하면서, 톱니며 날이며 뭔지 모를 부품들을 보여주는 그에게 격려하듯 고개를 끄덕여주고 있었다. 하지만 그렇게 고개를 끄덕일 때도, 두런두런 말할 때도, 담뱃불을 붙여줄 때도, 레너드에게 바싹 다가가 담배를 입에 물려줄 때도, 릴리안의 일부분은 마치 태양을 거슬러 뻗어 나가는 기나긴 그림자처럼 프랜시스를 향하고 있다는 것을 그녀는 확신할 수 있었다.

그 주 주말에는 릴리안과 마주칠 일이 거의 없었다. 월요일에 만났을 때는, 프랜시스의 방에서 터놓고 나누었던 이야기에 대해서도, 그날 헤어질 때 일어났던 짜릿하고도 애매모호한 사건에 대해서도 언급하지 않았다. 서로 집안일이나 세탁소 요금 등 사소한 화제만 주고받았을 뿐이었다. 그런데 이후 온종일 집 안에서 재봉틀 웅웅거리는 소리가 울려 퍼지더니, 다음 날 아침 프랜시스가 방에서 침대 시트를 벗겨내고 있을 때 릴리안이 문간에 나타났다.

"네 드레스 준비됐어, 프랜시스." 릴리안이 수줍게 말했다.

"드레스?"

"토요일 저녁에 입을 드레스 말야. 네타 언니네 파티에 입고 가야지. 잊은 거야?"

잊지는 않았다. 하지만 그 드레스를 시험 삼아 입어봤던 것도, 머리를 잘랐던 것도, 지금처럼 상황이 복잡해지기 이전의 아득한 과거의 일로 느껴졌다. 프랜시스가 침대에서 문 쪽으로 건너가자 릴리안은 옷걸이에 걸린 드레스를 들어 보였다. 그 앞에서 프랜시스는 입이 딱 벌어졌다. 드레스가 완전히 달라져 있었다. 헐렁하고 허리선이 낮게 내려오는, 요즘 유행하는 스타일로 탈바꿈했다. 세탁과 다림질이 된 것은 물론이고 곰팡이 흔적까지 싹 지워졌을 뿐 아니라, 낡은 가죽띠는 은빛의 벨벳 리본으로 교체됐고, 칼라와 스커트 밑단에는 새틴 같은 재질의 천이 덧씌워졌다.

프랜시스는 한쪽 소매를 집어 들었다. "예쁘다."

"정말?"

"이걸 다 하느라 얼마나 오래 걸렸을지···."

"시간은 전혀 안 들었어. 그리고 옷이랑 어울리는 가방도 하나 찾았어. 여기." 그건 회색 플러시 천으로 된 야회용 핸드백이었다. "모자는 이거, 어때?" 그건 챙이 넓은 핑크색 모자였다. "모자 꼭대기가 부드러우니까 네 머리가 망가지지 않을 거야. 웨이브는 내가 다시 넣어줄 수 있는데, 해줄까?"

프랜시스는 모자를 손에 들고 돌려보고는 거울 앞에 서서 써보았다. 색깔이 그녀와 잘 어울렸고, 스타일도 좋아서 맵시가 살아났다. 모자를 머리에서 벗자 릴리안의 향기가 어렴풋이 풍겨왔다. 프랜시스는 모자를 서랍장 위에 조심스럽게 올려놓으며 말했다. "나는 네가 마

음이 바뀐 줄 알았어. 파티 얘기는 하도 오랫동안 안 꺼내길래, 그 제
안은 그냥… 정말 내가 같이 갔으면 좋겠어?"

"오기 싫어?"

"아니야, 나는 좋지. 하지만 레너드는? 네가 자기 대신 나하고 가면
언짢아하지 않을까?"

릴리안은 얼굴을 붉히더니 턱을 치켜들었다. "그 사람이 왜 언짢아
해? 회사 문제만 생각하기도 바쁜데. 오히려 우리 가족을 피할 수 있
게 돼서 다행이라고 생각할걸. 친지들끼리만 모이는 자리니까. 아,
그렇다는 건 너도 알고 있었지? 그리고 언니네 집은 별로 크지도 않
고…. 네가 싫어할지도 몰라."

"그렇지 않을 거야."

"그런대도 나는 전혀 탓하지 않을게."

"나는 절대로 싫어하지 않을 거야, 릴리안." 프랜시스는 말했다. '너
와 같이 간다면'이라는 뒷말은 삼킨 채. 두 주 전이었다면 그녀는 그
말을 했을 것이다. 두 주 전이었다면 릴리안은 그걸 또 한마디의 우스
꽝스러운 신사적 찬사의 표현으로 받아들이며 고개를 까딱했을 것이
다. 하지만 지금은 달랐다. 프랜시스는 누가 50파운드, 아니, 500파운
드를 준대도 절대로 그 말을 할 수 없었다.

그런데 릴리안은 어째 그 말을 듣기라도 한 모양이었다. 그녀가
내보이던 허세가 흔들렸다. 릴리안은 방문 뒤에 걸어놓은 옷걸이에
드레스를 도로 끼우더니, 잠깐의 불안한 침묵 끝에 자기 방으로 돌
아갔다.

불안감은 그 주 내내 계속되었다. 프랜시스의 심장에서 말뚝이 뽑
히자 잠재되어 있던 힘 같은 것이 풀려나와, 무슨 물리적인 전기현상

을 일으키는 상태가 된 게 분명했다. 프랜시스와 릴리안은 열린 문간 너머로 시선이 마주치기만 해도 얼굴이 붉어졌다. 계단에서 서로를 지나칠 때는 몸이 실제보다 두 배는 커진 듯 느껴졌고, 온통 손과 가슴, 엉덩이만 의식되었다. 잠시 멈춰 서서 대화를 나눌라 치면 둘 다 신경과민이라도 걸린 듯 어색해졌다. 그런데 헤어지기가 무섭게 또 만나게 되는 것 같았다. 마치 둘이 실로 연결되어서 서로에게 계속 이끌리는 것만 같았다.

그들에게 연결된 실은 그뿐만이 아니었다. 그들을 파티로 끌어당기는 실도 있었다. 파티는 이루어지지 못할 약속처럼, 현실로 일어날 법하지 않은 매혹처럼 여겨지기에 이르렀다. 프랜시스는 파티에 대한 생각을 한시도 멈출 수가 없었다. 그런데 남들에게 그 얘기를 할 때는 천생 거짓말쟁이처럼 천연덕스럽게 하품을 하면서 진심도 아닌 말을 해댔다. 예컨대 크리스티나에게는 그 파티를 우스개 취급해버렸다. "릴의 친척들과 즐거운 놀이 한마당이라! '당나귀 꼬리 달기'나 '장님놀이'*도 하려나?" 하는 식으로. 어머니에게는 무심한 척 이야기했다. "뭐, 별로 멀지도 않으니 한번 가보려고요. 릴리안이 그런 제안을 하다니 참 친절하잖아요. 사양을 하기도 좀 그렇고요." 그리고 레너드에게는….

레너드는 프랜시스보다 선수를 쳤다. 그는 믿기지 않는다는 표정으로 쳐다보면서 이렇게 말했다. "거기가 어딘지 알고는 가는 겁니까? 순 아일랜드 떠돌이들과 신페인당** 당원으로 가득할 텐데요! 오플래너건 집안, 오홀리건 집안…. 그래도 당신이 같이 간다니 솔직히 다행

---

* 둘 다 술래가 눈가리개를 한 채 진행하는 어린이용 게임.
** 1905년에 결성되어 아일랜드의 독립 운동을 이끈 공화주의 정당.

이긴 하네요. 저 대신 릴리를 감시해주실 테니까요. 릴리의 아일랜드인 사촌들 중에 눈빛이 이글이글한 몇몇은…. 그 작자들을 믿느니 차라리 어디다가 집어 던져버리는 게 안전하죠!"

레너드의 말이 반쯤 진담이라는 걸 알아차린 프랜시스는 대답을 얼버무리고 자리를 피해버렸다. 그녀의 미소가 매우 과장되었다는 걸 레너드가 알아차리기 전에.

그게 목요일 저녁에 있었던 일이었다. 금요일은 아주 화창했다. 그리고 파티 당일인 토요일은 새벽 다섯 시에도 날이 따뜻했다. 햇빛에 잠에서 깬 프랜시스는 슬그머니 아래층으로 내려가 정원에서 차를 마셨다. 아침나절은 집안일을 하면서 보냈는데, 확 때려치우고 싶은 강렬한 유혹을 느끼면서도 막상 필요 이상으로 꼼꼼하게 일했다. 점심 식사도 공들여 준비하고 디저트로 과일 타르트까지 구웠다. 어머니에게는 의식적으로 살갑게 대했다. 어머니의 이야기를 귀 기울여 들어주고 수다스럽게 말을 하느라고 식사가 평소보다 더 길어질 정도였다.

점심 식탁을 치운 뒤에는 릴리안에게 머리 손질을 받으러 위층으로 올라갔다. 릴리안은 자신의 작은 부엌에 프랜시스를 앉혀놓고 가위로 머리를 다듬고 웨이브를 넣어주었다. 그런데 그 과정이 지난번과는 사뭇 다른 이유로 고역스러웠다. 고데를 다루는 릴리안의 손이 어설펐기 때문이었다. 급기야 한번은 웨이브가 잘못 들어가는 바람에 그 부분의 머리카락을 물로 적셔서 다시 지져야만 했다. 그러는 동안 릴리안은 프랜시스에게 얼굴을 바싹 기울이고 있었는데, 그녀도 프랜시스처럼 숨을 참는 눈치였다. 프랜시스는 줄곧 벽만 뚫어져라 쳐다보았다. 니스가 미처 발리지 않아 은색 벽지의 원래 빛깔이 조그맣게 드러난 부분에 시선을 고정한 채.

머리 손질이 끝난 이후로는 좀처럼 편안히 쉴 수가 없었다. 프랜시스는 파티에서 입을 옷가지를 맞춰보고, 질 좋은 실크 스타킹을 찾아내고, 스웨이드 신발에 김을 쐬어서 털을 가지런히 가다듬었다. 레몬즙으로 손을 문지르고, 손톱을 깎고 윤을 내고, 면도기의 날을 갈아끼우고 다리털을 주의 깊게 밀었다. 그러고 나니 어느덧 티타임이었다. 응접실에 앉아서 무릎 위에 책을 펼쳤지만 너무 초조해서 글이 눈에 들어오질 않았다. 위층에서 들려오는 릴리안의 기척에, 옷장 서랍을 여는 소리에 신경이 곤두섰다. 네 시 삼십 분… 네 시 사십 분… 시간이 느릿느릿 흘러가던 중, 대문이 철컹 열리고 앞뜰을 터벅터벅 울리는 발소리가 들려왔다. 레너드가 돌아온 것이다. 그가 집에 들어오고 나서부터는 별안간 시간이 빠르게 나아갔다. 마치 그날 오후가 숨을 고르고 발끝에 체중을 싣고서 준비 자세를 취하다가 마침내 질주를 시작한 것 같았다. 레너드도 만찬인지 클럽 파티인지 뭔지 아무튼 저녁 모임이 있다고 했으니 물론 준비를 해야 했다. 그가 위층 회랑에서 릴리안에게 면도 비누와 양말 가터벨트가 어디 있냐고 묻는 소리가 들렸다. 프랜시스가 토요일의 이른 저녁 식사를 차리러 부엌으로 나왔을 때는 축음기 음악이 요란하게 울려 퍼졌다. 그걸 들으니 짜릿한 흥분이 밀려왔다. 그들 부부가 틀어놓은 댄스곡이 귀에 거슬리지 않고 기분 좋게 들리는 건 이번이 처음이었다.

프랜시스가 위층으로 돌아갔을 때까지도 음악은 흐르고 있었다. 발밑에서 널마루가 응응 울리는 진동을 느끼며 그녀는 옷을 벗고 씻었다. 깨끗한 속옷을 입고, 스타킹을 신었다. 막 면도한 다리에 스타킹이 착 붙는 감촉이 초자연적으로 느껴질 만큼 매끄러웠다. 드레스는 입고 보니 매무새가 신경 쓰여서 자꾸만 만지작거리게 되었다. 가슴 부분은 너무 헐렁해서 당황스러운 반면, 밑단은 놀라울 만큼 짧았다. 릴리안이 결국 기장을 줄여놓은 것이다. 게다가 번 존스*풍의 레이스 장식을 거울로 비춰 보노라니 또 셔우드 숲, 류트, 중세 연극 따위가 연상되었다. 새틴 비슷한 천으로 된 칼라 위로 내려오는 머리카락 모양은 괜찮은 건가? 목이 바다뱀처럼 길어 보였다. 턱을 이리저리 돌려보고 있으니 자신이 마치 미용실 창문 안에 진열된, 머리부터 어깨까지 쭉 뻗은 듯 표현된 밀랍 마네킹 흉상과 비슷해 보였다.

기름종이로 코를 톡톡 두드리고 있는데 음악이 멈췄다. 별안간 사방에 깔린 불안한 정적 속에서 프랜시스는 빌린 모자를 머리에 쓰고 조심스럽게 회랑으로 나갔다.

릴리안의 침실 문은 열려 있었고, 그 너머로 릴리안의 모습이 빠끔히 보였다. 그녀는 처음 보는 드레스를 입고 거울 앞에 서 있었다. 오늘의 파티를 위해 새로 만든 것이 틀림없었다. 하얀 실크 천 위에 얇게 비치는 오버스커트가 둘려 있고, 가느다란 어깨끈이 팔과 등 위쪽을 드러내는, 눈에 확 띄도록 매력적인 드레스였다. 릴리안은 금빛 뱀 모양의 팔찌를 손목에서부터 팔꿈치 쪽으로 끌어 올리다가 거울 속에서 프랜시스와 시선이 마주치자 멈칫했다. 그러더니 먹을 검게 칠한 눈꺼풀을 내리깔면서 시선을 돌리고는, 팔찌를 마저 더 높이 당겨 올리면서 말했다. "프랜시스 좀 봐봐. 예쁘지 않아?"

그 말을 듣고서야 프랜시스는 이 방에 레너드도 있었다는 걸 깨달았다. 마룻널이 삐걱거리는 소리와 함께 문 너머에서 레너드의 붉은 머리가 나타났다.

그는 입술을 오므리고 휘파람을 부는 시늉을 했다. 반쯤은 감탄하는 척하는 연기겠지만 반쯤은 진심인 것 같았다. "흠, 클래펌 사람들

---

* 에드워드 번 존스는 영국의 화가이자 장식가로 중세 미술의 순수한 양식과 주제 의식을 본 딴 화풍을 구사했다.

241

은 오늘 밤 누가 그곳에 행차하실지 까맣게 모를 겁니다! 당신, 꼭 탑에 갇힌 레이디처럼 보여요. 유명한 시에 나오는 여자 있잖아요. 이름이 뭐더라?" 레너드는 자신의 재킷을 다듬을 솔을 찾으려고 회랑으로 나오면서 말을 이었다. "어쨌건 옷 색깔이 릴리의 가족에게 딱 맞네요. 그 사람들은 자기들의 정겨운 에메랄드 섬*을 상기시키는 건 뭐든 좋아하거든요!"

프랜시스는 레너드가 재킷의 어깨를 손질하는 것을 지켜보았다. 저렇게 말쑥하게 단장한 모습은 처음 보았다. 프랜시스만큼이나 차림새에 공을 들인 것 같았다. 머리는 기름을 발라 말끔히 나누어 넘겼고, 바지는 칼날처럼 날카롭게 주름을 잡았다. 영국 연대 기(旗)의 사선 무늬 넥타이를 매고, 왼손 새끼손가락에는 뭔지 모를 문장이 새겨진 반지를 꼈으며, 손톱은 반들반들 빛이 났다. 그는 '내 담당 손톱 관리사 시드니'에게 손질을 받았다고 혀짤배기소리로 말하면서 댄스 클럽의 합창단 여가수처럼 손목을 튕겨 보였다.

하지만 레너드의 태도에는 자제하는 기미가 있었다. 뱀과 사다리 게임을 한 밤 이후로 그는 프랜시스를 조심스럽게 대했다.

"오늘 모임이 퍽 기대되는 자리인가 봐요?"

프랜시스가 묻자 그는 고개를 끄덕였다. "오, 그럼요."

"정확히 뭐였죠? 만찬회?"

"네. 사람들 말에 따르면 상다리가 부러지도록 성대한 만찬이 될 거랍니다. 그런 다음에는 우리만의 전용실로 자리를 옮겨서 진짜 사업을 시작하는 거죠. 아무튼 저는 그렇게 들었어요."

* 아일랜드를 뜻하는 시적 표현.

242

"바지를 접어 올리고, 특별한 악수 방법을 배우고…* 그런 비밀결사 회합인 건가요?"

레너드는 소맷부리를 똑바로 펴면서 미소 지었다. "아뇨! 같은 직종에서 일하는 남자들 몇 명이 모이는 것뿐이에요. '당신은 내 등을 긁어주시오. 나는 당신 등을 긁어줄 테니.' 이런 이야기를 나누려고요. 무슨 뜻인지 알겠죠, 프랜시스?"

"잘 모르겠는걸요."

레너드는 대답 없이 어깨 너머로 흘끔 시선을 돌렸다. 릴리안이 침실 문간으로 나와 있었다. 머리에 꼭 맞는 클로슈**를 쓰고 팔에 실크 숄을 걸친 그녀를 레너드는 마치 생전 처음 보는 여자를 보듯이 위아래로 훑어보더니, 볼멘소리로 말했다. "사실 토요일 밤에 부부가 각자 다른 데 간다는 게 바람직한 일 같진 않아. 내 머릿속을 보여주고 싶군. 당신을 그 사촌들이 있는 자리에 보내는 심정이 어떤지!"

릴리안은 레너드를 지나쳐 걸어갔다. "그러게 애초에 그 한심한 만찬회에 가겠다는 약속을 잡질 말았어야지."

"한심한 만찬회라니? 말도 안 되는 소리! 남편이 성공하길 바라지 않는 거야? 당신은 남편 돈을 순식간에 써버리잖아. 일 초 만에." 레너드가 릴리안의 손목을 잡았다. "몇 시쯤 올 건데?"

릴리안은 팔을 끌어당겨 그를 떼어내려 했다. "모르겠어. 당신보다는 일찍 오겠지, 아마."

"그래, 얌전하게 놀다 와. 작별의 키스는 안 해줄 거야?"

레너드는 릴리안의 팔을 여전히 붙잡고 있었다. 릴리안은 몸을 뒤

---

* 프리메이슨 조직에서 입회식을 치를 때 회원들끼리 주고받는 인사법.
** 챙이 얼굴을 살짝 덮는 종 모양의 여성용 모자.

로 빼더니, 그의 뺨에 가볍고 건조한 입맞춤을 해주었다.

"이제 한결 낫네." 레너드가 릴리안을 놓아주고는 비로소 그 푸른 눈을 반짝였다. "이제 당신 차례예요, 프랜시스!" 그가 프랜시스를 향해 얼굴을 내밀며 말했다. "어때요? 릴리가 당신을 위해 미리 데워놓았는데요."

프랜시스가 무슨 말을 하기도 전에 릴리안이 혀를 쯧 찼다. "프랜시스가 안 내켜하잖아. 가만 내버려 둬." 릴리안은 레너드에게 핀잔을 주면서 얼굴을 발그레 붉혔다.

두 사람은 아래층의 홀로 내려갔다. 이제 나가기 전에 어머니에게 인사를 드려야 하는데, 프랜시스는 거울 앞을 떠나지 못하고 자꾸만 꾸물거렸다. 옷깃과 모자 각도를 매만지면서 보니 자신이 단장에 지나치게 공을 들였다는 게 눈에 보였다. 신발에 스타킹, 드레스, 머리까지. 자기 자신이 감춰진 것 같으면서도 한편으로는 훤히 노출된 느낌이었다.

프랜시스는 자신 없이 머뭇거리며 응접실에 들어섰다. 그런데 어머니는 지난번처럼 반색을 했다.

"어머나, 세상에! 맵시가 기가 막히는구나! 너무 멋져서 너인 줄도 못 알아보겠어!"

"네, 고마워요."

"그 모자는 못 보던 건데. 바버 부인이 준 거니? 드레스도?"

"드레스는 제 거예요. 오래전에 사뒀던 건데…."

"앞으로 자주 입으려무나. 색깔이 너하고 딱 맞아. 아휴, 플레이페어 부인이 이 모습을 봤어야 했는데! 역에 가기 전에 그 집에 들르는 건 어떠니?"

"안 돼요, 어머니."

"잠깐이면 될 텐데."

"싫다고요, 어머니. 제발요!"

"나는 뭐, 그냥 해본 말이지…. 저기 밖에 있는 사람은 바버 부인이니? 바버 부인, 이리 와봐요! 부인도 내게 보여줘야지요!"

립스틱과 떡을 바른 릴리안의 얼굴을 본 어머니는 미소가 약간 딱딱해졌지만, 그래도 꿋꿋한 어조로 인정해주었다. "그래요, 둘 다 아주 보기 좋네요."

프랜시스는 어서 떠나고 싶어서 좀이 쑤셨다. 릴리안이 옆에 서 있으니 더더욱 자신이 노출되는 느낌이 들었다. 그녀는 문 쪽으로 물러나면서 말했다. "늦지 않게 돌아올 것 같아요. 레너드는 아직 방에 있는데, 그 사람도 곧 나갈 거예요. 친구인 위스머스 씨가 데리러 온대요. 레너드가 문을 두드려 인사하더라도 대답하지 않으셔도 돼요. 이제 저희는 가봐도 괜찮겠지요?"

"그래, 괜찮다. 아, 그런데 부쳐야 할 편지가 몇 통 있구나. 나가는 길에 좀 부쳐주겠니? 가만 있자, 내가 우표를 붙였던가? 아직 안 붙였나 보구나. 잠깐 기다리렴. 어머, 이건 주소를 안 적었네. 편지 케이스가 필요해. 어디 있는지 보이니?"

릴리안과 함께 드디어 집을 빠져나왔을 때, 프랜시스는 끈끈이 종이에 들러붙어 바둥거리던 파리가 간신히 몸을 떼어낸다면 바로 이런 기분일까 싶었다. 일곱 시가 막 지난 시간이라 아직도 하늘에 해가 떠 있었다. 인도가 조리용 철판처럼 뜨겁게 달아올랐기에 그들은 가능한 한 그늘진 곳을 따라 언덕을 내려갔다. 역 플랫폼에 도착하니 철로가 놓인 고랑에 푸르스름한 땅거미가 깔렸는데도 공기는 여전히 뜨뜻했다. 역사에는 토요일 밤을 즐기러 나온 인파가 몰려 있었다. 극장이나 영화관, 댄스홀로 가는 사람들. 남자들은 기름칠, 니스칠 다

한 것처럼 광이 났고, 여자들은 저마다 진홍색과 황금색과 녹색과 보라색의 풍성한 볏을 세운 새처럼 보였다. 하지만 그 누구도 릴리안만큼 멋지지는 않다고 프랜시스는 생각했다. 흰 실크에 얇고 투명한 천을 두른 드레스와 대조되어, 그녀의 팔과 어깨의 살결은 되직한 크림처럼 보였다. 숟가락이나 손가락을 넣어보면 쑥 들어갈 것만 같았다.

어머니들이 아이들에게 플랫폼 가장자리에서 물러나라고 외치는 소리에 이어 기차가 도착했다. 프랜시스가 객차 문을 당겨 여니 안에서 탁하고 후끈한 바람이 밀려 나왔다. 프랜시스는 릴리안을 따라 들어가서 함께 나란히 자리를 잡고 앉았다. 맞은편 좌석에는 남자아이 둘과 남자 어른 한 명이 앉아 있었다. 열세 살쯤 되어 보이는 아이들은 부끄러워하면서도 호기심 어린 눈으로 그들을 보았고, 남자는 아예 빤히 쳐다보았다. 특히 릴리안에게는 읽고 있던 신문까지 내려뜨리면서 노골적인 눈길을 보냈다. 남자들이 릴리안을 보는 시선은 으레 이렇게 감탄스러울 정도로 뻔뻔했다. 프랜시스는 그에게 몸을 내밀고 "왜요, 아주 의자 위에 발도 올리고 편하게 앉아 감상하시지? 담뱃대는 가져오셨나? 한 대 피우시지그래요?"라고 빈정거리고 싶은 충동이 들었다. 반쯤은 질투심도 섞인 감정인 것 같았다. 이스트 브릭스턴에서 그 남자가 내리자 프랜시스는 그의 자리로 냅다 옮겨 앉을까 했지만, 미어터질 듯 불룩한 가방들을 바리바리 든 여자가 그녀보다 선수를 쳤다.

다음 정거장이 클래펌이었다. 프랜시스와 릴리안은 열차에서 내려 플랫폼의 계단을 내려갔고, 일 분 만에 하이 스트리트에 이르러 북적이는 인파를 헤치며 걸어 나갔다. 상점들의 출입문이 활짝 열려 있었다. 고기, 생선, 익은 과일, 사람들의 땀 냄새가 스며든 공기가 걸쭉했다. 한 축음기 상점에서는 최신 유행곡인 「웃고 있는 경찰관」*을 꽝꽝

틀어놓고 있었다.

그는 말했네. "당신을 체포하겠습니다!"
그런데 죄목이 뭔지 몰랐다네.
그래서 웃기 시작했지.
턱이 부러질 때까지!
오….

"하 하 하"로 이어지는 노랫소리를 뒤로 하고 프랜시스는 릴리안을
따라 주택가로 접어들었다. 똑같이 생긴 붉은 벽돌집들이 쭉 늘어선
길이었다. 좁고 단정한 집채마다 조그마한 앞마당이 딸렸고, 앞마당
에는 화단이나 불규칙한 모양의 포석이 깔려 있었다. 그중 한 집의 앞
뜰에서 자전거를 고치고 있는 남자아이가 보였다. 또 한 집에서는 셔
츠 바람의 남자가 제라늄에 물을 주고 있었다. 어떤 집의 열린 창문에
서 자동피아노가 땅똥거리는 소리가 흘러나왔고, 누군가가 그 곡조에
맞춰 트럼펫을 불려고 애쓰는 듯 불안정하게 뿡뿡거리는 소리도 들
려왔다.

　프랜시스는 자신의 화려한 중세풍 드레스가 신경 쓰였다. "거의
다 왔어?" 그녀는 모퉁이를 돌 때마다 물었다. 그런데 막상 릴리안이
"응, 이 줄의 맨 끝 집이야."라면서 손짓하니, 닥쳐올 현실이 불현듯
실감이 나면서 발걸음이 느려졌다. 그러다가 네타의 집 전면의 창문
이 보이고, 실내의 불빛으로 환히 밝혀진 노팅엄산(産) 레이스 커튼과
그 너머에 앉아 있거나 서 있는 사람들의 머리와 어깨까지 언뜻 보이

* 「The Laughing Policeman」은 뮤직홀 가수 찰스 펜로스가 불렀다.

자, 프랜시스는 아예 멈춰 서버렸다.

릴리안도 발을 멈추고 의아한 눈으로 그녀를 보았다. "왜 그래? 불안한 건 아니겠지?"

"실은 조금 불안해."

"왜?"

"모르겠어. 그냥, 여기 오기까지 우리 엄청 고생했잖아. 그런데 정말로 여기에 오게 되니까 어쩐지…."

릴리안은 집을 돌아보고 입술을 깨물었다. "나도 그런 느낌이 좀 들어. 우리 되게 미련하다. 그치?"

"그런가?"

"뭐, 안 들어갈 순 없잖아. 우린 결국 파티 때문에 온 건데."

그런데 정말 그런가? 당장 릴리안의 손을 붙잡고 반대 방향으로 끌어당긴다면 어떻게 될지 궁금해졌다. '가자.' 프랜시스는 말하고 싶었다. 바로 지금 여기, 클래펌 거리에서. '가자! 당장! 빨리! 너와 나 단둘이서만!'

하지만 그러지 않았다. 그런 말도 꺼내지 않았다. 어차피 이제는 너무 늦어버렸다. 집 안에 있는 누군가가 그들을 봐버렸기 때문이었다. 창문에 드리워진 노팅엄 레이스 커튼이 젖혀지더니, 현관문이 열리고 베라의 딸이 튀어나왔다. 그 애는 삐걱거리는 인형 유모차를 끌고 현관문 앞의 계단을 쿵쿵 내려오며 소리쳤다. "릴리 이모! 어서 오세요!"

챔피언 힐의 저택들에 익숙해진 눈에 이 집은 미니어처처럼 보였다. 홀이라고는 비좁은 현관이 계단 밑에 이르러 약간 트이는 정도의 공간에 불과해서, 네타가 남편 로이드를 데리고 나왔을 때 그들은 한데 모여 서서 서로의 몸 너머로 팔을 내밀고 다른 사람과 악수를 하거나 포옹을 해야 했다.

"생일 축하해요." 프랜시스는 축하 인사를 해야 한다는 걸 기억해냈다. 그녀가 준비한 선물은 크리스털 모양의 입욕제가 든 유리병이었다. 릴리안은 향수를 가져왔다. 그들은 선물의 포장을 풀고 뚜껑을 열고 냄새를 맡아보느라 일이 분쯤 시간을 보냈다. 아이들도 와서 냄새를 맡아보았고, 그중 남자아이들은 얼굴을 찡그리고 코를 움켜쥐면서 달아나버렸다. 온 집 안에 아이들이 있는 것 같았다. 특히 작은 뒷방은 학교 놀이터를 방불케 했다. 집 앞쪽에 위치한 아담한 부엌에는 남자 몇 명이 정원 출입문 앞에 서서 음료를 마시고 있었고, 그 외의 어른들 대부분은 거실에 모여 있었다. 아까 밖에서 창문으로 언뜻 들여다보았던 곳이 바로 그 거실이었는데, 지금 홀에서 그곳을 제대로 보니 프랜시스는 더더욱 초조해졌다. 스무 명도 넘는 사람들이 온갖 종류의 의자에 앉아 있었고, 젊은 사람들은 한 의자에 같이 끼어 앉거나 바닥에서 책상다리를 하고 있었다. 환하고, 덥고, 북적거리고, 친근하면서도 한편으로는 부담스러운 분위기였다. 방 한가운데에 깔린 탁트인 카펫에서는 닭싸움이라도 벌어질 것 같았다. 마침내 릴리안에게 이끌려 거실에 들어갔을 때, 프랜시스는 "안녕하세요"와 "반갑습니다"라는 말밖에 안 했는데도 자신의 억양*이 이곳 사람들과 다르다는 게 어떤 효과를 일으키는지 대번에 감지할 수 있었다. 사람들이 몸을 더 꼿꼿하게 세워 앉는가 하면, 호기심 어린 눈빛으로 프랜시스를 훑어보기도 했다. "저 아가씨가 릴과 렌이 사는 집 주인이래." 누군가가 속닥거리는 소리가 들렸다. 마치 프랜시스에 대해 모든 걸 알고 있었

---

* 프랜시스와 같은 높은 신분의 사람이 사용하는 특유의 억양은 노동자 계층의 억양과 뚜렷하게 구별된다.

고 어떤 사람인지 궁금해했던 것 같은 어조였다. 그러자 끔찍한 생각이 뇌리를 스쳤다. 릴리안이 자신을 여기로 데려온 것도, 옷을 입혀주고 머리를 말아준 것도 전부, 오로지 남들에게 자랑하기 위해서였던 것은 아닐까.

베라와 민이 눈에 띄자 마음이 좀 놓였다. 바이니 부인도 보였다. 흑옥으로 호화롭게 치장하고 거의 무릎까지 올라오는 드레스 자락 아래로 부어오른 발목을 여봐란 듯 내보인 그녀를 봤을 때, 프랜시스는 그리웠던 옛 친구라도 마주친 기분이었다.

"아이고야, 레이 양! 무지하게 멋있네요! 머리도 아주 예쁘게 됐고! 분명 릴이 해준 거겠지, 그치요?"

바이니 부인이 그녀를 향해 손을 내밀었다. 프랜시스가 가까이 다가가자, 부인은 손을 덥석 붙잡고 끌어당겨서 뺨에 쪽 소리가 나게 뽀뽀를 해주었다.

실내의 배치가 바뀌고, 쿠션이 옮겨지고, 사람들이 자리를 바꾸었다. 프랜시스와 릴리안은 나이 지긋한 여자 둘 옆에 끼어 앉았다. 그들은 릴리안의 아일랜드인 이모들로, 데일리 부인과 린치 부인이라고 했다. 그 외에 다른 이모들도 주위에 모여 있었다. 아무개 부인, 누구누구 양…. 이름은 듣자마자 잊어버렸지만, 프랜시스는 그들 틈에 앉은 덕분에 자기 자신을 덜 드러낼 수 있어서 다행스러웠다. 그들은 프랜시스의 드레스를 칭찬해주고, 술도 한 잔 건네주었다. 통조림 과일 조각들이 동동 떠 있는 클라레컵*이었다. 이모들은 생일 케이크 한 조각과 번들번들한 소시지 빵을 프랜시스에게 가져다주면서 이런저런 말을 붙였다. "그래, 클래펌은 마음에 드우?" "이런 데는 영 익숙하지

---

* 적포도주에 브랜디, 탄산수, 레몬, 설탕을 섞어 차게 만든 음료.

않을 텐데!"

"그러면 레니는 오늘 안 오는 거고?"

프랜시스는 레너드가 만찬 약속 때문에 못 왔다고 이야기했다.

"아이고, 아쉽게 됐네! 레니 그 사람, 완전히 코미디언이거든요. 배꼽이 빠지게 웃겨준다고."

"그래, 정말 그렇다니까!"

프랜시스는 뱀과 사다리 게임의 기억을 상기시키는 클라레컵이 별로 내키지 않았지만, 그래도 조금씩 홀짝거리면서 미소를 짓고, 눈치를 보고, 주위를 둘러보았다. 거실은 별 개성 없이 요란하게 꾸며져 있었다. 높은 선반 위에 진열된 땅딸보 사람 모양의 도자기 맥주잔, 공장제 놋쇠 맥주잔과 쟁반들. 가구는 전부 신품인 듯했고, 니스 칠을 한 사이드보드*에는 반질반질 윤이 났다. 그 가구들은 '로이드네 상품'이라고 들은 기억이 났다. 로이드는 배터시 근처 어딘가에 물류 창고를 운영하는 사람이었다. 그리고 저편에 있는 순무처럼 뚱뚱한 남자는 바이니 부인의 오빠인 것 같았다. 그 옆에는 흉터투성이에 눈이 먼 젊은 남자가 있었는데, 전쟁 때 눈을 잃었다는 아들이 틀림없었다. 한쪽 구석에 있는 청년들은 그 악명 높은, 눈빛이 이글이글하다는 아일랜드 사촌들일 것이다. 그중 둘은 그을린 피부에 멀끔하고 평범한 외모였고 한 명은 영화배우 같은 미남이었다. 젊은 여자들은 다들 베라처럼 얼굴형이 뾰족했는데, 베라와 달리 얇은 입술에 립스틱은 바르지 않았다. 지금 그 여자들이 릴리안을 부르고 있었다. 그들이 테다 바라라는 여배우가 꼈던 팔찌를 보고 싶다고 말하자, 릴리안은 팔찌를 빼서 그들에게 건네주었다. 여자들은 한 명씩 돌아가면서 팔찌를

---

* 찬장 겸 장식용 진열대로 이용되는 가구.

껴보았다.

온통 처음 보는 사람들 사이에서 릴리안이 저렇게 편안한 모습을 보니 프랜시스는 내심 뒤숭숭해졌다. 챔피언 힐의 일상과는 사뭇 동떨어진 이런 세계, 이런 삶이야말로 릴리안의 것이라는 생각 때문이었다. '저 사람들은 저마다 릴리안에게 무언가를 요구할 권리가 있어. 그런데 나는?'

급기야 기분이 침울해지려 할 때쯤, 릴리안이 프랜시스를 돌아보고 나지막이 물었다. "괜찮아?"

"응, 괜찮아."

"사람이 너무 많아서 힘들진 않아?"

"아니야. 힘들지 않아."

그렇게 말하니 정말로 힘들지 않아졌다. 둘은 서로를 마주 보며 미소 지었다. 그러자 지난 며칠간의 부끄러움과 초조함은 날아가버리고, 둘 사이에 어떤 새로운 깨달음이 떠올랐다. 이 덥고 환하고 붐비는 곳에서 그런 깨달음이 떠오르니 더더욱 짜릿한 느낌이었다. 그랬다. 그들이 여기에 온 이유는 바로 이것 때문이었다. 챔피언 힐처럼 내밀하고 위험한 곳에서는 결코 서로를 정직하게 마주 볼 수가 없었기 때문에. 하지만 여기서 수많은 사람들에게 둘러싸여 있으니…. 둘은 마주했던 시선을 다른 데로 돌렸지만, 그래도 그 깨달음은 사라지지 않았다. 지금 프랜시스는 릴리안과 의자 하나에 끼어 앉다시피 바투 앉아 있었다. 너무 바싹 붙어 있어서 릴리안의 향취 하나하나가 세밀하게 구분될 정도였다. 파우더 냄새, 립스틱 냄새, 머리카락 냄새까지. 릴리안은 사촌 한 명에게 뭐라고 소리쳐 말하고, 이모 한 분의 술잔을 치우고, 몸을 돌려 어머니의 목걸이 구슬을 매만져주었다. 프랜시스는 내내 릴리안에게서 고개를 돌리고 있으면서도 그 모든 걸 알 수 있었고, 바라볼 수 있었다. 정확히 어떻게? 온 피부의 모공으로 보고 있는 건 아닐까?

손님들이 더 도착했는지 현관에서 소란이 일었다. 개 짖는 소리와 아기 울음소리가 터져 나왔다. 새로운 손님들과 함께 집 안으로 들어온 개는 혀에서 침을 뚝뚝 흘리며 이리저리 뛰어다녔고, 프릴 달린 드레스 차림의 조그마한 아기는 이 무릎 저 무릎으로 옮겨 다니며 목청이 터져라 울어댔다. 그 통에 이모들이 자리를 바꾸면서 프랜시스 왼편의 자리가 비자, 그녀와 비슷한 나이대의 서글서글한 남자 하나가 다가와 앉았다. 그는 자신을 이어트라고 소개하면서 뜨겁고 거친 손으로 악수를 청했다. 릴리안의 사촌이냐고 물었더니, 이어트는 전혀 아니라고, 자신은 이 가족을 잘 알지도 못한다고 했다. 그는 로이드 밑에서 일하는 운전사인데 혼자 파티에 온 참이라는 것이었다. 이어트는 프랜시스와 릴리안의 잔이 빈 것을 보고는 잔을 가져가서 다시 채워주었다. 그러더니 프랜시스에게 말을 붙였다.

"날씨가 좀 덥죠?" 이어트가 손수건으로 목을 닦으며 물었다.

"파티를 하기에 썩 좋은 날씨는 아니네요. 그렇죠?"

"이 도시에 박혀 있기에도 안 좋은 날씨죠. 정말이지 벗어나고 싶네요." 그는 손수건을 집어넣으며 말을 이었다. "조만간 일요일 하루 날을 잡고 햄프턴 궁전에 드라이브라도 다녀올까 생각 중입니다."

이어트는 '드라이브'라는 단어에 힘을 주는 것 같았다. 프랜시스는 술잔을 들어 올리면서 물었다. "자동차가 있으신가 봐요?"

"제 것은 아니고요. 친구 녀석에게 차가 있는데 제가 원하면 빌려주거든요. 예전에 제가 그 친구에게 무슨 일감을 주선해준 적이 있어서, 고맙다고 그러는 거지요. 그래, 햄프턴 궁전이 좋겠어요. 템스 강에서 보트도 좀 타고요."

253

"아니면 헨리*는 어때요?" 프랜시스는 릴리안과 함께 보트를 타는 상상에 사로잡혔다.

"헨리라." 이어트는 서글서글하게 생긴 턱을 문질렀다. "그렇군요. 거기 생각은 못 했네요."

"윈저도 좋고요."

"아닙니다. 헨리가 딱이죠. 온종일 보트를 탈 수 있을 거예요. 강가에서 산책도 하고, 물놀이도 좀 하고."

"오리 먹이도 주고 말이죠."

"오리 먹이를 주고, 맛있는 차 한잔으로 마무리해야겠죠."

둘은 서로를 마주 보며 미소를 지었다. 이어트의 눈은 콘월 도자기처럼 푸른빛이었고, 금발에 가까운 빛깔의 짧은 고수머리가 두피에 바싹 붙어 있는 모양새가 꼭 양털 같았다. 그는 이십 년, 아니 십 년 전만 하더라도 프랜시스와 같은 계급의 여성과 이렇게 마주 앉아 자유롭게 대화를 나누는 일은 꿈도 못 꿨을 부류의 남자였다. 이어트는 맥주를 꿀꺽 삼키고 입을 말끔히 닦고는 재킷 주머니에 손을 넣었다. "담배 피우실래요?"

헨리 이야기를 나누고 나니 이어트는 활기를 띠었다. 더운 날씨에 대한 불평은 쑥 들어가고, 얼마 전 주말에 친구와 함께 브라이턴에 다녀온 이야기를 늘어놓았다. 자동차를 빌려주는 그 친구 말고 다른 친구와 같이 갔다는 둥, 부두에서 저녁을 보내고 서부 시대 쇼를 구경했다는 둥, 곡예사들이 올가미와 인디언 도끼로 묘기를 펼쳤는데 그건 직접 봐야 믿을 거라는 둥….

프랜시스는 고개를 끄덕이고 미소를 지으며 이어트의 이야기를 한

* 옥스퍼드셔에 위치한, 매년 보트 경주가 개최되는 도시 '헨리 온 템스'를 일컫는다.

귀로 흘려들었다. 마음속으로는 내내 릴리안을 의식하고 있었다. 초침이 째깍 움직이고 심장이 두근두근 뛸 때마다 오늘 저녁이 시시각각 흘러가는 것을 느끼면서.

아홉 시 반이 되자 밖의 하늘이 어두워졌고, 창가의 레이스 커튼은 불빛을 받아 노란 핑크이 흘렸다. 몇몇 아이들이 세 부모 손을 잡아당기며 칭얼거렸다. 집에 가고 싶다고, 피곤하다고, 너무하다고, 여기 있기 싫다고. 한 작은 남자아이는 엄마의 무릎 위로 기어 올라가 입술을 움켜쥐고 다물리기까지 했다. "그만 말해요!" 그녀는 아이의 손을 부드럽게 떼어내고 옆 사람과 계속 잡담을 나누었다. 그러다가 열 시쯤 되니 사람들이 슬슬 일어나서 짐을 챙겼다. 월워스로 향하는 일행이 아이들과 이모들을 집으로 데려다준다고 했다. 바이니 부인이 자기도 같이 가야 하는데 의자에서 도무지 일어날 수가 없다고 하자, 네 딸이 한꺼번에 달라붙어 그녀를 일으켜주려 안간힘을 썼다. 지켜보던 사람들은 응원을 보냈고, 남자아이들은 유리병에서 코르크 마개가 뽑히는 소리를 흉내 내며 소란을 피웠다.

마침내 일어난 바이니 부인이 웃느라고 흘러나온 눈물을 닦는 동안, 릴리안은 프랜시스에게 조용히 말했다.

"엄마와 베라 언니를 대문까지 배웅하고 올게. 그런 다음 우리도 조금만 더 있다가 가자. 잠시 더 머물러도 괜찮지?"

"응. 네가 그러고 싶으면."

"정말?"

"그럼. 물론이지."

릴리안이 프랜시스의 어깨를 잡고 얼굴을 내려다보며 미소 지었다. 그녀는 이모들이며 조카들과 연신 입을 맞추느라고 립스틱이 번져 있었다. 릴리안은 천천히 몸을 돌려, 프랜시스의 어깨에 올린 손을 맨 마지막 순간에야 떼어내고 걸음을 옮겼다. 프랜시스는 릴리안의 손가락에 이끌리는 듯한, 그 손길이 일으킨 물결에 딸려 갈 것만 같은 느낌이 들었다.

릴리안이 나가고 나니 거실은 매우 평범하게 느껴졌다. 이어트가여전히 프랜시스의 옆에 있었다. 그는 메이드스톤, 길퍼드 등지로 화물차를 몰고 다닌 이야기를 했다. 언젠가는 하루 만에 글로스터처럼 먼 곳까지 갔다가 돌아온 적도 있다고 했다. 이어트가 담배 한 개비에 새로 불을 붙였을 때 프랜시스는 자리에서 일어났다.

"저는 이제 머리를 좀 빗으러 가봐야겠어요."

"그럼 당신 술잔은 내가 잘 봐줄게요." 이어트는 오랜 친구를 대하듯 말했다.

홀에 있던 한 아이가 화장실은 층계참에 있다고 일러주었다. 그런데 계단을 올라가보니 화장실 밖에서 여자 둘이 기다리고 있었다. 프랜시스는 벽에 기대서서 그들과 함께 여유롭게 순서를 기다렸다. 취기가 올라 얼굴이 불그스름해진 그 여자들은 살가운 태도로 농담을 건넸다. 자기 방광이 약하다는 둥 너스레를 떨면서, 마당에도 화장실이 있기는 한데 남자들이 쓰고 있어서 차마 갈 수가 없다고 이야기했다. 절대 안 될 노릇이라고, 남자들은 지저분한 동물이라고…. 프랜시스의 차례가 될 때까지 화장실을 쓰러 오는 사람은 더 이상 없었다. 그녀는 변기에 앉아 스타킹 신은 무릎에 팔꿈치를 얹은 채, 아래층에서 흥겹게 떠드는 사람들의 목소리에 귀를 기울였다. 위편에 난 반투명한 유리창이 약간 열려 있었다. 인공적인 조명 속에서 올려다보는 밤하늘이 서늘하고 촉촉해 보였다. 저 하늘에 손과 얼굴을 적실 수 있다면 좋으련만.

매무새를 정돈하고 있는데 축음기 소리가 요란하게 울려 퍼졌다.

아래층으로 내려가 보니 이어트가 홀에서 기다리고 있었다. 그는 프랜시스의 술잔을 손에 든 채, 거의 기분이 상한 듯한 투로 말했다.

"어디 갔나 했잖아요! 이 술이 뜨끈하게 데워졌더라도 난 몰라요."

프랜시스는 빙긋 웃으면서 이어트의 어깨 너머를 돌아보았다. "제 친구 못 보셨어요?"

"아까 같이 앉아 있던 여자분이요? 지금 다들 뒷방에서 춤을 추고 있어요. 당신은 한창 재밌던 때를 놓쳤다고요."

"제 친구도 추고 있나요?"

"그럴걸요. 갈래요?"

이어트는 대답을 기다리지 않고 앞장서서 뒷방으로 걸어갔다. 이제 그 방에 아이들은 없었다. 조명이 어둑하게 낮추어진 가운데 축음기 음악이 큰 소리로 흘러나오고 있었다. 카펫은 둘둘 말아서 한편에 세워놓았고, 그렇게 마련한 플로어에서 네다섯 쌍이 춤을 추는 중이었다. 릴리안의 춤 상대는 영화배우처럼 생긴 사촌이었다. 프랜시스가 다가오는 걸 본 릴리안은 사촌의 팔 너머로 몸을 내밀고 미안한 미소를 지으면서 말했다.

"애들이 춤을 추지 않으면 안 보내주겠다고 난리야!"

"그래요, 우리도 춥시다." 이어트가 말했다.

이어트는 프랜시스의 팔꿈치 바로 옆에 있었다. 프랜시스는 릴리안을 향해 웃어 보이면서 고개를 저었다. "아, 저는 됐어요. 전 춤을 진짜 못 추거든요."

"아닐 것 같은데요." 이어트가 프랜시스의 허리에 손을 대고 앞으로 몰고 나갔다.

그 손에 실린 힘에 프랜시스는 깜짝 놀랐다. 그녀는 릴리안에게서 시선을 거두지 않은 채 이어트에게 말했다. "뭐예요? 전 정말 못 춘다니까요."

이어트는 그녀에게 얹은 엄지손가락을 간지럼 태우듯 까딱까딱 움직였다. "뭐, 실은 저도 잘 못 춰요. 우리 그냥 자리에 앉죠?"

이어트는 또 대답을 듣지도 않고 프랜시스를 소파로 이끌었다. 그건 작은 2인용 소파였는데, 젊은 남녀 한 쌍이 이미 한자리를 차지하고 있어서 남은 공간은 두 뼘 남짓밖에 되지 않았다. 프랜시스는 이어트가 자신에게 자리를 양보하려는 줄 알았다. 그런데 소파에 있던 여자가 그들을 배려하듯 남자의 무릎 위로 올라가 앉는 바람에 자리가 조금 더 생겼고, 프랜시스가 앉자 이어트는 그 옆에 기어이 끼어 앉았다.

"우리 둘 다 체구가 작아서 다행이네요!"

둘 다 전혀 작은 체구가 아닌데도 이어트는 그렇게 말했다. 그의 태도가 아까와는 달랐다. 짓궂으면서 독단적이었다. 이어트는 축음기가 어쩌고 하는 이야기를 꺼냈지만 무슨 말인지 잘 들리지 않았다. 이어서 자기는 캣퍼드에 있는 댄스홀에 가끔 가는데 혹시 어딘지 아느냐고 묻기에, 프랜시스는 모르겠다고 대충 얼버무리면서 음악에 정신이 팔린 척했다. 그러자 비로소 그는 말 걸기를 그만두었다. 그래도 거기 앉아서 발 장난을 치는 것만으로 만족스러운 눈치였다. 프랜시스는 한동안 이 커플 저 커플을 훑어보면서, 무도회장에서 춤 상대 없이 혼자 남겨진 유순하고 내성적인 여자처럼 주위를 두리번거리는 척했다. 그러나 나침반의 바늘이 극점으로 돌아가듯이 그녀의 시선은 점차 한곳에 고정되었고, 결국은 릴리안이 춤추는 모습을 보는 즐거움에 눈을 맡겼다.

릴리안은 춤을 잘 췄다. 당연히 그럴 것 같았다. 그녀의 사촌도 솜씨가 좋았다. 음악이 유행가로 바뀌자 그들은 스텝을 더욱 주의 깊게 밟아나갔다. 실내가 좁고 붐벼서 여유 공간이 별로 없는데도 그들은 회전 동작을 비롯해 화려한 장식적 동작까지도 잘해냈다. 사촌이 릴리안을 잡아 올리고 허공에서 한 바퀴 빙 돌려주자 릴리안은 깔깔 웃으면서 내려섰다. 그런데 바닥을 딛자마자 눈으로 프랜시스를 찾는 걸 보니, 프랜시스 들으라고 웃은 것 같은 느낌이었다.

이어트가 그녀의 귀에 대고 말했다. "당신 친구, 굉장히 활발하네요."

프랜시스는 고개를 끄덕였다. "그렇죠?"

"너무 취했나 봐요. 내일 아침이 되면 후회할걸요."

그런 문제가 아니라는 걸 프랜시스는 알고 있었다.

프랜시스와 이어트가 쑥덕거리는 걸 본 릴리안이 파트너의 품에서 몸을 내밀고 따졌다. "둘이 내 얘기 하지?"

"아니야!"

"거짓말!"

그때부터 릴리안은 사촌의 어깨 너머로 프랜시스를 주시했다. 집요하게 그녀와 눈을 마주치다가, 급기야는 프랜시스 때문에 춤에 집중이 안 된다고 짐짓 불평하면서 손을 내저어 물리치는 시늉을 했다. 그러면서도 눈은 계속 프랜시스를 좇고 있었다. 그쯤 되니 릴리안의 파트너와 이어트는 서로 어깨를 으쓱하며 눈치를 주고받았다. "너 오늘따라 왜 이래, 바보처럼?" 음악이 바뀔 때 사촌이 릴리안에게 말하는 소리가 들렸다. "바보 멍청이 같아서 너랑은 더 이상 춤 못 추겠다." 릴리안은 안 된다고, 가지 말라고 그를 붙잡고 매달리면서 깔깔 웃었다. 그러고는 프랜시스를 향해 웃었던 것처럼 그녀에게 눈길을 돌렸다.

이어트가 프랜시스에게 몸을 기울이고 물었다. "둘이 무슨 꿍꿍이가 있는 모양인데요. 당신 친구는 우리가 같이 앉아 있는 게 웃기다고 생각하는 건가요?"

"아닐걸요." 프랜시스는 건성으로 흘려들으며 대꾸했다.

"친구분이 당신을 놀리고 있는 것 같은데요. 저분은 유부녀죠?"

"네."

"그럴 줄 알았어요. 겉보기만으론 전혀 모르겠지만요. 만약 내가 저분 남편이라면 당장 등짝을 후려쳤을걸요…. 당신은요?"

"네, 저라도 그랬겠어요."

이어트는 아랫입술을 깨물며 픕 웃는 시늉을 했다. "아뇨, 내 말은, 당신도 남편이 있냐고요. 그래서 친구분이 저렇게 웃는 거 아녜요? 설마 당신 남편이 와서 내 눈에 주먹을 날리진 않겠죠?"

이어트의 얼굴이 너무나 천진해서 뭐라고 답할 말이 떠오르지 않았다. 프랜시스는 약간 새침하게 고개를 돌려버렸다. 하지만 사실 새침 떨고 싶은 기분은 아니었다. 생각해보니 그녀는 오히려 이어트의 어깨에 편안히 기대고 싶었고, 그녀의 허벅지에 부딪어 오는 그의 허벅지를 그만 확 받아들이고 싶은 이상한 충동을 느꼈다. 이어트도 프랜시스의 내숭이 허물어지는 기색을 알아차린 모양이었다. 아니면 적어도 그런 가능성은 감지한 것 같았다. 프라이팬이 치직거리는 듯한 소음에 이어 새 레코드판의 음악이 터져 나오는 순간, 그가 키득 웃는 소리가 들렸다.

릴리안은 파트너를 바꿨다. 새 파트너는 호리호리한 금발로, 방 저편에 모여 있는 청년들 무리 중 한 명이었다. 그는 릴리안을 자기 친구들 쪽으로 리드해가더니 거기 멈춰 서서 그녀와 함께 시시덕거렸다. 주위에 있는 다른 커플들 때문에 프랜시스의 시야가 가려져서, 릴리안의 흰 드레스, 스타킹, 반짝이는 검은 머리, 흐릿한 붉은 입술 등의 일부분만이 언뜻 보이다 말다 했다. 프랜시스는 클라레컵을 한 모금 마셨다. 그런데 옆에서 이어트가 자세를 고치는 듯싶더니 그의 무릎이 자신의 무릎을 지그시 누르는 게 느껴졌다. 곧이어 귓가에 가벼운 숨결이 와 닿았다. 이어트가 프랜시스를 향해 고개를 돌린 채로 소파 등받이에 팔을 걸치고 있는 것 같았다. 그의 말소리가 말벌이 윙윙거리는 소리처럼 귀를 간질였다.

"그럼 헨리로 가는 건 어떻게 할까요?"

프랜시스는 술잔을 입가에 댄 채 물었다. "헨리요?"

"네. 갈 거죠? 말했듯이 저는 언제든 친구 차를 빌릴 수 있어요. 작지만 멋진 차예요. 빨간색이죠. 어때요?"

릴리안이 금발 파트너의 친구들 무리에서 드디어 벗어났다. 그들은 질펀한 아르헨티나 탱고에 맞춰 서로 뺨을 맞댄 채 춤을 추고 있었다. 릴리안은 이따금씩 춤을 멈추고 파트너의 턱수염이 따갑다거나 스텝이 어설프다고 불평했지만, 파트너가 다시 그녀를 부둥켜 당기는 것을 거부하지는 않았다.

"갈 거죠?" 이어트가 재차 물었다.

"음, 글쎄요." 프랜시스는 여전히 술잔을 입술에 댄 채, 이어트를 보지 않고 말했다. "너무 바빠서요." 그녀는 뒤늦게 핑곗거리를 더듬어 찾다가, 어렸을 때에나 곧잘 써먹었던 터무니없는 핑계를 꺼냈다. "저희 어머니가 그런 문제에 대해서는 굉장히 고지식한 분이에요."

이어트는 소리 내어 웃더니 프랜시스를 쿡 찔렀다. "엄마 허락을 받을 필요는 없잖아요?"

프랜시스도 웃음을 흘렸다. "네. 그렇긴 하죠."

"어쨌든 당신 집으로 데리러 갈게요. 제대로 에스코트를 해서 당신 엄마에게 내가 얼마나 착실한 남자인지 보여줄 테니까. 분명 저를 좋아하실걸요."

프랜시스는 미소 띤 얼굴로 고개를 끄덕였지만 여전히 이어트에게 똑바로 눈길을 주지는 않았다. "글쎄요, 그럴 수도 있겠죠."

"정말이라니까 그러네! 마음에 쏙 들어 하실 거라고요."

이어트는 모든 게 정해졌다는 듯이 말했다. 그가 팔을 들어 올리고 있어서 재킷 자락이 벌어진 상태였고, 프랜시스는 그 몸통에서 전해지는 뜨거운 체온을, 조끼에 달린 딱딱한 단추들이 뜨끈하게 달아오른 감촉을 의식하고 있었다. 그 커다랗고 뜨거운 몸의 무언가가 그녀를 설득하는 느낌이었다. 만약 지금 그에게 고개를 돌린다면 이어트는 키스할 것이다. 릴리안이 금발 파트너의 품 안에서 유연하고 힘차게 움직이는 것을 지켜보노라니 프랜시스는 정말로 그럴 마음이 들었다. 그러지 않아야 할 이유가 도무지 떠오르지 않았기 때문에, 단지 그뿐이었다. 그래서 뜨듯한 술을 한 모금 더 삼키고는 눈을 감았다. 이어트의 숨결이 귓가를 스쳤다. 맥주 냄새, 그리고 소년처럼 달큰한 냄새가 풍겨왔다.

그런데 누군가가 프랜시스를 발로 툭툭 찼다. 눈을 떠보니 앞에 릴리안이 있었다. 음악이 바뀌고 있었고, 릴리안은 아까 그 파트너하고는 다 췄다면서, 이제는 프랜시스와 같이 추고 싶다고 말했다. 프랜시스는 손을 들어 올리고 "아니, 난 안 해."라고 말했지만, 릴리안은 그 손을 붙잡고 일으켜 세우려 했다.

"싫다니까." 프랜시스는 큰 소리로 말하다가 술을 엎질렀다. 그녀는 허둥지둥 술잔을 내려놓았다.

"같이 추자. 응?" 릴리안은 한사코 손을 끌어당겼다.

프랜시스가 저항할수록 릴리안은 고집스럽게 입을 앙다물고서 더더욱 힘을 주었다. 급기야는 두 손으로 손목을 거머잡고 억지로 당겨대는 통에 거의 아플 정도였다. 프랜시스는 마지못해 일어나서 릴리안이 이끄는 대로 파트너를 안는 자세를 취했다. 그동안 이어트는 프랜시스의 자리로 옮겨 앉고는 재미있는 경기라도 관람하듯 빙글빙글 웃었다.

음악이 시작되었다. 또 탱고였다. 둘의 팔이 부딪혔다.

"리드는 누가 해?"

"몰라!"

둘은 몇 발짝 옮기다가 비틀거리고, 또 몇 발짝 나가다가 비틀거렸다. 그러다가 마침내 느린 투스텝* 비슷한 춤을 맞춰나갔다. 주위의 다른 커플들이 몸을 휙 날리고 쑥 내려앉으며 활개를 치는 동안 프랜시스와 릴리안은 앞으로, 뒤로, 차근차근 움직였다. 발이 얽히고 손이 땀에 젖어도 그들은 서투른 춤을 어떻게든 이어갔다. 이따금씩 격렬하게 움직이는 커플을 피하느라고 바싹 붙을 때면 허벅지와 가슴이 맞닿았고, 그 순간 둘은 얼굴을 찡그리며 물러났다. 프랜시스의 미소는 점점 팽팽해지고 힘겨워지는 한편, 릴리안은 웃음이 멈춰지질 않는다는 듯이 계속 깔깔거리면서 소리를 질렀다. "아이쿠!" "앗, 이런!" "내가 실수했어!"

"아냐, 내 실수야."

음악이 한없이 이어졌다. 그들의 춤에는 리듬도 없었고 흥이라고는 조금도 우러나지 않았다. 그런데도 음악이 막상 끝났을 땐, 마지막 포즈를 취한 채 멈춰 선 커플들 사이에서 마주 선 프랜시스와 릴리안은 맞잡은 손을 풀지 않았다. 마침내 손을 떨어트린 순간 프랜시스는 둘 사이의 공간이 탄력 있게 흔들리는 느낌이 들었다. 마치 원래의 간격으로 다시 좁혀지려 하는 것처럼.

둘은 부자연스럽고 경직된 미소를 띤 채 축음기 주위에 모인 사람들에게 다가갔다. 그들은 다음 선곡을 뭘로 할지 시끌벅적하게 실랑

---

* 1890년대에 미국에서부터 시작되어 20세기 초까지 유행한 두 박자의 춤 스텝.

이를 벌이고 있었다. 프랜시스와 릴리안은 그 토론에 아무 말도 보태지 않았다. 릴리안은 자기 뒤를 흘끔 돌아보더니, 다른 사람들이 큰 소리로 떠드는 틈을 타서 프랜시스에게 말했다.

"저 남자가 널 기다리고 있네. 이름이 뭐야?" 릴리안의 경쾌한 목소리가 살짝 떨렸다. "너 여기서 한 명 제대로 꼬셨네. 그치? 저 남자 눈빛이 번쩍번쩍 빛이 나는 게, 너한테 아주 푹 빠진 눈치야."

프랜시스는 망설이다가 입을 열었다. "네가 빛이 나는 거야."

릴리안이 그녀를 쳐다보았다. "무슨 뜻이야?"

"저 남자가 내게 빠진 건, 내가 너에게 빠져 있기 때문일 뿐이야. 빛이 나는 건 너야, 릴리안."

릴리안의 표정이 변했다. 그녀는 시선을 떨구고 입술을 벌렸다. 릴리안의 심장이 세차게 뛰는 게 보였다. 예전에도 그랬듯이, 쇄골 위의 움푹 꺼진 부분이 팔딱거리고 있었다. 심장이 여섯 번, 일곱 번, 여덟 번, 아홉 번 뛰었을 때, 릴리안은 프랜시스의 눈을 올려다보고 말했다. "나 집에 데려다줘."

무언가를 공모하는 듯한, 혹은 동조하는 듯한 말투였다. 프랜시스는 릴리안의 손을 더듬어 찾아서 꼭 쥐었다가 풀었다. 그리고 걸음을 옮겼다. 이어트가 소파에서 일어나는 게 보였지만 말 한마디 건네지 않고 지나쳐 걸어가버렸다. 홀에 이르러 그녀는 뒤죽박죽 어질러진 모자들이며 가방들을 재빨리 뒤져서 자신과 릴리안의 짐을 찾았다.

잠시 뒤 고개를 들어보니, 어느새 뒤따라온 이어트가 아연한 표정으로 그녀를 쳐다보고 있었다.

"설마 가려고요?"

프랜시스는 사과의 뜻을 담아 대답했다. "아쉽지만 그래야겠어요. 제 친구가… 몸이 별로 안 좋다고 해서요."

"그럴 만도 하죠. 그렇게 심하게 놀았는데! 누구 다른 사람이 돌봐줄 순 없어요?"

"그래서 그런 게 아니에요. 걔는… 음, 너무 더워서 열이 올랐나 봐요. 열차 시간도 빠듯하고요. 저희 집이 여기서 꽤 멀어서요."

"멀어봤자 캠버웰이잖아요. 맞죠?"

"그렇긴 한데…."

"뭐, 저도 그 길로 가요. 제가 역까지 바래다줄게요."

"안 돼요." 프랜시스는 냉큼 말했다. "그러지 말아요. 제 친구가 곤란해요. 정말로 안 돼요."

이어트는 모자 더미 틈에서 자기 모자를 꺼내 든 채 머뭇거렸다.

"하지만 우리 둘이 분위기 정말 좋았잖아요."

"네. 당신을 만나서 무척 반가웠어요."

"우리 보트 여행은요?"

"아…."

그때 거실에서 네타가 빈 유리잔 두 개를 들고 나왔다. 프랜시스는 안도하며 그녀를 돌아보았다.

"롤린스 부인, 덕분에 정말 즐거웠어요. 릴리안과 저는 이만 가보려고요."

"아, 지금 가는군요. 이어트가 역으로 배웅 나가나요?"

"아녜요. 제가 사양했어요."

이어트가 끼어들었다. "친구가 내키지 않아 한다더라고요. 친구가 몸이 안 좋다고요."

"친구라니요?" 네타가 그렇게 물었을 때 마침 릴리안이 나타났다.

"이 여자분이요."

"쟤는 내 동생인데요. 릴리안, 무슨 문제니?"

별안간 밝은 불빛과 사람들의 얼굴에 둘러싸인 릴리안은 눈을 깜빡거리더니, 뺨에 흘러내린 머리카락 한 가닥을 걷어냈다. "아무 문제없어요." 그녀는 프랜시스의 시선을 피하며 말을 이었다. "그냥 피곤해서 그래요."

"피곤한 거면 왜 이어트랑 같이 가지 않고? 아니면 로이드가…" 부엌 문간에서 남편이 고개를 내미는 걸 보고 네타는 말했다. "로이드, 릴리안과 레이 양을 역까지 바래다줄래요?"

로이드는 아주 잠깐 멈칫했지만 이내 신사적으로 대응했다. 당연히 그러마고, 영광이라고.

릴리안이 나서서 말렸다. 바보같이 뭐하러 그러냐, 파티 분위기 망친다, 폐 끼치는 짓이다…. 하지만 그녀의 말투에는 힘이 없었고, 프랜시스는 둘을 단단히 묶어놓았던 친밀감과 설렘의 마법이 조금씩 풀리는 것을 느꼈다. 프랜시스는 모자를 썼다. 그러자 이어트도 자기 모자를 썼다. 로이드는 회중시계를 꺼내 보면서 기차 시간이 언제인지 생각해내려고 기억을 더듬었다. 프랜시스는 사람들의 얼굴을 한 명씩 훑어보다가 아무나 확 후려치고 싶은 충동을 느꼈다. 정말로 그러고 싶었다. 이 모든 게 한심하고 답답해서 울분이 치밀었다. 결국 그녀는 가식적인 폭소를 터뜨리며, 그 어느 때보다도 신경과민에 걸린 여선생 같은 태도로 이렇게 말해버렸다. "우리는 성인 여자라고요! 맙소사! 우리끼리 역까지 걸어가는 것 정도는 할 수 있다고 생각하는데요!"

어색한 침묵이 흘렀다. 네타가 턱을 당기고는 자기 남편을 손마디로 툭툭 두드렸다. "됐어요, 로이드. 이 친구들에겐 당신이 필요 없어요. 신세대잖아요." 네타는 프랜시스를 거들어주는 투로 말했지만 반쯤은 비꼬는 것 같았다. "이어트, 모자 벗고 안으로 들어가요."

이어트는 모자만 벗었을 뿐 움직이려 하질 않았다. 프랜시스는 그에게 손을 내밀었다. "다음에 또 뵐 수 있으면 좋겠네요."

이어트는 프랜시스가 자기에게 야비한 장난을 쳤다는 듯 부루퉁한 얼굴이었다. 어쩌면 정말 그랬는지도 모른다. 하지만 미안해하면 안 된다. 죄책감은 느끼지 않을 것이다. 자책하지 말자, 자책하지 말지! 현관문이 열렸다. 프랜시스와 릴리안은 문 쪽으로 걸음을 옮겼다. 또 미소를 짓고, 악수를 나누고, 사과를 하고…. 그러다가 마침내 해방된 그들은 물에서 헤엄치듯이 집 밖으로 빠져나갔다. 적어도 프랜시스에게는 헤엄을 치는 것처럼 느껴졌다. 등 뒤에서 문이 닫히고 파티의 소란이 멀어지자마자 그녀는 두 팔을 쳐들고 머리를 뒤로 젖히며, 닻에서 풀려나 찰랑이는 푸른 밤의 물결에 몸을 띄운 기분을 만끽했다.

릴리안은 무슨 생각을 하는지 알 수 없는 표정으로 프랜시스를 지켜보더니 대문 쪽으로 걸어가서 걸쇠를 풀었다. 대문 밖으로 빠져나간 둘은 아무 말도 없이, 서로 팔짱도 끼지 않은 채 인도를 걸어 나갔다. 한 발짝 디딜 때마다 기대감은 부풀어만 갔다. 이윽고 릴리안의 걸음이 느려지기에 프랜시스는 심장이 덜컹했다. '드디어 올 것이 왔구나! 올 것이 왔어!' 프랜시스는 발걸음을 늦추고 고개를 돌리며, 곧 다가올 것을 받아들이려고 두 팔을 들어 올리려 했다.

그러나 릴리안은 손목에 걸쳤던 숄이 흘러내려 떨어지는 바람에 걸음이 느려졌을 뿐이었다. 그녀는 숄을 줍자마자 원래 속도로 걸음을 재촉했다. 프랜시스는 주춤거리다가 릴리안을 따라갔다. 둘 다 아무 말도 하지 않았다. 침묵이 너무 길어지는 느낌이 들었지만 프랜시스는 도저히 그 침묵을 깰 수가 없었다. 그건 아까 같이 춤을 출 때 느꼈던 어색함과도 비슷한, 손에 잡힐 듯 생생히 느껴지고 신경을 바짝 곤두세우는 종류의 침묵이었다.

하이 스트리트로 접어들 즈음 프랜시스는 생각했다. '애초에 우리 사이에 올 것이란 게 있기는 한가?' 둘 사이에는 아무런 고백도 없었다. 오로지 주고받는 눈짓과, 감싸 쥐는 손길만이 있었을 뿐이다. 만약 남자와 여자 사이였더라면 달랐을 것이다. 이렇게 혼란스럽고 애매모호하지는 않았을 것이다. 프랜시스가 릴리안의 손을 움켜잡기만 해도 릴리안은 그 의미를 이해했을 테고, 프랜시스 자신도 그게 무슨 뜻인지 이해했을 것이다! 프랜시스가 어둑한 곳으로 데려가려 하면 릴리안은 승낙하거나 거절했을 테고, 키스를 하려고 하면 릴리안은 입술을 들어 올리거나 들어 올리지 않았을 것이다. 하지만 그들은 남녀 사이가 아니었다. 같은 여자였다. 둘 다 구두 굽을 또각또각 울리며 걷고, 그중 한 명은 달빛을 받아 햇불처럼 빛나는 하얀 드레스를 입은 여자였다.

너무나 빨리 하이 스트리트에 도착해버렸다. 그곳은 아직도 북적북적 활기가 넘쳤다. 불이 환히 밝혀진, 오붓한 분위기라고는 전혀 없는 기차역에 들어선 프랜시스와 릴리안은 사람들이 잔뜩 몰려 있는 승강장에 올라섰다. 열차가 들어왔을 때 프랜시스는 텅 빈 객차가 있는지 살펴보았지만 헛수고였다. 기차를 놓치지 않으려고 역 밖에서부터 헐레벌떡 뛰어온 사람들의 무리가 프랜시스와 릴리안을 휩쓸면서 객차 안으로 밀고 들어갔다. 기차를 잡았다는 데에 잔뜩 신이 난 그들은 신음을 흘리고 웃음을 터뜨리며 좌석에 꾸역꾸역 앉았다. "내 평생 이렇게 빨리 달린 건 처음이야!" "쟤네는 육상 선수처럼 뛰더라!" "아, 그런데 이제 돈을 내야지." 기차가 움직이기 시작하자 그들은 서로 자리를 바꾼다고 수선을 떨었다. "좀 비켜봐!" "바짝 당겨 앉아!"

프랜시스는 그 사람들 한 명 한 명이 모조리 미웠다. 할 수만 있다면 객차 문을 열어젖히고 그들을 걷어차서 철로에다 떨어뜨리고 싶었다. 하지만 그녀는 자리에 가만히 앉아 뻣뻣한 미소를 지으며, 그들이 발가락을 밟고 지나다녀도 불평 한마디 꺼내지 않았다. 옆에 끼어 앉은 릴리안도 마찬가지로 미소를 지었지만 프랜시스와 한 번도 눈을 마주치지는 않았다.

그래도 집이 밀지는 않으니 다행이었나. 프랜시스와 릴리안이 기차에서 내리자 그 사람들은 잘 가라며 명랑하게 소리쳐 인사했다. 승강장에서는 기관차가 칙칙거리는 소리가 요란하게 울려 퍼졌고, 역 계단을 올라갈 때는 사람들의 요란한 발소리가 그들을 둘러쌌다. 역 출입구로 나갔을 때는 길에서 대기 중인 자동차들의 엔진 소리가 그들을 맞이하더니, 집으로 향하는 언덕을 오르기 시작하자 그날의 마지막 전차가 소름 끼치도록 시끄럽게 덜컹거리며 지나갔다. 하지만 그 이후로는 몇 분 내리 아무런 소리도 들리지 않았다. 정적 속에서 프랜시스와 릴리안의 발소리만이 인도를 또각또각 울릴 뿐이었다. 가로등 불빛을 들락날락하는 두 사람의 그림자가 발밑에서 너울거렸다. 릴리안은 어디 약속이라도 있는 사람처럼, 늦을까 봐 걱정되는 듯이 걸었다. 저택이 시야에 들어왔을 때에야 둘의 걸음이 느려졌다. 대문 앞에서 릴리안은 2층의 창문을 올려다보았다. 커튼이 아직 열려 있었고 창문 안쪽은 완전히 캄캄했다.

"렌이 아직 안 왔나 보네." 릴리안이 웅얼거렸다.

둘은 서로를 마주 보고 침묵했다. 그 순간 파티에서 떠올랐던 깨달음이 되돌아왔다. 그들은 살금살금 걸음을 옮겨 앞뜰을 가로질렀다. 현관 앞에 서자 프랜시스는 심장이 너무 세차게 쿵쾅거려서 온몸 구석구석에서 심장박동이 느껴졌다. 이 심장 소리 때문에 그들의 존재가 탄로 날까 봐, 비밀을 들켜버릴까 봐 두렵기까지 했다. 프랜시스는 열쇠를 꺼내 들고 자물쇠를 손으로 더듬어 찾았다. 곁에 있던 릴리안의 팔이 그녀의 팔을 스쳤다. 그러자 둘 사이의 공간이 좁혀지려고 팽팽하게 흔들리는 듯한 그 짜릿한 감각이 다시금 느껴졌다.

그런데 별안간 열쇠가 프랜시스의 손에서 휭 날아가버렸다. 뭐가 어떻게 된 건지 몰라 어리벙벙하던 그녀는 집 안에서 누군가가 문을 당겨 열었다는 걸 한 박자 늦게 깨달았다. 갑자기 쏟아져 나온 흐릿한 불빛에 눈을 찡그리니 눈앞에 어머니의 얼굴이 보였다. 어머니는 실내복과 침실 슬리퍼 차림이었고 머리카락은 핀만 꽂은 채 늘어뜨리고 있었다. 어머니는 프랜시스와 릴리안을 보고 안도감이 역력한 표정으로 문짝을 부여잡았다.

"오, 프랜시스! 마침 잘 왔다! 바버 부인, 천만다행이에요!"

미친 듯이 날뛰던 프랜시스의 심장이 부르르 떨리다가 멈추더니 이번에는 반대 방향으로 뛰기 시작했다. "뭐예요? 무슨 일이에요?"

"얘, 놀라지 말거라."

"왜 그러시는데요?"

"바버 씨가⋯."

"렌이 왜요?" 뒤로 물러나 있던 릴리안이 불쑥 다가왔다. "그이 어디 있어요? 뭐가 잘못됐나요?"

"지금 부엌에 있어요. 좀 다쳤어요. 사고가 있었어요⋯."

불이 환히 밝혀진 부엌 식탁 앞에 레너드가 앉아 있었다. 그는 뭉쳐진 행주를 코 위에 얹은 채 머리를 뒤로 젖히고 있었는데, 얼굴이 피와 흙으로 얼룩졌고 셔츠 앞섶과 넥타이에도 피와 흙이 묻어 있었다. 재킷 주머니는 반쯤 뜯겨 나갔고, 기름 바른 머리에는 돌멩이가 끼었다.

문간에 릴리안이 나타나자 레너드는 멋쩍으면서도 울분이 치밀어 오르는 눈빛으로 그녀를 쳐다보았다. "영영 안 오는 줄 알았잖아!" 그는 고통스러운 듯 눈을 질끈 감고 말을 이었다. "히스테리 부리지 마. 나는 괜찮아."

릴리안은 프랜시스와 함께 부엌 안으로 들어갔다. "대체 뭐가 어떻게 된 거야?"

레너드가 눈을 떴다. "뭐가 어떻게 됐냐고? 어떤 자식이 덤벼들었어! 빌어먹을 녀석이 나를 때려눕혔다고!"

"때려눕히다니? 그게 무슨 말이야? 만찬회에서?"

"아니, 만찬회는 당연히 아니지! 바로 여기서, 언덕 바로 밑에서 말이야. 길거리에서 당했다고."

"집에서 겨우 몇백 미터 떨어진 곳에서요!" 어느새 부엌에 따라 들어온 프랜시스의 어머니가 말했다.

프랜시스는 충격을 받아 새하얗게 질린 어머니의 얼굴과 레너드의 피투성이 얼굴을 번갈아 보았다. 상황이 머릿속에 들어오질 않았다. 프랜시스는 오늘 밤 내내 레너드를 거의 생각도 하지 않았다. 일 분 전만 해도 그녀는 레너드의 아내와 함께 어둠 속에 서서 둘 사이의 공간이 좁혀지는 감각을 느끼고 있었다. 그런데 이제는….

"그게 누구였는데? 누가 때렸어?"

레너드는 릴리안을 노려보았다. "나도 궁금해. 난데없이 튀어나왔으니까. 나는 주먹을 들 새도 없었고."

"그런데 당신은 만찬에서 언제 나왔는데? 나는 당신이…."

"만찬이 이거랑 무슨 상관이야? 그건…." 레너드는 시선을 내려뜨렸다. "아, 만찬회는 엉망진창이었어. 속물들만 한가득하더군. 찰리하고 나는 열 시 반쯤 나와버렸어. 처형 집에 들를까 했었는데, 정말 그럴걸 그랬어!"

프랜시스는 불안감에 휩싸인 채 레너드를 바라보며 이 상황을 이해하려고 안간힘을 썼다. "어디서 습격을 당한 거예요? 집 바로 밖에서요?"

레너드는 눈살을 찡그리며 대꾸했다. "아뇨. 언덕 아래서요."

"공원 근처 말예요?"

"그렇죠."

그때 레너드는 전차에서 막 내린 참이었다고 설명했다. 자기 일에만 신경 쓰면서 길을 걷고 있는데 뒤에서 누가 뛰어오는 소리가 들리기에 고개를 돌렸더니, 그 순간 웬 주먹이 얼굴로 날아와 꽂히더라는 것이었다. 그 충격으로 레너드는 나동그라졌고, 일이 초쯤 기절을 했는지도 모르겠지만 아무튼 다시 일어났을 땐 가해자는 온데간데없더라고 했다. 그는 얼떨떨한 채 피를 흘리며 언덕을 마저 올라가 저택에 도착했고, 막 잠이 들려는 참이었던 레이 부인은 당연히 혼비백산했다. 그녀는 레너드를 부엌으로 데려와 브랜디를 내주고 상처를 애써 소독해주었다. 손의 피부가 까지긴 했지만 그건 별것 아니었다. 가장 심각한 문제는 코였다. 코피가 도무지 멎지를 않았다.

레너드는 코를 덮은 행주를 조심스럽게 들어 올려 상태를 보여주었다. 코와 콧수염에 피가 끈끈하게 말라붙어 있었다. 프랜시스와 릴리안이 지켜보는 중에도 한쪽 콧구멍에서 피가 흘러나와 거품이 일더니 톡 터졌다.

"맙소사, 레니." 릴리안이 신음했다.

레너드는 황급히 행주로 코를 막고 머리를 젖혔다. "그런 식으로 말하지 마! 무진장 아프다고."

"이 피 좀 봐."

"내 잘못이 아니잖아. 멈추질 않는단 말이야."

"당신 온몸이 피투성이야. 사방이 피 칠갑이 됐어!" 릴리안은 바닥을 내려다보며 말했다. 핏방울이 튄 섬뜩한 자국이 부엌 저편까지 길게 이어져 있었다.

프랜시스는 스웨이드 신발에 피가 묻지 않도록 조심조심 둘러 가서 조리대에 등을 기댔다. 부엌이 엄청나게 혼잡한 아수라장이 된 듯 느껴졌다. 이런 긴박한 소동이 일어나기에는 너무 작은 방이었다. 프랜시스는 자신이 아직도 모자를 쓰고 있고 손목에 핸드백이 매달려 있다는 걸 깨닫고, 모자와 가방을 조리대 위에 올려놓았다.

"이해가 안 되네요. 그 사람이 누구죠? 왜 그런 짓을 한 거예요?"

콧구멍을 행주로 훔치던 레너드는 넌더리를 내는 눈초리로 자기 손 끝을 흘겨보았다. "말했잖아요. 나도 모른다니까요."

"음, 어떻게 생긴 사람인지도요?"

"뭐가 눈에 보여야 말이죠! 길거리에서 어슬렁거리는 비렁뱅이들 중 하나겠죠, 아마. 돈이 필요했다든가."

"퇴역 군인 말이에요?"

"글쎄요. 그렇겠죠."

"그 사람이 돈을 달라고 하던가요?"

"모른다니까요, 글쎄! 뭘 말하고 답하고 할 짬도 없었어요. 그냥 들이닥쳤다가 곧바로 도망쳤으니까요. 갑자기 겁이 난 거겠죠. 아니면 누가 오는 걸 봤을 수도 있고요. 그렇다고 정말로 누가 와줬다는 건 아니에요. 나는 집까지 내내 혼자 걸어와야 했어요. 코뼈가 부러진 줄 알았어요! 정말 부러진 건지도 모르죠. 느낌상으로는 딱 그렇네요."

어머니가 의자 다리를 끼익 긁히는 소리를 내면서 의자 한 대를 빼내어 자리에 앉았다. "무시무시하지 않니, 프랜시스? 나는 경찰을 부를까 했어. 다우슨 씨 댁에 달려가서…"

"아닙니다. 경찰은 필요 없대도요." 레너드가 침울한 어조로 말했다. "그래 봤자 무슨 소용입니까?"

"하지만 범인이 또 다른 사람을 습격하기라도 하면요, 바버 씨? 다음 피해자는 여성이나 노인이 될지도 몰라요. 프랜시스, 몇 주 전에 어느 퇴역 군인이 너에게 말을 걸었다고 했지. 기억나니? 네게 몹시 무례한 폭언을 했다면서. 그 사람이 저지른 짓은 아닐까?"

"아뇨, 아니에요." 프랜시스가 뭐라고 말하기도 전에 레너드가 짜증스럽게 대꾸했다. "그런 사람이 한둘이 아니잖습니까. 런던에 수두룩하게 넘쳐나는 게 그런 작자들인데. 저도 군 시절에 여럿 봤어요. 누가 혼자 힘으로 멀쩡히 잘 산다는 생각만 해도 견디질 못하는 치들이죠. 오늘 그 인간도 제 말쑥한 옷차림을 보고는 나를 상대로 재미 좀 봐야겠다고 생각한 겁니다. 그뿐이에요. 토요일 밤의 스포츠! 챔피언 힐에서 사람을 걷어차서 배수로에 처박기!"

레너드는 콧마루를 어루만지며 아내를 올려다보았다. "아, 거 되게 아프네. 여보, 당신이 보기엔 이게 이렇게까지 아플 만한 상처야? 뜨거운 부지깽이로 쑤시는 것 같은 느낌인데."

릴리안은 조심조심 다가가서 행주를 들춰보더니, 피를 보고는 다시 움츠러들었다. 레너드는 안달복달 혀를 쯧 차고 프랜시스를 돌아보았다.

"당신이 한번 봐주겠어요? 어때 보여요?"

프랜시스는 가까이 다가가서 그의 머리를 기울여 빛에 비춰 보았다. 코피가 줄줄 흐르고 있었다. 뼈가 부러진 걸까? 알 수 없었다. 전쟁 초에 가정 간호 수업을 몇 번 듣긴 했지만 거의 다 잊어버렸다. 동공 크기는 정상으로 보이는데…. 아무래도 의사에게 검사를 받아봐야 할 것 같았다. 그런데 프랜시스가 그렇게 제안하자 레너드는 또 삐딱하게 싫은 기색을 내비쳤다. 경찰과 엮이는 것만큼 의사를 끌어들이는 것도 못마땅한 모양이었다.

"그만둬요. 누가 나를 이리저리 쑤셔보고는 돈 내라고 청구서까지 보내는 건 사양이니까. 프랑스에서는 이보다 더 심한 것도 겪어냈다고요. 젠장. 그냥 이 빌어먹을 피를 멈춰줄 순 없어요? 뭘 틀어막거나 채서?"

그가 이렇게 나오는데 무슨 선택의 여지가 있나? 달리 뭘 어떻게 할 수가 있나? 드레스 소매의 은빛 리본을 풀어내자니 오늘 밤 부풀어 올랐던 가능성을 결국은 사그라뜨리는 짓처럼 느껴졌지만, 프랜시스는 리본을 풀고 소매를 걷어붙이고, 앞치마 끈을 매고, 약장에서 붕대를 꺼내 와서 최선을 다해 지혈을 하는 수밖에 없었다. 처음 거즈를 밀어 넣으니 레너드는 토끼처럼 껑충 뛰면서 식탁 가장자리를 부여잡았지만, 이내 팔짱을 끼고 자리에 가만히 앉아 버렸다. 험악한 분위기를 보아하니 무력감 때문에 속이 부글부글 끓는 티가 역력했다. 릴리안이 그의 옷깃에서 모래를 털어주자 레너드는 쏘아붙였다. "당신 제정신이야? 이 피바다에서 흰 드레스 입고, 겨우 그거 하고 있는 거야?"

프랜시스는 레너드가 그렇게 심기가 사나운 건 처음 봤다. 세상에도, 자기 자신에게도 화가 나서 주체가 안 되는 듯했다. 양쪽 콧구멍을 모두 틀어막고 나니 그는 싸움에서 졌다고 분해서 씩씩거리는 남학생처럼 보였다. 콧마루를 어루만지던 레너드는 엉망이 된 옷가지를 내려다보고는, 재킷 주머니의 덮개를 홱 당겨보고 손톱 밑에 낀 흙을 들여다보면서 오늘 사고가 남긴 피해의 흔적들을 살펴보았다. 그러더니 코 막힌 소리로 말했다. "맙소사, 기막힌 밤이로군!"

'그러게 말이죠. 기막힌 밤이네요.' 프랜시스는 손을 씻고 부엌을 정돈하면서 생각했다. '아니, 오늘 밤의 끝이 기가 막히네.'

어머니의 얼굴이 창백했다. 프랜시스도 심장이 진정되지 않았고, 피를 봤더니 속도 약간 울렁거렸다. 그리고 릴리안은… 아까만 해도 프랜시스와 손을 맞잡았던, 네타의 집 뒷방에서 프랜시스의 옆에 서서 "나 집에 데려다줘."라고 말했던 릴리안은, 이제 온데간데없이 사라졌다. 자기 결혼 생활 속으로 빨려 들어가버렸다.

프랜시스가 레너드의 코를 수습하는 동안 릴리안은 메스껍기도 하고 걱정스럽기도 한 표정으로 묵묵히 서 있었다. 릴리안도 네타의 집에서 있었던 일을 돌이켜보았을까? 릴리안도 이제 와서는 그때의 일이 불가사의하게 느껴질까? 남편이 다친 사건이 그녀에게는 어떤 불길한 징조나 경고 같은 것으로 여겨지진 않았을까? 레너드가 의자에서 비틀거리며 일어나자, 릴리안은 재빨리 다가가서 그의 팔꿈치를 붙잡고 똑바로 서도록 부축해주었다. 그리고 프랜시스에게는 한 번도 눈길을 주지 않은 채 레너드의 모자와 자기 짐을 챙겼다. "괜찮겠어요?" 프랜시스가 묻자, 레너드가 코 막힌 소리로 대답했다.

"괜찮을 겁니다. 아스피린 같은 걸 먹고 푹 자면 한결 낫겠죠. 아침이면 아주 개운해질 겁니다! 어쨌거나 고마워요, 프랜시스." 이제 그의 목소리에서는 단순한 피로감만 묻어났다. "그리고 레이 부인께도 감사드립니다. 저 때문에 지독하게 고생하셨어요. 릴리, 당신 내 모자 챙겼어? 그것도 망가졌겠지. 제기랄!"

레너드는 망가진 모자를 분한 듯 바라보더니, 턱을 들어 올리고 아내의 손을 더듬어 찾았다. 릴리안은 그를 이끌고 부엌문으로 걸음을 옮겼다. 그러다가 프랜시스 모녀를 돌아보고 감사의 인사를 덧붙였지만, 프랜시스와 시선이 마주쳤을 때 그녀의 눈동자는 유리구슬처럼 텅 비어 있었다.

"가엾은 바버 씨!" 바버 부부의 발소리가 위층으로 멀어져간 뒤 어머니가 말했다. "어쩌면 이런 일이 있을 수가 있니? 오, 현관에서 그 사람 얼굴을 맞닥뜨렸을 땐 심장이 멎는 줄 알았어! 의사를 불렀으면 좋았을 텐데, 바버 씨가 거절하지만 않았으면⋯."

식탁을 닦던 프랜시스는 피로 얼룩진 행주를 집어 들고서 잠깐 머뭇거리다가, 잉걸불이 타고 있는 아궁이에다가 행주를 집어넣었다.

"아마 창피했던 모양이에요."

"창피하다니?"

"글쎄요, 길거리에서 낯선 사람에게 당했다는 게 창피했나 보죠. 원래 남자들이 그런 문제에서는 유난스럽잖아요."

"평소와 전혀 다르긴 하더구나. 아무리 그래도 그렇지, 그 상태로 버티려면 얼마나 힘들겠니!"

"뭐, 잘 이겨낼 거예요. 그래도 그만하길 다행이죠. 만약 범인이 무기라도 들고 있었으면⋯."

"애, 무슨 소릴!"

"칼이라든지⋯."

"그만 말하렴, 프랜시스! 아아, 너무 끔찍해. 전쟁 때문에 이런 일이 생기는 거니? 전쟁이 젊은 남자들을 불한당으로 만드는 거야? 이해가 되질 않아."

"깊이 생각하지 마세요. 바버 씨는 내일이면 양쪽 눈에 시퍼런 멍이 들겠지만, 그것만 빼면 다 괜찮을 거예요. 월요일쯤 되면 의기양양해져서 우쭐거릴걸요. 두고 보세요."

충격을 받아서인지도 모르지만, 프랜시스는 레너드에게 진심으로 안타까운 마음이 들지 않았다. 심지어 어머니에게도 약간 짜증이 났다. 자정이 한참 지난 시간이었지만 프랜시스도 어머니도 잠자리에 들 가망이 없었다. 비상사태가 터진 직후라서 저택 전체가 황망하게 잠에서 깨어버린 것 같았다. 예전에 아버지가 뇌졸중을 일으켰을 때나, 체펠린 비행선이 공습을 가했을 때와 비슷한 느낌이었다. 게다가 프랜시스는 마음 한편이 릴리안에게 쏠려 있었다. 위층 부엌에서 들려오는 릴리안의 기척에 신경이 쓰였다. 수돗물을 트는 소리에 이어, 바닥에 그릇인지 양동이 같은 걸 땡그랑 내려놓는 소리가 났다. 레너드의 옷을 물에 담그고 있는 모양이었다.

코코아 두 잔을 끓이기에 딱 적당한 만큼의 열이 아궁이에 남아 있었다. 프랜시스는 따뜻한 코코아를 타고 브랜디도 듬뿍 넣어서 어머니 방으로 가져갔다. 그걸 마시니 긴박하던 분위기가 비로소 차차 진정이 되었다. 어머니는 베개에 등을 기대고서 이런 말을 할 여유도 되찾았다. "파티가 어땠는지 묻는 걸 깜빡했구나, 프랜시스. 바버 부인과 잘 즐기고 왔니?"

"아, 네. 재미있었어요."

"사람들의 감탄을 한 몸에 받았을 테지. 그런데 집에 와서 이런 일을 겪다니! 네가 삼십 분만 더 일찍 왔더라면 그 범인을 길거리에서 마주쳤을지도 몰라⋯. 상상도 하기 싫구나."

물론 상상하기도 싫은 일이었다. 그런데 막상 상상을 해보려 하니, 이상하게도 그런 위험이 도사리고 있었다는 게 잘 믿어지지 않았다. 프랜시스는 릴리안과 함께 걸었던 어두침침한 거리를 떠올렸다. 그 이전에 거쳤던 곳들도 떠올렸다. 기차, 클래펌의 길거리. '빛이 나는 건 너야, 릴리안.'

그 순간은 사라진 것 같았다. 낚싯줄에 걸린 가느다란 가짜미끼와 함께, 그 미끼에 반사되어 반짝이던 빛조차도 영영 건질 수 없게 되어버린 것처럼.

부엌으로 나가보니 불이 아직도 환히 켜져 있었다. 프랜시스는 그

빛 속에 서서 눈을 부릅떴다. 시계가 열두 시 오십 분을 가리키고 있었다. 이제 혼자 위층으로 올라가서, 후텁지근한 방 안에 틀어박혀, 말똥말똥 누워서 잠 못 이룰 생각을 하니… 아니, 도저히 엄두가 나지 않았다. 프랜시스는 코코아를 마셨던 컵 두 개를 씻었다. 우유를 끓일 때 썼던 에나멜 냄비도 씻었다. 바닥에 틘 핏자국을 보니 그것도 닦아야겠다는 생각이 들었다. 그래서 신발과 스타킹을 벗고 양동이를 가져왔다.

판석 바닥에 말라붙어 거무스름하게 변한 피는 물걸레질을 하니 원래의 색깔로 돌아왔다. 피를 완전히 닦아냈을 때쯤에는 양동이에 받아놓은 물이 로즈힙 차 같은 빛깔로 물들었다. 프랜시스는 핏물을 마당으로 가지고 나가서 배수로에 쏟아버렸다. 치맛자락에 튀지 않게끔 어줍은 자세로 서서 나지막이 양동이를 기울이다가 하늘을 올려다보니, 아까와 마찬가지로 깊디깊은 잉크 같은 밤하늘이 펼쳐져 있었다.

프랜시스는 부엌으로 들어갔다. 그런데 거기에 릴리안이 있었다.

릴리안은 집 안의 복도로 통하는 문간에 서 있었다. 화장이 번져서 검게 얼룩진 눈 위로 머리카락이 흐트러졌고, 원피스형 잠옷 위에 기모노 스타일의 가운을 걸치고 있었다. 그리고 프랜시스와 마찬가지로 맨발이었다.

릴리안은 프랜시스가 양동이를 내려놓는 모습을 바라보며 나직이 말했다. "여기 있었구나."

"응."

"네가 올라오는 소리가 안 들리길래 어머니와 같이 있는 줄 알았어."

"지금 방에 가봤자 잠이 안 올 것 같아서."

"나도 잠을 못 잘 것 같아."

"레너드는 어때?"

릴리안은 손가락을 입가로 가져가더니 입술을 잡아당기며 말했다. "괜찮아. 지금 잠들었어. 이제 피가 멎어서 누울 수 있게 됐어."

"레너드가 그런 일을 당하다니, 너무 끔찍해. 안타깝다."

릴리안은 대답하지 않았다. 그저 우두커니 서서, 지나치게 밝은 불빛 너머로 프랜시스를 응시하며, 산만하게 입술을 잡아 뜯고 있었다. 뭘 원하는 거지? 알 수 없었다. 이제는 그게 무슨 대수인가 싶기도 했다. 그들은 밀고 당기는 춤을 너무 오래 췄고, 오늘 밤은 지나치게 팽팽하게 당겨져서 탄력을 잃어버린 것 같았다. 프랜시스는 손을 씻으러 급수실에 들어갔다. 부엌으로 다시 나와보니 릴리안은 문밖으로 물러나고 있었다. 프랜시스는 거의 안도감마저 들었다.

그런데 릴리안은 물러나려는 게 아니었다. 바깥의 복도를 내다보고 아무도 없는지 확인했을 뿐이었다. 그녀는 몸을 다시 부엌 안쪽으로 돌리더니, 숨을 들이쉬고는, 걸음을 내디뎠다. 문설주에 얹었던 손을 부드럽게 밀어내면서, 차가운 수면으로 용감히 몸을 던지듯이.

그 이상의 노력은 없었다. 더 이상의 소란도, 놀라움도 없었다. 릴리안은 프랜시스에게 다가와 그녀의 입술에 자신의 입술을 겹쳤다.

처음 일이 초 정도는 키스에서 아무런 생기도 느껴지지 않았다. 차갑고 건조하고 담백한, 어린아이에게 해주는 뽀뽀 같은 키스였다. 릴리안이 원하는 건 결국 이 정도뿐일지도 모른다는 생각이 프랜시스의 뇌리를 스쳤다. 아니, 프랜시스 자신이 원하는 것도 이 정도뿐일지도 모르고, 이대로 서로가 떨어지고 나면 아무것도 변하지 않으리라는 생각이 들었다. 하지만 둘은 떨어지지 않았다. 담백한 키스를 계속해나갔다. 그러다 보니 그걸 계속하고 있다는 것 자체만으로도 키스는 담백하지 않게 되었고, 어느새 둘은 서로에게 안겨서, 서로를 단단히 부둥킨 채로 키스하고 있었다. 잠옷과 가운만 입은 릴리안의 몸은 거의 벌거벗은 것이나 다름없이 느껴졌고, 그녀의 가슴과 골반이 눌리고 부딪어 오면서 동시에 입술이 열리고 촉촉한 속살이 느껴지자, 둘이 포옹이 들써 흔들리면서 확신이 깃들었다⋯. 프랜시스가 이제껏 겪은 그 무엇과도 다른 경험이었다. 피부의 껍질이 벗겨진 것만 같았다. 입술만이 아니라 신경으로, 근육으로, 피로 키스하는 것 같았다. 거의 감당하기 벅차다는 느낌이 들었을 때, 둘은 입술을 떨어트렸다. 그들의 호흡이 어지럽게 흐트러지고 심장이 쿵쾅거렸다. 릴리안이 초조하게 뒤를 돌아보더니 소곤거렸다.

"우리 그만해야 돼, 프랜시스!"

프랜시스는 릴리안을 붙잡았다. "하기 싫어?"

"누가 오기라도 하면⋯."

"레너드가 올 리 없잖아? 그렇지?"

"그이는 안 올 거야. 하지만 너희 어머님이⋯."

"안 오실 거야. 만약 오더라도 소리가 들릴 거고. 키스하게 해줘."

"잠깐만. 나는⋯ 그건⋯ 나 머리가 너무 아찔해."

"제발."

"하지만 만약 렌이나, 어머님이⋯."

"그럼 밖으로 나가자. 정원으로!"

릴리안은 설핏 미소를 띠었다. "뭐라고? 미쳤어!"

"어디로든 가자. 그래, 저기로." 프랜시스는 릴리안의 손을 잡고 급수실 쪽으로 이끌었다. "아무도 못 찾을 거야. 문을 잠가버리면 되잖아."

릴리안은 프랜시스에게 붙들린 손을 잡아당겼다. "미쳤나 봐!"

"이대로는 못 보내줘." 바싹 말라붙은 입술에 물이 닿은 기분이었다. 잔뜩 굶주렸는데 손에 음식이 들어온 기분이었다. "제발. 부탁이야. 조금만 더. 키스만 할게. 약속해."

잠깐 망설이던 릴리안은 결국 프랜시스의 손에 이끌려 왔다. 프랜시스는 릴리안과 함께 맨발로 살금살금 문지방을 넘어 들어간 뒤, 조용히 문을 닫고 삐걱거리는 빗장을 걸어 잠갔다.

가스등이 작열하던 부엌에 있다가 급수실로 들어오니 눈이 먼 것처럼 캄캄했다. 뜻밖에도 그 어둠이 머쓱하게 느껴졌다. 더럭 두려움이 몰려왔다. 릴리안의 말이 옳았다. 어머니가 언제 올지 모른다. 레너드는 위층에서 코피를 흘리고 있지 않은가! 여기서 둘이 대체 뭐하는 건가? 만약 문을 왜 잠갔냐고 물어보면 뭐라고 해명할 수 있겠는가?

하지만 금세 눈이 어둠에 적응되었고, 곁에 있는 릴리안의 형체가 희부옇게 시야에 들어왔다. 프랜시스는 두 손을 내밀어 릴리안의 얼굴을, 입술을 더듬어보았다. 입술이 매끄럽고 서늘하고 촉촉했다. 프랜시스는 그녀의 입술을 만지는 손을 그대로 둔 채 그 위에 키스했다. 자신의 손가락들을 혀로 타고 넘으며 키스를 하다가, 축축하게 젖은 손을 빼내서 릴리안의 목에서부터 옷깃 바로 위의 보드라운 피부까지 훑어 내렸다.

잠옷에는 조그맣고 딱딱한 진주 단추 세 개가 달려 있었다. 프랜시스는 첫 번째 단추를, 그리고 두 번째 단추를 풀었다.

"풀어도 돼?"

릴리안은 주저했지만, 세 번째 단추도 이미 풀려버렸다. 프랜시스는 옷자락을 헤치고 그 안으로 머리를 파묻고서 어루만지며 키스했다. 몇 초 뒤 릴리안이 한숨을 내쉬며 몸을 내밀어 프랜시스의 손길과 입술을 받아들였다. 그녀의 젖가슴은 따스했고, 놀랍도록 묵직했고,

젖꼭지는 놀랍도록 딱딱하게 부풀었다. 그 너머에서 심장이 쿵, 쿵 고동치고 있었다. 프랜시스는 그 고동 하나하나에 입을 맞추었다.

어머니 생각은 잊었다. 위층에 있는 레너드도 잊었다. 아까처럼 걷잡을 수 없는 포옹이 그들을 사로잡고, 피부의 껍질을 벗기고, 경계심과 조심성을 넘어 멀리, 멀리, 더 멀리 나아갔다. 프랜시스는 릴리안의 잠옷 치맛자락을 들어 올리고 엉덩이를 어루만지며, 뜨겁고 부드럽고 감탄스러운 살결을 손가락으로 쓸고 올라갔다.

릴리안의 허벅지 위를 떠돌던 손이 가랑이의 곱슬곱슬한 털에 닿았다. 그러자 릴리안이 뻣뻣하게 굳으면서 엉덩이를 주춤 빼더니, 자기 손으로 살을 만져보고는 믿을 수가 없다는 투로 말했다. "나 다 젖었어!"

"뒤로 좀 더 가봐." 프랜시스가 재촉했다.

"그만 멈춰야 할 것 같아. 이건 너무 심해."

"나는 못 멈춰. 너무 하고 싶어. 너도 그렇지 않아?"

"하지만 이건 너무 심하잖아."

"못 멈추겠어. 도저히."

그렇게 속닥거리는 중에도 릴리안은 이미 프랜시스가 이끄는 대로 개수대 쪽으로 물러나고 있었다. 그녀는 개수대 테두리에 몸을 기대고 다리를 벌려, 섬세하게 미끄러져 들어오는 프랜시스의 손가락을 받아들였다. 그 즉시 릴리안의 엉덩이가 손길의 리듬을 타고 움직이기 시작했다. 릴리안은 점점 더 빠르고 능란하게 프랜시스의 손에 맞추어 몸을 놀렸다. 그러다가 그녀의 한쪽 허벅지가 프랜시스의 허벅지 사이로 끼어 들어오자, 프랜시스는 그 위로 엉거주춤 올라가서 다리를 벌리고 걸터앉았다. 프랜시스는 살을 찧고, 비비고, 문질렀다. 릴리안의 치맛자락이 말려 올라가면서 새틴 천이 구겨지고 망가져갔다. 프랜시스는 그걸 알고서 더더욱 세차게 엉덩이를 찧어댔다. 그러다 보니 릴리안의 몸이 팽팽해지는 느낌이 들었다. 그 긴장이 마치 서로의 근육을 통해 전류가 흘러들고 흘러 나가듯 전달되는 느낌이었다. 마침내 릴리안이 환성을 내질렀을 땐, 둘의 입술이 단단히 포개져 있던 참이었다. 프랜시스는 그 환성을 공기처럼 들이쉰 뒤 자신의 환성으로 토해냈다.

그 외에는 아무 소리도 내지 않았다. 집 안의 정적을 흩트리는 그 어떤 일도 하지 않았다. 프랜시스는 그렇게 확신했다. 둘은 서로에게 기댄 채 몸을 들썩이며 경직되었던 자세를 느슨하게 늘어뜨렸다. 몇 분쯤 지난 끝에 서로가 떨어지자, 릴리안은 맥없이 욕조로 걸어가서 가장자리에 걸터앉고는 어깨에서 흘러내린 새틴 가운 자락을 끌어 올렸다.

"오, 프랜시스."

프랜시스가 옆으로 다가와 앉자 릴리안이 중얼거렸다. 그녀의 머리카락이 베일처럼 눈을 덮고 있었다. 릴리안은 머리카락을 쓸어 올리더니, 두 손으로 머리를 감싸 쥔 채 덜덜 떨었다.

"우리가 무슨 짓을 한 거지? 우리 미쳤나 봐. 취했나 봐. 우리 취했어?"

"취한 게 아니야." 프랜시스도 떨고 있었다.

"우리가 뭘 한 거야?"

"너도 알잖아. 이게 뭔지 알잖아. 안 그래?"

릴리안의 젖은 눈망울과 입술의 곡선을 따라 흐르는 희미한 광택이 보였다. 릴리안이 고개를 끄덕이는 게 보였고, 속삭이는 목소리가 들렸다.

"알아."

"나는 너를 사랑해. 너와 사랑에 빠졌어."

"응."

그게 그들이 나눈 말의 전부였다. 릴리안은 두 손을 내밀어 프랜시스의 손을 꼭 붙잡았다. 릴리안이 프랜시스의 어깨에 머리를 기대어 오자, 프랜시스는 그녀를 흰 필로 바투 끌어안고서 정수리에 키스했다. 그리고 자신의 손을 감싸 쥔 릴리안의 양손을 들어 올려 그 손목에, 엄지손가락에 키스했다. 릴리안은 프랜시스가 하는 양을 가만히 놔두었다. 한 마디 말도, 한 번의 속삭임도 없이. 그러다가 프랜시스가 그녀의 손마디를 입술로 훑어나가자 릴리안은 한쪽 손을 빼냈다. 반지를 낀 왼손이었다. 릴리안이 프랜시스의 품 안에서 몸을 지탱하려고 그 손으로 바닥을 짚은 순간, 결혼반지가 바닥에 쨍 부딪히는 서늘하고도 나직한 소리가 어둠 속에 울려 퍼졌다.

PART TWO

7

다음 날 아침잠에서 깬 프랜시스는 그 모든 게 열에 들뜬 꿈이었던 듯 느껴졌다. 잠깐 동안은 그랬다. 하지만 어스름한 빛 속에서 눈을 떠보니 침대 옆 서랍장의 대리석 상판에 놓인, 피우지 않은 담배 한 개비가 보였다. 그 담배를 망연히 바라보고 있으니 속에서 흥분과 불안감이 들썩거렸다. 어젯밤에 저 담배를 말아놓고는 너무 흥분돼서 피우지도 못하고 놔뒀던 게 기억났다. 그게 몇 시였더라? 릴리안과 함께 급수실을 나온 것은 두 시 직전이었다. 부엌에서 프랜시스는 릴리안의 잠옷 매무새를 정돈해주고 머리카락을 매만져주었고, 마지막으로 서로 꼭 얼싸안았을 때 릴리안은 프랜시스의 어깨에 머리를 묻은 채 또다시 "오, 프랜시스." 하고 중얼거렸다. 그녀는 손을 꼭 잡아쥐었다가 품에서 떨어져 부엌 밖으로 살그머니 빠져나갔다. 프랜시스는 그곳에 좀 더 남아 있었다. 앉지도 못하고, 가만히 있지도 못하고, 도무지 아무것도 하지 못한 채, 다만 바르르 떨고만 있었다. 몸이 어딘가에 부딪힌 와인 잔이 된 것처럼 뎅뎅 울렸다. 마침내 위층으로 올라가니 릴리안과 레너드의 방문은 닫혀 있었고, 문틈에서 빛은 새어 나오지 않았다. 프랜시스는 방에 들어가 누웠지만 그 모든 경이로움을 소화하느라 잠을 이루지 못했다. 몇 시간쯤은 깨어 있었던 것만 같았다.

지금은 아침 여섯 시 오십 분이었다. 그런데 손가락으로 입술을 만져보니 릴리안의 입술이 닿았던 감촉이 아직까지도 느껴졌다. 터무니없을 만큼 도톰하고 촉촉하던 그 입술이. 릴리안의 가슴과 골반이 그녀의 가슴과 골반에 꽉 눌려 오던 감각도.

배 속이 또 들썩거렸다. 프랜시스는 무릎을 구부리고 모로 돌아누웠다. 밖에서 교회 종소리가 시끄럽게 울려댔지만 집 안은 적막했다. 차마 일어나기가, 하루를 시작하기가 두렵기까지 했다.

겨우 아래층으로 내려가보니 어머니가 벌써 부엌에 나와 있었다. 어머니의 창백한 얼굴과 조마조마한 표정을 맞닥뜨린 순간, 심장이 가만히 숨을 죽이는 것 같았다.

"어머니, 왜 그러세요?"

어머니가 얼굴을 찌푸렸다. "잠을 통 못 잤거든. 너는 괜찮았니? 어젯밤에 그랬는데도?"

"그랬다니요?"

"바버 씨가 딱해서 말이다."

"아⋯."

심장이 다시 정상적으로 뛰었다. 그랬다. 어머니나 레너드의 입장에서는, 어젯밤의 습격 사건이 온 세상을 뒤집어놓은 듯 느껴질 터였다. 그것보다 더 놀라운 사건을 겪은 사람은 오로지 프랜시스와 릴리안뿐이었다.

어머니는 복도로 나가서 위층의 기척에 귀를 기울였다.

"우리가 올라가봐야 하지 않겠니? 바버 씨가 괜찮은지 확인해봐야지. 머리에 부상을 당했을 땐 절대 안심할 수 없는 법이야. 프랜시스, 네가 가서 문을 두드려보지 않으련?"

"부부의 침실 문을요? 아니, 어떻게 그래요. 방해하지 말자고요. 도움이 필요하면 어련히 부탁하겠죠. 앉으세요. 제가 아침을 치려드릴게요. 교회에 늦으면 안 되잖아요."

"아, 오늘은 교회에 갈 힘이 없을 것 같구나. 가니시 신부님도 이해해주실 거야. 나는 목욕이나 좀 해야겠어." 어머니가 급수실 쪽으로 걸음을 옮겼다.

프랜시스는 재빨리 어머니를 앞질러 걸어갔다. "어머니 목욕 다 하시면 저도 그 물로 씻어야겠네요. 제가 목욕물을 받아드릴게요."

급수실은 딱히 변한 게 없어 보였다. 자신과 릴리안이 이곳에 아무런 흔적도 남기지 않았다는 게 믿어지지 않았다. 프랜시스는 온수기에 성냥불을 붙이면서 개수대 쪽을 넘겨다보았다. 거기서 자신이 미끌미끌해진 손을 릴리안의 다리 사이로 밀어 넣었던 것이 떠올랐다. 욕조를 돌아보니, 그 위에 걸터앉아 "너와 사랑에 빠졌어."라고 말했던 게 떠올랐다.

펑 소리와 함께 가스에 불이 붙었다. 프랜시스는 불에 덴 손가락을 홱 움츠렸다.

이후 한 시간 정도는 조바심에 속을 부글부글 끓여야 했다. 아궁이에 불을 때고 아침을 차리는 내내, 계단을 내려오는 릴리안의 발소리가 들릴까 봐 귀를 곤두세웠다. 어머니에 뒤이어 목욕을 하러 급수실로 들어갔을 때도, 혹시라도 그 사이에 릴리안이 내려올까 봐 신경이 쓰여서 식어가는 물속에서 좀처럼 편히 쉴 수가 없었다. 그러나 릴리안은 결국 내려오지 않았다. 침실 문은 여전히 닫혀 있었다. 그 너머에서 무슨 일이 일어나고 있을지 짐작도 가지 않았다. 릴리안도 그녀를 이토록 그리워하고 있을까? 릴리안도 그녀처럼 흥분으로 잠을 설쳤을까?

마침내 위층에서 또렷한 인기척이 들려왔다. 의자에 앉아 있던 어머니가 그 소리에 몸을 일으켰다. "바버 씨 목소리로구나. 잠깐 올라가봐야겠다. 그래야 내 마음이라도 편하지, 원."

"그럼 저도 갈래요." 프랜시스는 도저히 긴장감을 견디지 못하고 말했다.

레너드는 거실에서 파자마와 가운 차림으로 소파에 앉아 있었다. 콧구멍에 딱지가 앉았고, 코는 퉁퉁 부었고, 두 눈 밑은 시커멓게 그늘이 졌다. 하지만 프랜시스가 보기에는 어제 그렇게 피를 철철 흘렸던 것치고 부상이 심한 것 같지는 않았다. 레너드도 그렇게 생각했던지, 처량 맞고 겸연쩍은 투로 모녀를 맞이하고는 어제의 사건 전체를 대수롭지 않다는 식으로 넘기려 했다. 자기는 죽은 사람처럼 곤히 잤으며, 엄청난 두통에 휩싸인 채 깨어나긴 했지만 그것만 빼면 완전히 멀쩡하다고, 오늘 하루는 온종일 누워서 휴식을 즐길 작정이라고 했다. "아닙니다, 레이 부인, 걱정하실 필요 없습니다. 어젯밤 저 때문에 힘들게 해드려서 죄송할 뿐입니다!" 레너드는 이런 식으로 너스레를 떨었다. "어제는 제가 신사답지 못했지요. 그때 제가 했던 말들을 돌이켜보면, 가벼운 뇌진탕이라도 일어났던 게 아닌가 싶을 정도입니다. 아, 그럼요. 경찰에 알려야지요. 내일 출근길에 들러야겠습니다."

어머니가 반문했다. "설마 내일 출근을 하실 생각이세요, 바버 씨?"

"그럼요, 시퍼렇게 멍 든 눈을 뽐내고 다닐 절호의 기회를 놓칠 순 없지요!"

레너드는 그 말을 하면서 프랜시스와 시선을 마주쳤다. 프랜시스는 마주 미소를 지어 보이려 했다. 그런데 레너드의 옆에 릴리안이 있었다. 바로 거기에 릴리안이, 부끄러움으로 뻣뻣하게 굳은 채, 눈꺼풀을 파르르 떨면서, 어떤 의미로든 해석할 수 있을 만큼 괴상한 표정을 짓고 있었다. 프랜시스는 어젯밤 그녀와 헤어졌을 때의 기억을 떠올렸다. "오, 프랜시스." 불이 환하게 밝혀진 부엌에서 그 말을 들었을 때는 애정이나 경이의 표현이라고만 생각했다. 그런데 이제 와 돌이켜보니 긴가민가했다. 붉게 달아오른 릴리안의 목이 눈에 띄었다. 거기에 키스했던 게 기억났다. 잠옷의 진주 단추 세 개를 풀었던 것도, 단추가 풀리면서 옷자락이 벌어져가던 감각도.

릴리안은 프랜시스가 무슨 생각을 하는지 알아채기라도 한 듯, 블라우스 옷깃을 손으로 여미며 얼굴을 화끈 붉혔다.

프랜시스는 어머니의 팔을 잡았다. "우리 때문에 레너드가 피곤하겠어요, 어머니."

"그래, 그럼 안 되지."

모녀는 일어나서 부부에게 인사를 건넸다.

믿을 수 없지만, 그 이후로는 여느 때와 같은 주말의 일상이 이어졌다. 따분하고도 따분한 일요일이 폭군처럼 발을 쿵쿵 굴러댔다. 소고기를 오븐에 넣고, 감자 껍질을 벗기고, 당근과 깍지콩을 씻고 다듬고, 빵 반죽을 밀고, 사과를 썰고, 달걀과 설탕과 우유를 휘저어서 커스터드를 만들고…. 그러는 내내 프랜시스는 시계를 흘끔거리면서 일분 일 초가 흘러가는 걸 예민하게 의식했다. '지금쯤이면 어머니는 책이나 신문을 읽느라 여념이 없겠지. 레너드는 소파에서 하품을 하며 졸고 있을 테고. 릴리안을 만날 틈이 분명 있을 거야.'

하지만 어머니는 여념이 없지 않았다. 도리어 안절부절못하며 부엌으로 나와서 프랜시스를 방해했다. 어머니는 아침 예배를 빼먹은 바람에 바버 씨가 습격당한 소식을 사람들에게 전하지 못한 게 후회된다고 이야기했다. 프랜시스와 자신이 나서서 이웃들에게 주의를 줘야 하지 않겠냐면서, 식사는 한 시간쯤 미루고 지금 당장 나가보는 게 어떻겠냐고 했다. 그러면 점심 식사 전의 한가한 짬에 이웃들을 만날 수 있을 거라고.

프랜시스는 낭패스러운 심정으로 어머니를 쳐다보았다. "제가 꼭 따라갈 필요가 있나요?"

"아무렴, 네가 같이 와야 하지 않겠니? 이렇게 중대한 사안인데 말이다."

어머니의 파리한 얼굴을 보니 차마 거역할 수가 없었다. 프랜시스는 스토브에서 냄비들을 치우고 매무새를 최대한 단정하게 가다듬고서 어머니와 함께 집을 나섰다. 우선은 바로 옆집들부터 방문했다. 골딩가, 그리고 나이 지긋한 자매끼리 살고 있는 데스버러가. 다음으로는 길 건너편의 다우슨가와 그 아랫집인 램가에 들른 뒤, 재 깔린 뒷길을 통해 언덕 위로 올라가서 플레이페어 부인의 브레이마 저택에도 방문했다. 물론 반응은 모두가 한결같았다. "어떻게 우리 동네에서 그런 일이!" "바로 문밖에서 일어난 거나 다름없잖아요!" "그럼요, 경찰에 확실히 알려야 합니다. 제가 직접 알리도록 하죠." "아무렴요, 전쟁 이후로는 모든 게 예전 같지 않아요. 문명인다운 품행이라고는 눈을 씻고도 찾아볼 수가 없게 됐어요." "실업난 탓이라고들 하지만, 솔직히 일자리 자체는 넘쳐나잖아요. 그 남자들이 급여가 너무 비현실적이라는 이유로 일자리를 걷어찬 거죠." "그자들도 강제로라도 징집돼서 나라를 지켰어야 해요. 상류층 가문의 자제들은 기꺼이 목숨을 내놓았잖아요. 그것도 모자라 이제는 덕망 있는 사람들이 자기 집 앞 길거리를 다니는 것도 두려워해야 하다니요!"

더 이상 참을 수가 없었다. 브레이마 저택에서 플레이페어 부인이 장광설을 늘어놓을 때, 프랜시스는 응접실의 프랑스식 창문을 통해 정원으로 빠져나갔다. 피로와 불안감 때문에 속이 너무 허해서 둥둥 떠다니는 기분이었다. 자갈길을 걷는 그녀의 곁에 샴고양이들이 종종 따라왔다. 지난번에 때 삐긴 그리우디 씨와 힘께 있었던 벤치를 지나자 연못에 이르렀다. 컴컴한 물속으로 통통한 오렌지색 물고기 몇 마리가 언뜻 보였고, 수면 위에서 낙엽 한 잎이 마치 조그마한 배가 노를 저어가듯 미끄러져 흘러가고 있었다. 그걸 보니 뜨끔 이어트가 떠올랐다. 보트를 타자고 했던 이야기도, 소파에서 둘이 꼭 붙어 앉았던 것도. 백 년 전의 일이었던 것만 같았다. 그때 정원 저편에서 플레이페어 부인의 시계가 땡, 땡 하고 정오를 알리는 소리가 선명하게 울려 퍼지자, 여기서 대체 뭐하는 건가 싶은 생각이 퍼뜩 들었다. 릴리안과 함께 있어야 하는데. 어쩌자고 한마디 말도 없이, 메모 한 장도 남기지 않고 집을 나와버렸단 말인가? 거의 두려움마저 밀려오려 했다. 둘은 어젯밤 무언가를 살아 움직이게 만들었고, 그 움직임을 유지하려면 프랜시스가 집을 지키고 있어야만 할 것 같았다. 그건 마치 팽이와도 같아서 계속 때려주지 않으면 흔들리고, 기울어지고, 바닥을 긁다가 그예 저 너머로 굴러가 멈춰버릴 것만 같았다.

그 흔들림과 기울어짐은 이미 시작되었는지도 모른다. 기껏 조바심을 치며 어머니를 재촉해 집으로 돌아왔는데, 위층에서는 레너드 특유의 요들송 같은 하품 소리가 한가롭게 들려오고 있었고, 부부의 거실 문간을 지나면서 흘끔 안을 들여다봤더니만 릴리안은 초연한 태도로 가장 좋은 식탁보를 탁탁 털어 펼치고 있었다. 그 순간 프랜시스는 시간 감각이 흔들리면서 과거로 미끄러져간 듯한 기분이 들었다. 급수실에서 나누었던 포옹도, 릴리안의 다리 사이로 손을 밀어 넣었던 것도, 그 모든 게 일종의 환각이었던 것만 같았다.

프랜시스는 자기 방으로 들어가서 망연히 외출복을 벗었다. 그런데 신발 한 짝을 벗었을 때 침대 옆 서랍장 위에 놓인 웬 조화 다발이 눈에 띄었다. 붉은색과 금색으로 된 병에, 실크로 만들어진 파란 물망초 꽃들이 꽂혀 있었다. 누가 모자에 달린 장식 같은 걸 떼어내서 가져다 놓은 듯했는데, 꽃병을 보면 릴리안의 것이 틀림없었다. 프랜시스는 그쪽으로 건너가서 꽃다발을 집어 들고 앙증맞은 실크 꽃잎들을 입술에 댔다. 언제였는지는 몰라도 릴리안이 레너드 모르게 이 꽃들을 찾아내고, 원래의 자리에서 잘라내고, 꽃병에 꽂아서, 여기에 슬쩍 가져다 놓았을 거라고 생각하니… 마음속에서 무언가가 꿈틀 요동치는 느낌이 들었다. 낚싯바늘에 물고기가 걸린 순간처럼. 벽을 물끄러미 바라보았다. 릴리안이 여기서 얼마나 멀리 있나? 열 걸음? 기껏해야 열두 걸음? 레너드가 또 하품하는 소리가 들렸다. '아, 좀 나가라!' 하품이 요들송으로 이어지는 걸 들으며 프랜시스는 생각했다. '가라고! 아무 데로든 나가! 십 분만! 오 분만!' 그런 생각을 하면서도 죄책감이라고는 조금도 느끼지 않았다. 어젯밤 그의 아내와 동침할 때도 마찬가지였다. 레너드는 단지 릴리안과 자신의 사이를 가로막는 성가시고 사소한 방해물에 지나지 않았다. 벽돌담과 회반죽, 종이, 공기처럼.

레너드는 나올 기미가 없었고, 고기는 지나치게 익어가고 있었다. 어쩔 수 없이 아래층으로 내려간 프랜시스는 레너드가 화장실에 들러 나오기만을 바랐다. 그 틈에 재빨리 릴리안을 보고 올 작정이었다. 하지만 레너드는 심술궂게도 나오지 않았다. 프랜시스는 점점 짜증이 북받쳐 삶은 채소를 건져내고 그레이비 소스를 저었다. 그렇게 점심을 차려서 먹고, 설거지를 하고, 그릇의 물기를 닦으면서 몇 시간이 흘러가버렸고, 오늘 하루는 글렀구나, 완전히 글러먹었구나 생각하며 체념했을 때에야, 비로소 레너드가 계단을 내려오는 기척이 들렸다. 프랜시스는 확실한지 확인하려고 잠시 더 귀를 기울여본 뒤, 어머니에게 양해를 구하고 부드러우면서도 날쌘 몸놀림으로 계단을 올라갔다.

릴리안도 프랜시스가 찾아올 줄 예상했던 게 분명했다. 그녀는 눈을 반짝 뜨고 활짝 핀 표정으로, 아침에 봤을 때와는 완전히 다른 종류의 홍조를 띠고서 거실 문간을 서성이고 있었다. 회랑에서 마주친 두 사람은 서로 바싹 다가섰다. 너무 초조해서 포옹은 하지 못했다.

"네가 놔둔 꽃 봤어." 프랜시스가 속삭였다.

"그것 때문에 네 방에 들어갔는데, 괜찮지?"

"하루 종일 너 만날 틈만 기다렸어."

"나도 그랬어. 나는 차마…."

"정말이야? 나는 아침에 널 봤을 때…."

"아, 심장이 미친 듯이 뛰지 뭐야! 밖으로 튀어나오는 줄 알았어! 다 보이지 않았어? 렌하고 너희 어머님이 틀림없이 눈치챌 줄 알았다니까."

"나는 네가 나를 보기 싫어하는 줄 알았어. 그 모든 일을 후회하는 줄 알았어."

릴리안은 입술을 깨물고 눈을 감더니, 몸서리치듯 고개를 파르르 흔들었다. 그게 끝이었다. 아래층에서 뒷문이 탕 닫히는 소리가 나는 바람에 둘은 재빨리 떨어졌다.

다음 날 아침 레너드는 약속대로 출근했고, 좀 뒤에는 어머니도 월요일을 맞아 늘 하던 대로 관할 사제와 서너 시간쯤 교회 일을 보러 나갔다. 어머니가 다녀오겠다고 인사했을 때 프랜시스는 부엌에서 고기 토막들을 저장고에 넣고 있었다. 현관문이 닫히는 소리가 나자마자 그녀는 손을 씻고, 앞치마를 벗고, 조심스럽게 홀로 나갔다. 릴리안이 계단 꼭대기에서 기다리고 있었다. 지난 토요일 밤처럼 맨발에 잠옷 차림이었지만 머리카락은 공들여 매만진 듯 말쑥했다.

그 모습에 프랜시스는 심장이 팔딱 뛰었다. 그런데 계단을 올라가다 보니 마지막 몇 계단 앞에서 걸음이 느려졌다. 막상 집이 둘만의 차지가 되자 그녀도 릴리안도 수줍어진 듯했다. 서로 한 발짝 떨어진 상태에서 릴리안이 말했다. "나 네 꿈 꿨어, 프랜시스."

"무슨 꿈?"

"우리가 같이 자동차에 타고 있었어. 어떤 남자가 빠른 속도로 운전하고 있었고, 나는 무서웠는데, 네가 손을 잡아줬어."

프랜시스는 잠깐 뜸을 들이다 말했다. "지금 손을 잡아줄게. 내 방으로 가자. 거기서 잡아줄게."

7월의 아침 햇살이 너무 눈부셔서 침실의 커튼을 열지 않고 놔둔 참이었다. 방에 들어가서 문을 닫으니 어스름이 두 사람을 둘러쌌다. 그들은 더더욱 수줍어졌지만 쭈뼛쭈뼛 다가서서 서로를 끌어안았다. 포옹은 뻣뻣했고 심지어 어색하게 느껴졌다. 그런데 키스는 달랐다. 키스는 실크 한 필이 주르르 풀려나가듯 펼쳐졌다. 일 분쯤 입을 맞추었을까, 릴리안이 입술을 떼고 프랜시스의 얼굴에 손을 얹었다.

"나한테 무슨 짓을 한 거야?" 릴리안이 그녀의 눈을 들여다보며 속삭였다.

"침대로 와. 같이 눕자."

이제 릴리안은 물러나지 않았다. "멈춰"나 "잠깐만"이라는 말도 하지 않았다. 그들은 침대로 올라가서 키스했다. 프랜시스가 릴리안의 가운 허리띠를 풀고 소매에서 팔을 빼내자 그녀는 가만히 그 손길을

298

받아들였다. 그러다가 프랜시스가 잠옷 단추를 끄르려 하니, 릴리안은 그녀의 손을 붙잡고는 부끄러워하면서도 과감히 말했다. "네 옷도 좀 벗어봐."

프랜시스는 침대에서 일어나 치마의 후크를 풀었다. 치마와 코르셋, 스타킹을 벗고 속바지까지 벗은 다음, 엉덩이를 살짝 덮는 면 캐미솔 한 장만 입은 채 릴리안의 옆에 누웠다.

릴리안이 프랜시스의 어깨에서부터 주근깨가 돋은 팔로 손을 미끄러뜨렸다. "너는 아름다워, 프랜시스."

"아니, 설마."

"정말이야. 아름다워. 네게서 손을 뗄 수가 없어." 릴리안은 황홀한 듯 그녀의 쇄골을 어루만졌다. 목, 턱, 귓불도. "꿈같아. 그렇지 않아? 나 꿈꾸고 있는 것 같아. 마법에 걸린 기분이야."

살며시 움직이는 그녀의 손길을 느끼며 프랜시스는 쾌감으로 몸을 바르르 떨었다. "아니, 정반대야. 나는 오히려 깨어났거든. 뭐에서 깨어났는지는 모르겠지만. 백 년쯤 잠들어 있었던 것 같아. 네가 날 깨운 거야, 릴리안."

릴리안의 눈이 빛났다. "내가 널 깨웠구나."

"그러려고 네가 챔피언 힐에 왔던 거야. 처음부터 눈치챘어야 했는데. 아니, 어쩌면 그때부터 이미 눈치챘는지도 몰라. 첫날에 네가 스타킹 바람으로 마룻바닥을 걸었던 거… 기억 나? 나는 네 발꿈치를 뒤따라가면서, 창밖으로 수정궁의 탑들이 보이는 걸 알려주려고 가는 거라고만 생각했었어. 그러면서 실은… 아, 너 전에도 여자와 키스해본 적 있어?"

릴리안은 아연한 듯 깔깔 웃더니 다시 손가락을 움직여나갔다. "당연히 없지! 사실 키스 경험 자체가 별로 없어. 렌 이전에 만난 남자 두세 명쯤? 하지만 그때는 전부 아무 의미도 없었어. 의미 있는 건 너뿐이야."

"그렇구나."

"너는 얼마나 해봤어?"

"오, 수십 명이랑 해봤지. 붉은 머리 여자, 금발 여자, 흑발 여자…. 하지만 너 같은 여잔 아무도 없었어."

"에이, 놀리는 거지! 그만 놀려."

"나 만나기 전에 이런 일에 대해 들어본 적은 있어?"

릴리안은 얼굴이 붉어진 채, 프랜시스를 어루만지는 자신의 손을 눈으로 좇았다. "글쎄. 들어본 적은 있지. 하지만 뭔가 외설스러운 거라고만 알고 있었어. 아니면 사교계에서 한가락 하는 여자들이 즐기는 취미 정도? 막연한 상상뿐이었지. 예전에 렌이 프랑스에서 가져왔던 사진엽서들 중에도 그런 게 있더라고. 여자 둘이 같이 있는…. 하지만 그건 군인들 눈요기하라고 만들어진 끔찍한 물건이었어. 나는 한 번밖에 못 봤어. 보자마자 렌한테 불태워버리라고 했거든." 릴리안이 프랜시스의 눈을 올려다보았다. "이건 그런 게 아니잖아. 그치?"

"그렇지. 아니지."

"사실… 전부터 쭉 연애 감정 같은 게 있었던 것 같아. 그렇지 않아? 우리가 같이 공원에 갔을 때도 이미 그런 게 있었잖아. 네가 그 남자를 쫓아버렸던 것도… 꼭 나하고 데이트하는 남자 같은 행동이라서 얼마나 재밌었는지 몰라. 만약 렌이었다면 자기 자신을 위해 그런 행동을 했을 거야. 하지만 너는 나를 위해 그렇게 해준 거잖아. 그치? 그러고 나서 집에 돌아왔을 때, 회랑에서 네가 나를 릴리안이라고 불러도 되겠냐고 물었지. 아무도 부르지 않는 이름으로 부르고 싶다고."

"응."

300

"그리고 내가 네 머리카락을 잘라줬을 때…."

"그때 내 얘기 듣고 무슨 생각 했어? 충격받았어?"

"화가 났었어. 바보가 된 기분이었어."

"바보라니?"

"아무것도 몰랐으니까. 남자 애인이 있었던 줄로만 알았잖아. 나한테 감쪽같이 속은 기분이었어. 내가 그동안 내내 알아왔고 좋아했던 네 모습이 완전히 가짜였던 것 같았다고나 할까. 하지만… 글쎄, 모르겠어. 아무튼 그 생각이 계속 머릿속을 떠나지 않더라. 네가 왜 그런 얘길 털어놨을까 궁금하기도 했고."

"나 스스로도 궁금했어."

"그만큼 네가 나를 좋아한다는 뜻인가 보다 싶었지. 친구로서 말이야. 하지만 아, 그래 봤자 프랜시스는 '그녀'만큼 나를 좋아하지는 않아, 이런 생각이 들더라고. 그러니까 더더욱 화가 나지 뭐야. 엄청나게 분했어!" 릴리안의 손이 그녀의 쇄골로 돌아왔다. "나 자신의 감정이 무서웠어. 정상이 아닌 것 같아서…. 아마 너를 독차지하고 싶어서 그랬나 봐."

프랜시스는 잠시 멈칫하다가 말했다. "너는 숭배받기를 좋아하는 것 같아. 남자들한테도, 나한테도, 다른 모든 사람에게도. 그렇지 않니?"

릴리안은 미소를 지으며 고개를 가로저었다. "아니야."

"그런 것 같은데. 내가 아니라 누구였더라도 너는 그렇게 반응했을걸."

릴리안이 또 고개를 젓자 머리카락 한 타래가 눈가로 흘러내렸다. 머리카락 틈으로 프랜시스를 응시하는 그녀의 얼굴에서 미소가 흐려졌다. "아니야. 오로지 너뿐이야."

심장이 얼마나 격렬하게 날뛰는지, 제자리에서 떨어져 나갈 것만 같았다. 프랜시스는 릴리안의 손을 잡고 자신의 심장께로 가져갔다. 그녀의 얼굴이 너무나 가까이에 있어서 촉촉한 검은 눈망울과 눈썹, 속눈썹이 온통 흐릿하게 번져 보였다. 자신의 속눈썹과 맞닿은 릴리안의 속눈썹이 파르르 떨리는 것이 느껴졌다.

릴리안이 부드럽게 말했다. "어젯밤에 네가 했던 말 있잖아. 사랑에 빠졌다는 말. 진심이었어?"

진심이었던가? 프랜시스는 속으로 자문해보고 대답했다. "응. 그것도 무서웠어?"

릴리안은 고개를 끄덕였다. "하지만 무엇보다도 무서운 건⋯." 그녀는 말을 잇지 못하고 눈을 질끈 감았다. "아아, 내 감정이 뭔지도 잘 모르겠어. 그냥 마법에 빠진 것 같아! 파티에서는 줄곧 네가 키스해주기만을 바랐어. 평생 무언가를 그렇게 간절히 원해본 적이 없는 것 같아. 그런데 그게 이상하다거나 잘못됐다는 느낌은 안 들더라. 렌 생각도 안 했어. 단 한 순간도. 못된 심보라는 건 알지만, 생각이 안 나는 걸 어떡해? 렌하고는 아무런 상관도 없는 일 같아. 우리 둘 외에는 그 누구하고도 상관없는 것 같아. 안 그래?"

"맞아. 상관없어." 프랜시스는 간단명료하게 대답했다.

릴리안은 프랜시스의 심장께에 손을 반듯하게 얹고만 있었는데, 서로 물끄러미 마주 보고 있으려니 분위기가 변했다. 릴리안이 손을 약간 내려뜨려서 프랜시스의 젖가슴을 모아 쥐었다. 그리고 곧장 더 밑으로 내려갔다. 낡아빠진 캐미솔의 얇은 천 위를 수줍게 훑던 릴리안은 이윽고 손을 떼더니 말했다. "내 위로 올라와." 그녀는 프랜시스의 캐미솔 자락을 위로 끌어 올리고는, 침대에 등을 대고 누워서 자신의 치마도 걷어 올렸다.

릴리안의 음모는 프랜시스의 느슨한 갈색 음모보다 더 짙고 뻣뻣했다. 배와 가슴의 피부에는 은빛의 불규칙적인 줄무늬가 있었다. 프랜시스는 그걸 보고 순간 어리둥절했지만, 불행하게 끝났던 임신의 흔적이라는 것을 금세 깨달았다. 프랜시스는 고개를 기울여 그 흔적에 입을 맞추다가, 잠옷 치마를 더 높이 들춰 올리고 그 안으로 미끄러져 들어갔다. 델 것처럼 뜨거운 둘의 몸이 합쳐진 순간 그녀는 숨을 멈췄다. 일이 분쯤 둘은 그렇게 서로를 들이마시듯 가만히 있었다.

키스하기 시작하자 또 흐름이 변했다. 둘은 자세를 고치고 골반을 맞부딪으며 힘껏 움직여나갔다. 프랜시스가 옆으로 약간 움직이자, 지난 토요일에도 그랬듯 릴리안의 허벅지가 그녀의 다리 사이로 미끄러져 들어왔다. 그들은 키스를 계속하면서 몸을 가지런히 포갰다. 땀에 젖어 찰싹 들러붙은 두 몸이 서로를 마주 누르며 찧고 흔들었다. 찧으면 찧을수록 속도가 빨라져갔고, 배와 가슴이 땀으로 미끌미끌해졌다. 입술이 떨어졌다가도 다시 붙었다. 점점 더 리듬이 급박하게 치달아가면서 둘의 움직임은 거의 드잡이를 하다시피 투박하고 격렬하게 뒤엉켰다. 마침내 릴리안이 몸을 굳히면서 환성을 내지르자, 물줄기처럼 뿜어져 나오는 그 소리의 쾌감과 해방감에 휩싸여 프랜시스도 절정이 다가오는 것을 느꼈다. 그녀는 릴리안의 허벅지 위에 자신의 몸을 마구 문댔고, 그동안 릴리안은 프랜시스를 잡고 키스하면서 경이로운 눈빛으로 그녀의 얼굴을 올려다보았다. "프랜시스, 프랜시스!"

마침내 서로에게서 떨어진 그들은 시계를 보고 깜짝 놀랐다. 벌써 열한 시가 넘었다. 프랜시스는 아침에 처리해야 할 집안일을 아직 하나도 하지 못했다. 릴리안은 목욕과 방 청소를 하고 친정에도 들러야 했다. 헤어지기 전에 마주 서서 꼭 끌어안으니 불쑥 안타까움이 치밀었다. 앞으로 뭘 어떻게 할 수 있나? 이 관계를 어떻게 유지할 수 있나? 서로를 다시 만나기까지 몇 시간을 기다려야 할지 몰랐다. 신중해야 한다. 프랜시스의 어머니에게 들켜서는 안 되고, 릴리안의 언니들이 냄새를 맡아도 안 된다. 렌은 절대로 알면 안 된다! 아무도 몰라야 한다.

"하지만 도저히 못 보내겠어." 릴리안이 품에서 빠져나가려 하자 프랜시스는 말했다. "나중에 와줄 수 없을까? 이따가 밤에 레너드가 잠들었을 때?"

"못 해. 어떻게 그래! 아아, 하지만 그러고 싶을 거야."

"나도 네가 와주길 바랄 거야."

"정말?" 릴리안은 프랜시스의 얼굴을 바라보았다. "네가 그런 말을 진심으로 한다고는 믿을 수 없어. 너도 나랑 똑같은 심정이라는 게 믿어지지 않아. 아, 나한테 대체 무슨 짓을 한 거야!"

둘은 끝내 헤어졌다. 릴리안은 비뚝거리며 자기 방으로 걸어갔고, 프랜시스는 어지럽혀진 침대 가장자리에 걸터앉았다. 또 몸이 와인 잔처럼 울리고 있었다. 온몸의 감각에 뒤덮여 있던 먼지를 말끔히 닦아낸 것만 같았다. 온 세상의 색깔이 더 선명히 보였다. 물건들의 모서리는 칼날 같았고, 이불 테두리에 대어진 실크의 촉감이 기가 막혔다. 크리스티나와 했을 때도 이런 느낌이었던가? 그녀와 함께 보냈던 밤을 돌이켜보았다. 바로 여기에서, 옆방에 있는 부모님 몰래, 조용히, 조금씩, 슬그머니 사랑을 나누었던 시간을. 그게 정말 이런 느낌이었던가? 그랬겠지. 아니, 그랬을 리가 없다! 만약 그랬다면 절대로 크리스티나를 포기할 수 없었을 것이다.

집안일에 생각이 미쳤다. 프랜시스는 씻고 옷을 갈아입은 뒤 아래층으로 내려가 청소를 시작했다. 어머니의 침실부터 시작해 응접실과 계단으로 이동하면서, 미친 듯이 빠른 속도로, 먼지떨이를 들고 춤추는 데르비시*처럼 빙빙 돌면서 움직여나갔다. 하지만 점심시간에 어머니가 돌아왔을 때까지도 홀 바닥 청소를 다 끝낼 수 없었다.

"아이쿠, 얘야." 어머니는 무릎 깔개 위에 꿇어앉은 프랜시스를 보고 말했다.

프랜시스는 새빨간 거짓말을 술술 늘어놓았다. "그러게요, 오늘은 어쩌다 보니 늦어졌네요. 일이 자꾸만 꼬이는 바람에. 가니시 신부님은 어떠세요?"

"그분은 아주 잘 계시지. 그나저나, 아유, 어떡하니."

"신경 쓰지 마세요. 거의 다 끝났어요."

프랜시스는 양동이를 치우고 부랴부랴 샐러드를 준비했다. 음식은 정원으로 가지고 나가서 피나무 아래에서 먹었다. 식사 내내 그녀는 어머니와 활기차게 대화를 나누었다. 화제는 온통 가니시 신부의 자선 사업에 대한 것으로, 교구의 병약한 아이들을 받아줄 해안 지역의 입양처를 찾았다는 이야기였다. 그런데 그릇을 다 비우고 나서 어머니와 편안한 침묵을 나누며 주위를 둘러보니, 화단의 풍경이 새삼 또렷하고 경이로워 보였다. 참제비고깔이 얼마나 파란지, 그런 파란색은 생전 처음 보았다. 마리골드와 오렌지색 금어초는 불꽃처럼 휘황했다. 꽃가루가 흩뿌려진 벨벳 같은 꽃송이 안으로 벌들이 드나들고 있었다. 노란색 꽃가루 하나하나가 눈에 보였고, 모든 곤충의 모든 날갯짓 소리가 귀에 들어왔다. 문득 집 쪽을 돌아보니, 월워스의 친정에 가려고 외출복을 차려입은 릴리안이 계단 창문을 지나가고 있었다. 그 순간 종잡을 수 없는 흥분이 치솟았다. 몸이 달뜨는 기분이었다.

---

* 이슬람의 수피 종파에서 빠르게 회전하는 춤을 추는 의식을 행하는 수도자.

이게 바로 사랑인가? 사랑이 아니라면…. 제기랄, 아무튼 그거랑 엄청 비슷한 무언가겠지. 그런데 만약 사랑이라면? 아, 그렇다면!

"생각이 몹시 깊어 보이는구나, 프랜시스." 어머니가 부드럽게 말했다. "무슨 생각을 그렇게 하니?"

프랜시스는 식기들을 한데 모으면서 지체 없이 대답했다. "릴리안의 언니 댁 파티에서 만난 남자를 생각하고 있었어요."

어머니가 관심을 보였다. "어머, 그러니?"

"언제 헨리로 당일 여행을 다녀오자는 이야기가 나왔거든요. 저는 힘들 거라고 대답하긴 했지만요."

어머니의 기분을 띄워주는 건 그토록 간단했다. 며칠 전이었더라면 자신이 이런 짓을 했다는 데에 자괴감을 느꼈으리라. 그녀는 집으로 들어가서 설거지를 마친 뒤, 응접실의 열린 창가에서 어머니와 마주 앉아 마냥 유쾌한 오후를 보냈다. 이윽고 월워스에 갔던 릴리안이 돌아왔지만 마중은 나가지 않았다. 릴리안이 계단을 오르는 발소리에 피가 솟구쳤고, 아까처럼 또 몸이 달뜨면서 가슴과 다리 사이가 찌릿해졌지만, 그 느낌을 은밀히 다스렸다. 젖먹이 아기를 고이 안아주듯이.

레너드도 집에 돌아왔다. 평소보다 늦은 시간이었다. 프랜시스는 부엌에서 그릇을 데우면서 현관문 자물쇠에 열쇠가 꽂히는 소리가 언제 들릴지 신경을 곤두세우고 있었는데, 무심코 정원 쪽을 내다보니 저편의 담벼락에 난 후문에서 레너드가 들어오고 있었다. 화들짝 놀란 그녀는 레너드가 정원을 건너오는 동안 간신히 표정을 수습했다. 레너드는 부엌에 들어와 신발에 묻은 흙을 닦아내면서, 자신이 평상시의 경로가 아니라 뒷길을 거쳐서 왔노라고 설명했다. 캠버웰 경찰서에 들러서 자기가 겪은 '약간 재미난 사건'에 대해 이야기하고 오는 길

이라고. 한 경사가 전후 사정을 상세히 받아 적긴 했지만, 범인을 잡는
건 별로 기대하지 않는 눈치더라고 했다. 레너드 자신이 말했듯이, 그
경사도 요즘 런던에는 범죄형 인간이 득시글거려서 그런 사람을 찾는
건 모래밭에서 바늘 찾기나 다름없으리라고 했다는 것이었다.

레너드는 이야기하면서 허풍을 했다. 피로에 찌들어 누르스름해진 얼
굴과 대조되어 눈 밑의 멍이 더더욱 시커매 보였다. 그런데도 그는 십
분쯤 더 부엌에 머물면서, 사무실에서 동료들이 자기를 어떻게 놀리
는지 이야기하고, 토요일 밤에 형편없이 막을 내렸던 만찬회에 대해
서도 구태여 언급했다. 그런데 지난번과 말이 좀 달랐다. 예전에는 거
기 참석한 보험업자들을 하나같이 속물이라고 했는데, 지금은 '나약
한 영감태기들'이라고 경멸 조로 일축하는 것이었다. 자신과 찰리는
최대한 빨리 적당한 틈을 봐서 빠져나왔다는 둥, 사업을 하려면 그런
물러터진 인간들과 동침하는 것보다 더 좋은 방법이 얼마든지 있다
는 둥….

레너드가 자신이 당한 굴욕을 잊으려고 안간힘을 쓰는 티가 빤했
다. 그런데 이상하게도, 그의 허풍이 그토록 공허하다는 것이 무척이
나 측은하게 느껴졌다. '렌하고는 아무런 상관도 없는 일이야.' 릴리
안은 그렇게 말했었다. 프랜시스는 그 말이야말로 진실이라고, 중대
한 본질이라고 생각했다. 릴리안의 얼굴이 바로 앞에 있고 릴리안의
손이 자신의 심장을 누르고 있던 그때에는 그랬다. 하지만 이제 와 생
각하면 레너드는 결국 릴리안의 남편이 아닌가…. 그는 마침내 부엌
을 나갔다. 중산모를 손으로 빙글빙글 돌리면서, 「사랑스러운 멍든
눈」*을 휘파람으로 흥얼거리면서. '우린 안 돼.' 프랜시스는 비참한 기

---

* 「Two Lovely Black Eyes」는 뮤직홀 가수인 찰스 코본이 19세기 말에 유행시킨 노래다.

분에 빠져 생각했다. '우린 안 돼!' 릴리안도 똑같은 생각을 하겠지?

그런데 그날 밤 침실로 올라가보니 문 밑에 누가 밀어 넣은 쪽지가 있었다. 종이에는 X 자 하나만 달랑 적혀 있었다. '키스'라는 뜻이었다. 릴리안의 도톰하고 촉촉한 입술이 보내는 키스. 그 입술을 떠올린 것만으로 몸이 와인 잔처럼 울렸다. 프랜시스는 릴리안이 거실에서 나오기를 기다렸다. 이십 분쯤 지난 끝에 그녀의 발소리가 들리자, 그녀는 드레스를 손질하려는 데 조언이 필요하다는 핑계를 대면서 릴리안을 방으로 불렀다. 둘은 반쯤 열린 문 안에서 조용히 서로의 몸을 부딪혔다. 입술을, 가슴을, 엉덩이를, 허벅지를, 슬리퍼 신은 발까지도…. 그동안 계단통 바로 건너편에서는 레너드가 소화제 가루약을 물에 타 먹고 트림을 하고 있었다. 둘의 행동은 추잡한 짓일 텐데도 어쩐지 전혀 추잡하게 느껴지지 않았다. '우린 안 돼.'라는 생각도 더는 들지 않았다. '우리는 해야 돼!' 프랜시스는 생각했다. '안 하면 나는 죽을 거야!' 이후 불 꺼진 방 안에서 침대에 들어갈 때는, 레너드가 잠든 틈을 타 릴리안이 와주지 않을까 하는 기대감이 들었다. 프랜시스는 침대에 누운 채 릴리안에게 와달라는 마음을 전하려 애를 썼다. 마룻바닥을 데웠던 낮의 열기가 식어가면서 널조각들이 삐걱거리는 소리가 날 때마다 혹여나 릴리안의 발소리일까 싶어서 고개를 쳐들었다. 하지만 매번 실망하며 머리를 베개에 파묻어야 했다.

릴리안은 아침에 남편이 출근하자마자 프랜시스의 방을 찾아왔다. 그녀가 침대에 들어온 지 십 분쯤 되었을까, 아래층에서 어머니의 기척이 들리는 바람에 둘은 마지못해 헤어졌다. 하지만 이후에 어머니가 우편을 부치러 나간 틈을 타서 또 키스할 수 있었다. 다음 날에도 둘은 키스했다. 금요일 오후에 어머니가 이웃집을 방문하러 나갔을 때는, 릴리안의 거실 바닥에서 햇살이 비쳐 드는 자리에 같이 누워 치마를 걷어 올리고 입을 맞췄다…. 토요일은 힘들었다. 일요일도 힘들었다. 무엇보다도 힘들었던 때는, 두 주째의 어느 날 이른 저녁에 릴리안이 레너드, 위스머스 씨, 그의 약혼녀 베티와 함께 댄스홀에 갔을 때였다. 프랜시스는 집에 남아 스러져가는 햇빛을 바라보면서 자신도 덩달아 스러져가는 듯한 느낌에 사로잡혔다.

그러다가 밤이 되어 잠자리에 누웠는데 아래층에서 현관문이 덜컹 열리는 소리가 나더니, 레너드가 화장실에 간 사이에 릴리안이 프랜시스의 방으로 살그머니 들어왔다. 어둠 속에서 심란한 냄새들이 훅 끼쳐왔다. 담배와 립스틱, 맥주, 달콤한 독주.

릴리안은 프랜시스를 꼭 끌어안았다. "저녁 내내 네 생각했어!"

"나도 그랬어!"

"그 많은 사람들을 아무리 둘러봐도 그중에 너는 없잖아. 끔찍했어. 그 사람들이 밉기까지 하지 뭐야! 다들 나를 칭찬해주고, 내 얼굴이 정말 좋아 보인다고 난리인데도 나는 아무 관심도 없었어. 내가 원하는 건 너뿐인걸!"

둘은 키스하다가, 아래층의 뒷문이 탕 닫히는 소리에 입술을 뗐다. "사랑해!" 릴리안은 물러나면서 프랜시스의 손을 꼭 쥐고 속삭였다. 릴리안이 그 말을 하는 건 처음이었다. "사랑해!" 둘의 손가락이 떨어지고, 릴리안은 방을 나갔다.

프랜시스는 손등으로 눈을 덮고 누운 채, 도대체 어쩌다가 이 모든 일이 벌어진 건지 아연히 생각에 빠졌다. 어떻게 이토록 완전히, 이토록 삽시간에 상황이 변해버렸나? 라듐*처럼 생생하게 살아 있는 느낌

* 1898년 발견된 라듐은 당대에 에너지와 빛의 원천이 되는 새로운 원소로 각광받았다.

이었다. 날아갈 듯이 행복했다. "내 온몸이 너를 원하고 있어." 다음번에 릴리안을 만났을 때 프랜시스는 말했다. "내 손톱도 너를 원해. 내목덜미의 머리카락은 네가 지나갈 때마다 쭈뼛 서. 내 이에 메워진 충전재까지도 너를 원해!" 둘은 키스하고 또 키스했다. 둘 사이에는 아무런 거리낌도, 수치심도 부끄러움도 없었다. 그 단계는 모두 지난 것같았다. 경주자가 결승 테이프를 가슴으로 밀어서 끊고 지나가듯 가뿐하게. 이제 그들의 눈은 승리감과 경이감으로 빛났고, 할 수만 있으면 시도 때도 없이 벌거벗고 함께 누웠다. 묵직하고 후끈한 여름날의공기가 미지근한 물 같았다. 릴리안은 머리카락을 귀 뒤로 넘기고 프랜시스의 가슴에 뺨을 대고서 심장 고동을 들었다. 그리고 입술로 그녀의 젖가슴을, 손가락으로 그녀의 다리 사이를 만졌다. "너는 벨벳같아, 프랜시스." 처음 그곳을 만졌을 때 릴리안은 말했다. "너는 와인같아. 내 손이 취했어."

놀랍게도 그 와중에 집 안의 일과는 계속 돌아갔다. 평소에 늘 하던집안일은 물론이고, 더운 날씨 탓에 생겨난 일거리도 해치워야 했다.우유는 도착하자마자 끓여놓지 않으면 금세 쉬어버렸다. 잼은 들큼하게 변했고, 식품 저장실에는 개미가 끓었다. 일하다 보면 옷이 피부에들러붙었고, 빗자루에서 피어오른 먼지가 땀에 젖은 팔과 얼굴에 달라붙었다. 그런데도 프랜시스는 불평 한마디 않고 그 모든 걸 처리해냈다. 그녀 혼자 하인들 한 개 대대의 몫을 해낼 수도 있을 것 같았다.수요일 오후마다 어머니와 함께 영화관에 가고, 저녁 식사 후에는 백개면 게임을 하고, 아홉 시 사십오 분에 묽은 코코아를 마시고…. 전부 그대로였다. 다만 거기에 또 다른 것이 더해졌을 뿐이다. 그녀의 일상 한가운데에 밝혀진 눈부신 불꽃이 탁한 유리 등잔 같았던 삶에 색채를 드리우고 있었다. 다른 사람들의 눈에는 이 변화가 보이지 않는 걸까? 가끔 어머니와 말없이 앉아 있을 때 릴리안과 나누었던 키스나 애무가 떠오르면 무심결에 어머니를 건너다보곤 했다. 프랜시스는 그 애무가 뺨에 찍어놓은 낙인처럼 적나라하게 남아 있는 듯이 느껴지는데, 실제로는 아무런 흔적도 없다는 게 놀랍기만 했다. 레너드는 어떻게 된 건가? 레너드 역시 아무것도 눈치채지 못했단 말인가? 믿어지지가 않았다. 그는 펄사에서 승진한 뒤로 바빠져서 퇴근 시간이 좀 늦어졌고, 집에 돌아오면 피곤한 기색으로 투덜거리기에 급급했다. 하지만 동시에 약간 으스대기도 하는 걸 보니, 힘들게 밥벌이 하는 가장이라는 이미지가 내심 마음에 드는 게 분명했다. 멍 자국이 흐려져감에 따라 그의 깃발은 다시금 드높이 올라갔다.

"그이는 나한테 관심이 없어." 릴리안이 울적하게 말했다. "렌은 나보다 회사 동료들이 더 소중한가 봐. 손톱 손질도 그 사람들을 위해 받는 거잖아. 나를 위해서는 도대체 뭘 하는데? 삼 년째 내 남편으로 살고 있으면서 내가 뭐가 달라졌는지도 전혀 몰라. 네가 그이보다 나를 더 아껴주고 있어, 프랜시스. 너처럼 나를 아껴주는 사람은 아무도 없어. 우리 가족조차도…. 물론 우리 가족은 나를 사랑하지만, 그러면서 비웃기도 한단 말이야. 항상 나를 비웃어. 하지만 너는 절대 안 그러잖아. 앞으로도 안 그럴 거지?"

"그럼."

"우리 꼭 안나와 브론스키 같다. 그치? 아, 아냐. 그건 너무 슬퍼. 우리는 집시 같아! 집시의 왕과 왕비 말야. 아아, 그렇게 살면 얼마나 좋을까? 캠버웰에서 멀리멀리 떠날 수 있을 텐데. 캐러밴을 타고 숲 속을 돌아다니면서 사는 거야. 산딸기를 따고, 토끼를 잡고, 키스하고, 키스하고…. 정말 그래 버릴까?"

"좋아!"

"언제 떠나지?"

"내일 떠나자. 내가 물방울무늬 손수건을 챙길게. 나무 막대기 끝에다가 묶어야지."

"그럼 나는 탬버린을 가져갈게. 머리에는 스카프를 매고. 그 외에는 아무것도 필요 없어. 신발도, 스타킹도, 돈도, 아무것도."

그날 이후로 둘은 터무니없이 오랜 시간을 그 상상에 쏟아부었다. 여행 경로, 캐러밴의 색깔, 그 캐러밴에 달기 위해 릴리안이 직접 만들 커튼의 디자인, 심지어는 캐러밴을 끌 조랑말의 이름까지 정하느라고 토론이 분분했다.

정신을 차리고 보니 7월이 끝나갔다. 둘의 관계가 시작된 지도 한 달이 되어갔다. 그동안 프랜시스는 캠버웰 밖으로 나간 적이 거의 없었다. 시내 나들이도 그만두었고, 크리스티나도 잊어버렸다. 엽서를 한 장 보내기는 했다. 젖소들이 풀을 뜯고 있는 챔피언 힐 초원의 따분한 풍경을 담은 그림엽서에다가, 요즘 바빠서 경황이 없는데 조만간 방문하겠다고 적어 보냈다. 하지만 결국 크리스티나를 방문하는 일은 없었다. 사실 좀 불편했던 것 같았다. 자신의 불륜을 그녀에게 털어놓는다는 게 거북스러웠다.

하지만 누군가에게 털어놓고 싶어서 애가 타긴 했다. 그 갈망은 날이 갈수록 커져만 갔다. 크리시를 제외하면 누구에게 그런 얘기를 하겠는가? 말하지 않으면 폭발해버릴 것 같았다. 그러던 어느 날 아침, 간밤에 내린 비 때문에 날씨가 선선해지자, 오늘이 바로 그날이라는 느낌이 왔다. 그래서 프랜시스는 집안일을 처리하고 어머니와 점심을 먹은 뒤, 옥스퍼드 광장으로 가는 버스를 탔다.

클립스톤 거리로 꺾어지는 모퉁이를 돌자마자 100미터 앞에 크리스티나가 보였다. 크리스티나는 집에서 막 나와 토트넘 코트 거리 방향으로 걸어가는 중이었다. 모자는 쓰지 않았고, 구깃구깃한 페이즐리 무늬 드레스에 짧은 녹색 벨벳 재킷을 걸친 채, 갈색 종이로 싼 소포 같은 걸 팔에 끼고 있었다. 프랜시스는 자신을 보지 못하고 성큼성큼 걸어가는 그녀의 뒤를 황급히 쫓아갔다. 하지만 거리가 쉬이 좁혀지지 않았다. 토트넘 코트 거리의 건널목에서 크리스티나가 멈춰 섰을 때에야 간신히 그녀의 뒤에 따라붙어 어깨를 두드릴 수 있었다.

"크리스티나 루카스 씨, 맞으시죠?" 프랜시스는 숨을 헐떡이며 말했다.

크리스티나는 흠칫 놀라 뒤를 돌아보더니 눈을 깜빡였다. "어머, 이게 누구야? 난 네가 죽어버린 건가 했어. 대체 어디 있었던 거야?"

"미안해, 크리시. 정신을 차려보니 한 달이 통째로 사라져버렸네."

"뭐, 지금 너한테 차 대접하거나 그럴 시간 없어. 소포 전하러 가는 길이라서."

"알아. 십 분 전부터 널 쫓아왔다고. 어쩜 걸음이 그렇게 빠르니! 어디로 가는 건데?"

"클러큰웰."

"신문사 말이야? 그러면 나도 같이 가지 뭐. 괜찮지? 아, 우리 길 건너야겠다."

경찰관이 흰 장갑 낀 손을 들어 올리고 있었다. 프랜시스가 팔꿈치를 내주자 크리스티나는 붙잡았고, 둘은 그렇게 팔짱을 끼고 걸음을 맞추면서 길을 건너갔다. 한창 무더운 나날이 이어지던 중에 모처럼 찾아온 흐린 날씨가 기이하게 매력적이었다. 공기에는 런던 특유의 자극적인 냄새가 떠돌았다. 휘발유, 그을음, 거름, 아스팔트 냄새. 인도가 움푹 내려앉은 곳마다 빗물이 고여 있었다. 크리스티나는 물웅

덩이를 넘어가느라고 두어 번 프랜시스의 팔에 몸을 지탱했다. 그때
만 빼면 그녀의 손아귀는 가벼웠다. 릴리안에 비하면 크리스티나는
새처럼 가냘퍼 보였다.

"너 정말 조그맣구나. 뼈밖에 없는 것 같아. 깜빡 잊고 있었네. 그 소
포 내가 들어줄게."

"내 소포를 들어준다니? 무슨 황당한 소리야."

둘은 구불구불 뒤얽힌 블룸스버리의 길거리를 누비며 나아갔다. 러
셀 광장의 공원을 가로지른 뒤, 그레이스 인 거리 동쪽에 미로처럼 늘
어선 창고 건물들 틈에서 잠시 길을 잃었다가, 크리스티나가 아는 건
물을 발견하고 방향 감각을 되찾았다. 그로부터 십오 분 후 그들은 다
허물어져가는 조지 왕조풍 건물들로 둘러싸인 광장에 이르렀다. 한
집의 지하실 출입문이 열려 있었고, 그 너머로 침침하고 낡은 부엌에
차려놓은 너저분한 사무실이 들여다보였다. 더 안쪽의 급수실에서는
페달식 인쇄기가 요란하게 돌아가고 있었는데, 인쇄기에 종이를 넣고
있는 셔츠 바람의 남자가 빠끔히 보였다. 또 다른 남자가 밖으로 나와
서 크리스티나에게 인사하고 소포를 건네받았다. 둘이서 소포의 내용
물을 가지고 의논하는 동안 프랜시스는 쭈뼛쭈뼛 지켜보았다. 그 남
자는 젊어 보였고, 옥스퍼드식 억양을 구사했으며, 무언가에 시달리
는 듯한 인상이었다. 아무런 사전 정보 없이 그 사람을 봤더라면 최전
선에서 복무했던 사람인가 보다 생각했겠지만, 그가 병역 거부자라고
했던 크리시의 이야기가 기억났다. 초기에 병역 거부 선언을 하고 나
선 남자들 중 한 명이라서, 그 이후에 동참한 거부자들보다 더 힘겨운
시련을 감당했다는 모양이었다. 그의 건강을 무너뜨린 것은 프랑스의
전장이 아니라 영국의 교도소였다.

크리스티나의 간단한 심부름은 금방 끝났다. 그녀와 함께 지하실

계단을 올라가면서 프랜시스는 물었다. "이제 어디 가는 거야?"

"너 집에 빨리 가봐야 하지 않아?"

"아니. 그냥 좀 걷자. 나는… 음, 이야기나 나눴으면 해서."

둘은 걸음을 옮겼다. 해의 위치를 기준으로 남쪽으로 향하되, 갈림길이 나오면 대충 아무 길로나 꺾으면서 나아갔다. 풍경이 점점 더 허름해지면서 그만큼 더욱 흥미진진해졌다. 가죽 공장, 위생 공장, 유리 가게, 고물상 등등 작은 산업들이 뒤얽혀 돌아가고 있었고, 오래된 집들이 늘어선 길거리가 이어졌다. 한때는 웅장했지만 이제는 서글퍼 보이는 셋집으로 전락한 저택들도 있었고, 애초부터 웅장하지 못하게 지어진 채 사실상 버려진 집들도 있었다. 체펠린 공습으로 파괴된 듯한 어느 황폐한 공터에 이른 그들은 커다랗고 흉한 건물 한 채를 보고 걸음을 멈췄다. 비막이 판자가 대어져 있고 상층부가 돌출된 건물이었는데, 지어진 지 삼백 년쯤 된 것 같다고 둘은 결론 내렸다. 런던 대화재에도 타지 않고 살아남은 모양이었다.

스미스필드 시장의 악취를 서둘러 헤쳐 나간 뒤, 뉴게이트 거리를 건너, 올드 베일리* 돔 꼭대기에 달린 금빛 동상이 올려다보일 때쯤 되자, 크리스티나가 절뚝거리기 시작했다. 발가락에 났던 티눈이 덜 아물어서 걷기가 힘들다는 것이었다. 플리트 거리 초입에서부터는 더더욱 심하게 다리를 절었기에, 골목길로 들어가서 적당히 앉아 쉴 만한 장소를 찾기로 했다. 무슨 예배당인지 교회 같은 건물 앞 응달에 오래된 무덤 서너 개를 난간으로 둘러쳐놓은 조그마한 마당이 있었다. 둘은 묘의 비문이 흐릿하게 닳아버린 비석들 사이에 자리를 잡고 앉았다. 여기에 있으니 자동차 소음은 멀어졌지만, 난간 맞은편에서

* 중앙 형사 법원의 속칭으로 가장 심각한 범죄 사건들이 다루어지는 법정이다.

길거리를 지나다니는 남자들은 흰히 보였다. 회사원, 심부름꾼 소년, 심지어 가발을 쓰고 가운을 걸친 변호사 두어 명도 지나갔다. 하지만 마당의 음침한 분위기 때문에 프랜시스는 담배가 당겼기에, 그 남자들이 이쪽에 신경 쓰지 않는다는 걸 확인하고 담뱃잎과 궐련지를 꺼내서 궐련 두 개비를 꼼꼼하게 말았다.

성냥을 켜자 크리스티나가 하품을 했다. 그녀는 담배를 한 모금 빨더니, 몸을 축 늘어뜨려 프랜시스의 어깨에 머리를 기댔다.

"우리 지쳐빠진 아줌마가 다 됐네! 예전에는 네가 나를 끌고 얼마나 오래 걸어 다녔는데. 넌 정말 제멋대로였지. 런던의 모든 길을 걸어보고 싶다고 했던 거 기억나? 그때 우리가 썼던 지도책, 나 아직도 가지고 있어. 우리는 그 지도에다가 온갖 진지한 메모를 빽빽이 적어놓았지. 그래 봤자 별로 멀리까지 가보지도 못했지만. 그거나 다시 시작해볼까?"

"재밌겠네."

"일주일에 하루, 한두 시간씩 걷는 거지. 그렇게 해서 런던 전체를 걸으려면… 아, 1955년은 되어야겠군."

크리스티나가 말꼬리를 흐리면서 또 하품을 했다. 프랜시스는 자신의 어깨에 얹힌 그녀의 정수리에 대고 말했다. "얘 좀 봐, 다 늙은 사람처럼 말하긴."

크리스티나는 입술을 톡톡 두드리면서 말했다. "말했잖아. 지쳐빠진 아줌마라고." 그러더니 사뭇 능글맞은 말투로 덧붙였다. "이제 나도 스물다섯 살이 되었고, 기타 등등…."

크리스티나가 고개를 젖히고 프랜시스의 얼굴을 올려다보았다. 프랜시스는 눈을 질끈 감았다. "아아, 크리시. 지금 7월 말이지. 내가 네 생일을 깜빡했구나."

"그랬지."

"무슨 요일이었어?"

"화요일."

"화요일이었구나. 그랬구나. 정말 미안해. 용서해줄래?"

크리스티나가 머리를 너 편안히 기댔다. "그대야겠시. 어쨌든 생일은 즐겁게 보냈으니까. 다른 친구랑 큐 왕립 식물원에 다녀왔거든. 난 친구가 무진장 많잖아. 너도 알다시피."

"축하 카드라도 보냈으면 좋았을걸."

"그러게. 나도 카드 정도는 기대하긴 했어."

"내가 좀… 바빴거든."

"그래, 네가 보낸 그 멋진 엽서에도 그렇게 적혀 있더라."

"집에 일이 좀 있었어. 실은 나…."

크리스티나는 별로 귀담아듣고 있지 않았다. 자신의 담뱃불이 꺼지자, 그녀는 프랜시스의 손가락에서 담배를 빼내다가 그걸로 불을 다시 붙였다. "일이 있었다고? 챔피언 힐에서? 무슨 일인데? 새로 나온 기똥찬 마루 광택제라도 발견했나 보지?"

"광택제가 아니라…."

"좀약?"

"사랑."

양쪽의 말이 동시에 튀어나왔다. 그래서 크리스티나는 한 박자 늦게 그 단어를 이해한 듯했다. 아주 잠깐의 뜸이 있은 뒤, 그녀는 몸을 꼿꼿이 세우고서 다소 부자연스러운 어조로 말했다. "사랑이라니! 맙소사! 아니, 대체 누구랑?" 크리스티나가 프랜시스의 담배를 돌려주면서 농담 조로 덧붙였다. "설마 세입자 릴은 아니겠지?"

프랜시스는 난간 너머에 나타난 회사원 같은 외양의 남자를 지켜보

317

다가, 그가 지나가고 나서 조용히 대답했다. "응. 맞아."

크리스티나의 얼굴에서 미소가 흐려졌다. "농담이겠지, 프랜시스."

"진짜야."

"하지만… 잠깐만, 잠깐만. 나는 네가 그 여자를 그렇게 좋아하는 줄은 전혀 몰랐는데."

"나 스스로도 몰랐어. 여섯 주 전까지만 해도. 아니, 알았을 수도 있겠지. 아무튼 뭐가 뭔지 모르게 정신없이 돌아가는 바람에…."

"그런데… 오, 프랜시스. 너 설마 네 마음을 고백한 거야? 그러지 않는 게 좋을 거야. 진심으로 충고하겠어."

"고백? 그 단계는 진작 건너뛴 지 오래야."

"그렇다는 건 둘이서 어떤… 관계를 가지고 있다는 뜻이야?"

"맞아."

"한 집에 남편이 사는데? 그 사람도 알아?"

"당연히 모르지."

"이게 언제부터 시작된 일이야?"

"한 달은 안 됐어. 굉장히 짧은 시간이라고 생각되겠지. 알아. 하지만 내게는 더 길게 느껴져. 우리는 매일 조금씩 더 이 관계에 빠져들고 있어. 아니, 이미 빠져 있는 것 같아. 릴리안도 마찬가지야. 뭘 어떻게 할 새도 없이 무릎까지 잠겨버렸고… 음, 이제는 목까지 파묻힌 상태야."

"그게 대체 어떻게 가능하단 말야? 둘이 언제 만나는데?"

"틈이 날 때마다. 모험은 하지 않아. 우리는 바보가 아니니까. 겉으로 보면 달라진 건 아무것도 없어. 어쩌다 보니 이미 단둘이서만 시간을 보내는 습관이 들어 있었거든. 달라진 거라면 그 시간 동안 우리가 하는 행동이야."

프랜시스는 줄곧 약간 멋쩍어하며 말하고 있었다. 그런데 크리스티나가 혀를 쯧 차면서 다음과 같이 말하는 걸 들으니, 슬며시 미소가 비어져 나왔다. "그렇군. 뭐, 구체적인 것까지 알려줄 필욘 없어. 솔직히 나는 뭐라고 말해야 할지 잘 모르겠다. 여태껏 바버 부인이 완전히 남자만 좋아하는 여자인 줄로만 알고 있었는데."

"나도 그런 줄 알았어. 릴리인도 마찬가지고."

"남편 쪽도 그런 줄 알고 있겠지. 그럼 너희 어머니는? 그 집에서 같이 생활하면서도 어머니에게 비밀로 할 수 있을 것 같아?"

"깜빡했나 본데, 나는 어머니에게 무언가를 숨기는 데 워낙 능숙하잖아. 단지 너하고 내 일만이 아니라… 그러니까… 음, 이를테면 나는 훈제 청어를 핸드백에다 쑤셔 넣고 다녀. 내가 직접 짐을 들고 다니는 모습을 어머니에게 보이지 않으려고. 그리고 어머니의 속옷이 덜 해져 보이게끔 내 패티코트에는 구멍이 뚫린 채로 돌아다니기도 하지. 너는 내가 순교자 행세를 하면서 어머니를 괴롭히고 있다고만 생각하지? 하지만 나는 우리 집안 형편에서 정말로 최악인 부분들은 어머니에게 숨겨왔어. 그러기 위해 사소한 거짓말을 얼마나 숱하게 늘어놓았는지 넌 모를 거야. 그런데 릴리안과 있으면 나는 진실해져. 매듭이 풀린 것처럼. 나의 모난 부분들이 전부 둥글둥글하게 매만져진 것처럼."

크리스티나는 당혹스러운 눈빛으로 프랜시스를 바라보았다. "그래서 그게 사랑이란 말이야? 진짜 사랑?"

"오, 크리시. 그게 사랑이 아니라면 뭐라고 불러야 할지 모르겠어."

"그래 봤자 뭘 할 수 있는데? 그 사랑이 어디로 갈 수 있냐고? 바버 부인이 너를 위해 남편과 헤어지기를 기대하는 거야?"

"아무것도 기대하지 않아. 우리 둘 다. 앞날은 내다보지 않아. 현재만으로도 너무 짜릿하니까."

크리스티나의 표정이 딱딱해졌다. "앞날을 내다보지 않는다고. 그럼 다른 사람들하고 똑같은 거네, 너도."

"아, 그래. 그게 뭐 어때서? 나도 모처럼 이 시대와 보조를 맞춰서 살아보고 있다 이거야. 그런다고 내가 죽기라도 하나? 게다가 요즘엔 온 세상이 적대감, 스트레스, 짜증으로 넘쳐나잖아. 그런데 릴리안과 나 사이엔…. 이 사랑을 우리는 놓칠 수 없어. 도저히 그럴 수 없다고. 그뿐이야."

프랜시스는 감정에 북받친 자신의 목소리에 스스로 놀랐다. 뒤이어 침묵이 흐르자, 아무래도 자신이 너무 솔직하거나 감상적으로 말했나 보다 싶었다. 그런데 크리스티나는 고개를 돌리고 담배를 마지막으로 한 모금 빨더니, 발밑의 오래된 묘석에 담배를 비벼 끄고는 이렇게 말했다. "바버 부인은 재수도 좋네."

그 말이 뜻하는 바는 명백했다. 이 문제에 대해 피차 이야기를 꺼내지 않은 지 오래인데도. 프랜시스는 잠시 입을 다물었다가 나지막이 말했다.

"내가 너를 저버렸지, 크리시."

"그랬지. 이제야 인정하는군. 그 말을 들으려고 지금껏 내내 기다렸는데."

"하지만 나는 너보다 많은 걸 잃었잖아."

"그랬나? 어째서?"

"글쎄, 그렇지 않아? 너는 우리가 원했던 삶을 살고 있잖아. 스티비와 함께."

크리스티나는 소매에 묻은 담뱃재를 털어냈다. "그렇긴 하지." 그러고는 마지못한 투로 덧붙였다. "하지만 너와 함께였더라면 더 좋았을 거야."

그 말에 프랜시스는 엄청나게 놀랐다. "농담이지? 스티비와 행복하게 살고 있는 거 아니었어?"

크리스티나는 얼굴을 찌푸렸다. "물론 행복해. 괜히 으쓱거리지 마. 이제 와서 스티비 대신 너를 만날 생각 따윈 없으니까. 그리고 프랜시스, 너는 정말이지 희한하게 모순적인 성격이라서, 어떤 면에서는 엄청 보수적인데 또 한편으로는 엄청 무모하잖아. 너랑 같이 살았다면 나는 허구한 날 울고불고 난리였을 거야. 네 목을 졸라버리고 싶을 지경이 됐겠지! 하지만… 그 지경까지 가볼 수 있는 기회는 있었으면 좋았을 거라는 얘기야. 그리고 무엇보다도…." 크리스티나는 덧붙였다. "나는 네가 나를 선택해주기를 바랐어. 어머니를 모시면서 빵을 굽고, 교회 바자회 일을 돕고, 모녀끼리 서로를 참아주며 신경전을 벌이면서 사는 삶이 아니라, 나와 함께하는 삶을 선택하기를 바랐다고. 하지만 너는 그러지 않았지. 그러니까 이젠 다 끝난 얘기야."

크리스티나는 고개를 떨구며 무릎 위에 얹은 두 손을 초조하게 움직거렸다. 손가락 끝이 잉크로 거뭇하게 물들었고, 손톱에는 물어뜯은 자국이 있었다. 그녀의 손이 그렇게 꼼지락거리는 모습을 보니 머릿속에서 풀어낼 수 없을 만큼 복잡하게 뒤엉킨 추억들이 어떤 연상작용을 일으켰는지, 크리스티나와의 관계가 시작되었던 맨 처음 순간이 떠올랐다. 집회에서 책을 펼쳤다가 책장 사이에 끼어 있는 쪽지 한 장을 발견했던 순간. '이 바보야. 내가 너를 얼마나 무지막지하게 좋아하는지 지금쯤이면 알 때도 되지 않았어?'

크리스티나도 비슷한 기억을 떠올리고 있었는지도 모른다. 플리트 거리 쪽에서 나직하게 들려오던 자동차 소음 틈에 별안간 음악 소리가 끼어들었다. 광고 음악 같은 걸 틀어놓은 화물차가 지나가는 모양이었다. 요란하게 울려 퍼지던 선율이 점차 멀어지다가 완전히 잦아들자, 크리스티나는 한숨을 쉬며 말했다. "이제 '우리' 노래는 아무도 연주하지 않나 보네." 그녀는 일어나서 치맛자락을 가다듬었다. "나는 슬슬 일어나야 해. 갈까?"

둘은 그곳을 떠나 플리트 거리로 돌아갔다. 둘 다 아까보다 걸음걸이에 기운이 없었다. 스트랜드 거리에 들어섰을 때 프랜시스는 말했다. "괜찮으면 나는 요 앞 다리에서 집 쪽으로 꺾을게. 발은 좀 어때?"

"괜찮아. 발은 아무렇지도 않아."

"그럼 나를 용서해준 거야?"

"용서했냐고?"

"응, 내가… 아, 잠깐만. 여기서 잠시 기다려줘."

세인트 클레멘트 데인스 교회 앞 인도에 꽃 파는 노점이 있었다. 갈색 피부의 늙수그레한 여자가 항상 그 자리에 좌판을 벌였는데, 소싯적에 찰스 디킨스가 자기한테서 카네이션을 사 갔다고 프랜시스에게 말한 적이 있었다. 프랜시스는 붐비는 도로를 재빨리 건너가서 그 노점에서 흰 라일락을 한 다발 샀다. 빵빵거리는 차들을 피하며 돌아와 보니 크리스티나는 뚱한 표정이었다.

"바버 부인 주려나 보지?"

프랜시스는 꽃다발을 그녀에게 내밀었다. "너 주려고 산 거야. 생일 축하한다고. 잊어버려서 미안해."

크리스티나의 얼굴이 붉어졌다. 그녀는 꽃을 건네받고 코에 가까이 대보고는 말했다. "음, 고마워. 만나서 반가웠어. 또 한 달 뒤에나 나타나고 그러진 마."

"안 그럴게. 그리고 크리시, 내가 했던 이야기는… 다른 사람에게 말하지 않을 거지? 스티비에게도? 릴리안은 우리 관계가 자기 언니들 귀에 들어갈까 봐 심하게 두려워하고 있어."

"그럴 만도 하지! 그녀를 탓할 수야 없지 않겠어?"

"아아, 너 진짜 사람 미치도록 톡톡거리는구나. 나는 너라면 이 일이 엄청나게 진보적이고 블룸스버리풍이라고 생각할 줄 알았는데."

"바버 부인은 블룸스버리파가 아니잖아."

"릴리안이라고 불러줬으면 좋겠어. 그리고 뭐야, 블룸스버리에서 통하는 규칙 따로, 런던 교외에서 통하는 규칙 따로인 거야?"

"만약 남편에게 들키면? 그러면 어떻게 되는데?"

"몰라. 그 생각까진 안 해봤어. 말했잖아. 그렇기 때문에 즐거운 거라고."

크리스티나가 주위의 행인들을 흘끔 돌아보더니 목소리를 낮췄다. "그래도 조심해. 그쪽은 유부녀잖아, 프랜시스! 스티비와 나 같은 사이도 아니고, 정식으로 결혼한 부부란 말이야. 이런 일이 좋게 끝날 리가 없잖아. 안 그래?"

끝이라는 건 상상조차 할 수 없다고 프랜시스는 말하고 싶었다. 한창 청춘을 보내는 사람이 자신도 언젠가 늙을 거라고는 상상할 수 없듯이. 손가락 끝까지 생기가 넘쳐흐르는 사람이 자신도 언젠가 죽을 거라고는 실감할 수 없듯이.

하지만 그녀는 잠자코 고개를 끄덕이고 크리스티나의 뺨에 키스했다. "조심할게." 그 약속을 끝으로 둘은 헤어졌다. 크리스티나는 코벤트 가든 방향으로 절뚝절뚝 걸어갔고, 프랜시스는 남쪽으로 향하는 다리를 건너갔다. 그러다가 도중에 잠깐 멈춰서 토피 사탕 같은 색깔의 강물을 내려다보았다.

다리를 다 건너자 또 다른 것이 그녀의 발길을 잡아 세웠다. 한 잡화 상점의 진열창 안에 늘어선 싸구려 도자기 장식품들에 시선이 쏠렸다. 풍차, 오두막집, 스코틀랜드 견종의 개 사이에 캐러밴과 조랑말한 마리가 고이 놓여 있었다. 아이들 아니면 망령 든 할머니들이나 좋아할 법한 촌스럽고 조잡한 물건이었지만, 그걸 보니 집시 왕과 여왕이 되고 싶다던 릴리안의 공상이 떠올랐다. 가격은 1실링 6펜스였다. 돈 버리는 짓이 될 것이다. 게다가 아까 라일락도 샀는데⋯.

'아, 될 대로 되라지. 사랑에 빠지는 게 매일같이 있는 일도 아닌데!' 프랜시스는 가게로 들어가서 그 장식품을 샀다. 그리고 집으로 가져와서 알록달록한 종이와 리본으로 그걸 포장한다고 하염없이 꾸물거렸다.

선물을 릴리안에게 전해준 건 다음 날 아침, 어머니가 정원에 나갔을 때였다. 프랜시스는 그걸 주면서 웃음을 터뜨렸고, 릴리안도 포장을 풀어보고는 웃어댔지만, 그녀가 그 조그마한 싸구려 장식품을 손바닥 위에 올리고서 프랜시스와 자기 사이에 놓아두자 웃음은 잦아들고 분위기가 자못 심각해졌다.

"너랑 떨어져 있는 시간에는 이걸 볼 거야. 그러면 내가 누구와 같이 있든, 그게 렌이든 누구이든 간에 상관없게 될 거야. 렌은 내가 자기랑 같이 있다고 생각하겠지만, 나는 네 곁에 있을 거야, 프랜시스."

릴리안은 캐러밴을 입가로 가져가서 기도하듯 눈을 감고는 입을 맞췄다. 그리고 거실의 벽난로 선반 위에, 세일러 샘이 있던 바로 그 자리에 올려놓았다. 거긴 레너드의 거실이기도 하니 레너드가 부지불식간에 하루에도 백 번씩은 그 장식품을 보게 될 터였다. 그 생각이 들자 프랜시스는 복잡 미묘한 감정에 사로잡혔다. 흥분과 불안, 둘 중 무엇이 더 큰지 알 수 없었다.

8

크리스티나와 나누었던 대화 때문에 마법이 깨져버린 것인지, 그 직후부터 상황이 변하기 시작했다. 며칠 뒤 아침 식사 시간에 어머니에게 플레이페어 부인의 초대장이 날아왔다. 새로운 자선 사업에 대해 상의할 게 있으니 지금 바로 브레이마로 와서 한두 시간쯤 이야기를 나누자는 내용이었다. 원래 프랜시스는 그날 아침 내내 집안일을 하면서 보낼 계획이었고, 예전 같았으면 어머니가 외출한 틈을 타서 특별히 궂은 일거리부터 처리하려 나섰겠지만, 일단 어머니가 집 밖으로 나가고 나자 위층에서 릴리안이 혼자 무방비 상태로 있다는 생각을 떨칠 수가 없었다. 그 갈망이 지독한 가려움증처럼 심해져만 가자, 결국 그녀는 일을 포기하고 위층으로 올라가서 릴리안의 거실 문을 두드렸다. 릴리안이 커튼을 쳐둔 덕분에 방은 뱀과 사다리 게임을 했던 날 밤처럼 어둑하고 따뜻하고 아늑한 장소로 느껴졌다. 그들은 소파에 누워 키스하다가, 바닥으로 옮겨가면서 서로의 옷을 부드럽게 벗겨나갔다.

프랜시스가 릴리안의 치마를 들어 올리려는데, 릴리안이 그녀를 막았다. "안 돼."

"안 된다고?"

"아직은. 먼저 누워봐. 내가 너를 사랑해줄게."

프랜시스는 시키는 대로 드러누워서 눈을 감았다. 릴리안이 그녀의 치마를 걷어 올리고 다리를 벌렸다. 스타킹을 신은 허벅지 위를 훑는 그녀의 손길이, 따뜻하고 탄력 있는 입술이 느껴졌고, 그 입술이 스타킹이 끝나는 부위를 넘어서 올라오자 축축하고 부들부들한 촉감이 맨살에 와 닿았다. 릴리안은 엄지손가락으로 프랜시스의 속옷을 젖히고 그 안으로 입을 가져가더니, 뜨거운 입술을 그곳에 딱 붙이고서 가만히 멈췄다. 미동도 없이 잠잠했다. 견딜 수 없어진 프랜시스가 몸을 약간 움직이자, 릴리안도 함께 움직여나갔다. 입술을, 혀를, 숨결을, 압력을, 집요함을….

그런데 고통스러울 만큼 갑작스럽게 입술이 떨어져 나갔다. 릴리안이 고개를 번쩍 쳐들고 있었다.

"왜 그…."

"쉿!" 릴리안은 젖은 입술에 손가락을 댄 채 그렇게 속삭이고는 문쪽을 내다보았다. 그때 프랜시스의 귀에 무슨 소리가 들렸다. 마룻바닥이 한 번 삐걱거리는, 누군가 계단 꼭대기에 발을 딛는 소리.

프랜시스가 무슨 반응을 하기도 전에 목소리가 들려왔다. "프랜시스, 너 여기 있니?"

어머니였다. 어머니가 이 거실 밖의 회랑에, 제대로 닫아놓지도 않은 방문 바로 맞은편에 있었다.

둘은 전기 충격이라도 받은 듯 벌떡 튀어 올랐다. 릴리안은 입과 턱을 마구 문질러 닦았다. 프랜시스는 치맛자락이 엉덩이께로 말려 올라가고 스타킹 한 짝이 가터벨트에서 빠져나간 채였다. 그녀는 가터벨트 이음쇠에 스타킹을 물리고, 옷자락을 가다듬고, 머리카락을 매만졌다. 슬리퍼는 어디 있지? 소파 밑으로 굴러 들어간 슬리퍼 한 짝의 뒤축이 보였다. 몸을 옆으로 기울이고서 발가락으로 슬리퍼를 끄집어내려 안간힘을 쓰는데… 어머니가 또 불렀다. "프랜시스?" 프랜시스는 슬리퍼를 포기하고 릴리안과 헤어진 뒤, 쿵쾅거리는 심장을 가누면서 문 쪽으로 걸음을 옮겼다.

어머니는 아래층으로 내려가려는 듯 돌아서고 있었다. 프랜시스가 기척을 내자 어머니는 다시 뒤를 돌아보았다. "아, 너 여기 있었구나. 잘됐다."

"네, 네. 여기 있었어요." 프랜시스는 앞으로 걸어 나가면서 등 뒤의 문을 끌어당겼다. "무슨 일이에요? 괜찮으세요?"

"그래, 나는 괜찮다. 그런데 플레이페어 부인 댁에서 문제가 있었어. 패티가 배탈이 나서 말이다. 의사를 부를 정도는 아니다만, 약으로 애로루트*라도 먹여야겠다는데 그 댁 부엌에 그게 다 떨어졌다더구나. 우리 집에는 좀 없니? 분명 있겠지 싶어서 곧바로 가져다주겠다고 하고 온 참인데, 식품 저장실을 암만 찾아봐도 보이질 않아."

어머니는 아직 모자와 코트를 걸치고 있었다. 현관문이 열리는 소리는 나지 않았으니, 지름길인 뒷길을 통해 정원 뒷문으로 들어온 것이리라. 프랜시스는 약간 더듬거리면서 말했다. "여기 언제 오신 거예요?"

"몇 분밖에 안 됐어. 네가 어디 있나 찾고 있었단다. 응접실에는 없

---

* 생강목의 식물로, 뿌리를 건조시킨 가루는 전분처럼 요리에 쓰이거나 환자를 위한 죽을 끓이는 데 애용된다.

길래."

"네. 저는 여기 있었어요. 릴리안이랑요."

어머니가 더 주의 깊은 눈길로 그녀를 바라보았다. "그랬어? 뭐 하고 있었니? 달리기 경주라도 한 것처럼 보이는구나!"

"그래요?" 프랜시스는 깔깔 웃었다. "릴리안이 제게 춤 스텝을 가르쳐주고 있었거든요."

떠오르는 대로 무작정 꺼낸 말이었다. 어쨌든 자신의 태도와 몰골을 해명하기 위해 무슨 말이라도 해야만 했다. 그녀는 헝클어진 머리카락과 벌겋게 달아오른 뺨, 구겨진 옷, 슬리퍼를 신지 않은 발, 그리고 서서히 잦아들어가는 허벅지 사이의 찌릿한 감각까지 예민하게 의식하고 있었다. 이렇게 큰 거짓말을 했을 땐 작은 거짓말을 하나쯤 더 하면 어머니의 주의를 분산시킬 수 있을 것이다. 예전에도 몇 번 먹혔던 적 있는 전략이었다. 그래서 프랜시스는 짐짓 잘못을 실토하는 듯한 말투로 이렇게 덧붙였다. "실은 담배도 피우고 있었어요. 냄새 때문에 어머니가 싫어하실 것 같았어요."

이 거짓말이 효과가 있었을까? 아니면 오히려 사태를 악화시킨 걸까? 어머니가 엄한 표정으로 입술을 한일자로 굳히더니, 어떻게 해야 할지 망설이는 듯 시선을 프랜시스 너머로 미끄러뜨렸다. 경계심 어린 그 눈길은 프랜시스가 잡아당기고 있는 방문을 향하고 있었다.

이제는 이판사판 뻔뻔하게 밀어붙이는 수밖에 없다. 프랜시스는 앞으로 걸어 나가며 떠벌렸다. "패티가 안됐네요. 애로루트는 당연히 있죠. 불과 지난주에도 썼는걸요. 일요일 점심 때 반죽에 넣었거든요. 잠깐 저와 같이 식품 저장실로 가시겠어요?"

둘은 말없이 아래층 부엌으로 내려갔다. 저장실 문은 열려 있었고, 애로루트 상자는 선반 앞쪽에 있었다. 떡하니, 어머니를 제외하면 그 누구라도 볼 수밖에 없는 위치에. 열어보니 거의 한 상자 가득 차 있었다. "패티에게 이렇게 많이는 필요하지 않겠죠?" 프랜시스는 갈색 종이에 애로루트 가루를 덜고 고무줄 두 개로 말끔하게 묶어서 쌈지를 만드느라고 수선을 피웠다.

그러는 내내 심장이 쿵쾅거렸지만, 침착한 목소리는 유지할 수 있었다. 적어도 그녀가 생각하기에는 그랬다. 하지만 어머니는 끝까지 딱딱한 태도로 일관하다가 가라앉은 음성으로 인사하고 집을 나갔다. 정원을 가로질러 걸어가는 어머니의 자세도 뻣뻣했다. 프랜시스가 창문으로 지켜보고 있다는 걸 아주 잘 아는 것처럼.

어머니가 후문 너머 뒷길로 사라지자마자 프랜시스는 터덜터덜 위층으로 올라갔다. 거실 커튼은 이제 젖혀져 있었고, 릴리안은 단정한 옷차림으로 벽난로 앞 융단에 서 있었다. 두 손으로 코와 입을 가리고 있는 릴리안의 눈이 프랜시스와 마주쳤다. 그 순간, 혼비백산한 마음에 안도감이 엄습하면서 둘 다 신경질적인 폭소가 터져 나올 듯했다.

그런데 왠지는 몰라도 막상 웃음이 나오지는 않았다. 프랜시스는 소파에 털썩 주저앉아 구깃구깃한 치맛자락을 내려다보았다. "맙소사! 내 꼴 엄청나게 너저분하지? 얼굴은 시뻘겋고! 아까 내가 둘러대던 말 들었어? 너랑 춤을 추고 있었다고 했어. 네가 스텝을 가르쳐주고 있었다고. 오, 기가 막히게 음악적인 핑계네!"

릴리안은 얼굴에서 손을 내렸다. "어쨌든 어머님은 눈치 못 채실 거야. 안 그래?"

"모르지. 상상 이상으로 눈치가 빠르신 분이라. 글쎄, 한편으로는 당신 구미에 안 맞는 건 못 보고 넘어가시는 경향도 심하긴 한데… 아아, 빌어먹을 플레이페어 부인! 애로루트 반 상자 얻으려고 우리 어머니를 집으로 보내다니, 딱 그 아주머니다운 행동이야. 하녀 군단을 모조리 출격시켜서 한 상자 새로 사 오라고 하면 간단했을 거 아냐! 그리고 플레이페어 부인이 그런 부탁을 한다고 해서 그걸 또 들어주는 우리 어머니도 그렇지, 딱 어머니다워!"

"하지만 우리가 뭘 했는지는 절대로 모르실 거야." 릴리안이 우겼다. "어머님 아니라 그 누구라도 마찬가지지. 온갖 상상을 하더라도 그것만은 짐작도 못 할걸."

프랜시스는 마지못해 대답했다. "어머니는 짐작할 수도 있어. 나하고 크리스티나 일 때문에."

릴리안은 프랜시스를 물끄러미 쳐다보다가 고개를 휙 돌리더니, 안락의자에 앉아서 엄지손톱을 잘근잘근 깨물었다. 프랜시스는 아까 릴리안과 누워서 사랑을 나눴던 카펫을 내려다보았다. 방 안이 답답하게 느껴졌다. 적어도 어머니가 집 앞쪽으로 들어오지 않은 덕분에 창문에 쳐놓은 커튼은 보지 못했으니 다행이었다. 그건 릴리안이 최근에 달아놓은 여름용 실크 커튼으로, 소파 위의 쿠션 몇 개와 맞춤으로 어울리는 디자인이었다. 벽난로 석쇠에도 실크 조화들이 꽂혀 있었고, 리본에 매달린 새장은 천천히 회전했고, 벽난로 선반 위에는 물론 그 자질구레한 장난감과 장식품 들이 놓여 있었다. 도자기 캐러밴도…. 프랜시스는 불현듯 어머니의 시선으로 방 안을 둘러보게 되었다. 여긴 흡사 피커딜리 뒷골목에 있는 방처럼 보였다.

프랜시스는 릴리안을 건너다보고, 맥 빠진 투로 어깨를 늘어뜨렸다. "우리 대체 뭐하는 거지, 릴리안?"

릴리안이 그녀를 돌아보았다. "무슨 뜻이야?"

"무슨 뜻인지 알잖아. 지금 아침 열 시 반이야. 어머니에게 들킬 뻔한 것도 무리가 아니지. 지금까지 들키지 않은 게 오히려 신기한 일이야."

"하지만 하고 싶은 거 아니었어?"

"당연히 하고 싶었지."

"나를 만나려고 올라온 건 너였잖아."

"그래. 그러지 않으면 너를 볼 기회가 없었을 테니까. 이따가 레너드가 화장실 들르는 사이에 오 분쯤 볼 수 있었으려나?"

"그래서 어쩌자고?" 릴리안이 그렇게 묻고는, 프랜시스가 대답하지 않자 재차 물었다. "멈추고 싶은 건 아니잖아?" 릴리안은 소파로 건너와 앉아서 프랜시스의 손을 잡았다. "멈출 수도 없어. 안 그래? 오, 프랜시스. 그렇다고 말해줘. 안 그러면 난 죽을 거야! 너를 너무 사랑한단 말이야."

"나도 널 사랑해. 하지만 이 말이 무슨 의미가 있지?"

"무슨 의미인진 알잖아. 너 스스로 알잖아. 그런 질문은 왜 하는 거야?"

"가끔은 우리가 망상에 빠져 있다는 생각이 들어."

"망상에 빠진 건 우리가 아니라 남들이지. 우리는 계속 조심하기만 하면 돼. 하루에 몇 번 만나는지는 중요하지 않아. 몇 번이 무슨 대수야? 비밀리에 만난다는 것도 중요하지 않아. 오히려 그래서 더더욱 우리 관계가 특별해지니까. 우리 둘만의 것이 되니까."

"우리 어머니도 그게 특별하다고 생각하실 것 같아? 레너드는?"

릴리안이 반사적으로 대꾸했다. "오, 그가 뭐라고 생각하든 신경 안 써. 그리고 이건 내가 남자랑 바람피우는 것과는 다르잖아?"

프랜시스는 가슴이 철렁했다. "달라?"

릴리안이 대번에 허둥거렸다. "그러니까, 레너드가 보기에는 그럴 거란 얘기지."

"그럴 거라는 게 정확히 무슨 뜻이야? 사소해 보일 거란 뜻이지? 그럼 레너드에게 그냥 곧이곧대로 말해버리지그래? 그렇게 사소한 일이라면?"

릴리안은 시선을 내려뜨리고 조용히 말했다. "사소한 일이 아니야. 너도 알잖아."

프랜시스도 물론 알았다. 아니, 안다고 믿었다. 하지만 대거리를 하고 싶은, 한바탕 싸움을 벌이고 싶은 삐딱한 충동이 치밀었다…. 그 충동이 진정되었을 때, 프랜시스는 릴리안의 손을 쥐어 들고 입가에 대고서 한숨을 쉬었다. "미안해. 싸우지 말자."

릴리안은 애매한 미소를 지었다. "우리 이제 바닥으로 내려가자. 내가 커튼을 칠게. 다시 시작…."

"아니야. 나는 이제 아래층으로 가야겠어." 프랜시스는 일어서려 했다. "플레이페어 부인이 어머니를 또 심부름 보낼지도 모르니까."

릴리안은 놓아주지 않았다. "가지 마."

"가야 해, 릴리안."

"그래도… 키스만 해줘. 응?"

잠시 버틴 끝에 프랜시스는 결국 소파로 이끌려 갔다. 키스는 언제나처럼 하염없이 이어졌다.

어머니가 돌아왔을 때 프랜시스는 릴리안이 화제에 오르지 않도록 주의했다. 주로 패티의 배탈에 대해서 이야기했는데, 어머니 말에 따르면 애로루트가 별로 효과가 없었다는 모양이었다. 그런데 저녁 식사 후 응접실에 앉아 바느질을 할 때, 어머니가 플레이페어 부인에게 해주기로 약속한 일이 있다면서 프랜시스도 도와주지 않겠냐고 물었다. 모금을 위한 추첨 복권에 번호를 매기는 일이었다. "쉬운 작업이지만 좀 따분하긴 할 거야. 이번 주말에 같이 하면 어떻겠니? 토요일 오후는 어떨까?"

"좋죠." 프랜시스는 일단 그렇게 대답했다가, 어색하게 덧붙였다. "하지만 일요일에 해야 할 것 같네요. 토요일에는 릴리안과 같이 뭘 하기로 해서요."

어머니는 말없이 바구니에 든 명주실만 뒤적였다. 그러다가 한 가닥을 골라내서 자르고, 실 끝을 침으로 적시고, 바늘귀에 밀어 넣은 뒤, 첫 땀을 뜨고 나서야 입을 열었다. "너 요즘 바버 부인과 항상 붙어 지내는 것 같구나. 바버 씨가 아내를 그리워하지 않던?"

어머니는 고개를 들지 않고 조용히 말했다. 평소의 어머니와는 사뭇 다른 어조여서, 프랜시스는 열 살짜리 아이가 된 것처럼 가슴이 철렁 내려앉았다. 그녀는 바느질을 두어 땀 뜨고서 최대한 가벼운 투로 대답했다. "그 부부는 원래 토요일을 각자 보낼 때가 많아요. 레너드는 일 끝나고 테니스를 치잖아요. 기억하시죠?"

"토요일만 두고 하는 이야기가 아니야."

"음, 릴리안과 제가 좋은 친구 사이가 되긴 했죠."

"확실히 요즘 들어 몹시 친해졌어. 네가 그렇게 관심을 가져주니 바버 부인이 퍽 우쭐할 게다."

프랜시스는 애써 웃음을 터뜨렸다. "관심을 가져준다고요? 그게 뭐예요, 제가 무슨 여성 동호회 회장도 아니고!"

"정말로 여성 동호회 같은 거라도 꾸려보지그래? 안 그래도 바로 어제 가니시 신부님이 묻더구나, 네가 뭘 하면서 시간을 보내느냐고. 나는 뭐라고 대답해야 할지 난감했단다."

"저는 이 저택을 관리하면서 시간을 보내죠."

"그래, 헌데 요즘은 집이 그리 잘 관리되고 있는 것 같지 않은걸."

프랜시스는 바느질감을 내려놓았다. "오, 어머니. 좀 이상하네요. 어머니는 제가 바닥을 닦는 꼴을 보기도 싫어하시면서, 막상 바닥이 잘 닦여 있지 않으면 불평을 하시잖아요."

어머니의 얼굴이 붉어졌다. "불평하는 게 아니야, 프랜시스. 네 살림살이에 대해 내가 어떤 마음인지는 잘 알잖니. 네가 집안일을 도맡아 해줘서 내가 얼마나 고마운지, 너도 알잖아. 하지만 그 모든 건 애초에 이 집을 바버 부부에게 세 주기 위한 일 아니었니? 그런데 이제는 아침마다 바버 부인과 어울리느라고, 담배를 피우고 폴카를 추느라고 정작 집안일을 못 하게 되어버리다니…. 바버 부인도 자기 몫의 일거리가 있을 거 아니야? 혹시 네가 그 일까지 대신 해주는 거니?"

"그럴 리가 있나요."

"네가 바버 부인에게 너무 휘둘리는 것 같아서 하는 말이다. 내가 보기에 바버 부인은 지극히 평범한 새댁인 것 같던데, 그런 사람에게 네 시간을 다 빼앗기지 말라는 뜻이야. 바버 부인 뒤치다꺼리하고 다니지 말거라. 다른 친구들은 다 어디 있니? 요즘 마거릿도 통 안 만나고. 바버 부인도 친구들이 있지 않니? 자기 출신 배경에 맞는 친구들 말이야."

'그럼 다 이것 때문에 나온 얘기였나? 신분 차이 때문에?' 프랜시스는 차라리 그랬으면 좋겠다는 생각마저 들었다.

"저는 릴리안과 같이 있는 게 즐거워요. 그뿐이에요. 릴리안도 저와 어울리기를 좋아하고요."

"자기 언니들보다도?"

"릴리안이 자기 식구들하고는 좀 다른 부류라는 것, 어머니도 잘 아시잖아요."

"남편은?"

"전에도 말씀드렸듯이, 부부 사이가 늘 좋지는 않더라고요."

"그래, 하지만 네가 바버 부인에게 이용당해서는 안 되잖니. 그러다가 나중에 남편과 화해하고 나면….”

“끝까지 화해하지 않을지도 모르죠.” 프랜시스는 못 참고 그렇게 말해버렸다.

어머니는 짜증이 나는 눈치였다. “당연히 화해하겠지! 안 그러면 불행해지잖아. 자기 결혼 생활에 실패하고 싶은 아내가 세상에 어디 있겠니. 혹시라도 네가 바버 부인에게 이상한 생각을 불어넣은 건 아니겠지? 만약… 만의 하나 남편에게 등을 돌리라고 부추기기라도 했다면….”

프랜시스는 눈 한번 깜짝하지 않고 받아쳤다. “제가 대체 왜 그런 짓을 하겠어요?”

프랜시스의 태도가 진솔해 보였는지, 어머니의 날 선 눈빛이 좀 누그러졌다. “그래, 아무튼 바버 부인에게 모종의 ‘이상’을 품지는 말려무나. 그 부부가 여기서 평생 살지는 않을 거 아니니. 언젠가는 아이가 생길 테고, 자기들 세상으로 돌아가겠지. 그러고 나면 어떻게 되겠니? 너는 바버 부인을 점점 보기 힘들어질 거고, 결국에는 실망할 거야.”

“그렇죠. 그래요. 어머니 말이 맞아요.”

프랜시스는 이쯤에서 그만두자는 투로 말했다. 여기서 대화를 조금만 더 계속하다가는 예전에 크리스티나 문제로 겪었던 갈등이 다시 불거질 것 같았다.

그런데 바느질감을 다시 손에 잡고 나니 문득 다른 생각이 들었다. 이게 과연 크리스티나 때와 비슷한 상황인가? 그보다는 십대 시절, 프랜시스가 학교 친구들이나 이웃집 소녀들에게 낯부끄러울 만큼 낭만적인 동경을 품을 때 어머니와 나누었던 대화와 비슷하지 않은가? “고든이 너를 연적으로 생각하겠어.” 그때 어머니가 바로 이 방에서, 어색한 웃음을 흘리며 그렇게 말했던 게 기억났다. 고든 파울러는 플레이페어 부인의 딸 케이트의 약혼자였는데, 프랜시스는 열네 살 무렵 케이트를 숭배하다시피 했었다. 지금 어머니는 프랜시스가 릴리안을 그런 식으로 동경한다고 생각하는 모양이었다. 그래서 경고를 한 것이다. 그렇지 않나? 훗날 그녀가 실망하고 울게 되리라고 예상하고? 그렇다면 프랜시스와 릴리안이 이미 동경의 단계를 넘어 아찔하도록 멀리까지 나아갔다는 것은 짐작도 못 하고 있는 것이리라. 만약 두 시간 전에 프랜시스가 거실 카펫 위에 드러눕고 릴리안이 그녀의 다리 사이에 입을 맞추고 있었다는 걸 어머니가 상상할 수 있다면, 과연 무슨 생각을 하고 무슨 반응을 보일까?

그렇게 생각하니, 놀랍게도 승리감 비슷한 감정이 솟구쳤다. 그러나 그 기분은 즉시 사그라들면서 우울한 감정으로 변해갔다. '대체 릴리안과 내가 무슨 짓을 한 거지?' 의문이 고개를 들었다. 그들은 둘 사이의 격정을 이 집으로 끌어들인 것이다. 프랜시스는 처음으로 그 격정이 무언가 통제할 수 없는, 스스로 살아 움직이는 생명체 같은 것으로 느껴졌다. 마치 릴리안과 둘이서 야밤을 틈타 어느 도망자를 집 안에 들여놓고 다락방이나 벽 뒤의 공간 같은 데에 은닉해둔 것만 같았다.

잘 시간이 되어 홀의 조명등을 낮추고 있을 때, 릴리안이 자기 부엌에서 다리미판을 삐걱거리는 소리가 들렸다. '릴리안에게 가지 말자.' 프랜시스는 다짐했다. '이번 한 번만은 가지 말자.' 그녀는 곧장 자기 방으로 들어가 문을 닫을 생각으로 계단을 올라갔다. 그런데 계단 꼭대기에 이르자 주저하게 되었고, 더 생각도 않고 살금살금 계단통을 둘러가서 열린 부엌 문간에 들어서고 말았다. 릴리안과 시선이 마주친 순간 심장이 요동쳤다. 프랜시스는 슬그머니 더 안으로 발을 들였다.

릴리안은 다리미를 받침대에 내려놓고 프랜시스 뒤편의 회랑을 초조하게 내다보았다. "네가 영영 안 오는 줄 알았어! 여기서 한참 동안 똑같은 베갯잇을 몇 번이나 다림질했는지 몰라. 나를 미워하는 거 아니지?"

"미워하다니?"

"아까 그 일 있고부터… 아아, 별이별 생각이 다 들더라."

둘은 다리미판 위로 뻗은 서로의 손을 맞잡고 매만졌다. 그러다가 릴리안이 다시 다리미를 집어 들었다. 밖에서 거실 문이 열리는 소리와 함께 휘파람 부는 소리가 났기 때문이었다. 바야흐로 레너드가 등장한 것이다.

레너드는 더운 날씨에 걸맞게 시원하게 입고 있었다. 시원하게 벗고 있었다고 해야 할까. 발은 맨발이었고, 소매는 높이 걷어 올렸고, 칼라 없이 목을 훤히 드러낸 셔츠의 펄럭이는 앞섶 안으로 흰 속옷과 불그스름한 가슴까지 언뜻 보였다. 검푸른 빛깔이었던 눈가의 멍은 지난 네 주 동안 황갈색으로 엷어지다가 이제는 거의 사라졌다. 예전처럼 까불거리는 건강한 모습으로 돌아온 것 같았다. 그는 한 손에 맥주병을 든 채, 마지막 한 모금을 벌컥 삼키면서 부엌으로 들어왔다.

레너드는 프랜시스에게 명랑한 인사를 건네고서 빠른 춤 스텝을 밟으며 그녀를 지나쳐 갔다. 별다른 용건 없이 어슬렁거리다가 들어온 모양인데, 어디 다른 데로 나가서 어슬렁거려줬으면 싶었다. 하지만 그는 자리를 뜨지 않고 이리저리 기웃거리며 릴리안이 베갯잇을 다리는 모습을 지켜보았다.

"그거 하는 데에 한참 더 걸려?"

릴리안은 부자연스러운 어조로 대꾸했다. "다 해야 돼."

레너드는 살짝 구슬리는 투로 말했다. "내일 마저 하지그래?"

릴리안은 아무 대답도 하지 않고 천 위에 다리미를 미끄러뜨렸다. 그래

도 레너드는 계속 그녀를 지켜보며 어정어정 주위를 맴돌았다. 프랜
시스 쪽에는 눈길을 주지 않았다. 적대적인 분위기는 아니었다. 다만
자기 아내를 원하고 있을 뿐이었다. 그 사실을 깨달으니 뜨끔 마음이
아렸다. 프랜시스도 릴리안을 원한다는 것을 레너드는 모르는 것이
다. 어떻게 알겠는가?

프랜시스는 발걸음을 돌려 자기 방으로 물러났다. 방문을 열어보
니 밑에 릴리안이 남겨둔 쪽지가 있었다. 화살에 꿰뚫린 하트 그림이
었다. 그녀는 그 쪽지를 바라보다가 거꾸로 뒤집어서 한편에 치워놓
았다.

옷을 벗고 침대로 들어가서 담배를 피우고 있으려니 릴리안과 레너
드가 부엌을 나오는 기척이 들렸다. 그중 한 명이 회랑의 가스등을 껐
고, 곧이어 침실 문이 달칵 닫히는 소리가 났다. 지난 석 달간 매일 밤
들었던 저 달칵 소리가 오늘 밤에는 유독 심란하게 느껴졌다. 프랜시
스는 자꾸만 몸을 뒤척였다. 창문을 열어놨는데도 방 안이 더웠다. 이따
금씩 회랑 저편에서 두런거리는 말소리나, 삐걱거리는 소리나, 웃음
소리가 들린 것 같아 베개에서 고개를 들었지만, 귀를 기울여보면…
아무것도 들리지 않았다.

다음 날 아침 다시 만난 두 사람은 이제부터 더 조심하자고 이야기
했다. 프랜시스의 방에서는 현관문뿐만 아니라 정원 문이 여닫히는
소리도 들을 수 있으니 앞으로는 거기서만 만나도록 하고, 이번 한 주
동안은 각별히 주의를 기울여서 집에 아무도 없을 때에만 만나기로
약속했다. 그래서 그 외의 시간 동안 둘은 회랑에서 마주칠 때마다 지
독한 흥분감을 억눌러야 했고, 계단에서 서로를 스칠 때마다 손을 잡
는 것으로 만족했다. 프랜시스는 어머니에게 가서 지난번에 했던 이

야기를 다시 생각해봤노라고, 확실히 자신이 최근 좀 해이해진 것 같다고 말했다. "자선 사업 관련해서 제가 뭐 도울 게 있을까요? 그 추첨 복권은 어떻게 됐나요?" 그렇게 해서 프랜시스가 받은 복권은 총 500장이었다. 복권에 번호를 다 적어 넣는 데에 오후 한나절을 쏟아부었고, 그걸 가지고 이웃집들을 돌아다니며 구입 권유를 하느라고 또 다른 날 오후를 흘려보냈다. 그러고 있자니 마음 한편에서는 즐거웠다. 심지어 릴리안과 떨어져 있는 것도 즐거웠다. 그 요란하게 장식된 거실 안에서 느꼈던 답답한 기분이 기억났다.

그런데 밤이 되어 어둠 속에서 누워 있다 보면, 릴리안의 침실 문이 닫히는 소리에 자기도 모르게 고개를 쳐들고서 귀를 기울이게 되었다. 릴리안과 사랑을 나눴을 땐 전에 없던 새로운 느낌이 들었다. 둘 다 완전히 벌거벗었는데도 어쩐지 그것만으로는 부족하게 느껴졌다. 프랜시스는 릴리안의 피부 속으로 들어가고 싶었다. 그녀를 소유하고 싶었다. 손으로, 입술로, 혀로… 행위가 끝난 뒤 그들은 가쁜 숨을 몰아쉬며 서로를 힘껏 부둥켜안았다. 그들의 몸을 흔드는 심장박동 중에서 무엇이 릴리안의 것이고 무엇이 프랜시스의 것인지 구분되지 않을 만큼. 프랜시스가 몸을 떼려 하자 릴리안은 그녀를 붙잡았다. "나를 놓지 마! 절대 놓지 말아줘!"

심장박동이 진정되고 릴리안의 손도 느슨히 풀어질 즈음 되니 프랜시스는 울적해졌다. 나중에 이 침대에서 혼자 누워 있을 시간이 상상되어서였다. 릴리안의 환영만을 품에 안은 채, 부부의 침실 문이 닫히는 소리에 귀를 곤두세우게 되리라. 그 너머에서 무슨 일이 벌어지는지는 이제껏 한 번도 물어본 적 없었다. 알고 싶지도 않았다. 자신과는 아무 상관없고 릴리안에게도 별 영향을 미치지 않는 일로만 여겼기 때문이었다. 그런데 지금은 그걸 모르고 넘어간다는 게 견딜 수가 없었다.

프랜시스는 숨을 들이쉬었다. "릴리안, 레너드와 같이 있을 때 말이야… 그 사람하고도 이런 식이야?"

릴리안은 잠시 가만히 있더니 프랜시스에게서 등을 돌려 누웠다. "오, 프랜시스. 묻지 말아줘. 너랑 있을 때 레너드 생각은 하고 싶지 않아. 그이하고는… 한때는 사랑으로 하기도 했었지. 연애 초에는 말이야. 하지만 너하고 할 때와 같은 느낌은 한 번도 없었어. 너랑 할 때는 온전히 나 자신이 되는데, 그 사람이랑은…."

"얼마나 자주 해?"

"묻지 말라니까, 프랜시스." 릴리안은 손으로 눈을 덮었다.

"그냥 알고 싶어서 그래. 얼마나 자주 해?"

릴리안은 불편한 어조로 대답했다. "글쎄. 이제는 별로 자주 안 해. 내가 내키지 않아 하는 걸 그이도 아니까."

"네가 내키지 않아 하는 걸 레너드도 안다고? 그런데도 억지로 한단 말야? 대체 뭐야, 그 작자는? 짐승이야?"

"그런 게 아니야."

"그럼 너도 원해서 한다는 거네."

"아니야! 난 딱 질색이란 말이야. 너는 이해 못 해, 부부 생활이 어떤 건지. 만약 내가 계속 거부한다면, 레너드는… 남자들은 사고방식이 다르잖아. 내가 그 짓을 아예 거부하면 레너드는 이유를 알려고 들 거야. 나를 들들 볶으면서 야단을 피우고 의심을 하겠지. 그러면 너랑 나만 더 힘들어져. 이미 레너드는 네가 나를 왜 그렇게 자주 만나려하냐고 의아해하고 있어."

그 말에 프랜시스는 속이 울렁거렸다. "이건… 외설스러운 느낌인데. 보통은 나 같은 사람을 두고 외설스럽다고들 하지만… 차라리 레너드에게 그 짓을 할 때마다 시간당 요금을 내라고 한다면 이보다는 낫겠어. 그러면 적어도 정직할 수는 있잖아."

릴리안이 프랜시스 쪽으로 몸을 돌렸다. "아, 자꾸 그렇게 초 치지 마. 오늘 너무 좋았잖아. 완벽했어. 너한텐 완벽하지 않았던 거야?"

"아니. 완벽했지. 하지만 ."

"하지만 뭐?"

"음, 완벽하기는 했지만, 유리 돔이나 호박(琥珀) 안에 갇힌 것처럼 완벽했다고. 우리는 이렇게 안는 것 말고는 아무것도 안 하잖아. 커튼을 쳐놓은 방에 누워서 뒹구는 것밖에 안 하잖아."

"그것 말고 도대체 뭘 할 수 있는데?"

"우리가 하는 대화도 마찬가지야. 우린 순 실없는 얘기만 해. 마법의 양탄자나, 집시 왕비 같은 거. 너는 내게 그보다 더 중요한 의미가 있는 존재야. 나는 너와 환상 속에서만 살고 싶지 않아. 나는… 글쎄, 모르겠네. 내가 뭘 원하는지. 차라리 남자였으면 좋겠다는 생각마저 들어. 이런 생각을 하는 건 처음이지만, 만약 내가 남자였다면 너를 데리고 춤을 추러 갈 수도 있고, 만찬에 갈 수도…."

"네가 남자였다면 그 어떤 것도 할 수 없었을 거야. 렌이 알고서 너한테 싸우자고 덤벼들었을 테니까. 나는 사람들에게 온갖 욕을 들어 먹었을 테고. 정말로 남자가 되고 싶단 말이야? 아니잖아. 그랬다면 나는 너를 사랑하지도 않았을 거야. 애초에 너는 네가 아니었을 테니까. 춤, 만찬… 그게 다 무슨 소용이야? 나는 그런 걸 수도 없이 했지만 죄다 아무 의미도 없었어. 정말로 의미 있는 건 이거야."

"그 의미라는 게 뭔데?"

"사랑에 빠졌다는 의미."

"하지만 오늘 밤 너는 레너드와 같이 잘 거잖아. 나는 여기서 네가 레너드랑 그걸 하는 상상이나 할 테고. 나, 가면 갈수록 그게 불편해. 처음에는 안 불편했어. 그렇게 믿었을 뿐인지도 모르지만. 너는 불편하지 않아?"

릴리안이 시선을 떨구었다. 그러더니 이제껏 한 번도 들어본 적 없는, 기묘하고 무미건조한 목소리로 대답했다. "한 순간도 불편하지 않았던 적이 없지."

"그러면 그냥… 헤어지지 그래?"

릴리안이 고개를 들었다. "뭐라고?"

"그냥 레너드를 떠나라고."

"오, 프랜시스. 내가 어떻게 그럴 수가 있겠어?"

"그를 사랑해?"

"아니라는 거 알잖아."

"그러면 끝내버려."

"그만해, 프랜시스. 나더러 어디로 가란 말이야? 어떻게 살라고?"

"나랑… 같이 살면 되지."

둘 사이에 이런 제안이 나온 건 처음이었다. 릴리안은 깜짝 놀란 듯 보였다. 하지만 금세 표정이 바뀌었다. "와, 그거 정말 멋지겠다!"

"그게 아니야." 프랜시스는 릴리안을 붙잡고 말했다. "그런 식으로 말하지 마. 또 다른 공상 속 이야기인 것처럼 말하지 말라고. 정말로 같이 살면 되잖아. 아파트를 구해보는 거야. 크리스티나와 스티비처럼. 방을 한 칸, 딱 한 칸만 얻어서…." 벌써 그 방이 눈앞에 어른거렸다. 둘이 그 안에 있는 광경을, 자신이 문을 닫아 잠그는 것을 상상할 수 있었다. "그 안에서 복닥복닥 사는 거야. 벌거벗고 돌아다니고, 여의치 않을 땐 빵과 버터만 먹고 버티기도 하고. 못 할 건 뭐야?"

"렌이 나를 절대로 놔주지 않을 거야."

"네가 떠난다는데 어떻게 막겠어?"

"너희 어머님은 어쩌고?"

"몰라. 무슨 수가 있겠지. 왜 없겠어? 우리가 정말로 작심만 한다면?"

둘의 심장이 세차게 고동쳤다. 서로를 마주 보고 있으니, 한순간 어딘가에서 떨어지거나 튀어오르는 것 같은 아찔한 느낌이 들었다.

그런데 릴리안이 눈을 감고는 가볍고도 애틋한 투로 말했다. "아아, 정말 행복하겠어! 우리끼리 신혼 첫날밤도 치를 수 있겠지! 내 신혼 첫날은 끔찍했거든. 호텔이나 그런 데는 갈 것도 없이 곧장 셰브니 거리의 시댁으로 갔었어. 벽 너머로 시부모님의 기척이 다 들리는 방에서 첫날밤을 보냈다니까. 렌이 계속 「트리니티 교회에서 나는 망했다네」*를 휘파람으로 불어대는 바람에 나는 울기까지 했어. 나중에 렌이 사과하긴 했지만…. 우리 신혼은 그렇지 않을 거야. 안 그래? 어디에서 첫날밤을 보낼까? 파리! 화가가 사는 다락방 같은 데가 좋겠어. 창밖으로 건물 지붕들이 내다보이는 곳!"

'달리 말하면, 또 공상의 세계로 돌아왔다는 뜻이군.' 프랜시스는 생각했다. 이건 집시 캐러밴 이야기나 마찬가지였다. 그 사실을 깨닫자 안도인지 실망인지 알 수 없는 감정이 왈칵 밀려왔다. 프랜시스는 애써 그 감정을 흘려보내고, 릴리안과 그렇게 누워서 좀 더 시간을 보냈다. 그러다가 일어나야 할 때가 되자 둘은 옷을 주워 입고 각자의 살림살이로 돌아갔다.

'나는 정말 뭘 원하는 걸까?' 프랜시스는 의문에 빠졌다. 물론 릴리

---

* 「At Trinity Church I Met My Doom」은 1894년에 발매된, 잘못된 결혼을 하고 인생을 망친 남자에 대한 노래.

안을 원했다. 그 이상으로는 깊이 생각해본 적이 없었다. 그런데 이제는 단칸방, 자유, 아찔한 도약에 대한 상상이… 아주 조그마한, 겨자씨 한 톨처럼 조그마한 상상이었지만, 머릿속에서 이미 뿌리를 내리고 있었다. 그런 일이 가능한가? 과연 할 수 있을까? 릴리안과 미래를 꾸려나갈 수 있을까? 자신이 어머니를, 그토록 공들여 가꿔왔던 챔피언 힐의 삶을, 집안일을 하나씩 처리하며 보내는 하루하루를 버리고 떠날 수 있을까? 그리고 릴리안에게 '부부 관계'를 포기하라고 진지하게 요구할 수 있을까?

아니, 당연히 그럴 순 없다. 그런 생각을 한다는 것 자체가 미친 짓이다. 크리스티나에게 했던 말을 기억해야 한다. 이 정사는 가능한 만큼만 즐겨야 행복한 선물인 거라고. 흘러가는 대로 내버려두면 저절로 흘러갈 것이다. 그저 여름날의 열병인지도 모른다. 이 한 철만 지나면 서로 흥미를 잃게 될지도 모른다…. 하지만 한 주가, 또 한 주가 지나고, 유별나게 짧게 느껴지는 8월이 깊어갔지만, 더위는 수그러들지 않았고 그들의 정사도 식지 않았다. 저절로 흘러가지도 않았다. 오히려 더 맹렬해지고 절실해지고 갈급해졌다. 그들 사이를 가로막는 벽돌담처럼, 들장미 산울타리처럼, 레너드가 버티고 있었기 때문이다. 낮 동안은 아무리 과감하고 격렬하게 키스하고 사랑을 나눠도 그게 끝나고 나면 언제나, 매일, 릴리안은 레너드와 함께 침실로 들어갔고 방문은 닫혀버렸으며, 프랜시스는 그 안에서 무슨 일이 벌어지고 있을지 상상하며 변함없이 몸을 움츠렸다. 부부가 요즘 들어 더 자주 싸우는 것 같다는 점이 그나마 위안거리였다. 어쩔 때는 하룻밤 내내 숨 막히도록 날 선 침묵만 흐를 때도 있었다. 하지만 이런 데서 위안을 찾다니, 대체 뭐하는 짓이란 말인가! 게다가 부부가 싸워봤자 마지막에 가서는 항상 화해했다. 침묵은 결국 무너지고 하품, 두런거리는 말소리, 웃음소리가 터져 나오기 일쑤였다. 이따금씩 댄스홀이나 술집에 다녀오는 것도 그대로였고, 그것도 모자라 여행까지 간다고 했다. 릴리안이 비참한 표정으로 통보하기를, 9월 초에 휴가를 맞아 찰리와 베티와 함께 부부 동반으로 헤이스팅스에 다녀온다는 것이었다. 일주일 농안이나! 도대체 어떻게 견딜 수 있을까?

하지만 가장 힘든 건 곧 닥쳐올 여행에 대한 걱정이 아니었다. 웃음소리도, 댄스홀도 아니었다. 부부 간에 일상적으로 굳어진 무심하고도 친밀한 행동이 그 무엇보다도 견디기 힘들었다. 레너드가 계단 밑에서 릴리안을 기다리며 "얼른 내려와, 이 여자야!"라고 소리칠 때나, 릴리안이 레너드가 쓴 모자의 각도를 매만져주고 그의 조끼 등허리의 버클을 잠가줄 때처럼. 그렇게 남편과 아내 사이에 공유하는 사소한 순간들은 프랜시스가 집 안을 돌아다니다 보면 어쩔 수 없이 눈에 보이거나 귀에 들리곤 했고, 마음의 준비 없이 불시에 맞닥뜨렸을 땐 심장에 직격탄을 얻어맞은 느낌이었다. 처음에는 최선을 다해 그 자리를 피했다. 그런데 그 달이 끝나갈 즈음 되니 둘 사이를 방해하고 싶은 터무니없는 충동에 사로잡혔다. 즉석에서 작은 연극을 꾸며내거나 아무 구실이라도 지어내서, 실이든 바늘이든 책이든 무언가를 급하게 빌리거나 돌려줘야 할 게 있다는 핑계를 대서, 좌우지간 무슨 수를 써서든 어떻게 해서든 간에, 단 일 분만이라도 릴리안을 자신의 곁으로 불러내려고, 레너드의 곁에서 떨어트리려고 했다.

"무슨 일인데?"

릴리안이 프랜시스의 방으로 들어와서 그렇게 물으면, 프랜시스는 대답하곤 했다. "그냥 보고 싶어서."

"오, 프랜시스. 이러면 안 돼."

그러다 보면 레너드도 회랑으로 나와서 프랜시스의 방을 들여다보왔다. "여자들끼리 무슨 얘기를 속닥거리는 겁니까? 둘이서 허구한 날 속닥거리는군요. 남자로서 위기감이 느껴지네요. 무슨 음모를 짜는 거죠?" 아마 농담으로 하는 소리겠지만, 어쨌든 그의 눈길은 두 여자를 유심히 응시했다.

레너드를 미워하지 않기가 힘들었다. 그가 침대에서 릴리안을 괴롭힐 거라고, 릴리안의 위에 올라탈 거라고 생각하니…. 프랜시스는 일부러 레너드를 피했고, 부득이하게 그와 마주쳐도 너무나 냉랭하고 뜨악한 태도만 나와서 레너드는 얼떨떨한 표정으로 물러나곤 했다. 그는 저녁마다 프랜시스의 부엌에 들러 잡담을 나누는 것도 그만두고, 정원을 어슬렁거리며 잔디 깎는 기계를 몰고 다니거나 식물에 물을 주거나 했다. 하지만 물론 결국에는 릴리안에게로 돌아갔다. 프랜시스는 부부가 그 위험한 방 안에 같이 있으리라는 상상을 하며, 가끔 자기도 모르게 레너드의 뒤를 따라 슬그머니 홀로 나가보기도 했다. 계단 밑에 서서, 또는 첫 번째 계단이나 두 번째 계단 위에 올라서서, 고개를 한쪽으로 젖힌 채 귀를 기울였다.

그러다가 한번은 어머니에게 들켜버렸다. "뭐 하는 거니, 프랜시스?"

프랜시스는 움찔했다. "릴리안과 레너드가 저를 부르는 소리를 들은 것 같아서요."

어머니의 얼굴에 거북스러운 빛이 떠올랐다. "부부는 지금 거실에 있지 않니? 너를 부를 일이 뭐가 있겠어?"

"글쎄요."

"괜히 귀찮게 하지 말거라. 곧 부부가 여행을 간다니 바버 씨는 기쁘겠구나. 모처럼 아내와 단둘이 시간을 보낼 수 있을 테니 말이다."

'그래, 기쁘겠지.' 프랜시스는 생각했다. 레너드가 릴리안과 같이 보낼 여러 낮과 여러 밤을 생각하니… 당장 저 방으로 쳐들어가서 레너드에게 모든 진실을 확 폭로해버리고 싶은 충동이 턱 끝까지 차올랐다. '너는 릴리안이 네 것인 줄 알지? 넌 아무것도 몰라! 릴리안은 내 거야, 이 머저리야!' 이러면 모든 게 해결되지 않을까? 해결되지는 않더라도, 모든 게 무너지기는 할 테고, 변할 테고….

하지만 아연실색한 릴리안의 표정이 떠올라, 프랜시스는 그만두었다.

어느덧 9월이 되어 휴가가 하루 앞으로 닥쳐왔다. 릴리안이 여행 짐을 꾸리는 동안 프랜시스는 침대 가장자리에 걸터앉아서 지켜보았다. 그런데 줄무늬 천 안감이 대어진 여행 가방 안에 차곡차곡 들어차는 수영복, 해변용 수건, 레너드의 조끼와 팬티 따위의 물건들을 보고 있자니… 심장이 졸아드는 기분이었다. 릴리안이 그녀를 지나쳐 걸어가서 침대 옆 협탁에 놓인 레너드의 칼라 단추와 커프스단추를 집어 들었을 때, 프랜시스는 자리에서 일어났다.

"내가 방해가 되는 것 같네."

"가지 마." 릴리안이 프랜시스를 붙잡았다.

"내가 없어야 너도 더 편할 거야."

"아니야. 잠깐만. 제발, 프랜시스. 우리는 일주일 내내 떨어져 있을 텐데…."

릴리안은 말을 끊더니 손으로 눈가를 덮었다. 별안간 부석부석하고 퀭해 보이는 그녀의 얼굴에서 지독한 피로가 묻어나왔다. 그래도 이내 피로감을 떨쳐낸 듯 릴리안은 미소를 짓고, 반쯤 찬 여행 가방에 단추들을 던져 넣었다. "짐은 나중에 마저 싸도 돼. 이번만 렌에게 도와달라고 하면 되지. 나 집 안에 있기 싫어졌어. 같이 나가지 않을래?"

뜬금없는 제안에 프랜시스는 당황했다. "나가자고? 무슨 뜻이야?"

"데려가고 싶은 곳이 있어서 그래. 너를 위해서 말야. 네게 보상을 해주고 싶어…. 내가 여러 가지로 미안하니까. 이런 한심한 여행을 가는 것도, 결혼해버린 것도, 네가 나 같은 골칫덩이를 사랑하게 만든 것도! 글쎄, 아무튼 너는 커튼 쳐놓은 방 안에만 박혀 있는 게 신물 난다고 늘 말했잖아. 그러니까 같이 나가자는 거야."

"어디로?"

"그건 말 안 할래. 깜짝 선물이니까! 깜짝 선물을 받고 싶지 않아?"

받고 싶지 않았다. 프랜시스는 깜짝 선물을 좋아하지 않았다. 사람들이 자신을 위한답시고 음모를 꾸미고 계획을 짜는 게 싫었고, 선물의 정체가 밝혀졌을 때 기뻐해줘야 한다는 부담감도 질색이었다. 그래서 프랜시스는 거의 마지못한 심정으로 외출 준비를 했고, 이십 분 뒤 릴리안과 함께 집을 나서자마자 목적지가 어디일지 추측하려 들었다. 릴리안이 가지고 나온 짐이 작은 벨벳 핸드백 하나밖에 없는 걸 보면 소풍을 가는 건 아니었다. 공원 쪽으로 향하기는 했지만, 금세 다른 길로 꺾어서 남서쪽의 헌 힐로 이어지는 긴 도로로 접어들었다. 헌 힐 역에서 기차를 타고 나들이라도 가려는 걸까? 그래, 그런 모양이다. 어디 전원 지역에서 산책을 하고 카페나 술집 같은 데에 들러 차를 마실 요량이겠지. 기차로 두세 시간쯤 걸려서 수월하게 도착할 만한 곳일 테니, 아마 켄트 어디께쯤 되리라. 뭐, 그런 거라면 괜찮았다. 켄트로 나들이를 간다면 즐거울 것이다. 프랜시스는 애써 그렇게 생각하며 명랑한 기분을 끌어 올리고 그 기분을 상황에 끼워 맞췄다.

그런데 릴리안은 역으로 가는 갈림길을 그냥 지나쳐버렸다. 어깨에 얹은 양산을 빙글빙글 돌리면서 걷는 그녀의 얼굴을 보니, 흥분과 장난기가 넘치는 표정이 마치 고양이 같았다. 슬슬 브릭스턴에 가까워지면서 길이 시끌벅적해졌다. "거의 다 왔어." 릴리안이 특유의 비밀

348

스러운 어조로 말했다. 이 먼지 날리는 교외 도시의 길거리에 뭐가 있다는 건지, 이렇게 변죽을 울리고 법석을 피우면서 갈 만한 가치가 있는 곳이 도대체 어디일지 상상도 되지 않았다. 뭔가 엉뚱한 데가 아닐까 하는 추측에 가슴이 덜컥 내려앉을 따름이었다. 어디 가게 위층에 있는 쉼시 섬심을 알아냈나든시, 무슨 낭만적인 의미가 있는 나무의 가지에다가 리본을 묶으라고 부추긴다든지….

길모퉁이를 돌면서 릴리안이 말했다. "너는 이제부터 앞을 보면 안 돼. 땅만 보면서 걸어. 내가 안내할 테니."

프랜시스는 바보스러운 느낌이 들었지만 잠자코 시선을 내려뜨리고 릴리안이 이끄는 대로 걸었다. 가로등 기둥이며 도로 경계석을 피하며 걷다가, 붐비는 도로의 차량들 틈을 가로질러 길을 건너고 나니, 릴리안의 걸음이 멈췄다.

"이제 봐도 돼?"

"응." 릴리안은 그렇게 대답하더니 재빨리 덧붙였다. "잠깐만. 어쩌면 네 마음에 안 들 수도 있어." 이제 와서 자신감이 흔들리는 모양이었다.

눈을 들기가 두려웠다. 프랜시스는 잠깐 뜸을 들이다가, 버스 한 대가 시끄럽게 지나간 다음 고개를 들었다.

눈앞에는 브릭스턴 롤러스케이트장의 알록달록한 입구가 있었다.

프랜시스는 릴리안을 돌아보았다. "롤러스케이트 타러 온 거였어?"

릴리안은 조마조마한 듯 프랜시스의 얼굴을 뜯어보았다. "예전에 즐겨 탔었다며. 기억나? 우리가 처음 공원에 갔을 때 네가 그렇게 이야기했었는데…."

프랜시스는 고개를 끄덕였다. "응, 기억해."

"그럼 들어갈래?"

"응."

누군가가 그들을 원래의 세상에서 끄집어내 다른 세상으로 던져 넣은 것 같았다. 입구 밖에서부터 벌써 왁자한 소음이 들려오더니, 건물 안으로 들어가자 음악 소리, 웃음소리, 링크 바닥을 우르릉 구르는 바퀴 소리가 그들을 맞이했다. 눈앞에는 이상스러운 자세와 뻣뻣한 다리로 바닥을 지치며 링크를 돌고 있는 사람들의 행렬이 펼쳐지고 있었다. 프랜시스와 릴리안은 티켓을 사려고 줄을 섰다가 롤러스케이트를 대여하기 위해 또 줄을 서야 했는데, 그때쯤 되자 프랜시스는 얼른 링크로 들어가고 싶어서 좀이 쑤셨다. 마침내 받은 롤러스케이트에 발을 넣어보니 작은 금속 받침대에 그녀의 신발 코가 쏙 맞아 들어갔다. 낡은 가죽끈으로 발목도 단단히 동여맸다. 그런데 몸을 똑바로 세워보니, 키가 두 배쯤 커진 것 같으면서 자신이 끔찍하도록 꼴사납게 느껴졌다. 롤러스케이트가 얼마나 다루기 힘들고 불안정한 도구인지 잊고 있었다. 프랜시스는 앞으로 움직여봤다가 허공을 허우적거리며 움켰다.

"나 어떡해! 무서워!"

릴리안도 몸을 일으켰다가 비명을 지르며 프랜시스를 붙잡았다. 그들은 웃음을 터뜨리며 덜커덕덜커덕 발을 옮겨, 링크를 둘러친 분리대 사이에 난 출입구로 나아갔다.

링크 안으로 발을 들이니 백묵이 칠해진 바닥 표면이 보기보다 위태롭게 느껴졌다. 릴리안이 뒤에서 프랜시스의 팔을 잡아당겼다. "천천히 가!" 릴리안은 분리대의 난간을 붙들고 있었다.

"그거 놔야지."

"못 놓겠어! 넘어질 것 같아!"

"너는 안 넘어질 거야. 나도 같이 넘어지지 않는 한. 자, 얼른."

프랜시스는 릴리안의 손을 잡고 난간에서 끌어냈다. 릴리안은 비명을 지르면서도 프랜시스를 따라 움직여나갔고, 이윽고 둘은 롤러스케이트를 타는 사람들의 행렬에 끼어들었다.

롤러스케이트장 건물은 으리으리하고 현대적이고 밋밋했다. 마치 서내한 교회의 홀 안에 있는 듯했다. 시까래에 매딜런 휴진 기념 깅식 깃발들은 빛깔이 바랬고, 장내에 흘러나오는 노래는 「푸니쿨리 푸니쿨라(Funiculì Funiculà)」나 「명랑한 과부 왈츠(The Merry Widow Waltz)」처럼 삼사십 년 전에 유행하던 곡들이었다. 프랜시스가 어린 시절 이곳을 다녔을 때보다 인파가 줄어든 것 같았다. 하긴 요즘 스릴 있는 활동을 원하는 사람들은 재즈 클럽이나 코카인 밀매소 같은 데를 갈 테니, 아직 그 재미를 모르는 사람들이나 롤러스케이트를 타러 오는 것인지도 모른다. 하지만 비수기 특유의 한산한 분위기 덕분에 사람들 사이에 일종의 동지 의식이 흘렀고, 다른 사람과 맞부딪치거나 서로의 몸에 걸려 넘어질 만큼의 인파는 있었으니 이 정도면 충분했다. 아직 학교 방학 기간이라서 아이들이 피라미 떼처럼 씽씽 달리고 있었다. 연인들, 쌍쌍이 또는 삼삼오오 어울려 노는 소녀들, 심지어 지긋한 나이에도 투지를 발휘하는 부인들도 눈에 띄었다. 소년들은 링크 안쪽에서 자기들끼리 원을 그리며 질주했고, 가장 한산한 중앙에서는 몇몇 젊은이들이 진지하게 기량을 뽐내고 있었다. 이따금씩 그중 한 명이 풍차처럼 빙글 돌며 넘어질 때마다 격려의 함성과 야유와 동정 어린 폭소가 터져 나왔고, 그러면 그 젊은이는 무릎과 엉덩이로 바닥을 짚으며 쭈뼛쭈뼛 일어나곤 했다. 직원 한 명이 부상자가 없는지 확인하며 돌아다니다가 남자아이들이 너무 소란스럽게 굴면 호루라기를 불어 제지했다.

그 틈에서 프랜시스와 릴리안도 달리고 있었다. 슬슬 요령이 몸에 붙자 그들도 속도가 빨라졌다. 종종 남자들의 시선이 릴리안에게 쏠렸고, 그거야 늘 있는 일이었지만, 다들 미소를 짓거나 정중하게 길을 비켜줄 뿐 성가시게 구는 남자는 아무도 없었다. 릴리안은 천재인가 보다! 이렇게 남들 앞에서 버젓이 서로를 부둥킬 수 있는 곳은 세상 그 어디에도 없을 것이다. 사랑을 나눌 때와는 전혀 다른 느낌이었다. 이건 어린애들 장난처럼 순수하고, 유쾌했다. 그런데 한편으로는 사랑을 나누는 행위와 비슷하기도 했다. 짜릿한 스릴도, 서로 꼭 붙어 있는 것도, 서로를 절대로 놓지 않는 것도, 손을 맞잡고 허벅지를 부딪치는 것도, 심장박동과 호흡이 거칠어지면서 함께 어우러지는 것도. 그렇게 삼십 분이 지나자, 달리는 방향을 반대로 바꾸라는 신호가 장내에 울려 퍼졌다. 웃고 떠들며 와글거리는 인파 사이에서 프랜시스와 릴리안은 어줍게 발을 놀려 링크를 빠져나갔다. 그리고 롤러스케이트를 그대로 신은 채 분리대 밖에 놓인 테이블들 중 하나에 자리를 잡고 앉아, 차를 마시고 생강 쿠키를 먹으면서 사람들을 구경했다. 잠시 뒤 링크로 돌아갔을 때는 한층 자신감이 솟았다. 그들은 서로의 허리에 나란히 팔을 두르는가 하면, 컨트리댄스를 추듯 두 손을 맞잡은 채 프랜시스가 릴리안의 뒤로 돌아가면서 오른손은 위로 쳐들고 왼손은 자신의 엉덩이 옆으로 당겨 붙이기도 했다. 프랜시스는 이제 몸놀림이 가뿐하고 우아해진 느낌이 들었다. 영원히 여기서 죽치고 싶을 정도였다. 실력이 가장 뛰어난 사람들을 살펴보니, 자신과 릴리안도 저 정도는 할 수 있겠다는 생각이 들었다. 롤러스케이트를 한 켤레씩 사서 매일 여기에 오는 것이다. 연습하고 또 연습하다 보면….

프랜시스는 릴리안의 허리에서 팔을 풀고 그녀의 앞으로 돌아가서, 릴리안의 두 손을 잡은 채 뒷걸음으로 롤러스케이트를 타는 과감한 기술을 선보였다. 둘은 서로의 얼굴을 마주 보며 웃음을 터뜨렸다.

"너 그러다 넘어지겠어!"

"아니야. 절대 안 넘어져."

프랜시스는 정말로 넘어지지 않았다. 릴리안도 마찬가지였다. 노부인 한 명과 충돌할 뻔한 순간은 있었지만 아슬아슬하게 피했다. 그런데 이십 분쯤 지나니 피로가 몰려오면서 다리근육이 저려왔다. 무리를 하긴 한 모양이었다. 둘은 손을 맞잡고 아쉬움을 삼키며 마지막으로 링크를 한 바퀴 돈 다음, 연못에서 빠져나가는 새들처럼 링크 밖의 바닥을 뒤뚱뒤뚱 볼품없이 걸어갔다. 롤러스케이트를 벗는 순간엔 그렇게 개운할 수가 없었다. 하지만 그걸 카운터에 반납하려니, 빠르고 화려한 움직임을 포기하는 대가로 발바닥 통증 없이 안전하게 걸을 수 있게 되는 거라는 생각에 프랜시스는 서글퍼졌다.

하물며 롤러스케이트장 출입문 밖으로 빠져나갔을 때는 서글픔보다도 더욱 나쁜 감정이 몰려왔다. 그들은 브릭스턴 시내 한복판으로, 바퀴 따위는 달려 있지 않은 평범한 오후의 한가운데로 돌아와버렸고, 이제는 챔피언 힐의 집으로 발길을 돌려야 했다. 처음에는 그 사실이 크게 신경 쓰이지 않았다. 롤러스케이트장에서 얻은 홍조로 둘 다 얼굴이 발그레한 채, 릴리안이 펼쳐든 양산 아래서 팔짱을 끼고, 링크에서 흐르던 무난한 음악들을 콧노래로 흥얼거리며 걷노라니, 아직도 발을 구르면 가뿐히 아라베스크*를 펼칠 수 있을 것만 같았다. 그러나 헌 힐의 언덕길을 오르기 시작하자 근육이 욱신욱신 당겼고, 도로는 아까보다 더욱 길고 먼지는 더욱 심하게 느껴졌다. 그러다가 정신을 차리고 보니 어느덧 집 근처였다. 다섯 시가 다 된 시각이었다. 한 시간 반 뒤면 레너드가 올 것이다…. 프랜시스는 교수대로 향

* 한쪽 다리로 서서 다른 쪽 다리를 뒤로 곧게 뻗는 발레 자세.

하는 것처럼 처져서 느릿느릿 걷다가, 공원 출입구 앞에 이르렀을 때 그예 멈춰 서버렸다. "나 아직은 집에 못 들어가겠어." 그녀는 말했다. "도저히."

릴리안은 아무 말도 하지 않았다. 그들은 묵묵히 공원으로 들어갔다.

음악당까지 걸어간 그들은 잠시나마 활기를 되찾았다. 난간이 둘러쳐진 아담한 음악당 마루를 보니 롤러스케이트장 링크가 떠올랐기 때문이었다. 릴리안은 마루 위를 미끄러지듯 움직여 난간 앞으로 다가서더니, 프랜시스가 곁으로 오는 동안 미소를 지으며 양산의 술을 입가에 가져다 댔다. 그러고 보면 처음 이곳에 왔을 때도 릴리안은 딱 저렇게 왈츠를 추었고, 딱 저런 모습으로 서 있었다. 그때가 얼마나 까마득한 옛날로 느껴지는지! 시간이 얼마나 흘렀나? 고작해야 석 달 남짓이었다. 지금도 작정하고 그 기억을 파고들면 당시의 기분을 고스란히 되살릴 수 있었다. 둘이 남남이나 다름없었던, '바버 부인'과 '레이 양'이었던 시절을. 하지만 그때부터 이미 둘 사이에 친밀감은 뿌리 내리고 있었고, 우정이라는 표피 아래로 깊이, 깊이 자라나고 있었다…. 그런데 과거의 감정은 점점 희미해지다가 사라져버렸다. 이제는 오로지 현재의 릴리안만이 눈앞에 꽉 들어찼다. 프랜시스를 바라보는 릴리안의 얼굴에서 미소가 흐려지면서, 그녀가 전에도 가끔 보여주곤 했던, 소녀 같은 구석이라고는 조금도 없이 지극히 차분하고, 숨김없고, 심각한 눈빛이 눈동자에 떠오르고 있었다. 그걸 보니 마치 격통이 몰려올 전조와 같은, 무언가 어둡고 공포스럽기까지 한 압력이 프랜시스의 심장을 먹먹하게 죄어왔다.

프랜시스는 시선을 돌렸다. 그러자 어느 나이 지긋한 남자가 길을 지나가는 모습이 보였다. 근처 호텔에 묵는 투숙객인 호트리 씨였다.

프랜시스를 알아본 그는 지팡이를 들어 올리며 사교적인 인사말을 건넸고, 프랜시스는 킥킥 웃으며 대답했다. "그러게요, 정말 연주회라도 열까요? 아, 아쉽게도 오늘은 저희가 트롬본을 집에 두고 와서요…."

호트리 씨가 떠나자 웃음도 잦아들었다. 프랜시스는 멀어지는 그의 뒷모습을 지켜보다가 시선을 떨구고, 난간의 녹색 페인트에 새겨진 낙서들을 손가락으로 훑었다. '빌이랑 앨리스랑 얼레리꼴레리', '앨버트 & 메이'.

"이건 진짜지. 그렇지?"

릴리안은 잠깐 침묵하더니 머리를 수그리고 웅얼거렸다. "맞아. 진짜야. 오직 이것만이 진짜야."

"그럼 우린 어떡하지?"

"모르겠어."

"지난번에 이야기한 대로, 같이 사는…."

릴리안이 프랜시스에게서 몸을 돌렸다. "그만해, 프랜시스."

"왜?"

"왠지 알잖아. 그건 너무 무리한 일이야. 너도 정말 진심으로 하는 말은 아니잖아. 그건 꿈일 뿐이라고."

"나는 내가 진심이라고 생각하는데."

"나는 못 해. 절대로."

"그럼 앞으로도 무의미한 결혼 생활을 계속하겠단 말이야? 평생토록?"

"그런 문제만이 아니야. 더 이상 묻지 마. 네가 나를 사랑한다면 묻지 않아야 해. 그런 생각을 하면 할수록 우리 둘 다 불행해지니까."

"내가 너를 사랑하면서 이런 것도 묻지 않을 순 없어. 그건 너도 이해해야지."

"제발 그러지 말아줘."

"나는 너 없이 살 수 없어."

릴리안의 얼굴이 해쓱해졌다. "그만하라니까, 프랜시스! 나도 너를 너무나 사랑해. 하지만 우린 서로 다르단 말야. 너도 잘 알잖아. 너야 남들이 뭐라고 생각하든 개의치 않지. 그렇기 때문에 내가 널 사랑하는 것이기도 해. 처음부터 너의 그런 점을 좋아했으니까. 네가 그 빌어먹을 걸레를 머리에 얹고 마루를 닦는 모습을 보았을 때부터 쭉 좋아했으니까…. 하지만 나는 너처럼 그럴 수 없어. 너랑은 입장이 다르다고. 나는 모든 걸 포기해야 할 거야. 너 말고 다른 여자는 사랑할 수도 없을 거야. 하지만 너는… 너는 나한테 싫증이 나겠지. 네타 언니 파티 날 이후 지금까지도, 나는 네가 하루가 다르게 싫증을 낼 줄 알았어."

"하지만 그러지 않았잖아. 그럴 수도 없었어."

"그래도 언젠가는 싫증이 날 거야. 아마도. 렌도 나한테 질렸지만, 그건 상관없어. 남편과 아내 사이는 그냥 원래 그런 거니까. 하지만 만약 네가 나한테 질려서 떠나버린다면, 내가 렌하고 이미 헤어진 상황에서 너를 잃게 된다면… 그럼 나는 어떻게 해?"

프랜시스는 고개를 저었다. "내가 어떻게 널 떠날 수가 있겠어, 릴리안?"

릴리안은 슬픈 표정으로 그녀를 돌아보았다. "너는 예전에도 다른 친구를 버리고 떠난 적이 있잖아."

그 말에 프랜시스는 허를 찔렸다. 대답할 말을 찾을 수가 없었다.

둘 사이에 침묵이 흘렀다. 프랜시스는 공원의 풍경에 멍하니 시선을 두었지만 아무것도 눈에 들어오지 않았다.

"우리 그냥…." 릴리안이 마침내 입을 열었다. "지금 이대로 지내면 안 될까? 그러다 보면 뭔가가 변할 테니까…."

"우리가 나서서 바꾸지 않는다면 도대체 뭐가 변하겠어?"

"모… 모르겠어."

"그리고 그때까지 계속 이러자고? 내가 너를 레너드와 공유하면서 살아야 한다고?"

"그런 게 아니야."

"그런 걸로 느껴지는데. 아니, 그것보다 더 심하지! 레너드는 내가 너를 공유하는 줄도 모르잖아."

"하지만 나랑 레너드가 같이 있어봤자 아무 의미도 없다니까. 그건 그저 엄청나게 한심한 짓거리일 뿐이야. 나한테 레너드는 죽은 사람이나 마찬가지야. 아닌 게 아니라, 가끔은 정말로 죽었으면 좋겠어. 못된 말이라는 건 알지만, 커다란 버스 한 대가 친절하게 그를 들이받아줬으면 좋겠다는 생각도 들어. 나는… 아아, 이건 너무해! 그냥 눈을 감았다가 떠보면 모든 게 달라져 있다면 얼마나 좋을까!"

릴리안은 정말로 그렇게 되기를 기도하듯 눈을 감았다. 그런데 정확히 뭐가 어떻게 되기를 기도하는 거지? 프랜시스는 의문이 들었다. 이 곤경의 본질이 무엇인지가 헷갈렸다. 둘 다 여자라는 점? 릴리안이 유부녀라는 점? 그 두 가지가 엉망진창으로 꼬여버린 것 같았다. 머릿속에서 한 가지를 풀어봤자 나머지 한 가지가 여전히 꼬여 있었고, 그것까지 기껏 풀어냈을 땐 먼젓번 것이 도로 꼬여버렸다. 무언가 이 모든 문제를 설명해줄 단어가, 표현이, 열쇠가 있을 텐데… 도무지 생각나지 않았다. 찾을 수가 없었다.

서로 아무 말도 꺼내지 못하고 있는데, 음악당 밖에서 웬 킥킥거리는 웃음소리가 들려왔다. 남자아이 둘이 자갈밭에 서서 이쪽을 들여다보고 있었다. 프랜시스와 릴리안의 대화에 흐르는 슬프고 열띤 기색을 알아차린 건지, 아니면 둘의 자세에서 무언가를 느낀 건지, 한 아이가 "얼레리꼴레리!"라고 소리쳤다. 그리고 왁 하는 웃음과 함께 두 아이는 달아나버렸다.

릴리안은 화들짝 놀라 난간에서 몸을 뗐다. "맙소사! 내려가자. 여기 있다가는 온 세상이 우리를 보겠어."

"보는 사람은 아무도 없어. 걔들은 그냥 어린애들이잖아."

"그래도 난 싫어. 아무튼 내려가자."

둘은 음악당 계단을 내려가서 공원을 가로지르는 오솔길들 중 하나로 들어섰다. 결국 아무것도 변하지 않았다. 해결된 것도, 결정된 것도 없었다. 프랜시스는 다시금 묻고 싶었다. '그래서 우린 어떡하지?' 하지만 이 질문을 몇 번이나 되풀이할 수 있을까? 심지어 자신이 생각하기에도 징징거리는 어리광처럼 느껴졌다. 그래서 아무 말도 하지 않았다. 둘은 팔짱을 끼지 않은 채 걸음을 옮겼다. 이제 갈 곳이라곤 집밖에 없었다.

이후로 단둘이 만날 기회는 없었다. 레너드가 모처럼 일찍 집에 왔고, 저녁 시간을 통째로 회랑에서 보내기라도 하는 건지 프랜시스가 위층으로 올라가기만 하면 그를 정면으로 맞닥뜨리기 일쑤였다. 테니스 채를 만지작거리거나 구두에 흰색 도료를 칠하는 레너드의 어깨 너머로 릴리안을 언뜻 볼 수 있을 따름이었다. 키스도 하지 못했고, 포옹도 하지 못했고, 다음 날 아침에는 작별 인사조차도 제대로 나누지 못했다. 위스머스 씨와 베티가 도착했을 때 하필이면 정육점 심부름꾼 아이가 오는 바람에 고기를 전달받고 주문 사항에 대해 사소한 실랑이를 벌이고 났더니, 릴리안과 레너드는 짐을 가지고 찰리의 비좁은 자동차에 끼어 타고 떠난 뒤였다.

9

어떤 면에서는, 아아, 그들이 없어져서 속이 시원했다. 지금까지 릴리안과 같이 있기 위해 벌여온 은밀한 일들이, 릴리안을 만날 기회를 만들어내고, 확보해내고, 최대한 활용하려 전전긍긍하던 일상이 모두 사라졌다. 경단고둥 껍데기에서 애써 빼낸 속살처럼 쫄깃쫄깃하지만 입 안에서 금세 사라져버렸던 밀회도, 눈으로는 방문을 흘끔거리고 귀는 계단 쪽으로 곤두세운 채 허겁지겁 먹어치우기만 할 뿐 단 한 번도 편안하게 만끽해본 적이 없는 그 시간도 모두 사라졌다. 그리고 프랜시스는 그 모든 것 때문에 자신의 기력이 쭉 빨려 나갔다는 것을 깨달았다. 그녀는 토요일 아침 두세 시간 동안 거의 비몽사몽으로 부엌과 응접실을 돌아다녔다. 점심 식사 이후에는 소파에 신문을 들고 누워서 나쁜 뉴스를 읽다가 눈을 질끈 감았고, 그러다가 아예 곯아떨어졌다.

낮잠을 그렇게 잤는데도 밤이 되니 또 하품이 나왔다. 침실 문 닫히는 소리에 귀 기울일 일이 없었기에 그날 밤은 모처럼 곤히 잘 잤다.

다음 날은 일요일이었다. 어머니가 교회에 간 동안 프랜시스는 목욕을 하고, 맨발로 집 안을 어슬렁거리며 담배를 피웠다. 그러다 보니 자신이 저택을 얼마나 소홀히 방치했는지가 눈에 보여서 창피해졌다. 구석진 곳들이 꼬질꼬질했고, 회반죽 장식들에는 먼지가 앉았고, 여기저기 지문과 얼룩이 묻어 있었다. 프랜시스는 당장 연필과 종이를 가져다가 해야 할 일의 목록을 적어 내려갔다.

다음 날 아침 일찍부터 그 일들을 처리해나갔다. 회랑부터 먼저 쓸고 닦았고 융단도 두들겨 털었다. 그랬더니 보풀과 머리카락이 한 바가지쯤 풀풀 쏟아져 나왔는데, 릴리안의 검은 머리카락, 레너드의 붉은 머리카락, 프랜시스 자신의 갈색 머리카락이 한데 뒤엉켜 있는 꼴을 보니 속이 거북해졌다. 그걸 집 안에 놔두고 싶지 않았다. 아궁이에 넣고 태우는 것조차 싫었다. 그래서 정원까지 가지고 나가서 재 버리는 장소에다 던져버렸다. 그때가 오전 열 시, 우체부가 들르는 시간이었다. 집 안으로 돌아가보니 현관 앞 깔개에 편지 두세 통이 놓여 있었다. 그걸 주우려고 몸을 구부리는데 혹시 릴리안의 편지가 있지 않을까 싶어서 조금 설렜다. 적어도 잘 도착했다는 말 정도는 적어 보내지 않았을까?

하지만 편지는 전부 상점에서 보낸 것이었다. 프랜시스는 그걸 다 가계부에 끼워 넣었다.

다음 날에는 우편물이 하나도 오지 않았다. 그 다음 날에도 마찬가지였다. 목요일에는 또 청구서만 날아왔다… 이쯤 되니 우체부가 오기를 목 빼고 기다리는 데에 자괴감이 들었다. 그래서 시내로 나가서 크리스티나를 만났다. 크리스티나가 짓궂게 "그래서? '진짜 사랑'님은 어쩌셔?"라고 물었을 때, 프랜시스는 혀를 내밀어 '부우' 소리를 내며 야유를 보냈다.

"진짜 사랑님은 진짜 짐을 챙겨 가지고 남편이랑 헤이스팅스로 떠났어. 지금쯤 해변에서 아이스크림을 먹거나, 당나귀를 타거나 뭐 그러겠지. 나도 몰라. 신경 안 써."

크리스티나는 더 이상 자세히 묻지 않고 차를 끓여주고 담배도 내주나가, 먹을 것을 찾아 집 안을 헤집더니 땅콩 한 봉지를 가지고 돌아왔다. 둘은 마주 앉아 땅콩을 까먹으며 시간을 보냈다. 마지막 한 알까지 다 먹고 나자 크리스티나가 몸을 앞으로 내밀며 말했다. "좋은 생각이 났어. 너 시간 얼마나 있어? 보드빌* 보러 가자! 지금 후딱 가면 홀본에서 하는 낮 공연 후반부는 볼 수 있을 거야. 티켓은 내가 살게. 어때?"

크리스티나와 보드빌 같은 걸 보러 가기는 몇 년 만에 처음이었다. 프랜시스는 무릎에서 땅콩 부스러기를 털어내고 서둘러 자리에서 일어섰다. 어질러진 탁자를 그대로 내버려둔 채 재킷 단추를 잠그면서 부랴부랴 계단을 뛰어 내려간 그들은, 단번에 버스를 잡은 덕분에 오분 만에 홀본 엠파이어 극장에 도착할 수 있었고, 또 오 분 뒤에는 덥고 어두컴컴하면서도 눈부신 발코니 좌석에 나란히 앉아 무대에서 코미디언 둘이 2인용 자전거 페달을 밟는 광경을 보게 되었다. 주위에서 박하사탕을 빨고 있는 늙수그레한 관객들을 둘러보니 프랜시스는 자신이 새삼 젊다는 생각이 들었다. 그녀는 크리시를 곁눈으로 돌아보다가, 눈이 마주치자 미소를 지었다. 그런데 무대의 조명을 받아 환히 빛나는 크리시의 얼굴과 금발을 보고 있으니 새삼스럽게 애정이 북받쳤다. 단순한 애정보다는 좀 더 강렬한 감정 같기도 했다. 둘 사이의 연정이 죽고 남은 혼령 같은 것이 그녀의 가슴을 뚫고 지나간

* 노래·춤·촌극 등을 엮은 오락 연예.

듯 심장이 살짝 떨렸다.

하지만 이후에 집으로 돌아왔을 땐 또 릴리안의 편지를 찾게 되었다. 그리고 이번에도 아무것도 오지 않았음을 깨달은 순간, 프랜시스는 릴리안의 침묵 자체가 메시지인지도 모른다는 생각이 들었다. 마지막으로 만났을 때 아무런 문제도 해결하지 못하고 헤어졌던 것이 떠올랐다. 공원에서 나누었던 대화도, 릴리안의 얼굴에 떠올랐던 지친 표정도. '나는 못 해. 절대로. 자꾸 묻지 마, 프랜시스.'

프랜시스는 욕지기처럼 울컥 치밀어 오르는 공포를 억지로 눌러 삼켰다.

다음 날에는 집에 손님이 찾아왔다. 현관문을 두드리는 소리가 어딘지 자신 없는 기척이기에 아랫집에 사는 마거릿 램이 온 건가 싶었는데, 문을 열어보니 거기 서 있는 사람은 땅딸막한 마거릿이 아니었다. 옷을 잘 차려입은 미끈한 용모의 여성이 청동빛의 국화 다발을 들고 있었다. 프랜시스는 눈을 깜빡거리다가 뒤늦게 그 사람이 존 아서의 약혼녀인 에디스라는 것을 깨달았다.

"에디스! 정말 반가워요! 어머나, 꽃이 무척 아름답네요. 설마 저희에게 주는 건가요? 어휴, 뭘 일부러 이런 걸 다 사 오고 그러세요. 어마어마하게 비쌌을 텐데요."

"제가 방해가 된 건 아니겠지요?"

"전혀 그렇지 않아요. 차 마시려는 참에 딱 맞춰 온걸요. 어머니가 기뻐하실 거예요. 어머니, 여기 누가 왔는지 보세요! 자, 들어와요, 들어와요. 다음 달에나 보게 될 줄 알았는데 뜻밖이네요."

에디스는 보통 10월에 존 아서의 기일을 챙기러 왔기에, 오늘 찾아온 건 이례적인 일이었다. 에디스가 홀로 들어오자 응접실에서 나온 어머니가 활짝 웃으면서 그녀를 맞아주었다.

"이렇게 기쁠 데가. 게다가 근사한 꽃까지! 그런데 설마 우리 때문에 윔블던에서 여기까지 온 건 아니겠지요, 에디스?"

에디스의 얼굴이 살짝 붉어졌다. "미리 연락드리고 왔어야 했는데 말예요."

"그런 뜻으로 한 말이 아니에요."

"오늘 모처럼 여유가 나서, 만나 뵈면 좋겠다는 생각이 들었어요."

"그래요, 우리를 이렇게 생각해주다니 참 친절하달 밖에요. 사진첩을 꺼내와야겠군요. 그나저나 신수가 아주 훤해졌네요. 무척 보기 좋아요!"

에디스의 용모는 정말로 훤했다. 적갈색 머리카락에서는 빛이 났고, 크림색 드레스와 코트 차림에 엷은 빛깔의 스웨이드 구두를 신었고, 막 구입한 듯 흠 한 점 없는 장갑을 꼈으며, 모자에는 본드 거리에서 볼 수 있을 법한 이국적인 깃털 장식을 꽂고 있었다. 프랜시스가 한창 시절에는 여성을 구속하는 복식이라고 청원서에 서명해가며 반대 운동을 펼쳤던 종류의 깃털 장식이었다. 에디스가 늘 저렇게 멋스럽고 화려했던가? 전혀 아니었다. 그녀는 그만그만한 은행가 아버지 밑에서 자란, 평범한 환경에서 살아온 여자였다. 어쩌면 에디스의 집안은 원래 수준을 유지하고 있는데 프랜시스의 집안 형편이 뒤떨어지고 있어서 그렇게 보이는 건지도 모른다. 그 생각에 프랜시스는 착잡해졌다. 자신의 지긋지긋한 실내복과 어머니의 낡고 칙칙한 드레스가 창피했다. 에디스가 마지막으로 방문한 이래 달라진 게 없는 집 안 모양새도 부끄러웠다. 비단 그때만이 아니라 에디스가 올 때마다 이 저택은 항상 똑같았다. 가면 갈수록 조금씩 허름해지고 우중충해지기만 할 뿐. 그래서 응접실에 들어선 에디스가 감탄하는 눈길로 이리저리 둘러보는 것을 보고, 프랜시스는 "그렇죠, 모든 게 예전 그대로죠!" 라고 웃으며 말해버렸다.

그 즉시 자신이 괜한 말을 했다는 후회가 들었다. 적어도 자조하는 투는 숨겼어야 했다. 에디스가 얼굴을 붉히는 걸 보니 난처한 눈치였다.

프랜시스 탓에 손님맞이가 시작부터 어그러진 것 같았다. 국화를 급수실로 가져가서 꽃병에 꽂은 다음 차 쟁반과 같이 들고 응접실로 돌아와 보니, 어머니는 안락의자에 앉아 있었지만 에디스는 여전히 장갑과 깃털 모자를 벗지 않은 채 소파 앞쪽에 걸터앉아 있었다. 명랑하게 잡담을 나누고는 있었다. 그런데 프랜시스가 차를 따르는 걸 보면서도, 자기 근황을 이야기하면서 조카들의 사진을 꺼내 보여주면서도, 찻잔과 더불어 끈적끈적한 케이크 조각이 담긴 접시를 건네받으면서도, 희한하게도 모자와 장갑은 내내 벗지 않았다. 프랜시스는 결국 물었다. "혹시 금방 가야 하는 건가요, 에디스? 그렇게 꼭꼭 껴입고 있으면 덥지 않아요? 저희 집에서 격식 차릴 필요는 없어요."

에디스는 더더욱 불편해진 표정이었다. "그러게요, 조금 덥긴 하네요." 그녀는 벽난로 위의 거울 앞으로 다가서서 모자 핀을 빼고 머리카락을 정돈한 다음, 소파로 돌아와서 장갑을 벗었다. 그래도 프랜시스는 아무것도 눈치채지 못했는데, 어머니가 대번에 달라진 어조로 그녀를 불렀다. "에디스."

에디스는 손을 부자연스럽게 움직이더니 고개를 숙였다. "네."

"그랬군요, 축하해요."

"고맙습니다."

그제야 프랜시스도 알아차렸다. 에디스는 존 아서가 죽은 이후에도 오른손 약지에 항상 약혼반지를 끼고 지냈다. 그런데 이제 왼손 약지에, '진짜' 결혼을 뜻하는 그 손가락에 새로운 반지가 끼워져 있었다. 갈고리 모양의 고정쇠 네 개에 세팅된 큼지막한 다이아몬드가 눈에 띄었다. 존 아서의 반지는 그에 비교되어 초라해 보일 정도였다. 프랜시스는 번쩍이는 다이아몬드와 에디스의 얼굴을 번갈아 보고, 놀랍고 기쁜 마음으로 말했다. "결혼하는군요."

에디스는 고개를 끄덕였다. "이달 말이에요. 6주 동안 신혼여행을 다녀올 예정이랍니다. 미국으로요!"

"어쩜, 이렇게 근사한 일이 있나요. 정말 기쁘네요. 그리고 반지도 기가 막히게 멋진걸요! 그렇죠, 어머니? 굉장하지 않아요?"

"그래, 그렇구나."

"남편 되실 분은 어떤 분인지 이야기해줄래요, 에디스?"

에디스가 찾아온 목적은 물론 이것일 터였다. 그녀는 이제 안도감 때문에 안색이 발그레해졌다. "페이시 씨라고 해요. 유리 제품을 취급하는 사업을 하는 분이에요. 항아리나 유리병 같은 거요. 별로 재미있는 일은 아니죠! 그래도 오랜 세월 사업을 키워와서 크게 번창했답니다. 나이는 좀 많은 편이에요. 첫 번째 아내가 작년에 죽었고, 아들 셋과 딸 하나가 있지요. 이미 다 큰 아이들이지만요."

"그러면 에디스는 곧바로 어머니가 되겠네요."

"맞아요." 에디스는 자기 가슴에 손을 얹었다. "솔직히 초조하기는 해요. 그래도 아이들이 아주 친절하더라고요. 막내는 아직 학교에 다니고, 코라라는 딸아이는 열아홉 살이에요. 최대한 잘 대해주고 싶은 마음이에요. 저도 일이 이렇게 될 줄은 전혀 몰랐어요. 두 달 전까지만 해도 그 사람과 결혼한다는 건 달나라 여행만큼이나 터무니없는 일이었는데 말예요! 딱 두 달 전에 처음 만난 사이거든요. 상상이 되세요?"

프랜시스는 진심을 담아 대답했다. "당신은 그분을 행복하게 해줄 거예요, 에디스. 나는 알아요."

"정말 그랬으면 좋겠는데요."

"당연히 그렇게 될 거예요. 그렇죠, 어머니?"

"아무렴, 그렇다마다. 아이들도 행복할 거야! 에디스에게도 새로운 모험이 될 테고요. 어머님도 분명 기뻐하시겠지요. 하지만 앞으로 딸이 얼마나 그리우실까요."

"그러게요, 어머니에게도 큰 변화가 될 것 같아요. 안 그래도 어머니가 레이 부인에게 직접 편지를 쓰신다고 했는데, 그 전에 제가 직접 말씀드리고 싶었어요."

"잘했어요. 고맙기도 하지."

"저희 어머니는 잭을 무척 아끼셨어요."

"그럼요, 알아요."

에디스는 존 아서를 늘 '잭'이라고 불렀다. 그 애칭은 아무리 들어도 영 귀에 붙질 않았다. 잭은 장난꾸러기 같은 어감의 이름인데, 존 아서는 물론이고 에디스 본인도 장난꾸러기하고는 한참 거리가 멀었다. 에디스는 존 아서가 죽은 이후 또 다른 남자들에게도 프러포즈를 받은 적이 있었을까? 만약 그랬다고 해도 프랜시스와 그녀의 어머니는 전혀 눈치채지 못했다. 그들은 에디스를 존 아서라는 남편을 여읜 과부처럼 여기는 경향이 있었고, 프랜시스 어머니 세대의 여자들이 생각하는 과부의 의미는 요즘 시대의 인식하고는 사뭇 다르다는 것을 프랜시스는 알고 있었다. "정말 기뻐요, 에디스." 어머니는 그렇게 말했지만, 얼굴에 나타나는 미세한 표정 변화를 보면 내심으로는 기쁘지 않은 눈치였다. 아니, 어머니 자신과 존 아서의 입장에서 느끼는 슬픔이며 실망과 같은 감정이 너무나도 많아서 기쁨은 파묻혀버렸다고 해야 하리라. 어머니가 페이시 씨에 대해 더 이야기해달라고 하자,

에디스는 여전히 달아오른 얼굴로 그의 이모저모를 말해주었다. 페이시 씨의 공장, 자동차, 만찬회, 그가 즐겨 여는 테니스 파티, 그리고 턴브리지 웰스 외곽에 있는, 차고가 딸린 커다란 저택 등등. 온화한 성품의 존 아서하고는 달라도 너무 다른 부류인 것 같았다. 만약 그가 지금 이 방에 같이 앉아 있다면 고압적인 태도로 지루한 기색을 실쩍 내비치면서 이따금씩 손목시계를 확인할 것 같다는 상상마저 들었다. 에디스의 이야기를 들으면서 어머니는 미소가 점점 부자연스러워졌고, 점점 더 짧고 마지못한 대답만 꺼내게 되었다. 어머니는 아까 장롱에서 꺼내온 가족 사진첩과, 존 아서가 전장에서 연필로 적어 보낸 진흙투성이 편지를 옆에 놓아두고 있었다. 에디스가 방문하면 다같이 그걸 돌려 보는 습관이 있었기 때문이었다. 에디스는 그 물건들을 뒤늦게 알아보고 그들 사이에 굳어진 습관을 그제야 기억해냈다. 세 사람은 의자를 끌어다가 가까이 붙어 앉았다. 그리고 사진첩을 한장씩 넘겨보고, 편지를 소리 내어 읽었다. 그런데 오늘따라 그 일은 유난히 건조하게 느껴졌다. 마치… 마른 낙엽을 주워 모으는 느낌이었다. 마지막 편지를 봉투에 집어넣고 나자 그들의 말소리는 잦아들고 고통스러운 침묵이 흘렀다.

프랜시스의 제안에 따라 세 사람은 정원으로 나갔다. 잔디밭을 거닐면서 과꽃과 달리아를 둘러보노라니 분위기가 조금 나아졌다. 에디스는 페이시 씨의 정원에 있는 이탈리아식 테라스와 연못, 분수를 묘사하면서, 나중에 그 집에 꼭 한번 방문해달라고 청했다. 프랜시스와 어머니는 그러겠다고 약속하고, 에디스도 다음번에는 남편을 챔피언힐로 데려와서 인사시켜달라고, 딸아이도 데려오면 좋겠다고 말했다. 에디스는 고개를 끄덕였지만, 경직된 미소를 보아하니 그런 일이 실제로 일어날 가망은 없을 듯했다. 에디스가 존 아서의 약혼녀로서 이 집에 오는 것과 페이시 씨의 부인으로 오는 것은 전혀 다른 문제일 것이다. 게다가 몇 달 안으로, 어쩌면 신혼여행에서 돌아오기도 전에 아이를 갖게 될 공산이 컸다.

에디스는 떠나기 전에 아까처럼 주의 깊은 시선으로 홀 안을 둘러보았다. 애틋한 그 표정이 무엇을 뜻하는지 이제는 명백했다. 그녀는 집 안 구석구석을 기억 속에 새기고 싶은 것이다. 프랜시스는 내심 미안한 마음이 들었다. 지난 세월 동안 자신이 에디스에게 충분히 잘해주지 못한 것 같았다. 그래서 충동적으로 말을 꺼냈다. "곧바로 역으로 가세요? 그러면 제가 바래다 드릴게요."

"오, 프랜시스. 그럴 것 없어요."

"그래, 네가 에디스를 배웅해주려무나." 어머니가 한마디 거들었다. 어머니의 어조를 들으니 잠시 혼자 있을 시간이 필요한 것 같았다. 그래서 프랜시스는 당장 위층으로 올라가서 신발을 갈아 신고 모자를 눌러 쓴 다음, 에디스와 함께 집 밖의 언덕을 내려갔다.

램 씨 댁의 대문을 지나면서 에디스는 쓸쓸한 미소를 지었다. "이 길을 잭과 같이 걸었던 기억이 나네요. 숱하게 걸었지요. 벌써 육 년이나 지났다니 믿어지지가 않아요. 그죠? 하지만 또 어떻게 생각하면… 글쎄요, 긴 세월인 것 같기도 해요. 여기 올 때마다 집들이 하나같이 예전 그대로인 걸 보면 참 신기하다니까요. 플레이페어 댁과도 여전히 친하게 지내시지요?"

"네, 플레이페어 부인과 자주 왕래해요. 플레이페어 씨는 돌아가셨고요. 재작년에요."

"아, 그랬다고 했지요. 나도 참 한심하게! 지난번에 들었는데 깜빡 잊었네요. 상냥한 분이었는데요."

"네. 플레이페어 씨는 모두들 좋아했지요."

"프랜시스의 친구분은요? 그러고 보니 여태껏 안부를 못 물었네요."

"친구요?"

"기억하시죠? 이름이 캐리였던가?"

프랜시스는 놀라서 되물었다. "크리시 말씀이세요?"

"풍성한 금발 머리의 똑똑한 여자분이요. 셋이 같이 만났던 기억이 나요. 음, 서너 번쯤은 봤던 것 같은데요. 한번은 딱 이 언덕에서였고요. 기억 안 나세요?"

"전혀 안 나는걸요."

"아무튼 지금도 친하게 지내겠지요? 정말 절친한 사이였잖아요. 저, 그때 두 분 때문에 겁 먹었었다고요. 두 분이서 세상 모든 것에 대해 견해를 펼치셔서 말예요! 저는 생각이 늘 흐리멍덩하거든요. 페이시 씨는 저를 숙맥이라고 부른다니까요. 그래서 그분은 어떻게 됐어요? 결혼했나요?"

"다른 친구하고 같이 시내에서 아파트를 얻어 살고 있어요. 일을 하면서요. 지금은 머리를 아주 짧게 잘랐고요."

"어머, 아까워라! 그분 머리카락을 제가 얼마나 부러워했는데요. 맞아요, 최소한 서너 번은 봤던 게 분명해요."

에디스의 말에 다른 저의는 없을 것이다. 크리스티나와의 스캔들은 존 아서가 죽고 한참 뒤에 터진 일이었고, 그나마도 다들 쉬쉬했으니 에디스의 귀에까지 흘러들어갔을 리가 없었다. 그녀는 몇 분 전 레이 가의 홀에 있는 검은 오크나무 가구들을 둘러보았을 때와 같은 애틋한 기분에 젖어 당시의 추억을 곱씹고 있을 뿐이다. 퍽 이상한 느낌일 것이다. 한때 그녀가 소속되었을 수도 있었던 세상과 그녀가 지금껏 쭉 연관되어왔던 삶이 이곳에서는 여전히 평소처럼 돌아가고 있는데, 에디스 자신은 마치 천에서 느슨하게 풀리던 올이 끝내 떨어져 나가듯 이곳의 삶과 세상으로부터 분리되는 거라고 생각하면.

역 입구로 다가가는데 서행 열차가 승강장으로 진입하는 소리가 들렸다. 지금 뛰어가봤자 저 차를 잡을 수는 없을 터였다. 에디스는 열차를 그냥 보내고, 승강장으로 내려가는 계단 꼭대기의 그늘 아래에 프랜시스와 함께 서서 다음 차를 기다렸다.

프랜시스가 말했다. "오늘 와줘서 고마워요, 에디스. 페이시 씨에 대해 이야기해준 것도 고맙고요. 편지로 쓰지 않고 이렇게 직접 말해줘서요. 덕분에 얼마나 뿌듯한지 몰라요."

"그래요? 어머님도 그렇게 생각하셨으면 좋겠는데요."

"어머니도 기뻐하고 계세요. 받아들일 시간이 필요하신 것뿐이에요."

"어머님은 제게 항상 잘해주셨는데… 제가 잭을 저버렸다고 생각하시는 것 같아요. 프랜시스는 그렇게 생각하지 않지요?"

"그럼요."

"잭이 저에게 어떤 의미인지 잘 아실 테니까요. 저는 결코 그를 잊지 않을 거예요. 이 반지도 항상 끼고 있을 거고요. 페이시 씨도 이 점은 충분히 이해하고 있어요."

에디스는 염소 가죽 장갑 아래에 있을 견고한 금속의 촉감을 확인하려는 듯, 장갑 긴 두 손을 맞잡았다. 하지만 그녀의 손가락이 맴도는 자리는 옛 약혼반지가 아니라 새 결혼반지 쪽인 것 같았다.

에디스의 얼굴에 홍조가 떠올랐다. 프랜시스 모녀에게는 의외라고만 느껴지는 그 새로운 연인이라는 남자에 대한 흥분과 기쁨으로 들떴기 때문이리라. 응접실의 억제된 분위기에서 벗어나자, 그녀가 드러내는 기쁨이 물리적으로 눈에 보였다. 알아보지 않을 수 없었다. 프랜시스 자신이 릴리안 때문에 느끼는 기쁨과 똑같았기 때문이었다. 불현듯 에디스가 그 어느 때보다도 정겹게 느껴졌다. 이 순간의 흐름에 휩쓸려서 그렇게 느껴지는 것뿐인지도 모르지만, 에디스도 둘 사이가 한층 친밀해진 느낌이 들었는지 보다 진솔한 시선으로 프랜시스의 얼굴을 마주 보며 말했다.

"만나서 반가웠어요, 프랜시스! 좀 더 자주 연락하고 지내면 좋았을 걸 싶네요. 당신차고도, 어머님하고도요. 두 분 다 별일 없으신 거 맞죠? 어머님도 건강하시고요? 지난해 이후로 부쩍 나이가 드신 것 같아요. 그리고 당신은…."

"저는 어떤데요?" 프랜시스는 미소 지으며 물었다. "저도 나이 들어 보이는 건 아니겠지요?"

"그렇지는 않아요. 그보다는… 자신의 역할을 받아들인 것 같다고 할까요?"

프랜시스는 흠칫 놀랐다. "역할이라니요?"

"나쁜 뜻으로 한 말은 아니에요! 다만 예전에는… 음, 가끔은 행복하지 않은 것처럼 보일 때가 있었거든요. 어머님도 마찬가지였고요. 하지만 이제는 모녀가 서로에게 큰 위안이 되어주고 있는 것 같아요. 정말 흐뭇하네요. … 아, 저는 이만 가야겠어요!" 다음 열차가 들어오고 있었다. "허버트와 만나기로 약속했거든요. 페이시 씨 말예요. 제가 늦으면 그이가 안달을 할 거예요. 오늘 너무 친절하게 대해주셔서 고마웠어요!"

둘은 황급히 악수를 나누었다. 그 빠듯한 순간에도 에디스는 프랜시스의 손을 힘 있게 꽉 쥐었다 풀고는, 몸을 돌려 날렵하게 계단을 뛰어 내려갔다.

에디스는 뒤를 돌아보지 않고 기차에 올라탔다. 프랜시스가 그 자리에서 지켜보리라고는 생각하지 못했는지도 모른다. 하지만 프랜시스는 열차가 떠나는데도 계속 그 자리에 남아 있었고, 이후에도 일이 분쯤 못 박힌 듯 서서 생각에 사로잡혀 있었다. '내가 역할을 받아들였다고!' 에디스의 말은 사무치는 공포를 불러왔다. 그랬다, 그녀는 자기 역할을 받아들였다. 애초에 그러기 위해 크리스티나를 포기한 것이었다. 하지만 그건 너무나 까마득한 과거의, 다른 시대의 일이었고, 지금은…. 프랜시스는 반짝이는 철로를 바라보며 네타의 파티에 갔던 날 밤을 떠올렸다. 릴리안과 열차에 끼어 탔던 것, 서로 말없이 이 계단을 올라왔던 것, 그 뒤에 벌어진 모든 일까지도. 그때부터 그녀는 아무런 역할도 따르지 않았다. 둘은 그날의 키스로 다시 태어난 것이다. 그렇지 않은가?

알 수 없었다. 확신이 사라져버렸다. 릴리안과 있었던 모든 일이 기묘하게 공허하게 느껴졌다. 마치 수탉 울음소리가 유령을 쫓아내듯, 에디스가 나타남으로써 그녀에 대한 확신을 쫓아버린 것 같았다. 프랜시스는 역을 떠나 집으로 발길을 돌렸다. 하지만 집을 생각하니, 그 지긋지긋한 저택을, 텅 빈 방들을, 슬픔에 빠진 어머니를 생각하니, 발걸음이 흔들렸다. 그래서 언덕을 올라가려던 걸 그만두고 도로를 건너서 공원으로 들어갔다.

릴리안의 존재감을 되살리고 싶어서 절박해졌다. 그녀의 실체를, 그녀가 존재한다는 실감을 되찾고 싶었다. 하지만 오늘은 하필 날씨가 좋아서 공원에 사람이 많았다. 음악당에는 한 쌍의 연인이 자리를 차지하고 있었다. 남자가 풀잎으로 여자의 코를 간질이고 있는 걸 보고, 프랜시스는 음악당의 계단을 올라갈 생각도 않고 그대로 발길을 돌렸다. 대신 테니스 코트로 가보았다. 젊은 여자들이 테니스 치는 모습을 릴리안과 함께 지켜봤던 그곳에서는 지금도 경기가 벌어지고 있었다. 하지만 네트가 축 처졌고, 코트 바닥은 긴 여름 동안 시달린 탓에 다 닳아 있었다. 연못에도 가보았지만, 물이 시커멓고 기슭에 더러운 거품이며 더껑이가 앉아 있었기에 프랜시스는 재빨리 그곳을 떠났다. 하지만 어디를 가도 마찬가지였다. 이 공원은 작고 교외다운, 특별할 것 하나 없는 장소였다. 서쪽의 비탈에 펼쳐진 휑한 공터는 마치 사막의 평원 같았다. 몇 해 전 공원이 들어서기 전에 이곳에 있었던 대저택과 정원의 긴해들이 무엇보다도 눈에 잘 들어왔다. 우두커니 서 있는 주랑현관, 사라진 시대를 가리키고 있는 해시계, 아무 데로도 이어지지 않는 처연한 가로수 길 따위가.

프랜시스는 답답해하며 걸음을 옮겼다. 그런데 이 길 저 길을 돌아다니다 보니, 그녀는 릴리안을 찾고 있다기보다는 무언가로부터 도망치고 있는 것 같았다. 에디스와의 만남이 불러온 영향력으로부터 벗어나고 싶은 것이다. 에디스의 반지가 자꾸만 눈에 밟혔다. 번쩍거리던 다이아몬드의 광채가 눈앞에 어른거렸다. "나를 보시죠, 레이 양." 다이아몬드가 그렇게 말을 거는 것 같았다. "나야말로 진짜 현실이랍니다. 나 같은 것들과 겨뤄봤자 소용없으니 포기하세요. 당신의 '역할'에 만족해야죠. 그 역할에 아주 잘 안주하고 있었잖아요. 굴 한 마리가 바다 밑바닥에 꾸물꾸물 파고들듯이 말이죠." 이런 식의 사고방식은 프랜시스가 성인이 되고부터 줄곧 피해오던 것이었다. 자신이 에디스의 반지 같은 걸 끼느니 차라리 등에 안장을 차는 것이 나을 것이다! 하지만 애써 그렇게 자신을 다잡으려 해도 그럴 힘이 없었고, 의욕도 없었다. 기분이 한없이 가라앉았다. 외로웠다. 릴리안과의 관계에서 얻은 것이 이런 것이었나? 자기 자신에 대한 괴리감? 프랜시스는 발을 질질 끌며 메마른 잔디밭을 가로질러 집으로 향했다.

집 근처에 이르자 마침 우체부가 바로 앞을 지나가고 있었다. 그녀와 동시에 저택 대문 앞에 도착한 우체부는 편지 한 통을 건네주었다. 받아보니 봉투에 프랜시스의 이름이 적혀 있었다. 릴리안의 동글동

글한 손글씨로. 하지만 그걸 보고도 다행스럽지도, 안심되지도 않았다. 오히려 자신이 무슨 사악한 마법을 부려서 이 편지를 현실로 불러낸 것만 같은 불안감이 밀려왔다. 봉투는 너무나 가벼워서 아무런 무게도 없는 것만 같았다. 뜯어보고 싶지 않았다. 그걸 손에 들고서 우체부의 멀어져가는 뒷모습을 바라보고 있자니, 냅다 뛰어가서 편지를 그의 가방에 도로 쑤셔 넣고 싶은 충동이 일었다.

편지 봉투를 접어서 호주머니에 집어넣고 집 안으로 들어가니, 어머니가 막 침실에서 나오고 있었다. 그런데 얼굴에 분을 바른 게 눈에 띄었다. 어머니가 분을 바르는 일은 거의 없는데, 울었다는 걸 감추려고 그런 모양이었다. 그 생각이 미치자 결정타를 얻어맞은 느낌이었다. 프랜시스는 홀 계단 맨 밑에 주저앉아 두 손에 얼굴을 파묻고서 말하고 싶어졌다. "오, 어머니. 마음이 너무 아프시죠. 저도 그래요. 우리 어떡하면 좋아요?"

하지만 어머니에게 그런 식의 허심탄회한 말을 하지 않게 된 지도 이십 년이 넘었다. 심지어 오빠와 동생이 죽고 나서도 눈물은 서로가 안 보는 곳에서 각자 흘리며 지내온 모녀지간이었다. 프랜시스는 주머니 안에서 편지 봉투의 모서리가 쿡쿡 찌르는 것을 느끼며, 거울 앞에 서서 모자를 벗고는 경쾌한 어조로 말했다.

"세상에! 에디스가 잼 병 만드는 갑부와 결혼한다니! 누가 상상이나 했겠어요?"

프랜시스가 이렇게 나오자 어머니는 살짝 나무라는 투로 대답하지 않을 수 없었다. "얘, 프랜시스."

"아니, 저야 기쁘긴 무척 기쁘죠. 하지만 에디스가 좀 아깝다는 생각이 드는 건 어쩔 수 없네요. 페이시 씨는 나이도 어마어마하게 많을 거 아녜요? 그리고 반지에 박힌 그 왕건이라니! 아마 유리 공장에 남아도는 조각이 좀 있었나 봐요. 그런 거 아니겠어요?"

그렇게 살짝 속물스러운 허세를 나누는 것만으로도 충분했다. 거울에 비친 서로의 눈이 마주친 순간, 모녀는 떨리는 미소를 주고받았다.

어머니가 응접실로 돌아가자마자 프랜시스의 미소는 사그라들었다. 그녀는 기울에서 몸을 들녀 위층으로 올라갔다. 방으로 들어가서 문을 닫고 주머니에서 편지를 꺼내보았다. 봉투가 구깃구깃해져서 그런지 아까보다도 더욱 공허해 보였다. 한편으로는 더욱 불길해 보이기도 했다. 역시 그건 어떤 종류의 마법으로 탄생한 물건인 것 같았다. 프랜시스가 오늘 겪은 실패에 대한 해답이 그 봉투 안에 들어 있을 것 같았다. 그녀는 공원을 터덜터덜 돌아다니면서 확신을 잃어버렸고, 결국 자신이 불행하다는 걸 납득하고 말았다. 그러자 릴리안도 자신의 불행을 수긍했다. 그 결과로 둘 사이에 이런 것이, 이 얇고 엉성하면서도 무시무시한 물건이 태어난 것이다. 휴가와 함께 시작된 이별의 절차를 완전히 끝마치기 위해. 분명히 그런 것이다. 알 수 있었다. 그냥 알았다. 이것은 둘 사이를 완전히 갈라놓는다는 내용의 법적 계약서와도 같다는 것을.

프랜시스는 불쑥 객기가 치밀었다. '그래, 결국은 이게 잘하는 일일 거야.'

그녀는 봉투를 뜯고 편지지를 꺼냈다. 마음을 도스르며 종이를 펼치자, 검은 잉크로 적은 첫 줄이 눈에 들어왔다.

내 사랑, 내 사랑, 나의 진정한 사랑…

쪼그라들었던 심장이 급속도로 팽창하는 것 같았다. 프랜시스는 침대 위로 올라가서 발치의 가로대에 기대어 앉아, 손등을 눈가에 대고서 눈을 감았다. 그런 다음 편지지를 내려뜨리고 다시 읽어나갔다.

내 사랑, 내 사랑, 나의 진정한 사랑.

나는 무진장 처량한 곳에서 촛불 빛에 의지해 이 편지를 쓰고 있어. 여기는 욕실이거든. 상상이 돼? 수도꼭지에서는 물이 계속 새고, 창문의 레이스 커튼은 지저분하고, 세면대에는 붉은 머리 여자들 그림이 있어. 넌더리가 날 만한 곳이지만 난 이런 건 아무렇지도 않아. 내 사랑, 너를 생각하는 동안에는 그 어떤 처량함도 참아낼 수 있어.

아, 내 사랑. 지금 네가 옆에 있으면 좋을 텐데. 내가 어떻게 해야 하는지 네가 말해주면 좋을 텐데. 나 엄청 외롭고 갇혀 있는 기분이야. 이 세상에 나를 조금이라도 생각해주는 사람은 오로지 너밖에 없는 것 같아. 다른 사람들은 모두 내가 재미없대. 어젯밤에는 다들 나만 빼놓고 공연 보러 가버렸어. 그래서 혼자 창가에 앉아 있는데, 밖에서 어떤 남자가 나한테 키스를 보내는 시늉을 하더라고. 네가 있었다면 그 남자를 어떤 표정으로 쳐다봤을지 생각하니까 막 웃음이 나오지 뭐야. 그런데 웃다 보니 너무 슬퍼서 눈물이 나왔어. 남자들은 지나가다가 아무 창가에 있는 아무 여자한테나 키스를 보낼 수 있고, 주변 사람들은 그 남자한테 잘한다고 미소까지 지어주는데, 어째서 우리 둘이 함께할 수 있는 방법은 없는 건지, 너무나 가혹하고 부당하다는 느낌이 들더라. 같이 롤러스케이트 탔을 때가 자꾸 생각나. 정말 멋지지 않았어? 그때는 네 팔 안에서 날 수도 있을 것 같았는데. 롤러스케이트를 신지 않고도 말이야.

아아, 왜 너는 여기 없는 거야! 집에 돌아갔을 때 네가 나를 잊어버렸을까 봐 무서워. 아니면 네가 딴 여자를 좋아하게 됐을까 봐. 예전에 너한테 들은 말 하나가 좀처럼 잊혀지지 않아. 내가 숭배받기를 좋아하는 것 같다던 말. 기억나? 나는 나를 숭배해주는 사람이라면 누구든 사랑할 거라고, 네가 그렇게 말했었잖아. 그런데 말이야, 지금부터 내가 이런 말 한다고 미워하지 말아줘. 나는 가끔, 너야말로 누구든 사랑할 거라는 생각이 들어. 네가 하필이면 나를 사랑하게 됐다는 게 가끔은 너무 신기해서, 너는 단지 너무 많은 걸 잃었기 때문에 나를 원하는 것뿐이라고 생각하게 돼. 그런 것만은 아니지? 그치?

내 말이 맞다면 맞다고 말해줘. 그리고 확신을 줘. 왜냐하면 프랜시스, 나는 너랑 함께할 수만 있다면 그 어떤 짓이라도 할 각오가 됐거든. 아, 나 여기다 네 이름을 적어버렸네. 지금 내 마음 한편에서는, 당당한 내 마음은, 이 편지를 그 작자가 확 봐버렸으면 좋겠다는 심정이야. 하지만 또 한편으로는, 내 소심한 일면에서는, 정말 그럴까 봐 겁이 나기도 해. 나도 너처럼 용감하면 얼마나 좋을까!

나는 지금 우리의 캐러밴을 보고 있어. 이걸 여기까지 가져왔다는거, 알고 있었어? 내 사랑, 너에게 키스를 보낼게. 무선을 통해 천 번의 키스를 챔피언 힐까지 보내고 있어. 느껴져?

x x x x x x x x x x x x x x x x x x x x x x x x x x x x x x x x x x x x x x*

프랜시스는 평생 이런 편지를 받아보기는 처음이었다. 이토록 꾸밈 없는, 일체의 기교도 겉치레도 없는 무언가가 자신을 이만큼 뒤흔들고 감동시킬 수 있으리라고는 꿈에도 생각해본 적 없었다. 프랜시스는 편지를 다시 읽어보았다. 다시, 또다시 읽었다. 그렇게 네 번 읽었을 때에는 피로감도 어느새 사라져버렸다. 편지지를 입술에 대보니 릴리안이 약속한 그대로였다. 그녀의 키스가, 입술의 감촉이, 생생하

* x는 '키스'라는 뜻이다.

377

고도 절박한 그 느낌이 고스란히 전해져왔다.

다음 날 릴리안은 집에 돌아왔다. 레너드가 차에서 짐을 들여오는 동안 릴리안은 회랑에서 프랜시스의 품에 파고들었고, 잠시 뒤 레너드가 목욕을 하는 틈을 타서 또 프랜시스에게 들렀다. 그리고 월요일 아침 집에 단둘이 있게 되었을 때, 프랜시스의 침대에서 함께 반쯤 벌거벗은 채 누워 있던 릴리안은 그녀의 어깨에 얼굴을 얹고서 울음을 터뜨렸다.

"진짜 싫었어, 프랜시스! 징글징글했어! 일주일 내내 집에 오고 싶었어. 겉으로는 계속 생글거리고 바보 행세를 했지만 내내 감옥에 갇힌 것 같았단 말이야. 렌이 키스할 때마다 너를 생각했어. 그러지 않으면 견딜 수가 없었으니까. 렌이 나를 만질 때마다, 나를 볼 때마다, 나는 널 생각했어. 너를 생각했어!"

울음이 폭풍처럼 격렬하게 릴리안을 흔들었다. 몸서리치고 신음하는 릴리안을 꼭 안아주면서 프랜시스는 그녀의 격앙된 감정에 아연해졌다. 릴리안이 울음을 그쳤을 때 프랜시스는 눈물로 젖은 뺨과 부은 눈꺼풀을 어루만져주고 입술을 손가락으로 훑으며 말했다. "내가 널 얼마나 사랑하는지. 얼마나 사랑하는지."

그 말에 릴리안은 눈이 다시 그렁그렁해졌다. 프랜시스는 몸을 뒤로 빼고 릴리안의 얼굴을 찬찬히 살폈다. "왜 그래? 무슨 문제야?"

릴리안이 고개를 젓자 눈물이 흩날렸다. "나는 그냥…." 그녀가 불안정한 목소리로 말했다. "상황이 지금하고는 달랐으면 좋겠어. 정말 그랬으면 좋겠어. 그래서 그래."

"아니, 그것만은 아닌 것 같은데. 여행 간 동안 무슨 일 있었니?"

릴리안은 뺨을 문질러 닦았다. "그저 네가 그리웠어. 너무 외로웠고."

"네가 편지에 썼던 이야기 말이야, 용감해지고 싶다던 이야기…, 진심이야?"

"응, 알잖아."

프랜시스는 릴리안의 손을 잡았다. "그럼 내 말 들어봐. 밤새도록 고민해봤는데, 우리 이대로는 도저히 안 되겠어. 시금 너들 봐! 다 죽어가잖아! 그리고 나도… 나도 이런 식으로는 더 이상 못 버티겠어. 너를 레너드와 공유하는 건 못 해먹겠다고. 명색만 부부일 뿐이지 사실은 습관, 자존심, 그리고… 공허한 포옹이나 그보다 더 심한 일들로 이루어지는 관계에 너를 더 이상 놔둘 수 없어. 만약 내가 너를 덜 사랑했더라면 그렇게 놔둘 수도 있었을지도 모르지만…. 그렇겐 못 해. 안 할 거야. 레너드를 떠나, 릴리안. 레너드를 떠나서 나하고 같이 살자."

그 말이 끝났을 때 프랜시스는 릴리안의 얼굴이 가까이 다가올 줄 알았다. 그런데 릴리안은 심각하고 기운 없는 얼굴로 그녀를 마주 볼 뿐이었다. "너 진심이구나."

"그럼. 안 될 건 뭐야? 우리는 지금껏 그게 불가능한 일이라는 식으로만 이야기했는데, 아내가 남편을 떠나는 건 허구한 날 일어나는 일이야. 신문만 봐도 온통 그 얘기인걸."

"하지만 그건 사교계 여자들 얘기잖아. 그런 여자들은 입장이 다르지. 이혼 절차를 밟을 여건이 되니까. 그리고 그 사람들이 이혼을 하는 이유는 다른 남자를 만나기 위해서잖아. 너랑 내 일이 알려지면… 불리한 점이 너무나 많아, 프랜시스."

"그래, 이혼이라면 그렇지. 하지만 별거는? 그냥 떠나버리면 되는 거야. 별거 정도의 일은 전쟁 이후론 아무도 신경 안 쓰게 됐잖아. 너만 해방되고 나면 우리는 우리 내키는 대로 살면 돼."

릴리안은 얼굴을 닦으면서 말했다. "돈은 어쩌고? 나는 한 푼도 없어. 내 돈은 전부 렌이 주는 건데."

"일을 구하면 되지. 그러고 싶지 않아? 스스로 일해서 돈을 버는 것. 아아, 나는 그러고 싶은데. 아니면, 이건 어때? 어젯밤에 생각해봤는데, 너는 미술학교에 다니는 거야. 아니, 그런 눈으로 보지 말고."

릴리안은 실망스러운 듯 고개를 돌렸다. "그냥 공상하는 거였구나."

"아니, 아니라니까. 계획을 짜봤다고. 정말로 그렇게 해보자는 얘기야. 나는 돈이 좀 있어. 아버지 빚에 잡아먹히지 않은 돈. 많지는 않아. 30파운드쯤. 하지만 그 외에도 이것저것 팔면 돼. 내 소유의 가구 몇 점이랑, 친할머니와 외할머니에게서 받은 오래된 보석들이랑…."

"할머님이 물려주신 보석을 어떻게 팔아 치워, 프랜시스!"

"왜? 구질구질하고 오래된 에메랄드며 가넷 따위인데. 그게 나한테 무슨 쓸모가 있다고?"

"아무튼 내가 네 돈으로 먹고살 수는 없어."

"레너드 돈으로는 먹고살잖아."

"그건 다르지."

"그래, 달라. 레너드는 너를 자기 요리사로, 청소부로, 정부로 부리면서 그 대가를 주는 거니까. 나는 네가 스스로 돈을 벌 수 있을 때까지 내 돈을 나누어주는 거야. 그리고 일단 내가 일자리를 구하면…."

"요새 일자리가 어디 있다고 그래."

"청소부나 요리사, 종업원 같은 자리는 항상 있어. 나는 그런 것 잘하잖아. 원래 하던 일을 돈 받고 하는 거지 뭐. 그러면서 통신 강좌 같은 걸 수강해볼까 해. 부기법이나 타자법을 배우려고. 크리스티나도 그렇게 했는데 나라고 왜 못 해? 그리고 너는 그동안 학교에 다니는 거야. 늘 원했던 일 아니었어? 스티비에게 부탁하면 네가 들어갈 만한 미술학교를 알아봐줄 거야."

"하지만 설령 그런다고 해도… 어디에서 산단 말이야? 나는 어쨌든 유부녀 처지일 거잖아. 별거 중인 유부녀. 사람들은 나를 무조건 나쁘게 볼 거야. 너희 어머니와 여기서 살 수도 없어. 어머님은 나를 이 집에서 내보내려 하실 거야. 너도 알잖아."

"그러면 오늘부터 당장 방을 찾아보지 뭐. 이미니에게는 세입자를 더 받으라고 하고. 그 문제도 생각해봤는데, 어차피 어머니도 점점 줄어들고 있는 배당금으로 언제까지고 먹고살 수는 없어. 세를 더 놓아야 수입이 생기지. 그 정도면 나를 대신할 하녀도 고용할 수 있을 거야."

"하지만 네가 어머니를 그런 식으로 떠나버리면 안 되는 거잖아. 그렇지 않아?"

프랜시스는 머뭇거렸다. 과연 그래도 될까? 하지만 그 외에 무슨 대안이 있나? 자신의 '역할'에 더욱 충실히, 묵묵히, 가식적으로 임하는 것 말고는?

프랜시스는 릴리안의 두 손을 잡았다. "그렇게 할게. 너를 위해서."

릴리안의 눈에 눈물이 고였다. 그녀는 손을 빼내며 말했다. "오, 프랜시스."

"울지 마. 왜 울어?"

"감당할 게 너무 많잖아. 너무 많은 사람들이 엮인단 말이야. 렌이야 어떻게 되든 나는 개의치 않지만, 렌 쪽에서는 펄펄 뛸 거야. 나를 되찾으려 들겠지. 뻔해."

"정말로 그럴까? 렌도 너만큼 불만이 많은 거 아니었어?"

"렌이 뭘 원하느냐는 문제가 아니야. 남들 눈에 어떻게 보일지가 문제지. 항상 그런 식이었어. 그는 자기 가족과 친구들, 회사 생각부터 할 거야. 사회적으로 성공하고 싶어 하니까. 그런데 내가 떠나면 그게 무너질 거 아니야. 게다가 '우리' 가족은 또 뭐라고 하겠어?"

"그분들은 네가 행복하길 바란다고 할 거야."

"'너희' 어머님은 그렇게 말씀 안 하실 거잖아. 우리 어머니라고 뭐 다르겠어? 월워스 출신이라고 해서 신경을 덜 쓸 것 같아? 사람들이 우리를 어떻게 생각할지는 뻔한 일이야."

"모두가 그런 식으로만 생각하는 건 아니야."

"아니, 온 세상이 다 그래. 너도 잘 알잖아. 사람들은 하나같이 편협하고, 야비하고…."

"아니야. 일부만 그런 거야. 그 외에 나머지는…. 모르겠어? 대부분의 사람들은 거짓 인생을 살 때에만 편협하고 야비해지는 거야. 나는 거짓 인생에 신물이 나. 오랜 세월을 그렇게 살아왔어. 크리스티나를 만났을 때 비로소 사랑하는 사람에게 전념할 기회가 왔지만, 나는 그것도 놓쳐버렸어. 그때는 그게 용기인 줄 알았지. 하지만 그건 용기가 아니었어. 비겁한 거였지. 네게는 비겁해지지 않을 거야. 네가 비겁해지도록 놔두지도 않을 거야. 하지만 너는 이미 네 생각보다 용감한 사람이야. 그렇지 않다면 애초에 그날, 네타의 파티 날 부엌에서 내게 다가와 키스하지도 않았을 거잖아. '나 집에 데려다줘.'라고 말하지도 않았을 거고. 내 심장에서 말뚝을 뽑지도 않았을 거야. 그 일, 기억하지?"

릴리안은 프랜시스를 마주 볼 뿐 대답하지 않았다.

"기억하지?" 프랜시스는 재차 물었다. "네가 말뚝을 뽑아서 모든 게 달라진 거야. 너는 그 변화를 네 평범한 일상에 욱여넣을 수 있다는 듯이 구는데, 릴리안, 그건 불가능해. 그러기에는 너무 큰 변화라고."

"너는 계속 그렇게 말하는데, 정말 이해 못 하겠어? 그게 '너무 큰' 변화이기 때문에 벅차단 말이야. 내가 아는 모든 것이 변해버리잖아. 네가 지금 요구하는 건, 내가 생각하는 모든 것, 남들이 나에 대해 생각하는 모든 것, 그 모든 걸 바꾸라는 뜻이라고."

"알아. 하지만 멋지지 않아? 그렇게 바꿀 수 있다는 게? 그리고 그러지 않는다면 무슨 의미가 있는데? 서로 사랑하는 두 사람이 함께할 수도 없다면, 전쟁이며 그 온갖 시련을 뚫고 살아남은 게 다 무슨 소용이냐고? 일단 이것부터 약속해줘. 오늘부터는 레너드의 요구를 거절하겠다고."

릴리안은 고개를 돌렸다. "아, 이게 뭐야! 다 엉망진창이야! 나는 렌을 원하지도 않는데! 그냥… 렌이 그냥 죽어버렸음 좋겠어! 정말이지 죽어버렸으면!"

"그러면 간단하겠지. 그렇지 않겠어? 자, 이렇게 쉬운 일이야."

프랜시스는 릴리안의 왼손을 쥐고서 그녀의 결혼반지와 약혼반지를 집었다. 그리고 부드럽지만 단호하게 반지를 빼냈다. 릴리안은 반사적으로 살짝 움찔했지만 그 외에는 아무런 저항도 하지 않았고, 반지들이 손가락 마디에 걸렸다가 완전히 빠져나가는 것을 망연히 바라보았다.

"얼마나 간단한지 알겠어?" 프랜시스는 반지들을 안 보이는 곳으로 치워버리고, 릴리안의 손가락 피부에 드러난 희고 매끄러운 반지 자국을 자신의 엄지로 훑었다. "이렇게 하면 네 손이 내 손 안에 있지. 아무런 걸림돌도 없이. 세상에서 가장 간단한 일이야. 그렇지 않아?"

릴리안은 잠시 침묵하더니, 베개에 머리를 파묻고 눈을 감았다. 그리고 마침내 항복한다는 듯 담담한 표정으로 입을 열었다.

그런데 그 말의 내용은 그렇지 않았다. "전혀 간단하지 않아."

프랜시스는 릴리안의 얼굴을 쳐다보았다. 닫혀버린 그 얼굴에서 피로감이 묻어나왔다.

"무슨 뜻이야?"

릴리안이 눈을 떴다. "화 내지 마, 프랜시스."

"너는… 그를 선택하겠다는 거야?"

"아니. 그게 아니야."

"그럼 뭔데?"

릴리안은 기묘하게 죄책감 어린 눈빛이었다. "어떻게 말해야 좋을지 모르겠는데… 그동안 나한테 무슨 일이 있었어. 네가 한 말이 모두 사실이라면, 이것 때문에 뭐가 달라지지는 않을 거야. 단지 상황이 더 어려워질 뿐, 그뿐이야."

"대체 무슨 얘길 하는 거야? 무슨 일인데 그래?"

"비난하지는 말아줘. 내 잘못은 아니었어. 아아, 프랜시스. 실은 나, 아마도… 분명… 임신한 것 같아."

10

이 순간에 나오리라고는 전혀 상상도 못 한 말이었기에 프랜시스는 그 의미가 머리에 잘 들어오지도 않았다. 언제인지 모르게 밖의 하늘이 어두워져 있었다. 소낙비가 후드득 쏟아지는 소리가 울려 퍼졌다. 이 방 밑의 급수실 창문에 드리워진, 납으로 된 처마를 두들기는 빗소리가 마치 빠른 북소리처럼 들렸다. 빗발이 가늘어지면서 북소리도 느려졌고, 프랜시스는 손으로 눈을 덮었다.

릴리안이 말했다. "정말 미안해."

"임신인 줄 어떻게 알아?"

"확실해, 프랜시스. 월경이 한 달 넘게 멈췄는걸."

"그냥 늦어지는 거 아니야?"

"나는 절대로 늦는 법이 없어. 알잖아. 그리고 내 몸도… 평소와 달라."

"다르다니, 어떻게?"

"글쎄. 피곤하고… 그냥 달라."

프랜시스는 손을 내리고 릴리안의 얼굴을 바라보았다. 그래, 그러고 보니 확실히 달라 보였다. 릴리안은 여행에서 돌아오고부터 어딘가 달라졌다. 어쩌면 그 이전부터. 설명할 수는 없지만 무언가 미묘한 신체적 변화가 있었다.

"아아, 어떻게 이런… 믿을 수가 없어!"

"정말 미안해." 릴리안이 재차 말했다.

"언제 그런 거야? 어떻게 그럴 수가 있지? 나는 지금껏 너와 레너드가…." 사실 프랜시스는 이런 문제를 자세히 알려고 한 적이 없었다. "나는 막연히, 둘이서 어떤 식으로든… 피할 거라고 생각했는데…."

"피임은 하고 있었어. 하지만 한 번, 렌이 부주의했던 적이 있었어."

"부주의했다고?"

"무슨 뜻인지 알잖아. 렌은 원래… 다 끝나기 전에 빼거든. 그러면 내가 마저 끝내게 도와주고. 우린 항상 그런 식으로 했고, 거의 항상 효과가 있었어. 그런데 그때 한번은 렌이 내 안에다 해버린 거야. 자기 말로는 실수였다는데, 정말로 그런 건지는 모르지. 어쨌든 나는 그날 밤 딱 직감이 왔어. 임신이라는 거. 그냥 알 수 있었어."

"대체 어째서 그동안 말 안 한 거야?"

릴리안은 더없이 비참한 얼굴이었다. "확실한 건 아니니까. 공연히 너 걱정만 시키게 될까 봐 말하지 않았어. 가만히 내버려두면 저절로 해결될 수도 있고…. 예전에도 몇 번 그런 적이 있었거든. 그리고 나 스스로도 깊이 생각하고 싶지 않았고…. 화났어?"

프랜시스는 다시 손으로 눈을 가렸다. "화 안 났어. 내 기분이 어떤지 나도 모르겠어."

"나 그동안 걱정돼서 죽는 줄 알았어."

"미리 알려줬으면 좋았잖아."

"오늘 네가 한 이야기 전부 취소하고 싶은 건 아니지?"

"취소? 당연히 아니지. 하지만 그게 다 무슨 소용이야?" 프랜시스는 말을 하면서 동시에 이 사실의 의미를 깨달았다. 지독한 실망이 밀려왔다. "계획을 짜봤자 죄다 헛수고잖아. 이제 너는 영원히 레너드하고 살아야 한다는 건데."

"뭐라고? 아니야, 그런 말 하지 마."

"하지만 그런 거 맞잖아?"

"아니라니까!" 릴리안이 벌떡 일어나 앉아서 프랜시스의 팔을 붙잡았다. "너랑 나 사이에 달라지는 건 아무것도 없어. 그런 생각하지 마. 그러라고 한 이야기가 아니야. 단지 일이 더 까다로워지는 것뿐이래도."

"까다로워져? 말이 좋아 까다로운 거지! 우리가 아이까지 감당해낼 수 있을 것 같아? 레너드가 가만히 놔둘 것 같아? 법이 그의 편을 들어줄 거야. 온 세상이 레너드 편일 거야!"

"하지만 나는 렌의 아기를 원하지 않는걸. 아기 자체를 갖고 싶지 않아. 이 문제가 저절로 해결되지 않는다면… 그렇다면, 내가 직접 처리하겠어."

빗방울이 두들기는 북소리가 다시금 귀에 들렸다. 프랜시스는 릴리안에게서 몸을 약간 떨어트리고, 경악한 어조로 나지막이 되물었다. "없애겠다고? 그 얘기야, 지금?"

"그래. 별거 아니야, 프랜시스. 이렇게 초기에는 알약만 먹으면 바로잡을 수 있…."

"오, 릴리안. 안 돼. 그걸 말이라고 해? 그건 너무 추저분한 일이야."

"상관없어. 약이 듣기만 한다면."

"그딴 약에 효과가 있다고는 믿을 수도 없어. 그 약에 뭐가 들어갔을지 어떻게 알아!"

"효과는 분명 있어. 제대로 된 걸 구해서 제시간에 먹기만 한다면." 릴리안은 잘 안다는 듯 확고한 어조로 그렇게 말하더니 얼굴이 붉어졌다. "그렇게 보지 마. 다른 여자들도 많이들 한단 말이야."

프랜시스는 릴리안을 빤히 쳐다보고 있었다. "전에도 먹어본 적 있는 거야?"

"딱 한 번. 프랜시스, 그럴 수밖에 없었어. 결혼 이듬해였는데, 내 아기가 죽고 나서 몇 달 뒤에 또 임신이 됐거든. 나… 나는 엄두가 안 났어. 모든 게 잘못된 것만 같아서. 또 그런 일이 일어날 거라는 생각이 머리에 딱 박혀 있는 거 있잖아. 그래서 베라 언니가 간호사 일 하는 친구에게서 약을 구해다 줬어. 그 약 먹으니까 엄청 힘들긴 하더라. 죽는 줄 알았어! 원래는 혼자서 몰래 할 생각이었지만 결국 렌에게 털어놓을 수밖에 없었어. 렌은 거의 졸도할 뻔했지. 자기 부모님이 알면 어떡하냐고. 그래서 그 조그마한 집 안에서, 시부모님 모르게 전부 비밀로 처리해야 했어. 하지만 이번엔 그 정도로 고생하진 않을 거야. 뭘 어떻게 해야 하는지 아니까. 다만 나 혼자 할 수는 없다는 얘기야. 너한테 말하지 않고 혼자 처리할까 생각도 해봤지만… 그러면 너무 힘들거든. 약은 내가 구할 수 있어. 가게에 가서…."

"가게? 무슨 가게? 대체 무슨 가게를 말하는 거야?"

"시내에, 에지웨어 거리에 그걸 취급하는 데가 있어. 베라 언니 친구가 알려준 곳이야. 거기서 내가 알아서 구할 수 있어. 뭐라고 말해야 하는지도 다 알고. 하지만 가장 힘든 순간이 되면, 그때는 네가 옆에서 도와줘야 해."

릴리안은 이미 충분히 고민해본 게 분명했다. 프랜시스는 그녀의 이야기를 따라가기가 힘에 부쳤다. 비 오는 월요일 아침에, 챔피언 힐에서, 바로 이곳, 그녀의 침실에서, 이런 문제를 태연히 상의하고 있다니….

"뭔가 다른 방법이 있을 거야."

"그런 건 없어, 프랜시스."

"너 몸 상하면 어쩌려고 그래!"

"그건 상관없어."

"아니, 나는 상관있어. 그러다가 잘못됐다는 이야기 종종 들었어. 위험하다고."

"아니야, 아니야. 그건 배 속에서 아기가 다 컸을 때 얘기야. 애를 밴 지 너무 오래 돼서, 무슨 기구를 집어넣어서 아기를 꺼내야 할 때 말이야. 그건 위험하지. 잔인하고. 죄악인 데다, 법을 거스르는 짓이야. 난 그런 짓은 절대 안 할 거야."

"지금 네가 한다는 것도 똑같은 거잖아."

"아니야, 프랜시스. 그게 아니라니까."

릴리안은 확신에 찬 어조였다. 심지어 답답하기까지 한 기색이었다. 프랜시스는 자신이 정말로 뭘 잘 몰라서 오해한 건지, 아니면 편한 대로 해석하고 그 해석이 맞다고 우기는 건지 분간이 안 됐다. 어느 쪽이든 간에, 아아, 얼마나 무시무시한 일인가! 자신이 생각했던 순수하고 진솔한 것과는 얼마나 거리가 먼가!

별안간 위태로운 기분이 들었다. 옷을 입어야 할 곳에서 벗고 있는 것처럼 추웠다. 프랜시스는 방 저편으로 건너가서 안락의자 끄트머리에 걸터앉아 팔다리를 웅크렸다.

릴리안이 그녀를 바라보며 말했다. "무슨 생각해?"

"실감을 하려고 애쓰고 있어. 나… 뒤통수 맞은 느낌이야. 뭔가에 걸려 넘어진 것 같은…. 미안해."

"그런 식으로 생각하지 마. 그렇게 나쁜 일은 아니야. 이건…."

"정확히 언제 임신이 된 거야?"

불쑥 튀어나온 질문에 릴리안은 눈을 깜빡였다. "뭐? 아까 얘기했잖아."

"그래, 그런데 그게 어느 날 밤이었냐고? 정확히 언제였어?"

"아, 그게 무슨 대수야? 그냥 어쩌다 보니 일이 터진 거지."

"혹시 너 다림질하던 날 밤이었어? 내가 부엌에 들렀던 그날?"

"부엌?" 릴리안은 얼굴을 찡그렸다. "아니. 그 이후였을걸. 언제였는지는 나도 몰라, 프랜시스."

그렇다면 평소와 같은 어느 날 밤이었으리라. 프랜시스가 침대에 누워 문 닫히는 소리에 귀를 기울였던 어느 날 밤에….

릴리안은 프랜시스를 찬찬히 살펴보았다. "나랑 함께 살고 싶지 않아? 일 분 전까지는 그러고 싶댔잖아. 내가 용기를 낼 수 있게 도와주겠다면서."

"용기를 이런 일에도 내야 할 줄은 몰랐어."

"너는 나를 위해 너의 일부분을 포기하겠다고 했지. 그런데 나는 너를 위해 이걸 포기하면 안 돼?"

그 말에 프랜시스는 선득 공포를 느꼈다. 자신이 릴리안에게 하라고 부추긴 짓이 결국 이런 거였단 말인가? 오소소 소름이 돋아 그녀는 어깨를 문질렀다. 침대로 돌아가야 하는데, 릴리안을 품에 안아줘야 하는데, 그럴 수가 없었다. 몸이 마비된 것 같았다. 자신이 이 방에 누워 있는 동안 회랑 바로 저편에서 벌어지고 있었을 일들이 자꾸만 생각나서….

임신이 되려면 여자 쪽에서 즐겨야 한다고 하지 않던가?

프랜시스는 그 생각을 떨쳐버렸다. 릴리안은 그녀의 것이 될 것이다. 그게 핵심이고, 궁극적인 목표였다. 임신은 이미 되어버렸다. 비록 끔찍하기는 하지만, 그렇다고 해서 이런 사소한, 사소한 문제로 둘이 갈라설 수는 없지 않은가?

프랜시스는 일어나서 침대로 돌아갔다. 둘은 서로를 꽉 껴안았다.

"미안해." 릴리안이 말했다. "정말 미안해. 나를 미워하지 말아줘, 프랜시스. 나는 너를 너무나 사랑해. 네 생각처럼 그렇게 나쁜 일은 아니야. 그냥 성가신 방해물일 뿐이야. 이건 그냥⋯ 아무것도 아니야. 빼내야 하는 충치 같은 거야. 일단 처리하고 나면 잊게 될 거야. 네 말처럼, 우리는 같이 살 수 있을 거야."

점심시간이 되어 어머니가 귀가했을 때, 프랜시스는 아침나절을 관할 사제와 함께 보내고 막 돌아온 어머니의 눈을 차마 마주 볼 수가 없었다. 레너드가 퇴근하고 돌아왔을 때는 그의 눈도 마주 볼 수가 없었다. 릴리안과 함께 꾸려나갈 미래에 대한 흥분은 사라져버렸다. 가느다란 흰 실오라기 하나가 시커먼 실뭉당이에 끼어들어 온통 뒤엉켜버린 것처럼. 그날 밤 잠자리에 누웠을 때 프랜시스는 그 실뭉당이를 풀어내려고 안간힘을 썼다. 만약 아기를 낳는다고 치자. 그러면 릴리안과 같이 아이를 건사할 수 있을까? 어려울 것이다. 하지만 불가능한 일은 아니다. 절대로. 프랜시스와 릴리안보다 더 궁한 형편에서도 아이를 키워낸 여자들도 많지 않은가. 전쟁 이후로 아버지 없는 집은 널리고 널렸고⋯. 하지만 솔직히, 내키지 않았다. 다른 건 다 차치하고라도 그 아기는 레너드와 이어지는 영원한 연결 고리가 될 터였다. 설령 레너드가 아기를 양보한다고 해도 말이다. 릴리안이 아이 때문에 레너드에게 돌아가게 될지도 모른다. 부부 관계가 회복될지도 모른다. 그러면 그때 가서 프랜시스 자신은 어떻게 되는 건가? 원래의 삶으로 돌아가야 하나? 말라비틀어진 옛 허물로 기어들어 가는 뱀 한 마리처럼, 사랑 없는 삶으로, 릴리안 없는 삶으로 돌아가야 하나?

그 생각에 프랜시스는 공황에 사로잡혔다. 그리고 자신이 그런 이유로 공황을 느꼈다는 게 환멸스러워졌다. 사랑이란 게 고작 이런 거였나? 외로움에서 벗어나게 해주는 것? 무가치한 존재가 되지 않을 수 있는 보험 증서 같은 것? 릴리안과 나누는 연정이 과연 진짜이긴 한가? 에디스가 방문했던 날 릴리안과의 관계가 얼마나 공허하게 느껴졌는지가 기억났다. 그리고 지금도, 밤의 어둠 속에서 고민에 빠져 있다 보니, 이 관계에 아무런 근거가 없다는 생각이 퍼뜩 고개를 들었다. 릴리안과 단 하룻밤도 같이 보낸 적이 없다. 심지어 식사 한 끼도 같이한 적 없다. 공원으로 바보 같은 소풍이나 다녀왔을 뿐. 그러면서 온갖 계획을 짜고, 온갖 희생을 강구하고, 어머니와 레너드를 비롯해 온갖 사람들을 희생시키려 했단 말인가?

프랜시스는 두세 시간쯤 잠을 이루지 못했고, 다음 날 아침 비참한 기분으로 잠에서 깼다.

반면 릴리안은 지난 몇 주 동안 본 그 어느 때보다도 안색이 나아 보였다. 단둘이 있게 되자마자 릴리안은 프랜시스의 손을 잡고서 '처리'할 날을 언제로 잡을지 이야기하자고 했다. 당연하지만 그녀의 손가락에 반지들은 다시 끼워져 있었다.

"빨리 해야 해. 빨리 할수록 효과가 좋거든. 그리고 몸 상태가 별로일 때 약을 먹는 게 가장 좋고. 나는 일요일이 좋은데… 음, 아니다. 그날은 렌이 집에 있지, 참. 토요일도 마찬가지고. 금요일 밤이 낫겠다. 그날은 렌이 퇴근하자마자 곧바로 어디 간다고 했거든. 찰리 만난다고. 그때 너희 어머님도 어디 나가신댔지? 친구분 댁에?"

그랬다. 그날 밤 플레이페어 부인 댁에서 브리지 게임 파티가 열릴 예정이었다. 프랜시스도 두 주 전부터 초대를 받았지만 사양했다. 집에 남아 있고 싶어서였다. 릴리안과 레너드의 기척이 들릴 만큼 가까운 곳에서….

"마음이 바뀐 건 아니겠지?" 릴리안이 프랜시스의 표정이 변하는 걸 보고 물었다.

프랜시스는 얼굴을 찌푸렸다. "아니야. 하지만… 아직 너무 갑작스러워서. 나는 그 약에 영 믿음이 안 가. 무슨 문제가 터지면 어떡하지? 끔찍한 일이 벌어지면 어떡해? 우리 어머니에게 들키기라도 하면…."

"그럴 일 없어."

"혹시 모르잖아."

"확실해. 확실하다고 믿어야 해. 확신을 가져야 약효가 더 잘 드니까. 약은 오늘 구해올 거야."

"오늘? 좀 천천히 하면 안 돼? 나 꼭 너를 부추겨서 나쁜 짓을 시키는 기분…."

"그런 거 아니야."

"뭐, 그래. '네'가 나를 부추긴 거라고 해야겠지. 그리고 나는 그게 옳지 않다고 생각하면서도 부득불 도와주는 입장인 거고. 너를 사랑한다는 이유로, 그렇게 해야 너를 완전히 가질 수 있다는 이유로 말이야. 나는 이게 용감한 건지, 비겁한 건지, 뭔지 도통 모르겠어."

릴리안이 프랜시스의 뺨에 손을 올렸다. "오, 프랜시스. 그렇게 심각하게 생각할 일이 아니야."

"너 정말 확실해? 릴리안, 완전히 확실한 거 맞아?"

"나는 이미 마음을 정했어. 네가 돕든 안 돕든 나는 할 거야."

"그래도 하루 이틀 정도만 여유를 갖고…."

"안 돼, 오늘이어야 해. 일단 결심을 하고 나니까 이… 나, 어서 이걸 없애고 싶어." 릴리안은 역겹다는 표정으로 배에 손을 얹었다. "내 안에서 이게 시시각각 자라고 있다는 걸 견딜 수가 없어."

프랜시스는 안절부절못하고 릴리안을 바라보다가 마침내 입을 열었다. "정 그러면 나도 같이 가. 너 혼자 보낼 순 없어. 그러다 무슨 사고라도 당하면 어쩌려고?"

"사고 같은 거 안 당해. 이건 여자들이 허구한 날 하는 일이라니까. 유부녀들은 그렇단 얘기야. 유부녀만이 아니더라도 아무튼 이런저런 여자들. 다만 그 소름 끼치는 약국에 너랑 같이 가고 싶지는 않아. 네가 거길 봐버리면 나한테 정나미가 떨어질 테니까. 나를 싫어하게 될 걸! 이건 내 문제야. 그러니까 내가 알아서 해결할 거야." 릴리안은 프랜시스의 손을 꼭 잡았다. "제발 날 믿어줘, 프랜시스."

프랜시스는 마지못해 그녀의 손을 마주 쥐었다.

아무리 그래도 릴리안이 처음부터 끝까지 혼자 다녀오게 할 순 없었다. 프랜시스는 어머니에게 찾아가, 오늘 릴리안과 미술관에 가기로 했다고 멋쩍은 투로 둘러댔다. 그리고 점심 식사 이후에 둘은 도심행 전차를 탔다. 릴리안이 버스보다는 전차를 타고 싶다고 했다. 전차가 더 많이 흔들리니, 그 안에 타고 있으면 '처리가 더 수월해질 수도' 있다는 것이었다. 듣기만 해도 소름 끼치는 발상이었다. 프랜시스는 이동하는 내내 자기가 임신부인 것처럼 거북하게 앉아 있었다. 그런데 릴리안은 도리어 기분이 좋아 보였다. 전차에서 내린 뒤에는 옥스퍼드 광장에서 헤어졌는데, 릴리안이 쇼핑객들 틈을 비집고 서쪽으로 걸어가는 뒷모습을 지켜보니 발걸음이 단 한 순간도 느려지지 않았다.

그때가 두 시 삼십 분이었다. 둘은 네 시에 캐번디시 광장에서 다시 만나기로 약속했다. 어제에 이어 오늘도 비가 오락가락했기에, 프랜시스는 우산을 받쳐 들고서 무작정 길을 걸었다. 한 걸음 디딜 때마다 불안감이 껑충 뛰어올랐다. 릴리안을 혼자 보낸 게 후회되었다. 아니, 애초에 여기까지 나오지도 말았어야 했다. 도대체 이게 무슨 짓인가? 어디를 둘러봐도 유모차가 보이고, 아기들의 생기 넘치는 분홍빛 얼굴이 보였다.

정신을 차려 보니 클럽스톤 거리가 코앞이었다. 프랜시스는 길을 건너서 몇백 미터 너머에 있는 크리스티나의 집으로 향했다.

하지만 그녀의 집에 들어서자마자 실수였다는 걸 깨달았다. 불과 얼마 전에도 만나러 왔던 데다가, 오늘은 크리스티나가 하필 바쁜 날이었다. 그녀는 프랜시스를 맞아주기는 했지만 시선이 자꾸만 책상 위의 신문으로 돌아갔다. 프랜시스가 릴리안 이야기를 털어놓자, 크리스티나는 그녀가 릴리안과 화해했다는 대목까지만 듣고는 잘라버렸다. "아아, 프랜시스. 못 따라가겠어! 지난번만 해도 둘 사이가 완전히 끝장난 줄 알았더니?"

"나도 그런 줄 알고 겁먹었지."

"그런데 화해했는데도 별로 기쁜 눈치가 아니네."

"음, 그게…."

뭘 어떻게 말해야 하나? 수치심 때문에 말문이 막혔다. 모든 걸 털어놓고 부담을 덜고 싶은 마음은 간절했고, 보드빌 극장에서 크리스티나와 느꼈던 유대감을 떠올리면 얼마든지 그럴 수도 있을 것 같았다. 하지만 지금은 그때의 유대감이라곤 흔적도 보이지 않았다. 비누에 박힌 석탄재 찌꺼기처럼 걸리적거리는, 둘 사이의 깔끄러운 앙금만이 느껴질 뿐이었다. 그래서 프랜시스는 시답잖고 무의미한 잡담만 나누다가 이십 분도 안 되어서 자리를 떴다. 오지 말걸 그랬다고 후회하면서.

그런데 떠나기 전에 방 안을 둘러보니 사방이 크리스티나와 스티비의 흔적으로 가득했다. 자신도 릴리안과 이런 방에서 살 수 있으리라는 생각이 들었다. 이 끔찍한 일만 처리하고 나면.

삼십 분 뒤, 캐번디시 광장의 벤치에 앉아 있으려니 잔디밭 저편에 릴리안이 나타났다. 자신을 향해 총총 걸어오는 릴리안을 지켜보며 프랜시스는 가슴이 뭉클해졌다. 그저 저기에, 낯선 사람들 사이에 있는 그녀의 모습을 보는 것만으로 새삼 순수한 사랑의 감정이 솟아올랐다. 비에 젖은 그녀의 얼굴이 기쁨으로 발갛게 상기되어 있었다. 릴리안은 프랜시스의 우산 아래로 들어와 가쁜 숨을 몰아쉬며 말했다.

"하마터면 제시간에 못 오는 줄 알았어! 알고 보니까 내가 찾아간 가게가 완전히 엉뚱한 곳이었지 뭐야. 그래서 거기 남자가 채링크로스 거리에 있는 다른 가게로 가라고 하더라고. 그런데 그 남자, 무지 고약했어. 나를 매춘부나 뭐 그런 여자처럼 취급하더라니까. 결혼반지를 보여주려고 계속 장갑을 벗고 있었는데도, 그 사람은 내가 무슨 커튼 장식을 떼어다가 끼고 있는 줄 알았나 봐! 어쨌든 상관없어. 그다음에 만난 사람은 멀쩡했거든. 약도 구해왔고. 여기 있어."

릴리안이 핸드백을 열었다. 프랜시스는 놀라서 주위를 두리번거리며 경계했다. 하지만 날이 어둑한 데다 비 때문에 다들 바삐 움직이고 있어서 누가 이쪽을 볼 염려는 없었고, 빗길을 지나다니는 차 소리 덕분에 시끄럽기도 했다. 둘이서 실크 우산 아래에 옹송그리고 있으니 기묘하게 은밀한 공간에 있는 느낌이 들었다. 릴리안은 가방을 살짝 열어서 그 안에 들어 있는 누런 빛깔의 곽을 보여주었다. 라벨에 조잡하게 인쇄된 글씨가 보였다. '리들리 박사의 약: 여성 이상 현상을 위한 처방'.

1922년에 웨스트엔드의 약국에서 이런 물건이 버젓이 판매되고 있다니. 믿어지지가 않았다. 그건 의학 박물관 같은 데에서나 볼 수 있을 듯한, 머리 둘 달린 아기와 거머리가 든 유리병 옆에 나란히 전시되어 있을 법한 물건으로 보였다. 릴리안이 포장을 뜯고 알약을 조심스럽게 꺼내 보여주었다. 그건 딱딱했고, 섬유 같은 질감이었으며, 잘못 만들어진 박하사탕처럼 톡 쏘는 냄새가 났다. "일부러 고약하게 보이도록 만드는 거야." 릴리안이 설명했다. "그렇잖아? 안 그러면 아무도 그게 효과가 있을 거라고 믿지 않을 테니까."

릴리안은 핸드백 안에 두 손을 숨긴 채 알약 한 알을 손바닥 위에 떨어트리고는 역겨운 듯 바라보았다. 그리고 그걸 입으로 가져갔다.

프랜시스는 질겁해서 그녀의 손목을 붙잡았다. "지금 당장 먹으려는 거야?"

"그래야 해. 사흘 동안 몇 알씩 나누어 먹고, 나머지는 나흘째에 전부 먹으래."

"잠깐, 하지 마. 아직은. 여기선 먹지 마."

이건 지나치게 현실적이었다. 택시들이 빵빵거리며 지나다니고, 붉고 흰 빛깔의 평범한 버스들이 연기를 내뿜으며 옥스퍼드 거리를 오르락내리락하는 이곳에서는.

그러나 릴리안은 손에 쥔 알약을 놓지 않았다. "먹어야 해, 프랜시스." 그녀는 프랜시스가 보는 앞에서 입술을 꼭 다물고 뺨을 홀쭉하게 빨아들여서 입에 침이 고이게 하더니, 그 사악하게 생긴 알약을 혀 위에 놓고는, 낯을 찌푸리며 재빨리 삼켰다.

프랜시스는 릴리안의 얼굴을 주시했다. "어때?"

릴리안이 숨을 들이쉬었다. "시작을 했다는 게 일단 기분 좋아. 실제로 무슨 변화가 나타나려면 아직 한참 더 기다려야 해." 릴리안은 누런 곽을 접어서 가방 깊숙이 쑤셔 넣었다. "오늘 밤 자기 전에 한

알, 내일 일어나서 한 알 먹을 거야. 만약 운이 좋다면 내일부터 변화
가 있겠지."

릴리안은 다음 날 아침에도 똑같은 말로 프랜시스를 타일렀고, 그
날 내내 그렇게 되뇌었다. 마냥 침착하고 자신감 있는 태도였다. 초조
한 쪽은 프랜시스였다. 만날 때마다 릴리안의 얼굴에 병색이 드러나
지 않나 살피고, 떨어져 있을 때면 계단 밑을 서성거리며 이상한 기척
이 들리지 않나 신경을 곤두세웠다. 보다 못한 릴리안이 말했다. "너
정말 웃긴다. 남자보다 더 심해. 네가 주부였다면 이게 아무 일도 아
니라는 걸 알았을 텐데. 그렇지 않다면 다른 여자들은 다들 어떻게 하
겠어?"

"다른 여자들은 상관없어. 내게 중요한 건 너야. 만약 네가 기절한
다거나…."

"기절 안 해. 지난번에도 안 했는걸. 그냥 좀 참고 기다려."

이 대화를 나눈 게 수요일 저녁, 레너드가 퇴근하기 전의 일이었다.
그리고 다음 날 아침 릴리안은 창백하면서도 흥분한 얼굴로 프랜시
스를 찾아왔다. 드디어 시작됐다고, 골반 아래쪽에 통증이 있다고 했
다. 대변도 평소보다 묽고, 화장실에서 밑을 닦아보니 피가 '비쳤다'
는 것이었다. 이제부터 유일한 걱정거리는 진행 속도라고 했다. 과정
이 너무 빨리 진행되는 바람에 레너드가 집에 있을 때 일이 벌어지기
라도 하면, 월경이 평소보다 심하다거나 유산한 거라고 둘러대야 할
거라고…. 프랜시스는 릴리안의 두 손을 잡고 키스해주면서 동시에
몸이 움츠러들었다. 하루 이틀 만에 자신의 인생이 이렇게 급격히 전
환되어 아슬아슬한 줄타기를 하게 되리라고는, 릴리안의 배 속 사정
이며 피와 대변 따위를 감시하는 소름 끼치는 짓에 집착하게 되리라

고는 상상도 하지 못했다.

그런데 늦은 오후가 되자 릴리안은 자신감이 약해진 눈치였다. 그녀는 출혈이 멈추고 통증도 사라졌으며, 이제는 속이 메스껍다고 했다. 렌에게 차려줄 저녁 식사를 만들려고 고기를 썰다가 개수대로 달려가 구역질을 했다는 것이었다. 지난번에는 이런 증상이 없었던 것 같다면서, 그녀는 뜨거운 물로 목욕을 하고 싶다고 했다. 하지만 아이를 떨어트리는 데에 효과가 있으려면 델 정도로 펄펄 끓는 물로 목욕을 해야 한다는데, 프랜시스는 어머니가 집에 있는 상황에서 주전자로 물을 끓이는 위험을 감수할 수가 없었다. 거실에서 같이 앉아 이야기를 나누는 동안 릴리안은 배에 손을 얹고서 안절부절못했다.

"내 속에서 조그마한 알이 이러고 있다고 생각하면 끔찍하지 않아? 나는 밖으로 꺼내려고 갖은 수를 다 쓰고 있는데 자기는 안에 틀어박혀 있으려고 기를 쓴다는 게? 이리 나와, 알아." 릴리안은 자기 자궁에다가 말을 걸고 있었다. "너는 내 안에 있으면 안 돼. 나는 나쁜, 아주 나쁜 엄마가 될 테니까. 다른 사람한테 가버려. 아기를 갖고 싶은데 못 갖고 있는 가엾은 여자들한테 가란 말이야! 훠이! 가버려라!"

릴리안은 마지막 말과 함께 한쪽 팔을 쳐들고 주먹을 쥐더니, 그걸로 자기 배를 힘껏 내리쳤다.

프랜시스는 움찔했다. "맙소사, 하지 마!"

릴리안은 도리어 더 세게 내리쳤다.

"하지 말라니까! 제발! 못 견디겠어!"

"그럼 어떡해! 이대로 넋 놓고 앉아 있을 수만은 없잖아. 아아, 너희 어머님은 왜 안 나가시는 거야? 아주 뜨거운 물로 목욕만 하면 확실히 될 텐데. 어머님 모시고 어디 갈 곳 없어?"

"너 혼자 어떻게 목욕을 한다고 그래? 그러다가 기절하면? 그래서 익사하면!"

"무언가 취할 수 있는 조치가 있을 텐데." 릴리안은 생각에 잠기더니 벌떡 일어섰다. "약을 더 먹어야겠다."

"안 돼." 프랜시스도 따라 일어났다. "절대 안 돼. 그 약 때문에 가뜩이나 아프면서."

"이것보다 훨씬 아파야 정상이야."

"제발 하지 마. 릴리안, 제발!"

그러나 릴리안은 자기 침실로 가버렸고, 프랜시스가 따라 들어갔을 때는 이미 서랍에서 누런 빛깔의 곽을 꺼내 내용물을 쏟아내고 있었다. 징그럽게 생긴 알약 두세 알, 혹은 그 이상이 릴리안의 손에 굴러 떨어져 입으로 들어갔다. 프랜시스는 그녀가 얼굴을 찌푸리며 알약을 삼키는 걸 보고만 있어야 했다.

그날 밤 릴리안은 혈색이 파리해졌고, 다음 날인 금요일 아침, 레너드가 출근한 직후에 다시 만났을 때는 무언가가 변했다는 게 뚜렷이 티가 났다. 얼굴이 밀가루 반죽처럼 새하얗고, 땀에 젖은 이마에 머리카락이 들러붙어 있었다. 기력 없는 할머니처럼 비칠거리며 침실에서 나온 그녀는 간밤에 지독한 복통 때문에 잠에서 깼다고 이야기했다. 누가 배를 걷어차는 것처럼 아팠지만 렌에게 알리고 싶지 않아서 몇 시간을 누워서 참고만 있었다는 것이었다. 그런데도 아직까지 출혈이 없어서 걱정된다고 했다.

릴리안의 무시무시한 몰골에 혼비백산한 프랜시스는 출혈이 있든 없든 그게 대수가 아니었다. 그녀는 부랴부랴 릴리안을 침실로 데리고 들어가서 벽난로에 불을 때고, 2층 부엌에서 차를 끓이고 물병에 뜨거운 물을 따로 담아서 탕파를 만들었다.

"잠시 내려갔다 올게." 프랜시스는 릴리안에게 물병을 건네주며 속삭였다. 이미 아래층에서 어머니의 기척이 들려오고 있었다. "스토브에 불만 때고 얼른 올라올게. 어머니에게는 네가 아파서 간호해줘야 한다고 말씀드릴⋯."

"안 돼." 릴리안이 물병을 배 위에 끌어안고서 말했다. "그러지 마. 어머님이 나를 보러 올라오시려고 할 기잖아. 그럼 나는 죄스럽고 창피해서 어떻게 해? 더군다나 나중에 렌에게도 분명 뭐라고 말씀을 하실 텐데."

"그렇다고 너를 이대로 두고 갈 순 없잖아!"

"괜찮아. 그냥 가끔씩 올라와보기만 해줘."

"일단 차부터 마셔. 아침 식사 가져다줄 테니."

릴리안은 그 말에 낯을 구겼다. "아니야, 됐어. 아침 먹으면 토할 것 같아. 아스피린이 있으니 그걸 먹으면 좀 낫겠지. 나 그냥 가만히 놔둬, 프랜시스."

"그럼 최대한 자주 올라와볼게. 하지만 만약 심하게 아프거든⋯."

"그럴 일 없어."

"그래도 만약 너무 아프거든, 나를 꼭 불러야 돼. 알았지? 어머니는 신경 쓰지 말고."

릴리안은 눈을 감은 채 고개를 끄덕였다. 프랜시스는 그녀에게 키스해준 뒤, 뻔뻔스럽게도 문 뒤에 걸려 있던 레너드의 실내복 가운을 가져다가 릴리안의 어깨에 망토처럼 둘러주고는, 그녀를 침대 한편에 앉혀두고서 방을 나왔다. 하지만 계단을 다 내려가기도 전에 천장이 삐걱거리는 소리가 들렸다. 릴리안이 일어서서 방 안을 서성이는 기척이었다. 문 앞에서 창문 쪽으로, 창가에서 다시 문 쪽으로, 감옥 안에 갇힌 죄수처럼 절박하게 오락가락하고 있었다.

이후로는 하루가 끊임없이 늘어지는 듯 느껴졌다. 한껏 곤두선 신경 줄처럼 시간이 팽팽하게 켕기는 것 같았다. 프랜시스는 오전 내내 틈 날 때마다 위층으로 슬쩍 올라가보았지만, 그때마다 릴리안은 백지장 같은 얼굴로 서성거리고만 있었다. 하혈이 시작될 때까지 계속 몸을 움직여야 한다는 이유에서였다. 그러더니 급기야는 가구를 이리저리 옮기기 시작했다. 그녀가 의자들의 위치를 바꾸고 재봉틀을 들어 옮기느라 찌걱거리고 쿵쿵거리는 소리가 집 전체에 울려 퍼졌다. 듣다 못한 어머니가 그 소리에 대해 한마디 하는 바람에 프랜시스는 가슴이 철렁했지만, 릴리안이 봄도 아닌데 대청소를 한답시고 야단이라며 애써 둘러댔다.

오후가 깊어질 즈음 소음이 뚝 끊겼다. 프랜시스가 노심초사하며 올라가보니 릴리안은 거실 소파에 비스듬히 앉아 있었다. 쿠션에 몸을 기대고 무릎 위에 담요를 덮은 그녀의 모습이 언뜻 일반적인 수준의 병약자 정도로만 보이기에 안심했는데, 가까이 다가가서 얼굴을 보니 그게 아니었다. 얼굴이 아무런 빛깔도 없는 순백색 그 자체인데다, 탱탱한 표피 아래의 살이 약간 부어 있었으며, 피부가 식은땀에 젖어서 번들거리고 있었다. 릴리안은 그녀에게 돌아가라고 만류하지 않고, "오, 프랜시스. 너무 아파!"라면서 손을 내밀었다. 그녀의 손을 움켜잡고서 눈을 질끈 감는 걸 보니 격렬한 통증에 시달리는 게 분명했다.

프랜시스는 기겁했다. "뭔가 잘못된 거야! 의사를 부를게!"

그 말에 릴리안이 눈을 번쩍 떴다. "안 돼, 의사가 보면 안 돼! 의사는 내가 무슨 짓을 했는지 알 거 아냐! 그냥 손만 잡아줘. 꼭 붙잡아줘. 하혈이 시작돼서 이러는 것뿐이야. 아프긴 하지만, 이제 잘… 아악!"

릴리안의 몸이 뻣뻣해지더니 그 자세 그대로 굳어버렸다. 굉장히 오랫동안 그러고 있는 것처럼 느껴졌다. 이마와 인중에 땀방울이 송

골송골 맺혔다. 마침내 사지가 느슨히 풀어지자, 릴리안은 소파 쿠션에 파삭 널브러진 채 얼굴을 문지르며 숨을 몰아쉬었다. "괜찮아. 나는 괜찮아."

프랜시스도 덩달아 뻣뻣해졌다가 축 늘어졌다. "이거 이렇게까지 아프면 안 되는 거 아니야? 너 지금 진짜 끔찍해 보여, 릴리안."

릴리안은 맥없이 고개를 돌렸다. "나 보지 마."

"그런 뜻이 아니야. 시체처럼 창백하단 말이야."

"진통이 유난히 심할 때도 있어. 방금도 심하게 왔던 거고." 릴리안이 불편하게 몸을 뒤치더니 한쪽 엉덩이 밑으로 손을 넣어보았다. "피가 계속 나오는데 소파에 묻으면 어쩌지? 여기 아무것도 안 묻었지?"

프랜시스는 릴리안이 앉은 자리를 살펴보았다. "응, 아무것도 없어."

"벌써 생리대를 세 장이나 썼어. 전부 난롯불에 태워버렸지만. 그런데 피만 흐르고 진짜 중요한 건 안 나와. 그게 나올 때 특유의 느낌이 있는데… 아직 그 느낌이 없다고. 그게 안 나오면 아무 소용도 없는데…."

릴리안은 전에 없이 안달복달하는 어조였고 눈빛은 멀겋게 흐려 보였다. 혹시 열이 있는 건가 싶었는데, 축축한 이마에 손을 얹어보니 오히려 싸늘하기만 했다. 좋은 신호인가, 나쁜 신호인가? 알 수 없었다. 뭐가 뭔지 전혀 알 수가 없었다! 자신이 이토록 무력하다는 걸 깨달으니 간담이 서늘해졌다. 대체 어쩌자고 이런 일을 방조했단 말인가? 대체 무슨 정신머리였나? 릴리안이 이런 무모한, 무모하기 그지없는 짓을 하도록 놔두다니….

릴리안이 또 몸을 뻣뻣하게 굳히면서 담요 속으로 발을 넣었다. "아아, 또 시작이야."

"내가 어떻게 해주면 돼?"

"그냥 손만 잡아줘."

"뭐 가져다줄 것 없어? 고통을 덜어줄 만한 것?"

릴리안은 아무것도 들리지 않는 눈치였다. 눈을 질끈 감은 그녀의 얼굴이 온통 일그러졌다. "오, 이번엔 진짜 심해! 아아, 프랜시스! 아악!" 릴리안이 몸을 웅크리면서 프랜시스의 손가락들을 거의 뽑아낼 기세로 틀어쥐었다.

도저히 그대로 내버려둘 수 없었다. 프랜시스는 릴리안의 손을 놓고 자기 방으로 달려가 침대 옆의 서랍장을 뒤졌다. 아스피린이라도 찾아볼 생각이었는데, 서랍에서 나온 것은 카올린과 모르핀 혼합액*이었다. 갈색 병을 집어 들고 빛에 비춰 보니, 병 밑바닥에 가라앉은 백토 같은 카올린 침전물 위로 손가락 한두 마디 정도의 높이까지 액체가 남아 있었다. 그 액체는 거의 순수한 모르핀일 것이다. 이걸 먹이면 조금이라도 도움이 되지 않을까? 프랜시스는 부랴부랴 부엌에서 숟가락을 챙겨 릴리안의 거실로 돌아갔다. 릴리안은 눈물로 뺨이 얼룩진 채 웅송그리고 있었다. 그녀는 무슨 약이냐고 묻지도 않고 고분고분한 어린아이처럼 세 숟가락을 전부 받아먹고는, 눈을 꼭 감고서 쿠션에 기댔다.

모르핀이 고통을 조금 가라앉히긴 한 모양이었다. 몇 분이 지나자 그녀의 얼굴이 차차 풀어지더니, 벌어진 입술에서 떨리는 한숨이 길게 새어 나왔다.

프랜시스는 어머니 생각이 났다. 아래층에서 차분히 편지를 쓰고 있을 어머니. 여기서 무슨 일이 벌어지고 있는지 어머니가 안다면, 릴리안이 무슨 짓을 했는지 안다면….

* 진통제 기능을 하는 약물로 설사를 가라앉히는 효능이 있다.

릴리안이 프랜시스를 바라보며 말했다. "이거 너무 끔찍하지, 프랜시스. 이제 그만 아래층으로 가봐."

"안 돼."

"가줬으면 좋겠어. 어머님이 네가 어디에 있는지 궁금해하실 거야. 치 드실 시간이잖아."

릴리안의 말이 맞았다. 네 시가 훌쩍 지난 시각이었다. 하지만 이대로 내려가서 찻잔과 잔 받침을 꺼내고 빵과 버터를 접시에 올린다고 생각하면… 소름 끼쳤다. 엽기적인 일이었다!

"너를 두고 갈 순 없어."

"이제는 꽤 괜찮아졌어. 정말이야. 그리고 머지않아… 머잖아 너는 나를 두고 어디에도 갈 필요가 없게 될 거야. 우리끼리 살게 되면 우리 마음대로 지낼 수 있잖아. 안 그래? 하지만 지금 당장은 너희 어머니가 뭔가 잘못된 낌새를 알아차려선 안 돼. 렌이 어머님에게서 말을 전해 듣고 미심쩍어 해도 안 되고. 제발, 프랜시스. 몇 시간만 더 버티면 돼."

릴리안은 또 안달복달하는 어조였지만 눈빛은 한결 맑아졌다. 프랜시스는 이러지도 저러지도 못하고 고뇌하다가 결국은 릴리안에게 키스해주고 아래층으로 내려갔다. 그녀는 차를 끓이고, 응접실로 가져가서, 어머니와 어찌어찌 잡담을 나누었다. 날씨에 대해, 정원에 대해, 그리고…. 무슨 얘기를 했는지도 알 수 없었다. 말을 하는 족족 머릿속에서 날아가버렸다.

여섯 시에는 심지어 혼자 먹을 저녁 식사를 만든다고 파이 반죽을 빚었다. 요리를 하는 동안 어머니가 방에서 외출 준비를 하는 소리가 들려왔다. 어머니가 제발 더 서둘러줬으면 해서 애가 탔다. 프랜시스는 시곗바늘이 더 빨리 돌아가기를 간절히 바라며 시계를 쳐다보았다. 종일 해가 나지 않았던 하루가 저물고 달 없는 하늘에 석양이 깔리고 있었다. 플레이페어 부인 댁은 지척이긴 하지만, 어머니는 레너드가 습격을 당하고부터 약간 예민해진 터라서 프랜시스가 바래다주기를 바랄 것이다. 하지만 지난주에도 한 번 저녁 시간에 어머니를 그 집까지 바래다드렸다가 플레이페어 부인에게 붙잡히는 바람에 한 시간 반이나 대화에 끼어 있어야 했던 적이 있었다. 릴리안을 그렇게 오랜 시간 방치한다면 큰일이었다. 그래서 어머니가 부엌에 찾아왔을 때도 프랜시스는 믹싱 볼 안에 넣은 손을 거두지 않았다.

어머니는 주위를 맴돌면서 프랜시스가 일하는 모습을 지켜보았다. "정말로 같이 가지 않을 거니?"

프랜시스는 밀가루 범벅이 된 손을 들어 보였다. "이미 이걸 시작해버렸는걸요. 그리고 제가 막판에 끼어들면 괜히 카드 게임에 흥만 깨질 거예요."

"아… 그래, 알겠다."

어머니는 실망한 기색이 역력했다. 하지만 어쩔 수 없었다. 이번만은 안 된다. 오늘 밤만은. 어머니는 잠시 미적거리다가 코트 단추를 잠그고 인사를 했다. 어머니가 홀을 가로지르는 발소리에 이어 현관문이 쿵 닫히는 소리가 들렸다.

릴리안과의 정사가 시작되었던 시절과 얄궂도록 비슷했다. 그 즉시 프랜시스는 손에 묻은 밀가루를 털어버리고, 부리나케 앞치마를 벗고, 부엌을 뛰쳐나갔다. 그런데 계단을 오르다가 질겁하고 펄쩍 뛰었다. 계단 꼭대기에서 릴리안이 난간을 붙잡고 몸을 내밀고 있었던 것이다.

"어머니 방금 나가신 거지? 나 화장실 가야 해!"

프랜시스는 그녀에게 뛰어갔다. "밖에 추워. 요강을 써."

릴리안은 부득부득 계단을 내려왔다. "나 가야 돼, 프랜시스! 당장!"

릴리안의 몸놀림은 다급하면서도 조심스러웠다. 이런 상황이 아니었다면 우스꽝스러워 보였을 몸짓이었다. 마치 삼류 코미디언이 설사가 급하다는 시늉을 하려고 양 무릎을 붙이고서 고통스럽게 절뚝거리는 것과 비슷했다. 그러니 프랜시스에게는 그 자세가 부시부시하게만 보였다. 그녀는 떨리는 손으로 릴리안의 손을 잡고서 계단과 복도를 거쳐 부엌까지 부축해주었다. 나가기 전에 랜턴에 불을 붙이려고 했지만, 릴리안은 그 틈을 기다리지 않고 자기 혼자 어스름 깔린 뒷마당으로 총총 걸어 나가 화장실로 들어가버렸다.

릴리안은 화장실 문을 홱 열어젖힌 채 놔두었다. 프랜시스가 뒤따라 가보니 그녀는 변기 위에 맨다리를 드러내고 앉아 경기를 일으키듯 몸을 구부리고 있었다. 손에는 피에 젖은 생리대를 쥔 채. 프랜시스를 본 릴리안이 손을 내저으며 말했다. "오, 프랜시스. 가까이 오지 마! 보면 안 돼! 랜턴 내려놓고 저리 가라고! 아, 제기랄!"

그 욕설은 충격적이었다. 지금껏 릴리안이 욕을 하는 건 단 한 번도 들어본 적이 없었다. 하지만 한편으로는 기묘하게 안심이 되기도 했다. 절망이 아니라 분노가 폭발했다는 게, 인내심이 마침내 끊어지고야 말았다는 게, 오늘 겪어야 할 고생의 정점을 찍었다는 의미인 것 같아서였다. 프랜시스는 릴리안의 말대로 랜턴을 그 자리에 내려놓고 물러났다. 화장실 안에서 휴지를 부스럭거리는 소리가 나더니 물탱크에서 물이 꽐꽐 내려가는 소리가 들렸다. 그리고 잠시 정적이 흐르다가 또 휴지 소리가, 휴지를 한도 끝도 없이 풀어내는 소리가 이어졌고, 또 물 내려가는 소리가 났다.

드디어 릴리안이 밖으로 나왔다. 손에 랜턴을 들고 있으니 아래에서부터 올라오는 불빛을 받은 그녀의 얼굴이 섬뜩해 보였다. 릴리안은 변기 안에 피가 있다고, 물을 내려도 씻겨 내려가질 않더라고 말했다. 하지만 그것만 빼면 다 괜찮다고 했다. 모두 끝났다고.

릴리안은 그렇게 말하면서도 이를 딱딱 부딪치며 떨고 있었다. 프랜시스는 그녀를 집 안으로 데리고 들어간 뒤, 계단을 혼자 올라갈 수 있다는 걸 확인하고 먼저 방으로 올려 보냈다. 그리고 자신은 화장실로 돌아가서 조심조심 변기를 살펴보았다. 도자기 테두리에 붉은 피 얼룩이 묻어 있었고, 변기 밑바닥에는 당밀처럼 시커먼 덩어리 같은 게 고여 있었다. 프랜시스는 변기 솔로 그걸 흩트린 다음 휴지를 밀어 넣고 물을 내렸다. 두 차례 더 하고 나니 물이 비로소 맑아졌다.

위층으로 올라가보니 릴리안은 소파에 앉아 덜덜 떨고 있었다. 뺨에 머리카락이 들러붙어 있었는데, 땀 때문인지 밤이슬 때문인지 알 수 없었다. 프랜시스는 그녀가 덮은 담요를 더 단단히 고쳐 둘러주고, 슬리퍼를 벗기고 발가락과 손가락을 녹여주었다. 꼭 희고 빳빳한 식물 뿌리를 만지는 것 같았다. 아까 데워두었던 물병이 식어버렸기에, 부엌으로 가서 물 주전자를 불에 올리고 겸사겸사 먹을 것도 찾아보았다. 릴리안은 하루 온종일 빈속이었다. 음식이라곤 아무것도 없었지만 그나마 쇠고기 즙이 든 병이 눈에 띄었다. 그걸 한 숟갈 덜어다가 고깃국물을 끓이고, 말라버린 빵 한 조각을 곁들여 거실로 가져갔다. 릴리안은 대번에 낯을 찌푸리며 고개를 돌렸다. 하지만 결국은 식사를 받아들였고, 일단 먹고 나니 몸의 떨림이 잦아들면서 뺨에 혈색이 돌아왔다. 마음도 한결 편안해진 게 눈에 확연히 보였다.

이윽고 릴리안이 한숨을 쉬더니 잠잠해졌다. 프랜시스는 그녀에게 한 팔을 둘러주었다. 둘은 기진맥진한 채 서로에게 기대었다. 벽난로 석쇠 너머에서 바직바직 타오르며 너울거리는 불꽃을 보고 있으니 방 안이 비현실적으로 아늑하게 느껴졌다. 선반 위의 시계는 일곱 시

이십 분을 가리키고 있었다. 얼마나 힘겨운 하루였던가! 프랜시스는 비틀어 쥐어짠 행주가 된 기분이었다. 하지만 결국은 릴리안이 장담했던 대로 일이 잘 풀렸다는 게, 심지어 시간 계산까지도 빈틈없이 맞아 떨어졌다는 게 기쁘기 그지없었다. 어머니가 플레이페어 부인 댁에서 돌아오려면 얼 시 만큼은 되어야 힐 거고, 레니드는 삘라도 얼한 시 이후에나 돌아올 터였다. 서로 몸과 마음을 수습할 시간이 세 시간은 족히 남은 것이다.

프랜시스는 릴리안의 정수리에 입을 맞추고 부드럽게 말했다. "좀 어때?"

릴리안은 프랜시스의 손을 만지면서 한숨을 쉬었다. "별로 심하진 않아. 그냥 살살 아린 정도야. 오후 때처럼 그렇게 아픈 건 아니야."

"아까 너 보고 까무러칠 뻔했잖아! 네가 죽는 줄 알고 얼마나 무서웠는데."

릴리안이 뒤로 약간 물러나 프랜시스를 올려다보았다. "그랬어?" 그녀의 얼굴에는 설핏 미소마저 떠올라 있었다.

"네 말보다 훨씬 더 고약한 것 같았어. 내가 대신 아팠으면 좋았을걸."

"그건 절대로 안 되지."

"그럼 절반만. 너랑 나랑 반반씩."

릴리안은 고개를 저었다. "아니야. 이건 내 고통이고, 내가 견뎌낼 몫이야. 렌과 함께했던 나의 옛 삶이 내 안에서 빠져나간 거니까. 그래서 그렇게 아팠던 거고. 하지만 이제는 한결 나아."

둘은 다시 서로에게 기대고서 눈을 감고 손을 맞잡았다.

릴리안은 피가 생리대 밖으로 새어 나가서 소파에 묻을까 봐 못내 불안해했다. 두어 번 손으로 허벅지 밑을 만져보다가 그예 일어서더니, 프랜시스에게서 조심스럽게 몸을 돌리고 치맛자락을 걷어 올려 상태를 확인했다. 그토록 얌전하게 행동하는 모습을 보니 새삼 애틋했다. 릴리안은 신음을 흘리면서, 출혈은 줄어들고 있지만 다리도 스타킹도 슬립도 온통 피칠갑이 됐다고, 더 졸음이 오기 전에 우선 몸부터 씻고 생리대를 갈아야겠다고 말했다.

프랜시스는 무거운 몸을 일으켜 부엌으로 가서 물그릇과 비누, 수건을 챙겼다. 거실로 돌아가 보니 릴리안은 엉덩이에 걸쳐진 가느다란 리넨 벨트에 꽂아놓은 피투성이 생리대를 빼내고 있었다. "앗, 보지 마!" 그녀는 하루 종일 외쳤던 말을 되풀이했다. 하지만 얼마나 고단한지 핀들도 제대로 못 뽑고 쩔쩔매기에, 프랜시스는 물그릇을 내려놓고 다가가서 도와주지 않을 수 없었다.

피에 흠뻑 젖어 묵직해진 생리대는 날고기 조각처럼 보였다. 프랜시스는 그걸 최대한 뭉친 다음, 달리 버릴 데가 없어서 벽난로 앞의 재투성이 바닥돌 위에다가 놔두었다. 한편 릴리안은 물그릇 위에 비칠비칠 쪼그려 앉아 가랑이에 비누칠을 하고 헹구었다. 물이 점점 분홍빛으로 물들어가더니 아예 새빨갛게 변했다. 그 자세로 쭈그리고 있으니 피가 또 한 차례 쏟아져 나온 탓이었다. 프랜시스는 조마조마한 마음에 그 광경을 주시했는데, 마치 번들거리는 검붉은 실이 떨어져 내리는 것처럼 보였다. 그녀는 릴리안을 부축해 일으켜 세워주고 수건으로 허벅지를 닦아준 뒤, 새 생리대를 갈아 끼우고 벨트에 고정하는 것을 도와주었다. 다시 치마를 꿰어 입은 릴리안은 힘겨운 한숨을 내쉬며 소파에 털썩 주저앉았다. 그리고 옆으로 비스듬히 늘어져 소파 팔걸이에 얼굴을 괴었다.

프랜시스는 피로 얼룩진 패티코트며 스타킹을 줍고, 오싹한 핏물이 든 그릇을 집어 들고서 문 쪽으로 걸음을 옮겼다. 게슴츠레한 눈으로 그녀를 바라보고 있던 릴리안이 입을 열었다. "정말 미안해, 프랜시스. 오늘 지독하게 끔찍했지. 그런데도 너는 무척 친절하게 도와줬어. 너 아닌 다른 사람에게 이런 모습을 보였다면 나는 차라리 죽었을 거야."

프랜시스는 잠시 머뭇거리다가 대답했다. "너는 네가 용감하지 않다고 했었지."

릴리안은 영문을 모르는 표정으로 그녀를 마주 보았다.

"예전에 너는 용감하지 않다고 말했잖아. 그런데 오늘 너의 모습을 봐, 얼마나 용감했는지."

릴리안의 눈에 눈물이 고였다. 그녀는 아무 대답도 못 하고 고개만 가로저었다. 검은 머리카락이 축 늘어졌고, 얼굴은 여전히 창백했고, 입술은 바싹 말라 있었다. 그런데도 프랜시스는 릴리안을 바라보며 평생 누군가를 이토록 마음 깊이, 이토록 순전히 사랑하기는 처음이라고 생각했다.

프랜시스는 손에 든 물그릇을 고쳐 잡고서 방문의 손잡이를 돌리고, 발로 문을 밀어 열었다. 그리고 뒤뚱뒤뚱 걸음을 옮겨 회랑으로 빠져나갔다.

그런데 계단 모퉁이에, 외투 단추를 끄르며 올라오고 있는 레너드가 보였다.

화들짝 놀란 나머지 손 안의 그릇이 흔들렸다. 하마터면 물이 흘러넘칠 뻔했다. 프랜시스는 혼란과 공포로 마비되어 그 자리에 얼어붙었다. 레너드는 여느 저녁과 별다를 것 없는 여상스러운 분위기로 그녀를 향해 다가오면서, 딱히 반갑지는 않겠지만 그래도 한 손을 들어 보이며 피곤한 듯 인사했다. 그러다가 프랜시스의 태도가 어딘가 이상하다는 것을 알아차린 듯했다. 계단을 다 올라온 그는 프랜시스의 손에 들린 피투성이 옷가지와 그릇을 보고야 말았다. 숨길래야 숨길

도리가 없었다. 레너드의 눈초리가 날카로워졌다.

"무슨 일이죠?"

프랜시스는 가당찮은 대꾸를 했다. "아무것도 아니에요."

"릴리에게 무슨 일이 생겼나요?"

레너드는 계단 꼭대기의 기둥에 모자를 걸어놓고, 프랜시스를 밀어 젖히며 거실로 뛰어갔다. "릴리! 대체 무슨 일이야?"

일단 피를 없애야 한다는 생각밖에 들지 않았다. 프랜시스는 허둥지둥 아래층 부엌으로 내려가 핏물을 개수대에 쏟아 버리고, 수돗물을 틀어놓고 붉은 물이 빠질 때까지 기다리다가, 개수대에 튄 핏방울을 대강 훔쳐냈다. 패티코트와 스타킹도 물에 헹궈봤지만 그러면 그럴수록 더 얼룩지기만 했다. 하는 수 없이 둘 다 빈 그릇에 집어넣고, 자신의 방으로 가져가서 바닥에 아무렇게나 내려놓았다. 그리고 밖으로 나와서 문을 닫았다.

프랜시스는 젖은 손을 치맛자락에 문질러 닦으며 거실로 향했다.

소파 앞에 외투 차림으로 앉아 있는 레너드의 뒷모습이 보였다. 릴리안은 일어나 앉은 채 레너드에게 붙잡힌 손을 빼내려 하고 있었다. "나는 괜찮아." 그녀는 그렇게 말하며 미소를 지었다. 창백하고 경직된 얼굴에 떠오른 그 미소는 무시무시해 보였다. 눈 주위가 퀭하다 못해 멍 든 것처럼 시커맸다. 프랜시스와 눈이 마주치자, 릴리안은 겁에 질린 얼굴로 그녀를 하릴없이 올려다보았다.

레너드가 프랜시스 쪽으로 고개를 획 돌렸다. "언제부터 이런 겁니까?"

그녀가 뭐라고 말하기도 전에, 릴리안이 아까 프랜시스가 한 대답과 똑같은 대답을 했다. "아무것도 아니야, 렌."

레너드는 릴리안을 돌아보았다. "아무것도 아니라고? 무슨 헛소리야, 그런 몰골을 하고선! 아까 프랜시스가 피를 한 양동이쯤 들고 가는 것 다 봤어. 그리고… 하느님 맙소사, 저건 또 뭔데?" 그는 벽난로 앞 바닥에 놓인, 둘둘 뭉쳐진 생리대를 가리켰다.

릴리안의 미소가 더더욱 무시무시해졌다. "생리 중이라서 그렇지 뭘. 이번따라 유난히 심하네 왜 이런지 모르겠어. 프랜시스가 도와주고 있었어. 잠깐, 뭘 보는 거야? 보지 마! 그냥 생리대잖아. 보지 말라니까! 그런 걸 보려고 하는 남편이 어딨어!" 릴리안은 레너드의 얼굴을 자기 쪽으로 잡아 돌렸다. "당신은 왜 집에 있는 거야? 왜 벌써 왔어? 찰리 만나는 거 아니었어?"

"찰리가 일찍 가야 한다기에 맥주 두어 잔만 마시고 일어났어."

"들어오는 소리가 안 들렸는데."

"캠버웰행 버스를 타고 와서 후문으로 들어왔으니까. 당신 얼굴이 엉망진창이야, 릴리. 다른 때는 이러지 않았잖아."

"그러게, 이번 생리는 유난히 힘들어."

"아까 그 그릇 봤을 때…."

"그건 그냥 물이야."

"물처럼 보이지는 않던데."

레너드가 프랜시스를 향해 고개를 틀었다. 프랜시스는 문손잡이를 잡고서 문 바로 안쪽에 서 있던 참이었다. 다리가 도저히 그 이상 움직여지질 않았다. "이 사람 오늘 종일 이랬어요?" 레너드가 물었지만, 프랜시스는 말문이 막힌 채 그를 바라보기만 했다.

릴리안이 대신 대답했다. "걱정하지 말래도. 아무것도 아니라니까."

레너드는 릴리안을 돌아보았다. "왜 자꾸 그렇게 말하는 거야? 무슨 문제냐고?"

"아무 문제없어. 나는…."

릴리안은 말을 이어나갈 여력이 없는 것이 역력했다. 목소리가 떨렸고, 미소는 더욱 팽팽해져서 기괴해 보이기까지 했다. 레너드의 당혹스러운 눈길 앞에서 릴리안은 쿠션에 풀썩 널브러지더니 손으로 눈을 덮었다. 그러다가 마침내 손을 내려뜨리고는 패배감 어린 투로 말했다.

"말하고 싶지 않았는데, 렌, 아무래도… 나 유산한 것 같아. 그래서 이렇게 심한 모양이야."

그 순간 레너드는 흘끔 프랜시스의 눈치를 보았다. 그의 모래 빛깔 속눈썹이 파르르 떨렸다. 레너드는 릴리안을 다시 마주 보고 나지막한 목소리로 물었다. "도대체 왜 말 안 한 거야?"

"모르겠어. 그냥 몇 주밖에 안 돼서, 그리고…."

"의사는 만나봤어? 오늘 말이야. 오늘 진찰받았어?"

"의사는 필요 없었어. 프랜시스가 돌봐줬거든… 왜 그래, 뭐 하려고?"

레너드는 일어서고 있었다. "지금 몇 시지?" 여덟 시 사십오 분을 가리키는 시계를 보고 그는 말을 이었다. "그렇게 늦은 시간은 아니니 지금 달려가서 의사를 부르면 될 거야. 여기서 가장 가까운 의사 집이 어디죠?"

릴리안은 질겁해서 레너드를 끌어당겼다. "제발, 렌. 의사는 부르지 말자. 그럴 필요 없어. 이미 다 끝났단 말이야."

"누가 당신 상태를 봐줘야 할 거 아니야."

"의사가 볼 건 아무것도 없어. 돈만 버리는 짓이라고. 게다가 곧 레이 부인이 오실 텐데, 한바탕 야단이 날 거 아냐. 창피해서 싫어. 제발, 렌."

"아무리 그래도 그렇지, 당신 다 죽어가는 꼴이잖아! 프랜시스, 내

414

말이 맞죠? 근처 의사가 어디 사는지만 말해줘요."

프랜시스는 대답할 말이 전혀 떠오르지 않았다. 너무나 수치스럽고 발가벗겨진 기분이었다. 성공의 기쁨, 아늑한 방, 애틋한 감정… 그 모든 게 깡그리 사라졌다. 릴리안이 무릎을 딛고 몸을 일으켰다. 그러자 담요가 흘러내리면서 배에 대고 있던 뜨거운 룰멍이 바닥에 탁 떨어졌다. 그녀와 눈이 마주친 순간 프랜시스는 경고의 뜻으로 다급히 머리를 흔들어 보였다.

그런데 하필 그 순간 레너드가 프랜시스를 돌아보았다. 그녀는 움찔 눈을 깜빡였다가 시선을 떨구었다. 레너드는 가만히 서서 프랜시스를 뜯어보더니 표정이 변했다. "이게 지금 뭐하는 상황입니까?" 프랜시스가 묵묵부답이자 그는 재차 물었다. "프랜시스. 뭐냐고요." 그러고는 무언가를 알아차린 듯 얼굴이 말갛게 걷혔다. 그는 아내에게 고개를 돌렸다. "당신 설마…."

릴리안은 죄책감에 겨워 급하게 변명을 늘어놓았다. "저절로 유산된 거야. 아침에 일어나보니 저절로 나왔다고. 맹세해, 렌."

레너드는 말없이 그녀를 쳐다보기만 했다. 그가 침묵하자 릴리안은 더욱 절박하게 큰소리를 쳐댔다. "프랜시스, 네가 렌에게 말해줘. 아침에 나를 봤잖아. 애가 저절로 나왔다고 내가 그때 말했잖아. 그치? 내가 분명… 악!" 릴리안이 몸을 뒤로 젖히고는 배를 두 손으로 움켜잡았다. "아아, 너무 아파!"

그걸 본 순간 프랜시스는 방 안으로 걸어 들어갈 수밖에 없었다. 반면 레너드는 자기 자리에서 꿈쩍도 하지 않고 냉랭하게 말했다. "그렇게 아프다면 내가 의사를 부르게 놔두지, 왜? 의사한테 뭘 들킬까 봐 겁나는 모양이지?"

"이러지 마, 렌."

"어처구니가 없군. 아니, 프랜시스. 그 사람 가만히 놔둬요." 레너드는 릴리안의 어깨에 담요를 둘러주던 프랜시스의 팔을 붙잡고 끌어냈다. "내 사랑스러운 아내가 혼자 저러고 있게 놔두라고요. 자기가 무슨 짓을 했는지 이실직고할 때까지."

"그만해, 렌." 릴리안이 힘없이 말했다.

"왜? 프랜시스에게 알리기 싫어서? 부끄럽나 보지? 아니라고? 그럼 말해보지그래. 어디 한번 해보라니까. 아니면 내가 말해줘? 그래, 아예 레이 부인도 불러서 말씀드릴까? 응?"

레너드는 아직도 프랜시스의 팔을 붙들고 있었다. 프랜시스는 그의 손을 뿌리치려고 애쓰다가 결국 입을 열었다. "그만해요, 레너드."

"아니, 안 돼요. 나는 릴리가 당신에게 털어놓는 걸 꼭 들어야겠으니까."

"레너드, 제발 좀!" 프랜시스가 벌컥 소리치자 레너드는 그녀의 얼굴을 돌아보았다. 프랜시스는 눈을 깜빡이며 그의 시선을 피했다. "제발요. 가뜩이나 힘든 하루였다고요."

프랜시스의 태도와 죄책감 어린 분위기에서 속내가 뻔히 드러난 모양이었다. 레너드는 그녀의 팔을 놓으며 되물었다. "설마, 같이 한 거였습니까? 이런 제기랄! 믿을 수가 없군!"

릴리안이 말했다. "프랜시스는 나를 돌봐준 거야."

"오, 돌봐줬다고. 아무렴 그랬겠지." 레너드는 기름 바른 머리에 한 손을 올렸다. "맙소사! 여자들끼리는 이런 작당까지 한단 말이야? 그러면서 남자들이 여자를 교활하다고 하면 발끈하지! 도대체 지금껏 몇 번이나 저지른 거야? 아니, 나를 봐. 내 말 똑바로 들어. 당신이 얼마나 아프든 난 눈 깜짝도 안 해." 레너드가 릴리안의 앞에 다가섰다. "몇 번이나 했어? 처음 했을 때 이후로?"

릴리안은 신음을 흘렸다. "멍청한 소리 하지 마."

"당신은 나한테 이런 식으로… 앙갚음? 비난? 뭐 그런 걸 하려는 의도인가 보지?"

"당신하고는 아무 상관없는 일이야."

"나하고 아무 상관이 없어? 넘병할!" 그의 얼굴이 일그러졌다. "오, 당신을 차마 볼 수가 없어. 역겨워서 속이 뒤집어져. 도대체 뭐가 불만이야, 여보? 당신이 뭘 원하는 건지 도통 모르겠어. 셰브니 거리에서 못 살겠다기에, 그래, 원하는 대로 여기로 분가도 했잖아. 돈도 쪼들리지 않게 벌어다주고, 당신이 집 안을 빌어먹을 매음굴처럼 꾸며놔도 그러려니 해줬잖아! 그런데 애를 왜 못 낳겠다는 거야? 애가 방 장식을 망칠까 봐? 실크 리본이 인생의 전부는 아니야. 알아들어?"

릴리안은 아픈 배를 끌어안고 말했다. "리본 따윈 상관없어. 장식도 상관없어. 그렇게 이해가 안 돼? 나는 '당신'을 사랑하지 않는 거야."

"아, 그러셔? 나도 새로운 소식 한 가지 알려줄까? 나 역시 당신이 딱히 좋아 죽겠는 건 아니야. 하지만 어쩌겠어, 같이 붙어 살아야 하는데?"

"안 살면 되지."

레너드는 손으로 입을 문질러 닦으면서 대꾸했다. "오, 말이 되는 소리를 해."

"말 되는 소리야. 나… 난 진심이야, 레니. 프랜시스도 알아. 우리는 서로를 너무 불행하게 만들어. 더 이상은 견딜 수 없어. 나 당신과 따로 살고 싶어."

레너드는 자기 수염에 손을 댄 채 멈칫하고 릴리안을 쳐다보았다. "뭐라고?"

"별거하자고! 그럼 내가 이 짓을 왜 했겠어?"

그건 레너드가 들이닥친 이래 릴리안이 처음으로 꺼낸 진심이었다. 그 말이 진담이라는 것에는 오해의 여지가 없었다. 레너드는 그녀의 얼굴을 응시하다가 머리를 수그리더니, 고개를 돌리면서 입가에 댔던 손을 거두었다. 프랜시스는 언뜻 그의 옆얼굴에 떠오른 표정을, 그 뒤 틀어진 이목구비를 보았고, 혹시 울려는 건가 싶어서 더럭 겁이 났다. 그런데 도리어 그가 피식 웃어버려서 더더욱 질겁하고 말았다.

레너드의 웃음은 가면이 떨어져 나가듯 순식간에 사라졌다. 그는 으스스할 만큼 단조로운 어조로 물었다. "어떤 자식이야?"

릴리안이 어깨를 늘어뜨렸다. "오, 이럴 줄 알았어. 당신이 이렇게 나올 줄 알았어!"

"어떤 놈이냐고."

"이건 남자 문제가 아니야! 모르겠어? 그저 당신에게서 벗어나고 싶단 말이야! 나는 나 자신의 인생을 살면 안 돼? 취직을 할 작정이야. 대학도 다닐 거고."

레너드의 입꼬리가 실긋 올라가면서 밀집된 치아가 드러났다. "취직?"

"왜, 못 할 거 있어? 당신 처음 만났을 때도 나는 일하고 있었어."

"새아빠 가게에서 속바지나 팔던 것 가지고! 진짜 직장에 들어가면 당신이 얼마나 버틸 수 있을지 궁금하군. 그리고 뭐, 대학? 그걸 나더러 믿으라는 거야?"

"당신이 믿든 말든 상관없어."

"아, 웃기지 마. 당신이 나를 떠나려는 이유는 딱 하나밖에 없어. 어떤 불쌍한 얼간이가 당신을 따먹을 수 있게 해주려고 그러는 거겠지." 레너드가 프랜시스를 돌아보았다. "당신은 이걸 다 알고 있었던 겁니까? 맙소사, 둘 사이에 무슨 음모가 있을 줄 알았어! 내가 등을 돌리기만 하면 속닥거리고 짤짤거리는 게 왠지 수상쩍더라니! 당신 어머니가 외출할 때마다 그 자식을 집으로 끌어들인 거요? 둘이 붙어먹는 동안 당신이 망을 봐줬나 보지? 편지도 전해주고? 그런데 나는 당신을 친구라고 생각했던 거로군."

"그런 게 아니야!" 릴리안이 프랜시스보다 먼저 나서서 소리쳤다.

레너드는 들은 척도 하지 않았다. "어디서 만났지?" 그의 푸른 눈동자에 돋았던 서슬이 살짝 가라앉았다. 불륜의 정황을 머릿속으로 이리저리 짜 맞추는 소리가 들리는 것만 같았다. "여름에 그 파티에서였나? 처형네 파티에서? 월워스 거리에 사는 자식이야? 아일랜드인 떠돌이 건달 놈들 중 하나? 아니면… 아, 자전거 탈 때 바지에 묶는 밴드를 맨날 차고 다니는 그놈! 이름이 뭐더라? 어니?"

"남자는 없다니까!" 릴리안이 악을 썼다.

찢어지는 비명에 가까운 그 소리에 프랜시스는 화들짝 놀랐다. 그런데 레너드는 눈썹도 까딱하지 않고 핏대를 올렸다. 그 남자가 누구냐, 어디에 사냐, 언제 만났냐, 언제 시작됐냐, 얼마나 오래 바람을 피운 거냐…. 레너드는 서서히, 그러나 확실히, 이성도 체면도 잃어가고 있었다. 침을 튀겨가며 말하느라 입술과 수염이 젖어들 정도였다. 그는 엄지와 검지로 입가의 침을 닦고는, 한 팔을 크게 휘둘러 소파에 있는 릴리안과 담요와 벽난로의 생리대를 가리켰다. "이것도 다 그런 이유였어?" 그가 섬뜩하도록 의기양양하게 따져 물었다. "딴 남자 애를 배서 지웠던 거야? 빌어먹을, 그런데 나는 한 순간이라도 당신을 안쓰럽게 여겼다니!"

프랜시스는 공포에 휩싸였다. 릴리안을 보니 그녀도 공포스러운 기색이었다. 단순히 긴장감과 불행한 분위기만 흘렀던 거실 안이 이제는 실질적인 위험에 빠져드는 것 같았다. 프랜시스는 어머니가 집에

올지도 모른다는 생각에 겁이 났다. "레너드, 그만 좀 해요." 그녀는
거듭 레너드를 말렸다. "이럴 필요 없어요. 제발 좀, 진정하라고!" 그
러나 레너드는 프랜시스를 완전히 무시했고, 마침내 잠잠해졌다 싶
더니 이번에는 눈을 이리저리 두리번거리며 무언가를 찾기 시작했
다. 그러다가 릴리안의 핸드백에 시선이 닿자 성큼성큼 걸어가서 그
걸 집어 들고는, 걸쇠를 풀어 열고 거꾸로 뒤집었다. "안 돼, 하지 마!"
릴리안이 외치며 그에게 뛰어가려 했지만 이미 가방의 내용물이 쏟
아져 나온 뒤였다. 종이와 동전, 우표, 빗, 립스틱이 바닥에 온통 나뒹
굴었다. 레너드는 그걸 아무렇게나 헤집어댔다. 그가 불륜의 증거를
찾으려 한다는 걸 깨달은 프랜시스는 간담이 서늘해졌다. 거기서 아
무것도 찾지 못한 레너드는 방 안을 다시 둘러보더니 릴리안의 반짇
고리 바구니를 낚아채서 뒤집어엎었다. 털실 뭉치, 바늘통, 종이 옷본,
무명실 실패, 자투리 천 따위가 우수수 쏟아졌고, 조그마한 통 하나가
융단 위에 부딪혀 열리자 그 안에서 모조 진주가 달린 침핀들이 무수
히 터져 나와 공중으로 날아갔다.

　그 핀들이 최후의 결정타가 된 듯, 릴리안이 울음을 터뜨렸다. "나
가! 당신이 증오스러워!" 그녀는 레너드에게 쿠션을 집어 던졌다.

　노란 쿠션이 그의 어깨에 맞고 튕겨나가 바닥에 펼쳐진 아수라장
한가운데에 떨어졌다. 레너드는 그 물건들을 헤치고 걸어가 릴리안의
위팔을 붙잡고 흔들었다.

　"누구야? 그놈 누구냐고?"

　"남자 없다고 했잖아!"

　"오, 날 모욕하지 마. 누군지 말해. 잡아 죽여버릴 테니까!"

　레너드의 손아귀 안에서 릴리안은 무슨 물건처럼 흔들렸다. 마치
융단이나 식탁보를 탈탈 털어 빵 부스러기를 떨어내는 걸 보는 듯했

다. 프랜시스는 뛰어가서 그의 손가락을 떼어내려 했지만 도무지 떨어지질 않았다. 급기야 그의 칼라 뒷덜미를 붙잡고 끌어당기자 레너드는 어깨로 그녀를 밀쳐버렸다. 프랜시스는 비틀거리며 뒤로 물러났고, 레너드는 릴리안을 계속 흔들면서 얼굴에 대고 윽박질렀다. "누구야? 이름 붙어. 어디 사는 놈이야? 말해!"

더 이상은 참을 수가 없었다. 프랜시스의 안에서 무언가가 툭 끊어진 것 같았다.

"내가 그 남자야, 레너드!" 그녀가 고함쳤다. "내가 바로 그 남자야. 알겠어? 릴리안과 나는 연인 사이야. 몇 달 전부터 그랬어."

지금껏 숱하게 상상했던 말이었다. 레너드의 면전에서 이런 말을 할 기회가 오기를 바라고 또 바라왔다. 홀로 침대에 누워, 릴리안의 옆에 레너드가 있다는 생각을 하며, 외로움과 분노에 사무쳐 잠들어야 했던 그 수많은 밤마다…. 하지만 지금 이 상황은 그녀가 꿈꿔왔던 환상과 전혀 달랐다. 그녀의 목소리는 새되게 갈라지고 떨렸고, 승리감 따위는 전혀 느껴지지 않았다. 정말이지 일말의 승리감도 없었다. 레너드는 프랜시스의 간섭이 마냥 성가신 듯 또 그녀를 밀치고 아내를 제대로 붙잡을 기세였지만, 프랜시스의 표정을 보고서야 그 말뜻이 비로소 머리에 들어온 모양이었다. 그는 그 자세 그대로 굳은 채 손을 놓았다. 릴리안은 소파에 팍삭 널브러졌다. 그녀는 눈물로 얼룩덜룩해진 얼굴을 수그린 채, 죄책감이 뻔히 드러나는 눈으로 그를 올려다보았다. 레너드가 입을 열었다. "사실이야? 프랜시스가 한 말?"

잠시 망설인 끝에 릴리안은 고개를 끄덕였다.

레너드는 프랜시스를 돌아보았다. 그 숨김없는 눈빛을 마주한 순간, 프랜시스는 자신이 얼마나 완벽하게 그를 배신했는지 깨달았다. 그는 얼굴을 실룩거리다가, 입을 한일자로 앙다물고서 몇 차례 콧바람을 씨근거렸다. 그리고 두 여자 모두에게서 등을 돌리고는 소파에서 두세 발짝 물러났다.

그런데 별안간 다시 돌아섰다. 프랜시스는 그가 또 릴리안을 어떻게 하려는 줄 알고 다가가 막으려 했다. 그런데 레너드는 곧장 프랜시스에게 들이닥쳐 그녀의 목을 팔로 휘감고서 문 쪽으로 끌어당겼다.

"나가! 내 아내한테서 떨어져, 이 변태년아!"

그 충격에 프랜시스는 휘청거렸고, 덩달아 레너드도 쓰러질 뻔했다. 둘은 함께 융단 위를 비틀비틀 가로질렀다. 털실, 종이, 뜨개실, 핀 따위가 슬리퍼 밑창 아래에서 미끄러지는 게 느껴졌다. 릴리안이 흐느껴 울며 프랜시스를 놓아달라고 애원하는 소리가 들렸다. 하지만 레너드의 손아귀는 우악스럽고 무시무시했고, 목을 단단히 감은 그의 팔은 풀어질 기미가 없었다. 그의 옷소매가 목에 쓸려서 피부가 불에 덴 듯 화끈거렸다. 프랜시스는 어깨로 레너드를 밀쳐내려고 몸을 비틀면서 그의 코트 자락 안으로 손을 밀어 넣었다. 그러다 보니 둘은 팔다리를 뒤얽고 얼굴을 맞부딪히며, 연인 못지않게 꽉 그러안은 자세가 되었다. 타는 듯한 그의 뺨에서 배어나는 열기와 까끌까끌한 수염이 그대로 느껴졌다. 프랜시스는 몸을 비틀어 간신히 그에게 등을 돌리고서 발로 바닥을 단단히 딛고 버텼다. 그러자 레너드는 그녀의 목에서 손을 풀고 더 아래쪽 부위를 잡으려고 몸을 더듬어 내려갔다. 그의 손이 한쪽 젖가슴을 아프도록 움켜쥐었다가 떨어지더니, 마침내 겨드랑이를 찾아내서 더더욱 아프게 거머잡았다.

귓가에 바싹 달라붙은 레너드의 입에서 세찬 입김과 끙끙거리는 신음이 연거푸 쏟아져 나왔다. 그 소리들 너머로 릴리안의 애걸복걸하는 목소리가 들려왔다. 어깨에 뭔가가 자꾸 스치고 눌리는 느낌이 나

422

는 걸 보니, 릴리안이 둘을 떼어놓으려고 손으로 뜯어말리고 있는 모양이었다. 그러다가 레너드의 등을 주먹으로 두들겼는지, 그의 몸에 가해진 가벼운 충격이 프랜시스에게도 둔하게 전해져왔다.

레너드가 프랜시스의 발목을 걸어찼다. 둘은 함께 앞으로 기우뚱거렸다. 다시 몸을 똑비로 세운 순간, 레너드가 릴리안에게 또 한 번 얻어맞는 감각이 전해졌다. 그런데 이번에는 사뭇 다른 소리가 났다. 퍽하는 소리이긴 했는데, 크리켓 방망이로 젖은 공을 후려친 것처럼 질척한 느낌이었다. 레너드는 요란한 신음과 함께 숨을 토해냈다. 그리고 프랜시스를 꿇어앉히려는 듯 그녀의 어깨를 내리누르다가, 손아귀의 힘이 풀어지면서 바닥에 털썩 엎어졌다. 프랜시스는 그가 미끄러운 카펫 위에서 발을 헛디뎠는 줄 알았다. 고개를 돌리니 레너드에게서 몇 발짝 뒤에 떨어져 있는 릴리안이 보였지만, 그녀의 손에 쥐인 곤봉 같은 것도 보였지만, 그 순간 '저게 뭐지? 재떨이! 스탠드 재떨이잖아!'라는 생각이 뇌리를 스쳤지만, 릴리안이나 재떨이가 레너드가 쓰러진 것과 하등의 연관이 있으리라는 생각은 전혀 하지 못했다. 그녀는 레너드가 다시 일어나 자신을 붙잡기 전에 얼른 벗어나야 한다는 생각뿐이었다.

그런데 릴리안의 얼굴에 떠오른 표정이 눈에 들어왔다. 그녀의 눈길을 좇아 시선을 내려보니, 레너드는 다시 일어나기는커녕 그 자리에 잠잠히 엎드려 있었다. 얼굴이 카펫에 눌려 찌부러지고 두 팔을 자기 가슴 밑에 깔아뭉갠 채로 얕고 힘겹게 숨을 쉬고 있었다. 모습도 그렇고 숨소리도 그렇고, 꼭 고주망태가 된 술꾼처럼 보였다. 귓가로 추켜올려진 외투 옷깃 때문에 뒷머리는 그림자에 파묻혀 보이지 않았다.

프랜시스는 숨을 헐떡이며 손으로 무릎을 짚고서 몸을 굽혔다. 가슴이 쿵쾅거렸다.

"어떻게 된 거야? 릴리안, 뭐야? 때렸어? 뭘 한 거야?"

릴리안은 눈을 깜빡거렸다. "나는 그냥 렌을 너한테서 떼어내려고…." 그녀는 재떨이가 자기 손에 왜 들어와 있는지 모르겠다는 듯 어리벙벙한 눈빛으로 그걸 내려다보았다. 그리고 진저리를 치면서 재떨이를 팽개치고, 레너드를 향해 조심조심 다가갔다.

"렌?" 릴리안은 그를 불렀다. "렌? 레니?" 레너드가 아무 반응도 없자, 릴리안은 그의 옆에 쪼그려 앉아 어깨를 한 손으로 짚고 외투 옷깃을 젖혀보았다. 그러더니 비명을 지르며 펄쩍 뛰어 물러섰다.

머리 옆면에서 피가 흐르고 있었다.

프랜시스의 심장이 철렁 멎었다가 마구 날뛰었다. 그녀는 지혈할 만한 것을 찾으려고 주위를 미친 듯이 두리번거리다가, 노란 쿠션을 가져와서 그걸로 상처를 눌렀다. 쿠션을 최대한 꽉 누르면서 그의 머리를 조심스럽게 돌려 얼굴을 확인했다. 그런데 얼굴이… 아아, 그의 얼굴은 무시무시했다. 눈꺼풀이 열려 있는데 눈동자에는 초점이 없었고, 벌어진 입술은 머리가 바닥에 놓인 각도대로 쏠려서 비정상적인 모양으로 실그러져 있었다. 무엇보다도 끔찍한 건 그 사이로 삐져나온 혀였다. 선명한 분홍색의 혀가 제멋대로 튀어나온 모양만도 충격적인데, 그 끝에서 침 한 줄기가 흘러내려 요란한 빛깔의 카펫 위에 떨어지고 있었다. 그의 호흡이 점점 더 거칠어지면서 코를 골듯이 그르렁거리고 씨근덕거리는 소리가 새어 나왔다. 피가 뺨으로 줄줄 흘러내려 흰 옷깃을 적셨다.

프랜시스는 쿠션을 계속 누르면서 레너드를 탁탁 쳤다. "레너드. 레너드!" 그에게서 무슨 반응이 나오기를 바랐다. 뭔가 정상적인, 무섭지 않은 반응이 나오기를 바랐다.

"오, 그 사람 좀 깨워줘!" 릴리안이 울부짖었다. 그녀는 이제 공포에 질려 울고 있었다.

프랜시스는 그의 어깨를 흔들었다. "레너드. 렌. 내 말 들려요?"

그러나 레너드는 깨지 않았다. 흔들면 흔들수록 오히려 입에서 더욱 걸쭉한 침이 흘러나올 뿐이었다. 기괴한 숨소리도 계속되었다. 프랜시스는 릴리안을 돌아보았다. "대체 무슨 생각이었던 거야?"

릴리안은 토끼처럼 와들와들 떨고 있었다. "아무 생각도 없었어! 그냥 막아야겠단 생각밖엔…. 렌이 네 목을 조르고 있었잖아. 그랬잖아? 그래서 손으로 먼저 때려봤는데 끄떡도 않길래…."

"하지만 왜 하필 재떨이야?"

"몰라! 다른 건 아무것도 없었단 말이야!"

"아무리 그래도 그렇지 머리를 치면 어떡해, 릴리안!"

"그럴 의도가 아니었어. 맹세해. 무작정 휘두른 거야. 난 정말로 그런…." 릴리안은 덜덜 떨리는 자기 손을 내려다보더니, 옷소매를 당겨 내려서 프랜시스에게 보여주었다. "이것 봐!" 소매에는 재가 묻은 자국이 길게 찍혀 있었다. "재가 있는 쪽으로 때리면 렌의 외투가 더러워질까 봐 일부러 반대쪽으로 때렸단 말이야. 이걸 보면 알 수 있지 않아? 해칠 생각은 아니었다는 게 드러나지 않아?"

릴리안은 레너드를 돌아보았다. "오, 맙소사, 피가 너무 많아! 피가 어떻게 저만큼 많을 수가 있지? 왜 안 일어나는 거야?"

"의식불명이야." 프랜시스는 쿠션을 여전히 누르고 있었다. 무서워서 뗄 수가 없었다. 꼼짝도 할 수가 없었다.

"피가 너무 많아…." 릴리안이 되뇌었다. "옷에 다 묻었어. 온 사방에 다 묻겠어. 아아, 왜 저런 소리를 내는 거지? 대체 왜 안…."

릴리안이 말을 뚝 멈췄다. 무언가가 변했다. 레너드에게 무언가 새로운 현상이 일어나고 있었다. 그는 특유의 무시무시한 소리를 내며 숨을 한 번 들이쉬고는 다시 내쉬었는데, 날숨이 새어 나오는 소리가 심상치 않았다. 이제까지보다 한층 요란하고 질척한 소음이 흘러나오는 것이었다.

"렌?" 릴리안은 레너드를 굽어보았다. 프랜시스도 그의 얼굴을 들여다보았다. 날숨이 계속 빠져나오면서 혀끝에 침이 게거품처럼 맺히고 있었다. 그러다가 그의 등과 어깨가 풀썩 내려앉았다. 둘은 그의 윗몸이 다시 부풀어 오르기를 기다렸지만, 그런 일은 일어나지 않았다. 부글부글 일어나던 침 거품도 잦아들었다. 그리고 소름 끼치는 침묵이 흘렀다.

"렌?" 릴리안이 되뇌었다.

프랜시스는 릴리안을 저편으로 밀어내고, 쿠션을 그의 상처 부위에 댄 채, 뭉쳐진 외투 옷깃을 끌어 내리고 목의 맥을 짚어보았다. 땀에 젖은 뜨거운 살의 감촉은 생기가 가득한 듯 느껴졌다. 그러나 그 밑의 핏줄을 울리는 맥동은 전혀 없었다. 프랜시스는 그의 등에 귀를 대고서 이리저리 자리를 옮겨보았지만, 뿜어져 나오는 열기만 전해질 뿐 심장박동이라고는 공포에 사로잡힌 프랜시스 자신의 맥박밖에 들리지 않았다. 바닥에 흩어진 물건들 사이로 릴리안의 파우더 콤팩트가 눈에 띄었다. 프랜시스는 냅다 뛰어가서 그걸 집어 들고, 뚜껑을 열고, 안에 달린 거울을 레너드의 입가에 갖다 댔다. 십 초가 흘렀다. 십오 초, 이십 초…. 거울에 입김은 서리지 않았다.

믿을 수가 없었다. 프랜시스는 쿠션으로 레너드의 머리를 계속 누르면서 몸을 굴려 반듯이 눕혀보았다. 그러자 레너드의 입에서 한 줄기 신음이 흘러나왔다. 그 소리에 릴리안이 후닥닥 다가와 그의 이름을 불렀다. 하지만 레너드의 신음은 마치 가방을 패대기쳤을 때 주둥이에서 쉭 새어 나오는 바람처럼 기묘하게 생기가 없었고, 게다가 사지가 몸뚱이와 같이 움직이질 않고 처음 쓰러졌을 때의 위치에 축 늘어져 있었다. 프랜시스는 레너드의 두 팔을 잡아 들었다가 다시 떨어뜨려보고, 가슴과 복부를 손으로 눌러보면서 폐에 공기를 넣으려고 안간힘을 썼다. 그런데 그 짧은 사이에도, 만쯤 열린 눈꺼풀 너머의 눈동자와 입술, 분홍색 혀에서 습기가 말라가는 게 보였다. 그는 사람이 아니라 사람을 닮은 물체가 되어가고 있었다. 무언가 커다랗고 텅 비어 있고 잘못되어버린 물체.

프랜시스는 무릎을 꿇어앉은 채 윗몸을 세웠다. 방 안에 아직도 레너드의 목소리가 쩌렁쩌렁 울리는 것 같았다. 그녀의 겨드랑이를 거머잡던 그의 손아귀가, 몸에 부딪어오던 그의 체중이 아직도 느껴지는 것 같았다. 그러나 프랜시스는 나지막한 목소리로 결론을 내릴 수밖에 없었다. "릴리. 레너드가 죽은 것 같아. 네가 죽인 것 같아."

릴리안은 무슨 말인지 못 알아듣는 것처럼 멀거니 프랜시스를 쳐다보더니 얼굴을 확 구겼다. "아니야! 그럴 리 없어! 그럴 순 없어! 장난치는 거야. 우리를 놀리는 거라고!" 릴리안은 레너드에게 돌아가서 그의 몸을 잡았다. "레니! 일어나! 얼른! 하나도 재미없어! 그만해, 레니! 무섭단 말이야. 프랜시스도 무서워하잖아. 아까 우리가 한 말은 진심이 아니었어. 진실이 아니었어. 그럴 생각이 아니었어. 제발! 아아, 제발 일어나라고!"

릴리안은 애원했지만 절박한 어조는 점점 줄어들었다. 레너드의 몸에 나타난 변화를, 어딘가 잘못된 그 느낌을 그녀 역시 알아차리고 망연해진 것 같았다. "제발, 오, 제발…." 그녀는 아무 뜻도 없는 말을 기계적으로 되풀이했다. 그러다가 마침내 입을 다물고, 손을 거두고, 혼겁한 얼굴로 그를 쳐다보았다.

릴리안이 프랜시스를 돌아보았다. "우리 이제 어떡해?"

프랜시스는 아직도 가쁜 호흡을 가다듬고 있었다. 손가락에 묻은 피가 끈적끈적했다. "몰라."

"하지만 어떻게… 나는 안 그랬… 오, 시부모님이 뭐라고 하실까!" 릴리안은 그 생각에 질겁한 듯 레너드에게 눈을 돌렸다. "아아, 내가 무슨 짓을 한 거지? 이건 말도 안 돼. 렌이 죽었을 리 없어. 그럴 리 없어! 그딴 걸로 죽는 사람이 세상에 어딨어! 레니, 일어나! 으, 옷에 이 피 좀 봐! 이게 진짜일 리 없어. 죽었다니 말도 안 돼. 전쟁터에서도 살아남은 사람이란 말이야, 프랜시스! 아아, 렌은 왜 하필 오늘 집에 들어온 거야? 너는 우리 관계에 대해 왜 말해버린 거야? 맙소사, 악몽을 꾸는 것 같아!"

릴리안은 경악하다 못해 히스테리 상태로 접어드는 목소리였다. 프랜시스는 그녀에게 건너가 팔을 잡아주었다. 둘은 서로를 꽉 끌어안았다. 한 명은 쪼그려 앉고 한 명은 무릎을 꿇은 채, 레너드의 쭉 퍼드러진 두 발에서 1미터 남짓 떨어진 자리에서. 릴리안은 프랜시스의 어깨에 얼굴을 기대고 하염없이 신음했다. 하지만 레너드의 생명 없는 몸뚱이와 마찬가지로 그들의 포옹도 어딘가 잘못된 느낌이 들었다. 아무리 손을 꼭 맞잡아도 둘 사이에는 어두운 공포가 전류처럼 흐르고 있었다. 둘의 심장이 고동쳤지만 그 고동은 한데 어우러지지 않고 각자의 공포가 자아내는 리듬에 맞춰 따로 뛰고 있었다.

도저히 견딜 수가 없었다. 프랜시스는 릴리안의 품에서 떨어져 몸을 돌렸다. 릴리안의 말이 맞다. 이게 사실일 리가 없다. 그녀는 레너드를 어떻게든 되살려보려고 다시 시신 옆으로 돌아갔다. 무슨 방도가 있을 것이다. 있어야만 한다! 피가 너무 많이 흘러서 노란 쿠션이 흠뻑 젖어 있었다. 카펫에 널린 물건들 위에도 온통 핏방울이 튀어 있

428

었다. 하지만 아무리 그래도, 이런 식으로 사람이 죽을 리는, 겨우 이런 걸로 사람이 죽을 수는 없는 것이다. 이제 보니 상처의 피가 멎은 상태였다. 이건 좋은 신호일 수밖에 없지 않은가? 그렇지 않은가? 그의 신체에 충격을 주면 의식이 돌아올지도 모른다. 한 대 치거나 흔들어보거나 그러면 될 것이다. 프랜시스는 벽난로 위에 있던 물잔을 가져와서 그의 얼굴에 한 움큼 끼얹어보았다. 하지만 물이 피와 뒤섞이기만 할 뿐이었다. 프랜시스는 그의 입에서 삐져나온 혀를 한편으로 젖히고, 남은 물을 입 속으로 흘려 넣었다. 그러나 물은 꽃병에 받아놓은 물처럼 거기에 그냥 그렇게 고여 있었다. 끔찍했다, 끔찍했다.

떨리는 손으로 유리잔을 내려놓고 시계를 보았다. 아홉 시 십 분. 프랜시스는 생각을 가다듬으려고 눈을 감았다. 그런데 잠깐 그러고 있다가 눈을 떴더니 어느새 이 분이 훌쩍 흐른 뒤였다.

"뭔가 조치를 취해야 해. 의사를 불러야겠어."

릴리안이 파르르 떨었다. "의사?"

"너무 늦은 것 같기는 하지만… 달리 뭘 어쩌겠어?"

"하지만 의사에게 뭐라고 말한단 말이야?"

"글쎄. 사실대로 말해야 하지 않을까."

"내가 때렸다고?"

"아니면 뭐라고 해?"

"그치만 그렇게 말할 순 없잖아! 그럼 의사가 경찰을 부를 거 아니야, 안 그래?"

"아마… 아마 그래야겠지."

"안 돼, 프랜시스. 안 돼. 오, 이게 진짜일 리 없잖아! 렌이 죽을 순 없다고! 우리가 어떻게든 손을 써보면 살아날 거야." 릴리안은 또다시 레너드에게 다가가 그의 손을 잡았다. "렌! 레니!" 그녀는 손을 꽉 움켜쥐고 탁탁 두들겼다. "그만해, 레니! 그만하라니까! 도와줘, 프랜시스. 무슨 방법이 있을 거 아니야."

프랜시스는 레너드의 다른 쪽 손을 잡고서 그의 허벅지와 무릎을 두드렸다. 그러는 동안에도 시곗바늘은 돌아가고 있었다. 느긋하게, 그러나 가차 없이. 프랜시스는 릴리안을 뒤로 끌어당겼다. "이래봤자 소용없어."

그래도 릴리안은 레너드를 하염없이 두들겼다. 그녀의 눈도, 뺨도 온통 눈물범벅이었다. "이건 현실이 아니야."

"현실이야. 너도 알잖아, 릴리안. 그만해. 뭐가 됐든 진짜 조치를 취해야 해. 우리가 여기서 오래 꾸물거릴수록 더 이상해 보이기만 할 거야. 그러니까 내 말은, 경찰이 보기에…."

그 말에 릴리안은 잠잠해지더니, 프랜시스를 올려다보며 어린아이처럼 조그마한 목소리로 말했다.

"내가 때렸다고 말하진 않을 거지?"

프랜시스는 침을 꿀꺽 삼켰다. "네가 일부러 그런 게 아니라고 하면 경찰은 믿어줄 거야. 네 말도, 내 말도."

"어쨌든 살인이 되는 거잖아. 나는 교수형 당할 거라고, 프랜시스!"

"아니야. 안 그래. 그럴 리 없어!"

프랜시스는 무작정 단언했지만 목소리가 흔들렸다. 가슴 속에서 심장이 쪼그라드는 것 같았다. 이제 거의 아홉 시 이십 분이었다. 십 분이 또 흘러버렸다! 프랜시스는 떨리는 숨을 두어 차례 들이쉬었다. "일어난 일을 사실 그대로 밝히기만 하면 돼. 그러기만 하면 다 괜찮을 거야. 어쨌든 레너드가 나를 폭행하고 있었던 건 사실이잖아. 내 몸에 멍이 들었을 텐데… 보여?" 프랜시스는 옷깃을 끌어 내렸다. "여기 멍 자국 있지 않아?"

릴리안은 그녀의 목에 눈길을 던졌지만 제대로 보는 것 같지는 않았다. "하지만 애초에 왜 싸웠냐고 물을 텐데? 그러면 너와 내 관계도, 아기를 지운 것도 밝혀질 텐데. 나는 그거 감당 못 해, 프랜시스. 난 못하겠어, 도저히! 우리끼리 해결할 방법이 분명 있을 거야. 오, 나 몸이 너무 아파, 죽을 것 같이! 이니, 프랜시스, 잠깐!" 프랜시스가 일어나려 하자 릴리안이 그녀의 손과 소맷동을 붙잡았다. 릴리안은 여전히 무릎을 꿇고 있었다. "어떻게든 방도를 찾아보자. 우리가 함께 살기 위해서 지금껏 얼마나 많은 걸 했는지 생각해봐. 그런데 경찰에 말해버리면 사람들은 우리를 떨어트릴 거야. 뻔하잖아. 그건 너무 부당해! 우리가 얼마나 노력해서 겨우 여기까지 왔는데!"

릴리안의 손아귀에서 그녀가 느끼는 두려움이 오롯이 전해졌다. 얼굴이 창백하다 못해 초록빛으로 보였다. "제발, 프랜시스. 제발. 어떻게든… 무슨 말이든 둘러댈 순 없을까? 그러니까 그냥… 렌이 넘어졌다고 하면?" 릴리안은 프랜시스의 손을 더욱 힘껏 틀어쥐면서 생각에 골몰했다. "넘어져서 머리를 어디다가 부닥쳤다고 하면 안 돼? 시신을 모로 굴려놓고, 머리 밑에다가 뭘 대놓으면…"

"머리 밑에 대체 뭘 댄단 말이야?" 프랜시스는 절박하게 주위를 둘러보았다. "난로 망도 없잖아. 이 방엔 딱딱한 물건이라곤 하나도 없어. 예쁘장한 쿠션만 수두룩해! 저 상처를 봐, 저 피를 봐! 의사가 척 보기만 해도 우리가 거짓말했다는 걸 알 거야. 저 정도로 다치려면 계단이나 돌 같은 것에 부딪쳐야 한다고."

"그럼, 음, 밖에서 넘어졌다고 하면? 렌이 밖에서 다쳤고, 집으로 들어와서, 우리가 치료를 해주려고 한 거야. 전에도 그런 적이 있잖아. 밖에서 누구한테 얻어맞고 피 흘리면서 들어왔던 거, 기억나지? 이번에도 그랬다고 하면 돼. 렌이 집에 왔는데, 밖에서 넘어졌다고 하더니, 그러더니… 갑자기 죽어버렸다고….”

“오, 릴리안. 상식적으로 생각을 해봐. 저런 부상을 입고서는 걸어다닐 수도 없다고. 아무도 안 믿을 거야.”

릴리안은 프랜시스의 손가락을 쥐어짜다시피 했다. “음, 그럼 집에 아예 안 들어왔다고 하면? 우리가 렌을 밖에다가, 어디엔가 옮겨놓으면 안 돼?”

“큰길에 내놓자고? 사람들이 지나다니는 곳에? 그런 짓을 어떻게 한단 말이야?”

“렌은 대문으로 들어오지 않았댔잖아. 정원으로 들어왔다고 했어. 그러니까 정원에 내다놓으면 되지 않을까?”

“지금 진심으로 하는 말이야?”

“모르겠어. 아니, 그래. 난 진심이야. 너무 무섭단 말이야! 일단 밖으로 옮겨놓기만 하면, 사람들도 막연히 사고였나 보다고 생각할 수밖에 없을 거야. 정원 바로 밖에다 놔두는 건 어때? 뒷길에다가? 그럼 누군가가 발견하겠지. 시체를 숨기자는 게 아니야. 그런 얘기가 아니야. 제발, 프랜시스. 제발!”

빌어먹을, 이게 무슨 악몽인가! 악몽보다도 더 끔찍했다! 프랜시스는 릴리안에게 붙들린 손가락을 떼어내고 두 손에 얼굴을 파묻었다. 그러자 눈앞에 두 개의 갈림길이 보였다. 어느 쪽이든 어두컴컴하고 무시무시한 길이었다. 한쪽 길은 지금 당장 의사에게 달려가 알리는 것이다. 그러면 의사는 레너드의 시신과 파열된 머리를 볼 것이고, 릴리안의 저 모습을, 저렇게 무력하고 아픈 상태인 릴리안을 볼 것이다. 심문과, 눈물과, 거짓말이 이어질 것이다. 그리고 집이 아수라장이 되고 현관에 경찰이 들이닥친 상황에서 어머니가 돌아오면….

기묘하게도, 릴리안과 관련된 그 어떤 생각보다도 어머니에 대한 그 두려움 때문에 프랜시스의 마음은 단숨에 다른 쪽 길로 돌아섰다. 프랜시스는 레너드의 시신을 내려다보았다. 그리고 그쪽으로 가까이 다가가서 소름 끼치는 상처 부위를 살펴보았다. 사고사로 위장할 수 있을까? 시신을 어떻게 잘 눕혀놓고, 머리 뒤에 뭔가를 잘 갖다놓으면? 그럴 수 있을까? 과연 그럴 수 있나?

프랜시스는 천천히 말했다. "그럼 너도 같이 옮겨. 나 혼자서는 저 무게를 절대로 감당 못 해. 네가 도와야… 아아, 이건 미친 짓이야! 네가 돕는다고 해봤자… 너는 지금 힘도 없잖아."

릴리안은 손바닥의 아래쪽 부위로 눈을 문질러 닦았다. "나 할 수 있어."

"그렇게 아프면서 뭘 한다는 거야! 아, 어떡하지? 머리가 안 돌아가! 시간 없는데…." 어느새 시간은 또 훌쩍 흘러 있었다.

"일단 해보기라도 하자, 응?" 릴리안이 간청했다.

프랜시스는 그녀를 쳐다보았다. "너 진심이야?"

릴리안은 이미 일어서고 있었다. "뭐가 필요하지? 신발? 그리고 또? 말해줘, 프랜시스!"

프랜시스도 뭘 어떻게 해야 할지 모르기는 마찬가지였다. 그녀는 만약의 경우를 대비해 레너드의 가슴에 귀를 대보았다. 혹시라도 무슨 생명의 징후가, 아까는 미처 발견하지 못한 맥박이나 떨림 같은 것이 느껴지지 않을까 싶어서…. 하지만 역시 그런 건 없었다. 오히려 뜨거웠던 체온마저도 식어버렸고, 눈꺼풀 사이로 드러난 탁한 눈동자와 툭 튀어나온 핑크색 혀는 더더욱 비인간적으로 보였다.

프랜시스는 릴리안의 제안을 곰곰이 생각해보았다. "일단 저 쿠션은 머리에 계속 대고 있어야 해. 안 그러면 피가 여기저기 튈 테니까. 아예 묶어놔야겠다. 그럼 되려나? 오, 제기랄. 미치겠네! 뭘로 묶지?

렌의 스카프로? 그리고 내 옷 위에 걸칠 만한 것도 필요해. 앞치마나,
수건이나, 아니면….”

릴리안이 배에 두 손을 올린 채 후닥닥 밖으로 뛰어나갔다.

그녀는 순식간에 물건을 한 아름 들고 돌아와 프랜시스의 발치에
우르르 쏟아놓았다. 부엌에서 가져온 체크무늬 앞치마, 옷걸이에서
빼온 파란색 니트 목도리, 자기가 신을 어두운 색 신발, 프랜시스의
방에서 가져온 신발까지. 프랜시스는 그 모든 것을 아연히 내려다보
았다. 릴리안이 앞치마를 주워서 그녀에게 건넸다.

“부탁이야, 프랜시스. 한번 시도라도 해보자.”

프랜시스는 좀처럼 실감이 나지 않았지만 어쨌든 앞치마를 매고,
소매를 걷어붙이고, 신발을 꿰어 신었다. 그리고 몸서리를 치면서 레
너드의 옆에 쪼그려 앉아 머리를 잡았다. 머리가 손 안에서 축 늘어지
는 느낌이 마치 망태기 안에서 아무렇게나 굴러다니는 묵직한 배추
한 포기 같았다. 쿠션을 묶느라고 머리를 기울이자, 아까 입에 흘려
넣었던 물이 도로 쏟아져 나왔다.

목도리로 얼굴을 싸매고 나니 레너드가 죽었다는 게 더더욱 믿기지
않았다. 그의 어깨 밑으로 손을 넣어서 몸을 들쳐 올리려는데, 그가
틀림없이 꿈틀거리며 저항할 것만 같아서 초조하기까지 했다. 프랜시
스는 그의 겨드랑이를 잡고서 문 쪽으로 약간 끌어당겨보았다. 하지
만 곧바로 내려놓을 수밖에 없었다. 몸뚱이가 물에 흠뻑 젖은 카펫 두
루마리처럼 무겁고 다루기가 힘들었다. ‘그럼 그렇지. 이걸 할 수 있
을 리가 없어.’ 그 생각에 불현듯 안도감이 솟구쳤다. 그런데 공포와
절망에 휩싸인 릴리안의 푸르뎅뎅한 얼굴을 보니…. 프랜시스는 다시
시신을 붙잡았다. 이번에는 그의 겨드랑이 안으로 자신의 팔을 깊이
끼워 넣으면서, 쿠션으로 받쳐놓은 그의 머리가 자신의 턱과 어깨에

기대어질 정도로 자세를 낮추었다. 그랬더니 비로소 시신을 바닥에서 들어 올려 움직일 수 있게 되었다. 레너드의 발이 카펫 위에 질질 끌리자 릴리안이 그의 양쪽 발목을 잡아 들어주었다. 그런데 겨우 두 발짝 옮겼을 때 발목이 그녀의 손에서 미끄러져 떨어졌기에, 그녀는 발목 대신 바짓단을 거머잡았다.

둘은 비틀거리면서 거실을 빠져나가, 회랑을 거쳐 계단 꼭대기까지 이르렀다. 몇 발짝 이동했을 뿐인데 진이 다 빠졌다. 게다가 레너드의 외투가 바닥에 질질 끌리고 있었다. 프랜시스는 시신을 내려놓고 외투의 단추를 끌렀다. 그러다 보니 계단 기둥에 걸린 무언가 거무스름한 물건이 눈에 띄었다. 레너드의 모자! 저것도 처리해야 한다는 걸 까맣게 잊고 있었다! 아뿔싸, 또 뭐 빠뜨린 건 없나? 프랜시스는 모자를 집어 들었다. 레너드가 시티에서 쓰고 다닌 중산모의 안쪽은 머릿기름으로 얼룩져 있었고 화장품 향기가 섞인 시큼한 냄새가 풍겼다. 시신을 옮기면서 이 모자를 어떻게 가지고 나가나? 프랜시스 자신이 직접 쓰는 수밖에 없으리라. 그녀는 모자를 들어 올렸다. 그런데 릴리안의 얼굴을 보니… 도저히 그럴 수 없었다. 이건 도저히 안 되겠다! 해도 해도 너무 심했다. 미친 짓이었다!

하지만 레너드를 이미 이만큼이나 옮겨버렸다. 게다가 지금 아홉시 사십오 분쯤 되었을 텐데, 당장 시신을 제자리에 돌려놓고 목도리를 풀고 의사를 부르러 간다고 해도, 이렇게까지 시간이 지체된 이유를 뭐라고 해명한단 말인가? 시신의 위치를 건드렸다는 건 또 어떻게 해명해야 하나? 애초에 시작을 하지 말았어야 했다. 실수였다! "한번 시도라도 해보자."라고 릴리안은 말했지만, 이건 그런 문제가 아니었다. 시도해보고 나서 아니다 싶으면 취소할 수 있는 그런 일이 아니었다. 발작적인 공포감이 밀려왔다. 아까의 그 어두운 공포가 전류처럼 스멀스멀 올라왔다…. 이 공포를 물리칠 방법은 하나밖에 없었다. 계속 나아가는 수밖엔. 프랜시스는 모자를 머리에 쓰고, 릴리안에게 조용히 하라고 손짓하고는, 난간 너머로 몸을 내밀고 귀를 기울였다. 지난 삼십 분 사이에 어머니가 기척 없이 집에 들어오진 않았을까? 거실에서 셋이 싸우던 소리가 이웃이나 행인에게 들리진 않았을까? 하지만 거실 창문은 닫혀 있었고, 집 밖의 길거리는 조용한 듯했다. 가스등 타는 소리와 시계 초침 소리 외에는 아무것도 들리지 않았다.

프랜시스는 릴리안에게 고갯짓을 하고 레너드를 다시 떠멨다. 그리고 계단을 내려갔다.

평지에서 움직일 때와는 차원이 달랐다. 바닥이 안 보이는 상태에서 무작정 발로 계단을 더듬어 내려가야 할뿐더러, 내려가면 갈수록 시신의 무게가 프랜시스에게 쏠렸다. 그녀보다 위에 있는 릴리안도 발 디딜 곳을 찾으면서 동시에 레너드의 바짓단을 최대한 붙잡고 있느라 애를 먹었지만, 오래지 않아 한 짝씩 손에서 놓치고 말았다. 시신의 두 다리가 털썩 떨어져 내리는 반동으로 프랜시스는 뒤로 휘청거렸다. 이제 꼼짝없이 굴러떨어져 육중한 시체에 깔리겠구나 싶어 비명이 터져 나왔다. 그래도 땀을 뻘뻘 흘리며 용을 쓰다 보니 겨우 몸에 균형이 돌아왔다. 그때부터는 릴리안의 도움 없이 혼자서, 시신을 감자 부대처럼 질질 끌면서 계단을 내려갔다. 그의 발이 계단과 난간에 이리저리 부딪히고 튕겼지만 어쩔 수 없었다.

드디어 아래층에 이르렀다. 프랜시스는 시신을 바닥에 내려놓고 몸을 웅크린 채 가쁜 숨을 몰아쉬었다. 하지만 여기서 이러고 있으니 오히려 더 불안했다. 자신이 훤히 노출된 느낌, 이 모든 게 현실이라는 끔찍한 실감이 그녀를 사로잡았다. 만약 지금 어머니가 도착하기라도 하면! 그 생각에 프랜시스는 부리나케 레너드를 다시 잡았다. 하지만 팔이 어깨에서 반쯤 뜯겨 나간 것처럼 얼얼했고, 손에도 힘이 들어가 질 않았다. 하릴없이 그의 몸을 손가락으로 쥐어뜯고만 있자니 또 온몸에 소름이 끼쳤다. 이제는 시신을 제자리에 돌려놓고 싶어도 그럴 수조차 없게 되었다!

프랜시스는 시신의 거드랑이에 사신의 팔목을 꿰고서 릴리안에게 고갯짓했다. "좀 도와!"

그러나 릴리안은 맨 아래 계단에 걸터앉아 파들파들 떨고만 있었다. "잠깐만 쉬고."

"그럴 시간 없어. 빨리!"

"못 하겠어, 프랜시스."

자기도 모르게 벌컥 고함이 터져 나왔다. "네가 시작한 일이잖아! 너도 해야 해! 네가 해야 한다고!"

말을 마치고 나니 밖의 길거리에서 사람 발소리가 들려왔다. 어떤 남자의 목소리와 웃음소리도. 그 인기척은 닫힌 현관문 바로 앞까지 소름 끼치도록 가까이 다가오다가 지나가는 듯했다. 그 순간 프랜시스도 릴리안도 벌떡 일어났다. 프랜시스는 시신을 제대로 들쳐 메고, 발 쪽은 그냥 바닥에 끌리게 놔둔 채 걸음을 옮겼다. "넌 먼저 가 있어." 그녀가 헉헉거리며 말하자 릴리안은 흐느껴 울면서 황급히 부엌으로 뛰어가 뒷문을 열어놓았다. 레너드의 신발 굽이 마룻바닥을 쓸고 지나가면서 긴 자국을 남겼다. 도중에 그의 발이 테이블 다리에 걸리는 바람에 테이블이 원래 위치에서 약간 끌려 나오기도 했다. 하지만 프랜시스는 지체하지 않고 비틀비틀 뒷걸음질을 치면서 계속 나아갔다. 부엌을 거쳐, 열린 뒷문을 지나, 마당으로 이어지는 계단 두 개를 굴러떨어지다시피 내려가고 나니, 석탄 냄새가 밴 습한 밤공기가 그녀를 둘러쌌다. 문간으로 쏟아져 나오는 직사각형의 빛 속에서 릴리안의 실루엣이 걸어 나오는 게 보이더니, 그 문마저도 닫히고 나자 마당은 커튼 쳐진 부엌 창문에서 새어 나오는 어렴풋한 불빛만 제외하면 완연한 어둠에 잠겼다.

집에서 무사히 빠져나왔다는 안도감이 물밀듯 밀려왔다. 프랜시스는 레너드의 시신을 아무렇게나 팽개쳤다. 두 다리가 바닥에 퍼드러진 채 윗몸이 앞으로 털썩 쓰러진 모습이 마치 가이 포크스 인형* 같았다. 그녀는 화장실 쪽으로 건너가 벽에 몸을 기댔다. 팔이 덜덜 떨리는 데다 힘이 전혀 실리질 않아, 손을 들어 올려 얼굴의 땀을 닦기도 힘들었다. 머리에 썼던 모자를 벗으려니 납덩어리를 드는 것처럼 묵직했다.

그래도 쉴 틈은 없었다. 계속 움직여야 한다. 사실 이 마당도 아주 캄캄한 건 아니었다. 릴리안의 회백색 얼굴과 눈물에 젖은 이목구비가 아주 또렷이 보였다. 바닥에 뒹구는 레너드의 손, 하얀 소맷동과 칼라, 머리에 묶어놓은 기괴한 노란 쿠션도 잘 보였다. 진짜 위험한 작업은 이제부터가 시작이었다. 정원을 거쳐 뒷길까지 시체를 운반하는 것. 정신을 바짝 차리고 생각을 잘 가다듬어야 한다. 프랜시스는 릴리안을 불러 그녀의 손을 잡고 다급히 속닥거렸다.

"거의 다 왔어. 이제 조금만 더 가면 돼. 쉰 걸음쯤. 여기서 쉰 걸음만 걸으면 딱 맞을 거야. 하지만 잘 들어. 이건 중요해. 정원을 통과할 때 레너드를 떨어트리면 안 돼. 발이 끌려도 안 돼. 그의 옷에든, 신발에든, 시신이 옮겨졌다는 증거가 남으면 절대로 안 돼. 알겠어? 릴리안? 레너드의 발목을 꽉 잡아야 해. 그리고 신속히, 조용히 움직이는 거야.

---

* 가이 포크스는 1605년 화약으로 제임스 1세를 시해하려다가 실패한 역모 도당의 행동대장이다. 영국에서는 그 음모가 무산된 날인 11월 5일을 '가이 포크스 데이'라는 축제일로 기념하면서 가이 포크스의 인형을 만들어 불태우고 불꽃놀이를 한다.

최대한 조용히. 그럼 이제 여기서 기다려. 나는 근처에 누가 없는지 확인하고 올 테니까. 너는 레너드를 이렇게, 어깨를 들춰 올리고 있…."

"나 이이 옆에 놔두고 가지 마!"

"잠깐만 참아! 레너드를 이렇게 잡고 있어. 젖은 땅에 닿지 않도록."

릴리안이 그녀의 손을 꼭 붙들었지만, 프랜시스는 손을 빼어내고 잔디밭이 시작되는 지점으로 살그머니 걸어갔다. 그리고 잔디밭에 난 길을 따라 좀 걷다가 멈춰 서서 고개를 돌려보았다. 여기까지 나오니 마당에 있을 때보다 사위가 어두웠고, 살갗에 닿는 공기의 감촉이 플란넬처럼 느껴질 만큼 안개와 굴뚝 연기가 자욱했다. 그래도 이렇게 탁 트인 공간에서 자신이 완전히 노출되어 있다는 느낌 때문에 오금이 저렸다. 이웃집들의 정원에서 누군가가 움직이거나 말하는 기척은 없었지만, 담장과 나뭇잎들 너머로 골딩 가와 데스버러 가의 불빛이 보였다. 그렇다는 건, 저 이웃들 중 누구라도 창밖을 내다보기만 하면 프랜시스가 보일 거라는 뜻이었다. 아니, 안 보이려나? 이 정도의 어둠이면 시야가 얼마나 제한될까? 긴가민가했다. 미리 시험해볼걸 그랬다. 릴리안을 데리고 와서 여기에 세워놓고, 자신은 침실로 들어가 창밖으로 릴리안이 보이는지 확인하면 될 텐데. 하지만 지금은 그럴 시간이 없었다. 릴리안은 체력이 떨어졌고, 프랜시스도 마찬가지였다. 그리고 생각해보면, 설령 누가 볼 수 있다 하더라도 뭘 어쩔 것인가? 레너드를 이미 여기까지 옮겨왔으니 어차피 어디엔가 처리는 해야 한다.

프랜시스는 마당으로 돌아가면서 장밋빛으로 빛나는 자기 침실 창문과 이웃집들의 창문을 둘러보았다. 그러자 자신이 저 따스하고 평범한 방들에 닿을 수 없을 만큼 멀리까지 와버렸다는 생각에 숨이 턱 막혀왔다. 이제는 저 떳떳하고 평온한 일상으로부터 영원히 단절되는 것이다.

잔디밭에서 마당으로 내려오자마자 릴리안이 그녀에게 손을 뻗었다. 레너드는 아까 놔둔 위치에 흉측한 인체 모형 같은 몰골로 널브러져 있었다. 프랜시스는 시체를 다시 떠멜 각오를 단단히 다잡았다.

"준비됐어? 내가 한 말 기억해. 절대로 떨어트리면 안 돼. 그리고 길을 따라서만 움직여야 해. 풀밭은 젖었으니 거기로 들어갔다간 발자국이 남을 거야. 자, 이제 빨리, 조용히. 쉰 걸음이야. 딱 쉰 걸음만 걸으면 돼. 그럼 모든 게 끝나."

근육이 찢어지는 고통 속에서 프랜시스는 레너드를 들어 올리고 제대로 붙잡으려 악전고투를 벌였다. 마침내 그를 확실히 들쳐 메고, 릴리안이 그의 발목을 들어 올린 것을 확인한 뒤, 그녀는 걸음을 뗐다. 둘의 신발 밑창이 땅에 부딪히는 소리가 요란하게 울렸다. 몇 발짝 걷지도 않았는데 호흡이 거칠어지고 시끄러워졌다. 그래도 기대했던 것보다 빠른 속도로 나아가고 있었다. 그들이 짊어진 짐의 둔중한 무게에 떠밀렸기 때문이기도 했지만, 무엇보다도 뜨끔뜨끔 치밀어 오르는 공포에 쫓겼기 때문이었다. 딱 한 번 릴리안이 손을 놓을 뻔한 순간이 있었다. 시체의 발이 그녀의 손 안에서 덜컥 요동치고 당겨지는 느낌이 든 순간, 프랜시스는 흐느끼는 듯한 소리를 내며 숨을 들이켰다. 하지만 그 와중에도 걸음은 멈추지 않았다. 둘은 쉼 없이 전진해서 금세 정원 끝의 담벼락에 다다랐다. 여기서 일단 레너드를 내려놔야 했다. 프랜시스는 후문 앞에 서서 귀를 기울여보고, 그 너머의 뒷길에 아무도 없다는 판단이 서자 조심스럽게 걸쇠를 젖히고 문을 조금씩, 조금씩 열어보았다. 눈앞에 완전한 암흑이 펼쳐졌다. 너무나 깜깜해서 자신의 시선이 그 암흑의 표면 위를 미끄러지는 것만 같았다. 레너드를 저 어둠 속에다 확 내던지고 문을 닫고 내빼버리고 싶은 유혹이 부끄러울 만큼 강렬하게 그녀를 사로잡았다. 그러면 안 된다! 아직 처리해야 할 것도, 신경 써야 할 것도 너무나 많았다.

프랜시스는 다시 주위에 귀를 기울여보고, 손으로 릴리안을 더듬어 찾아 신호를 주었다. 둘은 레너드의 시신을 마지막으로 한 번 더 들어 올렸다. 마음 같아서는 오솔길을 따라 멀리까지 가서 내려놓고 싶었다. 하지만 몇 걸음 가지도 못하고 체력이 바닥났다. 레너드는 자기도 이 여행이 고되어서 더는 못 해먹겠다는 듯 그들의 손에서 굴러떨어져버렸다. 이렇게 된 이상 시신을 이 자리에 이대로 놔두는 수밖에 없었다. 완전한 어둠 속에 파묻힌 레너드의 모습은 눈에 전혀 보이지 않았다. 프랜시스는 시신의 옆에 쪼그려 앉아 손으로 그를 더듬어보고, 집에서 끌고 나오는 동안 옷이 당겨지고 구겨졌겠거니 짐작하며 무작정 외투 자락과 바짓단을 매만져 폈다. 하지만 자기가 지금 대체 뭘 하고 있는 건지 볼 수가 없었다! 빛이, 그리고 시간이 있다면 좋으련만! 지금껏 시신을 옮기느라 시간을 얼마나 쓴 건지 짐작이 되지 않았다. 게다가 근처의 도로에서 어떤 차 문이 열리고 엔진 시동 걸리는 소리가 들려왔다. 마음이 조마조마해진 프랜시스는 레너드의 옷매무새를 다듬는 걸 포기하고, 머리를 더듬어 찾아서 목도리를 조심스럽게 풀어냈다. 그건 쉽게 풀어졌다. 문제는 쿠션이었다. 쿠션이 두피에 들러붙어서 살살 움직여 떼어내야 했다. 그것 때문에 상처 부위가 무슨 꼴이 되었을지는 알 도리가 없었다. 쿠션에서 실이나 염료 같은 게 묻어 나왔을지도 모를 일이었다. 진작 이 문제를 생각해뒀어야 했는데. 왜 생각을 못 했을까?

이젠 너무 늦었다. 프랜시스는 재빨리 손을 움직여 길바닥과 풀밭과 덤불 사이를 이리저리 짚어보았다. 매끄럽고 둥그스름한 돌멩이하나가 잡혔다. 그 돌의 가장자리가 스탠드 재떨이의 밑바닥과 비슷하게 생긴 것 같았다. 프랜시스는 시신의 머리를 들어 올리고 그 밑에 돌멩이를 밀어 넣었다. 그 즉시 머리도 돌도 기우뚱거리며 흔들렸다. 위장이라고 하기에는 우스꽝스러울 정도로 형편없는 수준이었지만, 그녀가 꾸며낼 수 있는 연출은 이게 다였다. 이제는 시신을 놔두고 돌아가는 것밖엔 더 이상 할 수 있는 일이 없었다.

그런데 막상 돌아가야 할 때가 되니 발이 떨어지지 않았다. 레너드를 거기에 그렇게 놔둔다는 게 지독하게 끔찍한 짓으로 느껴졌다. 깨진 머리에 돌멩이 하나 달랑 베개 삼게 해두고, 숨 막히는 어둠 속에 방치해놓고 그냥 간다니! 그를 죽이는 것보다 더 심한 짓거리 같았다. 프랜시스는 손을 내밀어 그의 얼굴을 만져보았다. 수염이 까칠하게 자란 뺨이, 턱이, 입술이 손끝에 닿았다. 뻣뻣한 수염 밑의 입술이 여자 것처럼 부드러웠다.

그때 어떤 손이 그녀의 팔을 만지는 느낌에 프랜시스는 비명을 올렸다. 하지만 그건 릴리안의 손이었다. 둘은 잠시 부둥켜안았다가 서둘러 후문으로 돌아가, 서로의 몸에 부딪혀 비틀거리면서 허둥지둥 문을 넘어 들어갔다. 프랜시스는 문을 닫고 빗장을 걸어 잠근 뒤 릴리안과 함께 정원을 걸어 올라갔다. 그런데 정원을 반쯤 건너갔을 때에야, 자신이 빌어먹을 땀투성이 중산모를 아직도 머리에 쓰고 있다는 게 기억이 났다. 프랜시스는 릴리안 혼자 목도리와 쿠션을 들고 절뚝절뚝 집으로 걸어가게 놔두고, 자신은 후문으로 돌아가서 문을 다시 열었다.

그런데 이 시점에서 마침내 용기가 꺾였다. 어둠 속을 더듬어 레너드의 시신을 찾아낼 엄두가 도저히 나지 않았다. 그래서 모자를 벗어다가 허공에 그냥 던져버렸다. 모자가 오솔길 바닥에 탁 부딪혀 통통 굴러가는 소리가 들렸다.

집 안으로 돌아오니 할 일이 어마어마하게 쌓여 있었다. 프랜시스는 가장 급한 일부터 즉시 해치웠다. 피와 흙이 묻은 손을 개수대에서 씻고, 젖은 걸레를 가지고 부엌과 홀 바닥을 닦았다. 릴리안의 신발에서 묻어나온 흙과 풀잎, 레너드의 발이 질질 끌린 자국까지 싹 훔쳐냈다.

릴리안은 거실 소파에 주저앉아 있었다. 그녀는 프랜시스를 보고 고개를 들더니 힘없이 말했다. "내가 치우려고 했는데, 못 하겠어… 미안해."

"괜찮아." 프랜시스는 릴리안에게 담요를 덮어주었다. "괜찮아. 내가 할 수 있어."

거실 바닥은 아까 놔두고 나온 그대로 기괴한 난장판이었다. 그걸 쭉 훑어보며 서 있으려니 머리가 아득해졌다. 이제 뭘 해야 하나? 정신이 너무 멍해서 겁이 났다. 그러다가 퍼뜩 제정신이 들었다. 그래, 당연히 피 묻은 물건들부터 없애야 한다. 벽난로 불이 아직까지 타오르고 있기에 망정이었다! 프랜시스는 석탄을 한 삽 더 퍼 넣고, 자기 방으로 달려가서 릴리안의 옷가지가 담긴 그릇을 가지고 돌아왔다. 그리고 불태울 물건들을 그 안에다가 마구 집어넣었다. 쿠션과 목도리뿐만 아니라, 레너드가 쓰러졌을 때 그의 머리 근처에 놓여 있었던 털실 뭉치며 종이 옷본들도. 옷본들이 피를 가장 많이 뒤집어쓴 덕분에, 카펫에는 동전만 한 크기의 빨간 얼룩들만 남아 있었다.

목도리부터 난롯불에 넣었다. 목도리는 불 속에 떨어지자마자 뱀처럼 꿈틀거리더니, 솟구치는 노란 화염에 휩싸여 점점 쪼그라들다가 없어졌다. 그게 불꽃의 심장부로 먹혀 들어가 사라지는 광경을 보노라니 프랜시스는 처음으로 공포가 약간 진정되는 듯했다. 생각이 더 조리 있게 굴러갔고, 몸놀림도 더 과감해졌다. 다음으로는 쿠션을 꺼냈다. 피에 젖어서 묵직해진 그 쿠션은 만지기도 꺼림칙했고, 게다가

한 번에 태우기에는 너무 컸다. 그래서 가위를 가져다가 쿠션 커버를 뜯어버리고 안의 축축한 솜털을 한 뭉치씩 떼어냈다. 오늘 하루 동안 잔혹한 짓을 이미 너무나 많이 했다는 사실 하나만으로 그 짓거리를 버텨낼 수 있었지만, 그래도 솜뭉치가 불에 타들어가면서 요리할 때처럼 치직거리는 역겨운 소리가 나는 걸 듣고 있으니 위장이 입 밖으로 튀어나올 것 같았다. 그나마 쿠션 속이 깃털은 아니어서 천만다행이었다. 깃털이 타는 악취는 숨기기가 불가능했을 것이다.

이쯤 되니 손이 다시 갈색 피로 물들었고, 손가락은 끈적끈적 들러붙었고, 체크무늬 앞치마는 정육점에서 쓰는 물건 같은 꼴이 되었다. 프랜시스는 그 모든 끔찍한 광경에 신경을 꺼버리고, 그릇 안에 든 나머지 물건들을 석탄에다 쏟아부었다. 마지막으로 생리대까지 불에 넣은 다음 시계를 확인했다. 열 시가 넘었다. 열 시가 넘었는데 아직 할 일이 산더미였다! 그래도 난롯불 덕분에 자신감은 붙은 것 같았다. 그녀는 그릇과 가위를 릴리안의 부엌으로 가져가서 꼼꼼히 씻었다. 릴리안의 요강도 가져다가 비우고 씻었다. 그런 다음에는 소금물을 만들어 가지고 거실로 돌아가서 카펫의 피 얼룩을 지우는 작업을 개시했다. 완벽하게 지울 수는 없을 것이다. 그럴 시간이 없었다. 그러려면 풀이나 과산화수소수를 써야 할 텐데⋯ 지금으로서는 어쩔 수 없다. 오 분 동안 미친 듯이 물을 적시고 문질러 닦은 끝에, 얼룩들은 더 넓게 퍼지긴 했지만 빛깔이 옅어져서 알록달록한 카펫 무늬에 섞여들었다. 그 정도로 만족하는 수밖에 없었다. 프랜시스는 다 쓴 걸레들을 벽난로에 가져다 넣었다. 걸레들은 다른 것들과 함께 지글지글 녹으면서 연기를 내뿜었다. 그리고 재떨이는, 그 흉물스러운 재떨이는, 보기만 해도 속이 울렁거렸다. 머리털이 붙은 희끗한 살점 같은 게 재떨이 밑바닥에 들러붙어 있었다. 프랜시스는 그 부분을 벽난로 속 석탄에다 쑤셔 넣어서 불로 소독한 다음, 몸서리를 치면서 재떨이를 문질러 닦고 소파 뒤에다 처박아버렸다. 또 뭘 해야 할까? 뭔가 더 있을 텐데. '잘 생각해, 프랜시스. 집중해.' 릴리안의 알약이 들어 있는 곽이 떠올랐다. 그녀는 후다닥 그걸 집어다가 난롯불에 던져 넣었다. 자신과 릴리안의 옷차림을 훑어보니 소매와 치맛자락에 피 얼룩이 들었기에, 소금물을 더 만들어 와서 스펀지로 최대한 얼룩을 지웠다. 그러고 나니 아래층 부엌에 빚다 말고 놔둔 파이 반죽에도 생각이 미쳤다. 프랜시스는 즉시 아래층으로 뛰어 내려가 반죽 그릇을 접시로 덮어서 식료품 저장실에 숨겼다.

거실로 돌아와서 바닥을 엉금엉금 기어 다니며 곳곳에 흩어진 수많은 진주 침핀까지 싹 주워 모으다 보니, 동화 속에 나오는 주인공이 된 듯한 기분이 들었다. 불가능한 임무를 부여받고 그걸 기적적으로 완수해내는 주인공. 그동안 릴리안은 소파에 무력하게 늘어진 채 젖은 눈으로 망연히 지켜보고만 있었다. "미안해, 미안해." 그녀는 하염없이 되뇌었다. "정말 미안해, 프랜시스."

그러다가 별안간 몸을 일으키더니 겁에 질린 어조로 속삭였다. "방금 무슨 소리지?"

프랜시스는 숨을 죽였다. 현관 쪽에서 발소리가 들려오고 있었다. 이윽고 문에 열쇠를 꽂는 소리가 들렸다. 프랜시스는 손가락을 입술에 댔다. "어머니일 거야."

"한 사람 더 있는 것 같은데? 남자?"

프랜시스는 귀를 기울여보았다. 그랬다. 어머니의 질문에 뭐라고 대답하고 있는 남자 목소리가 틀림없이 들렸다. 벌써 경찰이 온 건 아니겠지? 프랜시스는 방문 쪽으로 살금살금 걸어가보았다.

"아, 괜찮아. 램 씨가 온 거야."

"램 씨?"

"아랫집 사는 분. 어머니를 바래다주셨나 봐. 오늘 저녁 자리에 같이 있었나 보지. 이제 나는 어떡하지? 내려가야겠지?"

"그럼, 가! 빨리. 어른들이 너 찾으러 오기 전에!"

질겁한 릴리안의 목소리에 프랜시스는 재깍 앞치마를 벗고 회랑으로 뛰어나갔다. 그러다가 외투 걸이에 붙어 있는 타원형 거울을 보고는 우뚝 멈춰 섰다. 거울에 비친 자신의 이마에 피가 말라붙어 있었던 것이다. 피 묻은 손가락으로 머리카락을 걷어내다가 그렇게 된 모양이었다. 프랜시스는 질겁하면서 이마를 문질렀다. 또 다른 건 없나? 표정은 어떤가? 표정에서 어떤 흔적이나 변화가 드러나지 않을까? 프랜시스는 자기 얼굴을 들여다보며 이목구비를 차분하고 부드럽게 가라앉히려 애썼다. 이걸 제대로 하지 못하면 끝장이었다. 연기를 잘 해내지 못한다면, 지난 구십 분 동안 공포에 휩싸여 미친 듯이 돌아다녔던 게 다 헛수고가 될 것이다.

어머니의 목소리가 들렸다. "프랜시스가 나왔나 봐요. 어디 보자…."

어머니가 위층으로 올라오면 안 된다! 프랜시스는 계단을 내려가 모퉁이에서 어머니를 맞닥뜨렸다.

"그래, 나왔구나."

어머니는 미소를 짓고 있었지만 그다지 흡족한 말투는 아니었다. 프랜시스는 어머니를 따라 홀로 내려갔다.

"여기 램 씨가 오셨단다. 친절하게도 나를 집까지 바래다주셨지 뭐니. 그래서 네 아버지의 위스키라도 한 잔 드릴까 했는데, 응접실에 벽난로가 꺼져 있더구나!"

프랜시스는 기괴하리만큼 매끄러운 어조로 대답했다. "저는 방에서 책 읽고 있었거든요. 안녕하세요, 램 씨. 오늘 카드 운은 어떠셨나요?"

램 씨가 빙그레 웃었다. "숙녀분들이 우리 신사들을 완파했단다. 항상 그렇지. 네 어머니가 지나치게 총명하셔서 말이야. 내게는 참 못마땅한 일이야. 그나저나, 너는 잘 지냈니? 무슨 재미난 책을 읽고 있었나 보지?"

"책이요? 아….." 프랜시스는 머리가 멍해졌다가 퍼뜩 정신을 차렸다. "솔직히 말씀드리면 졸고 있었어요. 난롯불을 깜빡해서 죄송해요. 지금 피워드릴게요."

그 말에 어머니는 어색한 웃음을 흘렸다. "램 씨에게 네가 그런 일을 하는 모습을 지켜보며 앉아 계시라고 할 순 없잖니!"

"아무렴, 나 때문에 괜히 고생하진 말거라." 램 씨도 웃으면서 말했다.

그는 어머니만큼이나 민망해하고 있었다. 석탄을 아껴야 하고 하인을 쓰지 못할 만큼 궁한 집안 형편을 본의 아니게 엿보게 되어 난처한 것이다. 오늘 벌어졌던 엄청난 유혈 사태에 비하면 너무나 사소하고 시시하고 소박한 문제여서, 그 격차 때문에 프랜시스는 순간 아뜩해졌다. 세 사람은 그곳에서 일이 분쯤 잡담을 나누었다. 그동안 프랜시스는 시시각각 경직되고 어색해졌다. 근육이 당기다 못해 울부짖는 것 같았고, 접어 올린 소맷자락에서 피 얼룩을 지우느라 적셨던 부분이 척척하게 들러붙었고, 입술 위에 땀이 솟는 게 느껴졌지만 시선을 끌까 봐 두려워 닦아낼 수도 없었다.

어쨌든 홀에서 마냥 서서 대화를 나눌 순 없는 노릇이었다. 어머니가 램 씨를 현관문 쪽으로 안내했다. "아쉽지만 위스키는 다음 기회에 대접해드려야겠네요, 램 씨. 오늘 배웅해주셔서 정말 감사합니다. 마거릿에게도 안부 전해주세요."

램 씨가 나가고 현관문이 닫힌 뒤, 어머니는 장갑을 비틀어 벗으며 말했다. "얘, 프랜시스. 신경 좀 더 쓰거라. 대체 무슨 문제니?"

"아무 문제 없는데요." 프랜시스는 마침내 입을 문질러 닦았다. "무슨 뜻이에요?"

"아니, 가엾은 램 씨가…." 어머니의 손놀림이 느려지더니 의아한 눈으로 프랜시스를 보았다. "정말 무슨 문제라도 있는 거야?"

프랜시스는 애써 미소 지었다. "잠에 들려던 참이었단 말예요. 손님이 올 줄은 몰랐어요. 하마터면 잠옷 차림으로 나올 뻔했다고요!"

"그분은 친절하게 내 부탁을 들어주셨을 뿐이야. 나로서는 배웅해 달라고 부탁하지 않을 수 없었으니까. 지금 열 시 반 아니니?"

"몇 시인지 모르겠어요. … 아, 문은 잠그지 마세요." 프랜시스는 현관문의 체인과 빗장을 걸려고 하는 어머니를 만류했다. "우유 통을 아직 안 내놔서요. 그리고…." 심장이 철렁하면서 목소리가 떨렸다. "레너드가 아직 안 들어왔어요."

어머니가 체인을 손에서 떨어트렸다. "아직도?"

어머니는 깜짝 놀란 듯했지만, 금세 침착해져서 날카로운 눈빛으로 프랜시스를 쳐다보았다. "바버 씨가 종일 안 들어왔단 말이니? 바버 부인은 집에 있고?"

프랜시스는 짧은 한마디를 꺼내는 데도 더듬거렸다. "네."

어머니는 아무 말도 하지 않았다. 하지만 무슨 생각을 하는지는 뻔했다. 오늘 프랜시스가 시간을 어떻게 보냈는지에 대해 어머니가 할 수 있는 짐작이래봤자 거기서 거기였다. 심지어 어머니가 상상할 수 있는 가장 최악의 경우조차도, 끔찍한 악몽 같은 현실에 비하면 아무것도 아니었다. 순간 프랜시스는 어머니에게 성큼 다가서서 손을 부여잡고 싶었다. "오, 어머니. 너무 무서워요! 어머니, 도와주세요!"라고 말하고 싶었다.

프랜시스는 힘겹게 몸을 돌리고, 고개를 수그린 채, 부엌으로 걸어갔다.

오늘 같은 밤에도 잠자리에 들기 전에 처리할 일들은 그대로였다. 스토브를 정리해야 하고, 내일 아침 식사에 필요한 것들을 내놔야 했다. 주위에 무슨 흔적이나 핏자국이 없는지 살피느라고 연신 누리번거리며 일하고 있는데, 어머니가 부엌으로 들어오더니 화장실로 향했다. 그러자 아까 변기를 너무 급하게 닦았다는 게 기억났다. 물론 그건 릴리안의 피긴 했다. 하지만 또 다른 죄를 입증하는 증거였다. 맙소사, 하루 종일 피만 보고 지냈다! 집 전체가 피바다 속에서 허우적거리는 것 같았다! 만약 어머니가 무슨 흔적을 발견하기라도 하면….

아니, 그럴 리는 없다. 지금은 너무 어두워서 제대로 보이지도 않을 것이다. 마당에서 돌아온 어머니는 별말이 없었다. 어머니는 묵묵히 유리잔에 물을 따르고는, 잘 자라고 차갑게 인사하고 부엌을 나갔다.

프랜시스는 홀의 가스등을 끄고 조용히 거실로 올라가, 소파 팔걸이에 맥없이 기대앉았다. 릴리안이 그녀의 태도와 표정을 보고는 속닥거렸다. "왜 그래? 무슨 일이야?"

프랜시스는 고개를 저었다. "아무 일도 없었어."

"어른들이 뭐라셨어? 아무 짐작도 못 했어?"

프랜시스는 나지막이 다그쳤다. "당연히 짐작 못 했지! 우리 어머니가 그런 걸 어떻게 짐작하겠어? 하지만 그 앞에 서서 아무 일도 없는 척 연기해야 하는 나는 얼마나 죽을 맛이었는지…."

프랜시스는 말끝을 흐렸다. 릴리안의 눈에 눈물이 그렁거리고 있었다. "지금 나를 미워하지 말아줘."

"미워하는 게 아니야." 프랜시스는 애써 말했다. "나는 다만…."

"우리가 한 일을 후회한다고?"

"그래, 후회해! 해선 안 되는 짓이었어! 그리고 너도 그를 때리지 말았어야 했고, 릴리안! 하지만 이제 와서 후회해봤자 뭐해? 이미 저질렀는데. 저질러버렸고, 돌이킬 수는 없고, 그리고…." 바닥 위에 구겨져 있는 체크무늬 앞치마가 눈에 띄었다. 프랜시스는 그걸 뭉쳐서 벽난로에 던져 넣고 말을 이었다. "시간만 더 있어도 좋았을 텐데! 우리가 남긴 허점이 분명 있을 거야. 하지만 지금 그걸 확인하러 돌아다닐 수도 없어. 그러면 어머니가 기척을 듣고 이상하게 생각할 테니까. 우리는 잠자리에 들어야…."

릴리안이 겁에 질린 표정으로 되물었다. "나 혼자 자라는 말은 아니지?"

프랜시스는 축 늘어졌다. "릴리, 어쩔 수 없어. 평상시와 똑같이 행동해야지, 안 그러면 이상해 보이잖아. 의심을 살 행동은 절대로 하면 안 돼. 그랬다가 나중에 경찰이 왜 그랬냐고 물으면…." 새로운 공포가 온몸에 쭉 끼쳐 올랐다. "이것도 전혀 상의를 못 했잖아! 우리가 말을 똑같이 맞춰야 하는데. 아침에는 얘기할 시간이 없을 텐데…."

"그러면 내가 네 방에서 잘게. 같이 누워서 얘기하자. 제발 오늘 밤은 나 혼자 두지 말아줘. 도저히 혼자 못 자겠어. 부탁이야, 프랜시스."

'부탁이야, 프랜시스. 제발, 프랜시스.' 오늘 저녁 내도록 끊임없이 들었던 말이었다. 하지만 릴리안이 눈물을 흘리며 덜덜 떠는 걸 보니, 프랜시스는 그녀에게 다가가서 안아주지 않을 수 없었다.

그렇게 안고 있으니 둘 다 조금 진정되었다. 프랜시스는 릴리안을 부축해 일으켜주면서 웅얼거렸다.

"좋아. 그렇게 하자. 잠옷 갈아입어. 그건 할 수 있겠지? 감기 걸리면 안 돼."

릴리안이 힘없이 옷을 벗는 동안 프랜시스는 거실을 둘러보았다.

카펫의 얼룩을 다시금 살피고, 레너드가 여기에 있었다는 증거가 남아 있진 않은지 점검했다. 하지만 진주 침핀만 더 발견했을 뿐이었다.

둘은 회랑으로 나와서 서로에게 잘 자라고 인사하고 릴리안의 침실 문을 닫았다. 프랜시스의 어머니에게 들려주기 위해서였다. 일 분 뒤 릴리안은 살금살금 프랜시스의 방으로 건너왔다. 프랜시스는 서눌러 그녀를 자기 침대로 끌어 들이고, 촛불을 켜둔 채 같이 누웠다. 촛불 빛에 비친 릴리안의 얼굴이 잿빛이었다. 그녀는 추위서 이를 딱딱 부딪치고 팔다리를 움찔거리며, 두 손으로는 여전히 아픈 배를 감싼 채로 이불 속에 파고들었다. 프랜시스는 릴리안을 꼭 감싸 안고 몸을 녹여주었다.

릴리안의 떨림이 진정되고부터 둘은 다음 날 벌어질 일들에 대해 긴장한 목소리로 조용히 이야기를 나누었다. 주위에 뭐라고 둘러델지 상의하고, 특히 오늘 밤에 둘이 뭘 하고 있었다고 말할지를 결정했다. 하지만 기진맥진한 릴리안은 점점 더 갈피를 못 잡고 헷갈려 하다가 급기야는 겁을 내기 시작했다. 프랜시스는 그녀에게 키스해주고 잠을 자도록 내버려두었다. 그녀는 금세 곯아떨어졌다. 차갑고 묵직하고 잠잠해진 릴리안의 몸은 마치 쓰러진 대리석 조각상 같았다. 완전한 숙면에 빠져들기 전에 딱 두 번 뒤척이기는 했다. 처음에는 프랜시스의 손을 꼭 쥐고 그녀의 눈을 바라보며 "이렇게 자는 거, 우리가 원했던 거잖아. 안 그래?"라고 물었다. 먼 옛날 정사를 나누던 때의 습관들을 떠올리며 애틋한 슬픔에 젖은 모양이었다. 하지만 그 다음에 뒤척였을 때는 그런 이유 때문이 아니었다. 릴리안은 퍼뜩 고개를 쳐들더니 커튼 쳐진 창문을 바라보며 물었다.

"방금 그 소리 뭐야?"

"아무 소리도 안 났는데."

"정말? 분명 들었는데…." 릴리안이 프랜시스의 눈을 돌아보았다. "만약 우리 실수한 거면 어쩌지? 만약 렌이 깨어난다면? 만의 하나라도…."

"그는 못 깨어나. 우리가 할 수 있는 건 아무것도 없어. 너무 늦었어. 레너드는 생각하지 마."

하지만 프랜시스도 레너드를 생각하고 있었다. 그녀의 팔을 내리 누르던 그 몸의 무게가, 쿠션을 받친 머리가 어깨에 기대어오던 감각이 생각났다. 거실에서 두 가지의 어두컴컴한 갈림길을 보았던 순간도 자꾸만 떠올랐다. 그때 어째서 이 길을 선택했던가? 자신이 어떤 절박한 감정을 느꼈다는 것까지는 기억이 났지만, 그때의 감정 자체는 사라져버렸다. 지금 그녀에게 절박한 감정은 오로지 공포였다. 자신이 저지른 짓이 무서웠고, 자신이 미처 하지 못한 일들 때문에 두려웠다. 레너드의 옷에 생겼을 구김살만 하더라도 그렇다. 더 주의 깊게 옷매무새를 매만졌어야 했다. 그리고 팔다리가 늘어진 모양도 문제였다. 아까는 전혀 생각지 못했는데, 사람이 미끄러지거나 발을 헛디뎌 넘어지면 자연스럽게 나올 수 있는 자세가 있고 나올 수 없는 자세가 있지 않을까?

무엇보다도 쿠션으로 눌렀던 상처 부위에 대한 걱정이 가시지 않았다. 그 노란 천에서 실이나 술 같은 게 묻어 나오지 않았을 리가 없었다. 지금이라도 돌아가서 확인해야 하나? 프랜시스는 잠시 고민에 빠졌다. 그리고 정말로 랜턴을 가지고 살그머니 정원으로 내려가보기로 결심하고, 동상처럼 미동도 없는 릴리안의 손에서 자기 손을 빼내려 했다.

그때 무슨 소리가 들렸다. 창밖에서 무언가 바스락거리거나 삐걱거리는 소리가 난 것 같았다. 한순간 숨이 멎을 것 같았지만, 다시 들어

보니 그건 빗방울 소리였다. 처음에는 살짝 흩뿌리는 듯하더니 점점 더 추적추적 내렸다. 그 비가 레너드의 옷을, 레너드의 몸을, 그의 깨진 머리를, 그의 부드럽고 부드러운 입술을 떳떳하게 습격하면서 깨끗하게 씻기는 광경이 상상되었다. 프랜시스는 빗소리에 귀를 기울이며 뼛속까지 사무치는 안도감과 수치심으로 치를 떨었다.

PART THREE

11

　비는 쉼 없이 내렸다. 촛불이 꺼지고, 난롯불도 잦아들고, 방이 캄캄한 어둠에 잠기다가 다시 어슴푸레 밝아질 때까지도 빗소리는 계속 이어졌다. 프랜시스는 한 방울 한 방울의 빗소리를 빠짐없이 모두 들은 것만 같았다. 잠을 한숨도 이루지 못했다. 눈도 거의 감지 못했다. 그러다가 여섯 시쯤 되어서 릴리안의 손을 떼어내고 침대에서 빠져나왔다. 창문의 커튼을 젖혀보니 폭우 속에 건물들의 지붕과 굴뚝 윤곽이 흐릿하게 보였지만, 정원 후문 쪽으로는 아무것도 보이지 않았다. 시커먼 그림자뿐이었다.

　온몸이 쑤시는 데다가 살이 에이도록 추웠다. 프랜시스는 성냥을 켜고 살금살금 벽난로로 다가가서 타다 남은 석탄재에다 불을 일으키려 애썼다. 탁탁거리는 소리와 함께 불길이 일어난 순간, 뒤에서 나직한 목소리가 들렸다. "프랜시스." 릴리안이 그녀를 바라보고 있었다. 프랜시스는 침대로 돌아가 그녀를 꼭 끌어안았다. "꿈인 줄 알았어." 릴리안이 속삭였다. "꿈을 꾼 줄 알았는데, 다 기억이 났어." 사랑을 나눌 때와 똑같은 전율이 릴리안의 몸을 타고 흘렀다.

릴리안은 울지 않았다. 눈물이 다 말라버린 모양이었다. 프랜시스에게도 그녀에게도 어떤 변화가 찾아온 듯, 이제는 둘 다 차분했다. 망연자실한 것뿐일지도 모르지만. 프랜시스는 시계를 확인하고 말했다. "넌 이제 네 방으로 돌아가. 동이 텄으니 시체가 발견될 거야. 일꾼이나 누군가가 찾아내겠지. 그러면 집에 누가 찾아올 테고."

릴리안은 군말 없이 몸을 일으켰지만, 약간 움찔하는 걸 보니 통증은 여전한 듯했다. 어제만큼 심하지는 않아도 하혈이 계속되고 있었다. 프랜시스는 어깨를 축 늘어뜨린 그녀의 양팔에 가운 소매를 꿰어 입혀주고, 일어서서 마지막으로 말 없는 포옹을 나누었다. 방문을 살짝 열어주자 릴리안은 소리 없이 회랑으로 빠져나갔다. 그 창백한 모습이 마치 유령 같았다.

현관문에 노크 소리가 난 건 일곱 시 오십오 분이었다. 프랜시스가 방에서 치마를 입으면서 혹시 아무도 안 찾아오는 건 아닐까 생각하고 있던 차였다. 우체부가 문을 기운차게 두 번 두드리는 소리하고는 확실히 달랐다. 묵직하고 불길한, 나쁜 소식을 뜻하는 노크 소리였다. 프랜시스는 심장이 납덩이처럼 무거웠고 걸을 때마다 근육이 찢어질 것 같았지만 애써 아래층으로 내려갔다.

어머니도 막 방에서 나온 참이었다.

"뭐 배달 올 거 있니, 프랜시스?"

프랜시스는 고개를 저었다.

그 간단한 몸짓도 가식적으로 느껴졌다. 납덩이 같은 심장이 거북하게 요동쳤다. 현관문을 열고 레인코트를 걸친 건장한 경찰관의 모습을 눈앞에 맞닥뜨렸을 땐, 그 즉시 힘이 쭉 빠지는 것 같았다.

그런데 다시 보니 그 경찰은 아는 얼굴이었다. 하디라는 이름의 젊은 신출내기 순경으로, 순찰을 도는 걸 종종 마주친 적이 있었다. 하디 순경은 남자아이처럼 목울대를 실룩이며 침을 꿀꺽 삼켰다. "레이양 되시지요?"

프랜시스는 고개를 끄덕였다. "무슨 문제가 있나요?"

"음, 죄송하지만 그렇습니다."

어머니가 앞으로 나섰다. "무슨 일이니, 프랜시스?"

하디 순경은 어머니를 돌아보고는, 침을 또 한 번 꿀꺽 삼키고서 말을 이었다. "레너드 바버 씨가 이 댁에 거주한다고 알고 있습니다만, 맞습니까?"

"네. 그렇지요. 아내와 함께 위층 방을 쓰고 있어요. 하지만 지금쯤이면 출근했을 텐데요. 적어도… 그리고 보니 오늘 바버 씨가 나가기는 했니, 프랜시스? 나가는 소리를 못 들었는데. 순경님, 무슨 일이 생긴 건가요? 일단 안으로 들어오시겠어요?"

순경은 젖은 신발을 힘들여 닦아내고서야 집 안으로 들어왔다. 현관문이 닫히고 나자 그는 입을 열었다. "바버 씨가 부상을 당했던 것 같습니다."

어머니가 손을 목으로 홱 가져갔다. "부상이라고요? 출근길에 말인가요?"

그는 머뭇거리다가 계단 쪽을 올려다보았다. "바버 부인이 안에 계십니까?"

프랜시스는 어머니의 팔을 잡았다. "제가 불러올게요. 여기서 기다리세요."

심장박동은 겨우 진정이 되었지만, 뻣뻣하고 부자연스러운 행동거지는 도무지 주체가 안 되었다. 게다가 다리가 너무 아파서 계단을 똑바로 올라가기도 힘들었다. 그래도 어떻게든 꼭대기까지 올라가서 릴리안을 부르려고 했는데, 막상 그럴 필요까지는 없었다. 당연하게도 릴리안 역시 노크 소리와 경찰의 말소리를 듣고 이미 방에서 나와 있었기 때문이었다. 잠옷과 가운 위에 숄을 걸친 그녀는 너무나 창백하고, 구부정했으며 지쳐 보이다 못해 병색이 완연한 모습이었다. 그 모습을 본 순간 프랜시스는 무릎에 힘이 풀려 주저앉을 뻔했다. 그녀는 계단 모퉁이에 버티고 서서, 자신을 지켜보고 있을 하디 순경과 어머니의 무시무시한 시선을 의식하며 입을 열었다.

"겁내지 말고 들어, 릴리안. 지금 경찰관이 왔어. 레너드에게….." 자기가 늘어놓는 말이 너무나 엉성하게 느껴졌다. "무슨 일이 생겼다나 봐. 이해가 안 되는데… 레너드가 벌써 출근한 거야?"

릴리안은 프랜시스를 멀거니 쳐다보았다. 그녀의 괴이쩍은 목소리 때문에 겁에 질린 눈치였다. 겁을 내면 안 된다! 프랜시스는 침을 꿀꺽 삼키고 더 매끄러운 어조로 말했다. "레너드 지금 있어?"

마침내 릴리안이 앞으로 걸어 나왔다. "아니. 없어."

"출근한 거야?"

"집에 안 들어왔는데. 어… 어디 있는지 모르겠어."

릴리안은 프랜시스를 따라 계단을 내려갔다. 경찰을 본 순간 아까 프랜시스가 그랬듯 비틀거리며 계단 난간을 붙잡았지만, 그건 괜찮았다. 충분히 정상적인 반응이니까. 그렇지 않은가? 프랜시스는 릴리안의 손을 잡고 계단을 마저 내려가게 도와주면서, 힘과 자신감을 북돋아주려고 손을 꽉 쥐어주었다. 순경이 그들에게 말하기를, 미안하지만 매우 무거운 소식을 전해야 하니 바버 부인이 앉아서 들어주었으면 좋겠다고 했다. 그래서 그들은 응접실로 자리를 옮겼다. 프랜시스가 후닥닥 방 안을 돌아다니며 창문들의 커튼을 젖히는 동안 릴리안은 소파 끝 쪽에 앉았고, 어머니는 그 옆자리에 앉고서 릴리안의 팔에 손을 얹었다. 하디 순경은 헬멧을 벗고 카펫을 밟지 않으려 조심하면서 안으로 들어왔다. 망토에 묻은 빗물이 카펫에 떨어질까 봐 염려되는 모양이었다.

순경은 목울대를 더욱 크게 실룩이고는, 이 서댁 후문 앞의 뒷길에서 한 남성의 시신이 발견되었으며, 소지품을 확인한 결과 레너드 바버 씨의 시신으로 추정된다고, 그가 집에 없다는 것을 바버 부인이 확인해줄 수 있겠느냐고 물었다.

릴리안은 침묵했다. 비명을 올린 쪽은 프랜시스의 어머니였다. 하디 순경은 한층 거북해진 표정으로 말했다.

"남편분이 댁에 계시는지 여부만 알려주시면…."

"네." 릴리안이 마침내 입을 열었다. "아니, 전 모르겠어요. 렌이 어디 있는지 잘 몰라요. 어젯밤 집에 안 들어왔어요. 오, 하지만 그 사람일 리 없어요! 어떻게 그런!"

릴리안의 목소리에서 공포가 배어났다. 이 상황에 어울리는 종류의 공포인가, 아닌가? 가늠할 수 없었다. 프랜시스는 재빨리 소파를 둘러가서 그녀의 어깨를 잡아주었다. '침착해. 용기를 내. 나 여기 있어. 사랑해.'

하디 순경은 수첩을 꺼내 펼치고 사건의 전후 맥락을 구체적으로 물었다. 바버 부인이 마지막으로 남편을 본 게 언제냐, 어제 그의 행동은 어땠냐, 출근은 했냐, 직장이 어디냐, 출근한 뒤에는 어떻게 됐냐, 남편이 언제 종적을 감추었냐.

릴리안은 떨리는 목소리로 펄 본사의 주소를 알려주고, 레너드가 어제 찰리 위스머스를 만날 예정이었다고 말했다. 순경은 팔에 헬멧을 끼운 채로 어설프게 손을 놀려, 남학생이 필기를 하듯 위스머스의 이름을 또박또박 공들여 적었다. 그리고 프랜시스 모녀를 돌아보며 혹시 바버 씨를 보았느냐고 물었다. 모녀는 둘 다 고개를 저었다.

프랜시스가 나서서 말했다. "아뇨, 못 봤어요. 뒷길에서 발견됐다니! 그게 정말인가요? 믿어지질 않는걸요." 그녀는 릴리안의 어깨를 붙잡은 채 창문 쪽에 시선을 고정하고서, 작위적인 티를 안 내려고 안간힘을 쓰면서 동시에 무슨 질문을 해야 할지를 고민했다. 자신이 알아야 하는 정보가 무엇이고 몰라야 하는 정보는 무엇인지를.

"그러고 보면 바버 씨가…." 고민 끝에 말을 꺼냈지만 이번에도 영락없이 가식적인 말투가 튀어나왔다. "가끔 지름길 삼아 그 길로 다니기는 했어요. 어젯밤에도 그랬던 걸까요? 만약 그랬다면… 바버 씨가 언제부터 거기에 있었다고 생각하세요?"

"글쎄요, 옷은 완전히 젖어 있었습니다."

"하지만 도대체 어떻게? 그가 어떤 식으로…."

"저희가 생각하기로는, 머리의 부상 때문인 것 같습니다."

그 말에 릴리안이 움찔했다. 손 안에서 그녀의 어깨가 튀어 오르는 것이 느껴졌다. 프랜시스는 손에 힘을 꽉 주었다. '용기를 내!'

어머니가 프랜시스를 돌아보았다. "오, 끔찍해라! 끔찍해! 지난번과 똑같잖니, 프랜시스!"

하디 순경이 눈을 깜빡였다. "지난번이라니요?"

이 화제가 나오니 약간 안전해진 느낌이 들었다. 프랜시스는 한결 자연스러워진 태도로 7월에 레너드가 낯선 사람에게 습격당했던 일을 털어놓았다. 순경은 그녀의 이야기를 열심히 받아 적었지만, 지금은 형식적인 차원에서 하는 일인 것 같았다. 그는 이제 막 시신이 발견된 참이라 사인은 규명되지 않았으며, 부검이 끝난 뒤에야 더 자세한 정보를 알려줄 수 있을 거라고 말했다. 하지만 지금까지 확인된 바로는 소지품을 도난 당한 흔적은 없었다고 했다. 지갑에 돈이 들어 있었고 손목시계와 결혼반지도 그대로더라는 것이었다. 정황상 젖은 땅을 걷다가 발을 헛디뎌 머리를 부딪쳤을 가능성이 매우 높다고 했다. 길바닥에 돌멩이가 워낙 많으니….

킬리인이 또 숨찔했다. 프랜시스는 그녀의 어깨를 난난히 쉬고서, 그 추정을 확실시하기 위해 되물었다. "넘어졌다는 말씀이신가요?"

하디 순경이 대답했다. "글쎄요…. 네, 확실히 그렇게 보입니다."

소파에서 일어나 프랑스식 창문 앞으로 건너가 있던 어머니가 대뜸 말했다. "어떻게 그런 일이 있을 수가 있어요!" 어머니의 얼굴이 잿빛이었다. "가엾은 바버 씨가 아직도 거기에 있다니! 비가 이렇게 오는데! 바버 부인, 그분을 안으로 데려와야 하지 않겠어요? 프랜시스…."

프랜시스는 시신 근처에 간다는 생각만으로도 욕지기가 치밀었다. 만약 그를 또 만지거나 들어 올려야 한다면…. 하지만 하디 순경이 어머니를 제지해주었다. "그러실 필요가 없습니다. 제가 이미 구급차를 요청해뒀어요."

"하지만 그때까지 밖에 저대로 놔두다니요! 지금 누가 옆에 있나요?"

"에드워즈 순경이 지키고 있습니다. 뒤편의 이웃집들 중 한 집에 사시는 분이 방수포를 하나 주셔서 그걸로 덮어두었고요. 시신을 처음 발견한 사람도 그분이었습니다. 개를 데리고 산책 나가다가 봤는데, 모자를 쓰지 않았기에 언뜻 부랑자인 줄 알았답니다. 아, 모자는 다른 데로 굴러가서 없었거든요. 아무튼 그 이웃분은 어엿한 신사의 시신이라는 것을 깨닫고 더 자세히 살펴보았고, 그로브 거리에 사는 회사원이라는 것을 알아보았대요. 그래서 제가 그 주변 집들을 돌아다니며 삼십 분쯤 탐문을 벌였지요. 그동안 의사가 도착해서 사망 확인을 해주었는데, 그때에야 바버 씨의 주머니에서 집 주소가 적힌 서류를 한 장 발견하고… 아, 구급차가 지금 오나 보군요."

대문 앞에 특색 없는 회색 화물차 한 대가 들어오고 있었다. 순경은 릴리안을 돌아보고 자세를 가다듬었다. "바버 부인, 죄송하지만 부인께서 최근친으로서 신원 확인 절차를 위해 시신 안치소로 와주셨으면 합니다."

릴리안의 얼굴이 창백해졌다. "무슨 뜻이에요? 제가 렌을 봐야 한다는 말인가요?"

"그러셔야 합니다. 저희가 택시를 보내드릴 테니 그걸 타고 다녀오시면 됩니다. 오래 걸리지는 않아요. 검시관 측에서도 부인의 진술을 받으려고 하겠지만, 그건 아마 나중에 그쪽 담당자가 이 댁으로 찾아와서 진행할 거예요."

릴리안은 숨을 가쁘게 쉬면서 말했다. "자신이 없어요." 그녀는 프랜시스를 향해 손을 올리며 그녀의 얼굴을 올려다보았다. "못 할 것 같아요."

두려움에 빠진 눈빛이 고스란히 보였다. 프랜시스는 안절부절못하고 릴리안의 손을 틀어쥐었다. 시신을 보고 싶지 않은 건 그녀도 마찬가지였다. 그의 입 밖으로 삐져나왔던 분홍색 혀가 떠올랐다. 그런데도 프랜시스는 억지로 말을 꺼냈다. "괜찮아. 내가 같이 가줄게. 그러면 견딜 만하지 않겠어? 내가 곁에 있을게."

프랜시스는 어머니를 돌아보았다. "저는 릴리안과 같이 갈 테니 어머니는 이쪽 상황을 살펴주시겠어요?"

"아무렴 그래야지. 바버 부인을 혼자 가게 할 순 없지." 어머니는 그렇게 대답했지만, 딴 데 정신이 팔린 듯 멍하니 정원을 내려다보고 있었다. "그런데 도무지 믿어지지가 않아. 우리가 자고 있는 동안 그런

464

일이 벌어졌다니….”

릴리안이 어머니를 바라보며 말했다. “정말 죄송해요, 레이 부인.”

어머니가 깜짝 놀라서 그녀를 돌아보았다. “죄송하다니, 왜요?”

“모르겠어요….”

릴리안의 목소리가 갈라지더니 눈물이 터져 나왔다. 그녀는 손수건으로 눈물을 닦아냈지만, 하디 순경이 그녀의 시댁이나 친정 식구들 중 부음을 전할 사람이 있느냐고 묻자 또다시 울음을 터뜨렸다.

“렌의 부모님이요. 오, 그분들이 알면 돌아가실지도 몰라요! 정말 그럴지도 몰라요!” 릴리안은 괴로움과 공포에 겨운 목소리로 페컴 라이의 시댁과 월워스 거리의 친정집 주소를 일러주었다.

하디 순경은 수첩을 집어넣고, 헬멧을 쓰고 턱 밑에 끈을 매면서 자기는 이제 경찰서로 가야겠다고 했다. 동료들에게 보고하고 택시도 불러놓겠다면서. “혹시라도 댁에 전화기가 있습니까? 없군요. 그러면 이 언덕 밑에 있는 파출소 전화를 써야겠네요.”

순경이 떠나고 나서 세 사람은 잠시 동안 멍하니 서 있다가 황망히 정신을 차렸다.

“뭘 좀 먹어둬야지, 프랜시스.” 어머니가 말했다. “바버 부인도요. 빈속으로 가면 안 돼요. 많이 힘드시지요? 내가 방으로 같이 가서 옷 갈아입는 걸 도와줄까요? 아니면….” 릴리안이 고개를 내젓자 어머니는 재차 물었다. “정말 괜찮겠어요? 곧 끔찍한 일을 감당해야 할 텐데.”

프랜시스가 말했다. “제가 릴리안을 도울게요. 아궁이 불만 때고요. 아니, 그럴 시간도 없겠네요. 위층 부엌에서 가스 불로 차를 끓여야겠어요.”

프랜시스는 필요한 물건을 주섬주섬 챙겼고, 그동안 릴리안은 터덜터덜 계단을 올라갔다. 곧바로 뒤따라 올라가 보니 릴리안은 침실에서 손으로 이마를 짚고 있었다. 프랜시스가 그녀를 끌어안자, 부들부들 떨면서 품 안에 파고들었다. "내가 뭘 하는 건지 모르겠어, 프랜시스. 어지러워. 나 너무 힘들어."

프랜시스가 속삭였다. "그래도 한 고비는 넘겼어. 아까 돌에 부딪쳤을 거라고 한 얘기 들었지? 그 부분은 해결된 거야."

릴리안이 뒤로 물러나 프랜시스의 얼굴을 바라보았다. "정말 그럴까?"

"그럼. 그렇지."

릴리안은 눈을 감고 고개를 끄덕였다. 프랜시스는 그녀를 당겨 안고 키스해준 다음, 부엌으로 뛰어가서 차를 준비했다.

물이 끓기를 기다리는 동안 거실에 들러서 바닥에 핏자국이 있는지 살펴보았다. 커튼을 살짝 젖혀보니, 맙소사, 그 밑의 카펫에 피 얼룩이 있었다! 네 개, 다섯 개, 여섯 개… 무려 일곱 개나 있었다. 누가 작정하고 찾으려고만 하면 대번에 찾아낼 만큼 적나라하게. 그 부분에 손을 대보니 아직도 축축했다. 게다가 벽난로는 시커멓게 그을렸고, 기름진 석탄 덩어리와 타다 남은 앞치마 조각들이 석쇠에 잔뜩 뒤얽혀 있었다. 지금 저걸 다 없앨 수는 없었다. 프랜시스는 눈에 심하게 띄는 것들을 삽으로 퍼서 재 버리는 통에 집어넣고, 난롯불을 새로 지피고 석탄을 듬뿍 퍼 넣었다. 곧 방이 따뜻해지면 카펫도 마를 테고, 그러면 피 얼룩도 옅어져서 카펫 무늬와 섞일 것이다.

프랜시스는 벽난로 앞에 열기 보호용 칸막이를 세워놓고 서둘러 부엌으로 뛰어갔다.

차를 가지고 아래층으로 내려가 보니 어머니는 프랑스식 창문 앞에 앉아 있었다. "도저히 못 먹겠다, 프랜시스. 진정이 되질 않아. 현실인 것 같지가 않구나."

466

어머니가 받아 쥔 찻잔이 잔받침 위에서 달그락달그락 흔들렸다. 얼굴에는 핏기가 전혀 없었다. 어머니를 이대로 혼자 두고 가도 괜찮을까? 지금 플레이페어 부인 댁에 뛰어가서 패티와 함께 와달라고 부탁하면 어떨까? 아니, 플레이페어 부인은 집에 없을 것이다. 일주일동안 서섹스의 동생네에 다녀온다며 오늘 아침 일찍 떠난다고 했었다. 다른 사람은 누구 없나? 이웃들 중에서? 앞집 사는 다우슨가 정도라면….

프랜시스는 모자도, 외투도 걸치지 않은 채 빗속으로 뛰어나가 길을 건넜다. 다우슨가 식구들 앞에서 그녀는 가쁜 숨을 몰아쉬며 지금 상황에 대해 신속히 설명했다. "… 네, 끔찍했어요. 충격이 이만저만이 아니었죠. 아뇨, 그때 일하고는 전혀 달라요. 경찰이 하는 말이 이번에는 단순한 사고였을 거래요. 그런데 혹시 다우슨 부인께서 한 시간 정도만 저희 어머니 곁을 지켜주실 수 없을까요? 저는 바버 부인을 데리고 안치소에 다녀와야 해서요. 불을 지피고 아침 준비를 해줄 일손도 한 명 보태주셨으면 좋겠는데요."

아연실색한 그들은 당연히 그러겠다고, 지금 당장 준비해서 가겠다고 했다. 그들이 외투며 우산을 챙기는 동안 프랜시스는 먼저 밖으로 나갔다.

다우슨가의 앞마당을 가로지를 때 모퉁이의 인도에 서 있는 한 상인이 눈에 띄었다. 그는 언덕 꼭대기에 있는 무언가에 정신이 팔려 기묘한 자세로 못 박힌 듯 서 있었다. 도로 경계석까지 내려가보니 그 사람이 뭘 보고 있는지가 눈에 들어왔다. 뒷길에서 구급차 한 대가 나오고 있었다. 구급차는 코를 킁킁거리며 돌아다니는 짐승처럼 요란하면서도 느리고 조심스럽게 모퉁이를 돌며 내려오더니 그녀의 바로 앞을 지나쳐 갔다. 너무나 가까워서 무심코 손을 내밀어 차체를 만져

볼 뻔했다. 프랜시스는 구급차의 창문 한 장 없는 밋밋한 뒷면이 캠버웰 방향으로 느릿느릿 멀어져가는 모습을 지켜보았다. 레너드가 정말 저 안에 있을까? 그의 깨진 머리를 떠올리자 속이 메스꺼워졌다. 그녀는 흠칫 놀라 발걸음을 재촉했다.

그래도 다우슨가 사람들에게 이야기하고 나니 기분이 좀 나았다. 작위적인 기색을 어느 정도 떨쳐내고, 뜻밖의 비극을 맞닥뜨린 무고한 사람의 입장으로 반응할 수 있게 된 것 같았다. 집에 들어가보니 응접실에 어머니와 릴리안이 같이 앉아 있었다. 그런데 릴리안의 옷차림이 엉망이었다. 남색 스커트, 진홍색 셔츠, 갈색 코트 등 어울리지 않는 색깔의 옷들을 뒤죽박죽 겹쳐 입은 걸 보니 아무거나 잡히는 대로 꺼내 걸친 모양이었다. 게다가 얼굴에 바른 파우더와 립스틱 때문에 파리한 낯빛이 오히려 더욱 두드러져 보였다. 릴리안은 심하게 추위를 타는 것처럼 와들와들 떨었고, 어머니가 차를 권하고 있었지만 소파 옆 탁자에 놓인 찻잔은 붉은 립스틱 자국만 찍혀 있을 뿐 거의 마시지 않은 듯 꽉 차 있었다. 프랜시스에 뒤이어 다우슨 부인과 하녀가 들어오는 기척이 들리자 릴리안은 화들짝 놀라더니, 그들이 응접실에 나타나자 고개를 숙여 인사했다. 다우슨 부인이 릴리안에게 말했다. "오, 바버 부인. 상심이 얼마나 크실까요. 레이 부인, 어쩌면 이렇게 슬픈 일이 있나요!"

프랜시스가 위층에서 코트와 모자를 챙기고 있을 때 택시가 도착했다. 그녀는 릴리안의 팔짱을 끼고서 밖으로 나갔다. 앞뜰을 걸어가다 보니 주변 행인들의 시선이 의식되었다. 소문이 벌써 퍼진 것이거나, 아니면 그저 둘의 위태롭고 다급한 분위기 때문에 이목을 끈 것인지도 모른다. 택시 기사 역시 그들에게 호기심 어린 시선을 던졌다. 경찰에게서 무슨 이야기를 어디까지 들은 걸까? 적어도 목적지에 대해서는 묻고 답할 필요가 없었다. 기사는 잠자코 둘이 차에 타도록 도와주고 자신은 운전석에 올라탄 다음 차를 출발시켰다. 차대 쪽에서 소름 끼치게 삐걱거리는 소음이 터져 나오면서 택시는 언덕을 내려가기 시작했다.

프랜시스와 릴리안은 아무 말도 하지 않았다. 운전석이 유리 칸막이로 분리된 데다 엔진 소리와 바퀴 소리가 시끄러워서 어차피 기사는 아무것도 듣지 못할 테지만, 너무 초조하고 불안해서 감히 무슨 말을 꺼낼 수가 없었다. 둘은 손을 꼭 잡고서 기사의 시선을 피해 자세를 낮추었다. 이따금씩 릴리안은 눈을 감고 기도하듯 입술을 달싹였다.

택시는 토요일 아침의 빗길을 누비고 나아갔다. 공원, 병원, 영화관, 가게, 평범하고 친숙한 건물을 지나다가, 캠버웰 그린 너머로 조금 더 들어간 뒤 우회전해서 똑같이 생긴 저층 건물들이 다닥다닥 늘어선 음침한 길로 접어들었다. 그리고 몇 분 후 작은 예배당처럼 생긴 건물 뒤에서 멈춰 섰다. 여기가 바로 검시 법원*인 모양이었다. 프랜시스가 차 문을 열고는 어떻게 해야 할지 몰라 머뭇거리고 있으려니 하디 순경이 나타나 그들을 맞아주었다. 어떻게 그들보다 먼저 도착한 건지, 경찰에게만 가능한 무슨 신출귀몰한 마법이라도 부린 모양이었다. 하디 순경은 그들을 이끌고 서둘러 비를 뚫고서 건물 안으로 안내하더니, 작고 음산한 로비에 비치된 딱딱한 의자 두 대에 앉아 기다리라고 했다.

이랑 무늬가 있는 유리창으로 햇빛이 어렴풋이 비쳐 들었다. 안쪽에서 두런거리는 남자들의 목소리, 전화벨 소리, 전화받는 소리가 들

---

* 영국에서는 사망자의 사망 원인을 규명하는 업무를 검시 법원이라는 별도의 기관에서 책임진다.

려왔다. 사무실이나 가게 안쪽 방 같은 데에서 날 법한 소리였다. 여기가 시체 안치소가 있는 건물이 맞나, 아니면 중간에 들르는 경유지 같은 곳인가? 알 수 없었다. 이 공간은 너무나 특색 없고 일상적인 느낌이었다. 아까 구급차를 보았을 때도 그 안에 레너드의 시신이 있다는 사실이 실감 나지 않았지만 이 건물 안 어딘가 가까운 곳에 그의 시신이 있다고는 더더욱 상상하기 힘들었다.

그런데 소독약 냄새가 언뜻 풍겼다. 그 냄새가 누리끼리한 색깔을 띤 가스처럼 공기에 서서히 스며드는 광경이 보이는 것만 같았다. 릴리안을 돌아보니 그녀 역시 그 냄새를 알아차린 듯했다. 릴리안은 자세를 자꾸만 고쳐 앉더니 프랜시스의 팔을 덥석 잡았다. "나 도저히 못 할 것 같아, 프랜시스."

프랜시스는 릴리안의 손을 어루만졌다. "잠깐이면 된댔잖아."

"그래도 무서워. 어떤 모습일지…."

"한번 보기만 하고 눈을 돌리면 돼."

"너무 무서워. 못 하겠… 아아!"

하디 순경이 그들에게 다가왔다. 그가 자기를 따라오라고 말하자 릴리안은 눈을 감고 떨리는 숨을 길게 내쉬었다. 프랜시스가 그녀를 일으켜 세워주었지만, 릴리안은 가슴 위에 손을 얹고 서서 움직이려 하질 않았다. 그녀가 너무 오래 주저하고 있으니 모든 것이 소금처럼, 모래처럼 흘러내리고 무너질 듯한 위기감이 들었다. 프랜시스는 절박하게 속삭였다. "잠깐이면 돼. 가장 끔찍한 일은 이미 끝났잖아. 그 끔찍한 것도 너는 이겨냈잖아. 지금 이건 사소한, 아주 사소한 절차일 뿐이야."

릴리안은 다시금 심호흡을 하더니 고개를 끄덕였다. 하디 순경이 어색한 몸짓으로 그들을 안내하며 로비에서 데리고 나갔다.

하디 순경을 따라가다 보니 프랜시스는 비로소 이곳에 온 목적이 절감되었다. 하지만 마음 한편으로는 아직도 믿기지 않았다. 어디에선가 또 전화벨 소리가 울렸다. 그들이 이곳을 지나 어딘가 다른 건물로, 더 인상적이고 그럴싸한 건물로 가게 되리라는 상상이 자꾸만 들었다. 하지만 만약 그런 데에 간다고 해도 과연 레너드가 있을까? 레너드는 지금 사무실에 있을 것이다. 테니스를 치고 있을 것이다. 자기 부모님 집에 있을 것이다. 챔피언 힐의 집 정원에서 잔디 깎는 기계를 밀고 있을 것이다…. 그런데 하디 순경이 어느 복도로 꺾어 들어가더니, 한 방의 문을 열고는 비켜서서 그들을 안으로 들여보냈다. 어느새 프랜시스는 전깃불이 밝혀진 청결한 방 안에 들어와 있었다. 방 한가운데에는 시트로 푹 뒤덮인 사람 형체의 무언가가 뉘여 있는 기묘한 제단 같은 것이 있었고, 그 옆에는 앞치마를 걸친 안내인이 서 있었다. 문이 닫히더니 안내인이 준비가 됐느냐고 물었다. 프랜시스는 그 말이 무슨 뜻인지 몰라 멍하니 쳐다만 보았다. 그런데 릴리안은 고갯짓을 했거나 무슨 신호를 했던지, 안내인이 마치 숙녀의 무릎에 냅킨을 올려주는 웨이터처럼 주의 깊고 노련하고 사심 없는 손짓으로 시트의 윗부분을 잡았다. 그가 시트를 들추는 순간, 산란하던 머리가 퍼뜩 깨어나면서 현실감과 두려움이 밀어닥쳤다.

하지만 막상 시트가 완전히 걷히고 나니 두려움은 가라앉았다. 어젯밤에 겪은 고생과 공포에 비하면 이건 전혀 마음에 와 닿지도, 위협적이지도 않았다. 레너드의 얼굴은 공작용 점토로 엉성하게 빚어놓은 것처럼 보였다. 한쪽은 회색, 다른 한쪽은 거의 보랏빛으로 만들어놓고는 제대로 붙여놓지도 않은 점토 모형 같았다. 눈꺼풀은 반쯤 열려 있었지만 입술은 말끔히 닫혀 있었다. 머리에는 흰 수건을 둘러놓았는데, 수녀의 머리쓰개처럼 보이는 그 수건과 얼룩덜룩한 피부와 붉은 수염의 조합이 너무나 기괴해서 진짜처럼 보이지도 않았다. 이건 벌떡 일어나서 두 팔을 쳐들고 그녀를 붙잡고 비난할 레너드가 아니었다. 애초에 레너드 자체가 아니었다. 릴리안도 같은 괴리감을 느낀 게 분명했다. 그녀는 어리둥절한 듯 그의 얼굴을 쳐다보기만 하다가, 하디 순경이 불렀을 때에야 다소 긴가민가한 어조로 "네, 맞아요. 남편이에요."라고 대답했다. 릴리안이 심란해진 건 오히려 그곳에서 나가는 길에, 시신에서 발견된 유류품들을 보았을 때였다. 쫄딱 젖은 옷가지와 모자가 철제 쟁반 위에 쌓여 있었고, 비에 젖어 모양이 망가진 구두는 끈이 풀린 채 놓여 있었으며, 호주머니에서 나온 물건들이 방습용 종이 위에 끔찍하리만큼 가지런히 줄지어 늘어서 있었다. 열쇠와 담배, 손수건, 보이스 브리게이드* 주머니칼, 동전, 지폐, 편지, 손목시계, 결혼반지.

로비로 돌아왔을 때 릴리안은 울고 있었다. 프랜시스는 릴리안을 의자에 앉혀주고, 그녀의 곁에 앉아서 들썩이는 어깨를 한 팔로 안아주었다. 하디 순경은 불편한 기색으로 앞에 서서 기다리고 있었다. 릴리안이 서명해야 하는 서류가 있는 모양이었다. 릴리안은 눈물과 콧물을 문질러 닦고는 그가 내민 서류를 흐릿한 눈빛으로 들여다보았다. 그런데 막상 서명을 하려고 하니 펜의 잉크가 다 떨어졌는지, 굳어버린 건지 영 말썽을 부렸다. 순경은 목부터 귓불까지 시뻘겋게 달아오른 채 펜촉을 고치려고 만지작거렸다.

소독약 냄새가 갈수록 심해졌다. 프랜시스는 얼른 여기서 벗어나고 싶어서 애가 탔다. 그러고 보니 이랑 무늬 유리창 너머로 그들이 타고 왔던 택시의 형체가 어렴풋이 나타났다. 엔진을 켜둔 채 밖에 멈춰 서

---

* 보이 스카우트와 같은 영국의 소년단.

있는 걸 보니, 그들을 집으로 데려가기 위해 대기하는 듯했다.

그런데 웬 이상하게 생긴 거무스름한 형체가 택시 앞을 휙 지나더니, 문이 열리고 레인코트 차림의 경찰관 한 명이 안으로 들어왔다. 하디 순경보다 연배도 계급도 높은 사람이었다. 그는 이 사건에 대해 이미 다 아는 모양인지, 프랜시스와 릴리안에게 다가와 악수를 청하며 자신이 검시관을 대행하고 있는 히스 경사라고 소개했다. "그럼 바버 부인은 신원 확인을 해주신 거지요? 정말 감사합니다. 그리고 레이 양은 집주인분 되시는 거고요? 좋습니다. 수사를 진행하기 위해 확인할 사항이 몇 가지 있습니다만, 괜찮으시겠지요?"

히스 경사는 대답을 기다리지 않고 의자 하나를 끌어와서 마주 앉았다. 릴리안은 퉁퉁 부은 눈으로 그를 바라보았다. 프랜시스는 그가 수첩을 꺼내고, 주머니를 뒤져 연필을 집어 들고, 연필심에 침을 묻히는 모습을 초조하게 지켜보았다. 경사의 질문이 시작되었다. "자, 우선 댁의 주소가 어떻게 되십니까?" "바버 씨의 생전 모습을 정확히 언제 마지막으로 보았지요?" "바버 씨가 어제 저녁 무엇을 할 예정이었습니까?"

이건 챔피언 힐에서 하디 순경이 벌써 다 물어보았고 답변도 다 해줬던 질문들이었다. 프랜시스는 단순한 피로감 때문에 눈을 감았다. 잠도 못 잤고, 먹지도 못했다. 오늘 하루가 붕 뜨는 듯 느껴졌다. 이것은 상상 속의 하루이거나 꿈속의 하루인데, 이해할 수 없는 어떤 이유 때문에 마치 현실인 것처럼 억지로 버텨내고 있는 것만 같았다. 하지만 이 하루도 곧 끝날 것이다. 머지않아 모두가 평범한 일상으로 돌아갈 수 있을 것이다…. 그런데 경사의 질문 목록은 끝이 없는 듯했다. 게다가 대답을 받아 적는 속도도 너무 굼뜨고 시종 무감정한 태도로 일관해서 무슨 기계를 대하는 느낌이었다. 프랜시스도 점점 더 기계적으로 대꾸하게 되었다. "아뇨." "네." "아뇨, 아닌 것 같은데요." "아뇨, 아무 소리도 못 들었어요." 마침내 경사는 그들의 대답을 소리 내어 읽어서 확인해주고 진술서에 서명을 하라고 했다. 그리고 자신도 진술서에 몇 글자 적어 넣더니, 수첩에 달린 고무 밴드를 탁 소리 나게 당겨서 겉표지를 동여매고는 주머니에 집어넣었다. 프랜시스는 그가 드디어 자리에서 일어나는 것을 보고 안도하며, 자신도 몸을 일으키려고 욱신거리는 근육을 추슬렀다.

그런데 히스 경사가 뜻밖의 말을 했다. "흠, 캠버웰 경찰서로 자리를 옮겨서 이 문제를 조금 더 자세히 검토해야겠습니다. 바버 부인은 동행해주시겠습니까?"

히스 경사는 릴리안을 일으켜주려고 손을 내밀었다. 릴리안은 그를 올려다보며 눈을 깜빡이다가 프랜시스를 돌아보았다. 프랜시스가 끼어들었다. "잠시만요. 이해가 안 되는데요. 바버 부인이 할 일은 다 끝난 것 아닌가요? 부인은 지금 심하게 충격을 받은 상태입니다. 하디 순경님 말로는 저희가 금방 귀가할 수 있을 거라고 하던데요."

"글쎄요…." 히스 경사는 자기 후배에게 흘끔 눈짓하며 말을 이었다. "의무적인 건 아닙니다. 다만 수사를 더 신속히 진행할 수 있도록 협조해주시면 좋겠다는 겁니다."

이제 보니 그의 어조에 뼈가 들어 있었다. 푹신한 천 밑에 받쳐놓은 코르셋 살대처럼, 부드러운 목소리 속에 감춰진 딱딱한 무언가가 느껴졌다. 프랜시스는 피로감이 확 달아나면서 피가 얼굴로 솟구쳤다. "무슨 문제라도 있나요?" 그녀는 자리에서 벌떡 일어나 물었다.

히스 경사는 엄숙하게 고개를 저었다. "아무 문제 없습니다. 물론 사람이 한 명 죽었다는 것 빼고 말이지요. 저희는 고인의 사망 원인을 확실히 조사하려는 겁니다."

474

"그건 이미 밝혀진 것 아니었나요? 하디 순경님은 바버 씨가 넘어져서 머리를 부딪쳤을 거라던데요."

"네, 충분히 그렇게 볼 수 있지요. 하지만 다른 가능성도 고려하고 있습니다. 저희 쪽 의사가 시신을 언뜻 훑어본 바로는… 음, 솔직히 말씀드리면, 미심쩍은 구석이 있다고 하더군요. 아직 염려하실 일은 아니고, 확실한 결과는 본격적인 부검이 끝나야 알 수 있을 겁니다. 그전에 바버 부인에게 몇 가지만 더 확인할 사항이 있습니다. 레이 양은 댁으로 돌아가셔도 됩니다. 얼마 뒤면 바버 부인의 가족이 올 테고, 그전까지 부인을 도와줄 여성 보조원도 동석시켜드릴 수 있습니다."

릴리안이 프랜시스의 팔을 붙잡았다. "안 돼, 가지 마!"

"안 갈 거야. 절대로." 릴리안의 무방비한 표정을 보니 프랜시스는 더럭 겁이 났다. "너를 두고 갈 생각은 추호도 없어. 제가 같이 있어도 되겠죠?"

"오, 물론이죠." 히스 경사의 목소리가 다시 부드러워졌다.

그리하여 둘은 또 빗속으로 걸어 나가 택시에 올라탔다. 친절하고 젊은 하디 순경은 뒤에 남았고, 히스 경사가 자전거를 타고 따라올 준비를 했다. 안 그래도 통통한 체격인데 레인코트를 입으니 더욱 통통해 보였다. 이런 궂은 날씨에 자전거를 타려고 바지에 밴드를 묶는 그의 모습은, 여느 때 같았더라면 어딘가 우스꽝스러워 보였을 터였다. 그런데 출발하는 택시 안에서 프랜시스가 뒤를 돌아보니 그는 비를 개의치 않는 듯 페달을 밟으며 따라오고 있었고, 그로부터 몇 분 후에도, 또 몇 분 후에도, 뒤를 돌아볼 때마다 어김없이 그는 헬멧 챙에 두 눈이 가려진 모습으로 집요하게 택시와 보조를 맞추며 따라오고 있었다. 그 광경에 우스꽝스러운 구석이라고는 조금도 없었다.

그나마 경찰서까지 가는 길이 가깝고 집과 같은 방향이라서 위안이 되었다. 캠버웰 경찰서는 전에도 가본 적이 있었다. 한번은 어떤 택시 마차의 마부가 말을 학대하는 걸 목격하고 신고하러 갔고, 또 한번은 어머니와 함께 자선 사업에 관련된 용무로 들렀다. 이번 방문은 사뭇 다른 느낌이었다. 그들을 태운 택시는 경찰서 후문 안의 자갈 깔린 마당에서 멈춰 섰고, 프랜시스와 릴리안은 히스 경사가 자전거에 덮개를 씌우는 동안 잠시 기다리다가 그의 안내를 받아 그을음으로 얼룩진 건물로 걸어갔다. 아무 표시도 없는 출입문을 통과해 계단을 한 층 오르고 모퉁이를 두어 번 돌고 나니, 프랜시스는 평정을 잃고 갈팡질팡하게 되었다. 이곳 창문들도 먼젓번 건물과 마찬가지로 두꺼운 이랑 무늬 유리창인 데다, 진짜 철창이 쳐진 창문들까지 있었다. 게다가 바닥은 석재이고 벽은 타일이 깔려 있어서 사람들의 발소리도, 목소리도 딱딱하고 사무적인 음색으로 메아리쳐 울렸다.

그들이 마침내 도착한 곳은 여성 보조원*의 사무실이었는데, 이 방은 뜻밖에도 안락한 분위기였다. 벽난로에 불이 지펴져 있었고, 바닥에는 카펫도 깔려 있었다. 보조원이 직접 찻주전자와 비스킷까지 내주었다.

"딱하기도 하지." 그녀는 릴리안을 난롯가에 앉히면서 말했다. 그리고 프랜시스의 억양을 듣고 그녀의 신분을 의식한 듯, 프랜시스에게는 덜 친근한 어조로 말을 붙였다. "아가씨는 이분을 보살피고 있는 거지요? 참 친절하시네요."

보조원은 설탕을 넣은 차 두 잔을 따라준 뒤 자리를 떴고, 방에는 프랜시스와 릴리안 단둘만 남았다. 하지만 둘 다 너무나 겁에 질려서 아무 말도 할 수 없었다. 누군가가 문밖을 빠르게 지나가는 발소리가

* 여성 수감자의 몸수색이나 감시, 어린이와 관련된 문제를 처리하기 위한 여성 보조원.

들리고 나서는 복도가 조용해졌지만, 그래도 저 밖에서 누가 귀를 기울이고 있지 않을지 못내 불안했다. 이 방의 벽 속에 방범용 안전망이나 비밀 튜브 장치 같은 것이 숨겨져 있진 않을까? 프랜시스는 가슴이 쿵쾅거렸다. 시체 안치소에서 히스 경사가 릴리안에게 손을 내밀었을 때 이후로 내내 심장이 진정되질 않았다.

하지만 부자연스러운 행동을 해서는 안 된다. 프랜시스는 릴리안에게 찻잔을 건넸다. "이거 마셔, 릴리안. 비스킷도 먹고. 오늘 아무것도 안 먹었잖아."

릴리안은 메스꺼운 표정으로 고개를 저었다. "못 먹겠어. 나 지금 너무 아파. 거의…." 그때 밖에서 발소리가 들려왔다. 릴리안은 문 쪽을 흠칫 내다보다가 목소리를 낮추고 속삭였다. "어젯밤보다 더 심한 것 같아. 배 속에 든 게 죄다 떨어져 나가는 느낌이야! 나 그냥… 그냥 집에 가고 싶어."

"경찰이 너를 오래 잡아두지는 않을 거야, 분명. 의무적인 건 아니랬잖아. 아까 경사가 그렇게 말하지 않았어? 의무는 아니라고?"

"나한테 무슨 질문을 할까?"

"모르지. 그냥 침착하게 행동해."

"아까 그 경찰이 뭘 발견했다고 했잖아. 그치? 미심쩍은 구석이 있다고. 그게 뭘까? 혹시라도…."

복도에서 또 발소리가 울려 퍼졌다. 둘은 화들짝 놀라 서로 떨어졌고, 그 뒤로는 말을 섞을 엄두도 내지 못했다.

이윽고 문에서 노크 소리가 나더니 히스 경사가 또 다른 남자를 데리고 들어왔다. 그 남자는 약간 땅딸막한 체격에 사복 차림이었고, 말끔하게 면도를 하고, 은행 간부들이 쓰는 것 같은 철테 안경과 시곗줄을 착용하고 있었다. 방 안으로 걸어 들어오는 그의 모습을 보면서 프랜시스는 레너드의 회사 동료인가 싶은 생각밖에 들지 않아 어리둥 절했다. 그런데 그가 악수를 청하면서 하는 말이, 자신은 범죄수사과 1급 경위*인 캠프라고 하며, 바버 부인을 만나 진술을 들으려고 왔다 는 것이었다. '범죄수사과'라는 단어를 듣고서야 그의 사복 차림이 무 엇을 뜻하는지를 깨달은 그녀는 자신감이 와르르 무너지면서 심장이 목구멍으로 튀어나올 것 같았다.

캠프 경위는 바버 부인을 너무 오래 붙잡지는 않겠다고 말하면서 덧붙였다. "레이 양은… 집주인 되신다고 했지요? 잠시만 밖에서 기 다려주실 수 있겠습니까?"

릴리안은 아까처럼 겁에 질리다 못해 프랜시스마저 덩달아 겁에 질 리게 하는 표정으로 그녀를 붙잡았다. "프랜시스와 같이 있으면 안 되 나요?"

"글쎄요…." 그는 생각에 잠겼다. "안 될 이유는 없겠군요. 레이 양, 괜찮겠습니까?"

프랜시스는 어색하게 고개를 끄덕이고 탁자 앞에 릴리안과 나란히 앉았다. 캠프 경위는 그들의 맞은편에 히스 경사와 자리를 잡고, 가져 온 서류 뭉치를 쭉 훑어보았다. 어떻게 해서 자료가 벌써 저만큼이나 쌓인 걸까?

경위는 이전 경찰들과 똑같은 질문으로 시작했다. 그가 무감정한 태도로 답변을 꼼꼼히 받아 적는 것도, 그러느라고 불편할 만큼 오래 도록 시간을 지체하는 것도 먼젓번과 똑같았다. 언제 마지막으로 남 편을 보았느냐, 어제 남편의 행동거지는 어땠느냐, 바버 부인이 알기 로는 그가 찰스 위스머스라는 친구와 저녁을 보냈던 것이 맞느냐, 위

* 옛 영국 경찰 범죄수사과에서 한 지서를 총괄했던 계급.

스머스 씨의 이름 철자가 어떻게 되냐, 위스머스 씨의 주소와 그의 직장 주소는 무엇이냐….

"그러면 바버 부인은 어떠셨죠? 어젯밤에 뭘 하면서 시간을 보내셨나요?"

릴리안이 메마른 입술이 벌어지는 소리가 작지만 또렷하게 들렸다. "음, 별거 안 했어요. 책 좀 읽고, 바느질 좀 하고… 그러다가 일찍 잤어요. 열 시 직후에요."

"평소에도 일찍 주무십니까?"

"아뇨, 자주 그러진 않아요. 피곤할 때만요."

"어젯밤에 피곤하셨나요?"

"네. 음, 아뇨. 왜 그랬는지 모르겠네요."

"부군이 몇 시쯤 돌아올 거라고 생각하셨습니까? 귀가가 예상보다 늦어지고 있다는 걸 알아차리지 않으셨나요?"

"그이는 원래 가끔 그렇게 늦거든요. 저는 그냥, 어쩌다 깜빡 잠들었어요. 아침에 일어나보니 렌이 없길래, 저는 그이가 막차 시간을 놓쳐서 찰리 집에서 묵었다거나, 아니면… 사실 그때 제가 무슨 생각을 했는지 모르겠어요. 뭘 제대로 생각하기도 전에 경찰관님이 오셔서요."

릴리안은 진지하게 대답했다. 지나치게 진지한 것 같기도 했다. 프랜시스가 듣기에는 전혀 설득력 있게 느껴지지 않았다. 하지만 두 경찰이 어떻게 생각하는지는 알 수 없었다. 그들은 하디 순경과 완전히 딴판이었다. 그들의 엄숙한 얼굴에서는 아무런 표정도 드러나질 않았고, 어쩌다 웃는다 하더라도 진심이 담기지 않은 냉정한 눈빛으로 사무적인 미소만 지었다. 이따금씩 릴리안이 말하고 있을 때 켐프 경위의 눈길이 그녀를 쭉 훑곤 했는데, 그녀의 창백한 낯빛과 파우더와 립스틱을 유심히 눈여겨보는 것 같았다. 진홍색 셔츠 위로 드러나는 몸의 굴곡까지도 찬찬히 살펴보고 무언가를 추측하는 것만 같았다.

이윽고 질문의 방향이 바뀌었다. 켐프 경위는 지난여름 레너드가 습격을 당했던 날 밤에 대해 물었다. "그게 정확히 언제였죠?"

프랜시스는 릴리안이 머뭇거리는 기색을 느꼈다. 날짜는 알고 있었다. 둘 다 잘 알았다. 그날은 그들이 처음으로 포옹을 나눴던, 기억 속에 부적처럼 소중히 간직해온 날이었다. 릴리안은 메마른 입술을 벌려 대답했다. 7월 1일이요."

경위가 고개를 갸웃했다. "잘 기억하시네요? 그날이 토요일이었지요? 부군이 습격당했을 당시 부인도 현장에 있었습니까?"

"아뇨. 저는… 제가 렌을 본 건 그 이후였어요. 저는 그때 우리 언니 생일 파티에 있었거든요. 날짜를 기억하는 것도 그래서고요."

"부군은 그 파티에 같이 가지 않았던 겁니까?"

"네."

"그러면 위…." 경위가 자신의 수첩을 들여다보고 말을 이었다. "위스머스 씨? 이분은 파티에 갔나요?"

릴리안은 얼굴을 찌푸렸다. "찰리요? 아뇨, 찰리는 렌과 같이 있었는데요."

"그날 밤도 두 분이 만났다고요?"

"만찬회가 있었거든요. 보험 업계 사람들이 모이는 만찬이요. 찰리도 거기 갔고요."

"그러면 당시 부군이 습격 사건에 대해 뭐라고 이야기하던가요?"

"그냥 누가 자기를 후려쳤다고 했어요."

"누구인지는 모르고요?"

"네, 길거리에서 어떤 남자한테 당했다고요."

"부인께서는 그 사람이 누구인지 짐작 가는 바가 있습니까?"

릴리안은 그를 멀거니 쳐다보았다. "저요? 아니요."

"부군께서 그 남자의 인상착의를 설명하셨나요?"

그때 릴리안의 몸이 파르르 떨리더니 안색이 급격히 나빠졌다. 그녀는 손을 목으로 가져가면서 눈을 질끈 감았다. "죄… 죄송해요."

프랜시스는 릴리안의 팔을 어루만지면서 나직이 달랬다. "천천히 해."

"그래요. 천천히 말씀하셔도 됩니다, 바버 부인."

"저… 너무 어지러워서요."

"물이라도 한 잔 드릴까요?"

릴리안이 고개를 끄덕이자, 경사가 책상 위에 있던 물병과 큰 컵을 가져다주었다. 릴리안이 물을 홀짝이는 동안 프랜시스는 그녀의 팔에 손을 얹은 채 말했다.

"경위님, 바버 씨는 그 남자의 얼굴을 보지 못한 것 같았어요. 퇴역 군인이나 강도의 짓인 것 같다고 하더군요. 하루인가 이틀 뒤에 바버 씨가 이 경찰서로 와서 직접 신고도 했는데요."

경위는 차분한 시선으로 프랜시스를 마주 보더니 릴리안에게 눈을 돌렸다. "바버 부인도 동의하십니까?" 릴리안이 대답하지 않자 그는 말을 이었다. "제가 이런 질문을 하는 까닭은, 이번 사건과 그 습격 사건 사이에 연관이 있다고 보기 때문입니다."

그 말을 끝으로 경위는 입을 다물었다. 프랜시스의 손 안에서 릴리안의 팔 근육이 뻣뻣해지는 게 느껴졌다. 프랜시스도 심장박동이 빨라졌다. 그녀는 힘겹게 말을 쥐어짜냈다. "그러면 이번에도 습격을 당했다고 보시는 건가요? 하지만 하디 순경님은…."

"하디 순경이 여러분을 만났을 때는 부검의 1차 보고가 나오기 전이었지요. 저는 방금 안치소 쪽과 전화 통화를 하고 온 참인데, 시신의 상처에서 의심스러운 특징이 한두 가지 발견되었다고 합니다. 사실….” 경위는 테이블 위에 두 손을 포개고서 릴리안을 똑바로 마주 보았다. “이런 말씀을 드리게 되어 유감입니다만, 바버 부인, 부군께서는 살해당했을 가능성이 매우 높습니다.”

프랜시스는 ‘살해’라는 직설적인 표현에 기겁했다. 그리고 경위가 릴리안의 반응을 살펴보기 위해서 그 단어를 다분히 의도적으로, 잔인하게 꺼내놓았다는 것을 깨닫고 그녀는 또다시 기겁했다.

릴리안도 이 사실을 눈치챘을까? 경위의 얼굴을 바라보던 그녀의 얼굴이 팍 구겨졌다.

“그런 게 아니에요!” 그 말에 프랜시스는 섬뜩 놀라 릴리안의 손을 붙잡았다. “그럴 리가 없어요! 그런 말 마세요! 아아!” 그녀가 두 팔로 배를 감싸면서 몸을 구부렸다. “나 화장실 갈래, 프랜시스.”

릴리안이 휘청거리며 일어났다. 프랜시스는 그녀의 한쪽 팔을 부축해주었고, 히스 경사가 재빨리 테이블을 둘러 와서 다른 쪽 팔을 잡아주었다. 한편 켐프 경위는 문 쪽으로 건너가서 고개를 내밀고 여자 보조원을 불렀다. 보조원은 재깍 나타났다.

“이분은 제가 돌봐드리죠.” 보조원은 프랜시스와 함께 릴리안을 복도로 부축해준 뒤 그렇게 딱 잘라 말했다. 켐프 경위도 동조했다. “그래요, 레이 양. 리글리 보조원이 바버 부인을 잘 돌볼 겁니다.”

경위가 프랜시스에게 방 안으로 돌아오라고 손짓했다. 프랜시스는 릴리안이 멀어져가는 것을 지켜보며 머뭇거렸다. 그녀가 손 닿지 않는 곳으로 그렇게 끌려 나가는 광경이란 속이 뒤집어지도록 끔찍했다.

하지만 경찰들이 주시하고 있으니 어쩔 수 없었다. 프랜시스는 테이블 앞으로 돌아갔다. 그러자 히스 경사가 문을 닫았고, 경위는 의자를 빼서 앉게 해주었다.

"바버 부인이 이번 일로 심하게 충격을 받으셨을 겁니다. 물론 레이 양과 이웃분들도 그럴 테고요…. 좋은 한 쌍이었겠지요, 그 부부는?"

프랜시스는 복도 쪽에서 나는 소리를 들으려고 귀를 곤두세우고 있었다. "바버 부부요? 네."

"세입자로서도 좋은 분들이었고요? 그 부부가 댁에 들어온 지… 어디 보자, 여섯 달쯤 되었다고요?"

"그쯤 됩니다."

"그전에는 레이 양과 서로 모르는 사이였고요?"

"네."

"레이 양이 보기에는 부부 사이가 어땠습니까?"

프랜시스는 그제야 켐프 경위를 제대로 마주 보았다. 그는 아직 자리에 앉지 않았다. 엉덩이를 테이블에 기대고 가슴 높이 팔짱을 긴 채, 태평스러운 자세로 서 있었다.

프랜시스는 대답했다. "원만했던 것 같아요."

"불화는 없었고요? 부부 싸움이나, 뭐 그런 건요?"

"글쎄요, 저는 잘 모르겠군요."

"어젯밤처럼 부부가 저녁 시간을 각자 따로 보내는 일이 잦았나요? 제가 이런 걸 여쭙는 이유는, 이렇게 어엿하게 입지를 다진 남성이 습격당하고 살해당하는 경우에…."

"그 부분은 아직 확실히 모르는 것 아닌가요?"

"네, 아직 확실하지는 않지요. 저는 다만 바버 씨의 성격과 습관이 어땠는지 파악하려는 겁니다. 레이 양, 제 생각엔 당신이 저희에게 큰 도움을 주실 수 있는 입장인 것 같습니다. 부부의 생활상을 그 누구보다도 많이 보셨을 것 아닙니까? 무슨 이상한 낌새는 없었나요? 집 밖에서 누가 서성거렸다든가? 미심쩍은 편지가 왔다든가?"

프랜시스는 짐짓 쌀쌀맞은 투로 말했다. "저는 저희 세입자들의 우편물을 검사하는 습관은 없습니다만."

켐프 경위는 예의 그 사무적인 미소를 지었다. "물론 그러시겠지요. 하지만 그래도 이런저런 걸 보거나 듣기는 하셨을 텐데요…. 예컨대 어제는 어땠죠? 바버 부인이 종일 집에 있었습니까?"

프랜시스는 기억을 되짚어보는 척했다. 하지만 자신이 뭘 알아야 하고 뭘 몰라야 하는지가 헷갈렸다. 심장은 무섭도록 세차게 뛰고 있었다! 맥박이 뛰는 게 경위에게도 다 보이지 않을까, 쿵쾅거리는 소리가 들리지는 않을까 두려울 정도였다. 프랜시스는 고개를 끄덕였다. "네, 아침부터 밤까지 집에 있었어요."

"뭘 하면서 시간을 보내는 것 같던가요?"

프랜시스는 자신이 어머니에게 했던 말을 기억했다. "아마도… 대청소를 하고 있었던 것 같아요."

"대청소라고요? 서랍이며 상자 같은 걸 뒤집고, 정리하고?"

왜 이 부분을 물고 늘어지는 걸까? 프랜시스는 두루뭉술하게 대답했다. "글쎄요. 아마 그랬겠지요."

"바버 씨요? 마지막으로 보았을 때 평소와 같아 보이던가요?"

"네."

"그분이 누군가에게 원한을 살 만한 사람이었다고 생각하십니까?"

"원한이요? 아뇨, 그럴 것 같지는 않은데요."

"7월의 그 습격 사건을 기억하십니까?"

"네, 잘 기억해요."

"그날 밤 바버 부인이 파티에 갔을 때, 레이 양은 댁에 계셨나요?"

프랜시스는 자신도 파티에 같이 갔다고 차마 말할 수가 없었다. 그래서 애매하게 말을 돌렸다. "그때 바버 씨의 상처 부위를 제가 직접 봤어요."

"상처를 직접 봤다고요? 상태가 심했습니까? 의사도 불렀나요?"

"아뇨, 그 정도는 아니었어요. 코피가 나고 눈에 멍이 든 정도였죠. 피가 꽤 흘러서 부엌 바닥에 많이 묻기는 했지만… 심각하다고 할 것까진 아니었어요. 그래서 어머니와 제 선에서 응급 처치를 했고, 하루인가 이틀 뒤에 바버 씨가 여기로 와서 신고를 했지요."

"바버 씨 말로는 그랬다는 거겠지요?"

"네, 월요일인가 화요일에 제게 그렇게 말했는데요. 한 경찰관이… 제 기억에는, 경사가 신고를 접수했다고 들었어요."

경위는 곰곰이 생각에 잠기더니 내심을 드러냈다. "흠, 왜 그렇게 말씀하셨는지 모르겠군요. 사실 저희 쪽에서는 그런 신고를 받은 일이 없습니다, 레이 양. 이웃 한두 분에게서 항의가 들어오기는 했지만, 바버 씨 본인은… 경찰서에 발길도 하지 않았어요. 왜 그랬을지 상상이 되십니까?"

프랜시스는 진심으로 당황해서 은행 간부처럼 매끈한 그의 얼굴을 멀뚱히 쳐다보기만 했다.

그때 복도에서 웬 소란이 일어났다. 프랜시스는 화들짝 놀라 귀를 기울였다. 여자들 목소리가 웅성웅성 메아리쳤고 그중에 릴리안의 음성도 끼어 있었다. 공포로 속이 메스꺼워진 그녀는 자리에서 벌떡 일어섰고, 히스 경사도 동시에 일어났다. 그를 따라 복도로 나가보니, 몇 미터 너머에서 바이니 부인과 베라가 릴리안을 둘러업고서 질질 끌다시피 데려오고 있었다. 리글리 보조원은 가족분들이 방금 경찰서에 도착했으며, 릴리안이 그들을 보자마자 뛰어가 품에 안기더니 실신했다고 설명했다.

그들은 릴리안을 따뜻한 난롯가의 의자에 앉혔다. 보조원이 탄산

암모늄을 물에 섞어서 각성제를 만들어 입가에 대주자, 릴리안은 신음을 흘리며 컵에서 고개를 돌리더니 눈을 떴다. 자신을 둘러싼 사람들의 얼굴을 공포스러운 눈빛으로 둘러보던 그녀는 끝내 눈물을 터뜨렸다.

"그래, 그래." 바이니 부인이 떨리는 목소리로 말했다. "괜찮다, 얘야."

부인은 릴리안의 한 손을 부여잡고 미친 듯이 다독거렸다. 속눈썹이 거의 보이지 않는 그녀의 동그란 단추 같은 눈이 감정을 고스란히 드러내고 있었다. 부인은 넋이 나간 듯 방 안을 망연히 둘러보더니, 프랜시스를 본 순간 마치 슬픈 얼굴을 표현한 가면처럼 눈꼬리와 입꼬리가 일제히 축 내려갔다.

"오, 레이 양! 이게 대체 무슨 일이래요!"

보조원이 바이니 부인을 내보내려 했다. "밖으로 물러나주십시오. 지금 즉시요. 바버 부인이 숨 쉴 공기가 필요합니다."

릴리안이 자기 어머니의 손을 움켜쥐었다. "나 두고 가지 마요, 엄마!"

"가다니?" 바이니 부인이 소리쳤다. "내가 가긴 어딜 가!"

그러나 문에서 빠른 노크 소리가 나는 바람에 부인의 항의는 중단되었다. 한 남자가 문을 열고 안으로 들어왔다. 경찰 측 의사인 모양이었다. 그는 테이블에 가방을 내려놓고 청진기를 꺼냈다.

"잠시 실례 좀 하겠습니다." 의사가 누구의 눈도 마주치지 않고 그렇게 말하더니, 아무도 반응이 없자 피곤하고 짜증스러운 기색으로 요구했다. "저기, 여자분들이 이렇게 잔뜩 몰려 있으면 제가 어떻게 진찰을 하겠습니까."

보조원이 바이니 부인과 베라, 프랜시스를 볶아쳐서 밖으로 내보냈다. "엄마 바로 여기 있을게, 애야!" 문이 닫히는 순간 바이니 부인은 그렇게 외쳤지만, 그들은 복도에서 기다릴 수 없었다. 바이니 부인이 아무리 야단스럽게 항의해도 보조원은 부득부득 그들을 한 층 밑의 대기실로 내려 보냈다. 그곳은 먼젓번 건물에서 보았던 음침한 로비와 비슷한 공간이 있는데, 사람들의 목소리와 발소리로 시끌벅적했다. 가난해 보이는 사람들 십수 명이 둘러앉아 이야기를 나누고 있었다. 프랜시스 일행이 나타나자 그들은 대화를 뚝 끊고 노골적으로 호기심 어린 눈초리로 그들을 쳐다보았다.

바이니 부인도 그들을 빤히 쳐다보았다. 그러자 찢어진 재킷을 걸친 젊은이 한 명이 의자를 양보해주었고, 부인은 부끄러운 기색이라곤 전혀 없이 고마워하면서 털썩 자리에 앉았다. "고마워요, 젊은이. 정말로 고마워요." 그녀는 손수건을 꺼내 입술을 닦고는 말을 이었다. "오, 세상에. 믿을 수가 없어요, 레이 양. 믿어지지가 않아요! 아까 경찰이 우리 가게에 찾아왔을 때… 그 얼굴을 본 순간 난 정말 간이 떨어지는 줄 알았다니까요. 우리 손주들 중 하나가 불타 죽었거나 익사했다는 소식인 줄 알고요. 그런데 그 경찰이 글쎄, 불쌍한 레니가 사고로 죽었다고, 우리가 릴을 보러 와야 한다는 거예요! 그래도 레이 양이 릴 옆에 있어줬으니 망정이죠. 아이고, 걔 얼굴이 말이 아니던걸요! 얼마나 초주검이 됐던지 하마터면 못 알아볼 뻔했어요! 대체 어떻게 된 건가요? 레이 양은 뭘 좀 아세요? 경찰이 우리한테는 아무것도 안 알려주더라고요. 머리를 다쳐서 죽었다고, 그렇게만 말하던데요. 자동차 사고였나요? 뭐죠?"

프랜시스는 로비에 있는 다른 사람들이 신경 쓰였다. 아까 경위에게 들은 말은 아직까지 아무에게도 전한 적이 없었다. 말을 꺼내려고 입을 여니 입술이 고무처럼 느껴졌다.

"누가 죽인 것 같대요."

"뭐라고요?"

"뭐라고요?" 베라가 날 선 눈빛으로 되풀이했다. "죽였다고요? 렌을?"

"도대체 왜 그렇게 생각한대요?"

"모르겠어요." 프랜시스가 대답했다.

"아니, 대체 누가, 왜 그런 짓을?"

"모르겠어요."

바이니 부인은 충격에 빠진 표정이었다. 그녀는 입술을 닦고 또 닦다가 손수건을 둘둘 뭉쳐 가슴에 가져다 댔다. 베라는 프랜시스에게 레너드가 어디서 발견되었는지, 언제 죽었는지, 경찰이 몇 시에 집에 도착했는지 등을 물었다.

바이니 부인이 말했다. "아이고, 레이 양과 어머님에게는 이게 웬 날벼락이에요!"

그들은 이야기를 나누면서 보조원 사무실로 올라가는 층계를 연신 흘끔거렸다. 경찰들이 이리저리 지나다녔지만 그들을 부르는 사람은 아무도 없었다. 사람들의 발소리와 말소리만이 끊임없이 메아리쳐 울릴 뿐이었다. 프랜시스는 시시각각 불안해졌다. 릴리안과 떨어져 있으니 지독한, 동물적인 불안감이 치밀어 올랐다. 그녀가 저 위에서 극도의 공포에 빠져 있을 모습이 상상되었다. 지금쯤 뭘 하고 있을까? 무슨 말을 하고 있을까?

마침내 보조원이 나타났다. 프랜시스는 앞으로 확 뛰어나갔지만, 당연하게도 보조원이 부른 사람은 그녀가 아니라 바이니 부인이었다. 바이니 부인은 팅팅 부어오른 다리를 최대한 빨리 놀려 계단을 쿵쿵대며 올라갔다. 그리고 몇 분 뒤 대기실로 돌아왔을 때 그녀는 아까처럼 슬픈 가면 같은 표정을 짓고 있었다. 가슴이 철렁 내려앉은 프랜시스의 앞에서, 그녀는 수선스럽게 한탄을 늘어놓았다. "뭔 재수가 없어도 이렇게 없는지! 이건 말도 안 돼요! 불쌍한 릴이 몇 년 만에 처음으로 임신을 했는데, 렌이 죽은 것 때문에 충격받아서 유산해버렸다니요!"

　이제는 릴리안이 아프다는 걸 밝힐 수 있게 되었으니 그나마 다행이었다. 그들이 여성 보조원의 사무실로 돌아가 보니, 릴리안은 창백하긴 했지만 울음을 그치고 차를 마시고 있었다. 그녀는 프랜시스와 딱 한 번 눈을 마주치고는 내내 시선을 들지 못했다. 하지만 그 표정만 보아도 불안감이 좀 가라앉았다는 걸 알 수 있었기에 프랜시스도 마음이 진정되었다. 심지어 바이니 부인도 침착해졌다. 적어도 이 문제는 그녀가 이해할 수 있는 분야이기 때문이었다. 이건 경찰들이나 의사들이 온갖 알쏭달쏭한 말로 쥐어흔들 수 없는, 가정적이고 여성적인 영역의 비극이었다. 바이니 부인은 릴리안의 이마에 손을 얹어보기도 하고, 새하얀 얼굴에 드리워진 머리카락을 걷어주기도 하다가, 그녀가 차를 다 마시기가 무섭게 찻잔을 보조원에게 돌려주었다.
　"고마웠어요, 간호사님. 이제 나는 딸을 집으로 데려가야겠어요. 베라, 릴의 모자와 코트를 가져다줘. 자, 얘야, 여기 소매에다 팔을 넣으렴."
　보조원은 놀란 얼굴로 켐프 경위를 부르러 나갔다. 경위가 돌아왔을 때 바이니 부인은 릴리안의 코트 단추를 잠가주고 있었다. 경위는 한결같이 매끄러운 얼굴로, 바버 부인이 아프다니 유감이라고, 부인의 상태를 미리 알았더라면 남편의 시신을 확인해달라는 요청은 절대로 하지 않았을 거라고 말했다.

"하디 순경에게 그 문제를 확실히 따져두겠습니다." 그가 말하자, 바이니 부인은 목에 핏대를 세우며 대꾸했다. "그럼요, 당연히 그래야죠! 부녀자에게 그런 일을 시키다니! 댁들이 경찰이든 뭐든 간에 우리가 소송을 걸어도 모자랄 판이에요!"

릴리안이 바이니 부인의 팔을 잡았다. "괜찮아요. 상관없어요."

"상관없다니?"

"저는 그냥 집에 가고 싶어요."

켐프 경위는 물론 귀가하셔도 된다고, 바버 부인은 지금 바로 돌아가서 몸조리에 전념하는 게 좋겠다고 말했다. 히스 경사가 검시관에게 상황을 보고하고 사인 심의회*를 월요일로 미루도록 조처할 테니, 바버 부인이 그때까지는 증언을 할 수 있을 만큼 회복되었으면 좋겠다고.

"저로서는 며칠 여유가 생겨서 오히려 좋습니다." 경위가 덧붙였다. "정보를 모을 시간이 더 생겼으니까요. 수사에 진전이 생기는 대로 소식을 전하겠습니다. 계속 댁에서 지내실 건가요?"

"오, 얘는 우리랑 같이 갈 거예요." 바이니 부인은 릴리안이 뭐라 말할 새도 없이 먼저 대답해버렸다. "그게 가장 낫지 않겠니, 베라? 릴은 우리 집으로 데려가야지. 너하고 바이올렛 방에서…."

릴리안이 어머니의 이야기를 한 박자 늦게 알아듣고 끼어들었다. "아니에요. 저는 가게에 가기 싫어요. 챔피언 힐로 돌아갈래요."

"뭐? 거기서 무서워서 어떻게 지내려고! 가뜩이나 몸도 아픈 애가. 지금 네 몰골을 봐라!"

"상관없어요. 저는…." 릴리안은 프랜시스를 흘끔 눈짓했다. "그냥

---

* 검시 법원에서 사망자의 사인을 규명하기 위해 경찰 및 의료 관계자의 보고서, 증인의 진술, 증거물 등을 종합적으로 심의하는 재판. '검시관'은 부검을 맡는 의사가 아니라 사인 심의회를 주관하고 책임지는 법관을 뜻한다.

490

내 집에 가고 싶을 뿐이에요. 내 물건들이 있는 곳으로요."

경위가 릴리안을 두둔했다. 그녀가 그 저택에 머물러야만 경찰 측에서 필요시에 '급히 접촉하기가' 용이하리라는 이유에서였다.

경찰서에서 챔피언 힐까지는 도보로 이십 분밖에 걸리지 않았지만, 상황이 상황이니 만큼 히스 경사가 그들을 자길 찔린 바탕으로 안내해 택시에 태워주었다. 바이니 부인과 베라가 릴리안의 양옆에 끼어 앉아 그녀의 손을 한쪽씩 잡았고, 프랜시스는 맞은편 좌석에서 그 모습을 하릴없이 지켜보았다. 밖에서는 변함없이 세찬 폭우가 쏟아지고 있었다. 빗물이 배수로를 타고 콸콸 흘러내렸다. 챔피언 힐에 이르니 길거리에 행인이라고는 우산을 받쳐 들고 종종거리는 사람 두어 명밖에 보이지 않았다. 동네가 한산해서 그나마 다행스러웠다. 택시가 집 앞에 멈춰 서자, 응접실 창문 안에서 어머니의 초췌한 얼굴이 쑥 나타났다. 그들이 앞뜰을 건너오는 동안 어머니가 현관문을 열어두었다.

홀에 모여 선 그들은 잠시 착잡한 대화를 나누었다. 도무지 믿을 수가 없다는 둥, 말로 할 수 없을 만큼 끔찍하다는 둥.

"좀체 이해가 되질 않아요." 바이니 부인이 말했다. "불쌍한 레니, 아무한테도 해 끼친 적 없는 사람인데! 정말이지, 레이 부인, 경찰이 그 악마를 꼭 잡았으면 좋겠어요. 그래서 목매달아 죽여버리기를 하느님께 빌겠어요! 두 번 목매달아야 돼요! 한 번은 레니에게 지은 죗값으로, 또 한 번은 릴에게 지은 죗값으로!"

"이제 그만 됐어요, 엄마." 베라가 릴리안의 표정을 보고 부인을 말렸다.

"왜, 난 할 말은 해야겠어!"

"알았어요. 알았는데, 하려면 위층에서 하자고요. 네?"

바이니 부인은 씩씩거리고 큰소리를 치면서 천천히 계단을 올라갔고, 베라가 릴리안을 부축하며 그 뒤를 따랐다. 프랜시스는 계단 모퉁이까지만 도와주었다. 그 시점에서 릴리안의 팔은 마치 물살에 휩쓸려 가는 보트의 밧줄처럼 그녀의 손 안에서 미끄러져 빠져나갔고, 프랜시스는 그 자리에 서서 세 식구가 회랑 저편으로 사라지는 것을 바라볼 수밖에 없었다.

"프랜시스?" 어머니가 겁에 질린 눈으로 그녀를 올려다보고 있었다.

프랜시스는 뻣뻣한 몸가짐을 숨기려 애쓰면서 계단 밑으로 내려가, 어머니에게 조용히 말했다. "맞아요. 경찰은 이번 일이 살인 사건이라고 생각해요."

"살인이라니!"

"그리고 릴리안이⋯." 프랜시스는 목소리를 더욱 낮추었다. "임신했었나 봐요. 그런데 이 사건으로 충격을 받아서 그만⋯."

"오, 세상에."

어머니와 함께 응접실에 들어선 프랜시스는 방 안을 둘러보았다. "다우슨 부인은 어디 갔어요?"

어머니는 환자처럼 비실비실 소파에 앉았다. "아, 한 시간 전에 댁으로 돌아가시게 했어. 또 다른 경찰이 오는 바람에⋯."

"다른 경찰이요?"

"더 묻고 싶은 게 있다더구나. 다우슨 부인이 듣는 데서 대답하기에는 어쩐지 너무 꺼림칙하더라고. 그리고 집 앞 길에도 경찰들이 잔뜩 늘어서 있지 뭐니. 한 명은 우리 집 정원까지 들어와 있었어. 아마 지금도 있을걸. 프랜시스, 설마 정말로 살인은 아니겠지? 응?"

프랜시스는 아무 대답도 않고 프랑스식 창문 앞으로 재빨리 건너가 보았다. 아니나 다를까, 창밖으로 여지없이 레인코트를 입은 순경이 보였다. 덩치 큰 몸에 거뭇한 옷차림까지 다들 비슷비슷하게 생긴 경찰들. 이제 그들은 프랜시스의 눈에 공포스러운 사물처럼 보였다. 저 순경은 한 손에 자를 든 채, 팔로 최대한 비를 막으면서 수첩에 뭘 끼 적거리는 중이었다. 후문이 활짝 열려 있는 걸 보니 뒷길에서부터 저 택으로 이어지는 동선을 스케치하고 있는 듯했다. 혹시 뭔가를 발견 한 걸까? 프랜시스와 릴리안이 시신을 옮기면서 무슨 흔적을 남긴 건 아닐까? 하지만 설령 그랬다 하더라도, 비가 이렇게 끊임없이 내리고 있으니 다 씻겨 내려가지 않았을까?

위층 부엌에서 인기척이 들렸다. 프랜시스는 거실 카펫에 밴 피 얼 룩과, 재 버리는 통에 들어 있는 기름투성이 석탄 덩어리에 생각이 미 쳤다.

어머니가 그녀를 기다리고 있었다. "프랜시스, 이리 와서 앉지 않으 련? 넌 아무 이야기도 해주질 않는구나. 몇 시간이나 나가 있다 왔잖 니. 왜 그렇게 오래 걸린 거야?"

프랜시스는 마지못해 창가를 떠나 난롯가의 의자에 앉았다. 다리와 팔이 어김없이 쑤셨지만 내색하지 않고, 의자 끄트머리에 걸터앉아 두 손을 불에 쬐었다. 이상할 만큼 추웠다.

"경찰서에 다녀오는 길이에요."

"경찰서?"

"안치소에서 경찰이 우리를 그쪽으로 데려갔어요. 릴리안의 진술 을 듣고 싶다면서요."

"내게도 진술을 받는걸. 그리고 나중에 사인 심의회가 열리면 우 리도 참석해서 증언을 해야 한다더구나!"

"네, 알아요. 그런데… 어머니는 뭐라고 말씀하셨어요?"

"하디 순경에게 했던 말 그대로 했지."

"경찰들이 위층에 올라가보지는 않았고요?"

"그러지는 않았어. 하지만 굉장히 이상한 질문들을 하더구나. 온통 바버 부부에 대한 질문이었어. 싸운 적이 있냐는 둥, 이상한 사람이 찾아온 적은 없냐는 둥. 이미 그렇게 짐작하고 떠보는 것 같기까지 하던걸. 에그, 끔찍해라." 어머니는 손으로 관자놀이를 짚었다. "가엾은 바버 씨가 넘어져서 머리를 부딪치고는 밤새도록 속절없이 누워 있었다고만 생각해도 충분히 참혹한데, 그것도 모자라 누가 고의로 공격을 했다니… 아무려면 설마 그랬으려고. 살인이었을 리가 없어. 너는 그 이야기가 믿어지니?"

프랜시스는 시선을 피했다. "글쎄요. 그럴 수도 있겠죠."

"대체 왜? 누가 그런 짓을? 게다가 우리 집 바로 코앞에서! 후문에서 겨우 몇 발짝 떨어진 곳이었잖니! 어젯밤 잘 때 아무 소리도 안 들리던?"

"네. 전혀요."

"고함 소리도, 아무것도?"

"빗소리뿐이었어요. 저는 빗소리밖에 못 들었어요."

프랜시스는 자기 자신을 의식하며, 난로 앞으로 걸어가서 석탄을 한 삽 퍼다가 석쇠 안으로 쏟아 넣었다. 그런데 손을 털고 자리로 돌아오는 그녀를 주시하는 어머니의 눈길이 느껴졌다. 어젯밤과 같은 의아함과 경계심이 어린 그 시선을 마주친 순간, 프랜시스는 마음이 뜨끔 불안해졌다.

그녀는 자리에서 일어섰다. "너무 초조해서 못 앉아 있겠어요. 우리 둘 다 마음이 너무 산란한 것 같네요. 그쵸? 어머니는 뭐라도 좀 드셨어요?"

어머니는 잠깐 뜸을 들이다가 대답했다. "아니. 입맛이 전혀 없구나."

"저도 그래요. 하지만 먹기는 먹어야죠. 지금 몇 시죠?"

494

어머니는 시계를 돌아보고 깜짝 놀랐다. 벌써 한 시가 다 되었다. 오전이 정신없이 빠른 듯하면서도 지지부진하게 흘러가버렸다. 장면이 자꾸만 반복되거나 거꾸로 진행되면서 기묘한 속도로 진행되는 악몽을 한 편 꾼 것만 같았다. 프랜시스는 소파로 다가가서 손을 내밀었다.

"저의 같이 부엌으로 가요. 세가 점심을 준비하는 동안 옆에 계셔주세요. 어서요. 여기서 혼자 조바심치고 계실 순 없잖아요."

가슴 속에서 심장이 꿈틀거리는데도 프랜시스는 힘 있는 목소리로 말했다. 어머니는 못내 의아한 듯 주저하며 그녀를 올려다보았지만, 이내 시선을 내리고 고개를 끄덕이고는 프랜시스의 손에 의지해 소파에서 일어났다.

모녀가 부엌에 있을 때, 베라가 모자와 코트를 걸친 채 아래층으로 내려왔다. 그녀는 릴리안이 뜨거운 물병을 가지고 침대에 자리보전했다고 말했다. 버터 바른 빵을 한 입 먹고 차와 진통제도 마셨으니 이제 한숨 푹 잤으면 좋겠다고. 어머니가 릴리안의 머리맡을 지키고 있으며, 자신은 다른 식구들에게 전화하러 우체국에 다녀올 거라고 했다. 프랜시스가 뭐 도와줄 게 없냐고 묻자, 베라는 고맙지만 괜찮다고 대답했다. 더 이상 폐 끼치지 않겠다고, 릴리안은 가족들이 알아서 보살피겠다고.

베라는 릴리안의 열쇠를 가지고 나갔던 모양인지, 프랜시스가 점심상을 치우고 있을 때 스스로 현관문을 따고 들어왔다. 그리고 삼십 분쯤 뒤 현관문에서 노크 소리가 나자, 베라가 프랜시스보다 먼저 내려가서 문을 열어주었다. 네타와 로이드 부부였다. 그들의 젖먹이 아들 시디, 릴리안의 동생인 민도 함께였다. 자매들은 프랜시스 모녀에게 말을 붙이려고도 않고 곧장 위층으로 올라갔고, 로이드만 부엌으로 건너와서 모두가 큰 충격을 받았다고 이야기했다. 그리고 자신이 뒷길을 좀 살펴보고 싶은데 정원으로 나가봐도 되겠느냐고 물었다. 프랜시스는 그 김에 자신도 같이 가야겠다고 마음먹었다. 사실 진작 나가서 어디 잘못된 부분이 없는지 살펴봤어야 했는데, 시체 안치소에서 느꼈던 것과 같은 공포가 치밀어서 엄두를 못 내고 있던 차였다. 그런데 부엌 뒷문 밖의 계단에 내려서니 차마 그 이상으로 발길이 떨어지질 않았다. 프랜시스가 그 자리에 못 박힌 듯 서서 바라보는 동안, 로이드는 질척질척한 정원 길을 따라 쭉 걸어가서 후문 밖을 내다보았다. 그리고 비에 젖은 머리를 설레설레 흔들며 돌아와, 영화의 한 장면을 보는 것 같더라고 이야기했다. 경찰이 외부인의 출입을 막기 위해 오솔길 끝에다가 밧줄을 쳐놓고 레너드의 시신이 있던 자리를 표시해두었으며, 순경 한 사람이 그 앞을 지키고 있더라는 것이었다.

로이드는 예전에 바이니 부인이 앉았던 그 검은 오크나무 안락의자를 가지고 위층으로 올라갔다. 이윽고 천장이 믿을 수 없을 만큼 심하게 삐걱거리더니, 집 안은 생소한 목소리들과 신경이 바싹 곤두서는 불안감으로 들썩거렸다. 응접실에서 프랜시스가 난롯가에 앉은 어머니에게 숄과 책, 신문, 지역 교회 잡지를 가져다드렸지만, 어머니는 무릎 위에 올려둔 읽을거리를 펼쳐보지도 않고 난롯불만 멍하니 바라보면서 이따금씩 심란한 표정으로 눈을 질끈 감거나, 위층에서 유난히 요란한 발소리가 울리면 흠칫 몸을 떨기만 했다. 그러다가 네 시가 좀 지났을 때 램 씨와 마거릿이 찾아왔고, 잠시 뒤에는 다우슨 부인과 옆집 사는 골딩 부인이 연이어 들렀다. 그들은 프랜시스에게 이것저것 물었다. 뒷길에 아직도 경찰들이 진을 치고 있던데 프랜시스도 보았느냐, 큰길에서도 경찰들이 이리저리 돌아다니며 배수로며 정원을 헤집고 있더라, 떠도는 소문이 사실이냐, 바버 씨가 정말로 살해당했단 말이냐.

프랜시스는 아는 만큼 대답해주었다. 경찰도 아직 확실히 결론을 내린 건 아니라고, 부검 결과가 나오기를 기다리는 중이라고. "어젯밤에 아무 소리도 못 들으셨어요?" 골딩 부인에게 애써 그렇게 물어보니, 그녀는 고개를 저으며 자신 아무것도 못 들었다고 했다. 그래서 더욱 희한하고 무시무시하다고….

손님들이 모두 떠나고 온종일 칙칙하던 하늘이 더욱 어두워질 즈음 되자, 어머니는 피로와 긴장 때문에 안색이 몹시 나빠졌고 프랜시스도 기진맥진했다. 그래서 손님을 더 이상 받지 않겠다는 뜻으로 전면 창문에 커튼을 쳐놓고, 가스등에 성냥불을 붙이고 조도를 약하게 낮춰두었다. 그런데 다섯 시 반쯤 되어 또 현관문을 두드리는 소리가 났다. 프랜시스는 신음을 흘렸다. "저는 더 이상 사람들 질문에 시달릴 자신이 없어요. 열어주지 말까요?"

어머니는 노크 소리에 움찔하고는 말했다. "글쎄다. 바버 부부의 손님일 수도…." 어머니가 멈칫하더니 어두운 표정으로 말을 고쳤다. "내 말은, 바버 부인의 손님일지도 모르잖니. 아니면 또 경찰일 수도 있고."

경찰! 프랜시스는 오싹해졌다. 그래, 정말 그럴지도 모른다. 켐프 경위가 릴리안에게 저택에 머무르라고 권했던 게 기억났다. '급히 접촉'해야 할 일이 생길지도 모른다던 그 불길한 표현도…. 다시 노크 소리가 울렸다. 프랜시스는 현관으로 걸어가면서 침착하자고, 각오를 단단히 하자고 자기 자신을 타이르며 두려움을 눌러 삼켰다.

그런데 문을 열어보니 밖에 서 있는 사람은 경찰관이 아니었다. 기운 없어 보이는 중년 부부와 열네 살쯤 된 남자아이가 심란한 얼굴에 미안해하는 표정을 띠고 서 있었다. 프랜시스가 그들을 쳐다보고 있으니 남편 쪽이 모자를 벗었다. 그 불그스름한 머리카락을 본 순간 그녀는 얼굴로 피가 확 쏠렸다.

그들은 레너드의 부모와 동생이었다.

차라리 캠프 경위를 대하는 편이 덜 고역스러웠을 것 같았다. 프랜시스는 어색한 몸짓으로 그들을 안으로 안내했다. 그들은 한 시간 전에야 소식을 듣고 오는 길이라고, 레너드의 숙부와 숙모를 방문하러 크로이던에 갔던 참이라서 경찰이 거기까지 직접 찾아와 알려주고 차로 데려다주었다고 이야기했다. 처음에는 무슨 착오가 있었겠거니 하고 믿지 않았는데, 릴리안이 시신의 신원까지 다 확인했다니 그럼 정녕 그게 사실이냐면서, "우리 모두 걱정돼서 미치는 줄 알았어요. 릴리안을 직접 만나고 싶어서 왔는데, 지금 여기 있습니까?"라고 바버 씨가 물었다.

레너드의 가족을 위층으로 데려다주는 동안 아무런 할 말도 생각나지 않았다. 네타와 로이드가 방에서 나와 그들을 맞아주자, 프랜시스는 최대한 빨리 그곳을 벗어나 어머니 곁으로 돌아갔다. 모녀는 마주앉아서 위층에서 들려오는 기척을 의식하며 불편한 침묵을 나누었다. 손님들이 릴리안의 침실로 들어가는 듯 천장이 삐걱거렸고, 두런거리는 말소리가 들리더니, 목소리가 점점 높아지고 갈라지다가 이윽고 조용히 사그라들었다. 아마도 울고 있는 것 같았다. 프랜시스는 그 소리들이 멍 든 곳을 누르는 것처럼 아프게 느껴졌다. 그녀는 난롯불을 뒤적거리다가 자리에서 일어섰다. 근육통만 좀 없으면 좋으련만! 초조한 마음으로 프랑스식 창문 앞으로 건너가보니, 후문은 여전히 열려 있었다. 위층에서는 두런거리는 말소리가 계속 이어졌다.

사십 분쯤 지나자 레너드의 부모가 방을 나왔고, 회랑에서 기다리고 있던 아들이 그들을 만나는 기척이 들렸다. 그런데 그들이 이대로 가게 놔두면 무례한 짓이라는 생각이 불쑥 들었다. 프랜시스는 마음을 도슬러 먹고 홀로 나가서, 계단을 내려오던 그들에게 잠시 응접실에서 이야기를 나누지 않겠냐고 권했다. 그들은 망연자실한 표정으로 응접실에 들어와 소파에 앉았다. 남편은 모자를 무릎 위에 얹고 아내는 핸드백을 손에서 놓지 않는 걸 보니, 이 집에 더 이상 폐를 끼치지 않으려고 필사적인 것 같았다. 휴라는 이름의 소년은 슬픈 감정을 내보이는 게 겸연쩍은지 연신 머쓱한 미소를 지었다.

프랜시스가 말했다. "그럼 릴리안과 이야기를 나누신 거지요?"

바버 씨가 고개를 끄덕였다. "네. 레이 양도 혹시 아시는지?"

"정말 슬픈 일이에요."

"끔찍해요. 끔찍합니다. 믿어지지가 않아요. 그렇지, 여보?" 아내가 묵묵부답이자, 바버 씨는 말을 이었다. "그 일뿐만이 아니라… 아, 이건 정말 마른하늘에 날벼락입니다. 도무지 납득이 되질 않아요. 렌은 전쟁터에서도 멀쩡히 살아 돌아온 녀석인데…. 회사에서도 아주 잘나가고 있었고요. 도대체 어떻게 된 일인지만이라도 알고 싶습니다. 아까 위층에서는 다들 타살이라는 식으로 이야기하던데, 아니, 대체 어떻게 그럴 수가 있죠? 렌은 항상 평판이 좋았는데요. 경찰은 좀처럼 자세히 말해주질 않고요."

"그랬나요?"

프랜시스는 죄책감을 느끼면서도 바버 씨가 사건에 대해 얼마나 아는지 떠보았다. 이야기를 좀 들어보니, 과연 아는 게 거의 없는 듯했다. 예컨대 레너드가 소지품을 도난당하지 않았다는 사실도 모르고 있었다. 프랜시스가 그 얘기를 해주자 바버 씨는 약간 위안을 받는 눈치였다. 릴리안이 시신의 신원을 확인할 때 프랜시스도 같이 있었다는 이야기를 듣고선, 슬픔에 젖은 그의 눈에 부러워하는 빛이 서렸다.

"그러면 레이 양은 렌을 보신 거군요? 저희도 보고 싶었는데 경찰이 안 된다고 하더라고요. 부검이 막 끝난 터라서 시신을 제대로 정돈해놓지 않았다고요. 레이 양이 봤을 땐 렌이 어땠습니까?"

프랜시스는 그 점토 모형 같던 얼굴을 떠올렸다. "평온했어요. 아주… 아주 차분해 보였어요."

"그랬습니까? 다행이네요. 저희도 봤으면 좋았을 텐데요. 경찰이 오늘은 안 된다네요. 그래도 장례식을 치르는 동안은 집으로 데려갈 수 있게 해준답니다. 아까 릴리안하고도 이야기해뒀어요. 우리가 렌을 데려가는 걸로요. 이 문제로 레이 양과 어머님이 신경 쓰실 일은 전혀 없을 겁니다. 내일 당장은 아니에요. 내일은 일요일이니까요. 월요일에 렌을 보고, 우리 집으로 데려갈 겁니다. 경찰이 그 부분으로 배려를 아주 잘 해줬어요. 네, 배려를 잘 해줬죠. 물론…."

그때 남자아이가 조그맣게 끅 하는 신음을 흘리는 바람에 모두가 화들짝 놀랐다. 옷소매로 얼굴을 가리고 있는 걸 보니 감정이 북받쳐서 울음이 터진 모양이었다. 바버 씨가 그 애의 들썩이는 어깨를 다독여주었지만 부인은 야단을 쳤다. "다 큰 애가 왜 이러니! 숙녀분들이 뭐라고 생각하시겠어?" 소년이 마침내 고개를 들었을 때, 프랜시스는 가슴이 선뜩 내려앉았다. 그 애는 눈물을 뚝뚝 흘리면서도 괴로운 얼굴에 여전히 뻣뻣한 미소를 띠고 있었던 것이다.

레너드의 가족을 현관까지 배웅하고 문을 닫은 뒤, 프랜시스는 응접실로 돌아와 소파에 털썩 주저앉았다. "아아, 너무 끔찍하네요."

어머니는 아까보다 더욱 초췌해진 얼굴로 손수건을 더듬어 찾았다. "오늘이 어서 끝났으면 좋겠어, 프랜시스. 부모가 얼마나 딱하니! 아들을 먼저 보내다니… 게다가 그런 식으로!"

"그러게 말예요."

"그것도 모자라 손주까지 잃다니."

"맞아요. 너무… 너무 잔인해요."

어머니는 손수건을 입가에 댄 채 고개를 수그렸다. 두 눈을 꼭 감고 있었지만 눈물을 흘리지는 않았다. 그 모습을 보니, 아무래도 레너드보다는 자신의 아들과 손주를 생각하고 있는 것 같았다. 어머니는 유령들과 결핍만이 존재하는 황량한 내면세계 어딘가로 침잠하고 있는 것이다.

불현듯 막막한 외로움이 밀려왔다. 릴리안이 보고 싶어서 속이 타들어갔다. 오 분에서 십 분만이라도 위층에 올라가볼 순 없을까? 릴리안이 괜찮은지만 확인하고 오면 되지 않을까? 하지만 위층은 지금도 한창 분주한 듯했다. 아기 울음소리, 수돗물 트는 소리가 들렸다. 부엌에서 누군가가 가스불에 주전자를 올려놓은 듯, 가스가 그쪽으로 몰리면서 응접실의 조명이 잠깐 어두워졌다. 쉴 새 없이 술렁거리고 들썩거리는 주변 상황이 프랜시스와 릴리안 사이를 가로막고 있었다. 그리고 앞으로도 당분간은 이런 식일 것이다. 그래, 그러고 보면 오늘 몇 시간만 정신없이 돌아가다가 끝날 일이 아니지 않은가. 몇 날 며칠 동안은 이런 상태가 계속될 터였다. 어젯밤 레너드가 죽는 바람에 일어났던 비상사태는 프랜시스와 릴리안이 수습했지만, 그 수습이 몰고 온 또 다른 비상사태들 때문에 둘은 떨어져 지낼 수밖에 없는 것이다.

몸서리가 쳐졌다. 마음을 가라앉히기 위해서라도, 평상시의 일과를 유지하기 위해서라도 저녁 식사를 준비해야 할 것 같았다. 프랜시스는 부엌으로 건너가서 식품 저장실의 선반들을 멍하니 들여다보다가, 콘드비프* 통조림을 꺼내서 깡통을 따고 달걀 두 개를 삶았다. 모

---

* 소고기를 소금에 절여서 익힌 것.

녀는 단출한 저녁 식사를 메스꺼운 속에 억지로 밀어 넣었다. 그러고
나니 난롯가로 돌아가 앉아서 너덜너덜한 하루가 끝나기를 기다리는
것밖에 할 일이 없었다.

아홉 시 정각에 홀 계단을 내려오는 발소리가 울리더니 응접실 문
에 노크 소리가 났다. 잠든 시디를 품에 안은 로이드와 네타였다. 그
들은 바이니 부인과 민을 월워스에 데려다주고 자기들도 집으로 돌
아갈 거라고 했다. 하지만 릴리안은 아무리 만류해도 여기에 남겠다
고 하기에 베라가 곁에 남아 돌보기로 했다는 모양이었다.

"지금 걔 심기를 건드리면 안 될 것 같아서 일단은 그냥 뒀어요." 뒤
이어 아래층으로 내려온 바이니 부인이 그렇게 말하며 양해를 구했
다. "잠도 좀 자고, 음식도 좀 먹었어요. 아직도 몰골이 시체 같긴 하
지만 베라가 계속 돌볼 테니 내일이면 좀 나아지겠죠. 제가 릴을 데려
가야 훨씬 편할 텐데 말예요. 우리가 집 안을 이렇게 뒤집어놔서 레이
양과 어머님에게 폐를 끼치네요!"

"아녜요. 그렇게 생각하지 마세요. 정말이에요." 프랜시스가 말했다.

"웬걸요, 지금껏 도와주신 것만도 차고 넘치죠! 더 신세 질 생각은
절대로 없어요. 릴은 우리가 무슨 수를 써서든 반드시 월워스로 데려
갈 테니까 걱정 마세요. 그 전까지는 저나 그 애 언니들 중 한 명이 여
기 머물면서 걔를 돌볼 거예요."

차마 뭐라고 대답을 할 수가 없었다. 프랜시스는 절망에 가까운 감
정에 사로잡힌 채 릴리안의 가족을 배웅했다. 그런 후에는 자기 전에
해야 할 집안일들을 처리했다. 어머니가 창문 단속에 신경을 곤두세
웠기에, 이 창문 저 창문 돌아다니며 빗장을 점검하는 걸 일일이 확인
시켜드려야 했다. 드디어 위층으로 올라가보니 릴리안의 침실 문은
닫혀 있었다. 문을 두드려볼까 싶어서 멈칫했지만, 베라가 보는 앞에

서 이야기를 해야 하리라는 생각에 그녀는 재깍 발길을 돌렸다. 그런데 그녀의 발소리가 릴리안의 방까지 들린 모양이었다. "프랜시스 아니야? 얼른 나가봐!"라고 말하는 릴리안의 경직된 목소리가 또렷하게 들리더니, 곧바로 방문이 열리고 안에서 베라가 뾰족한 얼굴을 내밀었다 "화장실을 좀 쓰고 싶은데 괜찮을까요? 식구들이 있을 때 다녀와야 했는데 깜빡했네요. 금방 돌아오겠지만, 그래도 릴을 혼자 놔두기가 불안해서요…."

베라가 램프를 들고 나가자 방 안의 조명은 촛불 빛 하나만 남았다. 침대에 누워 있던 릴리안이 프랜시스를 보고는 몸을 일으켜 앉았다. 베라의 발소리가 계단 밑으로 멀어져가는 동안 둘은 서로를 꼭 끌어안고서 숨을 몰아쉬었다.

"오, 프랜시스. 너무 힘들었어!"

프랜시스는 뒤로 물러나서 릴리안의 새하얀 얼굴을 감싸 쥐고 제대로 뜯어보았다. "괜찮은 거야? 나 온종일 제정신이 아니었어! 아직도 피 나?"

"조금밖에 안 나와. 그게 문제가 아니라… 사람들이 나를 한 시도 혼자 놔두질 않잖아. 나는 그냥 너랑 같이 있고 싶었는데! 다들 나더러 엄마네 가게로 가라고 성화야. 너도 내가 갔으면 좋겠어? 아니지?"

"당연히 아니지."

"우리 식구들은 너도 그러길 바랄 거라던데."

"어떻게 그 말을 믿을 수가 있어?"

"몰라. 뭐가 뭔지 모르겠어. 잠자는 약 같은 걸 먹었더니… 그것 때문에 머리가 흐리멍덩해."

릴리안에게 진통제를 먹였다던 베라의 말이 기억났다. 그녀의 얼굴을 촛불 쪽으로 돌려보니 눈빛이 확실히 멍해 보였다. 하지만 그 눈에 깃든 공포만큼은 여전히 생생했다. 릴리안이 프랜시스의 손을 붙잡고 다급히 속삭였다. "뭐가 어떻게 되는 거야, 프랜시스? 아까 경찰이 했던 얘기는… 경찰도 알았다는 뜻이지? 렌이 넘어진 게 아니라는 것? 누가 때렸다는 것?"

프랜시스는 릴리안의 손을 꽉 맞잡았다. "확실하게 결론이 난 건 아니야. '누가' 때렸는지도 아직 모르고."

"하지만 결국은 알아낼 거잖아! 경찰이 다른 사람들 얘기도 들을 거 아니야. 지금쯤이면 찰리도 만났을 테니, 어젯밤 렌이 그를 만나지 않았다는 것도 알아냈겠지. 그런 식으로 사람들의 이야기를 하나하나 맞추다 보면… 경위라는 그 사람이 진실을 밝혀내고야 말 거야. 틀림없어."

"아니야. 어떻게 그러겠어? 경찰은 단지… 어림짐작하고 있을 뿐이야. 하지만 우리는 진실을 알잖아. 그걸 아는 사람은 오로지 우리밖에 없어. 그 사실을 기억해. 그래야 강해질 수 있어. 하지만 경찰과 이야기할 땐 조심해서, 신중하게 말해야 해. 우리 둘 다 마찬가지야. 릴리안, 내 말 이해하지?"

릴리안의 눈이 흐릿해졌다. 아까 어머니가 그랬듯, 프랜시스가 아니라 자기만의 깊은 고통 속을 들여다보고 있는 눈빛이었다. 하지만 그녀는 이내 눈을 깜빡이고 고개를 주억거렸다. "응, 응. 조심할게."

"그래도 의사가 네 편이라 다행이야."

릴리안이 흠칫 놀랐다. "의사라니? 안 돼, 의사가 끼어들면!"

"경찰서에서 의사를 봤잖아, 릴리."

릴리안의 눈에 초점이 돌아왔다. "아아, 맞다. 몇십 년 전의 일인 것 같아! 그때 보조원이 내가 하혈하는 걸 봐버렸거든. 어떻게든 해명을 해야겠어서, 그 피가 그 자리에서 한꺼번에 쏟아져 나온 거라고 둘러댔지. 나는 사람들이 안 믿을 줄 알았어. 의사가 내 얼굴이 너무 창백하다는 말을 자꾸만 반복하더라. 그래도 내 말을 믿어준 거겠지? 그치? 그렇지 않았으면 나를 집에 보내주지 않았을 거 아냐?"

"응. 믿었을 거야. 틀림없이 믿었어."

대답은 그렇게 했지만 사실 긴가민가했다. 그걸 프랜시스가 무슨 수로 알겠는가? 그녀가 반신반의하는 기색이 목소리에서 묻어났는지, 릴리안의 손아귀에 힘이 실렸다. 그 순간 어제 느꼈던 그 전류 같은 공포가 또다시 밀려오려 했다. 그것이 둘 사이에 밀어닥치려고 위협하는 느낌이 들었다.

하지만 둘 다 너무 지쳐서 두려움에 파묻힐 기력도 없었다. 릴리안은 통통 부은 눈을 감고 어깨를 축 늘어뜨리더니, 작은 목소리로 입을 열었다.

"렌의 부모님과 이야기하느라 너무 고역이었어. 그분들이 아기 이야기를 자꾸 꺼내는 통에…. 임신했다는 사실을 렌이 왜 전해주지 않았냐고 묻길래, 나는 예전의 그 일 때문에 염려돼서 일단 비밀로 해뒀던 거라는 식으로 둘러댔어. 하지만 어머님이 나를 보는 눈빛이라니…. 그 어느 때보다도 나를 미워하는 것 같더라. 어머님은 이 일이 내 탓이라고 생각하거든. 그러실 줄은 알았지만. 아아, 그냥 한 백 년쯤 푹 잘 수만 있다면 좋을 텐데!"

릴리안이 너무 아파 보여서 섣불리 안아주기도 겁이 났다. 하지만 도저히 떨어져 있을 수가 없었다. 둘은 다시금 서로를 꽉 부둥켜안았다. 사랑의 힘으로, 연정의 힘으로 모든 걸 극복할 수 있을 것처럼.

"나를 떠나진 않을 거지?" 릴리안이 속삭였다.

"당연하지! 내가 어떻게 그래?"

"그동안 너무 무서웠어. 너랑 같이 있을 수만 있다면 이렇게까지 힘들진 않을 텐데. 적어도…." 그때 아래층에서 뒷문이 닫히는 소리가 또렷이 들려왔다. 그 순간, 릴리안이 불안과 흥분에 젖은 목소리로 "렌이다!"라고 속삭이며 프랜시스의 품에서 확 떨어졌다. 예전에 둘이 밀회를 나눌 때 으레 하던 버릇대로.

프랜시스는 질겁했다. 릴리안은 진심으로 레너드라고 믿는 눈치였다. 프랜시스의 표정을 보고서야 자기가 무슨 말을 했는지 깨달은 듯, 그녀는 얼굴을 일그러뜨리고 손으로 눈을 가렸다.

프랜시스는 자기 침실로 돌아갔다. 하지만 잠을 잘 수 있을 것 같지 않았다. 생각할 게 너무나 많아서 옷을 벗기도 꺼려졌다. 릴리안이 저러다가 무언가를 들키면 어쩌나? 게다가 카펫에 밴 피 얼룩과, 소파 뒤에 숨겨둔 재떨이는? 그걸 다시 한번 살펴봐야 하지 않을까? 프랜시스는 뻣뻣하고 아픈 몸을 주춤주춤 움직여 잠옷을 갈아입고, 침대로 올라가 궐련을 한 개비 말았다. 삼십 분만 기다리다가 릴리안의 거실로 슬쩍 들어가볼 생각이었다. 아무 이상도 없는지 한 번 둘러보기라도 해야 할 것 같았다.

담뱃불을 붙이기 전에 베개에 머리를 누이고 잠깐 눈을 감았다. 그런데 눈을 떠보니, 그녀는 벽이 다 쓰러져가는 웬 낯선 집 안에 들어와 있었다. 어쩌다가 여기로 오게 된 걸까? 알 수 없었다. 오로지 집이 무너지지 않게 막아야 한다는 생각뿐이었다. 하지만 그 일은 고문과도 같았다. 한쪽 벽을 겨우 세우고 나면 다른 쪽 벽이 기울어지기 일쑤였다. 프랜시스는 이 방 저 방 뛰어다니며 주저앉는 천장을 받치고, 떨어져 내리는 계단의 발판들을 제자리에 돌려놓았다. 그렇게 밤새도록 끊임없이, 쉴 새 없이, 돌이킬 수 없이 닥쳐오는 재난의 연속을 아슬아슬하게 모면했다.

12

잠에서 깨보니 날이 어둑했다. 비는 드디어 그쳤지만, 창문 바로 밖에 안개가 걸려 있어서 마치 온 세상에 더러운 베일이 씌워진 것 같았다. 일요일 아침을 맞아 어김없이 교회 종소리가 울려 퍼졌다. 그러나 간밤에 잠을 설친 어머니는 교회에 가려고 하지 않았고, 아침을 먹을 생각도 없는 모양이었다. 그건 프랜시스도 마찬가지였다. 모녀는 부엌 식탁에서 식어가는 찻주전자를 앞에 두고 마주 앉아 침묵했다. 너무나 멍하고 막막해서 대화를 나눌 수도 없었다.

응접실로 건너가려고 홀을 가로지르던 둘은 마침 목욕을 하러 내려오던 릴리안과 마주쳤다. 릴리안은 언니의 팔에 몸을 완전히 기대고서 한 발씩 힘겹게 걸음을 옮기고 있었다.

프랜시스는 재빨리 뛰어가서 도와주었고, 어머니는 뒤에 남아서 안부를 물었다. "좀 어떠세요, 바버 부인?"

릴리안은 안색이 여전히 파리했지만, 눈빛이 한결 맑아져서 프랜시스는 마음이 놓였다. "기운이 통 없네요." 릴리안이 대답했다.

"그럴 만도 하지요. 곁에서 돌봐주는 식구가 있어서 참 다행이에요." 어머니가 베라에게 보일 듯 말 듯 희미한 미소를 지었다. "오늘 아침 예배에 가서 부인을 위해 기도 드리려고 했는데, 거기까지 가기가 영 힘이 드네요. 하지만 집에서라도 기도할게요."

릴리안은 고개를 숙였다. "감사합니다, 레이 부인. 너무… 너무 폐를 끼쳐서 죄송해요."

"그런 생각 하지 말아요. 기력이 떨어지지 않도록 조심하세요. 그리고 프랜시스나 내가 도와줄 게 있다면 뭐든 말해줘요. 알았지요?"

릴리안은 고마운 표정으로 눈물을 글썽이며 고개를 끄덕였다.

하지만 프랜시스는 약간 뜨악한 분위기를 느꼈다. 어머니의 말 자체는 친절했지만 태도가 어딘지 서름한 구석이 있었다. 응접실로 들어갔을 때, 어머니는 자리에 앉으면서 거의 짜증을 내다시피 속마음을 털어놓았다. "바버 부인 몰골이 말이 아니더구나! 이럴 땐 마땅히 친정으로 돌아가야 하는 것 아니니? 바이니 부인은 도대체 왜 어젯밤에 딸을 데려가지 않았다던?"

"데려가려고 했대요." 프랜시스는 벽난로에 불쏘시개를 넣으며 대답했다. "릴리안이 가기 싫다고 해서 못 데려간 거예요."

"왜?"

"여기 있고 싶어 해서요."

"아니, 대체 왜?"

프랜시스는 고개를 들었다. "글쎄요, 왜겠어요? 여기가 릴리안의 집이니까 그렇겠죠."

어머니는 아무 대답도 하지 않았다. 종잇장처럼 파삭파삭한 두 손을 무릎 위에 포개고서 꼼지락거리고만 있었다.

아침나절이 께느른하게 흘러갔다. 프랜시스는 릴리안을 단둘이 만

508

날 기회를 엿보았지만 그런 기회는 찾아오지 않았다. 밖에서는 안개가 시시각각 짙어져가면서 급기야는 집을 짓누르는 것 같았고, 응접실 안에는 어머니의 한숨이 시시각각 들어차고 있었다. 그러다가 정오 무렵 현관문에서 노크 소리가 나서 나가보니 바이니 부인과 네타, 민, 시니를 비롯해 베라의 딸 바이올렛까지 찾아왔기에, 프랜시스는 진심으로 반갑게 그들을 맞이했다. 바이올렛이 가져온 인형 유모차를 현관으로 끌고 들어오는 것도 도와주었다.

그런데 바이니 부인이 벌개진 얼굴로 씩씩거리면서, 오늘 아침 「뉴스 오브 더 월드」를 봤느냐고 물었다. 프랜시스가 못 봤다고 하자, 부인은 융단 천으로 만들어진 낡은 손가방에서 신문을 꺼내더니 엄숙하면서도 과시하는 듯한 손짓으로 건네주었다. 잉크가 번진 기사 제목이 눈에 들어왔다. '챔피언 힐 살인 사건: 한 회사원의 불가사의한 죽음'

어제 이른 아침, 캠버웰에 위치한 상류층 거주지인 챔피언 힐에서 참혹한 일이 벌어졌다. 해당 지역에 거주하는 보험 사원 레너드 바버 씨의 시신이 한적한 장소에서 여러 시간 방치된 채 발견된 것이다. 머리에 심각한 타박상을 입은 상태였으며, 경찰과 의사가 즉시 출동했으나 생명의 흔적이 없는 것을 확인하고 캠버웰 안치소로 이송했다. 바버 씨의 아내는 남편의 부음을 접하고 충격으로 쇠약해진 나머지 안타까운 불상사를 당했다.

프랜시스는 욕지기가 일었다. 그 사건이 이런 식으로 일목요연하게 보도되다니. 명백한 살인 사건으로 묘사된, 릴리안의 이야기까지 언급된 기사가, '소년의 탈출'이라는 또 다른 선정적인 헤드라인이 붙은 기사와 싸구려 겨울옷과 변비약 광고 사이에 끼인 채 나돌아 다니 다니!

"어떻게 벌써 레너드가 '보험 사원'이라는 것까지 알아낸 거죠? 게 다가 '안타까운 불상사'라뇨! 이런 정보가 대체 어떻게 새어 나간 거 죠?"

"글쎄, 적어도 우리 가족은 아녜요." 바이니 부인이 말했다. "그건 확실해요! 안 그래도 어제 우리 가게에 누가 찾아와서 이것저것 캐묻 기에, 남편이 아주 혼쭐을 내서 내쫓았다더라고요. 나라도 그랬을 거 예요! 하지만 그래도 소문은 나돌게 되어 있죠. 그게 문제예요. 이 말 저 말 실어 나르는 게 인간의 본능이잖우. 그래도 한 가지 다행인 건, 신문에서 레니가 보험 사원이라는 것만 적어놓았을 뿐 아니라, 이 동 네 자체가 지체 높은 양반들 사는 데라는 것까지도 확실히 밝혀줬다 는 거예요. 난 이 기사 보자마자 민에게 그랬다니까요. '아이고야, 레 이 양과 레이 부인에게는 그나마 잘됐구나!'라고요. 그렇지, 민?" 부 인은 목소리를 낮추고 말을 이었다. "그래도 릴한테는 이 신문 안 보 여주려고요. 보여줘서 좋을 게 없을 테니까요. 레이 양, 오늘 아침에 릴 봤어요? 조금이라도 나아졌던가요? 남편을 먼저 보낸다는 게, 이 만저만 힘든 일이 아니거든요. 걔 아버지가 죽었을 때 나도 완전히 제정신이 아니었어요. 패티코트 차림으로 길바닥에 뛰어나갔다니까 요. 빗자루 팔던 장사꾼이 제 얼굴에다 물을 끼얹어주고 난리도 아니 었죠!"

바이니 부인은 신문을 가방에 집어넣으면서 이야기했다. 그때 열린 가방 안을 언뜻 보니, 검은 실크 조화, 검은색 실과 리본, 검은 염색제 등등 온통 검은색 물건들이 포장이 뜯긴 채 들어차 있었다.

"아, 그렇죠." 바이니 부인이 프랜시스의 시선을 알아차리고 설명했

510

다. "오늘은 릴이 입을 상복을 만들어주려고요. 어제 걔 옷장을 살펴 봤더니, 세상에나, 온통 알록달록한 것밖에 없더라고요. 검은색 옷이 라고는 천 쪼가리 하나도 없는 모양이에요." 그때 위층에서 인기척이 나자, 부인은 계단으로 쿵쿵거리며 걸어 나갔다. "우리 딸, 거기 있니? 엄마랑 네 언니들 있단다!"

그리하여 집 안은 다시금 사람들 발소리와 마룻널 삐걱거리는 소리 와 우렁찬 목소리로 시끌시끌해졌다. 릴리안의 침실에서 서랍이 열렸 고, 작은 부엌에서 옥신각신 입씨름이 벌어졌고, 누군가가 냄비며 주 전자에 물을 받고 불에 올렸고, 물이 끓으면서 뚜껑이 달그락거렸고, 검은 염색제의 시금떨떨한 냄새가 아래층으로 슬금슬금 새어 들었 다. 그걸 맡으니 프랜시스는 몸서리가 쳐졌다. 군복 냄새와 몇몇 종류 의 프랑스제 담배 냄새와 더불어, 그 냄새 역시 전쟁 시절 가장 힘겨 웠던 나날을 상기시키는 촉매였기 때문이다.

하지만 분주한 주변 상황 때문에 릴리안과 떨어져 있고 싶지는 않 았다. 그건 더 이상 참을 수 없었다. 그래서 일요일답지 않은 울적한 점심 식사를 마치고 어머니가 난롯가의 의자로 돌아갔을 때, 프랜시 스는 위층으로 올라가서 거실 문을 조심스럽게 두드리고 혹시 뭐 도 울 게 있느냐고 물었다.

그들은 이미 무릎 위에 검은 실크 천을 잔뜩 늘어놓고 바느질을 하 고 있었다. 레너드를 추모하기 위해서인 듯 창문의 커튼은 반쯤 닫아 놓고* 대신 램프를 켜놓았고, 벽난로 안에 수북이 쌓인 석탄이 환히 타오르고 있었다. 바닥에 어수선하게 늘어놓은 잡동사니 때문에 카펫 의 얼룩은 눈에 띄지 않았다. 여기서 온갖 일이 일어났는데도 불구하

* 상중에는 낮에도 커튼을 쳐놓는 풍습이 있었다.

고 이 거실 특유의 아늑한 분위기는 그대로였다. 베라는 소파 한쪽 끝에 앉아서 찻잔 받침을 재떨이 삼아 팔걸이 위에 놓아두고 있었고, 민은 그 옆에서 책상다리를 하고 있었다. 릴리안은 소파의 다른 쪽 끝에 앉아 있었는데, 거기가 난롯불과 가장 가까웠다. 프랜시스가 나타나자 릴리안은 바느질감을 떨어트리고 쿠션에 머리를 기댄 채 그녀를 바라보았다. 네타가 부엌에서 프랜시스가 앉을 의자를 한 개 더 가져왔다.

프랜시스는 지난 금요일 저녁, 민이 앉아 있는 바로 저 자리에서 자신이 릴리안의 손을 잡아주었던 기억이 떠올랐다. 그때만 해도 둘의 미래는 손에 잡힐 듯 가깝고 생생해 보였는데. 한 뼘만 더 손을 뻗으면 거머쥘 수 있을 것만 같았는데. 지금 그녀를 마주 보는 릴리안의 눈은 피로감으로 가득했고, 그 검은 눈망울에 눈물이 차오르는 것을 보노라니 릴리안도 프랜시스와 정확히 똑같은 기억을 떠올리는 듯했다. 둘은 서로에게 살짝 고갯짓을 하고 어깨를 으쓱해 보이며 속절없는 회한을 나누었다. 만약, 만약, 만약이라는 덧없는 가정들과 함께….

바이올렛이라는 어린 여자아이는 창가로 건너가서 뿌연 유리창에 있는 무늬를 손으로 훑고 있었다. 그런데 그 애가 문득 뒤를 돌아보고 말했다. "경찰이 와요!"

프랜시스는 그녀를 쳐다보았다. "이 집으로?"

바이올렛은 얼간이를 상대하듯 대꾸했다. "이 집이 아니면 어디겠어요? 달나라?" 그러자 베라가 바이올렛을 한 대 때려주려고 일어섰지만, 프랜시스는 아랑곳없이 창가로 달려가서 바이올렛을 밀어젖히고 유리창에 어린 뿌연 습기를 문질러 닦았다. 남자 둘이 집 앞 인도에 서서 대문의 빗장을 들어 올리고 있었다. 그중 한 명이 히스 경사라는 건 대번에 알아볼 수 있었다. 다른 한 명은 평범한 갈색 얼스터

코트*를 입고 중절모 챙에 얼굴이 가려져 있었는데, 앞뜰을 건너올 때 그가 머리를 기울이자 비로소 이목구비가 눈에 보였다. 은행 간부 같은 분홍색 입술, 턱선, 철테 안경. 캠프 경위였다. 그는 창가에 서 있는 프랜시스를 알아보고 손을 들어 올렸다.

그들의 표정만 보고서는 속내가 전혀 짐작되지 않았다. 말투 역시 언제나처럼 단조로웠다. 그들은 방해해서 미안하다고 사과하면서, 바버 부인과 이야기를 나누고 싶어서 왔는데 만날 수 있겠느냐고 물었다.

프랜시스는 그들을 계단 쪽으로 안내하고, 어머니에게 잠깐 들러서 소식을 알린 뒤 곧바로 거실로 뒤따라 올라갔다.

사람들이 바느질거리를 후닥닥 치웠다. 릴리안은 소파 끄트머리에 앉아 초조하게 머리카락을 매만졌다. 가라앉은 분위기 속에서 서로 몇 마디 인사말을 주고받은 뒤, 캠프 경위가 릴리안에게 물었다. "몸은 좀 나아지신 거지요? 시간을 많이 빼앗을 생각은 없습니다. 몇 분 정도만 이야기를 나누어주시면 감사하겠습니다. 저희 수사의 진행 상황을 부인께 말씀드리고 싶어서요."

경위는 사근사근하게 말했지만, 프랜시스가 보기엔 아무래도 그 친근함은 가식인 것 같았다. 아니, 단순한 가식을 넘어서, 릴리안을 방심시켜 허점을 드러내기 위해 부리는 책략인 것만 같았다. 그들이 앉을 의자를 더 가져오는 동안, 경위는 거실 안을 유심히 관찰하는 시선으로 둘러보았다. 그때 시디가 잠에서 깨 울음을 터뜨리는 바람에 네타가 아기를 무릎 위에 데려다 얼렀고, 그동안 경위는 벽난로 앞에 서

* 옷깃이 넓고 단추 두 줄이 달린 방한용 코트.

서 끈기 있게 기다리면서 선반 위의 물건들을 실례 되지 않을 선에서 훑어보았다. 코끼리와 불상, 탬버린, 도자기 캐러밴….

시디의 울음이 잦아들었을 즈음 방 안이 정돈되었다. 프랜시스는 문가에 갖다놓은 부엌 의자에, 히스 경사는 네타와 바이니 부인 사이에 앉았다. 켐프 경위는 난롯가에 깔린 융단을 사이에 두고 릴리안과 마주 보는 위치에 있는 안락의자에 자리를 잡았다. 그는 외투를 벗지 않은 채 의자 앞부분에 걸터앉아, 다리를 벌리고 양 무릎 위에 팔꿈치를 얹고서 땅딸막한 손가락에 모자를 대롱대롱 드리워 내리고 있었다.

"오늘 조간신문은 보셨을 테지요? 언론에 보도자료를 넘기기 전에 부인과 먼저 상의를 하고 싶었습니다만, 어젯밤에 기자들이 선수를 쳐버렸습니다. 우선 사과드리겠습니다. 유감스럽게도 기사의 내용은 사실입니다. 처음부터 저희가 염두에 두었던 의혹이 이제는 기정사실이 된 거지요. 이 사건이 살인이라는 점에는 의심의 여지가 없습니다."

프랜시스는 심장이 철렁 내려앉았다. 아무리 그래도 경찰이 이 사건을 정말로 범죄라고 선언하지는 않을 거라고, 그렇게 판단하기에는 불확실한 점이 너무 많을 거라고 끈질기게 희망을 품어왔던 그녀였다. 릴리안 역시 프랜시스와 같은 심정인 게 분명했다. 그녀는 눈을 질끈 감고 몸을 팽팽히 굳힌 채 아무 대답도 하지 못했다. 그 옆에 있던 민이 릴리안을 어색하게 다독여주었다. 네타는 시디를 더 바싹 끌어안았다. 쿠션 위에 책상다리를 하고 앉아서 검은 천 조각들을 모아 핀을 꽂고 있던 바이올렛도 긴장감을 느꼈는지 고개를 들었다.

그 와중에 경찰 둘만 침착했다. 시종 침착하게 예의 주시하고 있는 것 같았다. 몸을 가누지 못하고 그대로 얼어붙어버린 릴리안에게 그들의 시선이 쏠려 있었다. 그 시선을 떨어뜨리기 위해서라도 침묵을 깨야 할 것 같았다. 프랜시스는 헛기침을 했다. "그걸 어떻게 아셨나요?"

경위가 프랜시스를 돌아보았다. "저희 부검의인 팔머 씨가 판별해주셨습니다."

"네, 그런데 어떻게요?"

"음, 몇 가지 특이점이 있었습니다. 부상의 특성이라든지 하는…. 너무 자세히 이야기하면 바버 부인이 심란하실까 봐 저어되는군요."

하지만 자세한 이야기를 들어야 했다. 경찰이 무엇을 밝혀낸 건지 알아야만 했다. 릴리안 역시 같은 생각을 한 듯 프랜시스를 거들었다. "이야기해주셨으면 좋겠어요. 어차피 언젠가는 알아야 하는 거잖아요. 안 그래요?"

그러자 경위는 바이올렛에게 의미심장한 눈길을 던졌다. 그걸 본 베라가 차분히 아이를 타일렀다. "바이올렛, 시디 데리고 옆방으로 가보렴. 릴리 이모의 향수병들 가지고 놀아. 착하지?"

바이올렛이 인상을 썼다. "싫어요."

"지금 당장 시디 데려가지 않으면 혼날 텐데! 경사님이 너를 쳐다보고 계시잖아. 봐!"

히스 경사가 흘끔 눈짓하자, 바이올렛은 반쯤은 미심쩍고 반쯤은 두려운 표정으로 쿠션에서 내려왔다. 그리고 네타의 품에서 시디를 서툴게 받아 안고서 방을 나갔다.

"말하자면…." 바이올렛이 나가고 방문이 탕 닫히자 경위가 입을 열었다. "사람의 머리에 가해지는 충격의 종류에 따라, 그것이 끼치는 영향도 달라집니다. 사람이 넘어져서 머리를 부딪쳤을 때 생기는 상처와, 머리를 얻어맞았을 때… 예컨대 망치 같은 것으로 맞았을 때에 생기는 상처는, 서로 판이하게 다르다는 겁니다. 그래서 팔머 씨가 시

신을 처음 봤을 때, 골절의 형태와 피가 옷자락을 적신 방향만 보고서
대번에 의심을 했지요. 그리고 부검을 통해 바버 씨의 뇌에 생긴 타박
상을 보았더니… 음, 이론의 여지가 없었다고 하더군요."

경위는 말하면서 내내 릴리안을 주시했다. 릴리안은 시선을 내려뜨
리고 있었지만 가슴이 오르락내리락 하는 게 훤히 보였다. '릴리안은
나를 보고 싶어 하는 거야.' 프랜시스는 그녀의 공포가 자신에게 밀
려오는 걸 느끼고 덩달아 두려워졌다. 그녀는 마음속으로 빌었다. '날
보지 마! 보면 안 돼! 그 눈빛만으로 모든 게 탄로 날 거야!'

그때 바이니 부인이 몸을 앞으로 내밀었다. 속눈썹이 거의 없는 눈
을 경위에게 고정하고서, 코르셋이 삐걱거리는 소리를 내며, 부인은
슬쩍 도전적인 태도로 물었다. "'어떻게'는 그렇다 치고, '누가' 했는지
는 알아낸 건가요?"

켐프 경위는 잠깐 뜸을 들이다가 몸을 뒤로 젖혔다. "아뇨, 아직은.
하지만 반드시 범인을 찾아낼 거라고 자신합니다. 지금껏 경찰들이
이 동네를 조사하고 다니는 걸 보셨을 겁니다. 저희는 그렇게 단서들
을 모아서 하나씩 짜 맞추고 있습니다. 안타깝게도 범죄 현장 자체에
는 증거가 별로 남아 있지 않았어요. 바버 씨의 외투에 흥미로운 점이
한두 가지 있기는 하지만, 그 밖에는 지문 정도인데…."

"지문이라고요?" 프랜시스가 되물었다.

"바버 씨 셔츠 앞섶에 묻은 피에서 지문이 하나 발견되었거든요. 하
지만 유감스럽게도 별 쓸모가 없습니다. 비를 너무 오래 맞아 훼손된
상태라서요. 바버 씨 본인의 지문인지, 몸싸움 도중에 찍힌 것인지 알
수 없지요. 아, 일단 몸싸움이 벌어졌다는 것까지는 확실해 보입니다.
옷자락이 세게 잡아당겨진 흔적이 있고, 머리를 가격당하기 전에 모
자가 이미 벗겨졌던 걸 보면, 사망하기 전에 범인과 엎치락뒤치락

한 과정이 있었던 것 같습니다."

그러면 옷이 구겨진 것이 문제가 되리라는 프랜시스의 짐작은 맞아떨어진 셈이었다. 하지만 지문은…. 그건 거의 뇌 손상만큼이나 치명적인 증거였다. 어둠 속에서 레너드의 시신을 더듬어 수습하다가 셔츠에 지문이 묻어버렸던 게 틀림없다. 프랜시스는 별안간 자기 손이 의식되었다. 손을 말아 쥐거나 어디론가 숨기고 싶은 욕구를 눌러 참느라고 안간힘을 써야 했다. 그 외에 또 다른 실수는 없었을까? 레너드의 외투에서 발견됐다는 '흥미로운 점들'은 대체 무엇이란 말인가?

또다시 릴리안이 느끼는 공포가 전해져왔다. 이번에는 프랜시스 자신의 공포도 그쪽으로 번져나가면서 릴리안의 공포와 맞닿는 것 같았다. 프랜시스는 흘끔 눈을 들어 소파 쪽을 훔쳐보았다. 릴리안은 머리를 수그리고 얼굴 앞에 손을 댄 채 입술을 벌리고 있었다. 한편 캠프 경위는 어제 히스 경사와 함께 레너드의 주변인들을 신문했던 이야기를 하기 시작했다. 펄 보험사 직원 몇 명을 만나보았으며, 레너드가 금요일에 평소와 같은 시간에 퇴근했다는 것을 확인했다고 했다. 그리고…. "위스머스 씨와도 길게 이야기를 나누었습니다. 저희에게는 특별히 관심이 가는 분이었죠. 바버 씨가 사망하시기 직전의 행적을 추측할 수 있는 분이니까요."

찰리의 이름이 나오자 릴리안이 잠깐 눈을 감았다. 앞으로 이어질 이야기를 받아들일 각오를 다지고 있는 게 분명했다. 릴리안은 손톱으로 이마의 피부를 갉작거리다가 고개를 들더니, 가느다랗지만 용감한 목소리로 물었다. "찰리가 뭐라고 말하던가요?"

경위가 호주머니를 뒤졌다. "오, 굉장히 많은 도움을 주셨답니다. 그날 밤 사건이 진행된 시간의 추이를 잘 짚어주셨어요. 위스머스 씨는 남편분을… 어디 보자."

그는 수첩을 꺼내서 페이지를 넘겼다. 이쯤 되자 프랜시스도 진실이 드러날 것을 각오하며 바짝 긴장했다.

"여기 있군요. 그분은 바버 씨와 열 시 직후에 헤어졌다고 합니다. 시티에서 여러 술집을 옮겨 다니며 술을 마셨다는군요. 정확히 어느 술집이 마지막이었는지는 기억나지 않는답니다. 애석한 일이죠. 저희는 가망성 있는 술집들을 전부 찾아가서 목격담을 모으고 있습니다. 아무튼 위스머스 씨는 블랙프라이어스 전차 정거장에서 막차 시간 직전에 바버 씨와 헤어졌던 것만은 확실히 기억난다고 합니다. 그러니, 바버 씨가 전차를 무사히 잡아타고 블랙프라이어스에서 캠버웰까지 이동했다고 가정하면, 열 시 사십오 분경 이곳에 도착했으리라는 계산이 나오지요. 그때쯤이면 바버 부인은 이미 잠자리에 드셨을 시간입니다. 어제 그렇게 말씀하셨지요?"

릴리안은 여전히 고개를 숙이고 손을 얼굴 앞에 댄 채 경위를 쳐다보고 있었다. 그녀가 비로소 손을 내려뜨리며 대답했다. "네."

"그리고 레이 양과 어머님도…." 경위가 프랜시스를 고갯짓하며 말을 이었다. "역시 주무실 시간이었고요. 아마 그래서 바버 씨가 구태여 먼 길을 돌아 뒷길로 걸어온 것이겠지요? 집에 소란을 일으키지 않으려고 말이죠. 혹시 그 외에 다른 이유를 생각하실 수 있습니까?"

릴리안은 잠자코 고개를 저었다. 경위는 "그렇군요."라고 하더니, 잠깐 침묵하다가 말을 이었다. "바버 씨가 그렇게 하셨다는 게 실로 유감입니다. 그 길에서 거의 곧바로 살해당했던 모양이니까요. 팔머 씨 말에 따르면 시신은 그곳에서 여덟 시간 이상 방치되어 있었다고 합니다. 어쩌면 도둑을 마주쳐 봉변을 당하신 건지도 모릅니다. 그게 저희가 세운 첫 번째 가정이었어요. 하지만 바버 씨의 지갑이 그대로 남아 있었기 때문에, 강도일 가능성은 일단 제외하고 있습니다. 저희가 현재 고려 중인 두 번째 가정은, 한 명 또는 여러 명의 범인이 바버 씨를 미행했거나 뒷길로 유인한 다음, 살해할 목적으로 기습했거나, 아니면 언쟁 끝에 감정이 격해져서 폭행했으리라는 겁니다. 어느 쪽이든 간에 아주 잔인한 공격이었지요. 범인은 오른손잡이에, 키가 아주 크지는 않은 사람이고, 바버 씨의 등 뒤에서 타격을 가했던 걸로 보입니다. 바버 씨는 거의 즉사했던 것 같습니다. 바닥에 쓰러지기도 전에 출혈이 거의 멎었던 걸 보면요. 사용된 흉기는 파이프나 나무망치 같은 둔기 종류였습니다. 저희는 흉기를 찾기 위해 인근 집들의 정원과 빗물 배수관을 수색하고 있습니다. 아직까지 성과는 없습니다만, 결국에는 찾아낼 겁니다. 흉기가 나오기만 하면 범인을 잡는 건 시간문제입니다."

켐프 경위는 릴리안에게 이야기하면서 이따금씩 다른 사람들도 훑어보며 이목을 집중시키고 주의를 환기했다. 릴리안은 최면에 걸린 듯 멍하니 그의 눈을 마주 보았고, 경위의 말이 멈추자 자세를 고쳐 앉으면서 프랜시스 쪽을 건너다보았다. 그 순간 둘 사이에 불안과 당혹감이 섞인 무언가가 오고 갔다. 도대체 어째서, 찰리 위스머스가 열 시가 넘어서야 레너드와 헤어졌다고 말한 것인가? 열 시면 레너드는 이미 죽어서 뒷길로 옮겨진 시간이었다. 열 시면 프랜시스가 노란 쿠션을 조각조각 자르고 있었을 시간이었다. 레너드가 분명 릴리안에게 말하지 않았던가? 찰리가 일찍 일어나야 해서 맥주 두어 잔밖에 못마셨다고? 그런데 찰리는 왜 거짓말을 하는 건가?

바이니 부인이 먼저 입을 열었다. "불쌍한 레니! 그렇게 죽어선 안될 사람인데. 그런 식으로 뒤에서 공격당해 죽다니. 아니, 레니 아니라 그 누구라도 그렇게 죽어선 안 되는 거죠! 게다가 레니는 남하고 잘 싸우는 성격도 아니었는걸! 그 점이 통 이해가 안 가네요. 대체 왜 그런 불한당하고 같이 뒷길로 들어갔을까?"

"같이 간 게 아니에요." 베라가 날카로운 목소리로 참을성 있게 설명했다. "범인이 미행을 했을 거라고 경위님이 말했잖아요."

"미행?"

"몰래 뒤를 밟았다는 거죠."

바이니 부인이 벌컥 화를 냈다. "오, 그런 비열한 수작을!"

켐프 경위는 그것 역시 여러 가정들 중 하나일 뿐이라고 재차 이야기했다. 그리고 흉기가 파이프나 나무망치 같은 것이라는 점, 그것만 찾아내면 사건의 절반은 해결된다는 점도 다시금 강조했다.

"직업적인 살인자나 폭력에 익숙한 사람들은 흉기를 처리할 수단을 강구해둡니다. 흉기를 넘겨받아 처리해줄 친구들도 더러 있고요. 하지만 이 사건의 범인은 직업적인 살인자는 아닐 겁니다. 그보다는 더 안정된 입지의 사람일 거라고 봐요. 규칙적인 생활을 하고…."

"규칙적인 생활이라고요?" 바이니 부인이 소리쳤다. "야밤에 사람을 죽이고 다니는 사람이? 나는 범인이 늙은 군인 같은 사람인 줄 알았는데요. 예전에 레니를 때렸던 사람도 늙은 군인이라지 않았어요?"

"글쎄요, 그건 바버 씨 본인의 추측일 뿐이었잖습니까. 오해였을 가능성도 충분하죠. 소지품을 도난당하지 않았다는 사실과 사건 발생 시간을 따져보면, 그리고…."

베라가 끼어들었다. "혹시 강도질을 하려다가 도중에 겁먹고 달아난 건 아닐까요?"

네타도 말을 얹었다. "아니면 무슨 소리를 들었거나, 누가 오는 걸 보고 도망쳤을지도 모르죠."

"그럴 수도 있겠죠." 경위는 정중하면서도 끈기 있는 어조로 대답했다. 저런 말투는 스릴러광들에게 이야기 들려줄 때에나 써먹어야 한다고 프랜시스는 생각했다. "다만…." 그는 모자챙을 손가락으로 툭 툭 두드리며 말을 이었다. "글쎄요. 이 사건에는 그 이상의 뭔가가 있 다고 봅니다. 히스 경사나 저처럼 경찰 일을 오래 하다 보면 '후각'이 발달하거든요. 이 범인이 단순히 냉혈한 동기로 움직인 범죄자는 아 니라는 '냄새'가 난다는 겁니다. 그보다는 바버 씨에게 원한이나 빚이 있거나, 어떤 이유로든 바버 씨를 자기 삶에서 없애고 싶었던 남자의 소행일 거예요. 그런 남자가 범행을 저질렀을 때 가장 먼저 떠오르는 생각은… 흉기를 없애야 한다는 것이고, 두 번째는 최대한 신속히 집 으로 돌아가야 한다는 것이겠죠. 우리에게는 유리한 부분입니다. 범 인이 숨을 데가 전혀 없다는 뜻이니까요. 이웃들과 가족, 자신의 거취 를 지켜보는 사람들의 눈이 있다는 겁니다. 그중에는 그를 지켜주는 사람도 있을 수 있습니다. 아내나, 여자 친구나, 애인 같은 사람이, 그 를 사랑한다는 이유로 자기가 아는 사실을 쉬쉬하고 있을지도 모릅 니다. 하지만 그 여자도 오래지 않아 정신을 차릴 거예요. 자기 자신 의 안전을 위해서라도, 빠르든 늦든 언젠간 나타나서 자백하고야 말 겁니다. 물론 빠를수록 더 좋겠지만요."

경위는 바이니 부인, 릴리안의 자매들, 프랜시스를 쭉 훑어보고 손 짓을 섞어가면서 이야기했다. 하지만 그가 말을 거는 대상은 어디까 지나 릴리안이었다. 경위는 몸을 앞으로 기울이면서 릴리안의 눈을 똑바로 마주 보았다.

"어제는 경황이 없으셨지요, 바버 부인. 그런 상황에서는 누구라도 그럴 수밖에 없을 겁니다. 하지만 그 이후로 생각을 정리해보실 시간 이 있었으니, 뭔가 새로운 정보가 기억나셨을 수도 있을 것 같습니다. 그래서 다시금 여쭙겠는데, 누가 부군을 살해했을지 짐작 가는 바가 있으십니까?"

릴리안은 여전히 최면에 걸린 듯한 몽롱한 시선으로 그를 쳐다보다가 고개를 저었다. "아뇨."

경위가 채근했다. "전혀 아무런 생각도 안 나십니까?"

릴리안은 고개를 돌렸다. "전혀요! 저는 아무것도 이해가 안 돼요. 모조리 끔찍한 악몽 같기만 한걸요."

경위는 몸을 뒤로 젖혔다. 릴리안의 대답이 별로 만족스럽지 않은 눈치였지만, 지금은 일단 넘어가주기로 한 듯이, 끈기 있고도 계산적인 분위기로…. 아니, 어쩌면 이건 전부 프랜시스의 상상일 뿐인지도 모른다. 경위가 과연 뭘 얼마나 알 수 있을까? 어디까지 추측할 수 있을까? 그는 자신감 있게, 자못 태연자약하기까지 한 태도로 이야기했지만, 그의 추측은 사실과 공상이 뒤죽박죽 섞인 가설에 지나지 않았다. 때로는 사건의 진실에 근접하기도 했지만, 진실에서 한참 비켜가는 부분이 더 많았다. 특히 레너드에게 원한이나 빚이 있는 남자에 대한 이야기는….

경위의 이야기가 무엇을 뜻하는지 불현듯 이해가 되었다. 그러자 며칠 동안 근심에 짓눌렸던 마음이 처음으로 홀가분해지는 느낌이 들었다. 뇌를 짓누르던 압력이 한결 낮아진 느낌이었다. 그래, 레너드의 죽음을 사고사로 위장하는 데에는 실패하긴 했다. 하지만 지금 이것도 그나마 괜찮은 상황 아닌가? 이대로라면 경위는 영원히 범인을 잡지 못할 것이다. 존재하지도 않는 상상 속의 남자를 하염없이 쫓아다닐 뿐….

프랜시스가 자기 생각에서 헤어 나왔을 때 경위는 사인 심의회에 대해 이야기하는 중이었다. 내일 아침에 검시 법원에서 심의회가 열릴 예정인데, 상대적으로 간략하게 진행될 거라고 했다. 이번 사건이 살인 수사 대상으로 바뀌었으므로, 검시관인 샘슨 씨에게 심의회를 연기해달라고 요청할 것이기 때문이었다. 그래도 바버 부인이 가급적이면 참석해주기를 바란다고 그는 말했다. "레이 양과 어머님도 마찬가지입니다. 샘슨 씨가 두 분의 증언을 요청할 수도 있으니까요." 그리고 유감스럽지만 앞으로 언론에서 바버 씨의 죽음에 관심을 보일 테니 대비해두라고 조언했다. 그것 때문에 골치 아파질 일은 없었으면 좋겠지만, 혹시라도 귀찮게 구는 기자들이 있다면 자신에게든 히스 경사에게든 다른 순경에게든 꼭 알려달라고 했다.

"그럼 몸이 좀 나아지셨으니…." 경위가 안락의자에서 일어나면서 말했다. "어제 바버 부인이 진술해주신 내용을 같이 검토해보고 불확실한 사항 몇 가지를 다시금 짚어봤으면 좋겠군요. 아울러 부군의 물건들을 제가 살펴볼 수 있게 허락해주셨으면 합니다. 호주머니 달린 옷들, 개인적인 서류나 상자 같은 것을요."

경위는 입을 다물고 대답을 기다렸다. 릴리안이 그를 올려다보았다. "그걸 지금 다 하셔야 하나요?"

"그럴 수 있다면 무척 감사할 겁니다. 가족분들이 곤란하실 테니 저희끼리 다른 방으로 자리를 옮겨서 진행할까요? 아, 그리고 또 하나 부탁드릴 게 있는데…." 릴리안이 일어서자 경위는 덧붙였다. "죄송합니다만 사적인 영역에 관한 부탁입니다. 제가 아까 바버 씨의 외투 이야기를 했었지요? 런던 경찰국의 분석가들이 감식해본 결과, 그 외투에서 바버 씨의 것이 아닌 머리카락이 다수 발견되었다고 합니다. 그저 일상생활에서 묻었을지도 모르지만, 사망 직전에 몸싸움이 벌어졌으니 그중 한두 가닥 정도는 범인의 머리카락일 가능성이 있지요. 그래서 이 집에서 묻은 머리카락을 제외하고 남는 것만 추려낼 수 있다면 수사에 도움이 될 것 같은데요. 바버 부인의 머리카락 샘플을 주실 수 있을까요? 빗에 엉켜 있는 것들을 대여섯 가닥만 뽑아주시면 됩니다." 뜻밖에도 경위가 프랜시스를 돌아보았다. "레이 양에게도 같은 부탁을 드려도 될까요? 외투에 묻어 있던 머리카락은 모두 갈색 아니면 검은색이었으니, 어머님에게까지 불편을 드릴 필요는 없을 것 같습니다."

프랜시스는 잠깐 말문이 막혔다. 근육과 피부 속에 깃들어 있던 기억들이 우르르 떠올랐다. 그녀의 겨드랑이를 파고들던 레너드의 손가락, 카펫 위에서 둘이 뒤엉켜 휘청거릴 때 그녀를 밀어붙이고 부딪어오던 그 몸의 무게…. 그 카펫이 바로 지금 그들의 발밑에 있었다. 피얼룩까지 버젓이 남아 있는 상태로. 프랜시스는 레너드와 뺨을 맞비볐던 자리가 화끈 달아오르는 느낌이 들었다. "그럼요, 드려야죠." 그녀는 고개를 푹 숙이고 방을 빠져나갔다.

자신의 침실 서랍장 앞에 서서 머리빗을 집어 들려니 손이 덜덜 떨렸다. 머리카락을 주고 싶지 않았다. 싫다고 하면 강제로 빼앗지는 못하지 않을까? 프랜시스는 손을 억지로 움직여 솔에 엉킨 머리카락들을 당겨 뽑았다. 회랑으로 나가보니 히스 경사가 기다리고 있었다. 그가 프랜시스의 이름까지 적어놓은 봉투에 머리카락을 집어넣는 걸보니 또 몸이 떨렸다.

거실로 돌아가자 릴리안의 식구들이 감탄스러운 표정으로 그녀를 바라보았다.

"런던 경찰은 역시 기똥차구먼!" 바이니 부인이 말했다. "이런 얘기 남한테 들었으면 믿었겠어요, 레이 양? 사건의 앞뒤를 싹 짜 맞추는 게 여간 신통하지 않아요! 하지만 레니의 물건들을 뒤진다니 좀 께름칙하긴 하네요. 살인 사건이든 뭐든 간에, 나는 내 남편 물건을 저 사람들이 헤집는 건 영 싫을 것 같아. 그렇지 않니, 네타?"

부인이 네타에게 고개를 기울이며 물었다. 경찰들과 릴리안은 침실로 옮겨간 뒤였다. 그들이 침실에서 뭐라고 두런두런 이야기를 나누는 소리가 들려왔다.

바이니 부인이 말을 이었다. "뭐, 그래도 어쩔 수 없겠지. 수사에 도움이 된다면야. 오, 그런데 불쌍한 레니의 뇌 얘기를 들을 때는 속이 확 뒤집히더라!"

때마침 바이올렛이 오드콜로뉴 향기를 짙게 풍기며 나타났다. 그 애는 바르작거리는 시디를 제 엄마 무릎 위에 팽개치면서 물었다. "레니 삼촌 뇌가 어쨌다고요?"

바이니 부인이 슬픈 표정을 지었다. "삼촌 뇌에 커다란 상처가 있단다."

"그걸 어떻게 알아요?"

"의사 선생님들이 봤대."

"어떻게 봤는데요?"

"그게…."

베라가 담배에 손을 뻗으며 대꾸했다. "머리를 갈라서 본 거지."

민이 비명을 질렀고, 네타가 무슨 소리를 하는 거냐고 항의했다. 바이올렛은 질겁하면서도 흥분한 표정이었다. "진짜야, 엄마? 진짜예요, 할머니?"

"당연히 아니지!" 바이니 부인이 말했다.

"그럼 어떻게 봤는데요?"

"오, 그건… 의사 선생님들한테 특별한 손전등이 있나 봐. 그걸로 레니 삼촌 귓속을 비춰본 거야."

바이올렛은 제 엄마 가방에서 립스틱을 하나 꺼내더니, 그게 의사의 손전등이라며, 그걸로 뇌를 들여다본다고 한 사람 한 사람의 귀에 비추는 시늉을 했다. 프랜시스도 고개를 젖히고 머리카락을 걷어서 바이올렛에게 귀를 보여주었다. 하지만 그녀는 사실 베라에게 주의가 쏠려 있었다. 베라는 프랜시스에게 담배를 권했다가 소파에서 일어서더니, 잔받침에 쌓인 꽁초들을 난롯불에 던져버리고는, 빈 잔받침을 벽난로 선반 위에 올려놓고 무언가 다른 것을 찾아 방 안을 둘러보고 있었다. 프랜시스는 가슴이 철렁했다. 베라는 안락의자로 다가가 그 뒤편을 살펴보았다. 방 저편에 있는 탁자로 건너가서 그 밑의 어둠 속을 들여다보았다. 그리고 마지막으로 남은 한 군데, 즉 소파로 돌아와서 그 뒤를 보고야 말았다. 오, 제기랄. 올 것이 왔다. 그녀는 팔찌를 낀 근육질의 팔을 소파와 벽 사이의 틈으로 들이밀어 스탠드 재떨이를 끌어내고는, 끙 하고 만족스러운 신음을 흘리며 그걸 카펫 위에다 반듯하게 세워놓았다.

프랜시스는 재떨이를 뚫어져라 쳐다보았다. 눈을 감을 수가 없었다. 난롯불에 달궜던 밑바닥 부분에 눌어붙은 자국이 있었고, 재떨이에서 겨우 3센티미터 떨어진 지점의 카펫에 떨어진 피 얼룩이 보였다. 레너드의 손아귀가, 레너드의 뜨거운 뺨이 떠올랐다. 그날의 난투, 공포… 모든 것이 이 아늑한 방 안에 생생히 도사리고 있었다. 다른 사람들에게도 느껴지지 않을까?

그러나 네타와 민, 바이니 부인은 아기를 데리고 법석을 떠느라 여념이 없었고, 베라는 여성용 라이터로 담뱃불을 붙이고 있었다. 재떨이에 눈길을 주는 사람은 딱 한 명, 바이올렛뿐이었다. 그 애는 멋스러운 신여성처럼 립스틱을 손가락 사이에 끼우고서 재떨이 주위를 깡충거리고 있었다. "이제 이건 의사의 손전등이 아니에요. 담배예요. 아니, 시거예요!" 바이올렛은 립스틱의 한쪽 끝을 입에 물고서 연기를 뿜는 시늉을 공들여 해 보이더니, 모조 청동 재질로 된 재떨이의 표면에다 립스틱을 탁탁 두드리기까지 했다.

그때 릴리안이 경찰들과 함께 거실 문간에 나타났다. 재떨이를 본 그녀의 얼굴에서 핏기가 싹 빠져나갔다. 안색이 너무나 해쓱해서 바이니 부인이 보자마자 외마디 소리를 질렀을 정도였다. 켐프 경위가 바버 부인을 너무 오래 잡아둬서 미안하다고 재빨리 사과했다. "그래도 덕분에 저희가 필요한 긴 진부 일은 것 같군요. 그렇지 않은가?" 경위가 히스 경사를 향해 눈썹을 추켜올리며 물었다.

경사가 고개를 끄덕였다. 그의 주머니에 물건이 꽉 들어차 있었다. 편지나 서류 같은 것들이었고, 언뜻 기차표도 한 장 끼어 있는 듯했지만… 너무 멀어서 잘 보이지 않았다. 경위는 자기 모자를 챙기러 걸어가면서, 재떨이 옆에 있던 바이올렛의 머리를 살갑게 쓰다듬었다. "숙녀처럼 담배를 피우는구나? 무슨 브랜드의 담배니? 플레이어스?"

"드 레즈케요." 바이올렛이 소심하게 대답했다.

"아! 그래, 그렇구나."

켐프 경위가 킥킥 웃고는 경사와 함께 방을 나갔다. 프랜시스가 배웅을 나가려고 일어서자 그들은 손을 흔들어 만류했다. 자기들끼리 나갈 수 있다고, 이미 많이 신세 졌는데 일부러 나오실 필요 없다고….

경찰들의 발소리가 계단 너머로 사라졌을 때 프랜시스는 릴리안을 돌아보았다. "괜찮아?"

릴리안은 고개를 수그린 채 주억거렸다. "응, 응. 괜찮아. 그냥 지난번이랑 똑같은 것들 물어보더라. 그나저나… 나 화장실 가고 싶어. 계속 가고 싶었는데 참았어. 내 신발 어딨지?"

바이니 부인이 릴리안의 신발을 찾아서 건네주었다. "너 혼자 가면 안 되지! 살인범이 득시글거리는데! 누가 얘랑 같이 내려갔다 오렴. 베라나…."

"전 괜찮아요." 릴리안이 조바심치며 대꾸했다. "그냥 가만히 좀 내버려둬요."

"가만히 내버려두라고?"

프랜시스가 나섰다. "제가 릴리안과 같이 갈게요, 바이니 부인."

"오, 레이 양. 그래도 괜찮겠어요? 너무 친절하시네요."

"그래요, 프랜시스랑 갈래요." 릴리안이 맞장구를 쳤다. "나 가지고 호들갑 떨지 않는 사람은 프랜시스밖에 없으니까요. 진짜 못 참겠다고요! 우리끼리 가도록 놔두세요."

릴리안의 날카로운 어조 때문에 애꿎은 시디가 울음을 터뜨렸다. 릴리안은 손으로 이마를 짚더니, 아기는 언니들이 달래게 두고 프랜시스의 팔을 잡아 밖으로 이끌었다. 둘은 조용히 계단을 내려갔다.

아래층 부엌에 들어가서 문을 닫자마자, 릴리안은 의자에 풀썩 주저앉고서 식탁 위에 엎드렸다.

프랜시스는 조마조마 옆으로 다가가 앉았다. "왜 그래? 어떻게 됐는데?"

릴리안은 두 팔에 머리를 파묻은 채로 고개를 저으며 웅얼거렸다. "별일 없었어."

"경위가 정확히 뭘 물어봤는데?"

"온갖 것들을 물었지. 나하고 렌에 대해서. 우리가 평소에 어딜 가는지, 뭘 하는지, 친구들은 누구인지… 그런 것들. 그런데 뭔가가 이상해, 프랜시스. 경위가 자꾸만 찰리에 대해 물어. 아까 찰리가 했다는 얘기 들었지? 금요일 밤에 대한 이야기?"

프랜시스는 고개를 끄덕였다. "찰리가 왜 그랬을까?"

릴리안은 다시 얼굴을 파묻었다. "모르지."

"그렇게 거짓말을 한다는 건… 뭔가 숨길 게 있으니까 그랬겠지. 베티에게 숨겨야 할 비밀이 있나? 혹시 바람피우는 건가? 그래, 분명 그런 게 아니겠어?" 릴리안이 아무 답이 없자 프랜시스는 말을 이었다. "맙소사! 갈수록 뭐가 뭔지 모르겠네. 그리고 경사가 가져간 물건들은 뭐였어?"

"나도 잘 몰라. 전부 렌의 물건이야. 아, 그런 식으로 뒤지는 걸 보고 있자니 끔찍하더라. 그리고 렌의 뇌에 대한 얘기도 너무 소름 끼치지 않았어? 직접 보는 것보다 더 심하게 느껴질 정도로."

릴리안이 부엌문 쪽을 내다보았다. 몸을 그렇게 비틀고 있으니 안 그래도 긴박하고 딱딱한 목소리가 더욱 경직되었다.

"아까 상처 부위에 대해 한 얘기는 또 뭐야? 잔인한 공격이었다니? 어떻게 그런 말을 할 수가 있어? 아무것도 모르면서. 직접 본 것도 아니면서! 완전히 다른 사건으로 각색하고 있잖아!"

프랜시스는 릴리안의 손을 잡았다. "하지만 우리에겐 잘된 일이야. 안 그래? 어떤 식으로 각색하든, 우리를 끌어들이지만 않는다면야 아무 상관도 없잖아. 찰리 문제도 신경 쓸 필요 없어. 오히려 우리에게 득이 될 수도 있지. 시간이 잘 맞아 떨어지니까. 경찰이 사망 시각을 열한 시로 생각해준다면…. 그때는 우리 어머니도 집에 있었을 시간이었어. 그 시간에 너랑 내가 침대에 있었다는 걸 어머니가 알잖아."

"하지만 경찰이 머리카락을 가져갔는걸."

"머리카락으로는 아무것도 증명할 수 없어."

"아까 재떨이도 봤을 거 아냐! 오, 프랜시스!"

프랜시스는 릴리안의 손을 꽉 거머쥐었다. "경찰이 찾는 건 재떨이가 아니야. 파이프나 나무망치지. 그리고 '남자'를 찾는 거야. 이게 다 무슨 뜻인지 모르겠어? 우리가 성공했다는 뜻이야. 그 끔찍한 짓거리를 해낸 보람이 있었다고. 먹혀들었다고!"

암울한 눈빛으로 프랜시스를 마주 보던 릴리안은 서서히 그녀의 말뜻을 이해하는 듯했다.

"정말 그럴까? 진짜로?"

"응. 지금 당장은. 그래도 방심하면 안 되겠지만… 지금 당장으로서는 성공이라고 봐."

비로소 릴리안의 표정에서 중압감이 조금 누그러졌다. 그녀는 지독하게 피로한 목소리로 말했다. "이제는 거의 될 대로 되라 싶은 심정이야. 나는 나 자신보다도 너를 위해서 버티고 있는 거야. 정확히 말하자면, 우리를 위해서 말이야. 우리가 계획했던 모든 것을 위해. 하지만…."

"그 계획은 예전과 변함없이 그대로야."

"간밤에 나, 자꾸만 렌 꿈을 꿨어. 걸어가다가 손을 내밀어보니 저 앞에 베라 언니가 있는 거야. 그런데 나는 언니를 렌이라고 생각하고…." 릴리안은 말을 채 끝맺지 못하고 몸서리를 쳤다.

긴 침묵이 흐른 끝에, 릴리안이 의자에서 일어났다. "너무 오래 꾸물거리면 식구들이 내가 졸도했거나 뭐 그런 줄 알 거야. 화장실은 정말로 다녀와야 해. 아직도 하혈이 안 멎었거든. 통증도 여전하고. 저기… 나랑 같이 가주지 않을래?"

릴리안이 부끄러운 듯 물었다. 뒷문을 열어주자 그녀는 곧바로 계단을 내려가지 못하고 머뭇거렸다. 프랜시스가 그랬듯, 금요일에 이 문을 들락날락했던 기억을 떠올리는 것이 분명했다. 릴리안이 화장실까지 고통스럽게 절뚝절뚝 걸어갔던 것, 그로부터 몇 시간 뒤 어둠과 공포와 긴박감 속에서 고역을 치렀던 것…. 릴리안은 잰걸음으로 마당을 가로질러 화장실에 들어갔다. 잠시 뒤 그녀가 밖으로 나오자, 프랜시스는 그녀가 추운 바깥 공기를 피해 어서 안으로 들어가도록 했다. 부엌 안에서 서로 끌어안았을 때 릴리안은 현악기의 현처럼 바르르 떨고 있었다.

릴리안은 금세 프랜시스의 품에서 떨어졌다. "이제 나 혼자 올라갈 게. 우리가 너무 오래 붙어 있으면 이상해 보일 거야."

프랜시스는 릴리안의 손을 놓지 않았다. 기괴할 정도로 기분이 들 떴다. 신이 나기까지 했다. "보내주기 싫어!"

"나도 싫어. 하지만 남들 앞에서 너랑 같이 있으면서 널 보지 않는 게 어떤 면에서는 더 힘들어. 넌 그렇지 않아?"

"별로. 나는 너와 떨어져 있는 걸 못 견디겠어."

"나는 식구들 앞에서 그러고 있으면 신경이 너무 곤두서. 그리고 다들 나한테 가게로 돌아가라고 야단이야. 아무래도 그래야 하지 싶어, 프랜시스."

"뭐라고? 안 돼!"

"하지만 내가 왜 여기 있으려 하는지 아무도 이해를 못 하는걸. 너 때문이라고 말할 수도 없는 노릇이고…. 아아, 그냥 우리끼리 있을 수만 있다면 좋을 텐데! 이대로라면 영영 너와 함께할 수 없을 것만 같아. 사인 심의회, 장례식… 그러고 나면 우린 어떻게 될까?"

"벌써부터 그런 걱정하지 마. 나는 널 사랑해. 사랑해! 그것만 생각해."

릴리안이 프랜시스의 품 안에 파고들었다. "오, 나도 널 사랑해."

그러나 릴리안의 파리한 얼굴에서는 피로감이 묻어났다. 어젯밤처럼 프랜시스에게 매달리지도 않았고, 더 이상 떨지도 않았다. 그녀는 포옹을 풀고 매무새를 정돈한 뒤, 계단 아래까지만 프랜시스의 부축을 받고 그 다음부터는 혼자 힘겹게 계단을 올라갔다.

오늘 밤에는 바이니 부인이 릴리안의 곁에 남고, 자매들과 아이들은 집으로 돌아갔다. 바이니 부인은 베라보다 주변에 신경을 덜 썼고 자기 존재감을 많이 드러내는 편이었다. 쿵쿵대며 걸어 다니고, 방을 쓸고 닦는가 하면, 보드빌 극장의 가수처럼 음을 떨면서 감상적인 노래를 불러 젖히기도 했다. 아홉 시 반에 프랜시스는 위층으로 올라갔다가 릴리안의 부엌에 있던 부인과 마주쳤다. 그녀는 벌써 잠옷 차림으로 머리카락을 어깨에 풀어헤치고 있었다. 염색한 머리의 가르마에서 손가락 한 마디 정도로 길어 나온 회색 머리가 눈에 띄었고, 잠옷 치마 아래로 드러난 맨 발목이 커다란 말뚝 두 개처럼 두드러졌다. 프랜시스는 기꺼이 부엌에 들어가서 그녀와 잡담을 나누었다. 바이니 부인은 릴리안에게 줄 탕파를 데우기 위해 물을 끓이면서 특유의 푸짐한 수다로 프랜시스를 즐겁게 해주었다. 그녀는 그동안 자기 가족에게 일어났던 각종 재난에 대해 이야기했다. 난산으로 고생한 경우는 수두룩했고, 돌연사한 경우, 짐승의 공격으로 다친 경우, 화상을 입은 경우…. 중부 지방에 사는 한 사촌은 베틀을 잘못 다뤄 두피가 뜯겨나간 적도 있었다고 했다. "하지만 살인 사건이 벌어진 적은 한 번도 없었어요." 그녀는 한숨을 푹 내쉬면서 물병의 고무마개를 돌려 닫았다. "가족 중 누군가가 살해당하다니, 정말이지 이런 건 처음이라니까요."

바이니 부인에게 잘 자라고 인사하고 헤어지려니 거의 애석하기까지 했다. 기분이 이상할 만큼 붕 떴다. 프랜시스는 침대에 누워 눈을 말똥말똥 뜬 채, 경위가 방문했던 일을 하염없이 되짚고 또 되짚었다. 머릿속이 고속으로 작동하는 엔진처럼 윙윙 돌았다.

다음 날 아침에도 여전히 기분이 좋았다. 프랜시스는 여섯 시 반에 일어났고, 일곱 시까지 씻고 옷을 갈아입고 오늘 어떤 하루가 펼쳐지더라도 맞서겠다는 각오를 다졌다. 빵과 고기를 배달하러 온 남자아이들이 휘둥그레진 눈으로 이것저것 물었을 땐, 자세히 묻지 말라는 식으로 간략하게만 대답해주었다. 「타임스」가 도착했을 때 이번 사건을 다룬 기사가 있는지 찾아보니 아주 짧은 단신만 실려 있었다. 그나마도 레너드의 이름이 '바버'가 아닌 '밤버'로 잘못 표기되어 있었다. 그 밖에는 온통 터키와 그리스의 소식으로 가득했고, 스미르나*에서 벌어진 대량 학살 사건이 보도되어 있었다. 평소 같았으면 그런 나쁜 뉴스를 보면 절망스러워하며 치워버렸겠지만, 지금은 정말로 중대하고 현실적인 문제라는 듯이 파고들게 되었다. 어리석은 실수들과 경찰의 추정들이 짜깁기되어 만들어진 챔피언 힐 살인 사건은 그에 비하면 허깨비 같았고, 공상 속의 이야기인 것 같았다.

아홉 시에 베라가 찾아와 릴리안을 사인 심의회에 데려갈 준비를 했고, 그로부터 한 시간 뒤에 다섯 명이 다 같이 저택을 나섰다. 그때쯤 되니 프랜시스의 들뜬 기분이 다소 가라앉았다. 바람이 많이 불고 쌀쌀한 날씨였다. 일행은 이전에 프랜시스와 릴리안이 시신의 신원을 확인하러 갔을 때와 같은 경로로 이동했지만, 이번에는 도보로 움직였다. 쿵쿵거리며 힘겹게 걸음을 옮기는 바이니 부인의 속도에 맞춰 천천히 길을 걸어가는 그들의 모양새가 기묘해 보였던지, 쇼핑객들이 멈춰 서서 그들을 쳐다보곤 했다. 캠버웰 그린 너머의 작고 누추한 주거 지역에서도 일행은 주위의 이목을 끌었고, 검시 법원 근처에 이르니 급기야는 사람들이 무리를 지어 모여들었다. 살인 사건의 소식을 접한 군중이 공포와 매혹에 이끌려 몰려든 것이다. 일행은 자신들을 멀거니 쳐다보는 사람들을 초조하게 밀어젖히며 나아갔지만, 검시 법원에 도착하자 거기서도 한바탕 북새통이 벌어졌다. 신문기자들이 일

* 터키 서부의 도시 이즈미르의 옛 명칭.

제히 달려들어 릴리안의 이름을 외치며 질문을 쏟아냈던 것이다. 그 틈바구니에서 켐프 경위의 모습을 보았을 때, 프랜시스는 순전한 안도감에 휩싸였다. 여기서 그를 마주치니 기괴하게도 동료처럼 느껴졌다. 경위는 일행을 법원 안의 어느 복도로 데려가더니 벽판으로 장식된 커다란 방으로 안내했다. 붐비는 방 안을 둘러보니 프랜시스가 아는 얼굴들이 보였다. 하디 순경과 레너드의 아버지가 보였고, 찰리 위스머스와 베티도 있었다. 일행은 누가 어디에 앉을지를 두고 일이 분쯤 우왕좌왕하다가, 릴리안은 한 사무원의 안내를 받아 검시관석 옆의 외딴 자리로 가서 앉고, 프랜시스와 어머니는 바이니 부인과 베라와 함께 자리를 잡았다. 그들의 옆에는 펄사에서 레너드의 상사였는 남자가 앉아 있었다.

마치 악몽 속의 결혼식을 보는 듯했다. 릴리안은 불행한 신부이고, 레너드는 신부를 영영 소박맞힌 신랑이고, 사람들은 여기에 있고 싶지도 않고 뭘 어떻게 해야 할지도 잘 모르는 하객들 같았다. 검시관인 샘슨 씨마저도 유약해 보이는 얼굴과 젖은 입술 때문인지 사제 같은 인상을 약간 풍겼다. 그가 검시관을 위한 특별 좌석에서 안달복달 자세를 고쳐 앉고, 배심원단도 입장을 마치자, 켐프 경위가 일어나서 사건의 개요를 진술했다. 다음으로는 경찰 측 의사가 시신의 부상에서 발견된 의심스러운 특징에 대해 간략히 설명했다. 그 외에 소환된 증인은 릴리안밖에 없었다. 릴리안이 상아처럼 창백한 얼굴로 자리에서 일어나는 모습을 멀리서 지켜보기만 하려니 프랜시스는 마음이 아팠다. 겉만 으리으리한 싸구려 벽판 장식에 둘러싸인 그녀는 더더욱 왜소해 보였다. 릴리안은 들릴락 말락 한 목소리로 자신의 이름과 사망자와의 관계를 말하고, 자신이 시신의 신원을 확인했음을 증언했다. 장갑 낀 손으로는 옆의 탁자를 짚고 몸을 지탱하고 있었다. 검은 벨벳 모자는 베라에게서 빌린 것이었다. 코트의 열린 칼라 안으로는 거무스름한 코바늘 레이스가 언뜻 보였다. 예전에 보았던 그 자줏빛 드레스를 검은색으로 염색해 입은 모양이었다.

검시관은 경찰 수사 결과가 나올 때까지 사인 심의회를 연기한다고 선언하고 사람들을 해산시켰다. 이 과정도 기묘하게 결혼식 같았다. 갑작스럽게 의식이 끝나버리는 것도, 이 다음에 뭘 해야 할지 몰라서 다들 갈팡질팡하는 것도. 하지만 결국에는 모두가 방 밖의 좁은 복도에서 모이게 되었다. 레너드의 상사라는 남자가 릴리안에게 다가와서 회사 사람들 모두 큰 충격을 받았다고 이야기했다. 레너드의 아버지는 프랜시스 모녀와 몇 마디를 나누었다. "우리 같은 사람들이 이런 일에 휘말리다니요!" 그는 이마의 땀을 닦으며 말했다.

물론 찰리도 그곳에 있었다. 그가 릴리안을 어설프게 안아주면서 "많이 힘들죠?"라고 묻는 소리가 프랜시스에게도 들렸다.

릴리안은 고개를 저었다. "사실 잘 모르겠어요, 찰리. 현실처럼 느껴지지가 않아요. 아까 당신이 저기에 앉아 있는 걸 보고, 렌이 금방이라도 걸어 들어와서 옆에 앉을 것만 같더라고요."

"나도 당신을 보고 똑같은 생각을 했는데요. 이건 도무지… 그냥, 믿겨지지가 않아요."

베티가 찰리의 팔짱을 꼈다. "경찰이 이이를 가만 놔두질 않아요. 토요일에도, 어제도 찾아왔다고요."

찰리가 얼굴을 붉혔다. "나도 경찰에 말해줄 게 있으면 좋겠어요! 경찰은 범인이 블랙프라이어스에서부터 줄곧 렌을 미행했을 거라는군요. 저녁 내내 지켜보고 있었을 거라고요. 하지만 그랬을 리가 없어요…. 나는 그런 사람은 보지도 못했는걸요. 신에게 맹세컨대, 정말 코빼기도 못 봤습니다! 렌이 그런 식으로 떠나버렸다고 생각하면…

전차 정거장에서 악수를 하고, 잘 가라고, 다음 주에 보자고 인사했던 게 마지막이었다고 생각하니…."

찰리는 진심으로 감정에 북받친 듯 목소리가 탁해졌다. 하지만 도대체 왜인지는 몰라도 그가 거짓말을 하고 있다는 건 명백했기에, 프랜시스는 그의 태도가 작위적이라는 걸 눈치챘다. 얼굴 근육이 움직이는 모양새를 보면 알 수 있었다. 그러나 찰리의 거짓말은 프랜시스와 릴리안에게도 필요했다. 그래, 이제 와 생각해보면 확실히 그랬다. 그들의 거짓말만큼이나 찰리의 거짓말도 유지되어야만 한다. 릴리안 역시 똑같은 생각을 했는지, 그녀의 자세가 약간 풀어지고 표정이 뻣뻣해졌다.

그때 누군가가 신문을 가져와 사람들에게 돌렸다. 「데일리 익스프레스」와 「데일리 미러」였다. 신문을 같이 보려고 사람들이 바싹 모여들자 안 그래도 비좁은 복도 안이 더더욱 불편해졌다. 프랜시스는 그 신문들을 보자마자 오한이 들었다. 「타임스」와는 전혀 달랐다. 두 신문 모두 제1면부터 몇 장을 '챔피언 힐 살인 사건'에 할애하고 있었다. 「데일리 익스프레스」에는 '시신이 발견된 외딴 장소'라는 제목으로 어렴풋한 삽화가 실린 반면, 「미러」에는 선명한 사진 두 장이 실렸다. 그중 하나는 배수로를 따라 조심스럽게 걷고 있는 경찰들을 찍은 것으로, '흉기 수색'이라는 설명문이 곁들여져 있었다. 그리고 다른 하나는 놀랍게도 레너드의 사진이었다. 전쟁 시절에 사진관에서 찍은 듯, 앳되어 보이는 레너드가 제복을 입은 모습이 담겨 있었다.

릴리안이 그걸 보고 비명을 올렸다. 프랜시스와 베라는 그녀의 옆으로 다가가서 신문을 같이 들여다보았다. 기사에는 레너드의 시신을 처음 발견한 목격자와 캠프 경위의 말이 인용되어 있었고, 릴리안이 여전히 '충격으로 쇠약해진' 상태라며 그녀의 이름까지 명기되어 있

536

었다. 하지만 릴리안이 심란해하는 까닭은 무엇보다도 레너드의 사진 때문인 것 같았다. 그녀는 기자들이 이 사진을 도대체 어디서 구했는지 이해가 안 된다고 토로했다.

레너드의 아버지가 약간 뜨끔한 표정으로 입을 열었다. "실은 어제 「미러」의 기자가 셰브니 거리에 찾아왔단다. 나쁠 건 없을 것 같았어, 릴리안."

"그럼 아버님이 주신 거라고요?"

"렌의 삼촌인 테드가 줬지. 사진을 공개한다는 게 우리 입장에서도 마음 편하지는 않았어. 하지만 테드가 집으로 뛰어들어 가서 사진첩을 가지고 나오길래, 개중에 가장 좋은 사진으로 우리가 같이 골랐단다. 「미러」의 그 양반이 사진을 공개하면 수사에 도움이 될 수도 있다고 했거든. 렌이 얼마나 멀끔한 청년이었는지를 보여주면 양심이 찔리는 사람들이 있을 거라고 말이야."

릴리안은 아무 말도 하지 않고 사진을 물끄러미 들여다보았다. 그러더니 욕지기가 나는 듯이 신문을 눈앞에서 치워버렸다.

건물 밖으로 나가 보니 아까보다 많은 인파가 모여 있었고, 카메라를 든 남자 한 명이 그 틈을 바쁘게 뛰어다니고 있었다. 프랜시스 모녀는 출입구의 계단을 내려서자마자 레너드의 아버지와도, 찰리나 베티와도 제대로 인사를 나눌 새도 없이 헤어져야 했다. 오늘따라 하필 바람이 심하게 불어서 모자며 코트가 정신없이 나부끼는 통에 더욱 혼잡했다. 게다가 기자 두 명이 프랜시스와 이 사건의 관계를 어떻게 알아냈는지 접근해 와서는 질문을 던져댔다. 바버 씨가 살해당한 사실을 알았을 때 레이 양과 어머님의 기분이 어땠느냐는 둥, 「뉴스 오브 더 월드」의 독자들을 위해 몇 분만 시간을 내줄 수 있겠느냐는 둥.

"아뇨, 시간 못 내요." 프랜시스는 기자들에게 등을 돌려버렸다.

어머니가 프랜시스의 팔을 꽉 붙잡았다. "너무 지독하구나, 프랜시스. 어서 집에 가자. 최대한 빨리."

"네, 그래야죠. 릴리안만 찾고요. 얘가 어디 있지? 아까 나올 때 우리 뒤에 있지 않았어요?"

"모르겠는걸. 굳이 찾아야 하니? 이만하면 우리는 할 만큼 해준 것 아니야?"

"릴리안을 여기다 놓고 갈 순 없잖아요."

"제 가족이 알아서 찾겠지."

그때 마침 건물에서 릴리안이 자기 어머니와 언니와 함께 밖으로 나왔다. 그녀는 카메라를 든 남자를 보고는 초조하게 고개를 숙인 채 군중을 헤치며 걸어가다가, 문득 눈을 들고서 주위를 둘러보았다. "프랜시스는?" 그녀가 베라에게 묻는 소리가 프랜시스에게 들렸다. 아니, 그 말이 눈에 보이다시피 했다. 프랜시스는 손을 들어 올렸고, 릴리안은 잠시 두리번거린 끝에 그녀의 손을 발견했다. 둘은 자신들을 빤히 쳐다보거나 밀치락달치락하는 사람들을 비집으며 서로를 향해 다가갔다.

"이 사람들 다 뭐야! 뭘 원하는 거야?" 릴리안이 말했다.

프랜시스는 릴리안의 팔을 잡았다. "이쪽으로 와. 빨리."

그런데 릴리안이 뒤로 물러났다. "프랜시스, 잠깐만."

뒤따라온 바이니 부인과 베라가 그들과 합류했다. 바이니 부인은 얼굴이 벽돌처럼 시뻘게진 채, 주변 사람들의 얼굴을 노려보며 눈을 부라렸다.

"남의 시체를 먹는 독수리 떼 같으니라고! 도대체 예의가 뭔지도 모르나? 염치 같은 것도 전혀 없나? 레이 양, 어서 어머님 모시고 떠나세요. 안 그러면 저 치들이 등가죽을 벗기려 들겠어요! 우리는 한적한 길을 통해서 가게로 돌아가려고요. 릴도 같이 갈 거예요. 결국 우리가 개를 설득했거든요."

프랜시스는 릴리안을 돌아보았다. "그럼… 가는 거야?"

릴리안은 비참한 얼굴이었다. "그게 가장 나을 것 같아. 베라 언니나 엄마에게 그 저택으로 계속 오리고 할 순 없잖아. 우리 식구들에게도, 너희 어머니에게도 폐만 끼치는걸. 그러니까 앞으로 며칠간, 장례식 치를 때까지는 친정에서 지내려고 해." 릴리안이 프랜시스의 표정을 보고는 덧붙였다. "별로 긴 시간이 아니야, 프랜시스."

"네 물건들은 다 어쩌고."

"베라 언니가 내일 들러서 챙겨오겠대. 나는 그 전까지 언니 물건을 빌려 쓰면 돼."

"내가 가져다줄까? 그 김에 할 이야기가 있다고 하면…."

"글쎄. 하지만 언니가 가져다준댔는걸. 필요한 물건이래봤자 많지도 않고."

하고 싶은 말이 천 가지는 있었지만, 이렇게 많은 사람들이 보는 앞에서는 어떤 말도 꺼낼 수가 없었다. 바이니 부인과 베라가 바로 옆에 있었고, 프랜시스의 어머니는 북적거리는 인도에 서서 긴장한 시선으로 지켜보았고, 심지어 이제는 켐프 경위까지 나타나 그들을 주시하고 있었다. 그래서 프랜시스는 다만 고개를 끄덕였다. 둘은 마지막으로 서로의 등을 토닥여주었지만, 손길이 너무 어줍어서 마치 동물 앞발이나 권투 글러브를 낀 손으로 툭툭 치는 듯한 느낌이었다. 그걸 끝으로 둘은 헤어졌다. 릴리안은 베라의 팔을 잡고서 몸을 돌렸고, 프랜시스는 어머니를 다시 만나 캠버웰 방향으로 걸음을 옮겼다.

13

그날부터 이삼일 동안 프랜시스 모녀를 찾아와 들쑤시는 기자들은 많았지만, 챔피언 힐 일대에서 경찰의 흔적은 보이지 않았다. 경찰은 배수로를 조사하고 다니지도, 집들의 문을 두드리고 다니면서 탐문을 벌이지도 않았다. 차단되었던 뒷길도 다시 열렸다. 프랜시스는 용기를 쥐어짜내 거기로 가보았지만, 볼 것이라곤 아무것도 없었다. 레너드의 시신을 떨어트렸던 자리가 정확히 어디인지조차 긴가민가했다. 그 순간은 너무나 완벽한 암흑 속에서 급박하고도 비현실적으로 돌아갔기에, 이제는 꿈속의 한 장면이었던 것처럼 느껴졌다. 가끔 폭력적인 행동을 저지르는 꿈을 꾸고는 깨어나서 얼떨떨해질 때가 있는데, 딱 그런 꿈속의 일인 것만 같았다.

화요일 아침에 베라가 찾아와서 릴리안의 물건들을 여행 가방에 꾸렸다. 프랜시스도 그녀와 함께 침실로 올라가서 월워스의 동정을 최대한 알아내려고 안간힘을 썼다. 릴리안이 어떻게 지내고 있는지 정보를 얻어내거나 감이라도 잡고 싶었다. 베라는 릴리안이 기운을 좀 차렸고, 전보다 잘 먹고 잘 잔다고 했다. 그리고 어젯밤에 켐프 경위가 다녀갔다고….

"또 왔다고요? 무슨 용무로요?" 프랜시스가 물었다.

베라는 자기도 잘 모른다고 했다. 지난번과 비슷한 질문들을 했던 것 같은데 오래 있지는 않았냐고, 그보다는 신분사 기자들이 들이닥치는 게 더 성가시다고 했다. "오늘 신문 읽어봤어요, 레이 양? 온통 살인 사건 얘기예요. 끔찍하더라고요. 릴은 한 번만 보고도 울음을 터뜨리지 뭐예요."

프랜시스는 「타임스」밖에 읽지 못했지만 그것만으로도 충분히 심란했다. 어제만 해도 부정확한 단신밖에 없었는데, 오늘 실린 기사에서는 사인 심의회를 처음부터 끝까지 장문으로 묘사하고 그 자리에 참석한 릴리안이 '가늘게 떨고 있었다'고 전하고 있었다. 베라가 떠난 뒤 프랜시스는 집 밖의 신문 가판대로 나가서 가능한 한 모든 종류의 신문을 구입했다. 「미러」와 「메일」, 「스케치」, 「익스프레스」, 그리고 지역 신문들까지도. 화보가 포함되는 신문에는 모조리 릴리안의 사진이 실려 있는 걸 보니 마음이 졸아들었다. 길거리에서 그 신문들을 본다는 건 생각만 해도 속이 메스꺼웠고, 어머니에게 보여주고 싶지도 않았기에, 그녀는 신문 뭉치를 겨드랑이에 끼고 집에 들어가자마자 자기 침실로 올라가서 바닥에 신문들을 쭉 펼쳤다.

검시 법원 앞에서 카메라를 들고 있던 남자가 기억났다. 신문들에 실린 사진은 릴리안이 초조하게 고개를 숙인 채 언니의 팔에 의지해 그곳을 떠나는 모습을 담고 있었다. 입자가 거칠고 투박한 사진이어서 어렴풋한 윤곽만 드러나는 정도였지만, 그런데도 릴리안의 무언가가 확실히 포착되어 있었다. 그녀의 생기가, 실체가 거기에 담겨 있었다. 보기만 해도 아찔했다. 기가 막혔다. 미칠 노릇이었다! 바로 오늘 아침에 무수한 사람들이 식탁 앞에서 달걀을 먹거나 열차나 버스를 타면서 릴리안의 얼굴을 들여다보았고, 지금도 들여다보고 있으리라는 뜻이었다. 「데일리 미러」에는 또 다른 사진도 실려 있었다. 그것 역시 테드라는 그 삼촌이 레너드의 인물 사진과 함께 선뜻 제공한 모양이었다. 릴리안과 레너드가 같이 어떤 집의 뒤뜰을 배경으로 찍은 사진이었는데, 레너드가 릴리안의 허리에 팔을 두르고 릴리안은 그와 엉덩이를 꼭 맞댄 채 붙어 서 있는 모습이었다. 그들은 해머스미스나 포레스트 힐*에서 펼쳐질 미래를 내다보며 미소 짓는, 사무직 계급의 흔하디흔한 젊은 부부처럼만 보였다. 사진 밑에는 '참극 이전의 바버 부부'라는 설명이 덧붙어 있었다.

다른 신문들의 어조도 동일했다. 그들의 부부 관계가 행복하지 않았으리라는 암시는 어디에도 없었고, 릴리안에게는 '가련한 젊은 미망인'이라는 둥, '애처로운 아내'라는 둥 한결같은 동정만 쏟아졌다. 사인 심의회에 대한 보도에서는 릴리안이 보여준 용기, 그녀가 내보인 감정, 외모 등을 중점적으로 언급했다. 그녀의 옷차림까지 세세하게 묘사하며 긍정적으로 평가하기도 했다. 살인 사건 자체에 대해서는 짐승 같은 악한의 소행이라고 규탄하며 범인이 근시일 내에 검거될 것이라고 적었고, 경찰이 '몇 가지 방향에 입각해 추적 중'이라고 했다는 말도 전했다. 그 방향들 중 하나는 프랜시스도 찰리를 통해 이미 전해 들었던 내용으로, 살인범이 레너드를 시티에서부터 집까지 미행했으리라는 가설이었다. 켐프 경위는 사건 당일 블랙프라이어스나 챔피언 힐에서 거동이 수상쩍은 자를 목격한 시민이 있다면 경찰에 알려달라고 요청했다.

* 둘 다 당시 런던에서 중산층이 밀집했던 지역.

기사와 사진을 하나씩 훑어보노라니, 지금까지 프랜시스의 손 안에 고이 들어 있었던 무언가가 저 멀리로 날아가서 와장창 박살나버린 것만 같은 느낌이 들었다. 하지만… 아니, 이건 릴리안과 자신에게는 잘된 일 아닌가? 찰리가 거짓말을 하는 이유가 무엇이건, 그 덕분에 경찰은 수사의 방향을 정했고, 그 방향이 어니로 지난는 간에 집 쪽만 가리키지 않으면 그만이다. 그리고 이 사건에 쏟아지는 대중의 관심이 과연 언제까지 지속될까? 하루 이틀? 길어봐야 일주일? 머지않아 수사는 막다른 길에 부딪힐 테고, 그토록 자신만만했던 켐프 경위가 범인을 잡는 데에 실패했다는 것이 명백해지면 언론은 어딘가 다른 데로 관심을 돌릴 것이다. 기자들은 더 자극적인 기삿거리를 찾아가게 되어 있다. 그때까지 끈덕지게 버티기만 하면 된다…. 하지만 신문들의 전면에 실린 그 흐릿한 사진을 보니, 릴리안과 자신이 무수한 타인의 시선에 노출되어 있다는 생각에 불안감이 치밀었다. 결국 그녀는 사진들을 모두 찢어다가 구겨서 부엌 아궁이에 넣어버렸다.

그러고 나니 이웃들이 하나둘씩 방문했다. 그들도 신문을 사 읽었거나, 아니면 그들이 주장하는 대로 요리사나 식사 시중을 드는 하녀가 신문을 보여주는 바람에 본의 아니게 읽고는, 최신 뉴스를 공유하고 싶어서 찾아온 것이었다. 다우슨 부인은 바버 부인이 심의회에서 발작을 일으켰다던데 그게 사실이냐고 물었다. 그 다음에는 옆집 사는 데스버러 자매 중 언니 쪽이 찾아와서는, '두 번째 살인 사건'이 일어났는데 경찰이 비밀에 부치고 있다는 소문을 들었다고 이야기했다. 한편 램 씨와 마거릿은 관계자에게 긴히 전해 들었다면서, 경찰이 곧 범인을 검거할 예정이라고 말했다. 의심의 여지없는 확실한 소식이라고, 범인은 이 지역 주민으로 가게 주인인지 상인 같은 사람인데, 바버 씨가 물건 값을 치르지 않아서 반감을 품고 범행을 저질렀다는 것이었다.

그 다음에는 플레이페어 부인이 찾아왔다. 그녀는 레이 모녀를 위해 휴가 일정을 중단하고 서섹스에서 막 돌아온 참이라고 했다.

"도무지 믿을 수가 없구나!" 프랜시스의 안내를 받아 집 안으로 들어오면서 플레이페어 부인이 말했다.

프랜시스는 열의 없이 대답했다. "그러게요. 다들 그렇다네요."

"나는 「타임스」를 펼쳤다가 비명을 질렀지 뭐니. 그나저나 프랜시스, 너 아파 보이는구나."

"지쳐서 그래요. 지난 며칠이 한없이 길게 느껴졌어요."

"오, 나는 왜 하필 이럴 때 없었을까! 내가 있었다면 많은 걸 도와줬을 텐데. 어머니는 좀 어떠시니?"

프랜시스는 대답 대신 부인을 응접실로 데려갔다. 플레이페어 부인의 목소리를 이미 들었을 어머니는 그녀의 모습을 보더니 금방이라도 눈물이 터질 듯한 얼굴이 되었다. 플레이페어 부인은 어머니에게 후닥닥 다가가서 두 손을 부여잡았다.

"이게 무슨 고생이에요, 에밀리! 프랜시스보다 안색이 더 나빠 보이네요. 무리도 아니지요. 우리가 살면서 겪을 참사는 이미 다 겪은 줄 알았잖아요. 안 그래요?"

어머니는 아무 말도 못 하고 고개만 끄덕였다. 젖은 눈을 닦은 뒤 손수건을 집어넣고서야 어머니는 다소 진정된 듯했다.

"당신을 보니 마음이 퍽 놓이네요, 제인."

"재깍 전보를 치지 그랬어요."

"그럴 경황이 없었어요. 프랜시스가 대부분 도맡아 처리하기는 했지만, 그래도… 모르겠네요. 일반적인 죽음이나 병치레와는 전혀 달라요."

544

플레이페어 부인은 의자에 앉아 장갑을 당겨 벗었다. "그래 어떻게 된 일인지 이야기 좀 해봐요. 처음부터 끝까지 전부 빠짐없이."

프랜시스도 자리에 앉았다. 사건의 자초지종을 또다시 이야기할 생각을 하니 벌써부터 진이 빠져 온몸이 흐늘흐늘해졌지만, 이 기회에 경찰 측의 사실에 맞춰 이야기를 정리해보면 좋겠다는 생각이 들었다. 그러면 스스로도 그 이야기를 머릿속에 더 확고히 심어놓을 수 있을 것이다. 그래서 프랜시스는 토요일 아침에 하디 순경이 찾아왔던 일부터 어제의 사인 심의회에 이르기까지 지난 며칠 동안 일어난 일들을 세심하고 주의 깊게 설명했다. 어머니도 틈틈이 자신이 아는 세부적인 사항들을 덧붙였다. 플레이페어 부인은 충격으로 기겁한 표정이었지만, 한편으로는 흥분한 기색도 역력했다. 프랜시스의 이야기가 끝나자마자 부인은 눈을 가늘게 뜨고서 입을 열었다.

"지금 검시관이 누구죠? 아직 에드워드 샘슨인가요? 그 사람은 저도 약간 알아요. 예전에 조지와 친한 사이였거든요. 내가 샘슨 씨를 찾아가서 좀 물어볼 수도 있는데, 어때요?"

"오, 그래주면 좋지요." 어머니가 대답했다. "경찰이 말해주지 않는 부분을 그분이 알려주신다면 나는 꼭 듣고 싶어요. 이렇게 아무것도 알 수 없다는 게 무엇보다도 끔찍하거든요. 한 사람이 목숨을 잃었는데 아무런 이유도, 의미도 찾을 수가 없다니. 아아, 가엾은 바버 씨. 얼마나 생기가 넘치고 쾌활한 젊은이였는데요. 그 사람을 누군가가 고의로 살해했다는 게 과연 사실일까요? 모종의 원한 때문에 벌인 짓이라고요? 제인은 켐프 경위의 이야기가 믿어지세요?"

"글쎄요. 잘 믿기지 않네요. 무엇보다도 증거가 없잖아요. 범인은 보나마나 길거리를 어슬렁거리는 망나니들 중 하나일 게 뻔해요. 경위가 어째서 그자들을 모조리 잡아들여 하나하나 심문하지 않는지 모르겠네요. 나라면 그렇게 할 텐데."

플레이페어 부인은 점점 더 확신에 찬 어조로 자기주장을 펼쳐나갔다. 그 자신감 넘치는 태도가 기묘하게도 캠프 경위와 비슷해 보였다. 프랜시스는 일요일에 경위의 이야기를 들었을 때처럼 기분이 살짝 들떴다. 범인을 길거리 망나니라고 생각하든, 원한을 품은 남자라고 생각하든 무슨 대수인가? 릴리안과 프랜시스를 의심하는 사람은 아무도 없다. 둘이서 레너드의 시신을 끌고 계단과 정원을 거쳐 밖으로 옮겨놓았으리라고 상상하는 사람은 아무도 없다…. 어둠 속에 레너드를 놔두고 떠났던 순간이 기억났다. 그 시신을 뒤로 하고 문을 닫아버렸던 순간도. 그러자 마치 누군가가 귓가에 속삭이듯이 한마디의 말이 뇌리를 스쳤다. '그는 이제 없어.' 릴리안은 자유가 된 것이다. 그러니 모든 사태가 진정될 때까지 용감하게 버티기만 하면….

프랜시스는 그 생각을 떨쳐냈다. 그래도 들뜬 기분은 가시지 않았다. 플레이페어 부인이 자기 계획을 이야기하는 동안, 프랜시스는 머리를 뒤로 젖히고 눈을 감았다.

티타임 이후에 플레이페어 부인이 다시 찾아왔다. 그런데 그녀답지 않게 가라앉은 분위기였다. 부인은 샘슨 씨를 만나고 오는 길이라며, 그가 사건에 대해 비밀리에 선뜻 이야기해주더라고 했다. 그리고 자신의 식사 시중을 드는 하녀인 패티하고도 몇 마디 대화를 나눴다고 했다.

"패티요?" 프랜시스가 되물었다.

"브릭스턴에 사는 패티의 조카가 얼마 전에 약혼했는데, 약혼자가 마침 순경이라는구나. 그 순경이 한두 가지 정보를 흘렸다더라."

프랜시스는 어처구니가 없었다. "램 씨와 똑같은 말씀을 하시네요!

그분 말에 따르면 우리 동네 식료품상이 불만을 품고 레너드를 죽였다더군요. 이래가지고서는 저와 저희 어머니가 그 다음 용의자로 지목당할 판이에요."

"프랜시스." 어머니가 지친 어조로 나무랐다.

플레이페어 부인이 말을 이었다. "아니, 그 청년은 확실한 소식통이랬어. 패티가 극구 칭찬을 하더라고. 그리고 얘기를 들어보니 그 청년도, 샘슨 씨도…." 부인은 기묘하게 난처한 기색으로 뜸을 들였다. "나도 깜짝 놀랐는데, 그 두 사람 모두 비슷한 요지의 말을 하더라고. 둘의 이야기로 미루어보면, 음… 이 사건에 무언가 석연치 않은 점이 있다는 건 확실해."

프랜시스는 그녀를 쳐다보았다. "그게 무슨 뜻이에요? '석연치 않은 점'이라는 게?"

플레이페어 부인은 또 뜸을 들였다. 신중하게 말을 고르는 눈치였다. "우선, 바버 씨는 금요일 저녁에 친구를 만났다고 했지. 이름이 뭐더라?"

"위스머스요."

"그래, 위스머스 씨. 둘이서 여러 술집을 돌아다니며 곤드레만드레 취했다고 했지? 그런데 경찰이 시티에 있는 술집을 전부 찾아가서 두 남자의 사진을 보여줬더니, 그 둘을 기억한다는 술집 주인이나 여급이 한 명도 없었다지 뭐니. 게다가 경찰 측 의사인 팔머 씨가 바버 씨의 시신을 부검했을 때 알코올이 거의 나오지 않았대. 기껏해야 맥주 반 잔 정도였다나 봐. 이상하지 않니?"

프랜시스는 멈칫했다가 대답했다. "글쎄요, 위스머스 씨가 더 많이 마셨나 보지요."

"그래, 그럴 수도 있겠지. 하지만 가장 희한한 부분은 따로 있어. 금요일 밤에 뒷길에서 무슨 소란이 일어나는 걸 들었다는 사람이 둘 있는데…."

프랜시스는 그 말이 자신을 물리적으로 후려친 것 같았다. 얼굴이 화끈 달아올랐다. 단순한 부끄러움과는 전혀 다른, 펄펄 끓는 물을 뺨에 끼얹은 것처럼 끔찍한 기분이었다. 플레이페어 부인이 그녀의 반응을 오해하고 말을 이었다. "그래, 소름 끼치는 일이지? 둘 중 한 명은 언덕 아래의 한 저택에서 일하는 하녀라는구나. 주인댁 허락 없이 슬그머니 빠져나간 참이었다고 하니 못된 아이인 모양이지만, 어쨌든 악몽 같은 경험이었을 거야. 아무것도 보지는 못했대. 너무 어두웠던 데다 멀리 떨어져 있어서 말이야. 힐야드가 저택에서 담장이 튀어나온 부분 있잖니, 그쯤에 있었다더라. 하지만 누군가의 발소리와 한숨 소리는 분명히 들었대. 그 하녀와 같이 있었던 남자도 그 소리를 들었고. 그 남자는 그저 자기들 같은 연인이 밀회를 나누고 있나 보다고 대수롭지 않게 넘겼는데, 나중에 살인 사건 소식을 접하고는…. 어젯밤에야 둘 다 마음을 정하고 경찰에 증언을 했다더구나. 하녀 아이는 저택에서 해고당할까 봐 두려워서 망설였고, 남자 쪽은 자신이 용의자로 의심받을까 봐 섣불리 나서지 않았던 모양이야. 아무튼 여기서 중요한 건 말이다, 두 증인이 뒷길에 있었을 때가 꽤 이른 시간이었다는 거야. 기껏해야 아홉 시 반쯤이었대. 그런데 위스머스 씨 말로는, 자신과 바버 씨가 그 시간에도 시티에 있었다고 하지 않니?"

프랜시스는 피가 귀까지 솟구쳤다. 자신이 릴리안과 함께 어둠 속으로 비틀비틀 걸어 나가고 있었을 때, 레너드의 시신을 더듬고 옷매무새를 매만지고 있었을 때, 바로 그때, 불과 50미터도 안 되는 곳에서 한 연인이 농탕을 치고 있었다니….

"오해였을 거예요." 프랜시스는 달아오른 얼굴을 식히려 안간힘을 쓰며 말했다. "그들이 들었던 소리는… 정말로 또 다른 연인의 기척이었을 수도 있잖아요. 저만 해도 뒷길에서 만나는 연인들을 숱하게 보았는걸요. 아니면 순전히 착각이었을 수도 있고… 재미 삼아 거짓말을 지어내는 것일지도 모르죠."

"그럴 수도 있겠지." 플레이페어 부인은 석연치 않은 투로 밀했다. "어쨌든 경찰은 그 증언을 심각하게 받아들이고 있다나 봐. 당분간 언론에는 비밀로 하고 있지만. 그리고… 음, 경찰에서 위스머스 씨를 예의 주시하고 있다는 건 확실해."

프랜시스는 말문이 막혔다. 어제 데스버러 양에게서 경찰이 언론에 숨기는 정보가 있다는 얘기를 들었을 때는 전혀 믿지 않았다. 그런데 경찰이 정말로 그렇게 기만적인 술책을 쓰고 있다니, 그토록 주도면밀하고 전략적으로 움직이고 있다니…. 게다가 찰리를 의심하고 있다니….

어머니는 의자에서 안절부절못하고 움찔거렸다. "오, 망측해라. 설마 위스머스 씨가 바버 씨의 죽음과 무슨 관련이 있으려고요? 그렇게 싹싹한 청년이? 게다가 둘이 무척 절친한 사이였는걸요. 전쟁에서도 같이 싸웠다지 않아요? 그럴 리가, 나는 절대 못 믿겠어요."

"글쎄요." 플레이페어 부인이 말했다. "누군가가 바버 씨를 죽인 건 사실이잖아요. 그리고 위스머스 씨가 무언가를 숨기고 있다는 것은 명백해 보여요."

"하지만 그가 어째서 그런 짓을 하겠어요?"

"경위가 프랜시스에게 한 말로는, 살인범이 바버 씨를 자기 삶에서 없애고 싶어 했을 거라지요?"

"네, 그런데요?"

"음, 탐정 놀이를 하고 싶지는 않지만…." 플레이페어 부인은 신중하게 말을 골랐다. "한번 생각해보세요. 위스머스 씨는 바버 부부와 많은 시간을 함께 보냈어요. 한편 바버 부인은… 어휴, 엄청나게 매력적인 여성이지요. 특출한 미인이에요. 그리고 당신이 몇 번 내게 말하지 않았던가요, 바버 부부 사이가 좋지 않았다고요?"

어머니의 질겁한 눈빛이 보기도 전에 살갗으로 느껴졌다. 프랜시스는 그 눈빛에 차마 화답할 수가 없었다. 경찰이 생각하는 게 이런 거였나? 지금껏 쭉 이런 식으로 의심하고 있었나? 캠프 경위에게 신문을 받았던 기억을 돌이켜보았다. 그가 릴리안과 찰리에 대해 던졌던 이상한 질문들을….

프랜시스는 플레이페어 부인을 돌아보았다. "혹시 샘슨 씨나 패티에게도 이런 말씀 하셨어요? 릴리안과 레너드의 사이가 나빴다고요?"

그녀의 말투가 심상찮았는지 플레이페어 부인이 눈을 깜빡였다. "그… 글쎄, 기억이 안 나는걸."

프랜시스는 잠시 침묵하다가 자리에서 벌떡 일어섰다. "오, 이건 말도 안 돼요. 완전히 헛소리라고요! 릴리안이 도대체 뭘 했다는 거예요? 걔는 금요일 밤 내내 저와 같이 있었는데요."

플레이페어 부인이 깜짝 놀라서 그녀를 올려다보았다. "바버 부인을 비난하는 사람은 아무도 없어. 나는 부인이 이 사건에서 완전히 무고할 거라고 생각한단다."

"아, 그러세요?"

"그래, 정말이야. 하지만 위스머스 씨가 그녀에게 연정을 품을 수는 있지 않겠니? 네가 바버 부인과 친구 같은 사이라는 것은 알겠다만, 프랜시스, 물색없이 굴지 말자꾸나. 남자들이 아무 이유도 없이 서로를 죽이진 않잖니."

"그런가요? 제가 보기엔 남자들은 항상 아무 이유도 없이 서로 죽이는 것 같은데요. 불과 얼마 전에 있었던 전쟁도 바로 그런 짓 아니었나요! 에릭, 노엘, 존 아서… 그들이 왜 죽어야 했는데요? 순전히 무의미하고 거짓된 명분 때문이었어요! 그리고 그 전쟁에 누가 반대했죠? 적어도 플레이페어 부인과 저희 어머니는 아니었죠! 그런데 지금 한 남자기 목숨을 잃은 걸 가지고 모두가 이런 어처구니없는 결론으로 치닫고 있다니….”

플레이페어 부인은 아연실색했다. “맙소사, 프랜시스!”

“이건 에드거 월러스* 소설이 아니에요. 경찰의 거드름이나 하인들의 소문 따위에 귀를 기울였다가는….”

몸이 덜덜 떨렸다. 말을 더 이을 수가 없었다. 어머니의 목소리가 들렸다. “프랜시스, 앉으렴. 제발.” 하지만 지금 앉았다가는 곧바로 벌떡 일어나게 될 것 같았다. 프랜시스는 난롯가로 걸어가서 벽난로 선반을 손으로 짚었다.

불편한 침묵이 흐른 끝에, 플레이페어 부인이 턱과 어깨를 새처럼 푸르르 떨고는 입을 열었다.

“그래, 네가 속상한 건 이해한다. 이번 일은 당사자들 모두에게 절박한 문제일 테니까. 하지만 네 말마따나 한 남자가 목숨을 잃었고, 그 일은 저절로 벌어지지 않았어. 그게 전쟁과 대관절 무슨 상관인지 모르겠구나. 아니, 상관은 있겠지.” 부인의 말투에 날이 섰다. “이번 일이 전쟁과 무슨 상관인지는 아주 잘 알겠어. 너희 어머니도 잘 알 테지. 전쟁이 우리나라에서 가장 훌륭한 남자들을 모두 앗아갔다는 걸. 이런 말은 온당하지 않다고들 하지만 그래도 나는 말해야겠어. 전쟁은 가장 훌륭한 남자들을 빼앗아버렸고, 그와 더불어 이 사회의 기

* 20세기 초 영국의 대표적인 범죄소설 작가.

강도, 법도도….” 부인이 앉은 자리에서 몸을 앞으로 기울였다. “살인 사건이라고, 프랜시스! 챔피언 힐에서! 십 년 전 같았으면 이런 일이 있었겠니?”

프랜시스는 아무 말도 못 하고 벽난로 선반만 붙잡고 서 있었다. 대리석 선반의 서늘하고 단단한 감촉을 손에서 놓고 싶지 않았다. 그 위에 달린 거울을 들여다보며 자기 자신을 다그쳤다. ‘진정해! 제발! 이러다 다 들통나겠어!’

시선의 초점을 약간 바꾸자, 거울 속에 비친 어머니의 눈과 마주쳤다. 어머니는 못마땅하고 무안한 표정으로 그녀를 쳐다보고 있었다. 하지만 단순히 그것만은 아니었다. 얼마 전과 같은 의아하고, 미심쩍고, 걱정스러운 눈빛이 틀림없이 보였다.

프랜시스는 거울에서 불쑥 등을 돌렸다. “죄송합니다, 플레이페어 부인.” 그녀는 창가로 건너가서 난롯가를 등지고 선 채 잠자코 큰길을 내다보았다.

그러나 이미 모두가 난처해졌다. 플레이페어 부인과 어머니는 가라앉은 분위기로 다시 대화를 나누었지만, 겨우 일이 분쯤 지나자 자리에서 일어나는 기척이 들렸다. 프랜시스가 뒤를 돌아보니 둘 다 일어서 있었고, 플레이페어 부인은 코트를 걸쳐 입고 여우털 칼라의 끈을 매고 있었다. “나오지 말거라.” 프랜시스가 부인을 문까지 배웅하려다가가자 그녀가 조용히 말했다. “혼자 알아서 나가마. 내가 와서 괜히 마음만 상했다면 미안하구나.”

플레어페어 부인이 떠나고 프랜시스는 소파로 돌아갔다. 어머니는 그 자리에 선 채 프랜시스를 거의 알아보지도 못하겠다는 듯 생경한 눈초리로 내려다보았다.

“어떻게 플레이페어 부인에게 전쟁에 대해 그런 식으로 말할 수가 있니?"

"그분은 제가 전쟁을 어떻게 생각하는지 이미 알잖아요. 한번은 저를 반역자라고 부르기도 했죠. 기억 안 나세요?"

"네가 도대체 왜 이러는지 모르겠다. 이제는 모든 게 왜 이렇게 굴러가는지 아무것도 모르겠어. 만약 너희 아비지가 미리 아셨다면…."

프랜시스는 자동적으로 대꾸했다. "오, 아버지는 아무것도 미리 알지 못했어요. 그게 아버지의 대단한 특기였죠."

"그래." 뜻밖에도 신랄한 대꾸가 돌아왔다. "그리고 네 특기는…." 어머니는 힘겹게 말을 잇다가 말꼬리를 흐렸다.

프랜시스는 어머니를 쳐다보았다. "제 특기가 뭐요?"

어머니는 묵묵히 고개를 돌렸다.

프랜시스는 어머니의 대답을 기다리다가 그만두고, 엄지손가락으로 입술을 톡톡 두드렸다. "경찰이 그런 생각으로 찰리를 '예의 주시'하면서 돌아다니고 있다니. 사람들이 릴리안을 두고 이딴 소리를 지껄이고 있다니! 기가 막히네 정말!" 그녀는 벌떡 일어났다. "릴리안을 만나러 가야겠어요. 경고해줘야 돼요."

어머니가 퍼뜩 그녀를 돌아보았다. "안 돼, 프랜시스. 가만히 놔둬."

"가만히 놔두라뇨? 어떻게 그래요?"

"우리는 지금까지 엮인 것만으로 충분하지 않니? 경찰이 알아서 하겠지."

"경찰은 아무것도 몰라요."

"그게 무슨 뜻이야?"

프랜시스는 소파에서 한 발짝 물러났다. "아무 뜻도 아니에요. 그냥…."

그때 현관문에서 똑, 똑, 똑 소리가 났다. 프랜시스는 얻어맞기라도 한 것처럼 펄쩍 뛰었다. "제기랄! 이번엔 또 뭐야?" 그녀는 부주의하게 뇌까리고는 어떻게 해야 할지 망설였다. 가슴이 쿵쾅거렸다. 하지만 여기서 긴장감에 시달리며 미적거리고 있느니 나가서 문을 열어주는 편이 차라리 마음 편할 것 같았다. 만약 신문기자라면 면전에서 문을 닫아버릴 것이다.

그런데 문밖에 서 있던 사람은 기자가 아니었다. 작고 날렵한 체격의 군인 같은… 전보 배달부였다. 그는 프랜시스의 앞으로 되어 있는 전보를 한 장 건네주었다.

가장 먼저 떠오른 생각은 릴리안에게 무슨 일이 생겼으리라는 것이었다. 릴리안이 결국 무너져서 모든 걸 자백해버렸다거나, 아프다거나, 죽었다는 소식이리라. 프랜시스는 봉투를 받아 들고서 암울하고 비장한 생각에 휩싸였다. 그래, 바로 이것인가? 지금이 바로 모든 것이 결딴나는 순간인가?

프랜시스는 봉투의 접착 면을 뜯고 연어 빛깔 종이를 꺼내서 펼쳤다.

끔찍한 소식 봤음
괜찮은지 연락 바람
기다리는 C

이게 무슨 소리인가 싶어서 어리둥절했다. 그러다가 클립스톤 거리의 소인을 보고서야 비로소 이해가 되었다.

어느새 뒤따라온 어머니가 조마조마 지켜보고 있었다. "뭐니? 누가 보낸 거야? 또 나쁜 소식은 아니겠지?" 어머니는 프랜시스의 손에서 종이를 가져가더니 얼굴을 찌푸렸다. "이게 누구니? 이해가 안 되는걸. 네 사촌, 캐롤라인이니?"

프랜시스는 늘 하던 대로 거짓말을 하려고 무작정 입을 열었다. 그런데 별안간 진력이 났다. 그 거짓말은 지긋지긋하다 못해 시시했고, 심지어 아련한 옛 추억처럼 느껴지기까지 했다. 그녀는 불쑥 말해버렸다. "크리스티나예요."

어머니는 순간 멍해 보이더니, 곧이어 얼굴이 띡띡하게 굳었다. "걔야?" 어머니가 전보를 돌려주면서 되물었다. "걔가 도대체 왜 네게 연락하는 거니?"

"신문을 보고 이번 사건을 알았다잖아요."

"그걸 어떻게 너와 연관 지었단 말이야? 이제는 우리 이름까지 신문에 나오니?"

"바버라는 이름을 보고 알았겠죠."

"하지만…."

"저한테 바버 부부 얘기를 들었으니까요."

어머니가 그 말뜻을 비로소 알아차린 듯, 분위기가 싸늘하게 식어가는 게 느껴졌다.

"그럼 둘이 만나고 있었던 거로구나."

"몇 번이요. 올해 들어서, 시내 나갈 때 몇 번 봤죠. 걔 옥스퍼드 거리 근처에서 친구와 같이 살아요…. 어머니도 짐작하고 계신 줄 알았는데요."

어머니의 얼굴이 일그러졌다. "아니, 전혀 몰랐지! 내가 그런 짐작을 대체 왜 할 거라고 생각하는 거야?"

"글쎄요. 전 그냥 별생각 없었던 것 같아요."

"네가 이렇게 거짓말을 할 줄은 꿈에도 몰랐다. 걔를 안 만나겠다고 약속해놓고서는!"

프랜시스는 어안이 막혔다. "전 그런 약속한 적 없는데요."

"약속한 거나 다름없어."

"아뇨, 그것도 전혀 아니죠. 우리는 그 문제에 대해 한 번도 이야기한 적이 없잖아요. 어머니는 알고 싶어 하지도 않았잖아요. 그리고 어떤 친구를 만날지 말지는 제가 결정할 문제 아닌가요? 아니, 애초에 이게 뭐 중요한 일이라고!"

"당연히 중요하지 그럼 안 중요하니? 네가 이런 식으로 나 몰래 숨어서 만나고 다녔는데."

"그야 어머니가 이런 식으로 반응할 테니까 그랬죠!"

어머니의 목소리가 더욱 딱딱해졌다. "더 이상 이 문제로 실랑이하고 싶지 않다. 내가 그 처자를 어떻게 생각하는지는 너도 잘 알잖아. 정 만나야겠다면 마음대로 하거라. 나는 그 우정이 못마땅하고, 이해도 안 되고, 존중할 수도 없어. 앞으로도 그럴 거야. 하지만 그보다도 더욱 못마땅하고 실망스러운 건 네가 나를 속였다는 거야. 설상가상이라더니! 이 다음엔 또 뭐가 터질지 모르겠구나! 나는 네가 도대체 뭐하는 애인지 잘 모르겠다. 이것 말고 또 무슨 거짓말을 했니?"

그 질문에 무슨 불길한 저의가 담겨 있는 건 아니었다. 프랜시스는 거의 확신할 수 있었다. 그런데도 지레 허를 찔려서 얼굴이 달아오르고 말았다. 아까처럼 끓는 물에 덴 듯한 수치심이 훅 끼쳐 올랐다. 불현듯 금요일 밤으로 돌아온 것 같았다. 방금 막 레너드의 시신을 계단으로 끌고 내려온 것만 같았다. 단순히 기억이 떠오르는 정도를 넘어서, 심지어 꿈속에서 체험하는 것보다 훨씬 생생하게 그때의 느낌이 되살아났다. 육중한 몸뚱이를 옮기느라 근육이 찢어질 듯하던 고통도, 쿠션을 받친 머리가 자신의 어깨에 기대어오던 무게도, 중산모가 머리를 내리누르던 어쭙잖은 감각까지도. 심장이 몸과 분리되어 제멋대로 작동하는 엔진처럼 마구 날뛰었다. 프랜시스는 아버지의 의자들 중 하나로 건너가서 털썩 주저앉아 등받이에 늘어졌다. 그리고 고개를 들어보니, 어머니가 그녀를 쳐다보고 있었다. 예의 그 두려움과 의혹이 역력한 얼굴로.

프랜시스는 전보를 봉투에 엄벙덤벙 쑤셔 넣었다. "우리 싸우지 말아요." 그녀는 애써 말을 꺼냈다. "크리스티나에 대해 뭘 어떻게 생각하시는지는 몰라도… 이건… 그런 게 아니에요. 그러실 가치가 없어요. 우리 따뜻한 데로 돌아가요. 네?" 프랜시스는 어머니를 지나쳐 응접실로 걸어가려 했다.

그런데 어머니가 그녀의 팔을 덥석 붙잡았다. "프랜시스." 어머니는 냉큼 뱉어내지 않으면 아예 입 밖에 꺼낼 수도 없을 무언가를 말하려고 작심한 듯했다. "프랜시스, 바버 씨가 죽은 날 밤에, 내가 램 씨와 같이 집에 왔을 때 말이다, 너… 그때 너는 제 정신이 아닌 것 같았어. 솔직히 말해주렴. 무슨 일이 있었지?"

프랜시스는 팔을 빼내려 애썼다. "아뇨."

어머니는 손을 풀어주지 않았다. "바버 부인에게 말이야. 부인과 바버 씨가 무슨 말다툼을 벌인 것 아니니?"

"아뇨. 어떻게 그럴 수가 있겠어요? 그날 레너드는 집에 있지도 않았는데요. 우리는 그를 보지도 못했다고요."

"바버 부인이 네게 아무 말도 않던? 위스머스 씨나 다른 남자에 대해서? 너 경찰에 뭔가를 숨기고 있는 것 아니야?"

"아니에요."

"나도 네 말을 믿고 싶다, 프랜시스. 하지만 너는 지금껏 평생… 우정에 대해서는 유별나게 열성적이었잖니. 만약에, 만의 하나라도, 그 여자가 너를 끌어들였다면…."

"그런 일 없어요, 어머니."

"약속할 수 있니? 맹세할 수 있어? 네 명예를 걸고?"

프랜시스는 차마 대답할 수 없었다. 그 순간 어머니와 자신이 줄다리기하듯 서로를 마주 당기는 상태가 되었다. 프랜시스가 시인했거나 시인하지 않은 문제들 때문만이 아니라, 서로의 거북한 자세에서 나오는 긴장감 자체로 양쪽 모두 겁에 질려 있었다.

프랜시스는 마침내 손목을 비틀어서 팔을 떼어냈다. 그러자 어머니가 균형을 잃고 앞으로 휘청거렸고, 그녀가 붙잡아서 바로 서게 해드렸지만 어머니는 그 즉시 뒤로 물러나버렸다. 둘은 흑백 타일 바닥 위에서 똑바로 마주 선 채 숨을 가쁘게 몰아쉬었다.

프랜시스는 달래는 투로 재차 말했다. "아무 일도 없었다니까요. 네? 어머니, 이제 응접실로 돌아가요." 그녀는 손을 내밀었다.

어머니는 그 손을 잡으려 하지 않았다. 숨을 헐떡이며 대답하는 어머니의 태도가 아까보다 조심스러워 보였다. "아니다. 나… 나는 안 되겠어. 머리가 아프구나. 한 시간쯤 누워 있어야겠다."

어머니는 프랜시스와 눈을 마주치지 않으면서도 경계하는 시선을 내내 거두지 않고 걸음을 옮겼다. 흡사 프랜시스를 무서워하는 것 같기까지 했다. 어머니는 홀을 가로질러 침실로 들어가더니 조용히 문을 닫았다.

무릎에 힘이 풀렸다. 프랜시스는 딱딱한 검은 의자에 비틀비틀 주저앉았다. 황망한 머릿속에 온갖 생각들이 밀려들었다. 이제 어떻게 해야 하나? 어머니가 알아버렸다. 어머니가 눈치채버렸다! 비록 아직은 일부분만 짐작하고 있지만, 더 많은 걸 알아내는 것은 시간문제 아닌가? 어머니가 그 빌어먹을 아크로스틱 퍼즐을 풀듯이 모든 조각을 짜 맞추기까지 과연 시간이 얼마나 걸릴까? 그리고 어머니조차도 프랜시스와 릴리안의 공모를 알아차릴 수 있다면, 하물며 캠프 경위나 히스 경사는? 패티의 조카의 약혼남은? 검시관 샘슨 씨는? 그리고….

생각을 더 이상 이을 수가 없었다. 프랜시스는 손으로 눈을 눌렀다. 다른 건 다 차치하고라도 릴리안이 보고 싶었다. 하지만 지금 월워스로 냅다 뛰어가버리면 어머니가 뭐라고 생각할까? 그리고 자신이 없는 동안 집에 무슨 일이라도 생기면 어쩌나? 히스 경사가 찾아와서 또 레너드의 물건들을 이것저것 주워 모아 호주머니에 수수께끼의 서류들을 가득 채우려 든다면? 더욱이 그가 이런 상태의 어머니에게 말을 붙이기라도 하면? 그런 위험은 절대로 감수할 수 없었다. 모든 것을 이렇게 무방비한 채로 놔두고 가기는 불안했다. 아니, 공포스러웠다.

그렇다면 편지를 쓰면 된다! 그 생각에 퍼뜩 정신이 들었다. 프랜시스는 당장 침실로 올라가서 종이와 펜, 잉크를 꺼내놓고, 플레이페어 부인에게 들은 이야기를 완곡한 방식으로 부랴부랴 적어 내려갔다. 자신이 얼마나 무모한 짓을 하고 있는지 깨달은 것은 종이를 4분의 3이나 채우고 나서였다.

각별히 조심해야 해, 릴리. 경찰의 의심을 살 만한 짓은 절대로 하지…

이게 뭐하는 짓인가, 정신이 나간 건가? 프랜시스는 질겁해서 편지를 구겨서 벽난로에 던져버리고 성냥불을 댕겼다. 하마터면 적나라한 범죄의 증거를 만천하에 내놓을 뻔했다고 생각하니, 지금까지 자신이 해온 모든 것이 의문스러워졌다. 자신이 모든 것을 통제하고 있는 줄 알았는데, 어림도 없는 착각이었다! 하다못해 어머니조차도 그녀가 범죄에 가담했다고 의심하는데! 어제 기껏 찾았던 자신감이 완전히 무너져버렸다. 궐련을 말려 하니 그마저도 손이 말을 듣지 않아 담뱃잎의 절반이 바닥에 쏟아졌다. 그녀는 담배를 피우며 창가로 건너가서 정원과 후문을 내다보았다. 도대체 어떻게 그런 짓이 성공할 수 있으리라고 감히 생각했단 말인가?

그래도 크리스티나의 전보에 답신 정도는 보내자는 판단이 섰다. 프랜시스는 담배를 최대한 빨리 피워버리고 외출복을 챙겨 입고서, 어머니에게는 아무 말도 하지 않고 밖으로 나가서 언덕 아래 캠버웰 그린의 우체국에 들렀다.

오 크리시 너무 힘들지만 버텨내는 중이야 곧 만나자 꼭

접수처의 여직원은 프랜시스가 살짝 미친 것이 아닌가 싶어 쳐다보았다. '어쩌면 정말로 돌았는지도 모르지.' 그렇게 생각하며 우체국을 나온 그녀는 월워스 방향을 바라보며 멈춰 섰다. 바이니 씨의 가게에 후딱 다녀올까 말까, 도저히 결단을 내릴 수가 없었다. 릴리안을 보고 싶다는 갈망은 너무나 간절했다. 마약을 하고 나서 드는 갈망이 바로 이런 거겠지 싶었다. 하지만 그곳 사람들이 자신을 어떻게 맞이할지, 다들 얼마나 놀라고 소란을 피울지 눈에 훤했다. 그 집에 릴리안과 단둘이 있을 수 있는 공간이 있기는 할까? 그리고 지금 가장 위험에 처한 사람은 찰리이니, 릴리안은 찰리에게 경고해줘야 한다고 우길지도 모른다. 그랬다가는 그들 자신의 죄가 탄로 나는데도 불구하고 말이다. 릴리안이 프랜시스의 이야기 때문에 더더욱 겁에 질려서 오히려 비밀을 발설하는 실수를 저지를지도 모를 일이었다.

게다가 밖에 나온 지 겨우 이십 여분 지났는데도 그 사이에 집에 무슨 일이 일어났을까 봐 슬슬 걱정이 되었다. 프랜시스는 월워스에서

등을 돌려 황급히 언덕을 올라갔다. 한 걸음씩 옮길 때마다, 저택에 경찰이 쫙 깔려 있을 거라는 확신은 짙어져만 갔다.

집에는 아무런 변화도 없었다. 어머니는 여전히 침실에 틀어박혀 있었다. 일곱 시가 되어 프랜시스가 저녁 식사를 차렸다고 문을 살짝 두드렸을 때에야 어머니는 비로소 밖으로 나왔다. 이후 모녀는 껄끄러운 저녁 시간을 함께 보냈다. 어머니는 무릎 담요를 덮고 의자에 앉은 채, 프랜시스가 무슨 말을 해도 미적미적 모호하고 미심쩍은 대답만 흘렸다. 그날 밤 잠자리에 누워 눈을 말똥말똥 뜨고 있으려니, 아래층에서 어머니도 말짱히 깨어 있으리라는 생각이 들었다. 어머니가 퍼즐 조각을 짜 맞추느라 머릿속의 톱니바퀴를 째깍째깍 굴리는 소리가 들리는 것만 같았다.

하지만 다음 날 아침에도 어머니는 별다른 말이 없었다. 창백한 얼굴로 서먹서먹하고 차분하게 행동할 뿐이었다. 프랜시스는 언론의 보도 방향이 틀림없이 변했으리라 생각하고 최대한 빨리 나가서 조간신문을 구해다 읽어봤지만, 사건 현장에서 농탕치던 연인에 대한 언급은 어디에도 없었다. 경찰이 수사망을 확대하여 덜위치에서까지 탐문 조사를 펼치면서 범인 색출에 박차를 가하고 있다는 소식만 있을 뿐, 찰리의 이름 역시 그 어떤 기사에도 나오지 않았다. 그걸 보니 자신감이 다소 회복되었다. 사실 이 사건에서 찰리가 불리해봐야 얼마나 불리하겠는가? 어차피 전부 어림짐작일 뿐 아닌가? 찰리가 범인이라는 증거는 없다. 그리고 설령 경찰이 그를 체포한다 하더라도… 체포와 기소는 별개의 문제이다. 그때가 되면 찰리도 자기가 금요일 밤에 뭘 했는지 실토할 수밖에 없을 것이다. 사창가든 마약 소굴이든 어디에 있었든지 간에, 가장 친한 친구를 죽인 살인범이 되느니 차라리 진실을 밝히는 편이 낫다고 생각할 게 틀림없다. 그리고 사건 발생 시각은… 레너드가 몇 시에 살해당했는지는 중요하지 않다. 그가 저택 안에서 살해당했다고 생각할 이유도, 그의 죽음을 릴리안이나 프랜시스와 연결 지을 만한 단서도 아직까지 전혀 없었다.

침묵 속에서 점심 식사를 마쳤을 때, 어머니가 한두 시간쯤 나갔다 오겠다고 조용히 말했다. 어머니를 돌아본 순간 프랜시스는 얼굴에서 핏기가 싹 빠져나가는 느낌이 들었다. 결국은 경찰에 신고하기로 작정한 거로구나 싶었다. 그런데 어머니가 코트를 입으면서 덧붙이기를, 자선단체 위원회의 동료에게 회의록을 전해주러 가는 거라고 했다. 프랜시스가 대신 전해줄까 물으니 어머니는 고맙지만 됐다고 사양했다. 겸사겸사 교회에도 들를 거라면서, "집에 오는 길에 교회에도 들르고 싶어서." 그렇게 말하는 어머니의 눈꺼풀이 파르르 떨렸다.

경찰이 아니라 신부님에게 고백하려는 것일까. 어머니가 나가는 모습을 지켜보며 프랜시스는 파멸이 닥쳐오는 예감에 사로잡혔다. 가니시 신부가 경찰에 말해버리면 어쩌나? 마음의 준비를 하고 어떻게 대처할지 잘 생각해둬야겠다.

그래도 집에 모처럼 혼자 남게 된 건 뜻밖의 행운이었다. 레너드가 죽은 이래 저택에 아무도 없는 건 처음이었다. 프랜시스는 이 기회를 최대한 활용해, 두 시간 동안 범죄의 흔적이나 증거를 샅샅이 찾아내기로 마음먹었다.

작업에 착수한 즉시 기분이 나아졌다. 거실의 카펫을 살펴보니 피 얼룩은 변함없이 선명했지만, 다른 얼룩들도 많이 보였다. 때가 찌든 자국도, 잉크나 차가 배어든 자국도 있었다. 그 얼룩들을 특별히 구분해서 볼 이유가 없었다. 재떨이도 마찬가지였다. 재떨이 밑바닥이 그을렸다는 데에는 아무 의미도 없었다. 그리고 이걸 집 밖으로 가지고 나가서 어딘가에 숨겨놓는다면 오히려 괜한 이목만 끌게 되지 않을까? 원래 있던 자리에 놔둬야 덜 의심스러워 보일 것이다. 한편 벽난로는 지난 일요일에 불을 때고 남은 새로운 찌꺼기들로 넘쳐흘렀다. 잘된 일이었다. 그러나 재 버리는 통은 예전에 놔둔 그대로였다. 그 안에 들어 있는 체크무늬 앞치마 조각들도 그대로였고, 서탄이 타고 남은 덩어리들도 있긴 했지만 그건 마치 구이용 냄비 밑바닥에 굴러다니는 타버린 너깃처럼 보였다. 어쨌든 이것들은 지금 당장 없앨 수 있다. 프랜시스는 재 버리는 통을 들고 조심스럽게 아래층으로 내려갔다. 그리고 앞치마를 걸치고 덧신을 신은 뒤, 통을 뒷마당으로 가지고 나가서 질척질척한 정원을 가로질러 재 버리는 구역에 이르렀다. 그녀는 재와 거름, 진흙 등이 뒤섞인 진창에 석탄 찌꺼기를 쏟아 버리고 잘 휘저어서 섞었다. 시간을 들여서 천천히. 서두를 건 없었다. 이웃이 보거나 말거나 신경 쓸 필요 없었다. 석탄재를 내다 버리는 것은 평소에도 매일같이 하는 허드렛일에 불과했다. 회색 잿물 한가운데에서 도드라지는 노란 천 조각 하나가 눈에 띄었지만, 그래도 평정이 흔들리진 않았다. 프랜시스는 삽을 가져와서 로즈마리 덤불 옆의 땅을 파내고, 노란 천을 거기에 묻은 뒤 흙으로 덮어두었다.

다음으로는 쓰레받기와 빗자루, 비눗물을 동원해서 계단과 홀, 복도, 부엌 바닥을 청소했다. 레너드의 시신을 날랐던 경로를 따라 천천히, 꼼꼼히, 필요 이상으로 세심하게 쓸고 닦았다. 그 과정에서 가구들을 원래의 자리에서 빼냈고, 심지어는 오크 재목으로 된 코트 걸이도 끌어내서 그 뒤에 가려져 있던 벽과 바닥까지 싹 닦아냈다. 그러다 보니 부엌 문지방 근처의 바닥에 말라붙은 핏방울 하나가 눈에 띄었다. 그건 레너드보다는 릴리안이 흘린 피인 것 같았다. 그리고 복도의 아주 어두운 구석에서 말끔하게 두 동강 난 검은색 단추의 반쪽이 발견되었다. 레너드를 계단으로 질질 끌고 내려올 때 옷소매에서 떨어져 나온 것일 수도 있으리라. 핏방울은 손쉽게 지웠지만, 단추는 어떻게 처리할지 좀 망설여졌다. 쓰레받기에 모인 먼지와 함께 부엌 스토브로 가져가서 아궁이에 쏟아 넣자니 혹시라도 경찰이 아궁이의 재까지 조사하려고 들까 봐 찝찝했다. 프랜시스는 아까 천 조각을 땅에 파묻었던 것을 떠올리고, 홀에 있는 화분의 흙 속에 단추를 밀어 넣어 버렸다. 그건 식사 알림용 징 옆에, 홀에서 가장 큰 테이블 위에 놓여 있는 엽란 화분으로, 그녀가 기억하는 가장 먼 옛날부터 줄곧 같은 자리에 있었다. 경찰이 설마 여기까지 들여다보지는 않으리라.

화분에서 막 물러난 프랜시스가 자못 유유자적하게 손톱 밑에 낀 흙을 빼내고 있을 때였다. 밖에서 대문이 철컹 열리는 소리가 나더니, 앞뜰로 느긋하게 걸어 들어오는 발소리가 들렸다. 자박자박하는 그 소리는 현관 앞까지 다가와 멈추었고, 잠시 팽팽한 침묵이 감돌다가, 문 쇠고리를 들어 올렸다가 문짝을 탁 내리치는 소리가 났다.

'대답하지 말자!' 프랜시스는 가만히 숨을 죽였다.

다시 노크 소리가 났다. 아무래도 나가봐야 할 것 같았다. 릴리안의 소식일 수도 있으니까. 프랜시스는 현관으로 건너가서 문을 열었다. 그러자 바로 눈앞에 켐프 경위의 얼굴이 나타났다.

경위가 모자를 들어 올렸다. "안녕하십니까, 레이 양."

"안녕하세요, 경위님."

반가운 기색이라고는 눈꼽만큼도 없는 목소리가 튀어나왔다. 경위는 프랜시스의 앞치마, 걷어 올린 옷소매, 홀 바닥에 비뚜름한 각도로 놓여 있는 가구들을 쓱 훑어보았다. "아, 제가 방해가 된 것 같군요."

프랜시스는 좀 더 명랑한 목소리를 쥐어짜냈다. "아니에요, 괜찮아요. 그런데 바버 부인을 만나러 오신 것 아닌가요? 부인은 이제 여기에 없어요. 아시는 줄 알았는데요."

"네, 압니다. 제가 만나려는 사람은 바버 부인이 아니라…." 경위가 멈칫하더니 말을 이었다. "당신입니다. 잠시 시간을 내주실 수 있을까요?"

프랜시스는 경위를 집 안에 들이지 않을 수만 있다면 무슨 짓이라도 할 것만 같은 기분이었다. 하지만 묵묵히 뒤로 물러나지 않을 수 없었다. 경위는 젖은 타일 바닥에 흙발을 디뎌서 미안하다는 뜻으로 얼굴을 찌푸리며 조심조심 안으로 들어왔다. 프랜시스는 앞치마를 벗고 소매를 조금 당겨 내리면서 그를 응접실로 안내했다.

경위는 자리에 앉으면서 외투의 단추를 끄르더니, 안주머니에서 수첩을 꺼냈다. 프랜시스는 그 수첩을 경계하며 눈여겨보았다. "새로운 소식이라도 있는 건가요?"

"글쎄요." 경위는 수첩의 낱장을 엄지손가락으로 넘기면서 말했다. "그럴 수도, 아닐 수도 있지요. 유감스럽게도 아직 범인을 검거할 단계는 아닙니다만, 조만간 그렇게 될 겁니다. 수사에 중대한 진전이 있었거든요."

프랜시스는 침을 꿀꺽 삼켰다. "어머, 그래요?"

"네. 탐문을 위해 비밀로 하고는 있습니다만, 언론에서 냄새를 맡을 테니 어차피 비밀을 오래 유지할 순 없을 겁니다." 경위가 수첩에서 눈을 들었다. "범행 당시 현장 근처에 있었던 것으로 추정되는 증인이 둘 나타났는데…."

그는 프랜시스가 이미 플레이페어 부인에게 들었던, 한 남녀가 뒷길에서 누군가가 드잡이하는 기척을 들었다는 이야기를 털어놓았다. 프랜시스는 놀라움과 걱정스러움을 적절한 비율로 표현하기 위해 얼굴 표정을 꾸며내느라 애를 먹었지만, 경위의 말이 이어질수록 마음이 점점 진정되었다. 경위가 겨우 이 이야기를 하러 온 거라면….

"그러니 저희가 당면한 가장 큰 수수께끼는 위스머스 씨의 진술입니다. 그는 블랙프라이어스에서 열 시에 바버 씨를 마지막으로 보았다고 단호히 주장하고 있어요. 그런데…."

"그렇네요." 프랜시스는 맞장구를 쳤다. "어떤 점을 염두에 두시는 건지 알겠어요."

"그리고 솔직히 말씀드리면, 위스머스 씨의 증언에서 석연치 않은 구석은 그 외에도 한두 가지 더 있습니다."

프랜시스는 경위의 말에 담긴 요지를 이제야 이해했다는 듯이 멈칫했다. "설마 위스머스 씨가 범죄와 무슨 연관이 있다고 생각하시는 건 아니겠지요?"

"음, 가능성은 열어두고 있습니다."

"하지만 위스머스 씨는… 아뇨, 그럴 리가 없어요."

경위는 흥미로워하는 표정이었다. "그렇게 생각하십니까? 기억해두도록 하죠. 하지만…." 그가 수첩으로 눈을 돌렸다. "오늘 제가 이야기하고 싶은 건 바버 부부에 대한 부분입니다. 몇 가지 여쭤봐도 괜찮을까요?"

프랜시스는 수첩에 다시금 눈길을 주었다. "네, 괜찮아요. 어떤 게 궁금하신가요?"

경위가 연필을 꺼냈다. "아, 그냥 부부의 생활에 대한 전반적인 것들이요. 레이 양과 어머님은 그 부부를 얼마나 잘 알고 지내셨습니까?"

프랜시스는 생각해보는 척했다. "그리 잘 알지는 못했던 것 같아요."

"자주 어울리는 편이 아니었나요?"

"생활 습관이 좀 달라서요. 어머니는 바버 씨와 가끔 잡담을 나누셨지요."

"어머니께서 바버 씨와 잘 지내셨던 모양이군요?"

"네."

"레이 양은요? 그분과 잘 지내셨습니까?"

"그랬던 것 같아요."

"바버 씨와 단둘이 만난 적도 있나요?"

"아뇨, 한 번도요."

"그냥 집 안을 오며 가며 마주친 적도요?"

"뭐, 그런 경우야 있지요. 계단이나 뭐 그런 데서….."

"그럼 바버 부인 쪽은? 그분은 아무래도 더 자주 만났겠지요?"

프랜시스는 고개를 끄덕였다. "조금 더요."

"파티 같은 데도 같이 가고요?"

프랜시스는 깜짝 놀랐다. 그녀가 대답을 못 하자 경위가 말을 이었다. "제가 알기로는, 7월에 바버 부인의 언니 댁에서 열린 파티에 레이 양도 동행했다고 하던데요. 그리고 그날은 바버 씨가 처음 습격당했던 날이었고요. 레이 양, 지난번에 경찰서에서 이야기할 때는 이 일을 언급하지 않으시더군요."

프랜시스는 목소리를 가지런히 가다듬었다. "그랬나요? 그날은 정신을 집중하기가 좀 힘들었어요."

"사람들 말에 따르면, 그 파티는 기억에 남을 만한 시간이었다고 하던데요. 당시에 참석했던 손님 몇몇의 이야기를 들으니, 그날 바버 부인은… 말하자면, 남편이 없는 기회를 한껏 누렸다더군요. 술도 마음껏 마시고, 남자 여러 명과 춤도 추고?"

경위가 무슨 말을 하고자 하는 건지, 오늘 왜 여기에 찾아온 건지 비로소 이해가 되었다. 프랜시스는 차분히 입을 열었다. "제가 기억하기로 바버 부인은 사촌 형제들과 춤을 췄습니다만."

경위는 수첩을 들여다보았다. "제임스 데일리, 패트릭 데일리, 토머스 린치…."

"그 사람들 이름까지는 저도 몰라요."

"아무튼 바버 부인이 그들과 꽤 스스럼없이 춤을 추기는 했지요?"

"가족 파티였는걸요. 바버 부인은 몇몇 사람과 춤을 췄어요. 심지어 저하고도 췄고요."

"그랬습니까?"

경위가 변함없이 단조로운 어조로 되물었다. 그 눈은 안경알에 감춰진 듯 아무런 표정도 드러나지 않았지만, 동시에 그 안경알을 통해 상대의 마음을 훤히 꿰뚫어보는 듯했다. 그의 담담한 말투도 안경알과 똑같은 효과를 내는 느낌이었다.

프랜시스는 잠깐 뜸을 들였다가 대답했다. "제 말은, 바버 부인에게 별다른 사심은 없었다는 거예요."

"그 자리에서 바버 부인과 특별히 친해 보이는 남자는 없었습니까? 사촌이든 누구든요?"

"없었어요."

"그분을 특히 흠모하는 듯한 남자가 있진 않았나요? 저를 위해 기억을 한 번만 돌이켜보시지 않겠습니까?"

기억은 이미 돌이키고 있었다. 자신이 소파에 앉아 릴리안을 바라보았던 기억을, 축음기 앞에 그녀와 같이 서 있었던 기억을, 둘 사이의 공간이 좁혀지는 듯하던 그 순간을.

프랜시스는 고개를 저었다. "없었어요."

"그러면 레이 양은 그날 밤 내내 바버 부인과 같이 계셨지요? 파티에서 나갈 때도 같이 갔고요? 그 외에 동행한 사람은 없었습니까? 아니면 파티를 떠나기 전에 바버 부인이 누군가와 약속을 잡거나 하지는 않았나요? 제가 이런 걸 묻는 이유는, 제가 만나본 분들이 하나같이 그날 바버 부인의 낌새가 어딘가 이상했다고 말했기 때문입니다. 다들 정확히 무엇 때문이라고는 말하기 어려워했습니다만, 아무튼 뭔가가 달랐다디고요. 일단은 옷차림에도 유별나게 공을 늘였다고 하고요. 레이 양은 바버 부인에게서 특별히 눈여겨본 점이 없었습니까?"

"없었어요."

"바버 부인의 성격이 어떤지 묘사해주시겠습니까?"

"성격이요?"

"좋아하는 것, 싫어하는 것 등등이요. 제가 듣기로는 약간 로맨틱한 분이라고 하던데요. 공상적이고, 현실을 불만스러워하고요. 바버 부인이 결혼 생활에 만족하지 못했다는 건 친구들에게도, 가족에게도 잘 알려진 사실이더군요."

"그야, 영국의 주부들 절반은 그렇지 않나요?"

경위가 엷은 미소를 지었다. "그렇습니까? 제 아내에게도 물어봐야겠군요. 그러면 그분이 행복하지 않다는 건 레이 양도 알고 계셨군요."

프랜시스는 머뭇거렸다. "무슨 말씀이세요?"

"제 말을 듣고 놀라지 않으셨으니까요."

"그… 그런 건 별로 깊이 생각해본 적이 없어요."

"바버 부인이 한 번쯤 속마음을 털어놓지 않았습니까? 지난 토요일에 경찰서에서 보니, 그분이 당신에게 많이 의지하는 것 같던데요."

"그야, 남편의 시신을 봐야 하는 상황이었는걸요. 곁에 있어주는 사람이면 누구에게든 의지했겠죠."

"바버 부인을 만나러 집에 찾아오는 사람은 없었습니까? 편지나 쪽지가 온 적은?"

"그건 전에도 물어보셨잖아요."

"네. 하지만 레이 양이 말씀하셨다시피, 그때는 정신을 집중하기가 힘드셨겠죠. 그 사이에 새롭게 생각나신 것은 없습니까? 이를테면, 당신도 어머님도 사건 당일에 바버 부인이 대청소를 하는 듯한 소리를 들었다고 진술하셨는데요. 상자를 옮기고, 서랍을 비우고…. 저는 그 부분이 쭉 미심쩍었습니다, 레이 양. 당시 바버 부인의 몸 상태를 고려하면 그런 일은 할 성싶지 않으니까요. 그보다는 차라리… 짐을 싸고 있었던 건 아닐까요? 모종의 여행을 떠나려고 옷이며 소지품을 꾸린 게 아닐지요?"

프랜시스는 경위를 쳐다보았다. "모종의 여행이라고요?"

"급하게 어디로 떠나려 했다거나? 도망치려 했다거나?"

프랜시스는 기겁해서 대꾸했다. "아뇨. 절대 아니에요."

"굳게 확신하시는 것 같군요."

"네. 확실합니다."

"바버 씨가 생명보험에 가입되어 있다는 사실은 알고 계셨습니까? 보험금 수령인은 아내가 유일하고요?"

프랜시스는 허공에 팽팽하게 쳐놓은 철사에 발목이 걸려 쾅 하고 나자빠진 느낌이었다. 생명보험? 그런 건 생각해본 적도 없었다. 그 사실이 무엇을 의미하는지 파악하려 안간힘을 썼지만, 자신을 주시하는 경위의 눈앞에서는 아무 생각도 나지 않았다. 프랜시스는 메마른 입술을 적시고 말했다. "아뇨. 전혀 몰랐어요."

경위는 고개를 끄덕였다. "히스 경사가 바버 씨의 유품들을 조사하다가 관련 서류를 찾았습니다. 회사 측에서도 확인해줬고요. 증권이 발행된 건 결혼할 당시였는데, 올해 7월에 계약이 연장되었다더군요. 참고로 그 파티가 있고 얼마 뒤의 일이었고요. 보험금은 총 500파운드라고 합니다."

500파운드! 말만 들어도 아찔해졌다. 어색한 침묵 끝에 프랜시스는 겨우 입을 열었다. "음, 바버 씨가 하는 일이 보험업이었는걸요."

"그렇지요."

"제 생각에는, 경위님이 편리한 방향으로 정보들을 골라내서 온갖 극단적인 결론으로 비약하시는 것 같은데⋯."

이러면 안 된다. 어제처럼 이성을 잃어서는 안 된다! 경위가 그녀를 지켜보며 기다리고 있었다. 프랜시스가 더 이상 말을 잇지 않자, 그는 수첩을 덮고 편안한 목소리로 말했다. "글쎄요, 그렇게 볼 수 있겠지요. 아까도 말씀드렸듯이 저는 모든 가능성을 고려해야 합니다. 그러지 않으면 살해당한 피해자에게 부당한 처사일 테니까요. 오늘 제가 여쭤본 것들을 모쪼록 잘 기억해주시겠습니까? 그리고 혹시 생각나는 바가 있으면 제게 귀띔해주십시오. 유쾌한 일은 아니지요, 알고 있습니다. 레이 양이나 어머님처럼 점잖은 분들에게는 특히 그렇겠지요. 하지만 불행하게도, 가장 점잖은 분들도 때로는 불쾌한 상황에 휘말리는 법입니다." 경위가 자리에서 일어났다. "당연하지만 오늘 이야기는 바버 부인에게 비밀로 해주시면 감사하겠습니다. 그분과 계속 연락하시겠지요?"

이것도 허공에 걸린 철사 함정 같은 것인가? 프랜시스는 일어나면서 말했다. "저는 사인 심의회 이후로 바버 부인을 본 적이 없어요."

"그렇습니까? 저는 이따가 바버 부인을 찾아뵐 생각입니다. 다른 것보다도, 저희 연구소에서 나온 감식 결과를 전해드리고 싶어서요. 바버 씨의 외투에 묻어 있던 머리카락 말인데요, 우리 생각이 맞았습니다. 몇 가닥은 분명히 바버 부인의 것이었고, 몇 가닥은⋯." 경위는 수첩을 집어넣느라 말을 끊은 채, 눈으로는 내내 프랜시스를 응시했다.

"몇 가닥은 당신 것과 일치했습니다. 한 가닥은 위스머스 씨 것이 확실하고요. 그 외에 나머지는… 현재로서는 알 수 없습니다. 아무 도움이 안 될 수도 있겠지만, 혹시 모르죠. 나중에 쓸 데가 있을지도."

이제 경위의 태도는 자못 살갑기까지 했다. 그는 외투 단추를 잠그면서 계절에 안 맞게 날씨가 춥다는 이야기를 했고, 프랜시스의 안내를 받아 홀로 나가면서는 아까 덜 마른 바닥에 자신의 신발이 남겨놓은 진흙 얼룩을 보고서 다시금 얼굴을 찡그렸다. "제가 일거리를 늘려드렸군요."

프랜시스는 타일 바닥을 가로지르며 말했다. "괜찮아요. 어차피 이 저택에는 늘 일거리가 있는걸요."

"그리고 늘 불규칙한 시간에 그 일들을 처리하시는 모양이군요. 집안일을 전부 직접 하시나요? 하인은 쓰시지 않는 것 같습니다만."

"네, 제가 다 해요. 하인들은 전쟁 때 떠났거든요. 이제는 저도 적응이 됐어요."

프랜시스는 경위를 어서 눈앞에서 없애고 싶었다. 그런데 문 걸쇠에 손을 얹고 뒤를 돌아보니, 그가 걸음을 늦추면서 주위를 둘러보고 있었다. 계단과 가구들을, 특히 프랜시스가 제자리에서 빼놓은 육중한 코트 걸이를 인상 깊게 눈여겨보는 것 같았다. 그러다가 그의 시선이 프랜시스에게 옮겨오더니, 그녀의 굽 없는 신발, 엉덩이와 어깨, 들어 올린 팔, 튼튼한 손목을 훑었다.

마침내 그가 프랜시스의 얼굴을 마주 보면서 실쭉 우스꽝스러운 미소를 지었다. "이런 말씀 드려도 괜찮을지 모르겠지만, 레이 양, 당신은 흥미로운 아가씨입니다. 과거 이력이 퍽 다채로우시더군요."

프랜시스는 걸쇠를 돌리지 않고 손을 뗐다. "무슨 말씀이세요?"

"오, 수사를 하다 보면 온갖 정보가 걸려 나온답니다. 탐문 조사를 할 때도 그렇고, 옛 경찰 서류를 뒤지다가도 특이한 사실들을 알게 되죠. 저희는 증인들 중에서 전과 기록이 있는 경우가 없는지 일괄적으로 확인합니다. 그래서 제가 레이 양의 이름도 찾아보라고 지시를 내렸어요. 사실 형식적인 절차로 그랬을 뿐입니다만, 뜻밖에도 A 지서*에 있는 제 동료가 몇 년 전에 당신과 연인 적이 있다고 하더군요."

경위는 전쟁 시절에 일어났던 그 황당무계한 사건을 말하는 것이었다. 프랜시스가 하원의원에게 신발을 집어 던지는 바람에 유치장에서 하룻밤을 보내야 했던 일. 그녀는 얼굴이 화끈 달아올랐다. "아, 그거요. 저희 아버지 속을 긁으려는 게 주목적이었어요."

"그래서 효과가 있었습니까?"

"네, 강력했죠."

경위는 숫제 활짝 웃고 있었다. 프랜시스는 자신의 미소가 마치 얼굴에 못으로 박아놓은 것처럼 느껴졌다. 그녀가 현관문을 당겨 열자, 경위는 마냥 친근한 태도로 모자를 쓰고는 프랜시스를 지나쳐 걸어 나갔다. 물기 어린 햇살 속에서 그의 안경이 번뜩였다. 프랜시스는 경위가 포치 밖으로 내려설 때까지 기다린 다음 조용히 문을 닫았다.

현관문에 기대서 있으니 드디어 경위를 내보냈다는 안도감과 동시에 그가 알려준 정보에 대한 두려움이 치밀어 올라 속이 울렁거렸다. 그녀가 생각했던 것보다 훨씬 심각한 상황이었다! 경위는 단순히 찰리만 의심하는 게 아니었다. 그건 명백했다. 애초에 찰리를 아예 의심하지 않았는지도 모른다. 그는 이 사건에 치정(癡情)이 얽혀 있다는 사실 자체를 알아내버린 것이다. 파티와 춤, 남자들에 대한 온갖 질문

---

* 당시 경찰 관할 구역상, 영국 국회의사당을 비롯한 정부 기관들이 밀집된 웨스트민스터 일대를 담당하던 지서.

들…. 릴리안의 상대가 남자들이 아닌 프랜시스라는 것을 그의 '후각'
이 감지해내기까지 과연 얼마나 걸릴까?

어쩌면 이미 프랜시스도 용의 선상에 있는지도 모른다. 경위가 생
명보험 약정에 대해 이야기하던 방식이 아무래도 마음에 걸렸다. 릴
리안에게 이 사건이 살인이라고 처음 언급했을 때와 마찬가지로, 상
대방의 반응을 관찰하기 위해 의도적으로 떠보는 태도였다. 그렇다면
프랜시스가 무언가를 숨기고 있다는 것까지는 안다는 뜻이리라. 하지
만 정확히 뭘 숨긴다고 생각할까? 레너드의 외투에 묻은 머리카락 얘
기는 왜 꺼냈던 걸까? 그녀의 '다채로운 과거 이력'은 또 왜 들먹인 것
일까? 그것도 그토록 무심한 말투로?

뭘 어떻게 생각해야 할지 혼란스러웠다. 경위와 나눈 대화 전체가
시험의 연속이었던 것 같았다. 자신이 그 시험에 통과했는지 탈락했
는지 알 도리가 없었다.

릴리안을 만나야 한다. 릴리안을 만나야 한다! 플레이페어 부인이
방문한 이래 그녀와의 만남을 미뤄왔지만, 지금 당장 만나러 가지 않
으면 안 된다. 캠프 경위가 먼저 그녀를 만나기 전에! 프랜시스는 홀
안을 바삐 돌아다니며 가구들을 원위치로 돌려놓고, 침실로 뛰어 올
라가 신발과 코트, 모자를 챙겼다. 마침 어머니가 없어서 천만다행이
었다. 그녀는 카펫 위를 미끄러지듯 방에서 달려 나갔다. 그러다가 계
단에서 넘어질 뻔하고서야 겨우 발걸음을 늦추고, 홀의 거울 앞에 서
서 매무새를 가다듬고 마음을 가라앉혔다.

일단 집 밖으로 나오니 더욱 조심스러워졌다. 캠프 경위가 이 길거
리 어디엔가 있을까 봐 겁이 났다. 탐문 조사를 하려고 동네에 남아
있진 않을까? 배수로나 정원을 살펴보고 있는 건 아닐까? 프랜시스는
언덕을 내려가면서 주변을 예리하게 관찰했다. 하지만 경위의 흔적은

574

눈에 띄지 않았다. 유모차를 미는 보모 하녀, 자전거를 타고 휘파람을 불며 지나가는 배달부 소년, 버클 달린 회색 레인코트 차림으로 도로 모퉁이에서 담뱃불을 붙이고 있는 남자가 보였다. 프랜시스가 지나갈 때 그 남자는 바람을 피하려고 그녀를 등진 채 성냥불을 손으로 가리고 있었다. 그녀에게 신경 쓰는 사람은 아무도 없었다. 프랜시스는 코트 깃을 세우고 걸음을 재촉했다.

오늘은 하필 수요일, 상점들이 일찍 문을 닫는 날*이었다. 언덕 밑으로 내려가니 도로가 상행선과 하행선 모두 차들로 붐벼 시끌시끌했고, 반면 인도에는 사람이 뜸해서 마치 일요일 같은 분위기가 났다. 그 한가운데를 급히 걸어가려니 자신이 너무 눈에 잘 띄는 느낌이었다. 캠버웰을 벗어나자마자, 길거리에 늘어선 가게들의 외관이 약간 허름해지면서부터는 더더욱 그런 느낌이 들었다. 버스나 전차를 타고는 싶었지만, 차가 도착하는 시간이 그녀와 자꾸만 엇갈렸다. 정거장에서 기다리다가 차가 하도 안 오길래 포기하고 걸음을 옮기면 그제야 차가 그녀를 지나쳐 가는 식이었다. 이럴 바에야 그냥 걷는 게 낫겠다 싶었다. 어차피 그리 멀지도 않았다. 집에서부터 삼십 분 남짓 걸은 끝에, 프랜시스는 월워스 거리 어귀에 이르렀다.

바이니 씨의 가게는 거리를 따라 몇백 미터 더 들어간 곳에 있었다. 수수한 빅토리아 시대 건물로, 전면에 박혀 있는 가게 이름이며 상품명 따위의 글씨가 거울로 되어 있는 것도 1870년대의 특징 그대로였다. 진열창의 절반은 셔츠 칼라와 남성용 조끼, 바지가 차지했고, 다른 절반은 스타킹과 신축성 있는 코르셋으로 장식되어 있었다. 블라

---

* 영국에서 소매상점들이 노동 시간을 조정하기 위해 특정한 요일을 정해 오후 일찍 문을 닫던 관행.

575

인드가 내려진 출입문 너머에 인기척은 없었지만, 진열창 왼편에 길거리로 통하는 평범한 옆문이 하나 더 있었다. 가게 출입문과 같은 초콜릿 색깔 유광 도료로 칠해진 그 문은 위층의 주거 공간으로 이어지는 듯싶었다. 프랜시스는 초인종을 눌러보았다. 잠시 기다려도 아무 응답이 없자, 다시 한번 눌러보았다.

마침내 문이 안쪽으로 당겨져 열렸다. 문을 연 사람은 열다섯 살쯤 된 뚱뚱한 체격의 주근깨투성이 소녀였다. 릴리안의 조카들 중 한 명일까? 그 애는 쌀쌀한 눈길로 프랜시스를 위아래로 훑어보았다. "무슨 일이죠?"

프랜시스가 바버 부인을 만나러 왔다고 설명하자 소녀의 태도는 더욱 냉랭해졌다.

"신문사에서 나온 사람은 아무도 안 만난댔어요."

"나는 신문사 사람이 아니라, 바버 부인의 친구야. 챔피언 힐에 사는 레이 양이라고 해."

"음, 그런 얘긴 못 들었는데요."

"바버 부인이 나를 만나면 분명 반가워할 거야."

"글쎄요…."

"급한 일이야."

소녀가 마지못해 말했다. "뭐, 알았어요. 하지만 만약 거짓말이면 혼쭐날 줄 알아요!" 그 애는 뜨악한 태도로 물러나더니, 문짝과 벽 사이의 공간에 자신의 덩치 큰 몸을 딱 붙인 채 문을 활짝 젖혀주었다.

안으로 들어서니 길게 뻗은 갈색 복도 저 끝에 좁은 계단이 보였다. 위층 어딘가에서 작은 개가 미친 듯이 짖는 소리가 들렸는데, 그 소리가 나는 방향 외에는 달리 갈 곳이 없어 보였다. 소녀가 문을 닫자 복도는 어두컴컴해졌고, 먼지투성이 채광창으로 뿌연 햇살 한 줄기만 새어 들었다. 소녀는 멈춰 서 있던 프랜시스를 밀어젖히고 앞장서서 계단으로 올라갔다. 그들이 위층 문 앞의 조그마한 마루에 이르자, 문이 열리면서 안에서 잭 러셀 테리어* 한 마리가 후다닥 튀어나왔다. 뒤이어 바이니 부인이 분홍색 얼굴을 내밀고 단추 같은 눈으로 어둠 속을 내다보더니, 프랜시스를 알아보고는 눈을 너무욱 놀그랗게 떴다.

"아이고야, 레이 양 아네요? 레이 양을 길바닥에 세워두다니, 우릴 뭐라고 생각하셨을까! 얘, 몬티! 아이고, 요 악당 녀석이!" 부인은 껑충껑충 뛰어오르며 짖어대는 개에게 소리쳤다. "몬티 잡고 있어, 리디아. 안 그러면 그놈이 불쌍한 레이 양을 계단 밑으로 떨어트리겠어! 아, 레이 양, 앤 리디아예요. 우리 옆집 사는 애인데 릴이 여기 와서 지내는 동안 도와주고 있어요. 찾아오는 사람이 얼마나 많은지, 우린 아주 학을 뗐거든요. 그래서 리디아가 누가 무슨 허튼소리를 해도 한 마디도 안 듣고 죄다 내쫓고 있었답니다! 오, 레이 양한테도 그랬겠죠! 더구나 나는 앞치마 바람으로 손님을 맞는답시고 이러고 있다니! 어서 안으로 들어와요. 그 낡은 계단은 외풍이 들어서 썰렁해요. 몬티! 조용히 해, 이 녀석아!"

프랜시스는 미친 듯 날뛰는 개를 최대한 피하면서 바이니 부인을 따라 걸음을 옮겼다. 그녀가 들어간 곳은 텁텁한 부엌이었다. 굴뚝 돌출부에 박혀 있는 거대한 검은색 스토브, 그 위의 시렁에 널린 빨랫감들, 바닥에 깔린 코코넛 껍질로 된 깔개, 식기장 안에 잔뜩 들어찬 푸른색 도자기 그릇들이 눈에 들어왔다. 하나같이 상상했던 것보다 초라하고 오래된 물건들이었다. 순간 민망해진 프랜시스는 옆에서 경중거리는 몬티를 굽어보고 쓰다듬으며 달래주었다. 몬티는 그녀의 손바

---

* 흰색 털에 갈색과 검은색의 반점이 있는 작은 개.

닥에 주둥이를 비벼댔다.

몸을 곧게 세워보니 어느새 릴리안이 안쪽 문으로 들어와 있었다. 아마도 베라의 옷을 빌려 입은 듯, 부드러운 색조의 꽃무늬가 들어간 인공적인 실크 원피스 차림이었고, 머리는 빗 두 개로 틀어 올리고 있었다. 사인 심의회에서 봤을 때보다 더욱 낯설어 보이는 모습이었다. 그래도 안색이 전처럼 지독하게 파리하지는 않았지만, 프랜시스와 눈이 마주친 순간 얼굴에서 핏기가 좀 빠져버렸다. 프랜시스의 표정을 보고 무슨 큰일이 났다는 것을 짐작한 듯했다.

릴리안이 가까이 다가와서 개를 안아 들자, 녀석이 그녀의 턱에 주둥이를 들이댔다. 릴리안은 턱을 당겨 피하면서 물었다. "잘 지냈어?"

'아니.' 프랜시스는 눈빛으로, 숨소리로, 피부로 답했다. 그리고 말로는 "응." 이라고 대답했다. "그냥 지나가던 길에 들렀어. 음… 그래야 할 것 같아서. 잠시 단둘이 이야기할 수 있을까?"

릴리안은 난처한 표정으로 주위를 둘러보았다. "그건 좀… 아, 네가 와준 건 기뻐. 하지만 너를 데려갈 곳이 딱히 없는걸. 위층에는 베라 언니랑 바이올렛이 있거든. 바이올렛이 아침부터 계속 아파서 학교를 빠지는 바람에…."

"무슨 소리야!" 바이니 부인이 소리쳤다. "레이 양을 거기로 데려갈 순 없지! 여기까지 내내 걸어왔을 텐데 제대로 앉게 해드려야지. 거실로 안내해. 너희 의붓아버지도 괜찮다 하실 거야. 오히려 반가워할걸. 내가 레이 양 얘기를 좀 많이 했어야지. 얼른 가, 얼른. 나하고 리디아는 차를 끓일 테니."

달리 선택의 여지가 없는 게 분명했다. 릴리안은 절박하고 처량한 눈빛으로 프랜시스를 일별하고는, 그녀를 이끌고 부엌을 빠져나가 조그맣고 칙칙한 거실로 들어갔다. 가구가 지나치게 꽉꽉 들어찬 후텁지근한 거실 안에서는 바이니 씨가 그들이 오는 소리를 듣고 이미 일어서 있었다. 그는 머리가 벗겨졌고 콧수염을 네모나게 다듬은 호리호리한 체격이었다. 프랜시스를 맞아주면서 약간 원망스러운 기색으로 허둥거리는 걸 보니, 방금 부랴부랴 재킷을 껴입거나 이를 쑤시거나 한 모양이었다.

"릴리안 문제 때문에 오신 거지요?" 그가 언짢은 투로 물었다. "기자들이 그 댁에도 몰려가서 들들 볶아댑니까? 그 작자들 때문에 우리는 기가 다 빨릴 지경입니다. 순 기생충들이에요! 피를 빨아먹으려 든다니까요!"

바이니 씨는 다른 사람들에게도 여러 번 했을 듯한 푸념을 늘어놓았다. 이윽고 바이니 부인과 리디아가 차를 들여왔다. 바이니 씨에게는 다른 사람들 것보다 조금 더 큰 전용 찻잔이 주어졌다. 몬티가 어김없이 따라 들어왔고, 사람들이 녀석에게 '악수'를 시키고 상으로 비스킷을 주느라고 잠시 소란이 일었다. 그런 다음 바이니 부인이 프랜시스에게 어머니의 안부를 물었다. 다음으로는 장례식 준비 이야기, 켐프 경위가 방문했다는 이야기, 수사에 별 진전이 없는 것 같다는 이야기… 대화가 하염없이 이어졌다. 프랜시스는 줄곧 뻣뻣하게 앉아서 맞은편의 릴리안을 흘끔거렸고, 릴리안도 마찬가지로 뻣뻣한 자세로 굳어 있었다. 그러다가 위층에서 누군가가 발을 질질 끌며 내려오는 소리가 들리더니 베라가 거실에 들어섰다. 그녀는 바이올렛이 이제 괜찮아졌다고, 빵과 버터를 좀 먹고 싶다는데 할머니가 가져다줬으면 하더라고 말했다. 그 와중에 개가 또 짖어대는 통에 한바탕 소동이 일어났다. 그때에야 비로소 프랜시스는 릴리안과 몇 분쯤 단둘이 있을 기회를 잡을 수 있었다. 몸에 기름을 바른 돼지처럼 꿈틀대며 잘도 빠져나가는 몬티를 잡느라고 모두가 정신이 없는 틈에, 프랜시스가 이만 가보겠다고 말하면서 자리에서 일어나자, 릴리안도 "프랜시스랑 저택 관련해서 이야기 좀 나누고 올게요."라며 따라 일어섰고, 바이니 부인이 채 만류하기도 전에 둘은 재빨리 거실을 빠져나갔다.

그들은 좁다란 계단을 거쳐 어두침침한 복도로 내려왔다. 뒤에서는 개가 끊임없이 컹컹 짖어댔고, 출입문 밖의 길거리에서 들려오는 각종 소음은 월워스 거리 전체를 뒤흔드는 듯 시끄럽게 느껴졌다. 이렇게 촉박하고 어수선한 상황에서 릴리안과 이야기하고 상의하고 모의해야 할 온갖 문제들을 생각하니… 프랜시스는 눈앞이 아득해졌다.

릴리안이 물었다. "무슨 일이야? 무슨 일 있었던 거 맞지? 그치?"

프랜시스는 고개를 끄덕였다. "그런데 이게 얼마나 심각한 사태인지 잘 모르겠어. 어떻게 해석해야 하는 건지를 모르겠어."

프랜시스는 목소리를 낮추고서 이야기를 시작했다. 플레이페어 부인과의 대화, 잇따라 벌어진 어머니와의 싸움, 캠프 경위의 방문… 모든 것을 최대한 빠르게 설명해나갔다. 릴리안은 점점 창백해지더니, 이야기가 끝나자 금방이라도 졸도할 것처럼 계단 기둥에 풀썩 기댔다.

"오, 프랜시스. 우린 끝장이야! 너희 어머니가 눈치챘다니…."

"아직 다 아시는 건 아니야."

"게다가 뒷길에 있던 그 사람들은!"

"그 사람들도 뭘 '목격'한 건 아니랬어. 경위도 그렇게 말했고."

"그런데 경위가 너한테 그런 얘기를 왜 해준 거야? 왜 그렇게 많이 알려주는데?"

"그래, 그게 섬뜩하더라니까. 경위는 내 허를 찔러서 무언가를 실토하게끔 유도했던 거야. 너와 찰리의 관계나, 아니면 너와 다른 남자들의 관계에 대해…."

"너… 너랑 내 관계는 아니고?"

"모르겠어. 아니, 그건 아닐 거야. 하지만 내가 너희 언니 파티에 같이 갔다는 것까진 경위도 알지. 그런데 나는 안 그런 척 발뺌했고. 아, 내가 왜 그랬을까! 그리고 레너드가 죽은 날 네가 대청소를 했다는 얘기도 하지 말았어야 했는데! 이제 와서는 돌이킬 수도 없어. 우리 진술서에 다 적혀 있는걸. 경위가 들춰내는 정보 하나하나가 전부 치명적인 것 같아! 그… 그 생명보험도 그렇고."

프랜시스의 어조가 심상치 않았던지 릴리안이 그녀를 의아하게 바라보았다.

"그건 별것 아닌데? 필사에 다니는 유부남은 모두 그 보험에 들어. 업무의 일환이거든."

"자그마치 500파운드라잖아. 엄청난 거액이야."

"나는 완전히 잊고 있었는데."

"그랬어?"

"그렇다니까! 아…." 릴리안은 혼란스러운 듯 머리를 흔들었다. "모르겠어. 렌이 그걸로 종종 농담을 하기는 했지만… 너, 설마 내가…."

"아니. 당연히 그렇게 생각 안 하지." 프랜시스는 재빨리 대꾸했다. 그런 생각은 용납할 수 없었다. "다만 '경위'는 어떻게 생각할지가 의문이라는 거야."

릴리안은 맨 아래 계단 위에 털썩 주저앉았다. "아아, 그 사람 때문에 무서워 죽겠어! 경위가 찰리랑 내 사이를 의심하는 줄은 진작 알고 있었어. 월요일 밤에 나한테 했던 질문들도 그런 식이었거든. 제발 찰리가 진실을 말했으면 좋겠는데! 이제는 말할 수밖에 없지 않을까? 뒷길에 있었다는 그 커플 얘기가 사실이라면? 그런데 만약 찰리가 실토해버리면…. 오, 프랜시스, 그러고 나면 우린 어떻게 될까. 지금도 나는 초인종이 울릴 때마다 경찰일까 봐 겁이 나. 하지만 경찰이 찰리를 범인이라고 의심한다니… 불과 어제만 해도 베티가 여기에 왔었어. 나는 베티 눈을 차마 마주 보지도 못하겠더라. 사실 너 말고는 아무하고도 눈을 못 마주치겠어. 설마 경찰이 찰리를 체포하거나 그러지는 않겠지? 그치?"

프랜시스는 릴리안의 옆에 쪼그려 앉았다. "모르겠어. 체포할 수도 있겠지."

릴리안은 기겁한 표정이었다. "아, 그런 말 하지 마! 어떡해, 갈수록 엉망진창이야! 네가 휩쓸린 것도 모자라 이제는 찰리까지 엮이다니. 그 멍청한, 멍청한 한 순간의 실수 때문에…."

릴리안이 뭘 생각하는지는 뻔했다. 자신이 재떨이를 휘둘렀던 순간을, 크리켓 방망이로 후려친 것 같던 소리를, 레너드가 바닥에 쾅 쓰러지던 모습을 떠올리고 있으리라. 위층에서는 부엌에서 두런거리는 사람들의 말소리와 개가 리놀륨 바닥을 발톱으로 긁어대는 소리가 들려왔다. 릴리안은 그 어떤 소리도 귀에 들어오지 않는 듯, 고개를 폭 수그리고서 비참하게 가라앉은 목소리로 말했다.

"그때 너는 의사를 부르자고 했었지. 네 말대로 할걸 그랬어. 그렇게 해서 무슨 일이 벌어졌더라도 지금처럼 끔찍하지는 않았을 것 같아. 있잖아, 나, 아무래도…." 릴리안은 말을 맺지 못했다.

프랜시스는 그녀를 빤히 쳐다보았다. "아무래도 뭐?"

"경찰에 다 털어놓아야 하는 게 아닐까 싶어."

"뭐라고?"

"전부 나 혼자 한 일이라고. 너는 아무것도 몰랐다고."

"오, 릴리안. 절대 안 돼! 그러기엔 너무 늦었어. 아무도 안 믿어줄 거야."

"하지만 그건 사실인걸. 믿지 않을 수 없을 거야."

"네가 혼자서 시체를 날랐다고? 계단으로? 정원을 거쳐서 뒷길까지? 게다가 나 모르게?"

릴리안의 입술이 파르르 떨렸다. "그럼 어떡해! 나 때문에 네가 이 손깃…."

"내 걱정은 하지 마."

"네가 너무 고생하잖아. 고생은 네가 전부 다 했잖아!"

"너도 용감하게 잘 버텼어. 조금만 더 용기를 내면 돼."

"그럴 자신이 없어. 점점 더 악몽 같아지기만 하는걸."

"그래, 그럴 거야. 하지만 아직 범인을 가리키는 증거는 없잖아. 증거도 없이 사람을 체포할 수 없어. 그럴 수는…."

목소리가 떨렸다. 마지막으로 남아 있던 자신감까지 사그라드는 것 같았다. 릴리안이 그녀를 돌아보더니 두 손을 움켜잡았다. "오, 무서워하지 마! 너까지 무서워하면 안 돼! 그럼 나는 죽을 거야!"

릴리안의 손아귀에 힘이 꽉 들어갔다. 그 순간 예전에 느꼈던 그 어두운 전류 같은 공포가 되돌아왔다. 서로를 꼭 부둥키고는 있지만 둘 사이에 까마득한 심연이 가로놓여 있는 것 같았다. 공포가 둘을 맞붙이면서 동시에 갈라놓는 것만 같았다.

공포는 그들의 몸을 타고 흐르다가 저절로 스러졌다. 릴리안이 손을 놓더니 자기 머리를 부여잡았다. "상황을 바꿀 수만 있다면 좋을 텐데. 전부 돌이킬 수만 있다면 좋을 텐데. 그럴 수만 있다면…." 그녀는 맥이 풀린 듯 말을 끊었다. "이런 상상해봤자 뭐 해. 상상은 늘 아무 소용도 없었어. 안 그래?"

프랜시스는 릴리안을 한 팔로 끌어안고 그녀의 창백한 옆얼굴에 입을 맞췄다. "경위가 또 오거든 아무쪼록 조심해서 대처해. 그에게 간

파당하면 안 돼. 우린 벌써 이만큼이나 왔잖아. 앞으로도 계속 나아갈 수 있어. 분명 할 수 있어…. 그러니까 아까 말한 그런 생각은 다신 하지 마. 자백하겠다는 생각 말이야. 안 할 거지?"

릴리안은 머뭇거리다가 고개를 끄덕였다. "네가 싫다면 안 할게."

둘은 몸을 일으키고, 나란히 붙어 서서 짧은 작별의 시간을 보냈다. 헤어지기 전에 메마른 입술로 서투른 키스를 나누었다.

바깥의 인도로 나온 프랜시스는 눈부신 햇빛 속에서 눈을 깜빡였다. 앞이 잘 안 보이는 바람에 하마터면 가게 진열창을 들여다보고 있던 남자와 부딪힐 뻔했다. 먼지 낀 유리창에 비친 남자의 눈과 시선이 마주쳤을 때, 그녀는 미안하다고 웅얼거리고는 발걸음을 옮겼다.

그러다가 문득 뒤를 돌아보았다. 남자는 반대 방향으로 성큼성큼 멀어져가고 있었다. 이제 보니 버클 달린 회색 레인코트 차림이었다. 아까 챔피언 힐을 내려갈 때 마주쳤던 그 남자 아닌가? 알 수 없었다. 하지만 그 생각만으로도 발작적인 공포가 몰려왔다. 미처 생각 못 했는데, 혹시 캠프 경위가 부관들에게 저택을 감시하라고 지시해둔 것은 아닐까? 프랜시스가 외출하면 미행하라고? 어쩌면 한 주 내내 그랬을지도 모른다. 그러지 않고서야 경위가 어떻게 그녀가 하필 혼자인 때에 맞춰 찾아왔겠는가? 그리고 프랜시스는 딱 그의 의도대로 행동하고 말았다! 부리나케 릴리안에게 달려와버린 것이다! 경위는 이럴 줄 알고 자기가 이따가 릴리안을 만나러 갈 거라고 구태여 알려줬던 것이다. 그러면 프랜시스가 그보다 먼저 릴리안을 만나려고 들 테니까….

프랜시스는 메스꺼움을 삼키며 집으로 향했다. 덫에 걸린 것만 같았다. 자신이 훤히 노출된 것 같았다. 이따금씩 길을 건너면서 슬그머니 뒤를 돌아보았지만, 레인코트를 입은 남자는 더 이상 보이지 않았다.

14

이틀 뒤 장례식이 열렸다. 프랜시스는 어머니와 함께 참석할 생각이었지만, 그날 아침잠에서 깬 어머니가 그 어느 때보다도 번뇌스럽고 신경이 곤두선 표정으로 목이 아프다고 하소연했기에, 프랜시스 혼자서 집을 나설 수밖에 없었다. 그녀는 해도 들지 않고 그늘도 지지 않는 길들을 침울하게 걸어서 페컴 라이까지 간 다음 버스를 타고 묘지로 향했다. 묘지 정문 앞에는 검은 옷을 차려입은 사람들이 모여 서서 장례 행렬이 도착하기를 기다리고 있었다. 네타의 파티에서 봤던 릴리안의 이모와 사촌들도 눈에 띄었다. 프랜시스는 그들 중 두어 명과 악수를 나누었다. 영구차 행렬이 나타났을 때 릴리안의 모습을 확인하려고 안간힘을 썼지만, 천천히 지나가는 차 안에 앉아 있는 그녀의 흐릿한 윤곽만 언뜻 보았을 뿐이었다. 차들이 모두 묘지로 들어가고 나서 프랜시스를 비롯한 문상객들도 조용히 뒤를 따랐다. 무덤들 사이로 난 구불구불한 길을 따라 십 분쯤 걸은 끝에, 그들은 장례 예배가 열릴 조그맣고 음침한 예배당에 이르렀다.

상황이 상황이니만큼 분위기는 엄숙할 수밖에 없었다. 예배당 통로에 가대(架臺)로 받쳐둔 관이 놓여 있었는데, 놋쇠 부품들이며 니스 칠된 표면 때문에 빛깔이 전체적으로 불그스름해서 찜찜하게도 레너드 본인과 닮아 보였다. 관 위에는 각각 '형제'와 '아들'이라고 표시된 화환이 올려져 있어, 고인이 너무나 젊은 나이에 세상을 떠났다는 사실을 상기시켰다. 목사가 설교를 할 때 여기저기서 사람들이 손수건을 꺼내 눈물을 훔쳤다. 프랜시스는 슬픔에 젖었다가는 그 뒤에 무슨 감정이 몰려올지 두려워, 다른 사람들의 눈물이 전염되기라도 할세라 몸을 사리며 뻣뻣하게 앉아 있었다.

그런데 가만 보니 이 장례식에는 슬픔 이외에 무언가 다른 기류도 흐르고 있었다. 레너드 식구들의 딱딱하고 부자연스러운 표정이나, 예배당을 떠나기 전에 바버가의 남자들이 관을 짊어지려고 일어설 때 기묘하게 도발적인 분위기를 풍기는 것이나, 장지로 천천히 걸어가는 길에 문상객들이 식초와 기름처럼 두 줄기로 뚜렷하게 나뉘는 걸 보니 알 수 있었다. 묘혈 앞에 다다라서도 페컴 라이 쪽 사람들과 월워스 쪽 사람들은 끼리끼리 양편으로 갈라졌고, 레너드의 업무 동료라든지 군대 시절의 전우 같은 사람들 몇몇만이 어느 편에 끼어야 할지 갈팡질팡했다. 프랜시스는 어디에 끼든 개의치 않았다. 어서 장례식이 끝나기만을 바랄 뿐이었다. 그녀는 계속 릴리안을 내다보았지만, 관이 내려가는 동안 고개를 푹 수그린 채 울고 있는 그녀의 들썩이는 머리와 어깨만을 겨우 볼 수 있었다. 목사가 마지막 축도를 하고 문상객들이 흩어지기 시작하자마자, 프랜시스는 엄숙한 표정을 띤 사람들을 헤치고서 릴리안을 향해 나아갔다.

그런데 예식 내내 부글부글 끓던 긴장이 마침내 폭발한 듯, 프랜시스가 채 몇 발짝 떼기도 전에 묘혈 머리맡에서 소동이 일어났다. 관

위에 떨어진 꽃들 사이에 '아들'과 '형제'라고 표시된 바버가의 화환
이 가장 눈에 잘 띄게 놓여 있었는데, 베라와 네타가 커다란 백합* 다
발을 놓을 자리를 만들려고 그 화환들을 옮기려 하고 있었다. 그러자
레너드의 어머니와 그의 고모나 이모쯤 되는 듯한 여자가 악에 받힌
기색으로 백합 술기를 거머삽더니, 네타의 손에서 꽃나발을 낚아채려
고 힘껏 끌어당겼다.

그들은 그 과정에서 아무런 소리도 내지 않았다. 하지만 그 한 편의
무언극에서 드러나는 적개심은 고함 소리만큼이나 충격적이었다. 사
람들이 그 광경을 돌아보고는 입을 떡 벌렸다. 다들 뭘 어떻게 해야
할지 모르는 눈치였다. 바이니 부인은 얼굴이 시뻘게진 채 싸움에 끼
어들려는 듯 걸음을 내디뎠다. 그러자 릴리안이 그녀의 팔을 잡아당
기며 말렸다. "놔둬요, 엄마. 아이 참, 뭐하러 그래요!"

프랜시스의 근처에 릴리안의 사촌 두 명과 민, 민의 남자 친구가 모
여 서 있었다. 프랜시스는 그들에게 다가갔다. "이게 대체 무슨 일이
에요?"

민이 프랜시스를 보고는 손으로 입을 홱 가리더니 초조한 웃음을
터뜨렸다. "아, 레이 언니. 너무 끔찍해요! 릴 언니의 시어머니가 언니
의 꽃을 무덤에 못 놓게 해요!"

"아니, 대체 왜?"

"신문에 나온 얘기 때문에요. 못 보셨어요? 살인 사건이 일어났을
때, 거기서 어떤 남자랑 여자가 무슨 소리를 들었는데요⋯."

프랜시스는 넌더리를 내며 민을 쳐다보았다. "그 얘기가 신문에 나
왔다고?"

* 백합(lily)은 릴리안의 애칭이기도 하다.

"오늘 아침 「익스프레스」예요. 근데 우린 이미 경찰에게 들어서 알고 있었어요. 형부네 식구들이 그것 때문에 찰리 아저씨한테 엄청 난리 쳤대요. 누굴 믿어야 할지 모르겠다고요. 원래는 찰리 아저씨도 관 옮기는 걸 도와주려고 했는데, 바로 어젯밤에 그쪽 식구들이 아저씨를 빼버리고 그 자리에 형부의 사촌 한 명을 넣은 거예요. 하필 블랙앤 탠스에 있었던 그 사촌을요! 릴 언니는 시댁에서 일부러 언니 기분 나쁘라고 그렇게 한 거라고 생각해요. 그 사람들이 언니를 엄청 욕하고 있거든요."

"욕을 한다고?"

"언니가 올바른 아내가 아니라고요. 찰리 아저씨하고 너무 친하게 지냈다고요. 그리고 돈 얘기도 했대요. 돈을 너무 많이…."

"돈이라니, 무슨 돈?"

"형부가 죽어서 언니가 받게 되는 돈이 있거든요."

그놈의 생명보험! 500파운드 얘기가 벌써 이렇게 공공연하게 퍼졌다니, 머지않아 그것까지도 신문에 실리게 생겼다. 그러고 나면 사태가 도대체 어떻게 굴러갈까?

"그래서 릴 언니가 엄청 속상해해요. 시댁 사람들이 언니한테 대놓고 뭐라고 하지는 않는데요, 아무도 언니 눈을 마주 보지 않아요. 장례 행렬에서도 우리 차가 영구차 다음 순서여야 하는데 그렇게 못 하게 막았고요. 그리고 이제는 언니 꽃까지…."

그때 베라와 네타가 대화에 끼어들었다. 무덤가에서 성큼성큼 걸어온 그들은 검은 실크 장갑에 떨어진 노란 꽃가루를 털어내면서 씩씩거렸다.

"하, 레이 양." 베라가 말했다. "진짜 가관이지 않아요? 렌이 보면 배꼽이 빠지게 웃을 거예요. 안 그래요? 원래는 다 같이 셰브니 거리로 가서 차와 비스킷을 먹을 예정이었어요. 저 사람들이 우리를 자기들 집에 초대하다니, 놀라운 일이죠. 릴이 음료에다 비소를 탈까 봐 벌벌 떠는 것 같은데 말예요! 됐다고 해요, 나는 그 집에 얼씬도 안 할 테니까. 돈을 주고 오라고 해도 안 가요. 우린 이제 집으로 돌아갈 거예요."

베라가 수위를 둘러보았다. "엄마는 어딨어?"

사촌 한 명이 대답했다. "캐시 이모와 같이 릴을 데리고 정문으로 가셨어. 로이드 씨와 팻, 지미가 차를 가지러 갔고."

"좋아."

세 자매는 고개를 숙이고 좁은 오솔길을 따라 걸음을 옮겼고, 민의 남자 친구와 사촌들이 뒤를 따랐다. 프랜시스는 머뭇거리며 서 있다가 황급히 그들을 쫓아갔다. 떠나기 전에 잠깐이라도 릴리안을 볼 기회가 있을까 싶어서였다.

그런데 장례식이 진행된 오십 분 사이에 벌써 소식이 퍼진 모양이었다. 묘지 입구에 가보니 그야말로 아수라장이 펼쳐져 있었다. 기자와 사진사들, 그리고 사인 심의회 때처럼 마치 땅에서 저절로 솟은 듯 난데없이 몰려든 구경꾼들이 진을 치고 있었다. 문상객들의 모습을 보려고 모두 야단법석이었다. 남자아이들은 난간 너머로 고개를 쭉 뺐고, 몇몇은 심지어 난간 위에 아슬아슬하게 기어 올라가 있기까지 했다. 그중 프랜시스와 눈이 마주친 두 명이 그녀를 소리쳐 불렀다. 길을 물어보려고 하는 아이들처럼 다급하면서도 쾌활한 말투였다.

"누나! 누나! 그 남자가 누구예요?"

찰리를 뜻하는 것이리라. 마침 근처에서 장의사와 대화하고 있는 찰리가 눈에 띄었다. 옆에서 베티가 그의 팔에 매달려 있었다. 둘 다 모멸감에 휩싸인 표정이었고, 특히 찰리는 얼굴이 너무 창백해서 밀랍처럼 보였다. 장의사가 그에게 고개를 끄덕이고 묘역으로 되돌아가는 방향을 손으로 가리키는 걸 보니, 찰리가 이 묘지에 다른 출구는 없느냐고 물은 모양이었다.

그때 요란한 자동차 경적 소리가 울려 퍼졌다. 프랜시스가 화들짝 고개를 돌려보니 그건 로이드의 차였다. 뒷좌석에 자기 어머니와 이모와 같이 앉아 있는 릴리안의 모습을 드디어 보게 된 순간이었다. 그런데 바버가의 차가 그 차 앞을 가로막고서 고달픈 기색이 역력한 자기네 식구들을 태워주기 위해 문을 열고 있었고, 그 바람에 묘지를 빠져나가지 못하게 된 릴리안의 가족과 시비가 붙은 모양이었다. 바버가 차의 운전대를 잡은 남자와 로이드가 서로 운전석 차창을 내리고 실랑이를 벌이고 있었고, 레너드의 형 더글러스도 그 말싸움에 끼어 있었다. 프랜시스는 더글러스를 오늘 처음 보았지만, 아까 예배당에서 그 붉은 머리 남자의 얼굴을 보자마자 레너드의 형이라는 걸 알아볼 수 있었다. 목소리까지 레너드와 똑같아서 소름이 끼쳤다.

마침내 바버가 차의 문이 닫히고 시동이 걸렸고, 로이드의 차가 앞으로 조금씩 나아갔다. 프랜시스는 그 자리에 우두커니 서서 차들이 떠나는 모습을 바라볼 따름이었다. 검은색과 회색 옷을 입은 사람들의 물결이 차창에 비쳐 보였다. 그러다가 막판에 릴리안이 고개를 돌린 순간 프랜시스와 눈이 마주쳤다. 릴리안은 장갑 낀 손을 차창에 얹고는 프랜시스를 속절없이 바라보았다. 마치 흐르는 물에 휩쓸려 익사하는 사람처럼.

챔피언 힐로 돌아가는 길 내내 릴리안의 마지막 표정이 눈에 밟혔다. 마지막으로 만났을 때 그녀가 경찰에 자수하겠다고 했던 말이 귓전을 맴돌았다. 혹시 그렇게 해버리기로 작정했으면 어쩌나? 이야기할 짬이 있었더라면 좋았을 텐데! 지금이라도 월워스로 달려가서 릴리안을 만나면 어떨까? 하지만 그 비좁은 복도에 서서 속닥거리기만 해야 한다면 만나봤자 무슨 소용인가?

프랜시스가 집에 도착했을 때도 어머니는 몸 상태가 여전히 안 좋았다. 프랜시스 자신도 목이 깔깔하고 눈이 따가운 게 영 찌뿌드드했다. 저녁 식사를 마치자마자 방에 올라가 누웠지만, 몇 시간 동안 뒤척이며 잠을 설쳤다. 다음 날 아침에도 몸살 기운은 나아지지 않았다. 그래도 무거운 몸을 이끌고 억지로 밖으로 나가서 신문을 사 왔다. 사건 당시 뒷길에 있었던 커플의 이야기는 이제 모든 신문에 오르내리고 있었다. 장례식 취재 기사들에는 현장 사진과 인용문이 곁들여졌고, 처음으로 찰리의 사진도 실렸다. 「데일리 스케치」에는 심지어 릴리안과 찰리가 오래전에 같이 찍은 스냅 사진까지 나와 있었다. 둘 다 파티복을 차려입은 모습이었고, 릴리안은 이마에 머리띠를 매고 달랑거리는 귀고리를 끼고 있었다. 단체 사진에서 둘이 나온 부분만 잘라낸 게 분명했지만, 이런 식으로 잘라놓으니 꼭 연인처럼 보였다. 사진 밑에는 '남편을 여읜 바버 부인, 경찰의 수사에 지속적으로 협조하고 있는 친구 위스머스 씨'라는 설명이 덧붙여졌다.

프랜시스는 온종일 끔찍한 기분에 시달렸다. 그 신문 기사들이 그림자처럼 그녀를 졸졸 쫓아다니면서 잠자리에까지, 꿈속까지 따라붙는 것 같았다. 월요일에는 꼭두새벽에 혼비백산해서 잠에서 깨어났다. 누가 현관문을 쾅쾅 두들기는 소리를 들은 것 같아서였다. 혹시 경찰이었을까? 릴리안은 아니었을까? 그 환청이 너무나 생생했던 나머지, 그녀는 두려움에 전율하면서도 촛불을 켜 들고 아래층으로 살금살금 내려가서 현관문의 체인을 걸어둔 채로 조용히 문을 열어보았다. 하지만 포치는 텅 비어 있었고, 그 너머의 큰길은 컴컴하고 적막하기만 했다. 이리저리 불어오는 산들바람에 쫓겨 쥐처럼 달아나는 낙엽들만 보일 뿐이었다.

그날 오후, 혼자만의 번민에 시달리다 녹초가 되어버린 그녀는 도심행 전차를 타고 클립스톤 거리로 갔다. 아파트 문이 열리고 크리스티나의 친숙한 얼굴이 나타나자마자, 그 아이 같은 푸른 눈동자와 망측한 머리 스타일이 눈에 들어오자마자, 프랜시스는 왈칵 울음을 터뜨리고는 그런 자기 자신에게 놀라서 기겁했다.

"오, 크리시."

크리스티나가 다가와서 그녀를 안아주었다. 프랜시스는 크리스티나의 어깨에 얼굴을 묻고 훌쩍이다가, 머쓱히 손등으로 콧물을 닦으며 손수건을 찾아 가방을 뒤적였다. "스티비는 없지?"

"당연히 없지. 지금 학교 갔어. 복도에 있지 말고 이리 들어와."

"나 때문에 방해될 텐데…."

"멍청한 소리 하지 말고 들어와. 얼마나 보고 싶었는지 알아?"

크리스티나는 프랜시스를 집 안으로 데리고 들어가 벨베틴 안락의자에 앉히고, 그녀의 모자와 장갑을 벗겨서 치우고, 가스레인지에 물주전자를 올리고, 서랍에서 브랜디 병과 컵 두 개를 꺼냈다. 프랜시스는 울음을 가라앉히고 얼굴을 닦았다. 그런데 크리스티나가 컵을 가져다 쥐어주자 그 손길 앞에서 또 서러움이 북받치고 말았다. 아까보다 더욱 주체가 안 됐다. 술을 한 모금 겨우 삼키고 나니 유리컵이 이 사이에서 달각달각 부딪혀서 더는 마실 수가 없었다. 프랜시스는 컵을 내려놓고 손수건에 얼굴을 파묻고서 머리가 지끈거릴 때까지 목 놓아 울었다.

"미안해."

"그런 말 하지 마." 크리스티나가 대꾸했다. "제발 좀. 브랜디나 마저 마셔. 담요 줄까? 몸이 완전히 얼음장이잖아! 왜 이렇게 차가워?"

프랜시스는 술을 한 모금 더 마시고 컵을 내려놓았다. "그냥 계속 추웠던 것 같아. 그때 이후로는 줄곧⋯." 그녀는 차마 말을 맺지 못했다.

크리스티나는 타탄* 무릎 담요를 가져다주고 전기스토브를 틀어놓은 뒤 프랜시스의 맞은편 의자에 앉았다. "대체 어떻게 지냈길래 그래?"

프랜시스는 덜덜 떨었다. "레너드가 죽고 처음 이틀 동안⋯ 아아, 우리가 어떻게 버텼는지 모르겠어. 조금씩 조금씩, 절벽을 기어오르듯이 헤쳐 나갔던 것 같아. 그래서 겨우 괜찮아진 줄 알았는데, 지금은⋯ 뭐가 어떻게 되는 건지 모르겠어. 경찰이 이상한 생각을 하고 있어. 너무 무서워."

"무섭다니, 왜?"

"신문은 챙겨 읽고 있어? 레너드의 친구에 대한 얘기 봤지? 찰리 위스머스 말야. 그 사람이 레너드가 죽기 전에 저녁 시간을 같이 보냈다고 하는데, 경찰이 그 말을 믿지 않아. 무엇보다도 끔찍한 건, 경찰이 릴리안을⋯ 릴리안이⋯ 젠장!" 입술이 일그러졌다. "차마 말도 안 나오네. 장례식 이후로는 릴리안을 못 봤어. 심지어 장례식 때도 가까이 가지도 못했고. 그날 아주 난리가 났었어. 레너드 편인 사람들은 아무도 릴리안 근처에 있으려고 하지 않더라. 두 가문이 거의 묘비들을 박살내고 서로에게 집어 던질 기세더라니까! 집에 있으면 걱정하느라 아무것도 손에 안 잡혀. 우리 어머니도 경찰 못지않게 문제야. 그런데 릴리안은 월워스에 있고, 만나지도 못하고, 대화도 못 하고⋯."

"그것도 언젠간 끝날 거잖아. 안 그래?"

"난 완전히 혼자가 된 느낌이야."

* 스코틀랜드에서 유래한, 여러 색깔의 선이 엇갈린 바둑판무늬가 있는 직물.

"하지만 이 상태로 계속 가지는 않을 거 아니야?"

"뭔가 끔찍한 일이 일어나겠지. 그건 분명해."

"무슨 이야기인지 잘 이해가 안 돼. 그러니까 경찰이 릴리안을 의심하고 있다는 거야? 정확히 왜? 뭐 때문에?"

"찰리의 진술 때문이야. 레너드가 죽었을 때 자기가 어디에서 뭘 했는지 솔직히 말하질 않았거든."

"그럼 경찰은 찰리가 범죄와 관련이 있다고 생각하고?"

"그렇지. 하지만 찰리는 결백해."

"그걸 네가 어떻게 알아?"

"그… 그냥 알아. 그런데 경찰은 찰리와 릴리안이 무슨 불륜을 저질렀다고 오해하고 있어. 릴리안이… 찰리를 사주했다거나, 그런 식으로."

"증거는 있대?"

"당연히 없지."

"확실해?"

"당연히 확실하지! 무슨 생각을 하는 거야?"

"아니, 난 그냥 묻는 거야. 네가 이 온갖 말썽에 휘말린 걸 보니까…."

"경찰은 그저 이것저것 입맛대로 짜 맞추고 있을 뿐이야. 얼토당토않은 것들을. 릴리안이 자기 언니 파티에서 한 행동이나, 레너드와 사이가 나빴다는 거나, 레너드가 생명보험에 들어 있었다는 것이나…." 이 얘기는 하고 싶지 않았다. 프랜시스는 머리를 가로저었다. "순 헛소리야. 그런데도 경찰은 그렇게 믿고 있어! 일을 죄다 엉망으로 꼬아놓고 있다고."

크리스티나는 잠시 뜸을 들이더니 말했다. "진작 나한테 오지그랬어. 너 걱정돼서 죽는 줄 알았단 말야. 하마터면 캠버웰까지 찾아갈 뻔했어."

프랜시스는 화끈거리는 눈을 문질렀다. "이미 찾아온 거나 다름없어. 네가 친 전보를 우리 어머니가 보셨거든. 전부 들통나버렸어."

"오, 프랜시스. 미안해. 딜리 어떻게 해야 할지 몰라서…."

"상관없어. 어머니에게 우리 일을 숨긴 내가 겁쟁이였던 거지. 그리고 어차피 지금 어머니한테 그건 근심거리 축에 들지도 않아. 어머니는… 무슨 생각을 하시는 건지 모르겠어. 다른 사람들과 마찬가지로 릴리안을 나쁘게 보고 계시고…."

"릴리안은?"

"오, 최악이야. 무서워 죽으려고 해. 나보다 더 심해. 그래서 문제야. 그리고 아프기도 했고. 너도 그거 알지? 아니, 당연히 모르겠구나." 프랜시스는 이마를 손으로 짚었다. "누가 뭘 알고 뭘 모르는지가 헷갈려. 그러니까 무슨 말이냐 하면…." 그녀는 주저하며 말을 꺼냈다. "릴리안이 임신했었거든."

크리스티나가 입을 딱 벌렸다. "임신?"

"그래."

"하지만…."

"그런데 유산됐어. 충격 때문에. 유산했어."

그 이상은 말할 수 없었다. 마침 물 주전자에서 김이 뻑뻑 새어 나오고 있었다. 크리스티나는 잠시 프랜시스를 바라보다가 서둘러 가스레인지 앞으로 건너갔다.

무릎 담요를 덮은 덕분에 몸이 떨리는 건 멎었다. 하지만 한바탕 울고 나니 마음이 허하고 진이 빠졌고, 얼굴이 붓고 지저분해진 것 같아서 찜찜했다. 프랜시스는 안락의자에서 몸을 옆으로 돌리고 신발을 걷어차 벗은 뒤, 발을 의자 위로 끌어 올리고서 눈과 코를 문질렀다. "으, 기분이 엉망진창이야. 스티비가 불쑥 나타나는 건 아니겠지?"

"말했잖아. 지금 학교에 있대도. 퇴근하면 곧장 작업실로 간댔으니까 몇 시간은 지나야 올 거야."

"스티비는 이번 일을 어떻게 생각해?"

"어떻게 생각하긴? 당연히 경악했지. 우리 둘 다 그랬어. 현실 같지가 않아."

프랜시스는 닳아빠진 벨베틴 등받이에 뺨을 얹은 채 의자에 몸을 깊이 기댔다. "나도 처음에는 실감이 안 났어. 하루 이틀 정도는. 그런데 지금은 그 사건 외의 모든 것이 비현실적으로 느껴져. 오늘이 무슨 요일인지도 모르겠네. 월요일인가? 그럼 일주일밖에 안 지났다는 뜻이잖아! 한평생이 흐른 것 같은데. 평생 느낄 근심과 공포를 열흘 만에 다 맛본 것만 같아."

크리스티나가 차 쟁반을 가져와서 프랜시스의 찻잔에 차를 따랐다. "너 안색이 진짜 안 좋다. 아파 보이고…. 뭐라고 해야 하지? 혼이 나간 것 같아."

프랜시스는 찻잔을 건네받고 고마워하며 차를 홀짝였다. "혼이 다시는 안 돌아올 판이야. 경찰이 쿵쿵거리며 돌아다니고 있으니까. 켐프 경위가 그 망할 놈의 후각으로 냄새를 맡고 다닌다고."

"경위? 소설책에 나오는 그런 거야?"

크리스티나의 목소리가 살짝 밝아졌다. 프랜시스는 차 쟁반 너머에 있는 그녀를 마주 보며 생각했다. '그래, 너도 다른 사람들과 똑같구나. 살인 사건이 주는 역겨운 매혹에 흥분하는 건 너도 똑같아. 그러면서 평화주의자를 자칭하다니. 하긴 그렇게 따지면 나야말로 할 말 없지만….'

크리스티나가 꺼내는 이런저런 질문에 프랜시스는 지친 어조로 간략하게 답변해주었다. 지난 토요일에 있었던 일들에 대해, 레너드의 시신이 뒷길에서 발견된 사건에 대해. 경찰과 이웃들을 상대로 수없이 거듭했던 이야기라서 이제는 남 얘기처럼 무덤덤하고 진부하게 느껴졌다.

하지만 크리시는 경찰들이나 이웃 사람들보다 더 많은 것을 알고 있었다. 프랜시스와 릴리안의 관계를 아니까. 그녀에게는 특별히 입조심을 해야 한다는 뜻이었다. 말하면 안 되는 것이 너무나 많아서 그 무게에 짓눌리는 기분이 들었다. 대화를 주고받다 보니 자꾸만 막다른 벽에 부딪혔다. "릴리안이 너무 걱정돼." 프랜시스가 그 말을 되풀이하자 크리스티나는 어리둥절해했다.

"하지만 경찰이 뭘 어쩐다고 그래?"

"경찰이 잘못 생각하고 있다니까."

"그래도 열심히 수사를 하다 보면… 살인범을 잡는 건 시간문제 아니야? 그렇게 되면…."

"살인범은 못 잡아."

"대체 왜? 왜 못 잡는다는 거야?"

"경찰은 사건이 이미 해결됐다고 생각하니까. 자기들 생각대로 밀어붙일 심산이야. 난 알아. 릴리안도 알고. 이러다 릴리안이 무슨 무모한 짓을 저지르면 어떡하나, 그게 걱정되는 거야. 걔 사고방식이 어떻게 돌아갈지 짐작이 가거든. 걔가 생각하기에는, 상황이 이렇게 나빠져버렸으니까, 사람들이 찰리랑 자기를 나쁘게 몰아가니까, 걔는 이제… 그러니까…."

"걔는 이제 뭐? 도대체 무슨 말을 하는 거야. 브랜디 좀 더 마셔. 응?"

프랜시스는 고개를 저었다. "안 마실래. 취해서 정신을 놓기라도 하면 큰일 나. 아, 그동안 내가 계획 짜고 고민하고 신경 곤두세우느라 얼마나 고생했는지 넌 몰라!"

"무슨 뜻인지 알게 말을 해줘야 알지!" 크리스티나가 급기야 소리를 쳤다. "네가 신경을 왜 곤두세웠다는 건데? 어째서 네가 그런 걸 감당해야 하는 거야?"

프랜시스는 크리스티나의 얼굴을 마주 보았다. 그 순간 모든 걸 털어놓고 싶은 충동이 솟구쳤다. 리들리 박사의 알약과 핏물, 레너드, 그리고 계단과 정원을 거친 무시무시한 여정까지도…. 너무나 강렬한 충동이었다. 말해도 되나? 확 말해버릴까? 그날 밤의 기억을 하도 들고파며 곱씹은 나머지 객관적인 시야가 무너져버렸다. 자신과 릴리안이 한 일이 그렇게까지 나쁜 짓이었나 하는 의문이 들었다. 사실 범죄라고 할 것도 아니었지 않나. 둘이서 지레 공포와 죄책감에 사로잡혀 절절매니까 범죄처럼 느껴지는 것뿐, 실제로는 어리석은 실수로 빚어진 재난에 불과하다. 크리시에게 다 털어놓아도 괜찮을지도 모른다. 그럼 크리시는 아연실색해서 쳐다볼 테고… 그리고….

크리스티나의 구겨진 드레스와 진흙 색깔 카디건이 눈에 들어왔다. 지저분한 방 안 풍경이, 엉터리 보헤미안풍 인테리어가 보였다. 이제껏 여기서 한 거짓말이라고는 죄다 무해한 것밖에 없었다. 타락하지 않은, 안전한 거짓말밖엔…. 프랜시스는 크리시에게 아무것도 밝히면 안 된다는 것을 깨달았다. 더 나아가, 자신이 아무것도 밝히지 않으면 그녀와의 사이에 금이 가리라는 것도, 이미 금이 생겨버렸다는 사실도 깨달았다. '그날 밤 내가 정원에서 봤던 게 바로 이거구나.' 암담한 생각이 뇌리를 스쳤다. 그때 프랜시스는 평범한 세상 밖으로 벗어나버린 것이다. 정확히는 릴리안이 그녀를 끌고 나갔다고 해야겠지만. 그렇다고 릴리안을 탓하지는 않았다. 절대로 그러지 않을 것이다. 하지만, 아아, 릴리안은 왜 하필 재떨이를 집어 들었나? 이건 너무나 가혹했다! 겨우 그녀와 새로운 삶을 시작할 참이었는데. 프랜시스는 이미 삶을 한 번 빼앗겼다. 바로 여기서 크리스티나와 함께할 수도 있었던 삶을 빼앗겨버렸다. 그런데 지금 이 삶마저 또 빼앗겨야 한단 말인가?

눈물이 흘러나왔다. 이번에는 자기 연민에서 비롯된 눈물이었다. "미안해, 크리시."

"내가 어떻게 도와줄 수 있을까?"

프랜시스는 눈물을 닦고 코를 풀었다. "그냥 너무 피곤해서 그래! 모든 게 비관적으로 느껴져. 한도 끝도 없이 잘 수 있을 것만 같은데, 막상 밤이 되면 잠이 안 와."

"그럼 지금 자. 침대에 누워도 돼."

"아니야, 그건 안 돼. 집에 가서 어머니를 살펴봐야 하거든. 하지만…" 프랜시스의 말투가 점점 소심해졌다. "여기에 잠시만 더 앉아 있고 싶은데, 괜찮을까? 너는 뭐 하고 있었어? 타자 치고 있었어? 그거 계속하지 않을래?"

"음, 타자기 소리가 거슬리지 않을까?"

"아니야, 난 좋아. 정말이야."

크리스티나는 미심쩍은 눈치였지만, 잠자코 책상으로 돌아가서 타자기의 덮개를 걷어내고 작업을 시작했다. 프랜시스는 안락의자에 웅크려 앉은 채 눈을 감았다. 처음에는 찰칵찰칵 소리가 시끄럽게 느껴졌지만, 의식이 점차 주변 상황에서 멀어지면서 그 소리도 멀어져갔다. 비좁은 의자에 끼어 앉아 있으니 불편했고, 등받이에 눌린 귀가 뜨겁고 욱신거렸지만, 그런 감각들도 멀리 떨어진 듯 둔하게 느껴졌다. 게다가 구태여 자세를 고치고 싶은 의욕도, 여력도 없었다. 그녀는 곤히 곯아떨어졌다가 퍼뜩 깨고 또 곯아떨어지기를 반복했다. 그러다가 제대로 정신을 차려보니, 이글이글 타오르는 전기스토브의 오렌지색 전열 봉들과 스탠드 불빛이 드리운 초록색 그늘이 보였다. 시계를 보니 다섯 시 이십 분이었다. 너무 오래 머물러버렸다. 그 사이에 집에서 무슨 일이 일어났을지 모를 일이었다.

프랜시스는 의자에서 일어나려고 굳은 몸을 고통스럽게 풀었다. 그런데 띄엄띄엄 이어지는 타자 소리 틈틈이 무언가 다른 소리가 들렸다. 밖에서 누군가가 고함을 치는 소리였다. 그러고 보니 아까도 두세 번쯤, 클립스톤 거리를 지나다니는 자동차 소음 사이로 저 소리가 들려왔던 것 같았다. 그게 무슨 소리인지 이제야 퍼뜩 머리에 떠올랐다. 신문팔이 소년이 막 발행된 런던의 석간신문들 중 하나를 파느라고 헤드라인을 외치고 있는 것이었다. 정확히 뭐라고 외치는 거지?

프랜시스는 크리스티나를 돌아보았다. "크리시, 타자 멈춰볼래?"

크리스티나가 화들짝 놀랐다. "깨 있었어? 자는 줄 알았… 뭐야, 왜 그래?"

"저 소리 안 들려?"

"무슨 소리?"

프랜시스는 긴장한 채 앉아 있다가, 외침이 다시 들린 순간 말했다. "방금 저거! 뭐라고 한 거지?" 실은 이미 알았다. "'챔피언 힐'이라고 하지 않았어? 창문 열어!"

"그만해, 프랜시스. 무섭게 왜 그래."

"넌 안 들려?"

"안 들…."

크리스티나도 이제야 귀에 들어온 듯 멈칫했다. 신문팔이 소년이 가까운 곳으로 다가오면서 "챔피언 힐 살인 사건!"이라고 외치고 있었다. 프랜시스가 옳았다. 하지만 또 다른 단어도 있었는데, 뭐지? '최신'? 긴가민가했다. 그녀는 귀를 더 바짝 기울여보았다. 소년이 다시 외쳤다. "챔피언 힐 살인 사건!" 거기까지는 확실했다. 하지만 그 다음 단어는…. '최근'이었나? 아니, 그게 아니라는 것도 실은 이미 알았다. 그게 아니다! 프랜시스는 의자에서 일어나려 버둥거렸다. 그동안 크리스티나가 먼저 일어나 창가로 뛰어가서, 걸쇠를 돌리고, 내리닫이 창을 들어 올렸다. 그러자 그 외침이 아주 또렷하게 들려왔다. "챔피언 힐 살인 사건! 체포!"

프랜시스와 크리스티나는 서로를 쳐다보았다. 그러다가 크리스티나가 부리나케 몸을 움직였다. 지갑을 찾는 듯 두리번거리더니, 영 눈에 안 보이는지 포기하고는, 책상 위의 도자기 저금통에서 동전 두 개를 꺼내 쥐고, 현관문을 열어젖힌 채 허겁지겁 밖으로 뛰어나갔다.

프랜시스는 안락의자에 그대로 앉아 있었다. 너무 공포스러워서 일어날 수도 없었다. 크리스티나의 슬리퍼 밑창이 바닥에 탈박탈박 부딪히는 소리가 계단 저 밑으로 사라져가는 것을 듣고만 있었다. 올 것이 왔구나 싶었다. 처음부터 쭉 예상해왔고 두려워했던 사태가 벌어지고야 말았다. 경찰이 찰리나 릴리안을, 아니면 둘 모두를 체포한 것이다. 잘못된 단서를 차곡차곡 모아서 그걸로 덮쳐버린 것이다. 프랜시스는 눈을 질끈 감았다. 오, 체포된 게 찰리이기를, 찰리이기를… 아니, 그래 봤자 소용없다! 찰리여서는 안 된다! 아무도 잡히지 말아야 한다! 오, 제기랄. 아무도 안 잡혔기를! 아무도 안 잡혔기를! 그저 오보였기를!

무척 길게 느껴지는 시간이 지나고 나서야 슬리퍼 신은 발이 잽싸게 돌아오는 소리가 들렸다. 열린 문간을 바라보고 있으니, 마침내 크리스티나가 손에 신문을 들고서 짧은 머리카락을 나부끼며 뛰어 들어왔다. 흥분하면서도 안도한 표정이었다. "잘 풀린 것 같아." 그녀가 숨을 가쁘게 몰아쉬며 말했다. "어떤 남자를 체포했다는데…."

그럼 찰리인가 보다! "찰리 위스머스?"

크리스티나는 헐떡거리면서 고개를 가로저었다. "아니, 그 이름이 아니야."

프랜시스는 크리스티나에게서 신문을 낚아채 펼쳐 들었지만, 글자들이 눈앞을 온통 뛰어다니는 듯 보여서 읽을 수가 없었다. 그녀가 신문을 돌려주자 크리스티나는 기사를 소리 내어 읽어주었다. 전보를 치듯이 급하게, 핵심적인 단어만 읽어나갔다.

"챔피언 힐 사건의 놀라운 반전… 금일 한 젊은 남자가 레너드 아서 바버를 살해한 혐의로 기소되어 램버스의 치안판사 앞에 출두*했다… 검거된 남자는…." 그녀가 목소리를 높였다. "버몬지에 거주하는 자동차 수리공 스펜서 워드로 밝혀졌다."

프랜시스는 입을 떡 벌리고 크리스티나를 쳐다보았다. "뭐라고?"

"사건의 주요한 증인인 찰스 위스머스 씨가 급작스럽게 제공한 단서가 용의자 지목의 단초가 되었다. 현재 워드 씨는 무죄를 주장하고 있으나, 경찰은 그가 약혼녀인 빌리 그레이 양과 유부남 바버 씨의 친밀한 관계에 분노하여 범행을 저지른 것으로 보고…."

프랜시스는 다시 신문을 낚아채고 기사를 직접 읽었다. 하지만 여전히 이해가 되지 않았다. 낯선 이름들만 눈에 들어올 뿐이었다. 스펜서 워드, 빌리 그레이. 이게 대체 무슨 뜻인가? '새로운 단서'… '분노하여'… '친밀한 관계'… '유부남 바버 씨'….

---

* 당시 영국은 검찰청이 분립되지 않아 경찰이 형사사건의 기소까지 담당했다. 하급 재판관인 치안판사는 예비심문이라는 하급심을 통해 경찰의 공소 제기가 합당한지 여부를 따지고, 근거가 충분하다고 판단하면 피의자를 정식 공판에 회부했다.

'친밀한 관계'… '유부남 바버 씨'….

마치 공중에 흩뿌려진 무수한 동전 같은 것들이 하나씩 하나씩 바닥에 떨어져 굴러다니다가 멈춘 것처럼, 그 말들이 겨우 머릿속에 들어와 제대로 파악이 되었다.

그동안 레너드도 외도를 하고 있었던 것이다. 그는 어떤 여자를, 빌리라는 이름의 여자를 만나고 있었던 것이다. 그리고 그 여자의 남자 친구가 레너드를 죽인 용의자로 검거된 것이다.

가장 먼저 떠오른 감정은 배신감에 가까운 것이었다. 레너드가 그동안 뒤에서 이딴 짓을 하고 다니면서 앞에서는 거짓말을 했다는 데에, 자신이 그에게 감쪽같이 속았다는 데에 격분이 치밀었다. 그런데 그 남자 친구라는 사람이 검거당했다는 게 무슨 뜻인지에 생각이 미치자 속이 메스꺼워졌다.

"안 돼. 안 돼, 안 돼. 이건 말도 안 돼."

"무슨…."

"이건 너무 끔찍해, 크리시!"

"뭐? 아니, 왜… 경찰이 살인범을 잡았으면, 이제 다 해결된 거 아니야?"

"아니야! 이해가 안 돼?"

크리스티나가 어떻게 이해하겠는가? 엉망진창으로 꼬여버린 이 아수라장을 그녀가 무슨 수로 이해할 수 있겠는가? 경찰은 무고한 사람을 체포한 것이다! 프랜시스는 크리스티나의 얼굴을 바라보았다. '말해버릴까?' 다시금 갈등이 일었다. '말해도 될까? 진짜로?'

그때 릴리안이 생각났다. 프랜시스는 신문을 팽개치고 모자를 집어 들었다. "가야겠어."

크리스티나가 눈을 깜빡였다. "가다니? 어디로?"

"릴리안 만나러. 걔도 신문을 봤을 거야."

"잠깐, 이 상태로 나가진 마. 너 실성한 사람 같아!"

"그래, 실성한 기분이야. 하지만 릴리안을 못 보면 더 실성해버릴 거야." 프랜시스는 장갑을 끼며 말을 이었다. "택시를 타야겠어." 그런 데 지갑에 돈이 얼마가 있는지 생각하니 비명이 튀어나왔다. "돈이 없잖아!"

"돈은 내가 줄 수 있어. 그런데⋯."

"그래줄래? 오, 크리시. 부탁해, 응?"

크리스티나는 저금통의 잔돈을 몽땅 프랜시스의 손에 쏟아주었다. 프랜시스가 드디어 문으로 나가려는데 그녀가 팔을 붙잡았다. "잠깐, 프랜시스."

프랜시스는 조바심을 내며 팔을 끌어당겼다. "나 가야 돼. 시간 없어."

"프랜시스, 제발. 조심해. 알았지?"

그때에야 프랜시스는 크리스티나를 제대로 마주 보았다. 그리고 문 안쪽으로 돌아와서 그녀와 얼싸안았다. 서로의 심장이 빗장 걸린 문 짝의 양편에서 주먹을 두들겨대는 것처럼 마주 뛰었다.

건물 밖으로 나오자마자 택시를 잡아탔다. 기사는 빠르게 차를 몰 아 금방 템스 강에 이르렀지만, 워털루 다리에서부터 교통이 정체되 었다. 프랜시스는 계량기에 표시된 요금이 3펜스 올라가는 것을 지켜 보며 초조감에 안절부절못했다. 주위의 다른 사람들은 모두 아무렇지 도 않은 표정인 걸 보니, 저들은 그녀와 같은 공포를 느끼지 않는다는 게 믿어지지 않았다. 그러다가 드디어 막혔던 배수관에서 물이 내려 가듯 길이 뚫렸다. 이후로는 엘리펀트 앤 캐슬에서 약간 막힌 것을 제 외하면 쭉 순조롭게 달려서 월워스 거리에 도착했다.

거리는 쇼핑객들로 북적거렸다. 바이니 씨 가게의 진열창에 불이 켜져 있었고, 출입문의 블라인드도 걷혀 있었다. 카운터 뒤에서 바이니 씨와 민이 함께 손님을 응대하는 모습이 보였다. 하지만 프랜시스는 이번에도 옆문으로 돌아가서 초인종을 눌렀다. 그러자 쌀쌀맞은 주근깨투성이 소녀 리디아가 어김없이 문을 열어주었고, 좁은 계단을 올라가자 위층에서 개가 어김없이 미친 듯 짖어댔다. 부엌의 닫힌 문 너머에서 여자들의 말소리가 들려왔다. 프랜시스는 멈춰 서지도, 노크를 하지도 않고, 곧장 문손잡이를 돌려서 열어젖혔다.

부엌 식탁에 바이니 부인과 베라, 릴리안, 베라의 딸 바이올렛이 둘러앉아 있었다. 그들은 어안이 벙벙한 얼굴로 프랜시스를 쳐다보았다. 베라는 벌린 입술 사이로 담배를 가져가다 말고 우뚝 멈춰 있었다. 바이니 부인이 힘겹게 몸을 일으켰다. "아이쿠, 레이 양이었군요! 나는 리디아의 언니가 개를 데리러 온 줄 알았더니!"

릴리안은 울었던 듯 눈이 붉게 충혈되어 있었다. 프랜시스는 곧바로 그녀에게 말을 걸었다. "방금 신문 봤어. 그 소식 봤어."

릴리안이 질겁했다. "벌써 신문에 났단 말이야? 뭐라고 하던데?"

"용의자가 기소됐다고. 레너드가 딴 여자를 만났다던데?"

공포에 질렸던 그녀의 얼굴이 비참한 표정으로 변했다. 릴리안은 머리를 푹 숙이고 아무 말도 하지 않았다.

개가 또 짖었다. 바이올렛이 녀석의 꼬리를 붙잡았다. 한편 바이니 부인은 놀라움을 가라앉히고서 입을 열었다.

"아유, 레이 양, 친절하기도 하죠. 여기까지 일부러 와주다니요!" 그녀가 프랜시스에게 의자를 내주었다. "우리는 오늘 아침에 히스 경사님한테 다 들었어요. 난 아주 기절초풍을 했다니까요! 불쌍한 릴은 충격이 말도 못하고요. 레니가 그랬을 줄이야 누가 알았겠어요? 사람들

애기를 듣자 하니, 레니가 그 여자를 꽤 오래 만났다나 봐요. 몇 달은 됐다지 뭐예요. 그리고 찰리는 그 여자의 유부녀 언니랑 똑같은 짓을 했고요! 경사님 말로는 그 모든 게 어젯밤에야 밝혀졌다더라고요. 경찰에서 찰리를 불러다가 이것저것 물어봤는데, 찰리가 결국 마음이 허물어져서 죄다 실토해버린 거죠. 경찰은 그 길로 출동해서 그 남자애를 붙잡았고요. 그냥 거기서 곧바로 체포했어요. 무기랑 그런 것도 거기에 전부 있었대요."

"흉기를 갖고 있었다고요?" 프랜시스는 릴리안을 돌아보았다. "어떻게…."

"원체 깡패 녀석이래요. 예전에도 온갖 사고를 치고 돌아다녔다네요. 아, 지난여름에 레니한테 덤빈 것도 그 녀석이었대요. 기억하지요? 우리 모두 걱정했던 그 일 말예요. 그때 레니는 자기가 군인한테 얻어맞았다고 했는데, 군인은 무슨, 알고 보니 다 그 남자애 짓이었더만요! 레니와 자기 여자 친구 사이를 알고서 겁주려고 그런 거였어요. 그래, 이제야 전부 밝혀진 거죠. 그런데 그 녀석, 겨우 열아홉 살이래요! 걔 엄마가 너무 안됐지 뭐예요."

베라가 이제야 담배에 불을 붙이면서 말했다. "나는 렌의 엄마가 참 딱하던데."

"얘, 그러지 말라니까." 바이니 부인이 나무랐다.

"난 지금쯤 그 여자 얼굴이 어떨지 궁금할 뿐이에요."

바이올렛은 언제나처럼 모든 말을 문자 그대로 받아들였다. "왜 궁금한데요?"

"그 못 돼먹은 할망구는 말이다, 레니 삼촌의 궁둥이에서 태양이 번쩍거린다고 생각했거든." 베라가 담배 연기를 한 모금 거세게 빨아들이자 그녀의 얼굴이 도끼처럼 날카로워졌다. "그런데 이제는 그렇지 않다는 걸 알았을 테니, 어떤 표정일지가 궁금하다는 뜻이야."

바이니 부인이 재차 나무랐다. 죽은 사람을 헐뜯으면 안 된다고, 장례식 꽃이 채 시들지도 않았는데 그러면 못쓴다고. 하지만 레니가 릴에게 아주 비열한 짓을 한 건 사실이라고….

식탁에는 뜨개질된 덮개가 씌워진 찻주전지기 놓여 있났다. 내화가 오고 가는 사이에 누군가가 차를 따르려고 주전자를 기울였고, 주둥이에서 탁한 갈색 물만 찔끔 나오자 또 누군가가 주전자에 물을 새로 받아 오고 우유도 가져왔다… 이제 이 자리가 어떻게 흘러갈지는 뻔했다. 프랜시스와 릴리안은 이 붐비는 방 안에 끼어 앉아, 개가 비스킷 달라고 재롱을 피우는 동안 고통스럽게 서로를 바라보기만 해야 하리라. 그런 다음엔 어딘가 어둑하고 구석진 곳에서 선 채로 은밀하게 속닥거리며 모든 대화를 나누어야 하겠지.

그럴 순 없다. 이번만은 안 된다. 사람들이 프랜시스의 앞에 찻잔을 잔받침에 올려 놔주었다. 하지만 프랜시스는 찻잔을 거들떠도 안 보고 릴리안에게 곧장 말했다.

"단둘이 얘기 좀 할 수 있을까?"

그 말에 부엌 안이 조용해졌다. 릴리안은 얼굴을 붉히며 주춤하더니 자리에서 일어났다. "그래, 그러자. 위… 위층으로 가면 돼."

사람들이 쳐다보고 있었다. 심지어 바이올렛도 쳐다보고 있었다. 바이니 부인은 전에 없이 미심쩍은 빛으로 말했다. "레이 양을 침실로 데려가려고? 거긴 난롯불도 안 때났는데."

"상관없어요." 릴리안이 고개를 숙인 채 말했다.

"차라리 거실로 가지그래?"

"아뇨, 그냥 잠시 얘기만 하면 돼서… 아아, 우리끼리 얘기 좀 한다고요!"

릴리안은 얼굴이 더욱 빨개진 채 그렇게 말하고는, 어색하게 프랜시스를 이끌고 부엌 바깥문으로 나갔다. 둘은 좁은 계단을 통해 한 층 더 위로 올라갔다.

올라갈수록 집 안은 어두침침해졌다. 계단 창문에는 레이스 커튼이 드리워져 있었고, 천장의 채광창은 검댕이 끼어서 거무죽죽했다. 그들이 들어간 침실은 가구가 몇 점 없는데도 거의 꽉 찰 만큼 비좁고 어수선했다. 높다란 철제 침대 틀, 서랍장, 푸른 새틴 천을 씌운 화장대가 있었고, 벽에 걸린 십자가에는 꼭두각시 인형이 매달린 끈이 뒤엉켜 있었다. 그리고 리놀륨 바닥 여기저기에 반짝이는 조그마한 쉼표와 별 모양 같은 것들이 보였다. 프랜시스는 그게 뭔가 싶어서 내려다보다가, 아래층에서 의자가 끼익 끌리는 소리와 사람들이 두런거리는 소리를 듣고서야 그것들이 바닥에 난 틈새에서 비쳐드는 빛이라는 것을 깨달았다. 이 방 바로 밑에 밝은 부엌이 있는 것이다. 지금도 그곳 식탁에 둘러앉아 의아한 눈초리로 천장을 올려다보고 있을 여자들의 모습이 눈에 선했다.

릴리안은 침대를 둘러 창가로 가서, 저물어가는 회색 햇빛이나마 들어오도록 커튼을 활짝 젖혔다. 그리고 프랜시스 쪽으로 돌아선 채 처량하게 몸을 옹송그렸다. 둘은 꽃무늬 이불이 깔린 침대를 사이에 두고 서로를 마주 보았다.

"우리 이제 어떻게 해?" 프랜시스가 속삭였다. 릴리안이 묵묵부답이자 그녀는 내처 말을 이었다. "이게 무슨 상황인지 알아? 아무 잘못도 없는 애가 휘말린 거야! 이렇게 될 줄은 상상도 못 했어. 우린 찰리일 줄로만 알았잖아. 그것만으로도 충분히 힘들었는데⋯."

"나 벌 받는 것 같아." 릴리안이 말했다.

"뭐?"

"내가 저지른 모든 죄에 대해 천벌을 받는 것 같아."

릴리안의 표정과 신랄한 말투에 프랜시스는 아연해졌다. "이건 천벌이 아니야. 이건 그냥… 아, 나도 몰라. 히스 경사가 정확히 뭐라고 했는데?"

"어머니가 말한 그대로야."

"그 남자애에 대해 뭐 더 아는 것 없어? 아니, 대체 어떻게 '기소'를 할 수가 있냐고? 말이 안 되잖아. 흉기가 발견됐다는 얘기는 또 뭐야?"

릴리안은 입가에 손을 올렸다. "곤봉 같은 걸 갖고 있었대. 아무튼 경찰이 보기에 그럴듯해 보이는 무기가 있었다나 봐. 그리고 렌의 외투에 묻은 머리카락 얘기도 나왔어. 그중 몇 가닥이 그 남자애의 것 같대."

"그게 어떻게 가능해?"

릴리안은 입술을 잘근잘근 깨물었다. "글쎄. 나도 생각 중이야. 아마 그 여자애 쪽에서 옮아간 거 아닐까. 그… '빌리'라는 애 말야. 걔가 자기 남자 친구 머리카락을 어깨에 묻히고 다니다가, 그 상태로 렌을 만났다면… 그랬으면…."

"그래도 말이 안 되지. 안 그래?"

"모르겠어."

"그런 일이 어떻게 일어날 수가 있어?"

"나도 모른다니까! 난들 어떻게 알겠어? 렌이 그 여자애를 매일매일 저녁마다 만났을지 알 게 뭐야! 호텔에 데려갔을 수도 있고…."

"호텔이라고! 설마 그랬을까?"

"모르지! 뭐, 그랬을 것 같네. 야근을 한다거나 무슨 저녁 만찬이 있다고 했을 때마다… 그때마다 실은 걔를 만났던 거겠지. 둘 사이에 뭐가 오고 갔어도 이상하지 않아."

프랜시스는 두 손으로 이마를 감싸고서 이 모든 것을 납득하려고 안간힘을 썼다. "맙소사!" 생각이 정리되질 않았다. 머릿속의 생각들이 망치에 두들겨 맞아서 산산조각 흩어져버린 것만 같았다. "레너드가 어떻게 이런 비밀을 안 들키고 지낼 수가 있었지? 너희 어머니 말대로라면 몇 달 씩이나? 아니, 아무튼 그건 됐어." 프랜시스는 진정하자는 투로 두 손을 내려뜨렸다. "레너드가 뭘 했고 안 했고는 중요하지 않아. 얼마나 오래 됐는지도 문제가 아니야. 지금 중요한 건 그 남자애야. 생사람이 누명을 쓰고 잡혀갔다는 게 문제라고. 이걸 대체 어쩌지? 이제부터 뭐가 어떻게 진행되는지 경사가 이야기해줬어?"

릴리안이 또 입술을 깨물면서 마지못한 투로 말했다. "목요일 아침에 치안판사 법원에서 예비심문이 열릴 거랬어. 그때 그 남자애도 나오고. 그 애가 범인이라는 근거가 충분하다고 치안판사가 판단을 내리면, 올드 베일리 재판으로 넘어갈 거래.*"

"올드 베일리라고! 오, 끝장이잖아. 아니, 잠깐, 그러면 아직 재판은 아니라는 거야? 그 전에 전부 무효가 될 수도 있다는 얘기네?"

"그… 글쎄. 아마 그런 것 같아. 경찰도 자기 편 증거들을 모아야 한대. 사인 심의회도 다시 열릴 거고. 하지만 당장 진행되는 건 아니야. 몇 주는 걸릴 수도 있다고 경사가 그랬어."

"몇 주나! 그럼 그동안 그 남자애는… 어떻게 되는 거야? 감옥에 갇혀 있는 거야?"

"그렇겠지."

---

* 치안판사 법원(police court)에서 예비심문을 통해 피의자에 대한 기소가 합당하다고 판결되면, 이후 올드 베일리에서 열리는 공판에서 배심원단이 유죄 여부를 평결하고 재판장이 형을 선고했다.

"오, 릴리안. 이건 말도 안 돼! 지금껏 온갖 고생을 해서 버텼더니만! 이제는 어쩔 도리가 없잖아, 안 그래? 우린 경찰에 자수해야 돼. 캠버웰 경찰서에 우리 발로 걸어 들어가서 모든 걸 털어놔야 한다고. 만약 이대로 재판까지 가버리면 어떻게 될까? 어차피 그 남자애가 범인이라는 증거는 없지. 그 앳 머리털 낯 가닥 가지고 뭘 어떻게 하지는 못할 거야. 하지만 아무리 그래도, 지금 단 한 시간이라도 그 애를 그렇게 내버려둘 순 없어. 당장 켐프 경위에게 말해야 해. 하지만, 우리가 말해버리면… 오, 맙소사!" 레너드가 죽었던 날에 그랬듯이 생각이 마구 앞서나갔다. 언론의 반응, 이웃들의 반응, 대경실색한 어머니의 얼굴이 한꺼번에 떠올랐다. 프랜시스는 침대에 몸을 털썩 기댔다. "그럼 어떻게 되는 거지? 경찰이 우리를 구금할 테고. 변호사를 구해야 할 거고…. 그건 플레이페어 부인이 도와줄 수 있을 거야. 하지만 변호사 구할 돈은 대체 어디서 얻지?"

둘은 침묵에 빠졌다. 얼마나 엄청난 사태가 닥쳐올지 절감이 되었다. 릴리안은 충혈된 눈을 깜빡거리다 입을 열었다. "지… 진짜 자수하자는 건 아니지?"

프랜시스는 입술을 문질러 닦았다. "당연히 아니지. 하지만 그 남자애가 걱정돼. 넌 걱정 안 돼?"

"나는… 무서워."

"알아, 릴리. 나도 무서워."

"네가 잘못될까 봐 무섭고. 그 남자애 때문에도 무섭고. 하지만 무엇보다도… 나 자신이 어떻게 될지가 무서워. 무섭지 않을 도리가 없잖아. 이제 와 진실을 말하면 사람들이 나한테 무슨 짓을 할지 모르는데. 지금도 모두가 나를 미워하는걸. 그때는 백 배 더 심해지겠지. 다들 내가 렌을 살해했다고 할 테고…."

프랜시스는 침대 너머의 릴리안을 향해 몸을 내밀었다. "안 그럴 거야. 내가 약속해. 맹세해! 내가 절대로 그렇게 놔두지 않을 거야."

"그러면 너는 내 범죄를 도와준 사람밖에 안 되겠지. 그게 아니라고 증명할 방법도 없잖아. 우리는 재판정에 끌려갈 거라고, 프랜시스. 우리 그냥… 조금 기다려보면 안 될까? 앞으로 어떻게 진행되는지 좀 더 지켜보면? 고약한 소리라는 건 알아. 하지만 아까 히스 경사가 왔을 때 말이야, 나는 틀림없이 나를 체포하려는 건 줄 알았는데, 다른 사람을 체포했다는 말을 들으니까… 욕지기가 나더라. 안도감 때문에 욕지기가 나더라고. 이제 아무도 나를 쳐다보지도 않고 미워하지도 않을 거라고 생각하니까, 그게 너무나 안심이 돼서…. 그냥 조금만 더 이 상태로 지낼 수 있다면 좋겠어. 만약 붙잡힌 사람이 그런 애가 아니었다면 이런 말은 꺼내지도 않았을 거야. 하지만 그 애는 예전에도 여러 번 경찰서를 들락날락했다잖아. 걔는… 우, 우리처럼 힘들지는 않을 거야."

프랜시스는 여전히 침대 저편으로 몸을 내밀고 있었다. 손으로 짚은 매트리스에서 스프링이 삐걱거리는 소리가 났다. 그녀는 괴로움에 겨워 고개를 떨구었다. "나는 잘 모르겠어, 릴리안. 어떻게 해야 하는 건지. 예전에는 명쾌했는데, 지금은… 그랬다가 만약 진실이 탄로 나면, 우리가 더 불리해지기만 하는 거 아닐까? 그러니까 내 말은, 우리가 이런 상황에서도 가만히 숨어 있었다는 게 드러나면 말이야. 우리끼리만의 일이었을 때와 지금은 또 다르잖아. 다른 사람이 휘말린 거니까… 즉시 자수하는 게 더 모양새가 낫지 않겠어? 지난주에 네가 그랬잖아, 경찰한테 가야겠다고. 그 말이 맞았던 게 아닌가 싶어. 이젠 나도 모르겠어."

"하지만 지금은 그때랑 다른걸." 릴리안이 말했다. "그때는 내가 실수였다고 이야기하면 경찰도 믿어줬을 거야. 그런데 이젠 무조건 고의였다고 생각할 거 아냐? 렌이 바람피운 것 때문에."

"너는 렌이 바람을 피운 줄도 몰랐잖아."

"아마 그 여자애가… 내가 알고 있었다고 말할 것 같아."

릴리언은 손으로 입을 가린 채 우물우물 말했다. 그 때문이었는지, 아니면 그녀의 자세나 표정 어딘가가 석연치 않아서였는지, 프랜시스는 문득 경계심이 들었다. "걔가 그런 말을 왜 하겠어?" 릴리언이 아무 대답도 없자 그녀는 재차 물었다. "너, 혹시 알고 있었던 거야?"

릴리언은 잠시 침묵하다가 손을 내려뜨렸다. "응."

프랜시스는 몸을 바로 세웠다. "뭐라고?"

"전부는 아니고… 몇 주 전에 렌의 옷 주머니에서 뭘 발견했거든. 극장 티켓. 날짜를 보니까 렌이 자기 부모님 집에 다녀온다고 했던 날이더라고. 여자를 만난 거구나 싶었지. 그것 때문에 대판 싸웠어. 렌은 회사 사람들이 장난으로 꾸민 일이라고 했는데, 나는 반신반의했지. 하지만 이 정도였을 줄은 몰랐어! 오랫동안 꾸준히 만나는 여자가 있었을 줄은 생각도 못 했어!"

프랜시스는 가슴이 이상하게 무거워졌다. "왜 나한테 말 안 했어?"

릴리언은 그녀의 시선을 피했다. "모르겠어. 생각하기 싫어서 그랬나 봐."

"그래도 말은 했어야지. 나는… 나는 그게 핵심이라고 생각했는데. 우리가 서로에게 솔직하다는 것. 처음부터 쭉, 모든 것을 터놓고 말했다는 것."

"이건 별로 중요한 일도 아니잖아. 안 그래?"

"하지만 그 티켓을 언제 찾은 건데? 그것 때문에 레너드와 싸웠다며. 대체 왜 말을 안 한 거야?"

릴리안은 묵묵부답이었다. 프랜시스는 그녀의 말을 기다리다가 문득 깨달았다.

"휴가 때였나 보구나. 내게 편지 썼던 그때."

릴리안은 고개를 젓고 다급히 말했다. "그런 게 아니야, 프랜시스."

"그 편지는 나 때문에 쓴 게 아니었어. 남편이 미워서 쓴 거였지."

"그렇지 않아."

프랜시스는 침대에서 손을 떼고 뒤로 물러났다. 뼈아픈 진실들이 머릿속에서 이어 맞춰지고 있었다.

"그러면 경찰이 찰리의 진술에 대해 말해줬을 때, 찰리가 거짓말했다는 걸 알았을 때… 너는 찰리가 왜 그랬는지도 짐작했겠네. 그때는 왜 아무 말도 안 했는데?"

"잘 모르겠어. 견딜 수가 없었던 것 같아. 가뜩이나 힘든데 그 문제까지 생각하려니까. 렌이랑 결혼했을 때 나는… 그게 어떤 경험이었는지 넌 몰라, 프랜시스. 우린 엄청 급하게 식을 올려야 했어. 사람들은 나를 비웃었지. 그렇게 도도하게 굴더니 꼴좋다면서 말이야. 그런데 이젠 렌이 바람피웠다는 것까지 알려질까 봐, 그래서 또 비웃음을 살까 봐, 그 생각에 참을 수가 없었어."

"창피했다고? 그게?"

릴리안은 머리를 떨구고 손으로 눈을 덮었다. "제발, 프랜시스. 이러지 마."

경악이 분노로 바뀌었다. 너무나 순전하고 철저한 분노여서 스스로도 놀랄 정도였다. 그 감정이 지금껏 내내 프랜시스의 안에서 밖으로 나올 신호가 떨어지기만을 기다리고 있었던 것만 같았다. 자신이 지난 열흘간 했던 모든 것이, 무너져가는 벽들을 미친 듯이 떠받치며 지냈던 나날이 기억났다. 크리스티나와의 우정에 금이 갔던 순간도, 어머니의 눈동자에 떠올랐던 의혹도.

딱딱하게 굳은 목소리가 튀어나왔다. "휴가 갔을 때 네가 임신했다는 것도 알고 있었지? 임신이라는 걸 아는 상태에서 그 티켓을 본 거야. 맞지?"

"이러지 마, 프랜시스…."

"맞잖아?"

"제발…."

"애를 지우고 싶었던 것도 당연하네."

릴리안이 고개를 들었다. "뭐라고? 아니야, 그건 오로지 너랑 나를 위해서 한 일이었어."

"재떨이를 그렇게 세게 휘두른 것도 무리가 아니었고."

"하지만… 나는 그걸 휘두를 생각이 아예 없었는걸. 너도 알잖아. 그건 실수였어."

프랜시스는 릴리안을 빤히 마주 보았다. "정말?"

미리 생각해둔 질문은 아니었다. 그런데 입 밖으로 내뱉은 순간, 그 의문 역시 진작부터 마음속을 맴돌면서 밖으로 나오려 기를 쓰고 있었음을 깨달았다. 언제부터였을까? 캠프 경위에게 생명보험 얘기를 들었을 때부터? 아니면 그 전부터? 모든 게 시작되었던 순간부터? 자신이 레너드의 등에 귀를 대보고 심장박동이 들리지 않는다는 걸 확인했던 그때부터?

어슴푸레한 방 저편에서 릴리안이 그녀를 바라보고 있었다. 프랜시스의 생각이 어떻게 흘러가는지 짐작하는 듯한 눈빛으로 가만히 서 있었다. 그러더니 온몸이 흐늘흐늘해지면서 마치 녹아가는 양초가 제 몸 위에 뭉그러지듯 바닥에 주저앉았다. 그녀는 침대의 이불 위에 두 팔을 얹은 채 머리를 수그렸다.

"이것 때문에 네가 나를 미워하게 될 줄 알았어."

프랜시스는 장갑의 손목 부분을 매만져 폈다. 부자연스럽게 움찔거리는 손짓으로. "됐어, 이건 상관없어." 그 말투 역시 움찔거리고 부자연스러웠다. 딱 깐깐한 노처녀의 말투였다. "지금은 우리 문제를 생각할 겨를이 없어. 그 남자애 문제가 우선이야."

"나는 그때 일을 돌이킬 수만 있다면 뭐든 다 포기할 거야, 프랜시스."

"우린 켐프 경위를 만나야 해."

"내가 한 짓을 돌이킬 수만 있다면 뭐든지 할 거야. 렌을 위해서가 아니라, 우리를 위해서. 렌을 때렸을 땐 내가 무슨 정신이었는지 모르겠어. 그를 미워했던 건 사실이야. 하지만 미움이 있었다고 해서 그게 살인이 돼? 만약 그렇다 쳐도, 그럼 내 사랑으로는 뭘 증명할 수 있는 거야? 나는 내가 렌을 증오한 것과는 비할 수도 없이 너를 사랑해. 프랜시스, 제발…."

"그 말 좀 그만해!" 프랜시스가 쏘아붙였다. "너는 항상 그 말뿐이었어! 맨 처음부터 그런 식이었다고! 우리가 처음 공원에 갔을 때… 기억나? 서로 잘 알지도 못했던 그때, 같이 공원에 갔다가 나오는 길에, 언덕을 올라가는데… 네가 나를 차도 쪽으로 몰고 인도 안쪽으로 비켜서더라. 너만 인도 안쪽에서 걸었다고, 릴리안. 그때는 너의 그런 점이 매력적이라고 생각했지. 그런데 너는 그때부터 지금껏 항상 안쪽에서만 걸었어. 영원히 그럴 순 없는 거야. 넌 거기서 나와야 돼. 지금 당장."

프랜시스의 어조가 아래층까지 전해진 모양이었다. 부엌에 있는 여자들이 조용히 귀를 기울이는 듯 잠잠해진 게 느껴졌다. 릴리안도 식구들을 의식했는지, 그 자리에 웅크려 앉은 채로 새하얗게 질린 얼굴을 들어 그녀를 올려다보았다.

그러다가 릴리안의 표정이 변하면서 얼굴이 반듯하게 펴졌다. 릴리안은 잠자코 일어나 침대 옆으로 걸어 나오더니, 천천히, 퉁명스럽게, 외출 준비를 했다. 소매 안에서 젖은 손수건을 빼내 깨끗한 손수건으로 바꿨다. 서랍 안의 깡통에서 잔돈을 얼마나 꺼낼지 망설이다가 지폐 뭉치에 동전을 감싸서 모조리 핸드백에 넣었다. 화장대 거울 앞에 서서 얼굴과 부어오른 눈꺼풀에 파우더를 칠하고, 뺨과 입술에 루주를 찍어 바르고, 빗으로 정성껏 머리를 빗었다.

프랜시스는 그걸 쭉 지켜보면서도 도무지 믿을 수가 없었다. 릴리안이 미적거리거나, 더듬거리거나, 울음을 터뜨릴 줄 알았는데, 그런 기미는 전혀 없었다. 그녀는 한결같이 주의 깊은 태도로 방 한쪽의 벽감에 쳐진 커튼을 젖히더니, 가로대에 걸린 옷들 중에서 자기 코트를 빼내고는 거울 앞으로 돌아왔다. 그리고 코트를 걸쳐 입고서 칼라를 매만져 편 다음, 앞자락에 길게 줄지어 달려 있는 많은 단추들을 하나씩, 침착하게 잠그기 시작했다.

릴리안의 손이 아래에서부터 위로 단정히 올라가는 과정을 보고 있자니 프랜시스에게 이상한 일이 일어났다. 심장이 두근거리더니 그 주위가 푹 꺼지는 느낌이 드는 것이었다. 모래시계의 허리 부분에 모여 있던 모래가 미끄러져 쏟아지는 것처럼, 심장 언저리가 함몰되는 느낌이었다. 몸속의 피와 근육, 장기가 차근차근 삭아가는 것만 같았다. 한편 코트 단추를 다 잠근 릴리안은 벽감으로 돌아가서 모자를 꺼내고, 여전히 침착하게, 여전히 단정하게, 모자를 머리에 썼다. 그쯤 되니 프랜시스는 얼굴이 마비되듯 얼얼해졌다. 몸속이 함몰되는 듯한 증상은 이제 다리까지 내려와서, 급기야는 삐걱거리는 침대 옆면에 몸을 기대야만 했다. 토하고 싶어졌다. 심장을 누가 쥐어짜는 것 같았다. '나 아픈가 봐.' 그녀는 겁에 질려 생각했다. '빌어먹을, 진짜 아파. 죽을 것 같아!'

고개를 들어보니, 릴리안이 준비를 다 마치고 프랜시스를 보고 서서 출발하기를 기다리고 있었다. 그 순간 프랜시스는 자신이 죽어가는 게 아니라는 사실을 깨달았다. 두려울 뿐이었다. 평생 이렇게 두려웠던 적이 없었다. 이제껏 겪어본 그 어떤 감정보다도, 슬픔, 분노, 욕정, 사랑, 그 무엇보다도 강렬하게 엄습해오는 공포였다. 왜냐하면 릴리안의 말이 옳았기 때문이다. 경찰은 레너드를 죽인 게 실수였다고 절대로 믿어주지 않을 것이다. 방금 전, 불과 몇 분 전에 프랜시스 자신조차도 그걸 믿지 않았으니까. 릴리안은 살인죄로 재판을 받을 것이다. 프랜시스도 나란히 재판에 설 것이다. 방조죄로? 공범죄로? 어쩌면 캠프 경위가 뒷조사를 좀 해서 프랜시스와 크리스티나의 옛 관계를 파헤칠지도 모른다. 그는 그 관계가 어딘가 추잡하다고 생각할 것이다. 릴리안에 대한 프랜시스의 사랑도 어딘가 추잡하다고 생각할 것이다.

그것이 범행 동기가 되어, 둘은 교수형 당할 것이다.

창밖의 하늘이 어둑했다. 리놀륨 바닥에 흩어진 별과 쉼표들이 아까보다 밝게 빛났다. 아래층에서 두런거리는 말소리가 들렸다. 무언가 물건을 떨어트리는 소리, 야단을 치는 소리, 작은 개가 깽 하고 짖는 소리.

릴리안이 기다리고 있었다. 프랜시스는 그녀의 눈을 마주 보다가 고개를 흔들고는, 자괴감에 몸서리를 치며 시선을 돌렸다.

"모자랑 코트 벗어. 네 말대로 하자. 일단 기다려보자고. 목요일 예비심문 때까지 기다려보자. 얼마나 끔찍한 꼴이 나는지 한번 보게."

15

헤어지기 전에 서로를 만지지도 않고 포옹하려는 시도조차 않은 건 이번이 처음이었다. 프랜시스는 릴리안과 앞으로 어떻게 대처할지 간략히 상의만 나눈 뒤 침실을 나갔다. 바이니 부인과 베라에게 인사하러 부엌에 들를 엄두는 도저히 나질 않았다. 그래서 릴리안이 대신 인사를 전해주고 그녀의 이상한 행동에 대해서도 알아서 해명하게 내버려두고, 혼자서 곧장 계단을 내려가 1층의 좁은 복도에 이르렀다. 출입문을 열고 밖으로 나오니 길거리가 그 어느 때보다도 붐벼 보였다. 하지만 아까 침실에서 그녀를 집어삼켰던 공포는 썰물처럼 빠져나간 뒤였기에, 북적이는 인도를 걸어가면서도 별다른 감정 없이 무덤덤했다. 자신과 세상 사이에 방수포 같은 막이 한 겹 씌워진 것 같았다. 피로 때문인지, 아니면 배고픔 때문인지 몰라도.

집에 도착해보니 응접실에 플레이페어 부인과 어머니가 같이 있었다. 프랜시스가 나타나자마자 둘은 초조한 표정으로 벌떡 일어서서 체포 소식을 들었냐고 묻기부터 했다. 프랜시스는 석간신문에서 봤다고, 곧장 릴리안을 만나서 이야기를 듣고 오는 길이라고 시큰둥하게 대답했다.

어머니는 프랜시스의 말을 듣고 머뭇거렸다. 조마조마 마음을 졸이던 기색은 이제 사라지고, 대신 소극적이고 겸연쩍은 태도였다. 이전과는 다른 의미로 난처한 눈치였다. "바버 부인은 그 소식을 어떻게 받아들이고 있니?"

프랜시스는 마냥 시큰둥하게 대꾸했다. "아직 어떻게 생각해야 할지 모르는 것 같아요."

"아무렴, 그럴 만도 하지. 일이 이렇게 꼬였으니 얼마나 심란하겠니. 체포된 남자에 대해 별다른 말은 없던?"

"별로요. 나이가 어리다고 하긴 했어요. 열아홉이라나요."

"열아홉이라고! 그럼, 바버 씨는?" 어머니는 또 주춤거렸다. "신문에 나오는 이야기가 사실이야?"

프랜시스는 고개를 끄덕였다. "경찰이 그렇게 밝혔대요. 몇 달은 된 사이인가 봐요."

어머니가 자리에 앉았다. "가엾은 바버 부인. 설상가상 이런 일까지 벌어지다니. 내… 내가 그동안 부인을 너무 부당하게 대했던 것 같구나. 바버 부인의 결혼 생활이 얼마나 불행한지 네가 종종 이야기했지, 프랜시스. 이제야 그 까닭이 이해가 된다. 바버 씨가 그런 식으로 처신하고 다녔다니. 그동안 줄곧, 우리 바로 코앞에서! 그래, 내가 바버 부인에게 너무 야박했던 것 같아."

플레이페어 부인은 소파로 돌아가 앉으면서 너무나 개탄스러운 사건이라고 맞장구를 쳤다. 남자란 여자보다 나약한 존재라고 자신이 누누이 말하지 않았느냐고, 이런 일만 봐도 알 수 있는 사실이라고. 하지만 플레이페어 부인도 내심 머쓱한 듯 프랜시스와 눈을 제대로 마주치지 못했다. "그래도 해결은 되었으니 다행이구나. 그 젊은이가 잡혔으니 바버 부인은 마음이 한결 놓이겠어. 우리도 안심이 되고 말이야. 그렇지? 이제는 범인이 길거리를 활보할 일이 없을 테니까."

프랜시스는 그렇다고 수긍했다. 여전히 기묘하게 느른한 기분이었다. 그녀는 이만 나가보겠다고 양해를 구하고 응접실을 빠져나와 계단을 올라갔다. 무엇보다도 담배 생각이 간절했다. 프랜시스는 방에 들어가자마자 침대 옆 서랍장에서 궐련지와 담뱃잎을 꺼내고, 흔들림 없는 손으로 조그마한 궐련을 찬찬히 말았다.

그런데 첫 모금을 빨고 나니 기침이 터져 나왔다. 기침이 갈수록 격해져서 온몸이 뒤흔들리다가 급기야는 욕지기가 치밀었다. 결국 그녀는 벽난로에 몸을 구부리고 구역질을 했지만, 눈물과 침만 얼굴을 타고 흘러내려 바닥돌에 쌓인 재를 적셨다.

플레이페어 부인이 떠났을 즈음 프랜시스는 마음이 진정되었다. 아까처럼 방수포 같은 막에 둘러싸인 느낌이었다. 그녀는 저녁을 차리고, 맛있게 식사를 했다. 그런 다음에는 목욕물을 받고 욕조에 들어가 앉아서 자신의 팔에서 피어오르는 김이 급수실의 차가운 공기에 아른아른 퍼지는 것을 바라보았다. 응접실에서 어머니와 난롯가에 앉아 있을 때는 꼭 옛날로 돌아간 것 같았다. 코코아를 함께 마시고, 시계 태엽을 감고, 쿠션을 탁탁 털어서 부풀리고, 문단속을 한 뒤, 서로 하품을 하면서 각자의 침실로 들어갔다. 목이 깔깔하던 것도 나았고, 심지어 근육 통증도 사라졌다. 프랜시스는 레너드가 죽은 이래 처음으로 꿈 한 번 안 꾸고 단잠을 잤다.

다음 날 신문이란 신문에는 전부 용의자 소년에 대한 기사가 실렸다. 스펜서 워드라는 소년과 그 여자 친구인 빌리 그레이의 이름은 이제 프랜시스에게도 익숙해졌지만, 그들의 사진이 공개되지 않아서인지 아직도 좀처럼 실감이 나지 않았다. 「미러」에 실린 보도가 개중에서 가장 상세했다. 스펜서 워드는 타워브리지에 있는 자동차 정비소의 직원으로, 전쟁미망인인 어머니와 같이 산다고 했다. '마른 체격, 갈색 머리, 녹갈색 눈동자'라지만 그건 흔하디흔한 인상착의였다. 한편 빌리 그레이는 웨스트엔드에 위치한 어느 '미용 업소'에서 조수 일을 한다는데, 그 미용 업소라는 데가 대체 뭐 하는 데인지는 몰라도, 아무튼 여름에 그 업소와 가까운 술집에서 자기 언니와 함께 술을 마시던 중 '살해당한 바버 씨와 처음 친분을 맺었다'고 적혀 있었다.

레너드의 이름을 이런 식으로 마주치니 또 겁이 났다. 그 공포가 어제처럼 신체적인 타격을 미칠 지경까지 치달을까 봐 두려워 그녀는 부리나케 신문을 치웠다. 어차피 읽거나 말거나 무슨 소용인가? 읽어봤자 뭐가 달라지나? 결정은 이미 내렸는데.

그날 오후 히스 경사가 집에 찾아왔다. 그는 프랜시스 모녀가 뉴스를 접했는지 확인하고, 목요일 아침에 열릴 예비심문에서 두 사람의 진술이 읽힐 거라고 알려주었다. 모녀가 직접 심리에 참석할 필요는 없다고 했다. "원한다면 참석하셔도 되지만 굳이 그러고 싶지는 않으시겠죠? 아, 레이 양은 가고 싶으시다고요? 물론 얼마든지 그러셔도 됩니다." 프랜시스가 용의자 검거에 대해 묻자, 그는 자신도 켐프 경위도 드디어 용의자를 체포해서 매우 만족하고 있다고 이야기했다. 위스머스 씨가 너무 늦게 실토하는 바람에 모두에게 불필요한 말썽과 심려를 끼쳐서 무척 유감이긴 하지만, 위스머스 씨 본인이 가장 크게 후회하고 있다고 했다. 허위 증언으로 경찰의 시간을 빼앗은 죄 때문에 그 역시 기소당해서 애를 먹고 있다는 것이었다. "게다가 약혼녀인 닉슨 양에게도 버림받았다더군요! 뭐, 놀랄 일도 아니지요."

히스 경사는 쾌활했고, 수다스럽기까지 했다. 예전에 프랜시스를 그토록 불안하게 만들었던 특유의 신중한 태도는 거의 찾아볼 수 없었다. 릴리안에 대해서는 언급하지도 않았다. 생명보험 문제도 입에 올리지 않았다. 예전에는 그도 캠프 경위도 살인범이 '규칙적인 생활을 하는 남자'일 거라 호언장담하더니만, 경사는 그것마저도 잊어버린 모양이었다. 스펜서 워드라는 그 소년이 '쪼끄만 무법자'더라고 말하면서도 경사는 마냥 즐거워했다. "오, 그야말로 제대로 된 폭력배 녀석이더군요."라면서. 프랜시스는 자신이 무언가를 물어보고 궁금해해야 자연스럽다는 건 알았지만, 질문을 짜낼 창의력이 발휘되지 않았다. 어차피 경사도 고작 십 분 만에 자리에서 일어나긴 했다. 이제 버몬지로 가서 그 소년과 어머니의 이웃들을 탐문해야 한다면서. 프랜시스는 경사를 집 밖으로 배웅한 뒤, 그가 자전거에 올라타고 도로 경계석 밖으로 빠져나가는 모습을 응접실 창문으로 지켜보았다. 그러자 릴리안이 어제 느꼈을 기분이 바로 이런 거구나 싶어 자괴감이 들었다. 히스 경사가 그녀의 삶을 저토록 단호히 떠나 다른 사람의 삶으로 가버리는 걸 보고 있으니, 마치 무거웠던 짐을 내려놓은 듯이, 저항을 포기한 듯이, 단순한 안도감이 밀려왔기 때문이었다.

그날 밤에는 잠자리가 썩 편안하지 않았다. 그리고 다음 날인 목요일 아침이 되자, 이 모든 일이 시작됐을 때 닥쳐왔던 위기감이 서서히 되살아났다. 자신이 처한 상황이 얼마나 나쁜지 파악하기 위해 아예 최악의 지점까지 가보고 싶은 욕구로 좀이 쑤셨다. 치안판사 법원은 엘리펀트 앤 캐슬 근처, 집에서 삼사 킬로미터 거리에 위치해 있었다. 프랜시스는 누구보다도 먼저 도착하려고 마음먹고 일찍부터 집을 나섰다. 하지만 예비심문 일정은 신문에 공표되어 대중에게도 알려져 있었다. 케닝턴을 지날 때부터 이미 길거리에 흥분이 감돌았고, 법원으로 들어가는 마지막 모퉁이를 돌자 수수한 건물 입구에 북적거리는 인파를 보고 프랜시스는 기겁했다. 모두가 안에 들어갈 자리를 잡으려 혈안이 된 것 같았다. 저 틈에 끼어 사람들에게 짓눌려가며 앞을 비집고 나아갈 엄두가 나지 않았다. 하지만 어떻게든 들어가야 한다. 예비심문이 어떻게 진행되는지 알아야 한다. 그 소년이 정식 공판에 회부된다면 어떻게 막을 것인가? 자신이 없는 사이에 릴리안이 잘못된 말이나 행동을 하면 어쩌나?

그 생각에 극심한 공포가 몰려오려는데, 마침 건물로 들어가던 하디 순경이 눈에 띄었다. 순경 역시 자신이 비보를 전했던 날 만났던 프랜시스를 알아보았다. 그는 프랜시스를 데리고 일반인 출입구에서 빠져나가 증인 전용 출입문으로 들여보내주었다.

건물 안으로 들어오자마자 순경은 다른 데로 가버렸고, 프랜시스는 어디로 가고 뭘 해야 할지 알 수가 없었다. 사인 심의회 때와 비슷했지만 이번에는 그녀 혼자서만 혼란스러워하는 것 같았다. 좁고 북적이는 로비 저편에 있는 네타의 남편 로이드가 보이긴 했다. 심지어 그의 바로 뒤에 있는 베라도, 바이니 부인도, 그리고 변호사인 듯한 남자의 이야기를 들으며 심각하고도 초조하게 고개를 끄덕이고 있는 릴리안도 눈에 들어왔다. 하지만 프랜시스의 역할이 무엇인지는 여전히 애매했다. 베라가 그녀와 눈이 마주치고는 얼굴을 찌푸렸다. '뭐야, 또 나타났어?'라고 생각하는 듯 어이없어 하는 표정이었다. 그래도 턱짓으로 인사는 했지만 자기들 쪽으로 오라고 불러주지는 않았다. 릴리안도 마찬가지였다. 릴리안은 내내 변호사의 말에 귀를 기울이고 심각하게 고개를 끄덕이면서, 프랜시스의 시선을 마주 보며 창백한 얼굴에 불안한 그림자만 설핏 드리웠다. 그러다가 어떤 남자가 나타나 릴리안을 안으로 안내했고, 식구들도 몸을 돌려 그 뒤를 따라 갔다. 잠시 뒤 프랜시스가 스스로 법정에 들어가보니, 릴리안의 일행 넷은 교회의 신도석처럼 생긴 장의자들 중 앞쪽 자리에 앉아 있었다. 이번에도 그들은 프랜시스를 부르지 않았다. 그녀는 옆쪽으로 멀찍이 떨어진 다른 좌석 끝으로 건너가 앉았다.

치맛자락과 장갑에 닿는 의자 표면이 약간 끈적거렸다. 사인 심의회가 열렸던 장소보다 더 더러운 것 같았다. 하지만 엄포를 놓는 것처럼 으리으리하고 조잡한 벽판 장식이며 왕좌와 왕관을 연상시키는 부분들은 똑같았다. 유일한 차이점이라면 치안판사석 맞은편에 마구간 칸막이처럼 네모나게 울타리가 쳐진 공간이 마련되어 있다는 것이었다. 프랜시스는 그걸 몇 번이나 보고서야 무엇인지 깨달았다. 그래, 당연히 피의자석일 것이다. 그 생각이 미치자 또 문득 공포가 일었다. 그러고 보니 이 자리는 출구에서 너무 멀리 떨어져 있었다. 이러다가 지난번처럼 공포감이 걷잡을 수 없이 커지면 어쩌나? 기절하거나 속이 메스꺼워지기라도 하면?

이미 너무 늦었다. 기자와 공무원들이 좌석에 속속 들어차고 있었다. 그 어느 때보다도 은행가 같은 인상을 풍기는 켐프 경위의 모습도 보였다. 그는 타자 쳐진 문서들이 들어 있는 서류철 위에 만년필로 무언가를 적어 넣고 있었다. 잠시 뒤 일반 방청객을 위한 문이 열리자 이삼십 명쯤 되는 사람들이 쏟아져 들어왔다. 하나같이 연초 할인 기간에 가장 짭짤한 특가 상품을 손에 넣은 쇼핑객들처럼 징그럽게 의기양양한 표정이었다. 50대 중반쯤 되어 보이는 여자 하나가 프랜시스 옆자리에 철퍼덕 앉더니, 숨을 푹 내뿜고, 눈을 굴리고는, 타탄 코트의 맨 위 단추 두 개를 풀고서 옷깃을 앞뒤로 펄럭펄럭 흔들며 수다를 늘어놓았다. "살인 사건 때는 항상 미어터진다니까요! 안 그래요?

멀리서 오셨어요? 나는 패딩턴에서 여기까지 왔는데. 원래는 법정 나올 때는 친구하고 같이 다녀요. 그래야 자리 차지하기가 쉬우니까요. 그런데 오늘은 그 친구가 신경통 때문에 아파서 혼자 왔거든요. 그럴 가치가 있잖아요. 이 사건의 예비심문은 놓칠 수 없죠. 수사 과정도 신문으로 쭉 지켜보고 있었는데요. 오, 내가 자리를 이렇게 잘 잡았다는 걸 친구가 알면 배 아파할 거예요!"

여자는 말하면서 법정 안을 휘휘 둘러보았다. 이윽고 그 거머리 같은 눈길이 릴리안에게 들러붙었다. "아, 그 미망인이 저기 있네. 사진으로 보던 것만큼 예쁘진 않네요. 영 실망이야. 그 옆에 있는 여자들은… 엄마하고 언니인가 보구면. 남자 쪽은 누구인지 모르겠고… 오, 저건 누구죠?" 그녀가 출입문 쪽으로 주의를 돌리며 물었다. 문이 열리고 새로운 사람 세 명이 입장하고 있었다.

그들은 레너드의 아버지, 테드 삼촌, 그리고 형 더글러스였다. 그들이 주변 시선을 의식하는 듯 불편한 기색으로 걸어 들어오자, 법정 관계자가 그들에게 앉을 자리를 안내해주었다. "이 자리 말인가요?" 왁자지껄한 와중에 더글러스가 그렇게 묻는 목소리가 언뜻 들렸다. 그 순간 프랜시스는 또 한 번 소름이 끼쳤다. 역시 레너드의 목소리와 너무나 비슷했다.

프랜시스는 반사적으로 릴리안을 돌아보았다. 릴리안 역시 바버가 사람들을 지켜보고 있었다. 장례식 이후로 두 가문이 만나는 건 이번이 처음일 터였다. 잠시간 그들 모두가 서로와 시선을 주고받았다. 베라는 화가 머리끝까지 치민 얼굴이었고, 바이니 부인과 로이드는 낯빛이 벌겋게 달아올랐지만, 릴리안만은 그저 민망하고 침울한 표정이었다. 그러자 바버가의 남자 셋이 자기들끼리 조용히 이야기를 나누더니, 레너드의 아버지가 일어나서 북적이는 장의자들을 둘러 릴리안쪽으로 다가갔다. 가는 길에 그는 모자를 벗고 모래 빛깔 머리를 드러냈다. 릴리안과 바버 씨는 두런두런 이야기를 나누고 서로 고개를 끄덕였고, 마침내 릴리안이 먼저 그에게 장갑 낀 손을 내밀었다. 바버 씨는 그 손을 맞잡았고, 둘 사이에 몇 마디 대화가 더 오고 갔다.

자기 자리로 돌아가던 바버 씨는 히디 순경이 새로운 사람을 데리고 들어오는 동안 잠깐 멈춰서 길을 비켜주었다. 이번에 들어온 사람은 축 처진 갈색 코트와 모자를 걸친, 가냘프고 처량해 보이는 여자였다. 그녀는 순경이 가리켜준 곳으로 걸어가면서 갈팡질팡 주위를 둘러보더니, 바버 씨가 자기 앞을 지나가자 얼떨떨하게 고개를 들어 미안한 표정을 지었다. 그런데 바버 씨의 태도가 아까와 사뭇 달랐다. 그의 뺨이 벌겋게 달아올라 있었다. 그가 자기 형제와 아들 곁으로 돌아가서 뭐라고 투덜거리자, 두 남자는 노골적인 눈초리로 그 여자를 뜯어보았다. 다른 사람들도 모두 그녀를 주시하고 있었다. 프랜시스의 옆자리에 있는 타탄 코트 차림의 여자는 아예 우리에 갇힌 원숭이를 보는 듯한 눈빛이었다. 그녀가 프랜시스의 멍한 표정을 눈치채고는 알려주었다. "어머, 누군지 몰라요? 워드 부인이잖아요. 살인범이라는 애의 엄마 말예요!"

프랜시스는 그 여자의 조그맣고 주눅 든 모습을 돌아보고, 수치심에 시선을 떨구었다.

곧이어 치안판사가 입정했다. 그가 착석하는 동안 법정 안의 사람들은 전부 일어서야 했고, 저마다 기대감에 찬 극장 관객들처럼 헛기침을 하고 부스럭거리고 자세를 고치면서 자리에 앉았다. 반면 서류 앞부분을 훑어보는 치안판사의 태도는 초연하기만 했다. 하기야 그에게 이 예비심문은 기나긴 하루 업무의 시작일 뿐일 터였다. 이 사건이 끝나면 다음 사건으로 넘어갈 테고, 이 범죄 저 범죄 처리하면서 중간에 티타임도 가질 거라고 생각하니 프랜시스는 아연해졌다. 그래도 살인 사건은 살인 사건인지라, 법정 관리원이 피의자를 입정시키라고 명하자 치안판사조차도 흥미를 느끼는 듯했다. 한편 방청석은 잠잠해졌다. 그 순간 기온이 뚝 떨어지듯 장내에 으슥한 정적이 감돌았다. 이윽고 법정의 옆문이 열리고, 히스 경사가 스펜서 워드라는 소년을 데리고 들어와 피의자석으로 이끌었다.

프랜시스는 무엇보다도 급격한 실망이 앞섰다. 자신이 정확히 뭘 기대했는지는 모르겠지만, 아무튼 그 소년은 왜소했고 밋밋한 인상으로만 보였다. 평범하게 포마드를 발라 넘긴 평범한 갈색 머리, 평범한 푸른색 기성복 정장, 그 나이대 청년들이 흔히 하고 다니는 요란한 넥타이까지도 평범했다. 여윈 얼굴에 광대뼈가 불거졌고, 턱이 좁고 치아가 밀집되어서 레너드의 하관과 약간 비슷했다. 하지만 턱이 연약해 보이는 점은 레너드와 달랐고, 전체적으로 봐도 레너드 특유의 생기와 톡 쏘는 활력이라고는 전혀 없었다. 히스 경사의 팔꿈치를 잡고서 법정을 가로질러 피의자석의 짧은 계단을 올라가는 그는 구부정한 자세로 어슬렁어슬렁 움직이고 있었다. 그뿐만이 아니었다. 태평스럽게 히죽히죽 웃고 있었다. 프랜시스는 자기 눈을 믿을 수가 없었다. 그는 심지어 껌을 씹고 있는 것 같았다. 어머니를 찾는 기미도 없었고, 그보다는 방청석에 있는 친구들의 얼굴부터 알아보는 듯했다. 그는 피의자석 난간 너머로 몸을 내밀어 친구들에게 뭐라고 질문을 하더니, 그들의 대답에 의문을 표하는 듯 윗입술을 까뒤집어 형편없는 상태인 치아를 벌쭉 드러냈다.

히스 경사가 소년의 팔꿈치를 붙잡고 일으켜세웠다. 그러자 그는 또 히죽 웃었다. 서기가 그에게 타워브리지 거리의 빅토리 연립에 사는 윌리엄 스펜서 워드가 맞느냐고 묻는 동안에도 그는 계속 히죽거렸고, 맞다고 대답하면서는 킬킬거렸다. 자신의 죄명이 언급되었을 때는 아무 반응도 없었다. 프랜시스는 그가 결백하다고 항의할 줄 알았는데, 스펜서는 다만 한 발에서 다른 쪽 발로 체중을 옮겨 실으면서 두 손을 바지 주머니에 꽂아 넣고 껌을 더 힘차게 씹어댈 뿐이었다. 이제 보니 그의 목이 어린아이 같았다. 목덜미가 가늘고 하얗고 말랑말랑해 보였다. 재킷 어깨심 밑으로 툭 튀어나온 어깨뼈는 얇은 철판 두 장처럼 날카로워 보였다.

프랜시스는 스펜서 워드에게서 동정하거나 좋아할 만한 구석을 찾으려 안간힘을 썼지만 쉽지 않았다. 그런데 한편으로는, 저런 아이가 살인을 저질렀다고 진지하게 믿을 사람은 아무도 없을 것 같기도 했다. 저 애는 너무나 어리고, 미약하고, 허세로 가득했다. 그런데 주위의 다른 사람들은 하나같이 질겁한 채 넋을 빼고 스펜서를 쳐다보고 있었다. 바버가의 남자 셋은 발끈했고, 레너드의 형은 몸을 앞으로 내밀고서 살기등등한 시선을 그에게 고정했다.

치안판사가 기소자 측 주장을 요청하자 켐프 경위가 자리에서 일어났다. 겨드랑이에 서류철을 끼고서 민첩하게 증인석으로 걸어 올라간 그는 서기에게서 성경책을 건네받고 선서를 했다. 그리고 자신이 런던 경찰국 P 지서의 범죄수사과 로널드 켐프 경위이며, 레너드 아서 바버의 살인 사건 수사를 지휘하고 있다고 소개했다. "저는 이제부터 피의자 스펜서 워드를 공판에 회부할 근거가 된다고 판단되는 참고인 진술서들을 치안판사님께 낭독하고자 합니다."

그는 레너드의 사망 경위 및 시신 발견에 관련된 내용부터 시작했다. 현장에 처음 도착했던 경찰들인 하디 순경과 에반스 순경의 보고서를 읽고, 다음으로는 릴리안과 레이 부인과 프랜시스의 진술 조서로 넘어갔다. 프랜시스는 낯이 뜨거워져서 그 부분의 낭독이 끝날 때까지 고개를 들지 못했다. 부끄러워할 일이 얼마나 많은데 겨우 이런 걸로 얼굴을 붉히다니! 하지만 자신이 했던 말이, 즉 거짓말이, 남들 앞에서 이렇게 공개적으로 읽히는 걸 듣고 있으니 기이하고도 불편한 느낌이었다. 뿐만 아니라 경위가 그걸 낭독하는 어조가 더없이 침착하다는 것도, 그가 프랜시스의 진술과 더불어 릴리안의 진술까지도 빠르게 읽고 넘어가버리는 것도 기이하게 느껴졌다. 경위는 뒷길에서 드잡이가 벌어지는 기척을 들었던 커플의 증언마저도 획획 지나치듯 읽어버리고, 시신 부검 보고서의 골자를 짚은 뒤, 헛기침을 하고, 물을 한 모금 마시고, 서류철에서 다음 문서를 꺼냈다. 그가 가장 핵심적이라고 생각하는 내용은 이제부터야 시작인 모양이었다. 경위가 말하기를, 이번에 낭독할 것은 찰스 프라이스 위스머스의 진술서라고 했다. 이것은 위스머스 씨가 경찰에 했던 두 번째 증언으로, 이전의 허위 증언을 철회하고 대체한 것이라는 말도 덧붙였다.

장내가 기대감으로 술렁거렸다. 사람들은 계속되는 낭독에 약간 지루해하던 참이었다. 여기 들어와 앉은 지 이십 분째였고 실내 공기는 점점 답답해지고 있는데, 지금껏 경위는 그들이 「뉴스 오브 더 월드」에서 이미 읽은 이야기밖에 하지 않았으니 그럴 법도 했다. 하지만 이제는 모두가 정신을 차렸다. 레너드의 형은 피의자석에 있는 소년에게서 독기 어린 시선을 거두었고, 그의 아버지와 삼촌은 긴장하는 눈치였다. 그때에야 비로소 프랜시스는 바버가 주위에 앉은 남자들의 면면을 둘러보고 찰리가 여기에 없다는 사실을 깨달았다. 너무 창피해서 올 수 없었던 것이리라. 아니면 경찰이 어딘가에 구금해뒀나?

빌어먹을, 이게 무슨 난장판인지!

그런데 켐프 경위가 낭독을 시작하자, 프랜시스는 찰리가 왜 나오지 못했는지 이해할 수 있었다.

찰리의 진술은 지난여름 그와 레너드가 홀본의 한 술집에서 두 여성을 알게 된 계기부터 설명하고 있었다. 두 여성이란 통상 '빌리'라는 이름으로 알려진 메이블 그레이 양과, 그 언니인 킹 부인이었다. "저는 킹 부인이 결혼했다는 것을 알고 있었습니다." 캠프 경위는 특유의 덤덤하고 무미건조한 투로 읽어나갔다. "그녀는 자신과 남편의 사이가 좋지 않으며, 서로가 각자의 방식대로 지내기로 합의한 상태라고 했습니다. 저는 약혼녀가 있다는 말은 하지 않았습니다. 중요하지 않다고 생각했기 때문입니다. 한편 바버 씨는 그레이 양에게 자신이 유부남이라고 밝혔고, 저는 그 대화를 옆에서 들었습니다. 그는 자신과 자신의 아내 역시 킹 부인과 그녀의 남편과 비슷한 협의를 했으며, 그러한 협의가 좋은 아이디어라고 생각한다고 말하기도 했습니다."

프랜시스는 도저히 주체하지 못하고 릴리안 쪽에 눈길을 던졌다. 릴리안은 머리를 숙인 채 앉아 있었다. 약간 상기되었을 뿐 완전히 무표정한 얼굴이었다.

"바버 씨와 저는 올해 6월부터 9월까지, 네 달에 걸쳐 그레이 양과 킹 부인을 만났습니다. 일주일에 한두 번, 주로 술집에서 어울리거나 그런 공원에서 산책을 했습니다. 우리는 그들에게 장신구나 여성 의류와 같은 선물도 몇 차례 했습니다."

"올해 7월 1일 토요일, 바버 씨와 저는 그레이 양, 킹 부인과 함께 소호의 피터 거리에 있는 허니비 나이트클럽에서 저녁을 보냈습니다. 여기서 두 남성이 위협적인 태도로 우리에게 접근했습니다. 한 명은 킹 부인의 남편인 앨프리드 킹, 한 명은 그레이 양의 약혼남인 스펜서 워드라고 밝혔습니다. 저는 그레이 양이 약혼자의 존재를 언급하는 것을 들은 적이 없었습니다만, 워드 씨와 그녀가 잘 아는 사이라는 인상을 받았습니다. 두 남성은 바버 씨와 저에게 시비를 걸었고, 언쟁이 잇따랐습니다. 그래서 바버 씨와 저는 허니비 나이트클럽을 떠나는 것이 낫겠다고 판단하고 캠버웰 그린으로 함께 이동했습니다. 거기서 바버 씨는 챔피언 힐의 집으로 돌아가고, 저는 제 약혼녀 엘리자베스 닉슨 양을 만나러 페컴으로 갔습니다. 그날 밤 저는 스펜서 워드를 다시 만나지 못했습니다만, 다음번에 바버 씨를 만났을 때 그는 얼굴에 부상을 입은 상태였고, 그날 챔피언 힐까지 자신을 따라왔던 워드 씨에게 폭행당했다고 말했습니다. 폭행 당시 워드 씨는 바버 씨에게 그레이 양에게서 물러나지 않으면 후회할 것이라고 경고했다고 합니다. 제가 바버 씨를 통해 전해 들은 그의 발언은 대략, '빌리에게서 떨어지지 않으면 후회하게 만들어주겠어. 네 염병할 머리를 날려버릴거야.'였습니다. '염병할'이라고 했는지 더 거친 표현을 썼는지는 모르겠지만…" 이 부분에서 피의자석에 있던 소년이 코웃음을 터뜨리는 바람에 경위는 잠깐 멈췄다. "… 어쨌든 바버 씨의 이야기에 따르면, 워드 씨가 그의 머리를 날리겠다고 말한 것까지는 분명합니다."

"이 사건 이후에도 저는 킹 부인과 교제를 계속했습니다만, 이전보다는 만나는 일이 뜸해졌습니다. 반면 바버 씨는 그레이 양과 자주 만났습니다. 그녀와 저녁 시간을 보내기 위해 아내에게는 저를 만난다고 말해뒀던 적도 몇 번 있었던 것으로 압니다. 두 사람이 친밀한 관계를 유지했다는 것은 확실히 알고 있습니다. 여기서 말하는 '친밀한 관계'란 그들이 보통 부부 간에 하는 일을 했다는 것을 의미합니다. 제가 이 사실을 아는 까닭은, 바버 씨와 그레이 양이 가끔 털스 힐에 있는 제 집에서 밀회를 가졌고, 그러고 나면 집 안에 특정한 흔적이 남아 있었기 때문입니다. 저는 그들의 내연 관계가 우려스러웠습니다. 워드 씨가 바버 씨에게 했던 경고 때문에, 저는 워드 씨가 위험한 사람이라고 생각했습니다."

경위는 물을 한 모금 마시고, 헛기침을 하고는 다음 장을 넘겼다. 그리고 완곡하고 점잔 빼는 어투로 적혀 있는 그 기나긴 진술을 다시 읽어나갔다.

"올해 9월 15일 금요일 저녁은, 바버 씨가 그레이 양과 만나기로 약속해놓고 아내에게는 저를 만날 예정이라고 말해둔 날이었습니다. 정작 저는 그날 저녁 바버 씨를 한 번도 보지 못했습니다. 저는 그때 킹 부인과 이슬링턴의 임프레스 영화관에서 시간을 보냈습니다. 그리고 다음 날 P 지서의 히스 경사가 저희 집에 찾아와 바버 씨의 부음을 전하고, 전날 밤 제가 어디에서 무엇을 했는지 물었습니다. 그 즉시 저는 바버 씨가 워드 씨에게 살해당했다고 추정했습니다만, 경찰에게 제 추측을 밝히지는 않았습니다. 그러면 저와 킹 부인의 관계가 드러나 그녀의 남편 귀에 들어갈까 봐 우려되었기 때문입니다. 또한 그러한 폭로가 제 약혼녀 닉슨 양, 바버 씨의 아내, 그레이 양에게 미칠 파장이 두려웠습니다. 그래서 저는 그날 저녁 바버 씨와 함께 시티에서 술을 마셨으며 열 시에 블랙프라이어스 전차 정거장에서 그를 마지막으로 보았노라고 의도적으로 거짓 증언을 했습니다. 이후 열흘 동안 제 진술을 철회할 기회가 여러 번 있었지만 그렇게 하지 않았던 점, 진심으로 후회하고 있습니다."

여기서 경위는 말을 멈추고 서류철을 정리했다. 잠시 좌중이 웅성거렸고, 법정 기록원들과 신문기자들이 맹렬히 속기를 하느라고 펜이 종이 위를 사각사각 스치는 소리가 울려 퍼졌다.

프랜시스는 허공을 빤히 노려보며, 찰리의 진술에서 드러난 추저분한 진실들과 지난 몇 달간 자신이 보고 들었던 것들을 짜 맞추고 있었다. 지난여름 레너드가 야근을 한다고 귀가가 늦어졌던 나날들이 기억났다. 그가 특유의 과장스러운 투로 하품을 하면서 집에 들어왔던 날이며, 밤늦게 휘파람을 불며 들어와서는 위층으로 뛰어 올라가던 날이 기억났다. 그때마다 레너드는 사실 그 여자를 만나고 온 것이었다. 현관문에 열쇠가 꽂히는 소리에 프랜시스와 릴리안이 서로에게서 후닥닥 떨어졌던 그때마다, 레너드는 그 여자와 막 키스하고 왔던 것이다. 프랜시스는 고개를 수그리고 입가에 손을 얹었다. 얽히고 설킨 지저분한 거짓말과 불륜의 연결 고리가 이제야 처음으로 명확하게 눈에 보였다. 그녀는 자기도 모르는 사이에 이 연결 고리의 한쪽 끝에 엮여 있었고, 한가운데에는 레너드가, 그리고… 다른 쪽 맨 끝에는, 정확히 누가 있나? 바로 저 소년이 있었다! 피의자석에서 구부정한 자세로 히죽거리며, 디킨스 소설에 나오는 캐릭터처럼 불결하고 고약한 이빨을 떡하니 드러낸 저 소년! 프랜시스는 릴리안의 옆얼굴을 돌아보았다. 그 순간, 찰나의 한순간, 증오라고 부를 수밖에 없을 만큼 격한 분노가 그녀를 사로잡았다. '어떻게 네가 이럴 수 있어?' 릴리안에게 그렇게 악을 쓰고 싶었다. '어떻게 나를 이딴 일에 끌어들일 수가 있어? 이런 곳에, 이 끔찍한 방에, 추잡한 사람들과 그들이 흘리고 다닌 역겨운 찌꺼기들 사이에 나를 끌고 들어오다니!'

켐프 경위의 목소리가 다시 들려왔다. 프랜시스는 애써 그쪽으로 주의를 돌렸다. 경위는 이제 빌리 그레이라는 여자 측의 진술을 읽고 있었다. 그녀는 찰리의 증언에 담긴 골자가 사실임을 확인해주었다. 자신이 여름에 바버 씨를 자주 만났던 것도 사실이고, 친구인 스펜서 워드가 가끔 거기에 이의를 제기했던 것도 사실이며, 한번은 그 문제로 '갈등'이 일어나서 워드 씨가 자신의 이 하나를 부러뜨린 적도 있다고 진술했다. 그리고 7월 1일 밤 허니비 나이트클럽 사건 이후, 워드 씨가 영 시 삼십 분경 자신의 집에 찾아와 손마디에 생긴 멍 자국을 보여주면서 '바버 씨의 얼굴을 으깨버렸다.'고 말했다고 했다. "… 하지만 바버 씨가 사망한 당시에 워드 씨가 어디에 있었는지는 모르겠습니다. 저는 그날 저녁에 바버 씨와 약속이 있었으나, 몸이 안 좋았기 때문에 토트넘 코트 거리의 코너하우스에서 그를 만나 차와 빵과 버터만 먹고 일곱 시 삼십 분에 헤어졌습니다. 그가 죽었다는 사실은 일요일 신문을 읽고서야 알았습니다. 극심한 충격과 고통에 사로잡힌 저는 곧장 스펜서 워드를 찾아가서 항의했습니다. 그는 그 소식에 놀란 것 같지 않았으며, 바버 씨가 '진작 그렇게 얻어터졌어야 했다.'고 말했습니다."

그 대목에서 레너드의 아버지와 형이 씨근거렸고, 스펜서 워드는 또 히죽 웃음을 지었다. 그는 바지 주머니에 손을 꽂아 넣은 채 껌을 씹으면서, 발끝의 마룻널이 쪼개진 부분이 신경 쓰이는 듯 바닥을 골똘히 내려다보고 있었다.

스펜서가 고개를 든 것은 경위가 다음 진술로 넘어갔을 때였다. 그건 버몬지에서 그와 어울려 지내는 남자, 청년, 소년 들의 증언이었다. 그들이 스펜서의 친구인지 적인지는 모르겠지만, 어쨌든 지난 7월에 스펜서가 자기 약혼녀의 남자 친구를 폭행했다고 '상당히 거침없이' 자랑했으며 다음번에는 더 심한 짓도 해주겠다고 으름장을 놓더라고 네다섯 명이 진술했다. 레너드의 사망 당시 스펜서가 어디에서 뭘 하고 있었는지는 아무도 알지 못했지만, 그가 평소에 곤봉을 들고 다녔다는 사실은 전원이 보증했다.

이 시점에서 켐프 경위가 진술서에서 눈을 들더니, 제복 차림의 경찰 한 명에게 피의자를 체포할 당시 몰수한 흉기를 제출해달라고 요청했다. 그러자 경찰이 갈색 종이로 포장된 꾸러미를 가져다주었다. 그 안에서 나온 것은 뭉툭하고 거무스름한 가죽 곤봉으로, 머리 부분은 둥그스름하고 손잡이 끝으로 갈수록 점점 가늘어지는 형태였다. 법정 관계자들은 그 흉측한 물건을 별 감흥 없이 바라보았다. 반면 프랜시스의 옆자리에 앉은 타탄 코트 차림의 여자는 더 잘 보려고 목을 길게 뺐고, 기자들은 필기를 멈췄으며, 심지어 스펜서 워드도 제대로 주의를 집중했다. 청중의 이목이 모인 것을 확인한 경위는 곤봉을 높이 들어 올리더니 증인석의 난간을 힘껏 내리쳤다. 탕 하는 요란한 소음이 울려 퍼졌다. 경위는 곤봉의 머리 부분이 탄환으로 채워져 더 무겁게 강화되어 있더라고 치안판사에게 설명했다. 그리고 표면에 핏자국으로 보이는 흔적도 남아 있었는데, 그건 내무부의 연구소에서 현재 분석하는 중이라고 했다.

경위가 곤봉을 종이로 도로 감싸서 순경에게 돌려주었다. 프랜시스가 레너드의 아버지 쪽을 돌아보니, 그는 품에서 손수건을 찾아 꺼내고서 얼굴을 가리고 있었다.

이후에는 마지막 진술이 낭독되었다. 스펜서 워드 본인의 진술이었다. 하지만 단지 형식적인 절차로 취급되는 분위기였다. 프랜시스가 생각하기에는 그 증언이야말로 유일하게 거짓이 들어 있지 않은, 모두가 관심을 집중해야 마땅한 문건일 텐데, 경위가 내보였던 곤봉 때문에 좌중의 주의가 흩어져버렸다. 그녀 뒷자리에 앉은 사람들은 아예 대놓고 떠들고 있었다. 프랜시스가 뒤를 돌아보고 눈을 부라렸더니, 그들은 되레 그녀를 마주 노려보고는 계속 떠들었다. 하다못해 진술서를 읽는 켐프 경위조차 의례적인 태도였다. 스펜서 워드는 7월 1일 레너드 바버를 폭행한 혐의를 인정했으며, 머리를 날려버리겠다고 위협한 기억은 없지만 그랬을 수도 있다고 수긍했다. 그러나 살인 혐의는 강경히 부인하고 있었다. 곤봉은 자신이 사는 건물에 서식하는 쥐와 바퀴벌레를 죽이려는 용도로 구했던 것이고, 자기방어를 위해 소지하고 다녔을 뿐 싸움에 쓴 적은 한 번도 없으며, 하물며 9월 15일에 바버 씨에게 그 무기를 사용한 적은 전혀 없다고 그는 진술했다. 그날 저녁에 자신이 뭘 했는지는 똑똑히 기억한다며, 심한 두통 때문에 집에서 어머니와 함께 있다가 일찍 잠들었다는 게 스펜서의 주장이었다.

어이없게도, 그게 끝이었다. 증인 신청도 없고, 피의자 측 변호도 없었다. 경위는 낭독을 마치고 서류철을 덮었고, 시기와 기사들은 쓸기를 조금 더 했다. 그리고 치안판사가 스펜서를 돌아보고는, 현재 그에게 변호인이 없으므로 스스로 켐프 경위를 반대 심문할 자유가 있는데 그렇게 하겠느냐고 물었다.

소년은 말뜻을 이해하지 못하는 듯 멍한 눈빛으로 쳐다보았다. 그러자 치안판사가 조급한 투로 말했다.

"당신은 심각한 범죄 혐의로 기소되었습니다, 워드 씨. 자신을 변호하기 위해 법정에 할 말이 있습니까?"

스펜서는 자신에게 쏠린 사람들의 눈길을 훑어보고는 히죽거렸다. "아, 네. 저는 죽이지 않았어요. 하지만 범인 녀석하고 악수는 하고 싶네요!"

방청석에 있던 그의 친구들이 폭소를 터뜨렸다. 레너드의 아버지, 삼촌, 형은 분통을 터뜨렸다. 프랜시스는 심장이 덜컥 내려앉았다.

치안판사는 무덤덤하게 켐프 경위를 돌아보았다. "피의자를 칠 일간 재구금하기에 충분한 증거가 있다고 판단됩니다. 그 기간 안으로는 연구소 측의 감식 결과를 받을 수 있겠지요? 더불어 워드 씨가 변호인을 선임하기에도 충분한 시간이리라 생각합니다. 이제 피의자를 브릭스턴 교도소로 송치하십시오. 웰스 씨…."

치안판사가 어떤 공무원을 불러서 지시를 내리고, 히스 경사가 스펜서를 피의자석에서 데리고 나갔다. 밖으로 나가려는 사람들이 자리에서 일어서는 한편, 어떤 사람들은 그들의 빈자리를 차지하려고 미적거렸다. "신속히 퇴정해주십시오!" 관리원이 손을 내저으며 외쳤다. 그로서는 이 법정에 남은 하루의 일정을 어서 진행시켜야 할 따름이리라.

프랜시스도 일어나서 법정을 가로질러 걸어갔다. 거의 망연한 기분이었다. 오늘 이 자리에서 무언가 담판이 날 줄 알았다. 좋은 쪽으로든 나쁜 쪽으로든 모든 게 결착 지어질 줄 알았다.

로비로 나가는 문 앞에서 월워스 일행과 마주쳤다. 그들은 이제 프랜시스를 자기들 틈에 끼워주었다. 문밖으로 나가면서 보니 바이니 부인과 베라의 얼굴이 불그레했고, 로이드는 숫제 노발대발했다.

"빌어먹을 쪼끄만 인간쓰레기 같으니! 험한 소릴 해서 죄송합니다, 레이 양. 하지만 정말 그렇지 않나요? 저런 놈은 매를 직사하게 때려줘야 합니다. 말채찍으로 말입니다! 프랑스에서 죽은 내 전우들을 생각하면, 저런 새끼들이… 아, 바버 씨."

어느새 레너드의 아버지와 더글러스, 테드 삼촌이 로이드의 뒤에 서 있었다. 그들은 다른 사람들이 문을 지나다닐 수 있도록 다 같이 한편으로 비켜섰다. 로이드가 바버 씨에게 말을 이었다.

"그 녀석을 말채찍으로 쳐야 한다는 이야기를 하던 참이었습니다! 주머니에 손 꽂고 껌이나 짝짝 씹어대면서 히죽거리는 꼴이라니. 히스 경사가 확 패주고 싶어서 꿈틀거리는 게 눈에 다 보입디다. 안 그래요? 저도 제 손으로 패주고 싶더구먼요."

바버 씨는 손수건으로 눈물을 훔치느라 아무 대답도 하지 못했다. 대신 더글러스가 나서서 레너드와 꼭 닮은 그 오싹한 음성으로 말했다.

"오, 구태여 손에 멍을 들이면서 두들겨 팰 가치도 없는 녀석입니다. 그놈은 버러지예요. 말종이라고요! 저희 어머니가 오시지 않아서 그 꼴을 못 보신 게 천만다행이죠. 그 자식 모친은 보셨어요? 그딴 놈을 세상에 내놓다니 참 장하지 않습니까? 아, 마침 저기 나오는군요."

여닫이문을 젖히고 나오는 그 조그맣고 불쌍한 여자는 아까보다 더욱 당혹스러운 표정이었다. 그들 일행과 시선이 마주치자 그녀는 머뭇거리더니, 그들이 누구인지 알아보았는지 아니면 단순히 적대감만을 알아차린 건지는 몰라도, 고개를 푹 숙이고서 몸을 돌렸다. 떠나가는 내내 그녀는 곁에 아무도 없이 혼자였다.

"오, 하느님, 그녀를 사랑해주소서." 바이니 부인이 그녀답게 연민 어린 투로 말했다.

더글러스는 침이라도 뱉을 기세였다. "사랑이라고요? 저 여자는 하느님에게서 마땅히 받아야 할 것을 받을 겁니다. 그 쪼끄만 건달 놈도 마찬가지고요. 하지만 우선은 인간 세상의 벌부터 받아야겠죠. 저한테 이런 문제를 판가름할 권한이 있다면 말이지만요."

"동감입니다." 로이드가 엄숙하게 말했다.

테드 삼촌이 끼어들었다. "적어도 앞으로 일주일은 옥살이를 하겠네. 그래 봤자 그놈에겐 고생이랄 것도 아니겠지만."

"고생이라고요?" 더글러스가 반문했다. "그놈은 평생 감옥에서 썩을 겁니다! 아까 아침에 대기실에서 그놈이 자기 친구들한테 떠벌렸다면서요? 경찰의 사건 기록부에서 자기 범죄가 가장 질이 높더라고 말입니다. 이건 에반스 순경에게서 직접 들은 이야기입니다. 그 자식에겐 도덕성이 일절 없어요. 얼굴만 봐도 뻔히 드러나잖습니까."

"저는 사실, 그 애 정신이 온전한 건가 싶던데요." 바이니 부인이 말했다.

"아, 온전하다마다요. 아주 멀쩡하죠."

프랜시스는 답답한 마음에 그들을 바라보았다. 그 소년의 태도가 순전히 허세와 거드름에 불과하다는 게 보이지 않는단 말인가? "제가 보기엔 아직 뭐가 뭔지 모르는 것 같았어요. 자기가 어떤 입장에 처했는지 잘 모르는 모양이에요."

더글러스는 코웃음을 쳤다. "7월에 제 동생을 뒤쫓았을 때부터 자기 입장은 잘 이해하고 있었죠, 레이 양. 그건 자기 입으로도 맞다고 했잖습니까? 소호에서부터 챔피언 힐까지 갔을 때 이미 자기가 가는 길이 어딘진 알고 있었던 겁니다!"

모두가 고개를 끄덕이는 가운데 베라가 꼬투리를 잡았다. "그냥 아무 생각 없었던 거겠죠. 애초에 렌이 소호에 있지 않았더라면 걔가 그 길을 알아야 할 필요도 없었을 테고요."

그 말에 더글러스가 입을 다물었다. 불편한 침묵이 흘렀다. 다들 머리를 숙이고서 릴리안을 흘끔거렸다. 릴리안은 지금껏 프랜시스의 바로 뒤에 서서 땅만 쳐다보고 있었다.

마침내 바버 씨가 손수건을 품에 집어넣으며 말했다. "제가 얼마나 미안한지 릴리안이 알아주기를 바랄 뿐입니다. 찰리의 진술에 그런 이야기가 나오는 걸 들어야 했으니…. 제가 직접 듣지 않았더라면 믿을 수 없었을 겁니다. 레너드가 그런 식으로 행동하고 다녔다니요. 무엇보다도 속상한 일입니다."

더글러스도 뻣뻣하게 덧붙였다. "맞아요. 주접스러운 짓이었어요. 렌이 무슨 생각으로 그랬는지 모르겠군요."

바이니 부인이 수긍했다. "그러게 말예요! 레니 얘기처럼 들리지도 않더라고요. 안 그래요? 찰리 얘기도 찰리 같지 않았고요. 오죽하면 저는 릴한테 물었다니까요. '저게 다 사실이라고 생각하니?'라고요. 경위님이 실제보다 더 나쁘게 꾸미신 건 아닌가 몰라요. 찰리가 해야 할 말을 경위님이 일러줬을 수도 있잖아요. 경찰들은 무지 교묘한 사람들이니까 말예요. 그리고 그 자매 말인데요⋯."

"그 여자들!" 더글러스가 불쑥 자신감을 되찾고 말했다. "면상들이나 한번 봤으면 좋겠군요! 빌리인지 메이블인지, 자기를 뭐라고 부르는진 몰라도, 그 여자한테 내가 특별히 이름을 좀 붙여주고 싶군요. 언니도 그렇고 동생도 그렇고, 그 둘이 범행에 대해 아무것도 몰랐다면 내 손에 장을 지지겠습니다!"

바이니 부인이 깜짝 놀랐다. "설마요!"

"장담합니다. 기다려보세요, 다 밝혀질 테니. 오늘 둘 다 안 나온 거 보셨죠? 우리 눈을 마주 볼 수가 없어서 그런 겁니다. 두고 보세요, 그 둘이서⋯."

더글러스는 다시금 장광설을 개시했다. 낯빛을 붉혀가며 두 여자에 대한 악담을 늘어놓는 모습을 보니, 자기 동생의 불륜 행각은 이미 잊어버린 듯했다.

프랜시스의 뒤에서 릴리안이 자세를 바꾸는 게 느껴졌다. 뒤를 돌아보니 그녀는 고개를 들고 더글러스와 그 주변 남자들을 내다보고 있었다. 로이드가 말채찍 이야기를 되풀이하는 동안 릴리안은 프랜시스에게 조용히 말을 걸었다.

"이제 다들 누군가 다른 사람을 미워하게 됐네. 그치?"

말끝에서 그녀의 얼굴에 아까와 같은 근심의 그림자가 드리워졌다. 프랜시스는 속이 메스꺼워졌다. 그랬다. 지금이 바로 그 순간이었다. 지난 월요일에 그들이 기다려보기로 했던 바로 그 순간. 이제는 더 이상 미룰 수 없는 시점에 직면한 것이다. 상의하고, 계획을 짜고, 어떤 식으로든 결단을 내려야 한다. 더글러스가 목에 핏대를 세우는 동안, 둘은 일행에게서 떨어져 걸음을 옮겼다. 단둘이 이야기할 만한 곳은 따로 없었다. 로비는 다음에 열릴 심리에 입장하려는 사람들로 북적거렸다. 하지만 다들 각자의 비상사태로 정신이 없으니, 그 틈에 서서 소곤소곤 대화를 나눌 수는 있을 터였다. 둘은 얼굴을 심하게 두들겨 맞아서 기괴한 몰골이 된 어느 추레한 행색의 여자 근처에 자리를 잡고 섰다. 그 여자는 누가 출입문을 열고 들어올 때마다 불쑥 뛰어나가다가, 자기가 기다리던 사람이 아니라는 걸 알고는 머쓱하게 물러나고 있었다.

릴리안이 힘겹게 입을 열었다. "이제 어떻게 했으면 좋겠어?"

프랜시스는 잠시 침묵하다가 대답했다. "아무것도 변하지 않았잖아. 안 그래? 나는 모든 게 달라질 줄 알았어. 심리가 이렇게 일방적으로 진행되리라고는 생각도 못 했지. 모든 게 명확하게 드러날 줄 알았는데, 명확한 건 하나도 없잖아. 그 애 어머니가 너무 안됐다는 생각은 들어. 정말이지 마음이 안 좋아. 그런데 그 애 본인은⋯."

"내가 상상했던 모습하고는 전혀 다르더라."

"그러게."

"거의⋯ 즐기는 것처럼 보였어."

둘의 시선이 마주쳤다가 슬며시 떨어졌다. 프랜시스는 말을 돌렸다. "하지만 교도소에서 일주일을 보낸다는 건⋯ 그래도 그동안 변호사는 구하겠네. 알리바이도 입증될 테고. 그 애에게 실질적으로 불리한 증거는 아무것도 없어. 풍문과 으름장만 오가고 있을 뿐."

릴리안이 그 말이 사실이기를 바라며 바라보는 시선이 느껴졌다. "그렇게 생각해?"

"나는 그냥, 설마 이게 공판까지 갈 거라는 생각이 도저히 안 들어."

"정말?"

"너도 그렇지 않아?"

릴리안은 비참하게 말했다. "내 생각이 어떤지도 이젠 잘 모르겠어. 나 자신을 믿을 수가 없어. 오늘 아침만 해도 최악의 결정을 각오했어. 정말, 진심으로, 마음의 준비를 했단 말야. 그런데 그 애를 보고 나니… 부당한 소리라는 건 알지만, 그 애가 지난번에 렌을 해쳤던 건 사실이잖아. 그리고 여자 친구는 걔한테 맞아서 이가 부러졌다시? 그런 얘기는 오늘 처음 들었어." 그때 선물의 출입문이 밖에서부터 열렸다. 릴리안은 입을 다물고, 얼굴이 묵사발이 된 여자가 문 쪽으로 달음질치다가 실망스러운 기색으로 슬금슬금 돌아오는 것을 지켜보았다.

그러더니 릴리안이 지금까지와는 사뭇 다른, 수줍은 어조로 물었다. "그… 그 여자애 말야, 어떤 애일 것 같아?"

프랜시스는 얼굴을 찌푸렸다. "여자애? 빌리?"

"나는 걔를 자꾸 상상하게 돼. 오늘 여기 올 줄 알았는데 안 왔네. 걔를 보고 마음의 정리를 하고 싶었는데. 나는 아직까지도 렌이 한 짓이 믿어지지 않거든. 그런 애랑 어떻게! 지난 몇 달 동안 쭉 만나고 있었다니, 도무지 믿기지가 않아. 자꾸만 예전 일들을 돌이켜보게 돼. 사소한 것들, 렌이 했던 말이나 행동 같은 것들 있잖아. 렌의 손톱도 걔가 관리해줬을 거야, 프랜시스."

"손톱?"

"기억나? 렌이 손톱 손질하고 다녔던 거. 그것 때문에 우리가 렌을 비웃기도 했잖아. 그런데 이제 와 생각해보니, 그 여자애가 손질해줬던 거야. 분명해. 아까 경위가 진술을 읽고 있을 때 그 생각이 들었는데, 바보가 된 기분이었어. 정말 한심한 바보. 만약 사람이 스스로가 한심해서 죽을 수도 있다면, 나는 아까 죽었을 거야."

릴리안의 목소리가 흔들리면서 입술이 일그러졌다. 하지만 일전에 베라의 침실에서 프랜시스가 그녀에게 인도 안쪽에서만 걷는다고 매섭게 비판했던 걸 떠올렸는지, 그녀는 숨을 짧게 들이쉬고 얼굴 표정을 수습했다.

"나는 경찰서에 가고 싶지 않아." 릴리안이 말했다. "네 말대로 이게 어차피 공판까지 안 가고 무효가 될 거라면 말이야. 그리고 만약 그 남자애가 그런 애가 아니었다면 또 모르겠지만, 지금껏 사흘이 지났어도 걔는 괜찮았잖아. 앞으로 일주일 더 기다려도 괜찮을 거야. 일주일은 있어보고 싶어. 그만큼 지나고 나면 비로소 확실해지지 않을까?"

프랜시스는 자신의 심장이 오그라들었다는 것도 미처 의식하지 못했는데, 릴리안의 말을 들으니 마치 주먹이 펴지듯이 심장이 느슨하게 풀어지는 느낌이 들었다. 일주일간의 자유가 더 주어진다! 별안간 찾아든 해방감에 기분이 들떴다. 그녀는 잠자코 고개만 끄덕였다. 릴리안을 차마 마주 볼 수 없었다. 다정하거나 친절한 말도 건넬 수 없었다. 수치심 때문인지, 도덕적인 결벽 때문인지 뭔지는 모르겠지만. 그러고 보면 레너드의 장례식 이후로 그녀의 손조차 만진 적 없었다. 지금 둘은 겨우 몇 센티미터쯤 떨어져 있었다. 이 거리를 좁힐 수만 있다면…. 하지만 이런 곳에서 어떻게 그럴 수 있겠는가? 게다가 릴리안은 챔피언 힐로 돌아오겠다는 말도 아직껏 하지 않았다.

결국 둘은 어색하게 침묵하며 서 있다가 일행에게로 돌아갔다.

그때 켐프 경위와 히스 경사가 로비에 나타났다. 그들은 일행에게로 건너와서 예비심문에 대해 이야기를 나누었다. 썩 만족스러운 눈치였다. 경사는 스펜서 워드가 브릭스턴 교도소로 가는 경찰차에 타는 것을 막 보고 온 참이라고 했다. "거기 사람들이 그를 잘 돌볼 테니 걱정 마십시오." 그는 레너드의 아버지에게 음산한 투로 말했다. 한편 켐프 경위는 바이니 부인의 어깨 너머로 프랜시스와 시선이 마주치자 고갯짓을 해 보이더니, 주체할 수가 없다는 듯이 사람들을 둘러서 그녀에게로 다가왔다. 아까 피의자석에서 히죽거리던 스펜서와 똑같이 히죽거리면서.

"레이 양, 결국 당신이 저보다 예리했군요."

프랜시스는 어리둥절했다. "무슨 말씀이세요?"

"지난주에 저하고 이야기할 때, 남편들에 대해 부정적인 견해를 밝히시지 않았습니까? 위스머스 씨가 결백하다는 주장도 레이 양이 옳았고요. 이제는 비로소 흡족하시겠습니다."

물론 별 뜻 없이 가볍게 하는 말이었다. 그러나 프랜시스는 진솔하게 응수했다. "아뇨, 흡족하지 않아요."

경위의 웃음이 흔들렸다. "그러십니까?"

"그 소년은 순전히 으스대고 있을 뿐이에요. 모르시겠어요?"

"녀석은 구제 불능의 악당입니다! 버몬지 경찰들도 몇 년째 예의 주시하고 있었는데요."

"그는 레너드 바버를 살해하지 않았어요. 단지 남들이 그렇게 봐주는 걸 즐기고 있는 거예요."

경위가 머리를 설레설레 흔들었다. "오, 레이 양. 당신은 정말 엉뚱한 여자로군요."

"그 애는 범인이 아니에요. 경위님은 실수하시는 겁니다."

프랜시스의 어조가 심상치 않았던 모양이었다. 무언가 부적절한, 도를 지나친 말로 들렸을 것이다. 경위는 다시 미소를 지었지만 아까처럼 자연스럽지는 못했다. 내심 언짢아 보였고, 심지어는 프랜시스에게 약간 실망한 눈치였다. 이제 보니 단순한 괴짜였을 뿐이라고 그녀를 평가 절하하는 티가 빤했다. 경위는 그녀의 말을 명심하겠다고 너스레를 떨었지만, 그러면서도 히스 경사에게 이만 떠나자고 손짓하고 있었다. 물론 그들은 바쁜 사람들이다. 이제 그 바쁜 업무에 프랜시스는 포함되지 않는 것이다. 릴리안조차도 포함되지 않았다. 경위는 일행에게 작별 인사를 하면서 주로 더글러스와 로이드를 상대로 말했고, '가족분들에게 계속 소식을 전하겠다'는 약속을 남기고 경사와 함께 발길을 돌렸다.

프랜시스는 멀어져가는 두 경찰의 뒷모습을 지켜보며 생각했다. '나는 당신들을 불러 세워서 기함하게 만들어줄 수 있어. 지금 당장 그렇게 해줄 수도 있어⋯.'

그 생각은 생각으로 그쳤다. 프랜시스는 그들이 법원 내의 어딘가 다른 구역으로 들어가 사라지는 것을 지켜보기만 했다. 경찰들이 지나가던 길에는, 얼굴이 묵사발이 된 여자가 여전히 희망에 차서 문 쪽으로 뛰어나가려다 실망하면서 물러서기를 반복하고 있었다.

프랜시스와 릴리안의 일행도 그곳을 떠날 때가 되었다. 그들은 법원 밖에 몰려 있을 군중을 대면할 준비를 단단히 갖췄다. 베라는 로이드의 팔짱을 끼고, 프랜시스는 바이니 부인에게 팔을 내주고, 가장 심한 타격을 받을 릴리안을 보호하기 위해 그녀를 네 사람 가운데에 끼웠다. 그런데 막상 출입문 밖으로 나가보니, 군중은 그들의 모습을 보려고 열심이기는 했지만 여느 때와 분위기가 달랐다. 인파의 한쪽 끝에 있던 사람들이 술렁거리고 있었다. 이윽고 그 술렁임이 군중 전체로 번지더니, 사람들이 릴리안 일행을 외면하고는 그쪽을 향해 움직여나갔다. 프랜시스는 잠시 뒤에야 그 까닭을 이해했다. 법원의 후문 같은 곳을 통해 경찰차가 나오고 있었던 것이다. 다들 그 안에 탄 소년을 보려고 난리 법석이었다. 어떤 젊은이 둘은 블라인드가 쳐진 차창 안을 들여다보려고 팔짝팔짝 뛰었고, 또 어떤 사람들은 차체를 주먹으로 쾅쾅 때렸다. 야유하는 건지, 환호하는 건지 모를 노릇이었다. 사실 그녀는 어느 쪽이든 개의치 않았다. 자신이 당하는 것만 아니라면.

16

한 주가 흘러가는 동안 프랜시스는 착잡한 심경을 떨치지 못했다. 아침에 잠에서 깨어 침대에 누워 있으면, 앞으로 자신이 누릴 자유의 나날이 실감되어 안도감으로 마음이 들떴다. 하지만 그러다가도 억지로 몸을 일으키고, 옷을 갈아입고, 언덕 아래의 신문 가판대에 들르지 않을 수 없었다. 단 하루라도 스펜서 워드를 생각하지 않고 넘어가면 안 될 것 같았다. 자신이 단 하루라도 그를 염려하고 주목하지 않는다면, 그는 틀림없이 사라져버릴 거라는 생각이 들었다. 마치 스펜서가 무슨 기계에 끼어버렸는데 프랜시스만이 그 모습을 볼 수 있는 것 같았다. 그가 톱니바퀴 사이로 갈려 들어가지 않도록 옷깃을 붙잡고서 혼자 아득바득 끌어당기고 있는 것만 같았다.

그러나 스펜서는 나날이 프랜시스의 손아귀에서 조금씩 빠져나가는 듯했다.

예비심문 다음 날에 발행된 신문 두세 종은 '다음번에는 더 심한 짓도 해주겠다'라는 문구를 헤드라인으로 내걸었다. '피의자석의 미소',

'진작 얻어터졌어야 했다'라고 적어놓은 신문들도 있었다. 스펜서가 경찰차로 끌려 들어갈 때 찍힌 사진들도 실렸다. 한 사진에서는 카메라를 향해 그 처참한 이빨을 한가득 드러내고서 헤벌쭉 웃는 모습이었다. 또 다른 사진 속에서는 쫙 펼쳐든 손으로 자기 얼굴을 가리고 있었는데, 미국 범죄 영화에 나오는 포즈를 보고 따라 하는 걸로밖에 보이지 않았다. 일요일자 신문들에는 버몬지에 사는 이웃들의 음울한 증언이 잇따랐다. 그들의 말에 따르면 스펜서 워드는 어렸을 때부터 말썽이 심하더니 전쟁 때부터 그예 '탈선해버렸다'고 했다. 자동차를 훔쳐서 스트리섬 공원에서 전복시킨 적도 있고, 식량 배급표 밀매에 손을 대기도 했으며, 좀도둑질도 서슴없이 하고 다녔다는 것이었다. 한편 기차역 짐꾼으로 일하는 그의 삼촌은 「뉴스 오브 더 월드」를 통해 양해를 구하는 인터뷰를 게재했다. "스펜서에게 진짜 악의는 없습니다. 그 아이는 환경의 피해자입니다. 어렸을 때는 마음씨가 고운 아이였는데, 누브 샤펠*에서 아버지가 전사한 이후로 성격이 변했어요. 작년에는 그래도 아이가 좀 안정되는가 싶었는데, 빌리 그레이 양을 만나고부터 완전히 눈이 뒤집히더군요. 그녀는 스펜서가 자신과 약혼한 사이라고 믿게끔 유도했고, 제가 알기로는 약혼반지도 받았을 겁니다. 그런데 레너드 바버 씨를 만나고 나자 이야기가 달라졌지요." 그는 이렇게 말을 맺었다. "저는 제 조카가 이렇게 야비한 범죄를 저지를 수 있는 아이가 아니라고 봅니다. 그레이 양이 어째서 이 범죄의 책임을 그 애에게 전가하려고 그토록 열심인지가 궁금할 따름입니다. 저는 제가 우려하는 바를 런던 경찰국에 서신으로 전달했고, 답변을 기다리고 있습니다."

* 1915년 제1차 세계대전에서 영국군이 참패했던 프랑스의 교전지.

이 인터뷰를 읽고 프랜시스의 불안감은 새로운 방향으로 치달았다. 예전에 더글러스가 빌리 그레이와 그 언니도 살인에 연루됐을 거라고 이야기했던 게 기억났다. 이제는 이 자매까지도 비난의 표적이 되는 건가! 신문들에 빌리의 사진도 실리기 시작하자, 프랜시스는 릴리언의 사진이 실렸을 때 그랬듯이 자기도 모르게 골똘히 뜯어보게 되었다. 빌리는 평범한 얼굴에 천박하게 멋을 부린 소녀였다. 머리는 금발로 염색하고, 입술과 속눈썹을 짙게 칠하고, 눈썹은 가느다란 아치 모양으로 다듬었다. 「익스프레스」는 그녀를 '버몬지의 팜므파탈'이라며 악의적으로 묘사했고, 여타 신문들도 모두 비슷한 논조로 그녀와 레너드의 관계를 언급했다. '털스 힐의 밀회'라니, 그들이 만났던 장소가 남부 런던이라는 점 때문에 그 사건이 더욱 저질스럽기라도 하다는 투였다.* 하지만 정말이지, 아아, 추잡하긴 추잡했다! 레너드는 대체 무슨 생각이었던 것인가? 빌리라는 소녀의 얼굴을 들여다보고 있으니, 언젠가 별이 빛나던 밤 정원에서 레너드와 대화했던 장면이 떠올랐다. 그러자 마음이 아릿해졌다. 레너드가 이런 비밀을 감추고 있었다는 데에, 그가 실은 자신보다 더 심한 거짓말쟁이였다는 데에 묘한 배신감이 들었다.

"오, 그 신문들 좀 치우렴!" 어머니가 부엌 식탁에 신문들을 펼쳐놓은 프랜시스를 보고 말했다. "도대체 왜 그것들을 부득부득 챙겨 읽는지 모르겠구나. 그렇게 곱씹어봐야 무슨 소용이니? 신경을 끊으렴. 그래야 마음이 편안해지지."

"어떻게 신경을 끊어요?" 프랜시스는 발끈해서 대꾸했다. 내심은 그녀도 신경을 끊고 싶은 마음이 간절했기에 더더욱 분이 치밀었다.

* 털스 힐을 비롯한 런던 남부 지역에는 중상류층이 주로 거주했다.

"그 애는 감옥에서 온갖 압박감에 시달리고 있을 텐데 제가 어떻게 마음이 편안할 수가 있겠어요?"

"어차피 우리 손을 떠난 문제잖니. 이 사건을 올드 베일리까지 계속 쫓아갈 셈이야?"

프랜시스는 신문을 접으면서 고집스럽게 우겼다. "이 사건은 거기까지 올라가지도 못하고 기각될 거예요."

"그게 무슨 뜻이니? 왜 그런 말을 하는 거야? 우리로서는 공판이 열리기를 바라야 하는 것 아니니? 바버 씨의 가족을 위해서 말이다."

"증거가 없으면 공판도 못 열려요."

"오, 프랜시스. 너는 어쩜 이렇게 제멋대로니! 물론 그 소년이 측은하다만은…." 어머니가 세심하게 말을 골랐다. "글쎄다, 내가 보고 읽은 바로는, 몹시 험악한 부류인 모양이던데."

"깡패죠." 프랜시스는 직설적으로 받아쳤다. "하지만 그 애를 깡패로 만든 게 누군데요? 우리 모두예요. 전쟁, 가난, 이런 신문들, 폭력 영화들 말예요! 스펜서는 사람을 죽이는 게 자랑거리인 세상에서 자랐다고요. 그게 그 애 탓인가요? 몇 년 전만 해도 나라에서 사람 죽인 공로를 치하하는 훈장까지 나눠줬는데요. 그리고 걔가 설령 런던 최고의 깡패라 해도, 그게 곧 레너드를 죽인 살인자라는 뜻은 아니죠."

"그 애가 아니면 누구란 말이야?" 어머니가 당혹스러워하며 되물었다.

그건 대답할 수 없는 질문이었다. 아니, 대답을 할 수는 있겠지만, 그러려면 작정하고 마음을 굳게 먹어야만 했다. 다시금 마음속에서 공포가 들썩거렸다. 프랜시스는 신문들을 눈앞에서 치워버렸다.

릴리안과 충분히 시간을 들여 상의할 수만 있다면 좋을 텐데. 릴리안이 이 저택으로 오기만 한다면…. 그러나 며칠이 지나도록 그녀는 감감무소식이었다. 프랜시스는 그녀가 보고 싶어졌다. 예전과 같은 순수한 갈망이 고개를 들었다.

결국은 그 갈망에 굴복하고 월워스 거리로 터덜터덜 찾아갔지만, 도착하자마자 후회하고 말았다. 그날은 하필 바이니 씨가 일을 쉬는 날이었다. 프랜시스가 들이닥쳤을 때 그는 부엌에서 셔츠 마림으로 튀긴 빵과 베이컨을 먹고 있었다. 학교에서 막 돌아온 바이올렛은 놀이터에서 뛰어놀던 씩씩한 기세 그대로, 프랜시스에게 "왜 우리 집에 계속 와요?"라고 큰 소리로 물었다. 식구들은 바이올렛을 호되게 야단쳤지만, 그 격한 반응을 보니 다들 같은 의문을 품고 있는 게 분명했다. 프랜시스 자신도 의문스러웠다. 릴리안에 대한 갈망은 막상 그녀를 보자마자 사라져버렸다. 릴리안은 프랜시스를 거실로 데려가서 문을 닫았지만, 기껏 단둘이 있게 되었는데도 치안판사 법원에서 만났을 때와 다를 게 없었다. 지난번에 내린 결정 이상으로 할 이야기가 딱히 없었다. 가구가 꽉 들어찬 비좁은 방 안은 칙칙하고 후텁지근하게만 느껴졌다. 릴리안은 오늘도 베라의 옷을 빌려 입고 머리를 빗으로 틀어 올리고 있었다.

"신문은 읽고 있어?" 프랜시스가 물었다.

릴리안은 고개를 저었다. "차마 못 보겠어."

프랜시스는 그녀에게서 몸을 빼며 되물었다. "그래서 아무것도 안 한다고? 그냥 손 놓고 있으시겠다?"

비웃는 말이 튀어나오고 말았다. 그녀 역시 아무것도 안 하고 싶은 마음은 너무나 간절했기 때문이었다. 그런데 그 순간 릴리안이 이제껏 한 번도 본 적 없는 눈빛으로 프랜시스를 쳐다보았다. 착 가라앉은 그 눈동자에 상처받은 마음과 실망감이 드러났다. 부끄러워진 프랜시스는 손을 내밀었다. "릴리…."

그때 문이 벌컥 열리더니, 바이올렛이 잔뜩 흥분한 개를 데리고 뛰어 들어왔다.

다음 날 「데일리 미러」에는 스펜서 워드가 열여섯 살 때 한 소년을 결박해놓고 바지에 불을 지른 청소년 갱단의 일원이었다는 사실이 공개되었다. 「타임스」는 청소년 범죄에 관한 기사를 게재했고, 「익스프레스」는 전쟁 이후로 '이 나라의 청소년층이 무법자가 되고 있다'며 한탄했다. 공소가 진행되려면 아직도 한참 멀었고 피의자가 자기변호를 할 기회조차 주어지지 않았는데, 무엇을 읽어도, 누구와 이야기해도, 모두가 스펜서를 진범으로 단정 짓고 있었다. 유죄 평결이 차곡차곡 쌓여가는 것이 눈에 보이는 듯했다. 예전에 오빠와 동생과 같이 하곤 했던 '교수대'라는 단어 게임과 비슷했다. 정답에서 빗나간 추측이 나올 때마다 석판 위에 분필로 선을 하나씩 그어서 교수대에 매달린 사형수를 그려나가는 게임이었다. 바로 눈앞에서 교수대의 기둥, 사형수의 머리, 몸, 작대기 같은 팔과 다리가 하나씩 나타나던….

믿을 수 없다. 믿지 않을 것이다. 프랜시스는 자기 자신을 거듭 다그쳤다. 스펜서 워드가 살인범이 아니라는 것은 명백한 사실이 아닌가. 그는 아무 짓도 하지 않았다. 이건 산수 계산 같은 것이다. 정답은 딱 하나밖에 없다. 죄가 없는 사람이 유죄가 될 수는 없는 일이다. 프랜시스는 2차 예비심문에 모든 희망을 걸었다.

그러나 2차 예심은 먼젓번보다 오히려 더 비관적이었다. 안색이 창백해진 스펜서는 예전보다 거드름을 덜 피웠지만, 그래 봤자 호감을 불러일으키지는 못했다. 그가 구해온 변호인 역시 영 듬직하지 못했다. 버몬지의 사무변호사*인 스트릭랜드 씨는 무슨 법률 지원 제도의 일환으로 이 일을 맡은 듯했는데, 머리숱이 적고, 안경은 한쪽으로 기울어졌고, 손가락은 니코틴에 찌든 모습이 꼭 삼류 학교에서 학생들에게 시달리는 라틴어 교사처럼 보였다.

반면 기소자 측 변호인**은 훨씬 인상적이었다. 그는 캠프 경위가 종합해놓은 사실들을 매끄럽게 훑은 뒤 증인을 여러 명 소환했다. 첫 번째 증인은 스펜서가 레너드의 생명을 위협하는 발언을 하는 것을 들었다고 주장한 소년들 중 하나였다. 그는 증언을 하면서 스펜서에게 쌤통이라는 듯이 음흉한 눈길을 연신 던졌다. 앙심을 품고 나온 게 너무나 뻔했기에 프랜시스는 약간 희망이 솟았다. 그를 신뢰할 만한 증인이라고 생각할 사람은 아무도 없을 것 같았다. 그런데 그 다음으로 나온 증인은 캠버웰의 한 저택에서 일하는 하녀, 즉 레너드가 죽은 날 밤에 연인과 뒷길을 거닐고 있었다던 그 여자였다. 그녀가 기소자 측 변호인의 질문들에 답변하는 것을 듣다 보니 프랜시스는 희망이 졸아들었다. 그 여자를 실제로 맞닥뜨리고 그녀의 포동포동한 얼굴을 눈으로 직접 확인하니, 그날 릴리안과 자신이 그 칠흑 같은 어둠 속을 헤치고 있었을 때 저 여자가 바로 근처에서 플란넬처럼 부들부들하던 밤공기를 함께 호흡하고 있었겠구나 싶어서 넌더리가 났다. 변호인이 그때 정확히 무엇을 들었느냐고 묻자, 그녀는 신문 인터뷰에서 말했던 대로 대답했다. 사람 발소리, 한숨 소리, 더불어 "앗!"인지 "아얏!" 같은 외침을 들었다고. 프랜시스는 그게 자신이 낸 소리임을 알고 오금이 저렸다. 릴리안이 자신의 팔을 만졌을 때 깜짝 놀라 내뱉었

* 영국에서 법률 자문, 문서 작성, 소송 준비 대행 등의 과정을 전문적으로 취급하는 법률가. 당대에는 법정변호사만 법정에서 변론할 수 있었지만, 하급 재판에 한해서는 사무변호사도 변호인으로 나설 수 있었다.
** 당대에는 검찰이 따로 없이 경찰이 직접 공소를 제기했으므로, 하급 재판에서 기소자인 경찰을 대표해줄 사무변호사 역시 경찰이 직접 위촉했다.

던 비명을 저 여자가 들은 게 틀림없었다. 변호인이 그 목소리를 묘사해달라고 요청하자, 그녀는 높은 음색이었다고, 너무 높아서 처음에는 여자 목소리로 착각할 정도였고 이야기했다. 이쯤 되자 프랜시스는 식은땀이 났다.

"저는 살인 사건 기사를 보고 나서야…."

"그때 일을 돌이켜보고 그게 남자 목소리였다고 판단하셨다는 거죠? 어쩌면 두려움 때문에 목소리가 높아진 것이었을까요?"

"오, 네. 지독하게 겁에 질린 목소리였어요. 그걸 다시 듣는다는 상상만 해도 싫네요. 아아, 피가 싸늘하게 식는 기분이었어요!"

여자가 자신이 믿는 그대로 말하고 있다는 것은 명백했다. 그 순전함과 진정성이 장내에 깊은 울림을 주었다. 레너드의 아버지는 몸을 움츠린 채 손으로 눈을 덮었고, 더글러스는 그의 어깨를 토닥였다. 고통스러워하는 그들의 모습 역시 사람들에게 깊은 인상을 주고 있었다.

다음 증인으로는 부검의인 팔머 씨가 나와서 내무부 연구소의 감식 결과를 보고했다. 우선 레너드의 코트에서 발견된 체모들에 대해 설명했는데, 피의자의 모발과 일치할 '가능성'이 있지만 그건 어디까지나 가능성에 불과하다고 말했다. 자신의 명예를 걸고 보증하는 사실이라면서. 그리고 곤봉에 묻어 있던 혈흔은 '거의 확실히 인간'의 것으로서, 연구소에서 그 이상으로 명확한 결론을 내리지는 못했지만 팔머 씨 자신이 현미경을 확인해보고 판단하기로도 거의 확실한 것 같더라고 증언했다. 그 무기의 형태 역시 바버 씨 머리에 생긴 상처의 모양과 얼추 맞아떨어진다고 했다.

"얼마나 큰 위력이 실린 공격이었는지도 말씀해주실 수 있습니까?"

"오, 아주 큰 위력이 실렸지요."

"대강 친 건 아니었을까요? 비스듬히 쳤다거나? 실수나 정당방위였을 수는 없나요?"

팔머 씨는 거의 미소를 지으려는 듯한 표정이었다. "오, 그럴 리가요. 상처가 후두부 쪽으로 약간 치우진 부위에 있는 걸 보면 정당방위일 성싶지는 않습니다. 그리고 고의성으로 말하자면… 잠시 그 무기를 세세 *주시겠습니까!*"

한 순경이 곤봉을 가져다주자, 팔머 씨는 지난번 예심에서 캠프 경위가 그랬듯이 곤봉을 치켜들었다. "이렇게 짧은 무기는 말입니다…" 그는 소매를 걷어 올리면서 말을 이었다. "휘두를 때 무기 자체에 관성력이 붙지 않습니다. 팔로 가하는 힘이 전부죠." 팔머 씨는 곤봉을 든 팔을 두세 차례 휘둘러 보였다. "만약 말렛*이나 부지깽이처럼 길이가 긴 물체라면… 네, 그렇다면야 가해자가 의도한 것보다 더 큰 힘이 발생할 수도 있습니다. 그런 무기를 다루는 데에 익숙하지 않을 경우라면 말입니다. 하지만 이런 곤봉 같은 무기는… 아니죠. 범인이 정확히 이 흉기를 이용해서 바버 씨의 머리에 그런 상해를 입혔다면, 자신이 무엇을 하는지 정확히 알고 있었다는 뜻입니다."

"범인이 치명상을 의도했다는 뜻입니까?"

"그런 결과를 예상했을 게 분명합니다."

프랜시스는 자기 귀를 믿을 수가 없었다. 이들의 추론은 이제 스스로 생명을 얻은 양 저절로 굴러가고 있었다. 의사, 법률가, 경찰 모두가 레너드의 죽음에 대해 자기들이 직접 내렸던 판단을 번복하고 그것과 반대되는 주장들만 끌어다 맞추고 있었다. 전혀 합리적이지 않았다. 어째서 아무도 이 점을 보지 못하는 건가? 자신과 릴리안이 지금 당장 일어나서 사건의 진상을 밝히기만 하면 이 심리는 완전히 무

---

* 폴로 경기에서 공을 칠 때 사용하는 길쭉한 스틱.

산될 텐데. 그렇게 해버릴까 보다! 여기서 이렇게 가만히 앉아 진실이 짓밟히는 걸 듣기만 하느니 차라리 그편이 더 쉽지 않을까? 그들이 진실만을 차근차근 설명하고, 캠프 경위를 챔피언 힐로 데려가서 재떨이를 보여준다면, 경위도 그 모든 게 실수였음을 믿게 될 것이다. 부검의의 증언도 그 사실을 도리어 뒷받침하지 않는가?

프랜시스는 뒷줄 좌석에 앉은 채로 손을 들어 올리려 했다. 그런데 그 즉시 근육에서 힘이 빠져나가는 것 같았다. 그녀는 몸을 앞으로 기울이고 눈을 질끈 감고서 공포를 억눌렀다. 그러는 동안에도 심리는 진행되었고, 프랜시스는 결국 끝까지 아무것도 하지 못했다. 피의자 측 변호인인 스트릭랜드 씨가 변론을 준비할 시간을 더 달라고 요청했다. 팔머 씨의 의견은 존중하지만, 다른 의사의 소견도 구하고 싶으니 의학적 증거들을 자신이 이용할 수 있게 허가해달라는 요청도 덧붙였다.

치안판사가 휴정을 선언했다. 스펜서 워드의 브릭스턴 교도소 구금 기간은 일주일 더 연장되었다.

이후에도 그런 식이었다. 딱 그런 식으로, 한 주를 넘어 두 주가 지나도록, 믿을 수 없을 만큼 아무런 진전도, 아무런 결단도 없는 나날이 계속되었다. 프랜시스는 매번 최악의 결정을 감행하기로 작심하고는 정작 아무것도 하지 못했고, 매번 넌더리 나는 유예 기간만 연장되었고, 매번 스펜서는 교도소로 송치되었다. 급기야는 그들 모두가 무슨 악몽 같은 저승 세계에 빠져든 게 아닌가 싶은 생각마저 들었다. 영영 헤어 나올 수 없는 지옥이나 연옥 같은 데에 갇혀 있는 것만 같았다.

상황이 너무 복잡다단해서 풀어낼 실마리도 보이지 않았다. 이를테면 레너드의 아버지는 볼 때마다 나이가 들어가는 것 같았다. 그가 또 법정에 나와 앉아서, 눈앞에 곤봉이 전시되는 걸 바라보며, 자기 아들이 미행당하다가 얻어맞고 오솔길에 쓰러져 죽어갔다고 상상하도록 내버려두는 게 가당키나 한 일인가? 스펜서의 어머니도 문제였다. 그녀는 한 주가 지날수록 쇠약해지는 듯 보였다. 하지만 그렇게 생각하면 프랜시스의 어머니도 부쩍 늙어 보이긴 마찬가지였다. 프랜시스가 자백하면 어머니는 어떻게 될까? 자신과 릴리안이 이토록 오랜 시간을 질질 끌었다는 사실을 어머니가 알면 뭐라고 생각할까? 그러게 처음부터 자수했어야 했다. 그게 옳은 선택이었음을 이제는 알았다. 이번에도 프랜시스는 두 가지의 어두컴컴한 갈림길을 맞닥뜨렸고, 이번에도 똑같이 잘못된 길을 선택한 것이다. 돌아가기에는 너무 늦었다. 9월은 물러가고 어느덧 10월이 되었고, 4차 예심이 열리고 또 휴정되었다. 스펜서가 감옥살이를 한 지도 어언 한 달이 되었다. 끔찍했다. 지독했다. 하지만 자신과 릴리안이 자수해야 하는 시점이 정확히 언제인가? 언제부터 스펜서의 안위가 그들 자신의 안위보다 중요해진 것인가? 그래도 아직은 무죄 방면될 여지가 있으니, 이대로 기다려봐야 하는 것 아닌가?

"응. 기다려봐야지." 릴리안이 말했다.

"하지만 이러다가 올드 베일리까지 가버리면 어떡해? 그러면 사형이냐 아니냐를 정하는 재판이 될 텐데. 그 애의 '목숨'이 오락가락할 거라고."

릴리안의 얼굴에서 핏기가 가셨다. "네가 올드 베일리까지는 안 갈 거라며."

"안 갈 것 같다고 했었지. 지금은… 잘 모르겠어."

"확실하다고 했잖아. 지난번에 네가…."

"내가 그런 걸 어떻게 확실히 알아? 기다리고 싶다고 한 건 너였잖아!"

둘은 만나기만 하면 이런 식이었다. 바이니 씨의 거실에서나, 베라의 침실에서나, 월워스 거리로 나가는 출입문 앞 어두침침한 복도에서, 툭 하면 속닥거리며 말다툼을 벌였다. 아니면 아예 아무 말도 않고 마주 앉아만 있기 일쑤였다. 그때마다 죽음 같은 침묵을 깨려고 안간힘을 썼지만 소용없었다. 둘이 계획했던 미래는 다 어디로 갔나? 미술학교에 다니고, 빵과 버터로 근근이 끼니를 때우는…. 프랜시스는 함께 꿈꿨던 둘만의 방을 떠올려보았다. 한때는 자신이 그 방의 문을 닫고 열쇠를 돌려서 온 세상을 차단해버리는 순간이 눈앞에 보이기까지 했는데. 하긴 지금도 그들은 둘만의 방에 있기는 했다. 치명적인 비밀이라는 방 안에. 이미 감옥에 있는 것이나 다름없다! 어쩔 땐 화가 치밀었다. 어쩔 땐 설움이 북받쳤다. 어쩔 땐 헤어지기 전에 서로 끌어안기도 했고, 그러면 또 괜찮아진 것 같기도 했다. 하지만 그러다 한번은 릴리안이 갈망이 배어나는 목소리로 "나를 사랑해?"라고 물었는데, 마치 베라나 민에게서 그런 질문을 들은 것처럼 신경에 거슬렸다. 프랜시스는 릴리안을 끌어당겨 키스해주었지만, 그건 무엇보다도 자신의 표정을 숨기기 위해서였다.

그날 낙담한 채 집으로 돌아가다 보니 릴리안과의 연정이 과연 진짜이기는 했던가 의구심이 들었다. 저택 안에 들어서자 칙칙한 실내 풍경이 그녀에게 주목해달라고 외쳐댔다. 집세를 받아야 하는 날짜가 여러 번 그냥 지나가버렸다. 가계가 적자 상태로 되돌아가고 있었다. 프랜시스는 애써 릴리안의 거실로 올라가보았다. 카펫의 얼룩이 선명하게 보였지만, 이제 그 얼룩은 아무래도 상관없다고 자기 자신을 타일렀다. 재떨이조차도 아무 상관없다. 그보다는 새장과 탬버린으로 시선이 돌아갔다. 그것들은 전부 낡은 고물 덩어리로만 보였다. 도자기 캐러밴도 아직 벽난로 선반 위에 놓여 있었는데, 그걸 집어 드니 놀라울 정도로 가볍게 느껴졌다. 거꾸로 뒤집어보자 속이 텅 비어 있고 밑바닥에 구멍이 뚫려 있다는 게 눈에 들어왔다. 왜인지 이전에는 미처 못 봤던 부분이었다. 프랜시스는 캐러밴을 손으로 감싸 쥐었다. 그러자 문득 릴리안이 거기에 입술을 맞추던 모습이 떠오르면서, 마치 타버린 재에 숨을 한 번 불자 불씨가 되살아나듯이 마음속에서 열망이 꿈틀거렸다. 하지만 곧이어 관 속에 누워 있던 레너드, 감옥에 갇힌 스펜서 생각이 났다. 그 순간 뼛속까지 사무치는 강렬한 수치심과 창피함에 속이 울렁거렸다.

그날 밤 프랜시스는 바이올렛의 인형 유모차 같은 수레에다 레너드의 시체를 싣고서 북적거리는 거리로 나아가는 꿈을 꿨다. 시체를 덮은 것이라고는 작은 인형 이불 한 장뿐이었다. 레너드의 머리를 가리려고 이불을 끌어 올리면 밑으로 퍼드러진 두 다리가 적나라하게 드러났고, 그걸 가리려고 이불을 도로 홱 끌어 내리면 부풀어 오른 보랏빛 얼굴이 노출되었다. 식은땀을 흘리며 잠에서 깼을 땐 어두컴컴한 새벽이었다. 그런데 깨고 나서 그녀에게 남은 감정은 레너드의 시체를 유모차로 실어 나르는 공포가 아니었다. 외로움이었다. 꿈속에서 그녀는 완전히 혼자서, 범죄의 책임을 모조리 짊어지고 있었기 때문이다. 릴리안은 어디 있나? 릴리안은 떠나버렸다! 프랜시스는 버림받은 아이가 된 느낌에 사로잡혔다. 그녀는 릴리안에게 마음을 주었는데, 릴리안은 반쪽짜리 진실, 회피, 발뺌, 거짓말밖에 주지 않았다.

난데없는 속삭임이 뇌리를 스쳤다. '500파운드.' 사실 릴리안은 재떨이를 한 번 휘두르고 부자가 된 셈이었다. 릴리안은 모든 문젯거리에서 말끔히 빠져나갔다. 원치 않았던 아이도 지워버리고, 원치 않았던 남편도 없애버리고, 죄는 무고한 소년에게 씌워버리고….

'그리고 나는 그 과정을 전부 도왔잖아!' 프랜시스는 더럭 두려움에 빠져 생각했다. '심지어 레너드의 시신을 계단 밑으로 날라주기까지 했어!'

그녀는 어둠 속에 누워서 그 생각을 찬찬히 곱씹었다. 그러고 보니 릴리안이 레너드가 죽었으면 좋겠다고 말했던 적이 여러 번 있었다. 확실히 기억났다. "아, 그냥 커다란 버스 한 대가 친절하게 그를 들이받아줬으면 좋을 텐데! 아, 제발 그냥 죽어버렸으면!" 프랜시스 자신도 가끔 레너드가 죽기를 바라곤 했다는 사실은 애써 무시해버렸다.

그런데 퍼뜩 오싹한 생각이 떠올랐다. 릴리안이 보냈던 편지. 거기에 그녀의 속내가 들어 있지 않았던가? 어떤 열망이, 간청이 들어 있지 않았나?

프랜시스는 촛불을 켜 들고 침대에서 나와, 몸서리를 치면서 서랍장 앞으로 건너갔다. 그리고 그동안 감상적인 기분에 젖어 모아둔 사랑의 정표들이 들어 있는 상자를 꺼냈다. 그 안에 모든 게 고스란히 들어 있었다. 실크 물망초 조화, 키스 마크와 하트가 그려진 쪽지들까지. 이제 와서는 유치하고 기괴하게만 보였다. 문제의 편지는 상자 맨 밑바닥에 있었다. 봉투를 열고 꺼내 보니, 이건 그저 너절한 종이 쪼가리 아닌가! 청승맞고 조잡스러운 글줄이었다. 프랜시스는 자신이 기억하는 구절을 찾아냈다.

내 말이 맞으면 맞다고 말해줘. 그리고 확신을 줘. 왜냐하면 프랜시스, 나는 너랑 함께할 수만 있다면 그 어떤 짓이라도 할 각오가 됐거든.

심장이 목구멍으로 튀어나올 것 같았다. '그 어떤 짓이라도 할 각오가 됐거든…' 이 구절을 썼을 때 릴리안은 자신이 레너드의 아기를 가졌다는 것을 알고 있었고, 레너드의 옷 주머니에서 극장 티켓을 찾아낸 참이었다. 그에게 앙심을 품고 쓴 말이었나? 계산을 깔고 쓴 글이었던 건가? 그때부터 이미 모든 것을 계획했던 것인가?

그런데 또 다른 의문이 들었다. 그 아기의 아빠가 레너드라는 보장은 또 어디 있나? 레너드는 자기 아기가 아닐 거라고 의심하지 않던가? 어쩌면 레너드가 옳았는지도 모른다! '릴리안은 남편을 속이고 바람을 피웠잖아. 그렇다면 나를 속이고 또 누군가와 바람을 피우지 않았을지 어떻게 알아?' 프랜시스는 편지를 다시 들여다보았다. 그러자 새로운 구절이 눈에 들어왔다.

내가 숭배받기를 좋아하는 것 같다던 말… 나는 나를 숭배해주는 사람이라면 누구든 사랑할 거라고, 네가 그렇게 말했었잖아…

그걸 보니 릴리안을 숭배했던 남자들이 뇌리를 스치고 지나갔다. 공원에서 으스대며 접근했던 남자, 기차에서 읽고 있던 신문을 내려뜨리면서까지 릴리안을 쳐다보던 남자들, 네타의 파티에서 그녀와 거리낌 없이 춤을 췄던 사촌들. 그때 만났던 곱슬머리 남자 이어트의 말도 기억났다. "만약 내가 저분 남편이라면 당장 등짝을 후려쳤을걸요." 하다못해 이어트에게도 보였던 것이다! 릴리안에게는 뭔가 남다른 부분이 있는 것이다. 그렇지 않은가? 무언가 본능적인, 가히 병적이기까지 한, 퇴폐적인 향수 냄새 같은 어떤 기질이 남자들을 끌어당기는 것이 아닌가? 더 나아가 심지어는 프랜시스까지 끌어당긴 것 아닌가?

광적인 흥분에 사로잡힌 프랜시스는 편지와 상자를 벽난로 안에 모조리 쏟아 넣고 성냥불을 댕겼다. 이런 물건들을 집 안에 둬서는 안 된다! 경찰이 찾아내면 큰일이 아닌가! 종이들이 불길에 살라 먹히는 것을 바라보고 있자니 잠시나마 안심이 되었다. 하지만 금세 또 머리가 분주히 돌아갔다. 범죄의 증거가 더 있지 않을까? 옆방에 있는 도자기 캐러밴? 그것도 가져와서 박살내야 하나 진지하게 고민이 되었다. 그런데 예전에 부엌 복도에서 발견했던, 레너드의 소맷부리에서 떨어진 것일 수도 있는 그 반쪽짜리 단추에 생각이 미쳤다. 그 단추를 옆란 화분의 흙 속에 심어두다니. 미친 짓이었다! 그건 즉시 집 밖의 어딘가에 버렸어야 했다. 템스 강에 던져버렸어야 했다! 경찰이 오기라도 하면!

물론 스펜서 워드가 감옥에 있는 한 경찰이 여기 찾아올 일은 없다. 하지만 프랜시스는 이제 거의 광란 상태에 치달아 있었다. 릴리안이 얼마든지 켐프 경위를 찾아가 자신을 모함할 수도 있을 것 같았다. 이미 찾아갔을지도 모른다. 경위가 지금 당장 집에 오고 있을지도 모른다. 경찰은 꼭두새벽에도 들이닥치지 않나? 원래 그런 식으로 범인을 잡지 않던가?

새벽 다섯 시 오십 분이라 하늘이 아직 깜깜했다. 온몸이 사시나무처럼 떨렸다. 그런데도 그녀는 실내복을 입고, 슬리퍼를 신고, 촛불을 들고서 아래층으로 내려갔다. 조용히, 조용히, 근처에 잠들어 있을 어머니에게 들리지 않도록 조심하면서⋯ 식사 알림용 징 옆에 놓여 있던 옆란 화분을 집어 들고, 부엌 식탁으로 가져갔다. 단추를 찾아내기는 생각보다 만만치 않았다. 칼로 후비기만 해서는 나오질 않아서 화분을 기울여서 흙을 파헤쳐야만 했다. 딱딱하고 날카로운 흙투성이 잎사귀들이 얼굴에 쓸리고 눈을 찔러댔다. 흙이 밖으로 쏟아져 나오기 시작했지만 프랜시스는 멈추지 않았다. 점점 더 커져가는 초조감에 쫓기며, 점점 더 조여오는 절박감에 휩싸여, 하염없이 파헤쳐나갔

662

다. 그러다가 결국에는 화분이 모로 쾅 쓰러지면서 화초가 뽑혀 나왔다. 구불구불 뒤얽힌 흰 뿌리와 흙덩이가 어지럽게 흩어진 가운데 단추가 데굴데굴 굴러갔다. 그건 그냥 검은 단추 반쪽이었다. 집 안에 수두룩하게 널려 있는, 애초에 레너드의 것도 아닐 단추 조각. 그 순간 광기에서 깨어난 그녀는 얼굴을 가리고 울음을 터뜨렸다.

몇 분 뒤에 고개를 들어보니 부엌 문간에 어머니가 서 있었다. "프랜시스, 맙소사! 대체 무슨 일이니?"

프랜시스는 머리를 흔들었다. "아무것도 아니에요." 그녀는 지저분한 손에 얼굴을 파묻고 펑펑 흐느껴 울었다. "아무것도 아니에요."

그날은 종일 침대에서 보냈다. 점심에는 어머니가 차와 아스피린과 함께 서툴게 준비한 식사를 가져다주었다. 너무 익혀서 뻑뻑해진 스크램블드에그와 부스러진 감자였다. 식사를 마쳤을 때 방문에 노크 소리가 나더니, 나이 지긋한 가족 주치의인 로렌스 박사가 들어왔다. 어머니가 물건 배달 온 아이들 중 하나를 시켜서 그에게 전갈을 보낸 모양이었다. 그는 혈압을 재고, 맥박을 들어보고, 따뜻하고 건조한 손가락으로 그녀의 턱 밑을 만져보았다. "현기증은 없나요? 기절할 것 같거나, 숨이 가쁘지는 않고요?" 프랜시스는 모든 질문에 고개를 가로저으면서 내심으로는 자신의 낡아빠진 잠옷이 창피하고 진료비가 얼마나 나올지 걱정스러워 전전긍긍했다. 그런데 로렌스 박사가 아무런 의심 없이 너무나 자상하게 대해주는 바람에, 그만 또 눈물이 차올랐다. 박사는 프랜시스의 손을 토닥여주고는 회랑으로 나가서 어머니와 조용히 이야기를 나누었다. 그가 내린 진단은 '신경쇠약'이었다. 전쟁과 식구들의 죽음으로 받은 충격이 최근 벌어진 사태 때문에 더욱 악화되어 나타난 것 같다고. 자극을 피하고 안정을 취해야 한다고…. 박사는 자기 전에 먹을 알약 한 병을 처방해주었다.

프랜시스는 침대에 누운 채 아버지를 생각했다. 아버지가 '심장 발작'을 일으켰던 때를. 재산은 무너져가고, 아들들은 죽어버리고, 딸은 결혼하지 못하고 엇나가기만 했을 때 아버지에게 닥쳐왔을 공포가 어떤 것이었을지를. 그녀는 또 울음을 터뜨렸다.

이후 이삼 일 정도는 환자 노릇에 전념했다. 조간신문을 구하러 나가지도 않았다. 스펜서 워드는 생각도 않고 상상도 않기로 했다. 그가 기계에 빨려 들어가 짓이겨지더라도 어쩔 수 없는 일이었다. 프랜시스는 소파에 앉아서 「보물섬」이나 「스위스 패밀리 로빈슨」* 같은, 어렸을 때 읽었던 낡은 책들을 뒤적거렸다. 매일 밤 아홉 시 정각에 알약을 먹고 곧장 꿈 없는 잠에 빠져들었다.

그리고 일요일 아침, 가장 예상치 못했던 때, 이미 모든 기대를 버렸을 때, 더 이상은 원하지도 않는 듯한 지경에 이르렀을 때에야, 릴리안이 돌아왔다.

프랜시스는 아침 먹은 식탁을 치우고 급수실에서 설거지를 하고 있었다. 현관문에 열쇠가 꽂히는 소리가 들리기에, 그녀는 교회에 갔던 어머니가 웬일로 일찍 돌아온 줄 알고 홀 쪽으로 소리쳐 물었다. "무슨 일이에요?" 대답은 없었다. 조심스럽게 바닥을 딛는 기묘한 발소리만 들릴 뿐이었다.

가슴 속에서 심장이 불쾌하게 요동쳤다. 그녀는 비누 거품이 묻은 손을 털면서 복도로 나가보았다. 거기에 릴리안이 있었다. 상복인 검은 코트를 입고 검은 모자를 쓰고 여행 가방을 든 릴리안. 자신이 광

* 스위스 작가 요한 다피트 뷔스가 쓴, 항해와 모험 이야기가 나오는 아동소설.

기에 젖어 상상했던 사악하고 교활한 사람하고는 전혀 다른 모습이었다. 그녀는 남의 집에 너무 오래 머무른 손님처럼 겸연쩍어 보였고, 가냘파 보였고, 창백해 보였으며, 그럼에도 가슴이 저리도록 친숙하고 애틋해 보였다. 그런데 프랜시스는 발걸음이 흔들렸다. 자신이 지금 어떤 몰골인지에 생각이 미쳤다. 약에 취해 억지로 잤다가 부어버린 얼굴, 감지도 않은 머리, 추레하기 그지없는 옷차림까지. 그녀는 앞치마에 손을 닦으며 말했다. "온다고 미리 알려주지 그랬어. 그랬으면 나도 마중할 채비를 했을 텐데."

릴리안의 얼굴이 약간 어두워졌다. "나를 마중하는 데에 채비씩이나 할 필요 없잖아."

"집도 치워놔야 하니까 그렇지."

"하지만… 아, 아니야. 괜찮아." 프랜시스가 여행 가방을 들어주려 하자 릴리안은 어색하게 가방을 추켜올려 피했다. 그때 프랜시스의 팔꿈치에 가방이 부딪혔는데, 안이 텅 비어 있는 소리가 났다. 어리둥절해서 릴리안을 쳐다보니 그녀는 얼굴을 붉혔다. "베라 언니 물건을 계속 빌릴 수가 없어서. 월워스에 내… 내 옷을 좀 챙겨 가려고."

'그럼 여기서 살려고 온 게 아니었구나….' 프랜시스는 며칠 전처럼 버림받은 느낌에 휩싸였다. 울부짖는 젖먹이 아기를 별안간 품에 떠안은 기분이었다. 좀처럼 달랠 수도 없고, 안고 싶지도 않은데, 그렇다고 따로 내려놓을 자리도 없는. 그녀는 잠자코 몸을 돌려 부엌으로 돌아가서 앞치마를 벗고 손을 씻었다.

찬찬히 시간을 들여 씻었다. 자신의 감정을 최대한 억누르고 감당할 만한 형태로 다듬기 위해서였다. 그동안 릴리안은 혼자서 위층으로 올라가겠거니 생각했다. 그런데 홀로 나가보니, 릴리안은 아직도 거기에 서서 위를 올려다보며 계단을 차마 올라가지 못하고 망설이

665

고 있었다. "용기가 잘 안 나서 그래. 여기 돌아오는 게 내내 두려웠거든. 저기… 네가 먼저 올라가주면 안 될까?"

프랜시스는 아무 말도 않고, 빠르지도, 느리지도 않은 발걸음으로 계단을 올라갔다. 그녀가 회랑에 서서 묵묵히 기다리는 동안 릴리안이 조심스럽게 뒤따라 올라왔다.

둘은 먼저 거실로 들어갔다. 릴리안은 가방을 내려놓았지만 모자와 코트는 벗으려 하지 않았다. 낯선 곳을 둘러보며 경탄하는 손님처럼 방 안을 두리번거리기만 했다.

"굉장히 오랜만인 것 같아. 고작 한 달밖에 안 됐는데. 모든 게 생소해 보이고, 잘못된 것처럼 보여. 이것들 전부 다. 이 많은 것들이 다…. 게다가 벌써 먼지가 앉았네." 릴리안은 싸늘하게 식은 벽난로로 다가가서 선반 위에 늘어선 잡동사니를 훑어보았다. 코끼리, 탬버린, 캐러밴. 모두 칙칙해 보였다. 누군가가 그 선명한 표면 위에 시큼한 입김을 불어서 뿌연 김이 서린 것처럼.

릴리안이 없는 사이에 온 우편물들도 수북이 쌓여 있었다. 그녀가 우편물 더미를 집어 들자 프랜시스는 어색하게 입을 열었다. "어떻게 해야 할지 몰라서 그냥 놔뒀어. 너희 어머니 댁에 가져가야 할지, 아니면… 네가 언제 돌아올지 몰라서."

릴리안은 당황한 표정으로 우편물들을 훑어보았다. "대부분 렌에게 온 거네."

"그래."

"렌에게 우편물 같은 일상적인 것들이 아직도 오고 있다는 생각은 미처 못 했어. 하지만 이 중에서 이런 편지들은… 월워스에도 이런 편지가 오거든. 신문에 나온 얘기를 본 사람들이 보내는 거야. 별의별 말을 다 해. 어쩔 땐 험한 말도 있고. 나는 이제 뜯어보지도 않아."

"그냥 놔둬, 그럼. 태워버릴 테니." 프랜시스가 대꾸했다.

프랜시스가 계속 심드렁하게 말하는데도 릴리안은 눈치채지 못한 듯했다. 그녀는 편지들을 내려놓더니 또 손님처럼 우두커니 서 있었다. 자기 몸을 어떻게 할 줄을 모르는 것 같았다. 프랜시스가 차를 마시겠냐고 묻자 릴리안은 아니라고, 괜찮다고 했다. 그러고는 눈을 꼭 감으면서 머리를 세차게 흔들었다. "오, 여기 오면 이런 기분이 들 줄 알았어! 엄마 집에 있었을 때는 실감이 잘 안 났어. 렌 일이 말이야. 그런데 여기 오니까… 여전히 어딘가에 그가 있을 것만 같아." 릴리안이 프랜시스를 돌아보았다. "그렇지 않아? 금방이라도 예전처럼 현관문을 열고 들어올 것만 같아. 하지만 그때도 렌은… '그녀'를 만나고 돌아오는 길이었겠지. 안 그래? 그날 밤에도, 그 모든 일이 일어났던 그때도 렌은 그녀를 만나고 왔던 거였어. 그리고… 기억나? 렌이 내가 남자를 만난다고 의심했을 때… 웃었던 거 말야. 아주 잠깐이었지만, 화내기 전에 분명 웃었어. 재미있다는 듯이. 왜 그랬는지 이해가 안 됐는데, 이제는 알겠네. 내가…."

"남편 얘기를 하거나 짱알거리려고 온 거였어? 미안하지만 오늘 나는 이런저런 일 때문에 그걸 받아줄 기분이 영 아닌데."

이런 말이 어디서 나온 건지 알 수 없었다. 말이 저절로 튀어나온 것만 같았다. 자신이 '짱알거리다' 같은 단어를 써본 적이나 있는지 기억도 나지 않았다. 그녀보다는 레너드가 할 법한 말에 가까웠다. 둘 다 화들짝 놀라 서로를 마주 보았다. 하지만 사과할 기회는 지나가버렸다. 릴리안은 고개를 숙이고 프랜시스를 지나쳐 걸어가서 여행 가방을 집어 들더니, 거실 밖으로 빠져나가 옆방으로 향했다.

처음으로 오롯이 단둘만 있게 되었는데 이 아까운 시간을 낭비하고 있었다. 프랜시스는 절망감에 휩싸였다. 삐걱거리는 불협화음의 연속이었다. 그녀는 회랑까지만 따라 나간 뒤 침실 문간 너머로 릴리안을 바라보았다. 릴리안은 침대 위에 가방을 올려놓았고, 모자와 코트도 비로소 벗었다. 하지만 몸을 편하게 움직여 옷장과 서랍장에서 필요한 물건들을 꺼내려고 그랬을 뿐이었다.

지난여름에 릴리안이 헤이스팅스로 여행 가기 전에 저 똑같은 가방에 짐을 꾸렸던 게 기억났다. 그날 둘은 롤러스케이트를 타러 갔었다. 롤러스케이트라니! 너무나 안온하고 건강한 일이어서 현실이었던 것 같지도 않았다. 빠른 속도, 웃음소리, 맞잡았던 두 손이 떠올랐다. 그 뒤에 같이 공원에 갔던 것도. "오직 이것만이 진짜야."라던 릴리안의 말도.

지금 릴리안은 빠르게 손을 놀려 짐을 싸고 있었다. 아무 옷이나 잡히는 대로 꺼내는 듯 보였다. 작은 여행 가방은 이미 거의 다 차 있었다. 그녀는 여벌의 잠옷과 신발까지 챙겨 넣은 뒤, 뚜껑을 억지로 닫으려고 꽉 내리눌렀다.

"그 짐을 월워스까지 혼자 들고 가려는 건 아니지?"

릴리안은 고개를 들지 않고 딱딱한 어조로 대답했다. "전차 타려고. 나는 이제 멀쩡해. 예전처럼 아프지 않아."

"그래도 굳이 그렇게 많이 가져가야 해?"

"다 가져가야 편하지. 앞으로 무슨 일이 생길지 모르잖아. 뭐가 필요해질지도 모르고."

프랜시스는 아무 말도 하지 않았다. 하지만 릴리안이 가방을 가지고 씨름하는 걸 조금 더 지켜보다가 결국 다가가서 도와주었다. 프랜시스가 뚜껑에 자기 체중을 싣고 누르자 비로소 걸쇠가 제자리에 맞아 들어갔다. 릴리안은 가방을 침대에서 들어 올리더니 그 무게를 못 이기고 쿵 내려놓았다. "내가 들 수 있어." 프랜시스가 반사적으로 그걸 들어주려 하자 릴리안이 재차 우겼다. 그러면서도 시선은 여전히 외면하고 있었다. "말했잖아. 나는 이제 괜찮아." 그녀가 주저하는 투로 덧붙였다. "그나저나, 너한테 줄 게 있어."

릴리안은 핸드백에서 봉투를 하나 꺼내 주었다. 프랜시스가 봉투를 건네받자 안에서 동전이 짤그락거리는 소리가 났다. "이게 뭔데?"

릴리안은 부자연스러운 투로 말했다. "집세야. 내가 잊은 줄 알았어? 12파운드 조금 덜 되는 금액이야. 두 달치. 그 정도면 괜찮을까?"

또다시 현재의 순간이 과거의 순간과 겹쳐졌다. 지난 4월, 서로 모르는 사이였던 시절, 릴리안이 첫 집세를 넣은 봉투를 수줍게 건네주었던 순간. 마치 둘이 지금까지 살아온 삶이 모두 과거로 되돌려지는 것 같았다. 실패에서 실이 마구 풀려나가듯이, 둘을 얽어맸던 실을 한 땀 한 땀 뜯어내듯이.

심란해진 프랜시스는 봉투를 릴리안에게 건넸다. "이거 못 받아, 릴리안. 너는 여기서 살지도 않는데 집세를 왜 내."

"부디 받아줘. 그건 네 돈이야. 너와 너희 어머니의 돈이야."

"네가 갖고 있었으면 좋겠어."

"돈 필요하지 않아?"

"그야 그렇지. 하지만 너도 필요하잖아."

릴리안은 더더욱 부자연스러운 표정이 되었다. "실은 어제 변호사를 만났거든. 렌의 돈 문제로 변호사한테 편지가 와서. 보험금 말이야. 수표를 받았는데… 오, 제발 이러지 마." 프랜시스가 그녀의 가방에 봉투를 쑤셔 넣자, 릴리안은 그걸 도로 빼내서 손에 쥐어주려 했다.

프랜시스는 주먹을 쥐고 팔을 쳐들었다. "받기 싫어." 둘은 이리저리 몸을 움직이면서 우스꽝스러운 실랑이를 벌였다.

"그냥 받아줘, 프랜시스."

"안 받는대도."

"제발."

"싫어! 난 그 돈 싫다고!"

"아, 나도 싫어!" 릴리안이 울긋불긋 달아오른 얼굴로 봉투를 침대 위에 내던졌다. "내 기분은 어떨 것 같아? 생각이나 해봤어? 렌이 언제 보험을 연장했는지는 너도 알지. 7월에 그 남자애한테 얻어맞은 날 직후였어. 렌은 그때 이미 다 생각해뒀던 거야. 걔가 정말로 작심한 거라고, 또 자기를 쫓아올지도 모른다고. 죽을 수도 있다는 생각까지 했단 말이야! 그런데도, 그런 걱정까지 했으면서도… '그녀'를 포기하지는 않았던 거잖아. 나한테 500파운드를 남겨줄 준비를 했으니 충분히 나를 생각해주긴 했지. 하지만 결국 '그녀'가 우선이었어."

"참 나!" 프랜시스는 도저히 참을 수가 없었다. "그걸 왜 신경 쓰는데?"

"몰라! 신경 쓰이는 걸 어떡해."

"너는 레너드를 사랑하지도 않았다며. 그래서 떠나려고까지 했잖아. 안 그래?"

"그래, 하지만…."

"그랬잖아?"

"그랬다고! 나 좀 괴롭히지 마, 프랜시스. 너는 맨날 나를 괴롭혀. 나도 설명이 안 돼. 하지만 렌이 그녀를 원했다는 게 너무 밉단 말이야. 물론 내가 너랑 한 짓을 렌도 똑같이 하고 있었을 뿐이지. 그건 알아. 하지만 그래도 미운 건 미운 거야. 그 여자애도 밉고. 이런 돈 따위 갖고 싶지 않아. 너도 갖기 싫다고 했지만…." 릴리안은 속상하면서도 고집스러운 표정으로 봉투를 서랍장 위에 올려놓았다. "여기 두고 갈게. 가지든가, 버리든가 마음대로 해."

릴리안은 코트를 집어 들었다. 그녀가 코트 소매에 팔을 꿰는 것을 지켜보며 프랜시스는 물었다. "지금 바로 가려고?" 자기 자신의 목소리에 넌더리가 났다. "재판 문제도 아직 상의 못 했잖아."

릴리안이 코트를 약간 내려뜨렸다. "할 이야기도 없지 않아? 기다려보기로 결정했잖아. 마음을 바꾼 거야?"

"아니. 안 바꿨어."

"바꿔놓고 말 안 하는 건 아니지?"

"뭐, 그야 물론 아니지."

"그런 식으로 말하지 좀 마! 이젠 네가 무슨 생각을 하는지 도무지 모르겠어. 네가 너무 멀게 느껴져."

"여기랑 월워스가 좀 멀기는 하지."

"오, 그걸 나한테 따지는 건 억지야! 내가 왜 거기서 지내는지는 너도 알잖아. 그래야 다른 문제들이 수월해지니까 그렇지. 아직도 기자들이 찾아온단 말이야. 어쩔 땐 카메라를 들고 집 밖에서 기다리는 기자들도 있어. 경찰도 들락거리고. 그 사람들이 다 여기로 왔으면 좋겠어?"

프랜시스는 잠시 침묵했다. "아니. 그러지 않는 게 좋겠어."

릴리안의 어조가 부드러워졌다. "잠시 떨어져 지내는 건… 그냥 우리가 참아내야 하는 일이야. 지금은 힘들지. 모든 게 힘들어. 하지만 지나고 보면 사소하게 느껴질 거야. 안 그래? 다 해결되고 나면?"

프랜시스는 묵묵히, 그러나 찬찬히 고개를 끄덕였다. 그러자 릴리안이 코트를 내려놓고 다가왔다. 둘은 서로를 끌어안았다.

하지만 포옹이 겉도는 느낌이 들었다. 아무런 일체감도, 위안도 들지 않았다. 프랜시스는 뻣뻣하게 선 채로 넌더리를 내다가 그만 릴리안의 품에서 빠져나가려 했다.

그런데 릴리안이 그녀를 붙잡았다. "프랜시스…." 릴리안의 심장박동이 빨라졌다. 쿵쿵거리는 진동이 전해져왔다. 그녀는 프랜시스의 어깨에 머리를 기울이고서, 날뛰는 맥박이 그대로 느껴지는 목소리로 말을 이었다. "프랜시스, 이게 다 끝나고 나면 우리 사이가 괜찮아질 거라고 말해줘. 예전처럼 돌아올 거라고 말해줘. 내가 저지른 짓 때문에 네가 나를 미워한다는 건 알아. 내가 약하다고 생각한다는 것도. 나는 더 이상 약해지지 않으려고 무진 노력하고 있어. 하지만 지금 잠시만 약해질 수 있게 허락해줄래? 그리고 내게 말해줘. 아무것도 변하지 않았다고. 나 때문에 망가져버린 게 아니라고. 나 너무 무서워. 그 남자애 때문만이 아니야. 물론 그것만으로도 충분히 고약하지만, 그걸 그나마 견뎌내려면 내가… 나는… 예전에는 전부 선명했어. 우리가 계획했던 모든 게 또렷이 보였고, 그 모든 게 정말 근사했단 말야. 그런데 지금은 장막으로 가려져서 안 보이는 것 같아. 그 장막을 걷어보면 거기에 뭐가 있을지 모르겠어. 네가 무슨 생각을 하는지 모르겠어."

마지막 말에서 릴리안은 머리를 들고 프랜시스의 눈을 바라보았다. 그녀의 얼굴이 바로 앞에 있었다. 립스틱과 파우더 향기가 났고, 입술에서 배어나는 체온과 숨결이 느껴졌다. 그녀에게 키스하지 않는다는 건 눈을 깜빡이지 않거나 숨을 멈추는 것만큼이나 불가능한 일이었다. 하지만 막상 입술을 포개니 너무나 건조하고 불안하기만 했다. 생판 모르는 남남끼리 입을 맞춘 것처럼. 안 하느니만 못한 키스였다는 생각마저 들었다. 키스를 끝장내는 키스, 파멸을 불러오는 키스가 될 것 같았다.

그런데 릴리안의 혀가 수줍게 머뭇머뭇 밀고 들어오는 게 느껴졌다. 프랜시스의 혀에 살짝 와 닿는 혀끝의 감촉이 따스하고 친숙했다.

프랜시스도 혀를 맞부딪으면서 릴리안의 얼굴에 손을 댔다. 그때부터 키스가 완전히 변했다. 촉촉하고, 스스럼없고, 친밀했다. 물밀듯 밀려드는 안도감에 둘 다 마음이 약해졌다. 그들은 입술을 떼고서 서로를 더욱 힘껏 부둥켜안았다. "아아, 사랑해! 사랑해!" 릴리안의 말이 그녀가 토해내는 입김에 쉬어 귓가에 뜨겁게 전해져왔다.

키스가 다시 시작되었다. 아까보다 더욱 격렬하게. 가슴과 골반이 맞닿자 무언가가 그들의 피부를 뚫고 나오는 느낌이 들었다. 무언가가 터지면서 깨어나는 듯한, 거의 아픔에 가까운 느낌이었다. 하지만 둘 사이를 두툼한 천 여러 겹이 가로막고 있었다. 그들은 키스하면서 서로의 옷을 조급하게 잡아당겨 벗겨나갔다. 프랜시스는 릴리안의 블라우스 자락 아래로 손을 밀어 넣고 스커트 허리 밴드에 달린 후크와 단추를 만지작거리다가, 이내 포기하고는 손을 더 아래로 내려서 치맛자락을 잡고 높이 들어 올렸다. 한 줌씩 한 줌씩 천을 그러모아 쥐고서, 그 밑의 실크 속옷과 안쪽의 피부에 손가락을 댔다.

둘은 아직 선 채로 어줍게 휘청거리고 있었다. 프랜시스는 발로 방문을 차서 닫다가 하마터면 릴리안과 같이 넘어질 뻔했다. 그녀의 두 팔이 프랜시스를 껴안고 있었다. 맨살에 닿는 그녀의 손이 차가웠다. 릴리안의 허벅지를 훑던 프랜시스의 손가락이 다리 사이로 미끄러져 들어가서 문지르기 시작하자, 릴리안은 몸을 살짝 뒤로 빼고서 숨을 돌리고는, 고개를 숙이면서 자기 뒤의 허공을 손으로 더듬었다. 벽이든 침대 틀이든 붙잡고 몸을 지탱할 것을 찾기 위해서였다. 아무것도 손에 닿지 않자 그녀는 두 팔을 늘어뜨리고, 자신을 떠받친 프랜시스의 두 팔에 온전히 기대면서 불안정한 자세에 차차 몸을 맡겼다. 그러다가 프랜시스의 손이 빨라져가자 릴리안의 얼굴 근육이 팽팽해지더니, 문득 고개를 들었다. 고개를 들고서 프랜시스의 눈을 마주 보왔다. 둘 사이에 아무것도 없다는 것을, 서로의 피부 외에는 아무것도 없다는 것을 프랜시스에게 보여주고 싶다는 듯이. 보여주고야 말겠다는 듯이.

그런데 그 순간… 어떻게 된 걸까? 무언가가 일어났다. 아까와 같은 변화였지만 이번에는 잘못된 느낌이었다. 빛이 사위어가는 듯한, 무언가가 새어 나가는 듯한 느낌. 릴리안이 눈을 감더니 숨을 멈췄다. 그녀의 얼굴이 더욱 팽팽해지면서 뺨에 혈색이 돌았다. 하지만 그 긴장은 아무 데로도 이어지지 못했고, 절박감이 사라지자 그들의 체위가 어색하고 불편하게 느껴졌다. 프랜시스는 팔과 다리가 욱신거렸다. 움직임을 반복할수록 근육이 타들어가는 것 같았다. 그녀는 자세를 고치고 체중을 다른 쪽으로 옮겨 싣고서 손을 움직이는 리듬을 유지하려 애썼다. 그때 릴리안이 얼굴을 일그러뜨렸다. 절정에 이르게 해줘야 하는 순간이었다. 프랜시스는 갑자기 자신의 손이 장님이 된 것처럼 막막해졌다. "어떻게 해줄까?" 그녀는 속도를 더욱 높이면서 물었다. "릴리안, 어떻게 해주면 돼?" 하지만 어떻게 해야 할지 모르겠다고 시인하는 그 질문을 꺼내고 나니 더더욱 자기 자신을 의식하게 되었다. 편안함과 친숙함은 사라졌다. 이제 프랜시스는 마법이 풀려버린, 서늘하고 끈적끈적한 살갗을 따갑도록 문지르고만 있었다. 겸연쩍어진 그녀는 손길을 늦추었다.

몇 초쯤 지나자 릴리안이 프랜시스의 손을 잡고 멈추었다. 둘은 가만히 서서 고개를 떨구고 어깨를 늘어뜨렸다. 호흡이 진정되고 심장 박동이 가라앉을 때까지.

그때까지만 해도 괜찮았다. 문제는 그 뒤에 벌어졌다.

"이리 와서 나랑 눕자." 릴리안이 프랜시스를 침대로 이끌었다. 둘은 베개 하나를 베고 누워서 서로가 춥지 않게끔 이불을 푹 덮었다.

예전에 밀애를 나눌 때 그랬듯이. 베개에서 레너드의 머릿기름 냄새가 희미하게 풍겼다. 침대 옆의 먼지 쌓인 서랍장 위에는 그의 커프스단추와 칼라 단추가 든 상자, 손수건, 도서관에서 빌린 스릴러 소설이 놓여 있었다. 지금쯤 저 책에는 연체금이 붙었을 것이다. 침실 문짝 뒤에는 그의 실내복이 릴리안의 기모노 가운에 달라붙어 있었나. 하지만 눈을 감아버린다면 어떨까, 프랜시스는 생각했다. 눈을 감고서, 몇 분 전의 더듬거림과 실패를 잊는다면. 피도, 전류 같은 공포도, 경찰도, 신문도 잊는다면. 그렇게 마음을 텅 비우기만 한다면, 그러면 예전처럼 돌아갈 수 있지 않을까. 따뜻하고 진실하게 함께했던 두 사람으로. '오직 이것만이 진짜야.' 다시 진짜가 될 수는 없을까. 그저 잠시만이라도.

하지만 그 소년, 기계에 끼어버린 그 소년은… 그 생각을 떠올린 것만으로도 프랜시스는 끔찍한 현실로 되돌아왔다. 그녀는 고개를 돌리고 눈을 떴다. 그런데 눈앞에 보인 것은, 서랍장 위에 놓인 12파운드짜리 돈 봉투였다.

'보지 마.' 프랜시스는 자신을 다그쳤다. '생각하지 마. 아무 말도 하지 마. 제발!' 하지만 주체할 수가 없었다. 예전의 그 광기가 다시금 치밀어 올랐다. 그녀는 결국 독살스러운 냉소를 짧게 내뱉고는, 자기 목소리 같지도 않은 음성으로 이렇게 말해버렸다. "오늘은 네가 본전을 못 뽑은 것 같네."

릴리안이 베개에서 머리를 들어 올렸다. 그녀의 얼굴에 주름이 잡히면서 구겨지고 있었다. "본전이라니?"

"내가 착각한 건가? 저 돈은 그럼 전혀 다른 의미였나 보지? 걱정마, 나는 경찰서에 안 갈 테니까. 그것 때문에 걱정스럽다면 말이야. 그 소년은 브릭스턴에 얌전히 박혀 있을 테니 걱정 말라고."

릴리안은 잠시 잠잠했다. 그러더니 벌떡 일어나 이불을 떨쳐버리고 침대에서 내려갔다. 그녀는 프랜시스를 등진 채 치마와 블라우스를 가다듬고, 헝클어진 머리는 굳이 빗으려고도 않고, 분노가 그대로 배어나는 뻣뻣한 몸놀림으로 모자를 쓰고 신발을 꿰어 신고 코트를 입고 장갑을 핸드백에 쑤셔 넣었다. 핸드백 끈을 팔에 걸고 여행 가방까지 집어 들고 나서야 그녀는 프랜시스에게 몸을 돌렸다. 그동안 프랜시스는 침대에서 가만히 지켜보고만 있었다.

릴리안이 싸늘하고 담담하게 말했다. "네가 네 생각만큼 용감하지 못하다는 점은 유감이야, 프랜시스."

프랜시스는 그녀를 쳐다보았다. "뭐라고?"

"하지만 그렇다고 해서 나를 벌주고, 그 남자애를 위해 그러는 거라는 식으로 말하진 마. 내가 벌을 받고 싶으면 캠프 경위에게 찾아가서 마땅한 벌을 받을 테니."

릴리안은 눈을 가리고 약간 떨리는 목소리로 말했다. "너는 결국 내가 모진 말을 내뱉게 만드네. 내가 여기 온 건, 내가 여기 왔던 건 오로지…." 그녀는 손을 떨어트리고 말을 이었다. "나는 너를 위해 많은 걸 버렸어, 프랜시스. 너를 위해서 내 아기까지 버렸어. 우리가 겪은 일들, 나는 요구했던 적 없어. 만약 내가 그런 식으로 뭘 요구하고 얻어내려 했다면, 이보다 쉬운 길을 택했을 거라는 생각은 안 들어? 그러기는커녕… 아니, 이거 놔. 나한테서 떨어져." 프랜시스가 침대에서 뛰어 내려가 손을 뻗자 릴리안은 그녀를 떠밀었다. "나 건드리지 마."

프랜시스는 덜컥 겁이 났다. 광기는 온데간데없이 사라졌다. 핀으로 찔러 터뜨린 것처럼 완전히 없어져버렸다. "릴리, 용서해줘. 제발. 내가 왜 그랬는지 모르겠어. 나…."

"이거 놔!"

676

"나 아마… 아마 미쳐가는 것 같아. 실은 요전날 밤에, 나… 제발, 릴리." 릴리안은 방문을 열고 있었다. "가지 마. 또 나를 떠나지 마. 아까 그 말 왜 했는지 모르겠어. 진심이 아니었어. 정…."

"건드리지 마!"

이번에 릴리안이 휘두른 손은 제대로 명중했다. 프랜시스는 광대뼈를 맞고 흠칫 뒤로 물러나, 얼얼한 뺨 위에 손을 얹었다. 그 순간 둘은 자신들이 벌인 짓에 질겁해서 서로를 마주 보았다. 이 상황이 상기시키는 사건이 공포스러웠다. 하지만 이 공포의 일부분은 그들 자신의 무력함 때문이기도 하다는 걸 프랜시스는 알았다. 엉망으로 뒤얽힌 갈등을 풀어내는 것은 불가능하고, 무슨 짓을 해도 속수무책으로 더 단단히 꼬이기만 할 거라는 무력함 때문에. "가지 마." 프랜시스는 거듭 말했다. 하지만 이미 늦었다. 너무나 늦었다. 릴리안은 몸을 돌려 달아나고 있었다. 조용한 집 안에서 계단을 내려가는 그녀의 신발 굽 소리가 총성처럼 요란하게 울려 퍼졌다.

그 주 화요일은 존 아서의 기일이었다. 프랜시스는 그의 사진을 들여다보았지만 눈물은 흐르지 않았다. 같은 날 캠버웰에서 사인 심의회가 다시 열렸고, 배심원단은 고의적인 살인이라는 평결을 내렸다. 이틀 뒤에는 치안판사 법원에서 예비심문이 열렸지만 프랜시스는 참석할 여력이 없었다. 그녀는 집 안에 틀어박혀 소파 위에서 몸을 웅크리고 『유괴』*를 읽었다. 심리 결과는 점심시간에 플레이페어 부인이 전해주었다. 패티가 자기 조카의 약혼자라는 경찰을 통해 들은 소식이라면서. 놀라울 건 없었다. 예심은 몇 분 만에 끝났다. 기소자 측은

* 스코틀랜드의 작가 로버트 루이스 스티븐슨이 쓴 모험소설.

주장을 마쳤고, 치안판사는 근거가 충분하다고 선언했다. 레너드의 가족이 보내는 박수갈채와 꽉 들어찬 방청석에서 터져 나오는 환호성 속에서, 스펜서 워드는 두 주 뒤 올드 베일리 공판으로 회부된다는 판결을 받았다.

17

'그래도 끝이 나기는 나겠군.' 프랜시스는 음울하게 생각했다. 광기, 비밀, 구석진 곳에서 슬금슬금 숨어 다니는 생활도 곧 끝난다. 다가오는 11월 6일이면 공판이 열릴 것이다. 그 날짜에 정신을 집중할 수 있어서, 그날이면 드디어 결판이 난다는 생각에 위안이 되었다. 프랜시스는 사람이 공포에 싫증이 날 수도 있다는 것을 처음 알았다. 이 모든 일이 시작된 이래 그녀를 사로잡고 뒤흔들었던 갖가지 공포들을 돌이켜보면, 암흑 같은 두려움, 앞날에 대한 불안, 의혹, 육체가 함몰되는 듯한 감각까지, 단 한 순간도 시시할 틈이 없던 나날이었다! 그런데도 그녀는 거의 지루할 지경이었다. 눈물 나게 지겨웠다. 뼛속들이 지겨웠다. 까다로운 세입자들이, 자기 자신의 두려움과 비겁함이 죽도록 지긋지긋했다.

두 주가 지나는 동안 릴리안을 만난 건 딱 한 번, 두 주째 초순의 일이었다. 그들은 지난번에 끔찍한 방식으로 헤어졌던 일은 언급하지 않았다. 그날의 만남 자체를 입에 올리지도 못했다. 릴리안의 표정은 불투명했고, 태도는 무감정했다. 그들의 앞에 변호사가 동석하고 있었기 때문이었다. 사건을 담당하는 사무변호사들 중 한 명의 요청으로, 그들은 어느 건물 2층의 사무실에 모여서 레너드 사망 당일의 기억을 마지막으로 검토하는 작업에 협조했다. 프랜시스는 혹시라도 변호사가 자신에게 증인을 서달라고 할까 봐 두려웠다. 자신이 법정에 서서 스펜서 워드를 바라보며 기소자 측을 위해 증언을 하는 상상이 뇌리를 스쳤다. 하지만 그런 요청을 받은 것은 릴리안뿐이었다. 변호사는 릴리안에게 이런 부탁을 해서 미안하지만 증인석에 오래 있을 필요는 없을 거라고 말했다. 이번 재판에서 우리 편의 변론을 맡은 법정변호사*가 남편의 마지막 날과 관련해 몇 가지 사실을 확인할 테고, 아마 7월에 그가 부상당했던 사건에 대해서도 바버 부인의 기억을 약간만 짚고 넘어갈 테니, 그 정도만 도와주면 된다고 했다. "그 법정변호사는 험프리 아이브스라고 하는 칙선(勅選) 변호사인데, 혹시 들어보셨습니까? 신문에 곧잘 오르내리는 분인데요. 변론에 아주 숙달된 분이랍니다. 정말 유능한 양반이죠. 그가 맡은 재판은 사흘 이상 끄는 법이 없어요. 설령 피고인 측 변호인이 애를 먹이더라도 기껏해야 나흘일 겁니다." 반면 피고인 측 변호인인 트레실리안 씨는 법정에 선 경험이 별로 없다고 했다. 그는 약소한 수임료만으로 일을 받는 하급 법정변호사**인데, 그런 초심자들이 어떻게 나올지는 모르는 법이라고 했다. 허둥지둥 정신없이 진행할 수도 있고, 패배를 인정하지 못하고 '떼를 써서' 사람들을 좀 놀라게 할 수도 있다는 것이었다. 하지만

---

* 영국에서 법정 변론을 전문으로 하는 법률가. 법정변호사는 형사 공판에서 피고인 측도, 정부 측도 대리할 수 있다.
** 법정변호사들 중에서 경력과 실력, 인품을 인정받는 소수의 변호사들만이 칙선 변호사로 임명되어 높은 수임료를 받으며, 그 외의 법정변호사들은 하급 법정변호사로 지칭된다.

결과 자체는 확실할 테니 바버 부인이 신경 쓸 필요는 없다고 했다. 아이브스 씨가 이렇게까지 단순하고 명쾌한 사건도 드물다고 전해달라고까지 했다면서.

물론 그는 안심하라는 뜻에서 한 말이었다. 하지만 프랜시스와 릴리안은 말문이 꽉 마친 채 그 건물을 빠져나오다가 인도에서 발길을 멈출 수밖에 없었다.

"사나흘이면 끝난다니!" 프랜시스가 겨우 입을 열었다. "그나저나 너는 괜찮겠어? 증인석에 서도?" 릴리안이 아무 대답도 않자 그녀는 말을 이었다. "증언만 하고 나면 너는 거기 계속 있을 필요 없어. 내가 전부 처리할게. 그때가 오면 말이야. 평결이 내려지는 순간이 오면, 그리고 그게 만약 잘못되었으면, 내가 트레실리안 씨를 만나서 이야기…."

"내가 그것까지 너한테 떠맡길 것 같아?" 릴리안이 차갑게 대꾸했다. "아니, 나는 처음부터 끝까지 지켜볼 거야. 만반의 준비를 할 거야. 우리 가족에게도 그렇게 말해뒀어. 그러니까 더 이상 왈가왈부하지 마. 그리고…." 릴리안의 얼굴에도, 목소리에도 약간의 온기가 돌았다. "나는 법정에 너랑 같이 가고 싶어. 그래도 괜찮지? 다른 사람 없이, 너하고 둘이서만 갈 거라고 식구들에게 말해뒀어."

프랜시스는 그녀를 쳐다보았다. "그렇게 말했다고? 식구들이… 이상하게 생각하지 않아?"

릴리안에게 깃들었던 생기가 다시 빠져나갔다. "글쎄. 아무려면 어때?"

그렇다. 그게 무슨 대수란 말인가? 둘이서 이렇게 얼음장을 사이에 둔 것처럼 마주 서 있는데. 릴리안이 저렇듯 어둡고 상처받은 눈빛으로 그녀를 바라보고 있는데. 단 한 번도 그녀와 키스해본 적 없고, 알

몸으로 같이 누웠던 적도 없고, 서로의 눈동자에 빠져들었던 적도 없었던 것처럼…. 프랜시스는 할 말을 찾아 헤맸지만 아무 말도 나오지 않았다. 그들은 다음에 만날 약속만 잡고 헤어졌다.

11월 1일, 11월 2일… 하루하루가 미끄러지듯 흘러갔다. 프랜시스는 어머니와 영화관에 갔지만, 영화가 끝나자마자 무슨 내용이었는지 잊어버렸다. 크리스티나의 집에도 방문했지만, 아무 말도 못 하고 앉아만 있었다. 집에서는 집안일에 전념하면서 저택을 재판이 시작되기 전과 같이 정돈하려 애썼다. 하지만 그건 승산 없는 싸움이었다. 저택은 허물어지고 있었다. 온수기는 불을 붙이기만 하면 비명을 질러댔고, 창틀의 페인트가 벗겨지면서 그 안의 썩은 나무가 드러났고, 급수실 천장에서는 물이 샜다. 밑에 물그릇을 받쳐두긴 했지만, 빗물이 천장과 벽 전체에 번지면서 보물 지도와 휘슬러의 밤 풍경화*를 그려나가는 건 막을 수 없었다. 마치 이 집도 프랜시스처럼 별안간 지쳐버린 것 같았다. 아니면 이제 볼 장 다 봤다는 것을, 자신과 이 가족 사이의 작은 계약도 끝날 때가 되었다는 것을 알아차린 듯했다. 어쩌면 저택은 지금껏 예의 바르게 그녀의 비위를 맞춰주었을 뿐인지도 모른다.

무엇보다도 어머니가 걱정되었다. 어머니는 어떻게 될까? 어떻게 대처할 수 있을까? 최악의 사태가 일어날 그날, 어머니에게 해명을 할 짬이 과연 있을까? 자신과 릴리안이 자백하면 그 즉시 경찰에 구류당하지 않을까? 그러면 어머니는 그 소식을 신문으로 접해야 할 텐데! 아니, 아무래도 그건 차마 못 할 짓이었다. 프랜시스는 매일 밤 그 문제로 노심초사했다. 오빠와 동생이 군대에서 휴가 나왔을 때 이런

---

* 제임스 휘슬러는 영국과 프랑스에서 활동한 미국 출신 화가로, 부드럽게 번지는 듯한 검푸른 색조의 밤 풍경화들로 유명하다.

기분이었을까 싶었다. 노엘은 자신이 죽으면 어머니에게 전해달라며 프랜시스에게 편지를 맡기기도 했다. 어머니는 그 편지를 받고는 어디엔가 고이 보관해두고 다시는 언급하지 않았다. 프랜시스도 그와 비슷한 편지를 남기면 어떨까 하는 생각이 들었다. '제가 올드 베일리에서 돌아오지 않거든 이 편지를 뜯어보세요….' 오, 하지만 이건 너무 선정적이지 않은가.

그런데 문득 플레이페어 부인이 생각났다. 기도에 응답이 내려오듯이 그 생각이 머리를 밝혔다. 그렇다. 법원에서 플레이페어 부인에게 전화로 연락하면 된다. 그러면 부인이 모든 걸 처리해줄 것이다. 어머니를 경찰서로 보내주고, 기자들도 상대해주고. 그리고 만약 프랜시스가 교도소에 수감되거나… 그보다 심한 경우가 발생한다면, 집안 재정 관리와 새로운 세입자들을 구하는 일까지 플레이페어 부인이 도와줄 수 있을 것이다. 심지어 이 저택을 팔고 어머니를 브레이마로 데려가서 같이 살 수도 있다. 그래, 생각해볼수록 그렇게 하는 게 맞지 싶었다. 썩 행복한 상상은 아니긴 했다. 어머니가 그 집에 식객으로 들어앉아서 교회 소식지를 소리 내어 읽어주거나 털실을 감아주는 모습이 상상되었다. 하지만 여기에 홀로 남아 딸이 안겨준 불명예를 곱씹으며 지내는 것보다야 나았다. 맙소사! 그들 모녀가 이런 몰락 직전까지 오다니, 믿어지지가 않았다. 두 달 전에도 어머니에게 등을 돌리고 집을 나갈 각오를 하기는 했다. 하지만 그때는 경우가 달랐다. 그건 릴리안을 위해서, 사랑을 위해서였다. 이런 불운과 실수로 빚어진 혼란 때문이 아니라.

가끔은 그것 때문에 눈물이 났다. 너무나 헛되고 부질없다는 생각 때문에. 프랜시스는 베개에 얼굴을 파묻고서 팔을 끌어 모아 허공을 껴안곤 했다.

공판 전야는 가이 포크스 데이였지만 올해는 하필 일요일이어서 모닥불도, 축제도 없었다. 유감스러운 일이었다. 그래도 이른 저녁 누군가가 안식일을 거스르고 쏘아 올린 폭죽이 몇 차례 하늘을 장식하긴 했다. 프랜시스는 어둑한 침실 창가에 서서 그 불꽃이 터졌다가 이울어가는 것을 바라보다가, 내일 아침에 필요한 것들을 준비한 다음 침대에 들어갔다. 한숨도 못 잘 것을 각오했는데, 이제는 공포의 한계에 다다른 모양인지 도리어 꿈도 안 꾸고 푹 잤다. 깨어났을 때도 그저 좀 불안한 정도였다. 그녀는 씻고, 옷을 갈아입고, 아침을 먹었다. 학창 시절 시험 치는 날 아침처럼 속이 울렁거렸다. 어머니에게 명랑하게 인사하고 집을 나오는 것도 생각보다 힘들었다. 하지만 어떤 면에선 그렇게까지 힘들지도 않았다. 오늘은 시작일 뿐이고 앞으로도 두세 번은 더 이런 인사를 해야 할 테니까. 캠버웰에서 월워스 거리로 걸어가는 길에도, 이 풍경을 다시 못 보게 될 수도 있다는 심정으로 주위를 둘러보려 했지만 같은 이유 때문에 그런 시선이 잘 유지되지 않았다. 의식적으로 그러는 듯한 부자연스러운 느낌이 들었다. 마치 의사에게 막 불치병 진단을 받은 배역을 연기하는 배우처럼.

바이니 부인 댁에 도착하니 언제나처럼 리디아가 문을 열어주었고 개가 짖어댔다. 릴리안은 말쑥한 모자와 코트 차림이었다. 그런데 그녀의 언니들과 어머니도 마찬가지였다. 그들은 릴리안을 혼자 보낼 수 없다고 성화를 부렸다. 그러면 안 된다, 대체 무슨 생각이냐, 거기 가서 아프면 어쩌냐, 또 기절하면 어쩌냐, 가엾은 레이 양에게 폐만 끼칠 거다, 아직 시간이 있으니 로이드에게 연락해서 차를 가져오라고 하자, 릴은 법정에서 그 고약한 임무를 마치고 즉시 그 차를 타고 집으로 돌아와라, 그런 다음 리디아에게 석간신문을 사오게 하면 된다….

 "안 돼요. 절대 안 돼요." 릴리안이 모자에 달린 베일을 끌어 내리며 잘라 말했다. "나는 이렇게 할 거예요. 렌은 제 남편이었잖아요. 이렇게 하게 놔두세요." 너무나 단정적이고 살벌한 그녀의 서슬에 언니들은 조용해졌다. 어머니조차도 묵인해했다.

 집 앞에 택시가 도착하자, 가족들은 그래도 최소한 배웅은 해야겠다며 밖으로 따라 나왔다. 길거리에서 기자와 사진사 몇 명이 대기하고 있었다. 지나가던 행인 몇몇이 발길을 멈췄고, 바이니 씨 가게에 있던 손님들도 릴리안에게 행운을 빌어주고 전송해주려고 밖으로 나왔다. "꼭 결혼식 때 같네." 릴리안은 택시 차창 밖에서 손을 흔드는, 몇 안 되는 전송객들의 쓸쓸한 모습을 바라보며 그렇게 중얼거렸다. 하지만 프랜시스에게 한 말이라기보다는 혼잣말에 가까웠다. 택시가 출발한 이후로는 한 번도 입을 열지 않았다. 릴리안의 검은 코트는 딱정벌레 껍질처럼 초록빛의 윤이 흐르는 빳빳한 새 옷이었다. 베일 너머의 얼굴은 흐릿하고 멀어 보였다. 프랜시스는 회색 튜닉과 진회색 코트로 최대한 엄숙하게 차려입었고, 낡은 검은 부츠는 잘 닦고 광을 내두었다. 하지만 지금 그 부츠 코를 내려다보노라니, 광을 낸 부츠를 신고 와봤자 무슨 소용인가 싶은 생각이 들었다.

 택시가 강을 건너서 러드게이트 힐로 꺾어 들어갔을 때 충격적인 장면이 펼쳐졌다. 올드 베일리의 공용 출입구에서부터 길거리까지 긴 줄이 이어져 있었던 것이다. 이전처럼 밀치락달치락하는 오합지졸이 아니라, 가방을 들고 스카프를 매고 우산을 단정하게 접어 든 멀쩡한 남자와 여자들이 질서 정연하게 한 줄로 늘어서 있었다. "설마 저 사람들이 다 우리 재판을 보러 온 건 아니겠지?" 프랜시스는 물었지만, 이미 몇몇 사람들이 이쪽으로 고개를 돌리고 릴리안을 알아보고는 홍분으로 술렁이고 있었다. 택시가 도로 경계석 앞에 멈춰 섰을 때 사람들이 릴리안을 더 잘 보려고 목을 빼자, 경찰들이 그들을 손짓해 물러나게 했다. 릴리안은 더듬더듬 동전을 찾아다가 택시 기사에게 건네고, 프랜시스와 함께 최대한 빨리 건물로 들어갔다.

그런데 법원 안에 들어선 그들은 또 다른 이유로 충격을 받았다. 장엄하고 압도적인 실내 풍경 때문이었다. 계단을 한 줄 올라가자 인상적인 로비가 펼쳐졌고, 한 층 더 올라가니 온갖 장식이 빽빽이 들어찬 반구형의 대리석 복도에 이르렀다. 대성당 한가운데에 서 있는 것처럼 스스로가 작아지는 느낌이었다. 둘이 어쩔 줄 모르고 우두커니 서 있으니, 한 관계자가 다가와서 도와주었다. "바버 부인이 증언을 하시기로 되어 있다고요? 그럼 이쪽으로 오시죠. 증인 대기실로 안내해드리겠습니다." 그는 릴리안이 그 대기실에서 호출이 있을 때까지 기다려야 한다면서, 프랜시스 먼저 법정으로 들어가라고 했다. 입구에 있는 경찰관이 들여보내줄 거라고.

그래서 프랜시스는 곧장 릴리안과 헤어져 혼자 법정에 들어갈 수밖에 없었다. 처음에는 괜찮다고 생각했다. 그곳은 지금껏 그녀가 사인심의회나 예비심문을 보러 숱하게 들락날락했던 곳들과 똑같은, 갈색 벽판으로 둘러싸인 커다란 방으로만 보일 뿐이었다. 위층 방청석 발코니의 밑에 있는 좌석으로 안내를 받았을 때도, 그 장의자에 먼저 앉아 있던 레너드의 아버지, 더글러스, 테드 삼촌이 엄숙하게 일어나 그녀와 악수했을 때에도, 이 정도면 괜찮다고, 예전에도 다 겪었던 일이라고 생각했다. 그런데 자리에 앉아 주위를 둘러보니 그렇지만도 않았다. 이 법정은 지저분하지 않았다. 엄포를 놓는 느낌도 없었다. 이곳은 허풍이 아니라 진짜였다. 가발을 쓰고 법복을 걸친 서기와 변호사들이 교활한 까마귀처럼 보였다. 판사석 뒤의 벽에는 검이 걸려 있었다.* 그리고 피고석은… 그 부분이야말로 최악이었다. 바로 저 자리에서 수많은 사람들이 사형 선고를 받았다. 크리픈**도 저기에 서지 않았던가? 세던***도? 조지 스미스†도?

위층에서 소란이 일었다. 보이지 않는 곳에서 들려오는 그 소리에 프랜시스는 움찔했다. 일반인 방청석의 문이 열린 모양이신이나. 밖에서 쏟아져 들어오는 사람들의 발소리와 흥분한 음성이 떠들썩하더니, 저마다 자리를 잡고 앉는 듯 투덜거리거나 발을 끄는 소리를 내면서 점차 잠잠해졌다. 마치 극장에 출몰한 유령들의 기척을 듣는 것 같았다. 어쩌면 오히려 프랜시스 쪽이 유령인지도 모른다. 이 어마어마한 현장에서 그녀 한 사람의 심장이 두근거리는 것쯤은 얼마나 사소한 문제인가! 아무런 사전 경고도, 신호도 없이, 느슨하게 흐트러져 있던 법정 안이 어느덧 꽉 맞물려 돌아가고 있었다. 남자들이 이리저리 이동하면서 장의자나 책상 앞 의자에 자리를 잡았고, 위층에서는 보이지 않는 방청객들이 조용히 숨을 죽였다. 모두 기립해달라는 지시가 떨어지자 프랜시스는 자리에서 일어났다. 법복을 걸친 공무원 한 명이 판사석 연단의 옆에 있는 작은 문 앞으로 매끄럽게 다가갔고, 무슨 선포 같은 말과 함께 지팡이인지 망치 같은 것을 두드리는 소리가 울려 퍼졌다. 강령술 모임 같은 데에 나타난 귀신이 두들기는 것처럼 느릿하면서도 기괴한 소리였다. 그리고 마침내 재판장이 실로 무시무시한 모습으로 입정했다. 빨갛디빨간 선홍색 법복을 걸치고, 해

* 올드 베일리 법정의 재판장석 뒤의 벽에는 정의를 구현하는 국왕의 권위를 상징하는 보검이 매달려 있다.
** 아내를 독살한 죄로 1910년에 처형된 의사다.
*** 부유한 세입자를 살해하고 재산을 취하려 했다가 체포되어 1912년에 처형되었다.
† 반복적으로 사기 결혼을 한 뒤 신부를 죽인 연쇄살인범으로, 1915년에 처형되었다.

괴하게도 웬 작은 꽃다발*을 손에 들고 있었다. 뒤이어 법복 차림의 남자 세 명이 더 들어왔는데, 그중 한 명은 관료임을 상징하는 금줄을 목에 차고 있었다. 법관들이 연단으로 올라가 각자의 자리에 착석했다. '릴리안은 어디 있지? 릴리안이 필요해!' 프랜시스는 다급히 생각했지만, 재판은 이미 시작되었다.

공포가 너무나 극심해서 모든 게 아득히 동떨어진 듯 느껴졌다. 스펜서가 교도관과 함께 피고석에 나타나는 게 보였다. 마치 마술사의 조수가 등장하듯 바닥에서 솟아오르는 걸 보니, 이 법정 밑에 있는 무슨 지하 통로를 통해 올라온 모양이었다. 법관들이 그에게 기소장을 낭독해주고 어떻게 답변하겠느냐고 물었다. 스펜서는 어린 남학생처럼 갈라지는 목소리로 "저는 무죄를 주장합니다."라고 답변했다. 이후에는 열한 명의 남성과 한 명의 여성으로 구성된 배심원단의 선서가 잇따랐다. 단조로운 절차가 이어지는 가운데 마음이 약간 진정된 프랜시스는, 선서하는 배심원들의 면면을 훑어보며 친절해 보이는 사람이 있는지 살폈다. 하지만 그들은 그저 평범한 비전문가들로만 보였다. 여성 배심원은 지나치게 화려한 모자를 썼고, 남자들은 남들의 시선을 의식하는 듯 약간 어쭙잖은 표정이거나, 등을 꼿꼿하게 세우고 턱을 치켜들고서 자기들의 지위를 즐기고 있었다. 그중에서 맨 끝에 있는 남자가 배심장인 듯싶었다. 영리한 상점 주인처럼 생긴 사람이었는데, 망가진 상태로 납품된 싸구려 상품 같은 것을 살펴보는 노련한 상인과도 같은 시선으로 스펜서를 뜯어보고 있었다.

다음으로는 얼굴이 축 늘어진 중년의 법정변호사 한 명이 일어나서

---

* 옛날 판사들은 올드 베일리 옆에 있었던 뉴게이트 교도소에서 나는 불결한 악취를 감추기 위해 꽃다발을 들고 다녔는데, 교도소가 철거되고 나서도 이러한 전통이 지속되었다.

연설을 했다. 바로 저 사람이 일전에 사무변호사가 말해줬던 아이브스 씨인 모양이었다. 바야흐로 정부 측 변호인이 주장을 개진하기 시작한 것이다. 프랜시스는 주의를 집중하기 위해 긴장한 자세로 앉아서 몸을 앞으로 내밀었다. 그녀의 옆자리에 앉은 더글러스도 똑같이 하고 있었다. 하지만 아이브스 씨는 스펜서의 위협, 첫 번째 습격, 곤봉, 혈흔, 코트에 묻은 머리카락 등, 예비심문에서 숱하게 들어서 이골이 난 이야기만 되풀이했다. 이십 분쯤 지나 그가 말을 멈추고 배심원들에게 흉기를 보여주자 장내에 소름 끼치는 전율이 흐르는 것까지도 이전 심리들과 똑같았다. 이어서 증인들이 불려 나오자, 프랜시스는 자신이 증인석에 대신 들어가서 똑같이 증언해줄 수도 있겠다는 생각마저 들었다. 모두 예전에도 증언을 했던 사람들이었다. 시신이 발견된 현장의 지도를 보여주는 경찰관, 시신을 발견한 정황을 진술해주는 하디 순경과 에반스 순경, 현장에서 피해자의 사망을 확인한 사실을 증언하는 의사…. 그 뒤에는 경찰 측 부검의인 팔머 씨가 나와서 레너드의 뇌에 가해진 타박상의 특성에 대해 징그럽도록 상세한 설명을 늘어놓았다. 그런데 이번에는 출혈의 특성을 보여줄 수 있는 증거품도 가져왔다. 그는 작은 상자의 뚜껑을 열더니 둥그렇게 말린, 진흙 빛깔의 종이 같은 것을 꺼냈다. 그건 레너드의 셔츠 칼라였다. 셔츠 칼라! 프랜시스는 경악해서 쳐다보았다. 그날 밤 자신이 저런 것을 본 적이 있던가 싶을 만큼 생소해 보였다. 흡사 말라비틀어진 뱀의 허물 같았다. 칼라가 배심원단 측으로 전달되자, 몇몇은 자세히 보려고 몸을 기울이는 한편 몇몇은 한 번 보기만 하고 시선을 피했다. 특히 여자 배심원은 과장스럽게 얼굴을 돌리며 메스꺼운 시늉을 했다. 그런데 그 다음에 제출된 증거품 앞에서는 배심원들 전원이 메스꺼워하는 기색이었다. 그건 레너드의 손상된 머리를 찍은 사진들이었다. 영리한 가게 주인 같은 그 남자가 사진들을 전해 받은 뒤 다른 사람들에게 돌렸다. 한편 위층의 방청석에서는 사진을 못 봐서 안달이 난 사람들이 혀를 차며 투덜거리는 소리가 들려왔다.

이 시점에서 처음으로 트레실리안 씨가 일어나, 피고인을 변호하기 위한 반대신문을 했다. 그는 출혈에 대해 의문점이 있다면서, 그 정도의 부상이라면 가해자의 옷까지 피가 튈 가능성이 높지 않느냐고 물었다.

팔머 씨는 관대한 투로 고개를 끄덕였다. "그렇습니다. 피가 튀었을 가능성이 매우 높지요."

"그렇다면 피고인이 소유한 의복들 중에서 그런 혈흔이 발견되지 않았다는 사실은 어떻게 설명하시겠습니까?"

"그건 제가 설명할 수 없는 부분입니다. 다만, 옷은 세탁하거나 폐기하기가 간편하니 그럴 수도 있을 것 같습니다. 또한 곤봉에서는 확실히 혈흔이 발견된 바 있고요."

"인간의 혈액이라고 입증되지 않은 그 혈흔 말입니까?"

"거의 확실히 인간의 혈액이라고 판명된 혈흔 말입니다."

"그러나 그 혈흔이 레너드 바버의 피라고 증명할 수는 없는 거지요? 그리고 바버 씨의 외투에서 발견된 체모 역시 피고인의 체모와 일치한다고 말할 수는 없고, 그 사실은 팔머 씨 본인이 직접 보장하신 바 있고요?"

의사는 고개를 약간 끄덕이면서 먼젓번보다 덜 관대한 투로 대답했다. "그렇습니다."

그 대답에 트레실리안 씨는 변호인석으로 돌아가 앉았다. 지켜보던 프랜시스는 마음속으로 다그쳤다. '뭐하는 거예요? 거기서 물러나면 어떡해요! 계속 몰아붙여야죠!' 하지만 트레실리안 씨는 지극히 느긋한 분위기로 종이에 무언가를 적고 있을 뿐이었다. 그는 뿔테 안경을 쓴 평범한 외모의 청년으로, 프랜시스보다 겨우 한두 살 많을까 싶을 만큼 젊었다. 갸름한 얼굴에 길쭉하고 흰 손이 존 아서와 닮아 보였다. 어쩌면 프랜시스 같은 여동생이나, 그녀의 이미니 같은 모친이 있을지도 모른다. 오늘 아침에도 평범한 침대에서 일어나, 프랜시스와 똑같은 식사를 하고, 긴장감으로 속이 울렁거렸을지도 모른다. 그녀는 다 부질없다는 생각에 심장이 죄여왔다. 저 사람이 성공할 리가 없다. 너무 젊었다. 그보다는 아이브스 씨 같은 변호사여야만 했다. 이쪽이야말로 책이나 영화에 나오는 변호사처럼 보였다. 딱 지금만 해도, 재판장과 함께 무언가를 상의하고 있는 아이브스 씨의 모습만 하더라도 그랬다. 저렇게 한 손으로 무심하게 법복의 옷깃을 쥐고서 법률적 쟁점에 대해 토론할 수 있는 어엿한 변호사가 필요했다. 겨우 프랜시스의 오빠 같은 남자가, 집 안을 양말 바람으로 돌아다니고 소파에서 긴 다리를 포개고 앉아 앙상한 발목을 드러내는 그런 젊은이가, 그녀와 릴리안을 구원해줄 수는 없는 일이었다.

다음 증인이 나오자 프랜시스는 다시 귀를 곤두세웠다. 이번에는 켐프 경위였다. 경위는 불그레해진 얼굴에 득의양양한 표정을 띠고서 수사 과정을 일목요연하게 설명했다. 무슨 사방치기 놀이라도 하듯이, 옆으로 가벼운 점프 몇 번만 하고 나면 한 칸에서 다음 칸으로 말끔하게 이동할 수 있다는 식이었다. 프랜시스는 슬슬 머리가 아파왔다. 하얀 천장에 채광창이 끼워져 있어, 선명하고 차가운 빛 때문에 눈이 부셨다. 그리고 소리가 장내에 울려 퍼지는 느낌도 기묘했다. 위층에서 의자가 끌리는 소리, 기침 소리, 부스럭거리는 소리가 간간이 들려왔고, 서기와 경찰들이 오락가락할 때마다 신발이 쩔꺼덕거리거나 종이가 팔락거리는 소리가 났다. 스펜서는 이 모든 걸 어떻게 받아들이고 있을까? 그는 처음에는 주의 깊게 경청하는 듯 보였지만, 증인 신문이 이어질수록 점점 멍해지더니 지금은 자기 앞의 높은 난간에 팔꿈치를 얹고서 손등으로 턱을 괸 채 몸을 구부리고 있었다. 프랜시스는 치안판사 법원에서 껌을 씹고 히죽거리던 그의 모습을 떠올렸다. 오늘도 그때와 같은 푸른색 싸구려 정장 차림이었지만, 넥타이는 누군가가 바꿔주었는지 더 점잖은 것을 맸고, 머리카락은 유별나게 단정했다. 얼굴은 창백했지만 약간 살이 올라서 예전처럼 쥐 같아 보이지는 않았다. 교도소 식사가 집에서 먹는 것보다 오히려 더 나은 모양이었다.

그런데 스펜서가 자세를 바꾸면서 고개를 돌리다가, 그를 쳐다보고 있던 프랜시스와 눈이 마주쳤다. 그 순간 불쾌한 병증이 치밀듯 온몸이 걷잡을 수 없이 후끈 달아올랐다.

그때 켐프 경위가 별안간 증인석에서 내려갔다. 어느 사이에 벌써 한나절이 지나버린 건지, 점심시간을 맞아 재판을 휴정한다는 말에 프랜시스는 깜짝 놀랐다. 점심이라니! 이 와중에 너무 한가하고 일상적인 일로 느껴졌다. 하지만 배심원들이 줄지어 빠져나가고, 법복 차림의 남자들이 연단을 떠나고, 스펜서가 피고석 바닥 밑으로 꺼져 사라지고 나니, 법정의 분위기는 다시금 느슨하고 산만하게 풀어졌다. 프랜시스는 달리 어떻게 해야 할지 몰라서 바버가의 남자들을 따라 밖으로 나갔다. 그들은 대리석 복도를 거쳐, 쿠션이 대어진 의자들이 비치된 대기실에 자리를 잡았다. 테드 삼촌이 서류 가방에서 납지로 감싼 꾸러미와 보온병을 꺼냈는데, 거기서 나온 것은 뜻밖에도 으깬 어육을 바른 샌드위치와 차였다. 프랜시스는 입맛이 전혀 없는 데다 자신이 그들의 음식을 받아먹는다는 건 극도로 몰염치한 짓이라는 생각에 사양하다가, 그들의 강권에 못 이겨 어쩔 수 없이 샌드위치를 받아 들었다. 그들은 엄숙하고 가라앉은 목소리로 재판의 추이에 대해 의논했다. 더글러스는 언제나 그렇듯 씩씩거리면서, 트레실리안이라는 그 호모 같은 녀석이 무슨 수작인지 궁금하다며 분통을 터뜨렸다. 어떤 변호사들은 돈만 주면 아무나 변호해주는 것 같다면서….

프랜시스는 머리가 아프다 못해 이제는 규칙적으로 지끈거리는 무지근한 두통에 시달렸다. 조그마한 삼각형의 메마른 빵 조각과 어육 반죽이 입천장에 들러붙어 떨어지질 않았다. 지금쯤 스펜서는 점심으로 무엇을 먹고 있을지, 과연 그녀보다 식욕이 있을지 궁금했다. 릴리안이 어디 있는지도 알고 싶었다. 찾으러 가볼까 하는 생각이 들었다. 하지만 만난다고 해도 무슨 말을 하겠는가? 벌써 한나절이 흘렀다. 이렇게 장엄한 곳에서 이렇게 똑똑한 남자들이 모여 한나절을 갑론을박했어도, 이전과 다름없이 아무런 희망이 없었다. 프랜시스는 바버가 남자들에게 양해를 구하고 일어나서, 장식이 지나치게 많이 되어 있는 복도를 따라 정처 없이 걸어 나갔다. 그러다 보니 또 쿠션이 대어진 의자들이 비치된 구역에 이르렀다. 거기에도 침울한 표정으로 샌드위치를 깨작거리는 사람들이 있었다. 다른 법정에서 다른 재판에 참석하다가 나온 사람들이었다. 그 재판에는 또 다른 판사, 배심원, 서기, 변호사들이 있었으리라. 그리고 그 법정 너머에는 또 다른 법정이 있었다. 프랜시스는 줄무늬 대리석 벽들로 이루어진 이 건물이 범죄, 죄책감, 비탄이라는 먹이를 끊임없이 먹어치우는 거대한 석조 괴물 같다는 상상이 들었다. 지금도 이 건물은 그것들을 배 속에서 소화시키고 있고, 그러다가도 얼마 못 가 모조리 토해내기를 반복하는 것 같았다.

레너드의 아버지가 그녀를 손짓해 불렀다. 오후 재판이 곧 재개되니 법정으로 돌아가자는 뜻이었다. 프랜시스는 그를 따라 들어가서 좌석에 앉았고, 이윽고 괴물의 무자비한 소화 과정이 다시 시작되었다. 이번에도 낯익은 증인들이 불려 나왔다. 스펜서가 레너드를 위협하는 것을 들었다는 소년들, 사건 당시 뒷길에 있었다던 연인. 그 다음으로 호명된 증인은 찰리 위스머스였다. 그런데 그는 웬일인지 팔에 삼각건을 매고 얼굴에 멍이 든 채 절뚝거리면서 법정으로 걸어 들어왔다. 어리둥절해서 쳐다보는 프랜시스의 눈길을 알아차린 더글러스가 몸을 기울이고 속닥거렸다. "소식 못 들으셨어요? 찰리가 만났던 여자의 남편이 흠씬 두들겨 팼다더라고요! 그 남자도 철창신세를 질 거랍니다. 지난주에 치안판사 앞에 섰다지요." 그 얘기를 들으니, 더구나 다친 찰리의 모습을 직접 보고 있으니 프랜시스는 더더욱 의기소침해졌다. 찰리가 하는 증언이라는 것은 물론 레너드의 외도와 관련된 온갖 남부끄러운 이야기였다. 그린 공원에서 여자들과 즐겼던 산책, 선물, 허니비 나이트클럽에서 벌어진 실랑이, 털스 힐의 밀회, 집에 남았던 '특정한 흔적'….

"그 부분은 더 자세히 말씀하실 필요 없을 것 같습니다." 재판장이 제지하고 나섰다. "여성분들이 듣고 계시니 말입니다."

그 다음으로 호출된 증인은 릴리안이었다. 찰리가 증언할 때는 방청석에서 속닥거리는 소리가 들렸는데, 릴리안의 이름이 나오자 장내가 완전히 고요해졌다. 릴리안은 오늘 무대의 스타들 중 한 명인 것이다. 프랜시스는 그녀를 보자마자 사인 심의회 때 덜덜 떨던 그 가녀린 모습이 생각나서 초조해졌다. 그런데 릴리안은 차분하게 증인석에 올라가더니, 베일을 쓴 머리를 높이 쳐들고 서서 선서를 하고는, 나지막하지만 흔들림 없는 목소리로 변호인들의 질문에 대답해나갔다. 그 광경이 오히려 그 어느 때보다 마음이 아팠다. 차마 바라보기도 힘들

694

지경이었다. 릴리안이 침착할 수 있는 까닭은 그녀의 용기 때문이기도 하겠지만, 그보다는 자포자기한 심정이 더 크다는 것을 프랜시스는 알고 있었다. 레너드가 죽은 이래 참혹한 일을 너무 많이 겪은 탓에 그녀는 껍질이 벗겨지고, 매끄럽게 깎여 나가고, 색깔이 날아가버린 것이다. 허리게인에 휩쓸린 나무처럼, 요농지는 바다에 던져진 돌멩이처럼.

릴리안은 남편의 마지막 날에 대한 질문들에 답변했다. "아니요, 아침에 출근할 때 그는 초조해 보이지 않았습니다." "아뇨, 그의 신변이 걱정될 만한 그 어떤 말이나 행동도 하지 않았습니다." "저는 그레이 양과 그의 관계에 대해 전혀 몰랐습니다." "스펜서 워드에 대해서도 아는 바가 전혀 없었습니다." "네, 7월 1일 밤에 남편이 습격당했던 일은 기억합니다."

그 사건에 대한 구체적인 질문이 이어졌다. "당시 바버 씨의 부상이 어땠는지 묘사해주실 수 있겠습니까?"

"얼굴을 맞아서 코피를 흘리고 있었습니다."

"출혈이 심했나요?"

"네, 그랬던 것 같습니다."

"의사를 부를지 상의는 하셨습니까?"

그때가 유일하게 릴리안이 멈칫하고 시선을 떨군 순간이었다. "네, 의사를 부르려고 했습니다. 그러나 남편이 반대했습니다."

릴리안은 증언하는 내내 프랜시스 쪽을 한 번도 보지 않았다. 하지만 증인석에서 내려올 때 법정 관리원에게 뭐라고 조용히 말을 하더니, 대부분의 증인들처럼 법정 밖으로 나가지 않고 바버가 남자들과 프랜시스가 앉아 있는 좌석 쪽으로 건너왔다. 그 길에 피고석 앞을 지나치자 스펜서가 멍한 눈길로 그녀를 쳐다보았다. 그뿐만이 아니라 모든 방청객의 시선이 릴리안을 뒤쫓는 것 같았다. 그들이 일제히 목을 뺀는 소리가 들릴 지경이었다. 심지어는 무뚝뚝한 법정 관계자들, 서기들, 경찰들까지도 릴리안을 주시하고 있었다. 그녀가 레너드의 아버지 옆자리에 앉았을 때 그가 어깨를 토닥여주자, 릴리안의 몸이 가늘게 떨리는 것을 프랜시스는 보았다.

그때쯤에는 장내의 이목이 무언가 다른 것으로 옮겨간 뒤였다. 프랜시스는 미처 못 들었는데, 누군가의 이름이 호명된 것 같았다. 법정의 문이 삐걱 열리더니 날씬한 체격의 여자가 나타났다. 그녀가 증인석으로 들어왔을 때, 금발로 염색한 곱슬머리와 가느다란 눈썹을 보고서야 프랜시스는 그 여자가 바로 빌리 그레이라는 것을 깨달았다.

빌리가 릴리안 직후에 들어온 탓에, 처음 몇 분 동안은 두 여자 사이의 뚜렷한 차이만이 두드러져 보였다. 빌리는 엄숙한 자리에 나온다는 생각을 전혀 못 했는지, 티 댄스*에 가는 길에 들른 듯한 옷차림을 하고 있었다. 연청색 코트를 입었고, 머리에 꼭 맞는 핑크색 벨벳 모자에는 한쪽으로 말려 올라가는 타조 깃털이 꽂혔고, 크림색 스웨이드 장갑에는 재판장의 법복 못지않게 새빨간 구슬이 달려 있었다. 빌리는 방청석을 올려다보며 눈을 깜빡이더니 법정 전체를 둘러보았다. 아마도 약간 근시인 것 같았다. 그녀는 릴리안을 눈치채지 못했지만, 스펜서의 모습은 확실히 알아보고 두려운 듯이 시선을 피했다. 선서를 하면서는 살짝 말을 더듬고 혼자 키득키득 웃었다. 증언을 하는 동안에도 자꾸만 킥킥거렸다. 아이브스 씨는 어린아이를 다루듯이 끈기 있게 그녀를 이끌었다. "그러면 그 기억이 확실합니까?"라는 둥, "저를 위해서 그 발언을 한 번만 생각해보시겠습니까?"라는 둥. 단지

---

* 19세기 말부터 성행한, 다과를 곁들인 오후의 댄스파티.

레너드와 그녀의 관계, 나이트클럽 사건, 스펜서가 분노하고 위협했던 일에 대해 빌리 자신이 경찰에 했던 진술이 사실이라고 확인시키기만 하는데도 그렇게 애를 먹었다.

"… 네, 진작 그렇게 얻어터졌어야 했다고 말했던 것을 확실히 기억해요."

"그에 앞서, 여름에 그와 '갈등'을 빚었을 때는 어땠습니까? 당시의 언쟁이 어떻게 끝났는지 배심원들에게 알려주시겠습니까?"

아이브스 씨가 그렇게 질문하자, 빌리는 다시금 피고석 쪽에 두려운 눈길을 던졌다. 그러고는 스펜서가 자신의 얼굴을 후려치는 바람에 안쪽에 있는 치아 하나가 빠졌다고 대답했다. 그런데 그 발언에 스펜서가 씩씩거리면서 뭐라고 투덜대자, 빌리가 그 소년을 똑바로 쳐다보면서 "뭐? 네가 그랬던 거 맞잖아, 스펜스."라고 따지는 것이었다. 두려워하는 기색이라고는 조금도 없는, 오히려 짜증스럽게 나무라는 듯한 그 말투에 프랜시스는 깜짝 놀랐다.

재판장이 즉각 질책했다. "피고인과 대화해서는 안 됩니다."

"음, 아무튼 쟤가 그랬다니까요." 그녀는 고집스럽게 항변했다.

그 고집스러움 때문인지 뭔지는 모르겠지만, 처음에는 릴리안과 너무나 달라서 당황스러울 정도였던 그녀가 이제 보니 그렇게 다르지만도 않다는 느낌이 들었다. 증인석에 서서 점차 자신감을 찾아가는 빌리의 모습은 보면 볼수록 릴리안과 닮아 보였다. 넓고 천진해 보이는 얼굴도, 검고 또렷한 눈망울도. 입술은 요즘 유행하는 스타일로 얇아 보이게 화장을 했을 뿐, 실은 도톰했다. 장갑에 달린 구슬, 모자에 달린 깃털 장식마저도 릴리안을 상기시켰다. 마치 열여덟 살 무렵의 릴리안을 보는 듯했다. 성급한 결혼, 사산아, 거듭되는 실망에 물들지 않았던 시절의 릴리안. 레너드가 월워스 거리의 진열창 너머로 처음

보았던 그녀의 모습이 꼭 저렇지 않았을까 싶었다.

릴리안도 이런 점을 눈치챘을까? 알 수 없었다. 그녀는 지금까지와 마찬가지로 시종일관 차분하고 무감동한 태도로 빌리를 지켜보고만 있었다. 갈팡질팡하는 쪽은 빌리였다. 아이브스 씨의 신문이 끝나고 트레실리안 씨의 반대신문이 시작되었기 때문이었다. 그는 아이브스 씨처럼 상냥하고 끈기 있게 대해주지 않았다. 알고 보니 존 아서와는 딴판이었다. 트레실리안 씨는 냉소적이었고 사뭇 잔인하기까지 했다.

"그레이 양이 치아를 잃은 것은 실로 유감입니다. 신사가 숙녀에게 감히 손을 쳐든다는 것은 절대로 용서할 수 없는 행위고요. 하지만 약혼녀가 어떤 유부남과 친밀한 관계를 맺었다는 사실을 깨달은 청년의 기분이 어땠을지를 생각하면, 비록 통탄스럽기는 하되, 그 심경만큼은 공감하시는 분들이 분명 있을 거라고 생각합니다. 그레이 양과 워드 씨는 약혼한 사이가 아니었나요?"

빌리는 천진한 눈을 휘둥그레 떴다. "오, 전혀요. 그건 스펜서의 착각이었죠."

"약혼반지를 받으시지 않았습니까?"

"걔는 허구한 날 선물을 준걸요. 너무 많아서 다 헤아리지도 못했어요. 저한테 돈 낭비 하지 말았으면 했죠. 우리는 그냥 소꿉친구 같은 사이였고, 저는 그런 의미에서 걔를 웬만큼 좋아했을 뿐이에요. 레니를 좋아한 거랑은 달랐어요⋯." 빌리는 얼굴을 붉혔다. "제 말은, 바버 씨 말예요."

"바버 씨도 그레이 양에게 선물을 주곤 했지요?"

"음, 작은 선물을 몇 번 줬죠. 그냥 애정을 보여주는 뜻으로요."

"그 '작은 선물'들을 받았을 때에도 그레이 양은 바버 씨가 결혼했다는 사실을 알고 있었습니까?"

"네, 알고 있었어요. 그 부분에 대해서 바버 씨는 언제나 솔직했어요. 하지만 자기 결혼은 진정한 결혼이 아니라고, 진심이 없다고 그랬어요. 순전히 체면 때문에 유지하는 것뿐이라고요."

그 말에 법정 안의 사람들이 릴리안을 훔쳐보려고 목을 뺐다. 하지만 릴리안의 표정은 남남하기만 했다. 그동안 빌리는 뒤이은 질문에 답변했다. "… 아뇨, 저는 부끄러웠던 적 없어요. 레니가… 그러니까 바버 씨가, 부끄러워하기엔 인생이 너무 짧다고 했어요."

트레실리안 씨가 무거운 목소리로 말했다. "'부끄러워하기엔 인생이 짧다.'라…. 글쎄요, 바버 씨의 인생은 확실히 짧긴 했지요. 그리고 부끄러움으로 말하자면… 이 경우에는 부끄러움을 누가 느껴야 하는지는 배심원단이 판단할 문제입니다. 또한 이곳은 법정이라는 점을 여러분에게 상기시켜드리고 싶군요. 비록 지금까지 몇 분 동안은 이 상야릇한 캐릭터들이 소위 로맨스를 펼치는 영화 한 편이 상영되는 극장이 되어버렸던 것 같지만 말입니다. 지금 그레이 양은 사랑을 이야기하고 있습니다만, 그레이 양과 바버 씨의 교우는 기실 상상할 수 있는 그 무엇보다도 추잡한 관계가 아니었습니까? 공원이며 셋방 같은 곳에서 은밀히 만나는 그런 관계 말이지요."

소녀가 그를 똑바로 쳐다보았다. "아뇨, 그런 거 아닌데요. 우리 사이를 뭔가 저속한 것처럼 말씀하시는데요, 저랑 레니는… 사랑하는 사이였어요. 서로 대화도 엄청 많이 했다고요. 레니가 자기 어렸을 때 얘기 같은 것도 다 해줬고요. 세상이 우리를 반대하는 게 우리 잘못은 아니잖아요. 우린 아담과 이브 같았어요."

그 말에, 끔찍하게도 방청석에서 코웃음이 터져 나왔다. 소녀는 위층의 사람들을 올려다보며 눈을 깜빡이더니 입술을 실룩이며 울먹이기 시작했다. 그러자 누군가가 우우 하고 야유를 보냈다. 그 야유가 빌리를 향한 건지, 콧방귀를 낀 사람을 향한 건지는 알 수 없었지만, 어쨌든 빌리는 그 소리에 더욱 격하게 울음을 터뜨렸다. 그건 진실하고, 성숙하고, 고통스러운 눈물이었다. 그녀의 얼굴이 삽시간에 부어오르면서 비통한 감정이 만면에 떠올랐다. 관리원이 물을 한 잔 가져다주었다. 하지만 바닥에 떨어진 종이 한 장을 주워다 주는 것처럼 중립적이고 사무적인 태도였다. 트레실리안 씨는 냉담하고 무감동한 표정으로 기다리기만 했다. 빌리의 오열에 눈에 띄게 동요한 사람은 단한 명, 피고석에 선 소년이었다. 스펜서는 몸을 앞으로 내밀면서 가까운 곳에 있는 서기에게 무언가를 전달하려고 기를 쓰고 있었다. 얼핏보기로는 작고 하얗고 네모진 물건이길래 무슨 쪽지인 줄 알았는데, 자세히 보니 그게 아니었다. 스펜서는 증인석에 선 소녀가 눈물을 닦을 수 있도록 주머니에서 손수건을 꺼내 전해주려는 것이었다. 서기가 손수건을 건네받고 애매하게 머뭇거리자, 재판장이 그걸 보고는 손짓해서 제지했다.

"안 됩니다. 피고인과 증인 사이에 의사소통이 있어선 안 됩니다. 트레실리안 씨, 이런 식의 구경거리는 현재 사안에 전혀 도움이 되지 않는 것 같습니다. 계속하실 생각입니까?"

빌리가 계속 흐느끼는 가운데 트레실리안 씨가 대답했다. "이건 신뢰성의 문제입니다, 재판장님. 그레이 양은 제 의뢰인에게 불리한 혐의들을 제기한 바 있습니다. 그래서 저는 그녀의 품성이 어떤지를 배심원단 앞에서 규명하려는 것입니다."

재판장은 언짢은 투로 말했다. "네, 하지만 지나치게 노골적으로 규명하시는 것 같습니다. 트레실리안 씨나 아이브스 씨 모두 질문이 더 없다면, 저 가련한 젊은 여성을 증인석에서 물러나게 하는 편이 좋겠습니다."

두 남자가 잠시 상의를 하더니, 빌리에게 퇴정하라는 신호가 떨어졌다. 빌리는 관리원의 부축을 받아 법정을 나가면서 더욱 서럽게 흐느꼈다.

프랜시스의 옆에 앉아 있던 더글러스가 그녀를 지켜보며 입술을 실그러뜨렸다. "그래, 꺼져버려라, 이 잉큼한 계집아."

그로부터 얼마 지나지 않아 재판은 휴정되었다. 프랜시스와 릴리안은 묵묵히 월워스로 돌아갔다.

다음 날 아침은 그나마 수월했다. 앞으로 무엇이 어떻게 진행될지를 안다는 점에서만큼은 그랬다. 프랜시스는 또다시 불행한 구혼자처럼 바이니 부인 댁을 찾아갔고, 릴리안은 또다시 딱정벌레 같은 코트에 베일을 두르고 나와서 프랜시스의 에스코트를 받아들였다. 심지어 그들이 탄 택시의 운전사마저도 어제와 똑같았다. 올드 베일리 밖에 장사진을 친 군중도 어제와 똑같은 사람들처럼 보였다. 하지만 오늘은 그 군중 앞을 지나가면서도 둘 다 덜 움츠러들었고, 건물에 들어가서는 눈 한 번 깜짝 않고 법정 안으로 직행해 그들의 좌석을 찾아가 앉았다. 프랜시스는 제법 고수가 된 기분이었다. 법복을 걸친 남자들이 연단에 오르고 스펜서가 피고석에 마술처럼 나타날 때까지도 모든 절차는 막힘없이 진행되었다. 어제와 유일하게 다른 점이라면 날씨였다. 오늘 날씨는 무척 흐리고 궂었다. 빗줄기가 지붕의 채광창을 두들겨대는 덕분에 눈이 부신 건 덜했지만, 재판에 귀를 기울이기가 힘들었다.

하지만 굳이 귀를 기울여봤자 무슨 소용인가 싶기도 했다. 스펜서에게 불리한 증거만 속속 나오는데. 우선은 펼사에 근무하는 한 사무원이 나와서 레너드가 7월에 생명보험을 연장했다고 증언했다. 그러

701

자 아이브스 씨는 레너드의 그런 행동이 특이하지 않냐고 반문했다.

"기운도 펄펄하고 첫 아이를 볼 기대도 갖고 있었던 남성이라면, 보험료를 증액하기보다는 저축을 하는 것이 상식적이지 않습니까? 바버 씨가 그렇게 할 만한 이유라면 오로지, 자신이 속여왔던 아내가 과부가 될 가능성을 염두에 두었기 때문이 아닐까요. 즉 심각하고 실질적인 목숨의 위협을 느꼈다는 뜻이 아니겠습니까? 증인은 그 외에 다른 이유를 생각하실 수 있으십니까?"

이건 예전에 릴리안도 프랜시스에게 직접 언급했던 점이었다. 배심원들이 수군거리며 의견을 나누었다. 예리한 상점 주인 같은 남자는 청구서를 작성하듯 메모를 하고 있었다. 이 문제가 얼마나 복잡하게 뒤엉켜 있는지 그들에게 알려줄 수만 있다면 좋으련만! 하지만 복잡한 사정에 관심이 있는 사람은 아무도 없어 보였다. 트레실리안 씨가 일어나서 '우리는 증인의 추측을 들으려고 여기 모인 것이 아니'라며 재판장에게 이의를 제기하기는 했지만, 잇따른 토론은 교양 있는 세 남자끼리의 섬세한 스포츠에 가까웠고, 피고석에서 멍하니 바라보고 있는 소년하고는 별 상관도 없는 일처럼 느껴졌다.

피고인 측 변호인의 주장이 시작되었다. 증인으로 신청된 스펜서 본인이 법정을 가로질러 증인석으로 들어갔고, 트레실리안 씨가 여유롭게 질문을 던져 그의 더듬거리는 대답을 이끌어냈다. 그 광경을 지켜보던 프랜시스는 다시금 겁에 질렸다. 지금껏 자신이 모든 희망을 버렸다고 생각했는데 실은 그게 아니었다. 그녀는 희망을 품고 있었다. 바로 지금 이 순간에, 몇 달이 지나고서야 찾아온 이 기회에, 저 소년이 드디어 자기주장을 펼치고 혼란의 여지를 불식시킬 가능성에 기대를 걸었던 것이다. 하지만 그가 어떻게 그럴 수가 있겠는가? 이토록 위압적이고 기괴한 장소에서, 수많은 이들의 탐욕스러운 시선을 한 몸에 받으며, 프랜시스와 릴리안을 제외한 모두가 그를 유죄라고 확신하는 상황에서, 스펜서 아니라 그 누군들 무슨 수가 있겠는가? 스펜서는 첫 심리 때 했던 진술을 되풀이했다. 레너드가 죽은 날 자신은 두통 때문에 퇴근하고 곧장 집으로 돌아갔으며, 어머니와 함께 밤시간을 보냈다고. 그의 이야기는 지나치게 격식에 맞춰 다듬어진 느낌이었다. 그럴 만도 했다. 지금껏 저 이야기를 천 번은 반복했을 테니까. 스펜서는 자신이 바버 씨를 두고 '진작 얻어터졌어야 했다'고 말한 기억은 없으나, 빌리가 그렇게 주장한다면 그럴 수도 있다고 했다. 하지만 말을 했다고 해서 행동까지 했다는 뜻은 아니지 않느냐고 반문했다. 또한 곤봉은 평상시 주머니에 넣고 다녔을 뿐이며, 물건을 소지하는 것과 실제로 사용하는 것은 엄연히 다른 차원이라고, 만약 곤봉에 혈흔이 있다면 그건 쥐나 바퀴벌레에서 나온 것일 뿐 레너드 바버에게는 절대로 사용한 적 없다고 해명했다.

"… 네, 지난여름 그날 그의 얼굴을 때리긴 했습니다. 하지만 빌리한테 집적거리지 말라고 겁주려고 그랬을 뿐입니다."

"당신은 사람을 때리는 것을 상당히 즐기는 것 같습니다. 그렇지 않습니까, 워드 씨?" 반대신문을 하려고 일어선 아이브스 씨가 물었다. 6월에 그레이 양의 치아를 부러뜨렸을 때도 즐거웠습니까?"

소년의 좁은 어깨가 축 처졌다. "미치겠네. 그땐 그냥 정신 좀 차리라고 한 대 톡 쳤을 뿐이에요! 걔 입 뒤쪽에 있는 이빨 절반은 저절로 빠졌다고요. 나중에는 내가 그렇게 해줘서 고맙다고까지 했다니까요. 걔는 윗니에 의치를 하려고 돈도 모으고 있었어요. 이런 얘기는 안 했죠? 그렇죠?"

"9월 15일에 레너드 바버를 미행했을 때는 즐거웠습니까?"

"어떻게 즐거울 수가 있었겠어요? 저는 그 사람 근처에도 가지 않았다고 말했잖아요!"

"어두운 뒷길에서 몰래 그의 뒤를 밟고, 등 뒤에서 곤봉으로 쓰러뜨리면서 즐거웠습니까?"

스펜서는 재판장, 트레실리안 씨, 서기들, 그 외에 자기 말을 들어줄 만한 사람들 모두에게 호소했다. "이건 미친 짓이에요. 완전히 미쳤어. 나는 안 했어요. 안 했다고요! 범인 녀석은 지금쯤 이 모든 걸 보면서 속이 뒤집어지게 웃어대고 있을걸요."

신문은 계속 이어졌고, 프랜시스와 릴리안은 가만히 앉아서 지켜보았다. 고문 장면을 구경하는 기분이었다. 그것도 그들의 말 한마디면 멈출 수 있는 고문을. 프랜시스는 목구멍 속에서 튀어나오려 하는 그 말을 몇 번이고 눌러 삼켰다. 말해봤자 자신과 릴리안이 저 소년의 자리로 끌려 들어가는 결과밖에 안 될 것이다. 마침내 신문에서 풀려난 스펜서는 땀을 흘리며 절뚝절뚝 증인석을 내려갔다. 점심시간을 맞아 재판이 휴정되었고, 프랜시스와 릴리안은 바버가의 남자들이 자기들끼리 밖으로 나가게 놔두었다. "하느님! 하느님!" 릴리안이 조그맣게 중얼거렸다. 베일의 그물망 너머로 비치는 그녀의 얼굴이 뼈처럼 새하얗게 빛났다.

잠시 뒤 재판이 속개되었다. 기차역 짐꾼으로 일한다는 스펜서의 삼촌이 그의 품성에 대해 증언했지만 별반 설득력은 없었다. 다음으로 버몬지에 있는 한 권투 클럽의 운영자가 나와서 스펜서가 '학습 의욕'이 높으며 '펀치의 요령을 빠르게 터득'했다고 말하자, 방청석에서 몇 명이 코웃음을 쳤다. 그 다음에 호출된 증인은 스펜서의 어머니, 워드 부인이었다. 그녀는 슬금슬금 증인석으로 걸어 올라가더니 변호인들의 질문에 나지막이 답변했다. 목소리가 너무나 희미하고 불명확해서 거미줄처럼 가느다란 유령의 음성을 듣는 것만 같았다. 재판장은 그녀의 말을 알아들으려고 몸을 앞으로 내밀어야만 했다. 워드 부인은 법정에 제출된 곤봉이 아들의 소유물이 맞으며, 그것으로 집에 있는 해로운 동물들을 많이 죽였다고 증언했다. 하지만 그걸 밖에서도 가지고 다녔을 땐, 아마도 장난감 권총처럼 생각하고 재미 삼아서 그랬던 것 같다고 했다.

"재미 삼아서라고요?" 아이브스 씨가 말했다. "그러면 사건 당일 밤에는 어땠습니까? 그때도 워드 씨는 밖에서 재미를 보고 있었나요?"

"오, 아니요. 걔가 경찰에 말한 그대로예요. 그날 머리가 아프다고 일 끝나고 바로 집에 왔어요. 이후로는 쭉 저하고 같이 집 안에 있었고요. … 아니요, 집에 손님이 온 적은 없어요. 하지만… 제가 아들을 제 두 눈으로 똑똑히 봤는걸요."

"워드 씨가 평소에도 두통을 자주 앓습니까?"

"오, 네. 원체 자주 그래요. 어릴 때부터 그랬지요."

"그 사실을 보증할 의사의 신원을 알려줄 수 있습니까?"

워드 부인은 당혹스러운 눈치였다. "그게, 의사는 한 번도 찾은 적이 없어서요, 나리."

"한 번도 없다고요. 그것 참 유감이군요. 그러면 그날 밤에 워드 씨는 정확히 무엇을 했습니까?"

"침대에 있었어요, 나리."

"자신의 침실에서요?"

"걔 침대는 거실에 있어요, 나리."

"그렇군요. 그러면 침대에서 무엇을 했지요?"

"「브리티시 보이」를 읽고 있었어요, 나리."

여기서 아이브스 씨가 말을 끊었다. 재판장이 앉은 자리에서 몸을 더 앞으로 기울이고 귀 뒤에 손을 댄 채 물었다. "증인이 뭐라고 말한 겁니까?"

"재판장님, 증인의 말에 따르면, 사건 당일 밤 그녀의 아들이 「브리티시 보이」를 읽고 있었다고 합니다. 그것은….'

"네, 무엇인지 압니다. 내 손자도 읽는 잡지입니다. 워드 부인…." 재판장은 얼굴을 찡그리며 워드 부인에게 직접 말했다. "당신의 아들은 열아홉 살의 젊은 남자이고, 이제껏 들은 바로는 시내의 나이트클럽과 댄스홀을 곧잘 쏘다닌다고 했는데요. 그런 청년이 금요일 밤에, 모친과 함께 집에서, 소년 만화 잡지를 읽고 있었다는 말을 이 법정에 계신 분들에게 믿으라는 뜻입니까?"

워드 부인은 그 질문에 뼈가 들어 있다는 것을 알아차린 듯 의아한 눈빛으로 재판장을 바라보았다. 하지만 정확히 무슨 의도인지는 끝내 이해하지 못한 모양이었다.

"예, 나리."

재판장은 다른 말 없이 몸을 뒤로 젖혀 앉았다. 피고석에 있던 스펜서는 고개를 떨구었고, 배심원들은 수군거렸고, 프랜시스는 눈을 가렸다.

눈에서 손을 떼보니 다음 증인이 나와 있었다. 버몬지에 사는 이웃인 것 같았다. 저 사람도 스펜서의 인품에 대해 변변찮은 설명이나 늘어놓겠구나 싶자, 이 모든 것이 헛수고라는 확신에 눈앞이 깜깜해졌다. 그 남자의 노리끼리한 얼굴에는 영양부족인 형색이 드러났고, 몸에 잘 맞지 않는 정장에는 닳아서 반들반들해진 헝겊이 여기저기 덧대어져 있었다. 길거리에서 구걸하는 퇴역 군인처럼 보였다. 한 끼 식사 값만 준다면 무슨 맹세든 할 것 같은 부류였다. 아니나 다를까, 트레실리안 씨는 그 증인의 참전 기록을 밝히는 질문부터 했다. 어느 전투에서 싸웠느냐, 어떤 부상을 입었느냐 등등. 그는 1919년 2월에 제대했으며, 이후 여러 주소지를 전전하다가 올 3월부터 피고인과 그 어머니와 같은 연립주택에 있는 단칸방에 세 들어 살고 있다고 말했다.

"그러면 이제…." 트레실리안 씨가 힘차게 말을 이었다. "썩 유쾌하지 못한 사항 한 가지부터 먼저 짚고 넘어가지요. 해당 연립주택에서 쥐와 바퀴벌레를 보신 적이 있습니까?"

남자가 고개를 끄덕였다. "그렇죠. 숫제 우글우글하니까요. 배수관에서 쥐가 나오고, 밤중에 벽지 안에서 바퀴벌레가 나오고 그러죠."

"경험상 그것들을 어떻게 처리하는 것이 가장 효과적이었습니까?"

"잡으려면 탁 치는 게 좋죠. 신발 뒷굽이라든지, 아니면 무거운 책 같은 것으로요." 그가 아주 잠깐 뜸을 들이다가 덧붙였다. "성경책 같은 것이면 딱이겠군요."

남자가 의도적으로 말을 골라 하는 것을 알아차린 프랜시스는 주의를 더 집중했다. 이제 보니 길거리의 걸인 같지는 않았다. 그러기에는 너무 독기가 배어났다. 지나치게 혹사당하며 살았던 건지, 동전 따위는 얻든 못 얻든 더는 개의치 않는 듯한 인상이었다. 트레실리안 씨가 그에게 어디에서 일하느냐고 묻자, 그는 '군대에서 처분당하고' 난 뒤로 여러 직장을 거쳤다고 설명했다. 공장에서 빗자루에 털을 꽂기도 하고, 이 집 저 집 돌아다니면서 구두끈을 팔기도 하고…. 가장 최근에는 전구 회사의 외판원 일을 했다고 했는데, 그 대목에서는 왠지 자조적이기까지 한 투였다.

"좋은 일자리였겠지요?" 트레실리안 씨가 물었다. "반드시 지키고 싶을 만큼? 업무 특성상 이따금씩 집을 떠나셔야 했겠지만, 이웃분들과 서로 안면을 모르고 지내실 정도는 아니었지요. 이 점이 바로 문제의 핵심인데요. 제가 알기로, 당신의 방은 워드 씨와 그 어머니의 집 맞은편에, 작은 안마당을 사이에 두고 위치해 있습니다. 그렇다면 워

707

드가의 창문 너머로 그 집 식구들이 오락가락하는 모습을 자주 보셨겠군요?"

프랜시스는 숨을 죽였다.

증인은 고개를 끄덕였다. "네. 보려고 하지 않아도 잘 보입니다. 특히 아들 쪽은요. 지난여름에는 그 애가 오락 삼아서 저희 집 쪽으로 뭘 자꾸만 던지기도 했죠. 돌멩이, 말린 완두콩 같은 것들을요."

트레실리안 씨가 다소 급하게 되물었다. "어쨌든 워드 씨를 잘 아시겠군요?"

"잘 압니다."

"9월 15일을 기억하십니까? 그날 밤 증인은 무엇을 하면서 보내셨습니까?"

"집에 있었습니다."

"창문의 커튼은 걷어두셨습니까, 쳐두셨습니까?"

"제대로 쳐놓진 않았습니다."

"어째서죠? 가을날 밤이라 꽤 쌀쌀했을 텐데요?"

"전쟁 이후로는 공기가 답답한 걸 못 견뎌서요. 숨이 막히는 것보다는 추운 편이 나아요. 그래서 사시사철 창문도, 커튼도 약간 열어둡니다."

"그러면 그날 밤 창밖을 보셨습니까?"

"지나가면서 봤지요."

"아마도 다리를 좀 펴다가, 기분 전환 삼아서, 창밖을 보셨겠군요? 그러자 무엇이 보였습니까?"

남자는 피고석 쪽을 고갯짓했다. "저 남자애가 침대에 누워 만화 잡지를 읽고 있는 게 보였습니다."

그 순간 프랜시스의 심장이 날카로운 칼끝에 스친 것처럼 꽉 오그라들었다. 옆에서 릴리안이 숨을 들이쉬는 소리가 들렸다. 법정 안이 술렁거렸다. 트레실리안 씨는 소란이 잦아들기를 기다리다가 물었다.

"당신이 본 사람이 워드 씨가 확실했습니까?"

"뭐, 저는 걔를 '워드 씨'라고 부르지 않겠지만, 아무튼 그 녀석이었던 건 분명합니다."

"혹시 잘못 보셨을 가능성은 없을까요? 워드 씨 집의 창문에 커튼이 쳐져 있었다거나?"

"아뇨, 그런 가능성은 없습니다. 걔네 어머니가 창문에 달아둔 건 얇은 레이스 천 한 장이 전부예요. 안에 불이 켜져 있으면 밖에서도 훤히 들여다보이죠. 녀석은 늘 그렇듯 거기 누워서 자기 어머니에게 이런저런 걸 시키고 있었습니다. 아주머니는 저녁 내내토록 걔한테 차를 가져다주거나 뭐 그러고 있었고요. 그러다가 열 시 사십오 분쯤 아주머니는 잠자리에 들었고, 스펜서는 계속 침대에 있었는데, 한 시간쯤 지나 물을 가져다달라며 어머니를 깨웠습니다. 녀석이 고함치는 소리가 마당을 넘어서 저한테까지 선명하게 들렸습니다."

프랜시스는 그예 칼날에 심장을 꿰찔린 기분이었다. 앞자리에서도, 위층의 방청석에서도 사람들이 웅성거렸다. 하지만 회의적인 분위기인지 감탄하는 분위기인지가 분간되지 않았다. 프랜시스는 아이브스 씨, 스펜서, 배심원단, 재판장을 둘러보았다. 재판장은 아무런 감정이 드러나지 않는 얼굴로 몸을 앞으로 구부린 채 메모를 하고 있었다.

트레실리안 씨는 장내의 동요가 잦아들 때까지 기다렸다. 그러면서 말을 신중하게 고르는 듯하더니, 이제까지보다 세심한 어조로 증인에게 말했다.

"그럼 이제 한 가지 질문을 하겠습니다. 제가 이 질문을 하지 않더라도, 어차피 조예 깊은 동료 변호사님인 아이브스 씨가 마땅히 물어볼 테니까요. 피고인은 지금껏 몇 주 동안 교도소에 있었습니다. 그동안 당신은 신문을 읽었을 테고, 이웃들에게서 이야기도 들었을 겁니다. 경찰들이 당신이 사는 연립주택 전체를 탐문하기도 했겠지요. 당신이 이 사건의 증인이라는 것을 진작 아셨을 거라는 뜻입니다. 그런데 그 사실을 어째서 이렇게 늦게야 알리신 겁니까?"

그 질문에 남자는 처음으로 불편한 기색을 비쳤다. 그는 약간 경직된 눈빛으로 입을 열었다. "네, 저는 전부 알고 있었습니다. 그런데 경찰에 말하는 것은 망설였습니다. 제 일신상의 이유로요."

"그 이유가 무엇이었는지요? 본 재판의 피고인은 당신이 아니라 워드 씨라는 것을 기억해주십시오. 또한 본 재판의 결과에 워드 씨의 목숨이 걸려 있다는 것도요."

남자는 한쪽 발에서 다른 쪽 발로 체중을 옮겨 실으면서 자세를 바꾸더니, 마지못한 듯 대답했다. "해고될까 봐 두려워서였습니다. 회사에는 15일 밤에 제가 리즈에 있었던 걸로 되어 있었거든요. 제가 그날 집에 있었다는 것을 회사 측에 들키고 싶지 않았습니다."

"당신의 소재를 회사에 사실과 다르게 보고하셨나 보군요?"

"실제로 쓰지 않은 비용을 회사에 청구했습니다. 여기서 이렇게 말하려니 비열하게 들리는군요."

"비열하게 들리긴 합니다." 트레실리안 씨가 말했다. "하지만 이 법정에 있는 분들 중에서, 물론 현재 심리 중이신 재판장님을 제외한다면, 비열한 충동에 한 번쯤 굴복해보지 않은 사람은 아무도 없을 겁니다. 당신이 경찰을 찾아가 진술한 것은 언제였습니까?"

"지난주였습니다. 저 애 사정이 얼마나 암담하게 됐는지 듣고요. 이미 한 달째 개 어머니의 딱한 모습을 창밖으로 지켜본 터였습니다. 도저히 견딜 수가 없었어요."

"그러면 경찰이 회사 측과도 이야기했겠군요?"

"그랬습니다."

"그 결과는 어땠습니까?"

"회사에서 저를 해고했습니다."

"결국 증인은 직장을 잃었고, 평판도 손상되었군요. 예상하셨던 대로 된 셈이네요. 그런데도 꼭 증언을 해야겠다는 의무감을 느끼신 겁니까?"

남자는 또 자조적인 표정이 되었다. "네. 저 녀석을 좋아하지는 않습니다. 우리 연립에 사는 사람들은 아무도 안 좋아할 겁니다. 이번 일 외에는 스펜서가 뭘 했거나 말거나 간에 저는 걔를 위해 대변해줄 마음이 없습니다. 교수형을 열 번을 당하더라도 제 알 바 아니고요. 하지만 이 바버 씨 살인 사건 때문에 개가 교수형 당한다는 건 안 될 일입니다. 스펜서는 그날 저녁 내내 집에서 어머니와 있었고, 나는 아무리 해도 그 사실을 부인할 수가 없으니까요. 이것 때문에 정작 제 목이 날아…."

'날아갔는데도.' 그는 그렇게 말을 맺으려 했을 것이다. 그런데 프랜시스의 옆에서 더글러스가 벌떡 일어나 몸을 내밀고는 격분해서 소리쳤다. "거짓말!"

좌중에서 탄성과 불평이 쏟아졌다. 그의 아버지와 삼촌이 제지하려 했지만, 더글러스는 그들의 손을 뿌리치고 목 쉰 소리로 외쳤다. "거짓말이에요!" 그는 배심원단을 향해 호소했다. "다 꾸며낸 겁니다! 저자는 매수된 거라고요! 모르시겠어요?"

재판장이 그에게 정숙하라고 엄하게 명령했다. 위층 발코니에 있는 사람들이 얼굴을 빠끔히 내밀고서 이쪽을 내려다보았고, 그 결에 누군가의 털실 목도리가 아래로 드리워 내려졌다. 스펜서도 끔찍한 치아를 죄다 드러내며 입을 쩍 벌린 채 쳐다보고 있었다. 한 경찰관이 변호인석을 지나 더글러스를 향해 다가오자, 그는 비로소 콧방귀를 한 번 끼고 외투 자락을 획 튀기고는 자리에 도로 앉았다. 그러고 나니 장내가 진정되었다. 하지만 증인의 말이 발휘했던 위력도 더불어 스러져버린 듯했다. 아이브스 씨가 일어나서 반대신문을 시작하자, 증인은 예의 그 독기 어린 태도로 돌아왔다. 이제 그는 수상쩍고 부정직한 인물로만 보였고, 고결한 면모는 더 이상 찾아볼 수 없었다. 하지만 그렇더라도 저 사람의 말을 믿어야 한다. 그렇지 않은가? 그는 용감했다. 프랜시스와 릴리안이 비겁했던 부분에서 그는 용감했다. 모두가 믿어줘야 한다! 프랜시스는 사람들의 얼굴을 절박하게 훑어보며 표정 변화를 살폈다. 하지만 그들의 표정에서는 아무것도 읽을 수 없었다. 재판은 내부 장치가 막혀서 잠깐 털털거렸을 뿐, 금세 원래의 속도를 되찾아 매끄럽게 나아갔다.

　마지막 증인 몇 사람이 나와서 증언했지만 프랜시스는 그들의 말이 잘 들리지도 않았다. 법정을 떠날 때가 되었을 즈음에는 몸이 덜덜 떨렸고, 릴리안의 얼굴은 그 어느 때보다도 창백해 보였다. 마음속에 엉켜 도는 온갖 감정들이 너무 버거워서 겨우 주어진 실낱같은 희망이 반갑지 않을 정도였다. 절망에만 파묻혀 있었을 때가 차라리 쉬웠다는 생각이 들었다. 프랜시스는 릴리안과 함께 법원 밖으로 나가서 택시를 잡았지만, 차 안에 가만히 앉아 있기가 내키지 않았다. 월워스 거리까지만 잠깐 타고 가는 것마저도 싫었다. 게다가 지금은 무슨 대화를 해도 눈물만 쏟아질 것 같았다. 그래서 릴리안만 택시에 태우고, 자신은 고개를 젓고 뒤로 물러나 차 문을 닫았다. 릴리안이 기다려달라고 말했을지는 모르겠지만 차 소리에 묻혀서 들을 수도 없었다.

　프랜시스는 걸음을 옮겼다. 빗줄기가 가늘어져 이슬비가 되었다.

미끈거리는 진창길을 따라 걷자니 금세 부츠 안으로 더러운 물이 새어 들어왔다. 그런데 챔피언 힐까지 먼 길을 걸어가는 동안, 어제는 일부러 불러일으키려고 해도 잘 되지 않았던 감정이 밀려왔다. 그녀의 눈앞에 펼쳐진 도시가 사무치도록 사랑스러워 보이는 것이었다. 이곳의 일부로 남아 있고 싶은 열망에 사무쳤다. 삶, 청춘, 자유, 벅차오르는 감각을 잃고 싶지 않은 마음이 절실했다. 지친 근육이 욱신거렸지만 그 통증마저도, 심지어 발꿈치에 잡힌 물집마저도 애틋했다. 앞으로 남은 평생을 통증과 물집에 시달리며 살아도 좋을 것 같았다. 세상이 그녀에게 이 자유만 허락해준다면, 삶을 지속할 수 있게만 해준다면, 아무것도 바라지 않고, 아무에게도 해를 끼치지 않고 살 수 있을 것 같았다.

집에 도착할 즈음에는 북받쳤던 감정이 진정되었다. 어머니가 그녀를 보고 탄성을 올리며 젖은 옷가지를 어서 벗으라고 재촉했다. 프랜시스는 부엌 스토브 앞에서 몸을 녹이고, 발에 묻은 흙을 씻어내고, 부츠 안에 신문지를 끼워 넣고, 코트와 모자를 말렸다. 그러고 나서 침실로 올라가는데, 아까 길을 걸을 때 걸렸던 마법이 아직 남아 있는 게 느껴졌다. 그녀는 램프에 불을 붙이고 깨끗한 옷을 꺼내 입은 다음, 말끔하고 수수한 방 안을 열면 눈으로 둘러보았다. 그녀가 가고 나면 누가 이것들을 사랑해줄까? 이것들이 누구에게 무슨 의미가 될 수 있나? 촛대, 형제들의 사진, 벽에 걸린 그림들, 책들….

『안나 카레니나』에 눈길이 멎었다. 프랜시스는 책을 빼내서 자신이 책갈피를 끼워놓았던 부분을 펼쳐보았다. 모스크바 역에 도착한 안나가 기차에서 내리는 장면.

그녀는 램프를 들고, 회랑을 가로질러 거실로 들어갔다.

릴리안의 흔적을 찾으러 온 거였는데, 막상 눈에 들어오는 것은 레너드의 물건뿐이었다. 선반 위에 놓인 가죽 필통, 낡은 '뱀과 사다리' 게임 상자, 다음 경기를 위해 잘 손질되어 있는 테니스 채. 그러고 보면 레너드가 테니스 시합을 정말로 한 적은 있었을까? 아니면 그 시간을 빌리와 함께 보냈던 것일까? 프랜시스가 릴리안을 사랑했듯, 그도 빌리를 사랑했나?

집시 캐러밴. 아담과 이브.

'오, 레너드. 우린 어쩌다 이 지경까지 온 거야!' 프랜시스는 생각했다. 그날 밤 레너드가 자신을 붙잡았던 손길이 얼마나 억세고 무시무시했는지 기억났다. 그의 얼굴에 떠올랐던 배신감과 격노도. 하지만 레너드도 이 모든 일은 예상하지 못했으리라. 그 어떤 것도 그가 원하는 바가 아니었으리라…. 진작 레너드에게 진실을 말했더라면 좋았을 것을! 자신이 그러지 못했다는 게 이제 와서는 어처구니없었다. 그녀는 레너드의 시체를 계단 밑으로 날랐고, 시체 안치소의 검시대에 누워 있는 모습도 봤고, 그의 관이 땅속으로 내려가는 것까지도 다 봤는데, 어쩐지 지금껏 단 한 번도, 레너드가 한때 여기에 있었으나 이제는 없다는 그 단순하고 충격적인 진실은 인지하지 못했다. 그의 휘파람도, 허풍도, 요들송 같은 하품도, 불쾌한 암시가 깃든 농담도… 전부 사라졌다. 레너드는 대체 어디 있나? 프랜시스는 걸음을 옮기면서 램프를 치켜들었다. 마치 빛을 비추면 그를 발견할 수라도 있을 것처럼. 하지만 사위가 어두워서 카펫에 남은 피 얼룩마저도 보이지 않았다. 마법사가 레너드를 감쪽같이 숨겨버린 것만 같았다. 그 정도로 어리둥절하고 말도 안 되는 일로 느껴졌다.

회랑에서 마루가 삐걱거리는 소리가 들렸다. 뒤를 돌아보니, 어머니가 계단을 올라와서 열린 문간 안을 조심스럽게 들여다보고 있었다.

"프랜시스, 너 괜찮니? 뭐 하나 궁금해서 올라와봤단다."

프랜시스는 잠깐 망설이다가 대답했다. "레너드를 생각하고 있었어요."

그녀의 목소리에서 감정이 묻어났는지, 어머니가 방 안으로 걸어 들어오면서 말했다. "나도 바버 씨 생각이 난단다. 자주 생각나. 그 사람이 비록 아내에세는 몹쓸 짓을 했디만은, 그래도 그리운 건 어쩔 수 없구나. 바버 씨가 그곳에서 혼자 쓰러져 있었을 걸 상상하면 아직도 악몽을 꾸곤 해. 너도 그렇지 않니?"

"맞아요." 프랜시스는 진심을 담아 말했다.

"게다가 이 물건들이 모두 여기 그대로 있으니…." 어머니가 한숨을 쉬더니 혀를 찼다. "아이고, 아이고." 어머니의 말과 몸짓은 부드러웠지만, 그 안에는 한없이 무거운 슬픔이 깃들어 있었다. "이곳은 남자들에게 참 불운한 집이었구나. 안 그러니? 여자들도 마찬가지로 불운했다고 해야겠지만 말이다. 네 오빠와 동생은 지금쯤 평안할 게야."

"정말 그렇게 생각하세요?"

"나는 거기에 한 점 의심도 가져본 적 없단다. 그 애들도, 네 아버지도 평안할 거야. 바버 씨도 그렇겠지만…. 그토록 활기가 넘쳤던 사람이 안식을 취한다는 게 상상하기가 어렵긴 하구나. 이 테니스화만 해도 보렴, 밑창이 다 닳아 있잖니. 너희 아버지가 돌아가셨을 때 나는 담뱃잎이 들어 있는 파이프를 발견한 적이 있었지. 갓 재어 넣은 담뱃잎이, 꼭 성냥불을 붙여주기를 기다리는 것 같더구나. 그걸 보니 관에 누운 그이의 모습을 봤을 때만큼이나 마음이 아프더라. 바버 부인도 여기 와서 짐을 정리하노라면 적잖이 힘들 테지. 그나저나, 부인이 그 문제에 대해 네게 이야기한 적 있니? 물론 이 지독한 재판이 끝나야 명확히 생각할 겨를이 생기겠지만, 앞으로 어떻게 할지 대략이라도 말해주지 않던? 아마도 친정에서 지내겠지 싶다만은."

"자… 잘 모르겠어요. 아마 그렇겠지요."

"그래, 필요한 만큼 충분히 시간을 들여도 된다고 전해주렴. 그리고 바버 부인이 떠나고 나면 우리는…." 어머니가 멈칫했다. "음, 처음부터 다시 시작해야겠지? 이 방들을 쓸 사람을 새로 구해야 하지 않겠어?"

그건 생각만 해도 끔찍한 일이었다. 하지만 프랜시스는 고개를 끄덕였다. "달리 어쩌겠어요? 여기서 계속 살려면 말이에요. 하지만, 이 저택은… 글쎄요, 너무 많은 게 어그러져버렸어요."

"그렇지."

"제가 건사할 수 있을 줄 알았는데…."

"그래, 당장은 생각하지 말자. 우리끼리 잘 해결하면 되지. 이건 그저 벽돌과 모르타르 덩어리일 뿐이야. 저택의 심장은 이미 멈춰버렸어, 프랜시스. 오래전에 말이다. 그나저나 너 또 피곤해 보이는구나. 법원에서 그 고약한 일을 보고 있으니! 그러게 그곳 일일랑은 가까이 하지 않으면 좀 좋으니. 내일이면 정말 끝날 것 같아?"

프랜시스는 시선을 떨구었다. "네, 내일이면 끝나요."

"하지만 그 소년과 그 애의 가족에게는 끝이 아니겠지. 이게 다 무슨 악몽 같은 일인지! 만약 지난여름에 우리가 이렇게 될 거라고 네가 말해줬다면… 나는 못 믿었을 거야. 절대로. 오, 이 모든 게 끝나면 얼마나 마음이 후련할까!"

어머니는 오한이 드는 듯 팔을 문지르면서 발길을 돌렸다. 어머니의 구부정한 어깨가, 회랑으로 나가면서 문설주에 손을 뻗는 몸짓이 유난히 나이 들어 보였다.

프랜시스는 입 안이 마르는 느낌이 들었다. "어머니…."

어머니가 그녀를 돌아보면서 짙은 눈썹을 들어 올렸다. "응?"

"만약 제게 무슨 일이 생기면…."

"무슨 일? 그게 무슨 뜻이니? 아아, 우리는 너무 울적해졌어! 이리 나오거라, 그렇게 어두운 곳에 있지 말고."

"아니, 잠시만요. 제게 무슨 일이 생기더라도요…. 제가 어머니에게 늘 잘해드리지는 못했다는 건 알아요. 아버지에게도 그랬고요. 저는 언제나 제가 옳다고 생각하는 일을 하려고 노력했지만, 그런데도 가끔은…."

어머니의 맞잡은 두 손에서 종잇장 같은 소리가 났다. "속상한 생각 하지 말려무나, 프랜시스. 로렌스 박사님 말씀을 생각해야지."

"그냥 묻고 싶어요. 무슨 일이 있대도, 저를 경멸하시지는 않을 거지요, 어머니?"

"경멸하다니! 맙소사! 내가 왜 그러겠니?"

"가끔은 삶이 뒤죽박죽 꼬여버려요, 어머니. 너무 심하게 꼬여서, 마치 모래 늪에 빠진 것 같을 때도 있어요. 한 발짝 디뎠더니, 빠져나올 수 없어서, 그래서…."

말을 더 이을 수가 없었다. 어머니는 심란한, 그리고 한편으로는 지친 표정으로 기다리고 있었다. 그러다가 마침내 한숨을 쉬고 입을 열었다. "너는 늘 만사에 힘겨운 싸움을 벌이지, 프랜시스. 내가 너에게 바라는 것은 그저 평범한 것뿐인데 말이다. 남편, 가정, 자식. 그렇게 평범한, 평범한 것들. 저택 문제는 걱정하지 말거라. 이 저택은 감당하기에는 너무 큰 짐이 됐어. 사실 객식구들을 들일 만한 집도 아니잖니. 바버 부인은 여기 왔을 때부터 불행한 사람이었고, 너의… 너의 친절을 이용했던 것 같아서 마음이 좋지는 않아. 하지만 내가 너를 경멸하다니! 그런 일은 있을 수 없지. 내가 내 손을 경멸하는 것이나 마찬가지인걸. 자, 이제 그만 내려가지 않으련? 따뜻한 곳으로 돌아가자꾸나.”

프랜시스는 여전히 말을 고르지 못하고 주저했다. 이제는 말을 꺼내려고 애쓰는 건지, 말을 삼키려고 애쓰는 건지 모를 지경이었다. 결국 그녀는 고개를 끄덕이고 어머니를 따라 거실을 나갔다. 그저 위로를 받고 싶었던 것이다. 그뿐이다. 위로가 너무나 필요했다. 그러니까 이거면 충분하다고, 프랜시스는 계단을 내려가면서 자기 자신을 타일렀다. 이거면 됐다고, 어머니와 자신이 서로 다른 이야기를 하고 있었다는 사실은 중요하지 않다고.

마지막 날이 되었다. 릴리안과 함께 택시를 타고 올드 베일리의 법정으로 가서 늘 앉던 자리에 앉고 보니, 프랜시스는 재판이 시작되기 이전의 삶이 잘 기억 나지 않았다. 사흘 전 아침 이 법정에 혼자 머뭇머뭇 걸어 들어왔을 때부터 영원이 흐른 것 같았다. 저 서기들과 변호사들이 까마귀 떼처럼만 보였던 그때로부터 영원이 흐른 것 같았다. 이제는 그 사람들 한 명 한 명을 알아볼 수 있었다. 거의 친구처럼 느껴질 정도였다. 쌕쌕 소리를 내면서 숨을 쉬는 남자, 손마디를 꺾는 버릇이 있는 남자, 박하사탕을 먹으면서 가끔씩 얇고 건조한 입술 사이로 그 하얀 사탕을 드러내곤 해서 그녀를 놀래는 남자. 법정에는 첫날보다 사람이 훨씬 많았다. 심리가 거듭될수록 방청객이 몰린 데다, 첫째 날이나 둘째 날에는 나오지 않았던 증인들도 대거 참석했기에, 모두가 비좁은 공간에 최대한 끼어 앉아야 했다. 프랜시스가 앞좌석 사람들의 어깨 너머를 내다보니, 나란히 팔꿈치를 맞대고 있는 스펜서의 어머니와 삼촌과 경찰 부검의가 보였고, 켐프 경위와 히스 경사가 레너드의 상사와 꼭 붙어 앉아 있는 모습도 보였다. 새삼 생각해보면 기이한 일이었다. 챔피언 힐의 한 저택에서, 한때 그녀의 어머니가 침실로 썼던 방에서 일어났던 작은 충돌 하나 때문에 이 모든 소동이 빚어졌다니. 릴리안, 레너드, 프랜시스 사이에 벌어진 단 한 번의 긴밀한 접촉 때문에, 저 모든 사람들이 한꺼번에 들어다 옮겨진 것처럼 이 밝은 공간으로 모이게 되었다니.

오늘 오전 시간은 양측 변호인의 최종 논변에 주어졌다. 아이브스 씨의 순서가 먼저였다. 그는 스펜서의 위협, 으름장, 무기, 혈흔 등등, 피고인의 유죄를 뒷받침하는 사실들을 배심원단 앞에서 하나하나 열거했다. 피고인이 약혼녀의 행동 때문에 겪은 심적 고통은 전혀 중요하지 않다면서, 피고인이 그녀를 대한 방식을 보면 극도로 타락한 성품이 여실히 드러난다고 했다. 그러나 스펜서의 알리바이에 대한 대목에서 아이브스 씨의 어투는 약해졌다. 그는 우선 워드 부인의 경우, 아들에 대한 사랑이 너무나 지극해서 맹목적이라고 해도 좋을 정도라고 지적했다. 그리고 사건 발생 시각에 피고인이 집에 있는 것을 보았다고 주장한 이웃의 경우에는, 다른 사안에서 부정행위를 저지른 적이 있음을 스스로 시인했으니, 그 부정직함이 과연 어디까지 적용될지는 배심원 여러분이 판단할 문제라고 했다. 그런 부류의 남성은 급료를 받을 수만 있다면 어떤 종류의 일거리든 받아들일 거라고 생각해도 무방하지 않겠느냐면서….

아이브스 씨의 논고는 한 시간 사십오 분이나 걸렸다. 트레실리안 씨가 일어나서 피고인 측을 위한 기나긴 변론을 시작했을 즈음에는 법정 안 공기가 답답해졌다. 사람들이 자꾸만 기침을 하고 발을 끄는 통에 트레실리안 씨는 목소리를 높여야 했다. 그는 정통한 동료 변호사님인 아이브스 씨의 의견은 존중하지만, 이 소송에서 정부 측은 가장 중요한 임무에, 즉 피고인의 유죄 사실을 한 치의 의혹도 없이 규명하는 데에 실패했다고 주장했다. 사실 피고인이 유죄임을 입증하는 증거가 대체 뭐가 있느냐고. 핵심 증인인 그레이 양은 웬만한 가게 여점원들도 못 따라갈 만큼 도덕관념이 희박하고, 체모와 혈흔은 거의 쓸모가 없으며, 나머지는 전부 정황에 따른 추정뿐이지 않냐고. 트레실리안 씨는 배심원단이 확실히 알 수 있는 사실이라고는 단 두 가지밖에 없다고 요약했다. 첫째, 레너드 아서 바버가 머리를 맞고 죽었다는 것. 둘째, 그의 머리를 가격한 한 명 또는 여러 명의 가해자는 지금까지 잡히지 않았다는 것. 피고인은 '범인이 지금쯤 속이 뒤집어지게 웃고 있을 것'이라고 추측한 바 있는데, 그럴지 아닐지는 몰라도, 범인이 이 재판 과정을 굉장히 복잡 미묘한 심정으로 지켜보고 있을 것만은 분명하다고….

점심시간 이후 개정되었을 때는 재판장이 나서서 말하기 시작했다. 그는 범죄의 개요, 경찰 수사 과정, 법정에 제출된 증거 일체를 되짚으면서 사건의 세세한 사항들을 면밀하고도 객관적으로 정리해주려는 것 같았다. 그걸 듣고 있으니 프랜시스는 엄청나게 피곤해졌다. 지난 며칠간 쌓인 피로 때문만이 아니었다. 막대한 피로감이 무거운 망토처럼 어깨를 덮어 누르는 느낌이었다. 열심히 집중해서 들으려고는 했지만, 늙은 재판장의 비음 섞인 신경질적인 목소리는 귀에 잘 들어오지 않았고, 놀라울 정도로 쉽게 딴생각에 빠져들었다. 재판장이 피고인은 자신의 폭력적 성향을 시인했다는 둥, 피해자에게 원한을 품었다는 사실 역시 부정한 적 없다는 둥 배심원단에게 이야기하고 있을 때, 프랜시스는 앞자리에 앉은 남자에게 시선이 쏠렸다. 남자는 그녀에게 귀가 똑바로 보이는 각도로 고개를 돌리고 있었기에, 그의 귓속의 털과 귀지 부스러기까지 들여다보였다. 프랜시스는 눈을 깜빡이며 정신을 차리고 재판장에게로 주의를 돌렸다. 이제 재판장은 곤봉에서 발견된 혈흔에 대해 이야기하고 있었다. 경찰에서 오랫동안 부검의를 담당해온 팔머 씨가 그 혈흔이 인간의 것이라는 견해를 밝혔다고, 반면 그보다 경력이 짧지만 신뢰할 만한 또 다른 의사는 상반되는 의견을 제시했다고….

프랜시스는 또 주위 사람들에게 시선이 돌아갔다. 한 제복 경찰관은 시쿠해시 눈이 풀린 채로 턱에 난 여드름인지 면도하다가 벤 자국 같은 것을 만지작거리고 있었다. 아이브스 씨와 트레실리안 씨는 메모를 하고 있고, 켐프 경위는 히스 경사와 수군수군 대화하면서 안경알을 닦고 있고…. 안경을 벗은 그의 눈은 껍데기를 벗겨버린 연체동물처럼 적나라해 보였다. 한편 스펜서는 얼굴이 약간 부어 있었다. 간밤에 잠을 못 잔 것이리라.

'교수대' 게임이 생각났다. 분필로 작대기를 그어 사형수 그림을 그려나가는 게임. 이제 그 그림은 거의 다 완성되었다. 법정에 걸린 시계의 초침이 무심히 미래를 갉아먹는 소리가 들렸다. 릴리안이 이쪽을 봐주면 좋겠는데…. 딱 한 번만 예전처럼 돌아봐준다면, 조금이나마, 아주 조금이나마, 견딜 만해질 텐데.

그러나 릴리안은 딱정벌레 같은 코트 차림으로 꼿꼿이 앉아 있을 뿐이었다. 그 끔찍한 베일 너머의 두 눈은 아무것도 보고 있지 않았다.

그때 재판장의 콧소리 섞인 음성이 잠깐 끊어지더니, 이전과 달라진 어조로 이렇게 말했다. "배심원 여러분, 지금까지 여러분은 증거들을 확인하셨습니다. 이제 퇴정하셔서 평결을 숙의하여주시기 바랍니다. 질문이나 요청이 있으십니까?"

프랜시스는 심장이 철렁했다. 언제 벌써 여기까지 온 건가! 장내의 이목이 배심원단에 집중되었다. 배심원들은 더 필요한 것이 없는 듯 곧장 일어나서 줄지어 밖으로 나갔다. 그들 중 누구도 스펜서나 그의 어머니나 삼촌에게 눈길 한 번 주지 않았다.

이제 할 일이라고는 기다리는 것밖에 없었고, 기다릴 곳이라고는 이곳 법정 안이나 아니면 대성당처럼 으리으리한 복도밖에 없었다. 몇 시간째 앉아 있었더니 실내가 텁텁하기 그지없었다. 바버가 남자들은 곧장 밖으로 나갔고, 프랜시스와 릴리안은 잠시 갈팡질팡하다가 그들을 뒤따라 나갔다. 그리고 대리석과 프레스코화의 향연 앞에 서서 눈을 껌벅거렸다. 왜 법원을 이보다 아늑하게 만들어놓지 않았을까? 수도원처럼 단순한 흰 벽을 세우면 안 되는 건가? 눈앞에서 소용돌이치는 색깔들 때문에 속이 울렁거렸고, 광이 나는 딱딱한 바닥은 자칫 미끄러져서 쾅 소리 나게 넘어질까 봐 불안했다. 레너드의 아버지, 테드 삼촌, 더글러스는 쿠션이 대어진 의자 한 개에 자리를 잡고 있었다. 그 옆의 의자에 자리가 나자 프랜시스와 릴리안은 묵묵히 그쪽으로 건너가서 앉았다. 그때 마침 스펜서의 어머니와 삼촌이 나타났다. 그들은 바버가와 눈을 마주치지 않고 몇 미터 건너편으로 걸어가서 자리를 잡았다. 더글러스는 별다른 행동 없이 그들을 지켜보는 듯했지만, 이내 다 들으란 듯 큰 목소리로 아버지에게 가시 돋친 말을 했다.

"여기 이대로 있어도 괜찮으시죠, 아버지? 어차피 오래 기다릴 필요는 없을 거예요. 배심원단이 토론할 게 아무것도 없잖아요."

그러나 더글러스의 호언장담이 무색하게 시간은 자꾸 흘렀다. 삼십 분은 사십 분이 되었고, 사십 분은 오십 분이, 그리고 한 시간이 되었다. 그동안 릴리안은 자기만의 세상 안에 틀어박혀서 나올 줄을 몰랐다. 의자 쿠션에서 탄력이 사라져가는 느낌이 들었다. 사람들의 말소리와 발소리가 다가오다가 멀어져갔다. 난로의 철망에서 열기가 찔끔찔끔 새어 나왔다. 눈을 감아보면, 어딘가 부득이하게 들러야 하는 삭막한 공공장소에 앉아 있는 기분이었다. 이를테면 버스 정거장 같은 곳에.

이런 기다림은 익숙했다. 낡은 고무처럼 축 늘어졌으면서도 한편으로는 철사처럼 팽팽한 기다림이었다. 프랜시스는 레너드가 죽은 이래 자신과 릴리안이 앉아서 기다렸던 온갖 장소들을 돌이켜보았다. 각종 기관에 딸린 로비, 복도, 대기실 등등, 공개된 곳은 아니지만 그렇다고 사적인 것노 아닌 장소들. 그곳들은 삶과 시간이 흐름에서 벗어난 공간처럼 느껴졌다. 천국과 지옥 사이의 중간 지대처럼. 레너드도 그런 곳에 있는 걸까? 프랜시스는 그곳을 관리하는 직원들이 어떤 존재일까 상상해보았다. 어쩌면 날개 없는 천사들일지도 모른다. 그리고 지난 두 달간 펼쳐진 악몽 속에서 프랜시스에게 길을 안내해주었던 경찰, 수위, 보조원, 간수, 사무원, 공무원 들과 마찬가지로, 그 천사들 역시 하나같이 친절하되 인정 없는 얼굴일지도 모른다. 타인의 재난을 매일같이 맞닥뜨리고도 티타임이나 쉬는 시간이 되면 가볍게 떨쳐버릴 수 있는 입장일 테니까.

오, 아닌 게 아니라 차 한 잔만 마실 수 있다면 좋을 텐데! 하지만 여기서 벗어나 어디 멀리로 갈 수는 없었다. 그랬다가 배심원단의 평결이 나오는 순간을 놓치기라도 하면 큰일이다. 스펜서의 삼촌은 기차역 승강장을 서성이는 사람처럼 복도 끝에서 끝까지 걸어 다니고 있었다. "거 참 긴장되는군요. 안 그래요?" 그가 프랜시스 일행이 있는 곳을 지나가면서 심각하게 말을 걸었다. 바버가의 남자들은 발끈해서 들은 척도 하지 않았지만, 프랜시스는 그와 시선을 마주하고 고개를 끄덕였다. 미소를 짓지는 않았다. 어떻게 그 사람에게 웃어 보일 수가 있겠는가? 그런데 생각해보면, 자신이 마지막으로 웃어본 게 언제였던가? 소리 내어 웃어본 적은? 기억도 나지 않았다. 불현듯 무서운 생각이 엄습했다. 평생 두 번 다시는 웃을 수 없을지도 모른다는 생각. 노래도, 춤도, 키스도, 마음 편한 행동은 그 무엇도 할 수 없게 될지도 모른다. 정원을 거닐 수도 없고, 뿐만 아니라 잿빛 교도소 밖의 그 어디에서도 걸을 수 없고, 아이를 볼 수도 없고, 고양이도, 개도, 강도, 산도, 탁 트인 하늘도….

부풀어 오르던 공포가 문득 흩어졌다. 더글러스가 넌더리를 내며 코웃음 치는 소리 때문이었다. 누군가가 계단을 올라오는 발소리도 들려왔다. 더글러스의 시선을 좇아 계단 쪽을 돌아보니, 그곳에 나타난 사람은 빌리였다.

그 소녀도 평결을 들으러 온 게 분명했다. 동행 없이 혼자 온 모양이었다. 빌리는 법정 문 앞에 대기 중인 경찰에게 다가가 말을 걸더니, 경찰이 상황을 설명해주고 대기실을 가리키자 이쪽을 건너다보았다. 바버가, 워드가, 릴리안을 보고서도 그녀는 용감하게 구두 굽을 또각또각 울리며 걸어와 한 의자의 끝자리에 걸터앉았다. 릴리안과 프랜시스 바로 맞은편에 위치한 자리였다. 빌리는 지난 월요일과 같은 연청색 코트를 입고 있었지만 모자는 달랐다. 챙에 실크 장미가 달린 연보라색 벨루어 모자였는데, 챙이 거의 칼라에 닿을 정도로 깊이 눌러 쓰고 있었다. 모로 돌린 그녀의 얼굴에서 코끝과 앳된 턱 선만 빠끔히 드러나 보였다. 빌리가 스펜서의 어머니에게 어색하게 고개인사를 하자, 그 조그마한 여자도 어색하게 고갯짓했다. 그러나 삼촌 쪽은 눈을 부라렸다. 빌리가 등장하니 기괴하게도 스펜서의 삼촌과 바버가 잠시나마 같은 편이 된 형국이었다. 한편 릴리안은 빌리를 쭉 지켜보기만 했다. 빌리가 걸어와서, 의자에 앉고, 파우더 콤팩트를 꺼내서 얼굴을 정돈하고, 콤팩트를 도로 집어넣는 과정을, 릴리안은 하염없이, 아무런 감정도 없이, 단 한 순간의 흔들림도 없이 지켜보았다. 그 시선이 너무나 오래 이어져서 프랜시스는 불안해졌다. 마치 시체가 쳐다보는 눈빛 같았다.

그런데 릴리안이 자리에서 일어나더니, 프랜시스에게든 누구에게든 아무런 경고도, 한마디 말도 없이 대리석 바닥을 가로질러 걸어갔다. 그녀의 발길이 어디로 향하는지는 명백했다. 그 발소리에 스펜서의 어머니, 삼촌, 바버가의 남자들이 일제히 릴리안을 돌아보았다. 빌리 역시 그녀를 보고는 화들짝 놀랐다. 아까의 용기는 어디로 갔는지, 릴리안이 자기 앞에 다가와 멈춰 서자 한 대 얻어맞을까 봐 겁나는 듯 움츠러들기까지 했다. 그러나 릴리안은 다만 조용히 말을 걸었을 뿐이었다. 빌리는 입술을 벌리고 눈을 휘둥그레 뜬 채 그녀를 올려다보았다. "네." 빌리가 그렇게 대답하는 소리가 들렸다. "아뇨, 네." 그리고 "고마워요"라는 대답도.

그게 끝이었다. 둘의 대화는 이십 초 정도밖에 걸리지 않았다. 릴리안이 돌아서자 빌리는 움츠렸던 고개를 비로소 뺐지만, 파우더를 바르고도 얼굴이 새빨갛게 달아올라 있었다.

릴리안은 아무도 보지 않았다. 프랜시스의 곁으로 돌아오지도 않았다. 그녀는 곧장 그곳을 떠나, 숙녀용 화장실로 이어지는 복도로 사라져버렸다.

오 분이 지나도 릴리안이 돌아오지 않자 프랜시스는 그녀를 따라가보았다.

릴리안은 작은 화장실에 혼자 있었다. 화장실 칸막이의 문들이 모두 열려 있었고, 릴리안은 안뜰로 통하는 반투명한 유리창을 약간 열어놓고 창틀에 기댄 채 얼마 안 남은 담배를 피우고 있었다. 그녀는 프랜시스를 보고 잠시 가만히 있더니, 고개를 돌리고 담배를 비벼 끈 뒤 꽁초를 창밖으로 던졌다. 그리고 세면대로 건너가서 거울에 비친 자기 얼굴을 점검했다.

프랜시스는 수줍은 태도로 입을 열었다. "네가 괜찮은지 궁금해서 왔어."

릴리안은 핸드백을 열고 안의 물건을 뒤적거렸다. "그래, 나는 괜찮아."

"아까… 그 애랑 무슨 이야기했어?"

릴리안은 루즈가 든 작은 통을 꺼내고, 장갑을 벗고 손가락에 연지를 묻혀서 아랫입술, 윗입술, 뺨 위에 차례대로 발랐다. 그 손놀림을 보고 있으니 묘하게 빌리와 더더욱 닮아 보였다. "유감이라고 했어." 릴리안은 루즈를 핸드백에 집어넣으며 말했다. "내 상복은 걔가 입었어야 했다고 했어. 그쪽이 나보다 더 렌의 미망인 같으니까. 사실이 그렇잖아? 그 끔찍한 돈도 걔가 받았어야 해. 아예 유언장을 빌리 앞으로 남겨놓을까 봐. 그러면 금방 그 돈을 받을 수 있겠지."

마지막 말에서 릴리안의 목소리가 흔들렸다. 그녀는 핸드백을 탁 닫더니, 흰 세면대의 반듯한 양쪽 측면을 붙들고서 몸을 구부렸다. 바닥에 주저앉지 않으려고 안간힘을 쓰듯이. 프랜시스가 가까이 다가가자, 릴리안은 몸을 피했다.

"하지 마, 프랜시스. 그래봐야 좋을 것 없어. 너도 알잖아."

"제발, 릴리안. 못 견디겠어. 나는…."

"안 돼. 모르겠어? 네가 다가오면, 나를 만지면, 그럼 더 그 생각이 나고, 더 힘들어지기만 할… 아아, 왜 이렇게 안 끝나는 거야! 배심원단이 뭐라고 할지는 뻔하잖아. 그냥 나한테 선고를 내려줬으면 좋겠어. 지금 바로, 여기서, 오늘 당장! 차라리 나한테 밧줄을 주는 게 낫겠어. 내가 직접 끝내버리게."

"그렇게 되지 않을 거야. 아직은 희망이 있어."

릴리안이 진이 빠진 듯 어깨를 늘어뜨렸다. "오, 프랜시스. 그런 건 없다는 것 알잖아. 마음 깊은 곳에서는 너도 잘 알잖아. 지금껏 내내 우리는 자신을 속였을 뿐이야. 처음부터 그랬어. 모든 것이 시작된 그 때부터 우리는 거짓 연기를 해왔던 거야."

"모든 것이 시작되었을 때부터…." 프랜시스는 단순하게 대답했다. "나는 단 한 순간도 연기한 적 없어, 릴리안. 너하고 있을 때만은. 내가 속였던 건 너 외에 다른 모든 사람들이었어. … 아니, 내답하지 마. 내 말을 들어줘. 이제는 시간이 없으니까, 지금 너에게 말하고 싶어. 말해야만 해. 너에 대한 내 감정은 전혀 변하지 않았다는 걸. 나는 단지 한동안 화가 났던 거야, 그뿐이야. 나는 일이 이 지경이 되도록 만들었고, 모든 걸 망쳐버렸고, 그래서 가슴이 찢어지는 것 같아. 심지어 네 편지도 태워버렸어. 기억해? 내 평생 받아본 그 어떤 편지보다도 근사한 그 편지를, 태워버렸어. 태워버렸다고! 내 몸 하나 구해보겠다고 그 짓을 한 거야. 그런데 나는 너를 만나기 전에는 내게 몸이 있었는지조차 몰랐어. 그러니까 믿는다고 말해줘. 여기는 진실만을 말하는 곳이잖아, 안 그래? 이제껏 우리가 여기서 들은 것이라고는 거짓 말밖에 없었지만, 그래도 말해줘, 제발 말해줘. 내가 너를 사랑한다는 걸, 그게 진실이라는 걸 너도 안다고."

프랜시스는 가쁜 숨을 몰아쉬며 말을 멈췄다. 둘은 묵묵히 서로를 마주 보았다. 물탱크에서 물이 똑똑 새는 소리, 안뜰에서 비둘기들이 날개를 퍼덕이는 소리만이 간간이 들려왔다. 공기 중에는 표백제와 시큼한 젖은 걸레 냄새가 흘러 다녔다. 하지만 릴리안이 은빛으로 젖어든 눈으로 그녀를 마주 보는 그 순간, 이 화장실도, 재판도, 레너드도, 지난여름도, 그 모든 일이… 사라지는 것 같았다. 그들의 사랑이 모두 처음부터 다시 시작되는 것 같았다. 이번에야말로 제대로, 정직하게. 뱀과 사다리 게임을 한 다음 날, 프랜시스의 침실에서 릴리안이 그녀의 심장에 박힌 말뚝을 뽑아냈던 그 순간으로 돌아온 것처럼.

그런데 바깥의 복도에서 종소리가 울리더니, 그 즉시 사람들의 발소리가 이어졌다. 릴리안이 겁에 질린 눈빛으로 화장실 문 쪽을 돌아보았다. 젖빛 유리문 너머에 사람의 그림자가 드리워져 있었다. 그는 문을 똑똑 두드리면서, 자신은 올드 베일리 관계자인데 혹시 바버 부인이 안에 계시냐고 조심스럽게 물었다. 배심원단이 법정으로 돌아오고 있다는 소식이 막 전해졌다고, 평결을 들으시려면 지금 와야 한다고.

둘은 다시 서로를 마주 보았다. 릴리안은 눈물을 닦아냈다. 프랜시스는 간신히 말을 꺼냈다.

"드디어 때가 왔군."

무감각한 마비 상태 같았던 기다림의 시간이 끝나자, 별안간 모든 것이 미친 듯이 빠르게 돌아가기 시작했다. 아니, 정확히는 빠른 것도 아니고, 느린 것도 아니라, 돌이킬 수 없이 전진해나가는 움직임 같았다. 도자기 찻잔 하나가 석조 바닥으로 떨어져 내리는 움직임처럼. 릴리안은 떨리는 손으로 베일을 끌어 내렸다. 화장실 밖으로 나가보니 복도는 텅 비어 있었다. 둘은 극장에 늦게 도착한 관객들처럼 헐레벌떡 법정으로 뛰어가서 사람들을 비집고 들어갔다. 법정 안은 이제 꽉차다 못해 미어터질 지경이었다. 이 재판의 대단원을 보기 위해 다른 법정의 사람들까지 몰려와 있었다. 서기, 공무원, 기자, 경찰 들이 저마다 벽에 바싹 붙어 서서 좁은 틈새에 몸을 밀어 넣었고, 위층의 방청석은 이미 만원인데도 사람들이 꾸역꾸역 밀려드는 듯했다. 프랜시스와 릴리안은 겨우 자리에 앉았지만 금세 다시 일어났다. 연단 옆의 문이 열리고 재판장이 입정했기 때문이었다.

갑자기 전기 충격을 받은 것처럼 사방이 고요해졌다. 프랜시스는 재판장의 손에 들린 무언가에 시선을 빼앗겼다. 이번에는 우스꽝스러운 꽃다발이 아니었다. 소름 끼치는 검은 천 같은 게 손 위에 축 늘어져 있었다. 그 순간 치밀어 오르는 공포 속에서 그녀는 깨달았다. 저 천은, 세상에 존재해서는 안 될 저 물건은, 판사들이 사형을 선고할 때 가발 위에 쓰는 검은 헝겊*이라는 것을. 재판장은 그걸 들고서도 아무렇지도 않은 듯 보였다. 그는 여상스럽게 걸어와서, 여상스러운 태도로 자기 자리에 앉았다. 역시 동요하는 기색이라곤 선혀 없는, 법복을 걸치고 목에 금줄을 찬 남자들이 재판장과 함께 들어왔다. 그들의 정체나 역할이 무엇인지는 도무지 알 길이 없었다. 뒤이어 배심원들이 줄지어 들어왔다. 그들은 한사코 스펜서와 눈을 마주치려 하지 않았다. 한편 지금껏 피고석에서 계속 서 있어야 했던 스펜서는 윗입술에 돋은 땀을 소맷부리로 훔치고 있었다. 장내가 정돈되었고, 서기장이 배심원단을 향해 다가갔다. 설마 이게 전부인가? 너무 거침없고 무신경하게 진행되고 있지 않은가. 한 사람의 목숨이 달린 일인데. 이게 끝일 리가 없다. 너무 빨랐다!

그러나 이미 배심장이 일어나서 자신을 밝히고 있었다. 배심장은 상점 주인 같던 그 남자가 아니었다. 호리호리하고 아무런 특색이 없는, 프랜시스가 눈여겨보지도 않았던 남자였다. 그때 그녀의 손목에 무언가가 닿는 느낌이 들었다. 내려다보니 릴리안의 손이 그녀의 손을 더듬어 찾고 있었다. 프랜시스는 그 손을 잡았다. 둘의 손이 겹쳐지고 깍지를 꼈다. 관계자들이 마지막으로 무언가를 논의하는 동안 장내에 무시무시한 긴장감이 감돌았다. 그리고….

"배심원 여러분, 평결을 내리셨습니까?"

특색 없는 남자가 고개를 끄덕이고, 특색 없는 음성으로 대답했다.

---

* 17세기부터 영국에서는 법정의 판사 및 변호사들이 흰 가발을 착용하는 관습이 있었다. 판사가 사형 선고를 내릴 때는 검은 모자나 헝겊을 머리에 썼다.

"내렸습니다."

"피고인 윌리엄 스펜서 워드는 레너드 아서 바버에 대한 살인 혐의에서 유죄입니까, 무죄입니까?"

"무죄입니다."

빌어먹을! 프랜시스는 마음속으로 뇌까렸다. 입 밖으로 내뱉었던가? 그랬을지도 모른다. 다른 사람들도 경악과 흥분에 찬 탄성을 질렀다. 방청석에서 누군가가 혼자 내지르는 기묘한 환호성이 들려오더니 즉시 뚝 멎었다. 릴리안은 몸을 구부리고 얼굴을 가린 채 어깨를 들썩이며 울음을 터뜨렸다. 더글러스는 자리에서 일어났다. 피고석의 소년은 자기가 방금 무슨 말을 들었는지 긴가민가한 표정이었다. 기자들이 앞다투어 몰려나왔고, 누군가가 정숙을 외쳤다.

무죄라고! 그럼 이제 어떻게 되는 거지? 그 의미가 제대로 이해가 되질 않았다. 재판장이 뭐라고 말을 하고는 있는데 잘 들리지 않았다. 일단 피고인에게는 석방을 명한 것 같았다. 피고석 쪽을 돌아보니 스펜서의 앳된 뒤통수가 피고석 계단 밑으로 사라지는 모습만 언뜻 보였다. 무죄라니! 이게 현실일까! 지난번처럼 심장이 칼날에 찔린 느낌이었다. 릴리안은 계속 울고 있었다. 이제 배심원들은 해산했고, 재판장도 퇴정했다. 모두가 자기 자리에서 벗어나고, 의자가 이리저리 끌리고, 와자지껄 소란이 일면서 법정은 모조리 허물어졌다. 프랜시스는 몸을 일으키다가 휘청거렸다. 옆에서 릴리안도 일어서서 베일을 걷고 눈물을 닦고 있었다. 이제 밖으로 나가야 하나? 여기 있어야 하나? 별안간 할 일이 없어졌다. 바버가의 남자들이 팔꿈치로 사람들을 밀어젖히며 변호인석 쪽으로 나아가기에, 프랜시스와 릴리안도 일단 그 뒤를 따라 비틀비틀 걸어갔다. 모든 게 꿈만 같았다. 주변 풍경이 그녀에게 마구 들이닥치다가 산산이 바스라지고 있었다. 인파에 떠밀려 밖으로 나가는 스펜서의 어머니와 삼촌이 보였다. 기자와 이야기를 나누면서 보조개를 지으며 웃는 빌리도 보였다. 법정변호사 둘은 클럽에서 내기를 한 판 한 신사들처럼 서로 악수를 나누고 있었다. 사무변호사는 릴리안이 우는 이유를 오해하고 다가와서 사과했다. "나쁜 결과가 나왔네요, 마버 부인. 유감스럽지만 이런 실패도 가끔 일어납니다." 한편 켐프 경위와 히스 경사는 불쾌감으로 얼굴이 뒤틀어져 있었다. "오, 그놈은 범인 맞습니다." 경위가 레너드의 아버지에게 말했다. "배심원단이 너무 깐깐하게 굴어서 놓친 겁니다. 하지만 오래지 않아 뭔가 다른 건수를 잡을 겁니다. 걱정 마세요." 그리고 더글러스는 이리저리 휘젓고 다녔다. 온 사방에 더글러스가 있는 것 같았다. 그는 이 사람 저 사람 부여잡고서, 레너드의 목소리로, 레너드의 분노한 얼굴로, 레너드의 축축한 붉은 입술로 고함을 질러댔다. "이건 장난이야! 이딴 게 어떻게 재판이야? 배심원단은 대체 무슨 생각인 거야? 여기서 멈출 순 없어! 그 사람들 다시 불러와! 판사 데려오라고!"

프랜시스는 인파를 헤치고 겨우 법정 문 앞에 이르렀다. 그런데 옆을 보니 릴리안이 없었다. 아까 좌석에서 일어선 이래 쭉 함께 붙어 있었는데 어찌된 일인지 모를 노릇이었다. 그녀는 문 옆에 바싹 다가서서 법정 안을 둘러보았다. 사람들 사이에 끼어 있는 검은 모자와 코트가 눈에 띄었다. 릴리안은 아이브스 씨에게 붙들려 있었다. 그는 릴리안의 손을 잡고서 사무변호사와 마찬가지로 심각하게 사과하는 중이었다. 그리고 어디에선가 신문기자를 데려온 더글러스도 그들에게 합류했다. 프랜시스는 인파를 벗어난 자리에서 최대한 몸을 피한 채기다렸다. 방청석에서 사람들이 속속 밖으로 빠져나갔고, 연단 위에서는 서기 한 사람이 책상들에 놓인 서류를 주워 모으고 있었다.

바로 그때, 잉크로 얼룩진 서류 뭉치를 가다듬는 서기의 모습을 봤을 때에야 비로소, 이게 현실이라는 실감이 들었다. 중압감은 사라지고 몸이 가뿐해졌다. 온몸이 걸리는 부분 하나 없이 가볍게 풀어지고 있었다. 발가락이 구부러지고, 팔꿈치가 움찔거리고, 바닥에서 붕 떠오를 수도 있을 것 같았다. 그런데 한편으로는 어딘가가 잘못된 느낌이 들었다. 가볍긴 한데, 재처럼 가벼웠다. 자신이 불에 다 타고 말라버린 듯한 기분이었다. 그녀는 무릎을 꿇고 신에게 감사 기도를 올릴 수도 없었다. 신은 이 일과 아무 관련도 없으니까. 모든 것의 끝에 이른 지금, 고마워할 상대라고는 아무도 없었다. 애초에 그 사고가 일어났을 때 원망할 상대라고는 아무도 없었듯이. 그런데… 아, 그러고 보니 한 명 있었다. 버몬지에 사는 그 이웃 남자. 이름이 뭐였더라? 기억도 나지 않았다. 어쨌든 그 사람이 모두를 구한 것이다. 스펜서도, 릴리안도, 프랜시스도. 배심원단은 그 남자가 윤리적으로 행동했다고 결론 내렸다. 자기들도 그 남자의 입장이었다면 그렇게 윤리적으로 행동했을 거라고 믿고 싶기 때문에. 윤리, 절개, 용기와 같은 것들이 공포 앞에서는 얼마나 쉽게 사그라져버리는지 그들은 짐작도 못 할 것이다.

배심장이 일어섰을 때 그녀의 손을 만졌던 릴리안의 손길이 기억났다. 평결이 내려지기 직전, 프랜시스는 릴리안의 손을 바이스로 죄듯이 힘껏 거머쥐고 있었다. 그 순간 그녀는 릴리안을 내세우려 했던 것일까, 막으려 했던 것일까?

알 수 없었다. 앞으로도 알 길이 없을 것이다. 그리고 알지 못하게 되었다는 것은 무언가가 없어진 상태가 아니라, 오히려 새로운 짐이 생겨난 상태에 가까웠다. 이전과는 또 다른 형태와 무게의 짐을 짊어진 것 같았다. 홀가분함은 사라졌다. 여기서 나가고 싶었다. 프랜시스는 릴리안을 돌아보았다. 그런데 둘의 눈이 마주친 순간, 릴리안이 그녀를 외면하는 듯 시선을 돌렸다.

별로 놀랍지도 않았다. 하기야 이제 볼일은 모두 끝나지 않았는가.

프랜시스는 몸을 돌려 출입문 밖으로 나갔다. 복도는 사람들로 북적거렸지만, 그녀가 앞길을 비집으며 계단을 내려가는 동안 눈길을 주는 사람은 아무도 없었다. 건물 밖의 길거리에는 새판 결과와 스펜서 워드의 등장을 기다리는 구경꾼들이 진을 치고 있었다. 프랜시스가 나타나자 그들은 번쩍이는 황금을 발견한 구두쇠처럼 반색하며 얼굴을 들었지만, 이내 별 볼 일 없는 사람이라는 걸 깨닫고는 실망하며 고개를 돌렸다. 프랜시스는 그렇게 수월하게 그곳을 빠져나왔다. 하늘에는 칙칙한 회색 땅거미가 내리고 있었다. 지금쯤이면 네 시가 지난 시각일 것이다. 그녀는 거대한 건물을 뒤로 하고 강변으로 이어지는 내리막길을 따라 걸어갔다.

터벅터벅 걸으면서 마음속으로 되뇌었다. '나는 안전하다, 나는 안전하다.' 이제 모두가 안전하다. 자신도, 릴리안도, 그리고 그 소년도. 이미 무죄로 밝혀진 사람이 똑같은 살인죄로 다시 체포될 리는 없다. 만약 경찰이 그를 정녕 범인이라고 믿는다면 법적 공방이 더 길어질 수도 있겠지만… 안 그럴 수도 있다. 알 수 없는 일이었다. 피고석에 서서 인중에 맺힌 땀을 닦고 있던 그 소년의 모습이 눈에 밟혔다. '너는 안전하다, 너는 안전하다….' 아니, 하지만 이건 안전이 아니었다. 만약 그렇다고 하더라도 이건 그녀가 언제나 경멸해왔던, 전쟁 이후에 찾아온 안전과 같은 것이었다. 그걸 얻는 과정에서 사람들이 다쳤으니까. 얼마나 많은 사람이 다쳤나! 생각하자니 욕지기가 올라왔다. 레너드, 레너드의 부모님, 스펜서, 그의 어머니, 빌리, 찰리… 피해자 명단이 한도 끝도 없어 보였다. 그 사람들이 그녀의 옆에서 같이 터덜터덜 걷고 있는 것만 같았다. 게다가 유산된 아기도 있었다….

정신을 차려보니 어느새 블랙프라이어스 다리였다. 그동안 눈 먼 여자처럼, 시각 외의 모든 감각에 의지해 여기까지 걸어왔다. 하지만 이 길 외에 달리 어디로 갈 수 있었을까? 그리고 앞으로 그녀에게 남은 미래는 어두운 것 외에 달리 뭐가 있나? 프랜시스는 챔피언 힐의 저택을 떠올려보았다. 자신이 저택의 포치로 걸어 올라가, 현관문을 열고, 안으로 들어가는 것을 상상했다. 그리고 등 뒤의 문을 닫고서 자기 자신을 단단히 가두는 상상을 했다.

그러자 태엽 인형의 움직임이 멎어가듯 발길이 서서히 느려지다 멈췄다. 그녀는 다리에서 가장 높은 중앙 부분에 서 있었다. 겨우 1킬로미터쯤 걸어온 것 같았다. 등 뒤를 돌아보니 올드 베일리의 검은 돔과 그 꼭대기에 달린 황금빛 동상이 보였다. 지나가던 사람 한두 명이 인도 한가운데에 우두커니 서 있는 그녀에게 호기심 어린 시선을 던졌다. 프랜시스는 난간 앞으로 다가가서 차량들과 행인들을 등지고 섰다. 그녀의 앞에는 십자형으로 교차된 검댕투성이 철골 구조물로 떠받쳐진 철도교가 펼쳐져 있었고, 그 아래에 불어 오른 강물은 찌푸린 듯 음침해 보였다. 반짝임이라곤 전혀 없는, 점토 같은 색깔의 강물이었다. 저기에 몸을 던져버리는 건 어떨까? 난간은 이만하면 충분히 낮았다. 이 너머로 그냥 뛰어내리면 되지 않나? 피해자 명단에 한 명을 추가할까? 난간 너머로 몸을 기울여보니 체중이 아래로 쏠리는 것이 느껴졌다. 놀라울 만큼 유혹적이었다.

하지만 예전에도 그랬듯 서투른 배우가 된 기분이 들었다. 그녀는 몸을 바로 세우고 주위를 둘러보았다. 다리 중간중간, 난간이 바깥쪽으로 움푹 들어간 자리마다 나지막한 석조 벤치가 마련되어 있었다. 프랜시스는 다행스러운 마음으로 그중 한 벤치에 건너가 앉았다.

그러고 나니 두 번 다시는 여기서 일어나지 못할 것 같았다. 일어나야 할 이유가 없었다. 그녀는 바람도 없고 추위도 없는 곳에서, 깊어 가는 저녁 어스름 속에 고이 감싸여 있었다. 버스 한 대가 지나갔다. 차창 너머로 그녀의 얼굴을 물끄러미 바라보는 승객 수십 명의 얼굴 앞에서 프랜시스는 눈을 감아버렸다. 엔진의 굉음이 멀어져가고, 또 다른 자동차의 굉음이 다가오고, 그 굉음은 또 다른 굉음으로 넘어갔다. 이런저런 소리들이 시시각각 오고 가면서 켜켜이 쌓여갔다. 말발 굽 소리, 사람들의 목소리, 잰걸음 소리, 철제 바퀴가 끼익거리고 땡 그랑거리는 소리, 그 모든 것이 그녀가 앉아 있는 돌 벤치로 전해져왔 다. 세상이 지친 몸을 이끌고 회전하는 소리처럼.

그러다가 눈을 떠보니, 그녀의 앞에 릴리안이 있었다.

언제부터 저기에 서 있었던 걸까? 아마도 오래 되지는 않은 것 같았 다. 막 뛰어온 듯 숨을 몰아쉬고 있는 걸 보면. 릴리안은 머리가 헝클 어져 있었고, 미망인의 모자는 한 손에 벗어 들고서 베일을 바람에 나 부끼고 있었다. 릴리안이 어안이 벙벙한 투로 말했다. "택시 타고 가 다가 네가 보이길래 내렸어. 아까부터 계속 찾아 다녔잖아. 왜 안 기 다려준 거야? 왜 먼저 갔어?"

프랜시스는 꿈속의 사람을 보듯 멍하니 그녀를 쳐다보았다. "네가 나를 안 보고 싶어 하는 줄 알고."

"어떻게 그런 생각을 할 수가 있어?"

"왜냐면…." 그녀는 고개를 떨구었다. "나조차 내 모습을 눈 뜨고 못 봐줄 것 같아서."

릴리안은 잠시 가만히 서 있더니, 벤치로 다가와서 옆자리에 앉았다.

침묵 끝에 릴리안이 지친 어조로 입을 열었다. "프랜시스, 무슨 말 이라도 해서 네 기분을 낫게 해주고 싶은데…." 그녀는 장갑 낀 손으 로 얼굴을 문질렀다. 릴리안의 손은 마네킹처럼 가녀렸고, 뺨은 푹 꺼져 있었다. 속속들이 당밀로 채운 것처럼 사랑스럽던 면모는 희미해져 버렸다. 릴리안은 한숨을 쉬고 손을 내려뜨렸다. "하지만 그는 죽었어. 앞으로도 영영 죽어 있을 거야. 그리고 나는 앞으로도 영영 그를 죽인 사람일 거야. 그간 월워스에서 지내는 동안 몇 번이고 돌이키고 또 돌이켜봤어. 내가 무엇을 다르게 할 수 있었을지, 어디서부터 어떻게 했어야 지금의 이 사태를 막을 수 있었을지. 하지만 아무리 생각해봐도 내가 다르게 할 수 있었던 행동은 딱 하나뿐인 것 같아. 그날 밤 파티 이후, 네게 키스했던 일 말이야… 하지만 지금 와서도, 그 온갖 일을 겪었는데도 불구하고, 나는 그 일을 후회하지 않아. 한동안은 너 때문에 그때의 선택을 후회하고 싶어지기도 했지만, 그런데도… 후회할 수 없었어. 후회 못 하겠어, 도저히."

'못 하겠어, 도저히.' 화해를 불러오는 말이라기에는 기묘한 한마디였다. 사랑을 뜻하지만 또 그만큼 실패를 뜻하는 말이기도 하기에. 그런데 어떤 면에서는 배심원단이 꺼냈던 한마디와도 비슷했다. 그 평결을 들은 순간에도, 프랜시스는 그 말이 나오지 않았더라면 어쩔 뻔했나 하는 상상에 지금처럼 몸서리를 쳤기 때문이다.

떨고 있는 프랜시스를 본 릴리안이 그녀의 두 손 위에 자기 손을 포갰다. 그러자 떨림은 이내 잦아들었다. 둘은 다시 입을 열지 않고 서로에게 몸을 살짝 기댔다. 둘 사이의 거리를 좁히는 데에 필요한 것은 결국 이게 전부였다. 그들이 감히 행복해져도 괜찮을까? 그러면 다친 사람들 모두를 모욕하는 짓이 되지 않을까? 아니면 오히려 최선을 다해, 거의 의무를 다하듯이, 작고도 용감한 실천을 기어코 해내야만 하는 것은 아닐까?

알 수 없었다. 생각을 할 수가 없었다. 지금 프랜시스의 마음은 그렇게 멀리까지 나아가지 못했다. 그녀와 맞닿은 릴리안의 손, 어깨, 엉덩이 이상으로는. 조만간 둘 다 일어나야 할 것이다. 신문팔이 소년이 석간신문이 나왔다고 외치는 소리가 들려왔다. 지금쯤 어머니가 집에서 기다리고 있을 것이다. 릴리안의 가족도 기다리고 있을 것이다. 하지만 지금 당장은 이렇게 있을 수 있으니, 이것으로 충분했다. 더 이상은 바랄 수 없었다. 눌반의 롤 보둥이에 앉아 있는 그들의 검은 옷이 황혼으로 번져 들고, 도시에는 불빛들이 켜지고, 하늘에는 희미한 별 몇 개가 돈아났기에.

작가의 말

이 작품을 쓰는 데 여러 책에서 정보와 영감을 얻었습니다. 특히 큰 도움이 된 책들은 다음과 같습니다.

니콜라 험블의 『여성적인 중간소설, 1920년대부터 1950년대까지: 계급, 가정, 보헤미아니즘(*The Feminine Middlebrow Novel, 1920s to 1950s: Class, Domesticity, and Bohemianism*)』, 빌리 멜먼의 『20년대의 여자들과 대중적 상상: 플래퍼들과 님프들(*Women and the Popular Imagination in the Twenties: Flappers and Nymphs*)』, 베라 브리튼의 『젊음의 증거: 1900년부터 1925년까지의 자전적 연구(*Testament of Youth: An Autobiographical Study of the Years 1900~1925*)』와 『젊음의 연대기: 전쟁 일기 1913~1917 (*Chronicle of Youth: War Diary 1913~1917*)』, 캐롤 액턴의 『전쟁 시절의 슬픔: 사적인 고통, 공적인 담화(*Grief in Wartime: Private Pain, Public Discourse*)』, 패트리셔 젤런드의 『전쟁과 평화에서의 죽음: 영국의 상실과 슬픔의 역사, 1914~1970(*Death in War and Peace: A History of Loss and Grief in England, 1914~1970*)』, 루시 블랜드의 『재판에 선 근대 여성들: 플래

퍼 시대의 성적 일탈(*Modern Women on Trial: Sexual Transgression in the Age of the Flapper*)』, 위니프리드 듀크의 『해럴드 그린우드 재판(*Trial of Harold Greenwood*)』, F. 테니슨 제스의 『앨마 빅토리아 래튼버리와 조지 퍼시 스토너의 재판(*Trial of Alma Victoria Rattenbury and George Percy Stoner*)』과 『요지경 상자를 보기 위한 핀 하나(*A Pin to See the Peepshow*)』, 네이미드 네이플리의 『빌라 마데이라에서의 살인: 래튼버리 사건(*Murder at the Villa Madeira: The Rattenbury Case*)』, 필슨 영의 『프리드릭 바이워터스와 에디스 톰슨의 재판(*Trial of Frederick Bywaters and Edith Thompson*)』, 르네 웨이스의 『형사 제도: 에디스 톰슨의 진실(*Criminal Justice: The True Story of Edith Thompson*)』.

위의 제목들에서 드러나다시피, 저는 1920, 30년대 영국에서 대대적인 주목을 받았던 몇몇 살인 사건에 관심을 가지고 이 소설을 쓰게 되었습니다. 그러나 『게스트』의 내용 자체는 허구입니다.

옮긴이 김지현

고려대학교 국어국문학과를 졸업하고 전문 번역가로 활동하고 있다. 사업가인
아버지를 따라 해외에서 생활하면서 영미 문학에 관심을 가졌고, 단편 「반드시
만화가만을 원해라」로 대산청소년문학상을 수상했다. 옮긴 책으로『빨간 집』,
『신더』,『글쓰기의 항해술』,『하워드 필립스 러브크래프트』등이 있다. 환상문학
웹진「거울」에서 창작 및 번역 필진으로 참여하고 있다.

게스트

© 세라 워터스, 2016

초판 1쇄 발행일   2016년 6월 17일
초판 2쇄 발행일   2016년 7월 5일

지은이 세라 워터스
옮긴이 김지현
펴낸이 정은영
편집 최성휘
펴낸곳 (주)자음과모음
출판등록 2001년 11월 28일 제2001-000259호
주소 04083 서울시 마포구 성지길 54
전화 편집부 (02)324-2347, 경영지원부 (02)325-6047
팩스 편집부 (02)324-2348, 경영지원부 (02)2648-1311
이메일 literature@jamobook.com
커뮤니티 cafe.naver.com/cafejamo

ISBN 978-89-544-3614-4 (03840)

이 도서의 국립중앙도서관 출판시도서목록(CIP)은 서지정보유통지원시스템 홈페이지
(http://seoji.nl.go.kr)와 국가자료공동목록시스템(http://www.nl.go.kr/kolisnet)에서
이용하실 수 있습니다.(CIP제어번호: CIP2016013879)